# Karin Struck
# Lieben

Roman

Suhrkamp

Erste Auflage 1977

Druck: Georg Wagner, Nördlingen
Printed in Germany

»Lieben – lieben, das ist es. Lieben ist alles.«
Ingeborg Bachmann: *Ein Schritt nach Gomorrha*

»Bin ich eine Frau oder etwas Dimorphes?
Bin ich nicht ganz eine Frau, was bin ich überhaupt?«
Ingeborg Bachmann: *Malina*

»Schreiben heißt ja sich öffnen bis zum Übermaß; die äußerste Offenherzigkeit und Hingabe, in der sich ein Mensch im menschlichen Verkehr schon zu verlieren glaubt und vor der er also, solange er bei Sinnen ist, immer zurückscheuen wird – diese Offenherzigkeit und Hingabe genügt zum Schreiben bei weitem nicht.«

*Franz Kafka*

Lange war sie mit Therese befreundet. In Thereses Gegenwart fielen alle Masken der Verstellung, keine Angst, kein Streß hemmten und machten sie unfrei. Nach monatelanger Entfremdung trafen sie sich zu Beginn des neuen Jahres.

Gegen Mitternacht wurde die Wohnung leer, einige Freunde waren zu Gast gewesen, die erste Geselligkeit in Lottes Wohnung seit der Trennung von Johannes und von Jochen. Lotte und Therese blieben allein zurück und saßen sich gegenüber, müde und erschöpft. Die Kinder schliefen längst; Lotte sah nach ihnen und deckte sie neu zu; sie hatten, wie immer in der Nacht, die Decken weggeschoben und lagen mit bloßen Füßen und mit über den Bäuchen hochgerutschten Nachtjacken in ihren Betten. Da war das leere Zimmer, in dem Johannes gewohnt hatte; da stand Lottes großes Bett, das ehemalige »Ehebett«, nun hatte sie sich ins Kinderzimmer geflüchtet, in die Nähe der warmen Kinderkörper, auf der Suche nach gewaltlosen Menschen.

Therese trug einen langen schwarzen Rock aus schwerem Baumwollstoff und eine mohnblumenrote Bluse. Ihr dichtes mittelblondes Haar war ein wenig fettig. Lotte spürte den leichten Mundgeruch aus ihrem Mund. Therese konnte aus heiterem Himmel übermütig werden, diesen Zug hatte sie. An diesem Abend wurde sie zärtlich; ihr Mund war weich wie ohne Muskeln, Lotte kannte die Empfindung bei der Berührung vom Mund ihrer Tochter her, der weich war wie der Leib einer Schnecke. Sie spürte Verbotenes, Ungekanntes, Verwirrendes auf sich zukommen. Schon zu lange hatte sie sich eingerichtet in ihrer Abkapselung, hatte die Kraft gefunden, sich zu verselbständigen. Da kam nun Therese und verführte sie zu einer Nähe, die sie floh, die ihr Abhängigkeit und Leiden gebracht hatte. Was wäre, wenn sie Therese nachgäbe, wenn sie ihrem Verlangen nichts als Weichheit entgegenhielte? Was würde morgen sein? Sie brächte Therese zum Zug, oder vorher noch, sie säße mit ihr und den Kindern am sonntäglichen Frühstückstisch; die Nüchternheit dann, die Scham oder sogar schon der Überdruß? Sie wußte, wie rasch, wie ruckartig die alle Schranken überschreitenden Phantasien abbrechen.

Therese hatte nur wenig getrunken, nicht der Wein machte sie zärtlich. Sie war leicht, ihr Bewußtsein lag in ihren Händen, ihren Gesten, ihrem Körper, war darin aufgegangen und spaltete sich nicht. Thereses Brüste zu berühren löste ein friedliches Gefühl aus. Ein alter Satz schien durch ihr Gehirn: »Das kann eine Form des Erlebens sein, einfach keine Berührung zu wollen.« Sie hatte Angst, eine neue menschliche Beziehung zu beginnen. Sie würde sich wieder, wie in jenem letzten Jahr, ausliefern, hingeben, sie würde sich in der gemeinsamen Nähe verlieren, und sie würde verlassen werden. Sie wehrte Therese ab; am besten ist es, sich nicht zu verstricken.

In der Wohnung war es ruhig. Manchmal hörten sie Sirenen von Krankenwagen, die zum nahen Krankenhaus fuhren. Jetzt um diese Zeit, da sie ihre Kinder friedlich schlafend in ihren Betten wußte, brauchte sie beim Hören der Sirenen keine Angst zu haben.

Therese hielt sie in den Armen, zog sie näher zu sich, lockte. Was ist mit deinem Mann?, fragte Lotte. Was geht er uns an?; Was weiß er von uns, jetzt?, sagte Therese. Sie goß Wein ein, trank, hielt Lotte das Glas hin, Lotte trank. Therese berührte Lottes Lippen mit ihren Lippen, feucht und glänzend vom Wein. Sie hielten sich fester. Sie fühlten sich gegenseitig an: das Gesicht, das Haar, die Ohren, die Augenbrauen, Augenhaar nannte Lottes Sohn die Wimpern. Lotte fürchtete sich vor Thereses nicht mehr ganz heilen Zähnen, sie sehnte sich nach vollkommener Schönheit, nach einem heilen Menschen. Sie wußte, dies gab es vielleicht nicht. Der Ruster Wein, und Thereses Parfum: Apple Blossom. Ein Kind schrie, man hörte es auf dem Flur in Richtung der Toilette schlaftrunken torkeln. Lotte ging wie schlafend, schlafwandelnd hinaus auf den Flur, redete es zärtlich an, begleitete es zur Toilette und trug es, als es fertig war, zurück in sein Bett. Es schlief sofort weiter.

Therese war fort, sie hatten sich flüchtig, fast aneinander vorbei, geküßt, das Taxi zum Bahnhof war schon vorgefahren, zwischen Tür und Angel sagten sie sich Auf Wiedersehen, Therese sagte: ich liebe dich!; wie oft sagten, die mich verließen, diesen Satz, dachte Lotte. *Mögst ruhn an der zarten Gefährtin Brust du weich* – Die Faszination einer Idee: sie beide, Frauen, waren fruchtbar, aber miteinander konnten sie kein Kind zeugen. O Erleichterung, o die Unfruchtbarkeit der Liebenden. Lotte sah ein Foto von Therese: Therese früher, im dunklen Mantel mit Pelzausschnitt, bis zum Bauchnabel, weicher duftiger Pelz. Blondgefärbtes Haar damals noch, jugendlich – und diese Lippen, voll, wie die Brüste, ja wirklich: weich, schwellend, gewölbt.

## Die Tagebücher vor der Abtreibung und danach

> »Es erscheint mir nicht ausgeschlossen, daß ein vollkommen adäquates Register der Gedanken eines ganzen Lebens, scheinbar einheitslos wie es ist, von erschütternder Kunstwirkung wäre.«
>
> *Robert Musil*

> »O du falscher Gaukler,
> Du spanntest ein loses Seil.«
>
> *Else Lasker-Schüler*

Beengungszustände.
Die Liebe, die sich nicht gelöst über meinen Leib
hat ausbreiten können, hat mich fast erstickt.
Es sind Erstickungszustände,
zurückgedrängte Liebeskraft, die sich zusammenballt
und die Seele verstopft.
Liebe, ein unpräzises Wort.
Ja, es gibt nur die medizinischen Begriffe oder
die krude Sprache.
Vor beiden Sprachen scheue ich zurück.
Sättigung. Gesättigtsein.
Befriedigung.
Und wenn wir vor der tiefsinnlichen Befriedigung
zurückschrecken wie vor dem Tod?
Du bist ein Don Juan, Jochen.
In Sekundenschnelle siehst du Schönheiten
an fremden Frauen, die vorübergehen.
Wir könnten sprechen, erzählen –
warum mache ich die Menschen mit meiner Gegenwart
immer so stumm?
Ich habe etwas Einschüchterndes.
Vielleicht ist meine Offenheit nichts als Angst.
Aus dem Hinterhof Taubengegurre.
Die Bäume blühen grün.
Kinderspiel-Laute schallen herauf,
eins zwei drei vier fünf sechs
sieben acht neun zehn.

Abzählspiele, im Nachmittag fallende Geräusche.
Nachmittäglich friedlicher Schall.
Gesang. Ein Vogel.
Der Moment zwischen Helligkeit und Dunkel naht.
Noch nicht Abend, noch nicht Nacht,
nicht mehr Tag.
Du, wenn du gegenwärtig bist, du
siebenunddreißigjähriger Mensch.
Sieben und dreißig Jahre,
Wort für Wort, Zahl für Zahl
auf meiner Zunge.
Mitte des Lebens, über die Mitte hinaus,
der Tod nähert sich an.
»Außerdem sind Mord und Selbstmord Themen,
die der Krise in der Mitte des Lebens entnommen sind.«
Die Liebe soll dich heilen.
Du Bett, du wundersames Nest.
Laken und Federbett, Hülle und Weichheit.
Wie ziehen sich Blutrot und Lakenweiß an.
Dein klebriger Samen soll strömen in meinen Leib.
Die Ringe des Protestantismus um unsere Körper
werden einer nach dem anderen gesprengt.
Die Zeit vergeht, zwei Stunden der Liebe
vergehn. Ein Lethefluß der Erinnerung
im Gehirn, dein Hoden kühl, dein Hintern kühl.
Ein Ruhen Leib an Leib, Leib in Leib.
Haut in Haut. Könnte ich deine Haut
lebendig machen! Da stehe ich oft, liege
wie vor einem toten Kind, kann es nicht erwecken,
verlasse dich, stoße an den Himmel, ersticke.
Ich bin nicht wütend, Aggressionen gegen dich kommen nicht hoch.

Ich möchte weinen, kann nicht, bin das Sterntalerkind.
Der Kopf schmerzt, es hämmert in den Zähnen, im Zahnfleisch.
Die Sprache soll unerschöpflich sein, auch im Schweigen,
soll zwischen uns fließen, wie lerne ich erzählen?
Einflößen will ich dir die Sprache wie Wein,
wie Wollust, Wohl-Lust, gedehnte herrliche Lust des Leibes.
Die Wollust des einen löst sich in der Wollust des anderen auf.

Ich verhindere das Schweigen, weil ich nichts mehr fürchte als das
Schweigen, das Versiegen, das Aufhören, das Ende, den Tod, den
Abschied.
Wenn sich unsere Wollust doch einmal ineinander auflösen
würde.
Ein alter Mann sagt: Sie haben heiße, unglückliche Augen,
ich bin sechsundsechzig und habe multiple Sklerose, ich sage
Ihnen:
das Leben ist schön. Ja, du, mein Mann, willst du mein Mann
sein?
Hatte dein Vater dein Haar, dein schütteres Haar?
Mein Vater hatte mein Haar, ja, feines Haar.
War dein Vater dick wie du? Er war dicker, sagst du.
Und er magerte nicht ab, als er an Leberzirrhose zu sterben
begann?
Wie schlimm ist ein Geburtstag, wie schlimm ein Tod in der
Fremde.
Du kannst eine Frau so ganz und gar ausfüllen, zum Schreien
bringen,
Wunschtraum ist es, du kannst es nicht, du bist ein alter Mann.
Du sprichst viel vom Geburtsschrei der Wollust, dem herrlichen,
schmerzhaften, freudigen. Du bist ein Schwätzer, Junge.
Die steife Zunge würde sich endlich lösen,
die Dürre im Hals würde endlich aufhören, Lieber.
Du saugst mir die Zunge aus der Mundhöhle und erkennst mich,
Wunschtraum auch dies, du erkennst mich nicht.
Deine rastlose Suche, von einer Frau zur anderen würde auf-
hören,
Frauen ließest du nicht mehr zurück. Du das Meer, sie der
Strand.
Du ausgetrocknetes Meer, du leeres Flußbett.
Sei du Meer, das bleibt und flutet.
Du Don Juan, der Liebender sein will, du Scharfäugiger,
du untreuer, treuloser, treuer Mensch.
Auch du bist ein potentieller Selbstmörder.
Terrorist aus dem Schwarzwald.
Was stelle ich mir denn vor?
Ich wünsche eine Leidenschaft, gierig, animalisch, zart und ge-
waltsam,
wie man trinken würde nach tagelanger Wanderung durch
Wüsten

aus einem Brunnen, einer Quelle, Getränke
in den Labyrinthen der Leibeshöhle verfließend.
Ich bin noch wirklich durstig, dürstend.
Liege ich auf dir, du Mann, spüre ich, daß auch du
einen Venusberg, einen Venushügel hast.
Aber schwach ist deine Lust, müde und kränklich und schrumpfend.
Natürlich frage ich zuerst mich, ob ich schuld bin an deiner
Lustlosigkeit. Ich zu sehr einschüchternde Heilige vielleicht,
schaffe ich das Mutter-Sohn-Verhältnis, das die Ehen dumpf macht?
Die Blockade. Ich möchte mit dir in ein Land gehen,
wo Lebens-Lust, Lebens-Wollust vor Revolution, Autofahren und
Zeitunglesen kommt. Den Liebenden die Welt, Deutschland.
Die Blockade, du suchst immer die Mutter, die dir Steaks briet.
Aber warum dir nicht ein Mutterbildnis sein, scharfäugiger Ödipus?
Zugleich aber die Wollüstige, die Mama und die Hure.
Du siehst eine Hochschwangere durch das Lokal gehen, schaust ihr nach
und sagst: sie kann man jetzt nur noch von hinten vögeln.
Die Mama und die Hure. Zu spät erkenne ich, daß eine Schwangere dich nur aufgeilt, daß du Kinder nicht liebst.
Kein Sekt, kein Champagner hilft dir, Don Juan.
Ein versunkenes Vergessen und Erinnern, ein Ritt über den Bodensee.
Laß uns reiten in der dunklen Nacht der Wollust, selbstvergessen.
Aber du vergißt dich nie. Berühre mich wie ein Blinder, der unendlich sehend ist, Ödipus, du Scharfäugiger.
Laß uns uns anschauen ohne Hintergedanken und Doppelgängerkörperempfindungen.
Fuß ist Fuß, und Zunge ist Zunge.
Die Füße werden zu Händen. Mein Brautbett soll aus Heidekraut sein.
Ein Federbett. Zerstör nicht die Erinnerung an das kalte Haus in
Neuland, indem du sagst: so aufeinandergeklatscht. Wir wärmten uns,
ich empfand die göttliche Nähe, die vielentbehrte.

Ja, du in der Sauna, ich hatte das nie gesehen,
du Pascha, aber ich bin ja auch ein potentieller Pascha,
die Frau möchte so gern bedient werden wie der Mann.
Du in der Sauna, die Magdmutter Hitze verwöhnte dich,
den alten Mann, das göttlich sich freuende Kind.
Juchzend springst du ins Wasser, aber auch hüpfend erscheinst
du mir,
die dünnen Haare klatschnaß abstehend über den Ohren, dein
fetter Leib perlnaß und nackt.
Wie das perlt!, rufst du aus. Dein Schweiß fließend, endlich
fließt etwas an dir, auf deinem kompakten Leib.
Du sagst: dein Fleisch möchte ich schlagen mit Birkenzweigen.
Wer schützt dich vor dir selber? Ich schütze dich nicht – vor dir.
Mein Leib so rauschbereit. Fliedergeruch in die Nasenhöhlen
kriechend,
und dann der Leib noch immer unfähig, so naß und doch
entsinnlicht
und trocken, nordisch und unberührbar, immer noch trotz allem.
Dein katholischer Körper, morsch und kompakt, ich denke,
wenn ich ihn anfasse,
knirscht er wie Schmalz vom Schlachter in den knetenden
Händen.
Um die Leiber dicke Hornhäute, Fruchthäute, die eine Hebamme
sprengen muß, aber ich bin nicht deine Hebamme.
Oder? Die Wollust stagniert und breitet sich nicht aus. Meine
Reserviertheit, meine Vorliebe für Distanz.
Wünschend mich aufreißende Zustände und sie doch fürchtend.
Alles hat angefangen. Das Leben die Wollust.
Der Tod, dein abgemagerter Vater stehn an der Tür und warten.
Wir schicken den Vater bald fort. Den Vater, den prüden.
Ich sage: du weckst mich, aber du sättigst mich nicht.
Du Löwenbändiger, unfähiger, hältst der Löwin Fleischbrocken,
blutige, hin und reißt sie fort und läßt sie fiebern.
Ich wache auf. Komm durch die Dornen. Ich komm durch die
Dornenhecke,
stoße hindurch. Breche hindurch, stoße.
Ich will durch die Dornen zu dir. Der stechende Schmerz muß
ausgehalten werden mit immer weniger Panik.
Sprich und liebe. Denk an den zugefrorenen Bodensee und denk
uns als Reiter, die nicht wissen,

das Feld ist eine dünne Eisdecke. Die Decke, auf der wir gehen,
ist dünn.
Und wenn wir aber nun wissen? Die Angst, die Angst.
Du bist der, den meine Seele sucht. Ich sporne mich an,
wie Zuschauer die Fußballspieler.
Liebe und Tod, sagst du, aber man müsse viel mehr über
Matrosenaufstände sprechen. Laß Liebe zum Matrosenaufstand
werden.
Die Aufstände der Zukunft sind Aufstände für die Liebe.
Laß die Liebe wirklich sein tagtäglich. Aber du drängst sie in die
Ritzen der Träume ohne Wirkung.
Aber kannst du denn schrankenlos offen sein in dieser Welt, die
zu ist?
Wie schwer fällt es mir offen zu sein. Ich kann ganz leicht lügen.
Der Staudamm zwischen Liebe und Welt, wann bricht er?
Fehlende Offenheit ist Angst verletzt zu werden.

Aus dieser Verbindung mit Johannes kann ich nur durch Selbstmord entkommen. Wenn du tot bist, dann kann ich dich endlich vergessen, darauf freue ich mich, hat Johannes gestern zu mir gesagt. Ich habe an Johannes geschrieben: Du hattest nie das Recht mich zu schlagen und zu mißhandeln. Ich habe in den letzten Tagen deinen Körper vor mir gehabt, einen Körper, der irgendwie gedrosselt ist. Und es kam mir so vor, als sei dein Glied deswegen immer so stark und hart und erschreckend, dein Körper so rigide wirkend, weil dein ganzer Körper wartet auf die Auflösung eines gordischen Knotens, dein Körper ist ein gordischer Knoten. Du konntest mir aber nicht zeigen, wie ich ihn auflösen kann. Du machtest mir Vorwürfe, ich streichle dich nicht genug. Durch diese Vorwürfe hast du ein unfreies Klima geschaffen, das für die Liebe tödlich ist. Deine erbitterten Vorwürfe sind die Vorwürfe eines ungeliebten Kindes, die du an deine katholische Mutter richten mußt.

Wenn es wirklich ganz zugespitzt schlimm mit einem steht, hilft kein Lesen, kein Sprechen, kein Mensch. Nur wenn Jochen jetzt anriefe, das würde helfen für die Dauer des Anrufs.
Ich belausche ein Gespräch im Zug. »Sie wußten ja nicht, was sie für Tabletten genommen hatte.« – »Ein junges Ding, neunzehn Jahre alt.« – »Der Freund hatte gesagt: hör mal, ich kann dich sowieso nicht heiraten.« – »Zwanzig Infusionen hat sie bekommen, damit das Blut gereinigt wurde.« – Der zerstörerische Selbstzweifel, wenn man jemand liebt, der einen nur bedingt liebt. »Eine Frau, die fünf Kinder gehabt hat, kann genauso frisch aussehen wie eine, die keine Kinder gehabt hat«, o welch eine Beruhigung, denke ich.
Alles ist praktisch. Beschwerliche Schritte. Aufstehen. Essen. Sich waschen. In den Bus steigen. Eine Fahrkarte kaufen. Stundenlange Zugfahrten überstehen. Lesen. Anrufen. Ankommen. Sprechen. Alles ist praktisch, körperlich. Änderungen sind wie das Tragen schwerer Lasten von einer Wohnung in eine andere, hohe Treppen hinauf.

Am Mittwoch, dem 12. März, bin ich zu Jochen gefahren. Johannes hat das Telefon zerschlagen. Du willst absolut dem Augenblick leben, sagt Johannes, du überläßt dich einfach den Dingen. Er hat recht. Muß Johannes dazu schlecht und jede Minute brutal sein, damit ich fähig bin, ihn zu verlassen? Dein Leib blüht. Dein Haar soll blühen. Dein Haar muß glänzender werden, sagt Jochen.
Ich träume von meinem Bruder. Ich bin mit meinem Bruder auf einem Weg. Plötzlich wird der Weg anders. Mein Bruder sagt: da steht eine Tafel mit der Aufschrift »gefallen auf dem Felde der Ehre«, hier sind früher Truppen gezogen. Ich sehe einen Garten mit vielen leuchtenden Gemüsen darin. Heute gibt es Kürbis, ich nehme aus dem Garten einen leuchtend-gelben, reifen Kürbis, ellipsenförmig fast. Ich verbringe eine Nacht mit Jochen in einem Hotelzimmer, auf dessen Tür die Nummer zehn eingraviert ist. Neben jedem Bett ein Bild mit einer Rose; safrangelbe Bettdekken, eine eiförmige weiße Lampe. Eine Frau sagt: das Zimmer sieht aus wie ein Krankenzimmer. Bist du mein Arzt, Jochen? Bin ich deine Ärztin, Jochen? Ein öde-zerklüfteter, grauer, staubiger Weg, den ich mit meinem Bruder gehe. Vor Schmerzen aus Sehnsucht nach mir sollst du schreien, sagt Jochen. Vor Lust sollst du schreien, wenn du bei mir bist, sagt Jochen.
Wenn ich mich töte, kann meine Mutter die Kinder zu sich nehmen, ich ertappe mich bei diesem Gedanken. Ich denke: dann kann sie noch etwas gutmachen an meinen Kindern, was sie an mir dann nie mehr gutmachen kann. Ich sehe die roten Flecken auf Gesicht und Hals meiner Mutter, wenn sie aufgeregt ist. Die alternden Gesichter meiner Eltern. Das starre Gesicht meines Vaters beim Lachen. Ich habe immer noch nicht Abschied genommen von den Eltern.
Die Nähe, die gefahrvolle, die warme, bergende, dunkle, lebensvolle, ruhige Nähe. Die Nähe nachts. Die Einbildungskraft ist das größte Aphrodisiakum. Die Sprache ist die größte Erregerin der Liebe. Warum kann mich einer, der vorgibt, mich zu lieben, verletzen, unaufhörlich verletzen?, so Jochen, wenn er Witze macht über meine Flecken am Hals, daß ich ja nun keinen Rollkragenpullover mehr brauche, wenn Johannes bald fort sein werde, höchstens noch für die Arbeit im Kreißsaal, damit mein Chef nicht gierig auf mich wird. Warum sich nicht vollkommen frei und alleinstehend sehen?, die andern an sich abprallen lassen?

Das ist der Schmerz, daß ich die andern so in meine Nähe locke und lasse, in der Nähe ertrage, daß sie in mir herumschneiden können. *Liebe ist, daß du mir das Messer bist, mit dem ich in mir wühle.* Wenn ich liebe, befinde ich mich in einem Grenzland. *Dieses Grenzland zwischen Einsamkeit und Gemeinschaft habe ich nur äußerst selten überschritten, ich habe mich darin sogar mehr angesiedelt als in der Einsamkeit selbst.* Leben kann ich nur aus einer schrecklichen Nähe heraus. Lieben. Habe ich mich wieder, ganz zufällig, einem falschen Menschen zugewandt, geöffnet? Oder bin ich selber ein falscher Mensch? Bin ich denn immer die Schwache, die leicht zu Kränkende, die Unglückliche? War Jochen schon einmal wegen mir traurig? War Johannes schon einmal wegen mir unglücklich? (Ja!) Das Unglück des andern ist wahrscheinlich unerreichbar.

Es ist ein Zwiespalt: ein Mann soll mir unaufhörlich seine Liebe »beweisen«; tut er es aber wirklich, so verachte ich ihn, halte mich zwar an ihm, aber nehme meine Liebe zu ihm nicht mehr ernst, weil es ja lächerlich ist, daß *mich* einer lieben kann, diesen nichtswürdigen *Gegenstand*: mich, wie kann den einer lieben?

Sein Hinterkopf auf meiner Brust, und ich schlief als Erste ein, und er sagt am nächsten Morgen: ich denk, ich seh nicht richtig: du schläfst als Erste ein, du.

Ich traue ihm nicht. Er ist nicht offen. Seine gepreßte, feige Stimme am Samstag und Sonntag, wenn seine Frau bei ihm ist. Ich weiß, er hat ihr nichts gesagt. Er versucht auf zwei Hochzeiten zu tanzen. Er will zwei Bräute behalten.

»Wenn ich mich nicht in einer Arbeit rette, bin ich verloren.«

*Ich verkrieche mich vor Menschen nicht deshalb, weil ich ruhig leben, sondern weil ich ruhig zugrunde gehen will.*

Ist denn mein Leben nichts als die Vorbereitung auf den Selbstmord, die Verteidigung des Selbstmords?

Ich bin eine *lebende* Selbstmörderin.

Der Selbstmord als Ritus, als Form.

Eigentlich ist mein Leben immer vollkommen formlos gewesen. Ohne Halt, ohne Form, ohne Riten. Es gab doch kaum in den trivialen, konventionellen Riten wie Taufe und Konfirmation eine wahrhafte, in sich ruhende Form. Vielleicht weine ich deshalb, wenn ich eine Hochzeit sehe. Das Fehlen von Form und Ritus, wie das Fehlen der Sprache, wie meine Angst bei jedem Gespräch, es werde sofort versiegen, und es versiegt ja auch, weil

ich nichts weiß und einzig und allein auf meine Gefühle angewiesen bin, die auch schnell versiegen, wenn ich nichts »Neues« erlebe.
So ist vielleicht die Tatsache, daß ich meine Kinder nicht taufen ließ, nicht unbedingt atheistischer Mut, sondern entspricht meiner Unfähigkeit zum Ritus, zur Form. Jahrelang ohne Weingläser, ohne Gläser. Unfähigkeit, Gäste zu empfangen. Unfähigkeit, Hochzeit zu machen.
Was soll ich? Ich will nicht leben. Ich verheddere mich, spreche und lebe mich um Kopf und Kragen, finde meinen Weg nicht, finde meinen Leib nicht, finde meine Sprache nicht. Und wenn ich mit Johannes zusammenbliebe und Jochen trotzdem nicht verlieren würde?
Wenn ich beide ganz für mich haben könnte!
Aber das ist nicht möglich. Der Traum von den zwei Müttern, der Traum vom Zusammenleben mit zwei Männern.
Bei jedem Wiedersehen die Angst, es ist das letzte. Dabei krankt ja alles daran, daß ich mich nicht entscheiden kann. Und wiederum: entscheiden, wofür, wogegen? Dabei weiß meine Vernunft doch, daß ich mir im Zusammenleben mit Jochen fremd vorkäme; seine Art zu leben ist eine andere. Sein Verhältnis zu Menschen ist zupackender, schneller, wo soll ich da stehen?
Mein verborgener, von Zeit zu Zeit aufbrechender Männerhaß. Vielleicht hasse ich das Männliche zu sehr und kann niemals Johannes immer lieben. Wie mickrig und lächerlich mir das Männliche ist, andererseits wie hart, mächtig, alles an sich zerrend. Die Entfernung, die ich unaufhörlich zwischen mir und Johannes, zwischen mir und den Kindern spüre. Die unüberwindbare Entfernung. Ich spüre keine Zufriedenheit, ich denke nur an den Tod und daß alles zu ihm hinstrebt. Ich mag die unaufhörliche Spannung von Anerkennung und Ablehnung nicht. Ich bin nicht geboren. Ich will tot sein. Die Müdigkeit vor allen möglichen Anforderungen. Das Wissen, ich kann sie gar nicht erfüllen. Ich habe keinen Maßstab. Die Kinder werden erwachsen. Ich ertrage es kaum, daß sie wachsen und nicht mehr in mich hineingehen. Ich will nie mehr ein Kind gebären. Beim geringsten Erlebnis von Lieblosigkeit ist mein Gehirn ganz verzerrt, die Welt ist mir verhunzt. Ich hasse dann die Bücher im Regal und möchte sie weit fort bringen.
Wie soll ich diesen dunklen Winter überstehen? Ein Gefühl von

Tod. Von allem abgeschlossen sein. Stillgelegt. Ausgeschlossen. Annemarie wird morgen fünf Jahre alt. Mein Todeswunsch, mein Denken an frühen Tod. Die andere Richtung: einen großen Raum für mich haben, unverletzlich sein, große blühende Gärten, Ruhe, Stille, viel Raum für mich und sehr viele Kinder. Nein, hier ist's eng, es schnürt mir das Herz ab. Ruhe haben in einem großen Garten. Ich hasse den Winter. Der Schnee ist schön und die Kälte, wenn man sich in ihr bewegt. Aber die Dunkelheit macht mich krank. Den Sommer habe ich mit Arbeit verbracht, ich bin nie herausgekommen, ans Meer, an Orte, an denen viel Licht ist und Wärme. Annemarie wird fünf Jahre alt. Die seit ihrer Geburt vergangene Zeit kommt mir endlos vor und so leer und vergangen, als hätte ich und als hätte sie nicht gelebt. Ich träume von blühenden Gärten. Hier ist es Winter geworden. Die Blätter sind fast ganz von den Bäumen. Die Nachbarn tragen die Blätterhaufen unter den Obstbäumen fort. Es ist sehr dunkel, und ich habe Angst vor dem Winter.
Ich bin kraftlos. Die Zähne faulen. Ich vergehe also schon. Wer, was frißt denn an mir? Ich ging gestern im Stadtwald spazieren mit Johannes und den Kindern. Dickes farbenreiches Herbstlaub am Boden. Birkenstämme, weiße, schneeige, blasse, schimmelfarbene Stämme und weit in den Himmel ragende oder grüngeschnitzte Stämme, Rinde. Kranke Bäume auch. Johannes sagt: hast du den Lärm der Flugzeuge nicht gehört? Ich gehe gehörlos und augenlos durch die Welt. Es läßt sich aber alles ändern.
Ich träume, daß ich in einem Schiff auf einem Meer fahre. Es ist Nacht. In der Ferne Städte und unbekannte Länder. Ich habe Angst weiterzufahren, von meinem Wohnort weg in ferne, fremde Gegenden hinein. Je weiter ich fahre, desto meerblauer wird der Himmel, eine Farbe, die mich verhext, und ich fahre weiter und weiter.
Mir ist, als hätte ich nichts erlebt, als hätte ich keine Augen. Todesahnungen.
Ich denke an meine Zeugung, also an ein Ereignis vor meiner Geburt. Mir erscheint alles so tot, was bedeutet Liebe noch? Es kommt mir vor, als wüßte ich alles und als würde, was ich nicht weiß und erst erfahren muß, nur gefährlich und gefährdend für mich sein.
Wie ich es manchmal hasse, wenn Johannes in meiner Gegenwart ißt! Seine mahlenden Kiefer, seine Kaugeräusche!

»Das bürgerliche Zeitalter besaß keinen Mythus der Liebe mehr.«
»Eros ist eine urheidnische Gottheit.«
Manchmal denke ich über die Ehe, daß sie eine bürgerliche Bindung ist: man muß das Rülpsen und Furzen des anderen mitanhören, muß sich im Badezimmer beobachten lassen, hat keine Scheu mehr, vor dem anderen auf die Toilette zu gehen. Wie kam es nur dahin, daß ich geboren wurde? Johannes ein Geburtenerzeuger. Du bist ein Heidestrauch, sagt Johannes. Wenn ich dich herausreißen will, sträubst du dich. Und ich sage zu Johannes: ich will, daß du dich an meinen Leib preßt, bei dir will ich sein.
Als ich bei der Hochzeit meiner Schwester den größten Teil des zerrissenen Brautschleiers erbeute, sagt jemand: es bringt Unglück, mit der Brautkrone zu spielen.
Suchen, warum ich zum Tod hinstrebe.
Ich bin mit Jochen durch Ulm gerannt. Wir haben zusammen ein Messer gekauft. Ich habe mich mit dem Messer tief in die linke Hand geschnitten. Eine Köchin hat mir die Wunde verbunden. Sie schneide sich oft, sagt die Köchin, in der Hotelküche schnitte sich das Personal manchmal halbe Arme ab.
Ich frage mich, wie ich mich aus den Konventionen befreien kann. Was ich nicht annehmen kann, das ist der Mann. Ich begreife ihn nicht. Mein Leib ist leer, mein Schoß ist leer. Ich gehe die Straße zum Bahnhof, sehe Huren und denke, warum es kein Bordell für Frauen gibt. Ich würde hinlaufen, mir eine liebe Frau mit sanfter Haut aussuchen, mich an sie lehnen und weinen und schlafen. Ich dachte plötzlich, daß es mir zuwider ist, immer nur von einem Mann, nie von einer Frau schwanger werden zu können. Ich ging mit Hannes lange spazieren, durch Pfützen, auf aufgeweichtem, lehmigem Ackerboden, da fühlte ich mich fast zufrieden, fast glücklich, allein mit meinem Sohn. Ich dachte an Therese, an ein Jugendfoto von ihr. Ich kann mich nur an eine schillernd moosgrüne Farbe erinnern, du mußt irgend etwas Grünes angehabt haben, und du hattest ein dunkles, glänzendes Haar, das Bild möchte ich gern haben.
Ich bin nicht bereit, mich in die Normalität eines vorgeschriebenen Eltern-Kind-Lebens treiben zu lassen.
Traum, in fünf Jahren groß und ernst Hochzeit zu machen. Dann wieder Zweifel. Denn eine Hochzeit ohne Trauung ist keine Hochzeit, und wie können wir uns trauen lassen, wenn wir nichts

glauben? Ich habe zwei Eimer Honig für die Hochzeit meiner Schwester gekauft. Symbolisch – aber sie wird es nicht verstehen, sondern wird den Honig nur begreifen für aufs Butterbrot gedacht.

*Es ist mir immer schon furchtbar schwergefallen, mir Leute zusammen im Bett vorzustellen.*

Wenn ich mich doch irgendwo verstecken könnte. Solange die Kinder klein sind, ist das Verstecken vielleicht noch möglich. Sobald sie in die Schule gehen müssen, werden sie fremde Menschen anschleppen, von fremden Menschen beeinflußt werden. Dann wird vor mir wieder von neuem die eigene, ekelhafte Schulzeit stehen. Wie konnte es nur geschehen, daß mir diese ganze Ekelhaftigkeit vorher nicht bewußt war, die mit der Geburt eines Kindes verbunden ist, vom Kinderwagenkaufen bis zum In-die-Schule-Bringen und Nachher-mitansehen-Müssen, wie die Kinder irgendwelchen Irrlehren nachlaufen und wildfremde Menschen abknutschen. Mein Traum ist ja immer, ihnen ein heimatliches Bezugsfeld zu schaffen und Werte, an die man sich halten kann. Aber dieser ekelhafte Mann Jochen, an den ich geraten bin, hindert mich, ich hänge an ihm wie eine Zwillingin an ihrem Zwillingsbruder. So ist es nichts mit dem Traum vom Verstecken, vom geheimen Leben im Verborgenen, die Welt ist eng. Wahrscheinlich ist der Gedanke an Selbstmord etwas ganz Natürliches und Instinktives.

Johannes, nachdem ich ihn wegen Jochen verlassen habe, sagt: die will mit mir wieder Hochzeit machen! Die! Ich will nie mehr mit ihr Hochzeit machen, habe er gedacht. Sie muß mich erst einmal lieben! Die schließt sich ganz in ihren Leib ein, habe er gedacht.

Das Schwanken. Die Furcht vor dem Abstürzen. Ich träumte von einer Leiter am Fenster, Annemarie steht auf der ersten Sprosse der Leiter und klettert hinauf, und ich fürchte, daß sie abstürzt, da die Leiter sehr hoch und steil und unstabil ist, aber plötzlich ist die Leiter wie verwandelt, wie im Märchen, ist stabil, fest, aus braunem Holz, breit und gar nicht so erschreckend hoch.

Loslösung, denke ich. Wovon loslösen. Wovon.

Ein Leben ohne Abenteuer, ein Leben nur mit einkalkulierbaren »Abenteuern«, das hält keiner aus. Vielleicht auch deshalb das Selbstmordproblem. Selbstmord das einzig Unvernünftige in all dem Funktionieren. Ich träumte von der Hochzeit meiner

Schwester. Meine Mutter singt ein wunderschönes Lied, alle stehen in der Runde, ich bin so ernst und kann nicht mitsingen, ich habe die Hälfte meiner Hochzeitsgeschenke vergessen. Ich stehe in einem Keller, es ist eine Art Supermarkt im Keller, um mich herum Kästen gefüllt mit Kirschen, ich bestelle eine riesige Kiste voller Kirschen, die man meiner Schwester zur Hochzeit schicken soll.
Ich höre, ein Flugzeug mit über achtzig Menschen sei abgestürzt, keiner überlebte. Keiner überlebte, das ist das Berauschende, denke ich. So in das Nichts hinein in den Tod. Keine Verletzten, keine Schwerverletzten, niemand im Krankenhaus, sondern nur: keiner überlebte. Wenn man es bestimmen könnte: das wäre ein ganz schöner, dieser Zeit angemessener Tod. Und ich habe auch gar nicht den Eindruck, daß jemand über einen solchen Tod von achtzig Menschen trauert. Ich habe eher den Eindruck, daß solcher Tod als selbstverständlich, vielleicht sogar mit Genugtuung hingenommen wird.
Ich habe ein Gefühl im Mund, am Zahnfleisch, als würde ich auf dem Zahnfleisch gehen.
Habe ich die Kraft Hebamme zu sein? Habe ich das Recht, Menschen zum Leben zu verhelfen? Den Zweifel gab es ja immer. Die Müdigkeit schon am Morgen. Das Hinuntergezogensein aufs Bett. Das Frieren der Glieder. Ich möchte auf einem Kachelofen sitzen oder den ganzen Tag von Licht und Wärme durchtränkt sein.
Der Wald von Einzelheiten, in dem ich mich zurechtfinden muß. Es ist ein kleiner Irrsinn, sich hier selber in einer gespenstischen Wohnung festzuhalten, in einem sogenannten Kinderzimmer, immer wieder den Kampf zu führen gegen Unbeweglichkeit und Mattigkeit. Die vielen Kleidungsstücke der Kinder. Wieviel muß ich um sie hüllen, bevor wir nach draußen gehen können, die vielen Kleidungsstücke erscheinen mir unförmig und zuviel für sie.
Ich gehe zum Polterabend meiner Schwester und ihres Bräutigams. Die Festgesellschaft poltert gar nicht mehr richtig wie früher, als noch spontan und »anarchistisch« altes Geschirr zerschlagen wurde. Heute zerschlagen sie das Geschirr fein säuberlich gleich in die Mülltonne vor der Gastwirtschaft. Sie poltern schon lange nicht mehr, sagt jemand, heute die Brautpaare haben ja schon lange vor der Hochzeit »gepoltert« ... Eine große Kelle

geht herum, aus der alle nach und nach trinken. Die Grünprobe, das Kränzen haben sie hinter sich. Mein Ekel, mit diesen vielen mir zu einem großen Teil unbekannten Menschen aus dieser großen Holzkelle mit dem langen Stiel zu trinken. Johannes sagt: Alkohol sterilisiert. Heukorn heißt der Korn. Jemand erzählt von der Mordbuche in Marienthal. Sie sei jetzt abgehauen worden, sie war ausgehöhlt.

Ich träumte von Johannes, der ein wildfremder Zwerg war, er quetschte sich an meinen Hintern, versuchte meine vielen Kleider, die wie Zwiebelhäute waren, hochzuheben, um seinen Phallus in meine Pospalte zu quetschen. Mir war es zuwider, ich spürte, wie sein Glied dicker und kräftiger wurde, ich stieß ihn weg. Als ich gestern mit Johannes an der Berufsschule in Marienthal vorbeifuhr, erzählte er, er erinnere sich an ein merkwürdiges Bild, er habe damals während der Berufsschuljahre oft ein merkwürdiges Paar auf der Straße gehen gesehen, einen »Zwerg« von etwa ein Meter vierzig und einen »Riesen« von etwa zwei Meter zwanzig, zwei Jungen aus seiner Berufsschulklasse, irgend etwas muß die beiden verbunden haben, sagt Johannes.

Ich träumte, Johannes, die Kinder und ich sitzen auf einer Schulbank in einem Vorlesungssaal, der Arzt von Johannes steht auf einem Podium und sagt zu Johannes: Sie sind ein Familienvater, aber ob Sie es bleiben wollen, müssen wir einmal sehen. Ich werde furchtbar wütend und halte eine lange Rede: Johannes sei kein »Familienvater«, und wir seien überhaupt keine Familie, meine Rede endet mit dem Satz: die Frau ist die Krone der Schöpfung, dann verlasse ich abrupt den Vorlesungssaal . . .

Überall diese entsetzlichen Hochzeitsfotografien. Ich soll bei der Hochzeit von Vaters Bruder Blumen gestreut haben. Morgen soll Annemarie bei der Hochzeit meiner Schwester Blumen streuen, und so geht es dann bis in alle Ewigkeiten weiter. Wieviele Hochzeiten mögen die Leute (meine Eltern, die Eltern von Johannes, unsere Verwandten) schon »verputzt« haben? Geburt, Tod, Krankheit, Konfirmation, Hochzeiten – für diese Leute sind das Dinge, die einfach geschehen. Deswegen auch das Heulen meiner Mutter, daß ich mich, als ich Johannes heiratete, nicht kirchlich habe trauen lassen.

Ich »besichtige« die neueingerichtete Wohnung meiner Schwester. Ich habe doch Angst vor den Möbeln, vor dem Wohnzim-

merschrank, vor dem großen Schlafzimmerschrank, vor den Ehebetten, vor der Einbauküche. Johannes und ich kaufen eine Madonnenfigur aus Lindenholz für die Mutter von Johannes. Die Mutter von Johannes erzählt sofort, daß der Pastor ihres Heimatdorfes ihr zur Hochzeit eine Madonna geschenkt habe, die Madonna auf dem Holzbild, die über ihrem Ehebett hängt. Der Pastor soll die Madonna damals auch in Paderborn gekauft haben, wo Johannes und ich unsere Madonna kauften.
Ich schenke meiner Mutter ein Mutter-und-Kind-Bild von Picasso, sie hängt es über das Ehebett im Schlafzimmer.

Mein Mund ist voller Schmerzen. Ich träume von Steinbrüchen. Die Vorstellung, daß ein Zahn herausgezogen wird, ist wie die Vorstellung vom Steine herausbrechen aus einem Ganzen.
Kann man denn noch keine Zähne verpflanzen, denke ich. Warum pflanzt man mir keinen lebenden Zahn ein an die Stelle, wo jetzt ein großes Loch ist? Das Zahnfleisch meines Bruders schrumpft, hat er mir erzählt. Ich denke, vielleicht kann ich seine Zähne bekommen. Mein Bruder gibt mir seine Zähne, dann werde ich mein Bruder.
Ein so großes Stück vom zerrissenen Schleier der Braut. Den nehmen doch nur die Jungfrauen mit, sagt jemand. Ich bin ja auch Jungfrau, sage ich, meine Kinder habe ich unbefleckt empfangen.
Ich habe den großen Backenzahn mitgenommen, den mir der Zahnarzt mit den drei Wurzeln herausgerissen hat. Jemand sagt, er findet Leute schrecklich, die ihre Zähne sammeln, erzählt von seinen Schwiegereltern, die all ihre nach und nach ausgefallenen Zähne in Kästen gesammelt hätten, nachdem die Schwiegereltern bei einem Verkehrsunfall beide auf der Stelle tot waren, habe er all die Zähne der Schwiegereltern im Garten vergraben.
Heulen und Zähneklappern, als der Zahnarzt mir mitteilt, daß mein Zahn extrahiert werden muß. Zittern am ganzen Leib. Im Mund ein großes Loch, eine große Lücke. Ein kleiner Schritt zum Großen Tod.
Ich lebe nicht gern. Ich erinnere mich jetzt, daß ich in den letzten Monaten irgendein körperliches Symptom gewünscht habe, damit ich Johannes zeigen kann: das hast du mir angetan. Aber an die Zähne habe ich nicht gedacht. Warum habe ich mir den Zahn wegnehmen lassen, aber ich ließ alles willenlos mit mir gesche-

hen. Ich wollte nur von meinem rasenden tagelangen Schmerz befreit sein. Warum muß mir erst ein Zahn herausgerissen werden, damit ich meinen Körper wieder spüre?
Die andern Leute sind verrückt, sie tun so, als sei es nichts, wenn einem Zähne genommen werden. Jemand sagt, ihm macht es nichts aus, *alle* Zähne zu verlieren und ein Gebiß zu tragen.
Johannes sagt, es sei ein seliges Gefühl gewesen, wie er meine Brust geküßt und seine Zähne hineingegraben und die Brust an seinem Zahnfleisch gefühlt habe.

Eine große Leere. Rundum Eis und Schnee. Fremde Leute. Fremde feindliche Leute. Feindliche Briefe. Näher Zusammenrücken mit Johannes. Denken an Philemon und Baucis. Hannes umarmt im Stadtwald die Bäume. Liebe mit Johannes. Immer beisammen sein.
Ich träumte, ich gehe in mein altes Gymnasium, bringe ein Brot mit, das mehrere Jahre alt ist, lege es der Direktorin auf den Tisch. Sie ist erstaunt, daß ich das Brot immer noch nicht gegessen habe. Es liegt, obwohl es doch Jahre alt und sehr hart ist, duftend auf dem Tisch. Ich frage die Direktorin, ob es auch Nonnen gibt, die Kinder haben und mit ins Kloster bringen dürfen.
Meine Nachbarin Maria, die vier Kinder hat, sagt, sie habe sich immer schon sechs Kinder gewünscht, als ich sage: ich sterbe bald, und dann mußt du für Hannes und Annemarie sorgen.
Am Abend des nächsten Tages, an dem mir der Zahn mit den drei Wurzeln extrahiert worden ist, habe ich die Phantasie, daß mir ein lebendiger Ersatzzahn eingepflanzt werden könnte, ich fühle diese Möglichkeit körperlich. Und körperlich spüre ich die Gestalt meines Bruders, der Paradentose hat, und denke, trotz Paradentose sind doch seine Zähne noch gesund und für mich.
Am nächsten Abend gehe ich sehr früh ins Bett, erwache aber plötzlich mitten in der Nacht und habe das Gefühl, eine Gestalt schleiche im Zimmer herum, ich fürchte mich und will Johannes wecken, rufe ihn an, rufe aber, wie mir Johannes später erzählt, nicht: Johannes!, sondern rufe mehrmals: Bernhard!, Bernhard!, Bernhard! Johannes erzählt mir am nächsten Morgen von einem Traum. Seine Mutter sei tot. Von einem anderen Traum, sein Vater und seine Mutter hätten ein Hasenkind angenommen, das einen Stall bewohnt. Der Vater soll mich, vielleicht ist das mein

Wunsch, sagt Johannes, hegen und pflegen, wie er seine Kaninchen in den Ställen sorglich hegt und pflegt.

Ich will nicht Ich sein. Ich will ein Anderer sein. Ich will mein Bruder sein. Ich will Johannes sein. Ist Johannes mein Bruder, mein Vater, mein Sohn? Ach du warst in abgelebten Zeiten meine Schwester oder meine Frau. Ach du warst in abgelebten Zeiten mein Bruder oder mein Mann.
Die Mutter von Johannes erzählt von einem Mädchen, das beim Bauern lebte und arbeitete. Das Mädchen war eine Waise, die sich ums Leben bringen wollte. Zweimal legte sie sich unter einen großen Heuhaufen, um sich zum Ersticken zu bringen. Sie sprach nachts im Schlaf laut, und mit klarer Stimme erzählte sie alles, was sie am Tag erlebt, wie sie sich mit dem Knecht gestritten hatte usw. Die Mutter von Johannes, die bei dem Bauern als Hausmädchen arbeitete, ging eines Tages hin und hörte durch die Tür den Schlafgesprächen der Waisen zu, ging hinein ins Zimmer und hielt dem Mädchen ein brennendes Streichholz unter die Nase, weil sie glaubte, das Mädchen schauspielere nur, aber das Mädchen lag in tiefem Schlaf. Die Mutter von Johannes erzählt von einem Spökenkieker aus ihrem Heimatdorf, der weit wegzog aus dem Dorf in den Wald hinein, weil er von seinen hellseherischen Fähigkeiten, den Tod vorauszusehen, befreit sein wollte. Der Spökenkieker habe plötzlich in Gesellschaft ein ganz ernstes Gesicht bekommen und sei verstummt, sagt die Mutter von Johannes. Die Waise habe sich eines Tages unter einem riesigen Heuhaufen erstickt, sagt die Mutter von Johannes.
Diese maßlosen Ansprüche bei allen, und die Kräfte, die es kostet, sie zu erfüllen.
Ich stelle es mir als das Entsetzlichste vor, jung zu sein und die Zähne zu verlieren. Nicht mehr essen zu können, das ist der Tod. Meine Mutter hat zu meinem Bruder gesagt, ob er nicht auch in die Geburtshilfe gehen wolle. Ich bin nur die zweite Ausgabe, der Ersatz. Ich bin nicht Ich. Ich bin ein Anderer.

In den schwarzen Schacht der Dunkelheit, der Nacht, des Schlafs eintauchen. Schlaf und Träume. Johannes und ich, wir sind Zwillinge. Wir wollen zusammenwachsen, Philemon und Baucis, Brüderchen und Schwesterchen. Ich träumte vom Kreißsaal, es ist fast soweit, die Schwangere ruht noch einmal aus, ich gehe hinaus

aus dem Raum, um zu pinkeln, auf dem Flur steht ein altes Sofa, ich ruhe mich aus, dann gehe ich zurück in den Raum, aber auf dem Flur trägt man mir schon einen Zwilling entgegen, ich habe nun wieder nicht mit angesehen, wie die Zwillinge geboren werden. Ich sehe nur, wie der Arzt sie auf die Toilette trägt und sie dort im Waschbecken wäscht. Dann sehe ich die Zwillinge auf einer Waage liegen. Dann – noch auf der Waage liegen sie – gibt eine Schwester den Zwillingen einen dunklen Brei zu essen, es gibt mir einen Stich, ich frage, warum sie den Zwillingen sofort Nahrung einstopft, dann würden sie doch nicht mehr aus der Brust der Mutter trinken.
Was ist das, diese Mutterbeziehung?
Daß die Mutter immer da ist und soviel verspricht und ich doch nie an sie herangekommen bin!, sagt Johannes.
Ich träumte von meinem Vater. Ich halte mich in einem Gebäude in der DDR auf. Mehrere Treppen hoch in einem Raum, mitten in der Nacht, ich esse Sesambrötchen aus einem Schrank, ein Funktionär überrascht mich beim Essen, ich dürfe nur zu festgelegten Zeiten essen, er schleppt mich die Treppen hinunter zu meinen Eltern in einen Raum, um ihnen meine Tat zu berichten. Ich hoffe im stillen, meine Mutter möchte nicht da sein, weil sie immer sehr viel schimpft. Wirklich liegt auch nur mein Vater auf dem Bett. Der Funktionär berichtet anklagend meinem Vater von meiner Gier, der Vater lächelt nur, schimpft nicht, der Funktionär geht weg. Ich beuge mich über den liegenden Vater, um mich zu verabschieden. Sein Gesicht erscheint mir ein bißchen gierig, als würde er von der Mutter viel entbehren. Ich küsse den Vater, dann gehe ich die Treppen wieder hinauf, finde aber meinen Schlafraum nicht wieder.
Ich wäre gern eine phantasiereiche Traumdeuterin.

Die innere Überzeugung, die mich manchmal überfällt, dieser Sohn Hannes bleibt mir nicht, ich bin dieses Sohnes nicht wert. Auch wenn der von mir immerzu vorausgesehene, vorausgeahnte, vorweggenommene Unfalltod meines Sohnes nicht geschehen wird, werde ich ja immerzu in Angst vor seinem frühen Tod leben, und vielleicht kann schon eine Angst Unfälle erzeugen.
Sie ist weggegangen, sagt jemand, als er von seiner Frau spricht, die gestorben ist.

Der Geschwisterkampf. Das Bewußtsein, nur wenn »die Brüder« sterben, kann ich leben.
Einen Menschen töten ist das größte Unglück, das einem Menschen widerfahren kann, denke ich.

Johannes und ich im Traum eng umschlungen, die Körper ineinander verschlungen. Mitten in der Umschlingung nimmt Johannes den Hörer von einem nahstehenden Telefon ab und will mit seiner Mutter telefonieren, telefoniert auch mit ihr, ich höre stillschweigend zu, zusammengebunden mit Johannes.
Wir streiten über die Liebe. Ich sage: das un-faßbare Gefühl, über die Zeit verteilt, das man Liebe nennt, das entsteht, das aufhört.

Ich empfinde eine ungeheure Leere. Aber der Zustand meines Lebens zeigt mir doch, daß ich etwas erlebt haben muß, ich weiß nur nicht, was es war. Ich bin umgeben von zwei Kindern, die sich bewegen, kreischen, lachen, Hunger haben, und von einem Mann, der offensichtlich der Erzeuger ist dieser Brut. Irgendetwas muß also geschehen sein. Ich kann mich nicht erinnern. Die Leere, das große leere Loch, das ich spüre, ist vielleicht die Unfähigkeit, ein Gedächtnis zu haben. *Sieh da in meinem Gedächtnis die unzähligen Gefilde, Höhlen und Grotten, übervoll von allerart unzähligen Dingen.*
Ich spüre davon nichts. Keine Höhlen, keine Grotten. Keine Tiefe in mir. Nur Leere, Wüste, Langeweile.
Jetzt spüre ich die Lücke, die große, kaum noch, die der herausgerissene Zahn mit den drei Wurzeln hinterlassen hat, ich denke nicht mehr an die Lücke, ich esse auf der linken Gebißseite.
An der einen Seite reißen die Kinder, an der anderen der Beruf, der mich auffrißt, jedes will mich ganz. Nichts erfülle ich ganz, weil ich beides ganz erfüllen soll. So ist alles halbbefriedigend, macht melancholisch. Ich beklage mich, daß ich zerstreut bin.
Im Traum gestern nacht vor meinen Augen blendendklar ein Korb voll von Kaninchen, so leuchtend zu sehen wie ein nachts angestrahltes Schloß, erkennbar zwei Kaninchen ganz oben, die sich paaren wollen, und ich starre hin im Begriff, sie zu hindern, sie auseinanderzureißen, sie sollen kein drittes zeugen.

Ich träumte von einem gierigen, großen, breiten, wilden Mann. Ich bin in einem Zimmer, ziehe mich um, das Zimmer ist dunkel, ich ließ zwei Türen einen Spalt offen. Der gierige Mann will in die eine Tür. Ich kann sie gerade noch schließen vor ihm. Ich schließe mit dem Schlüssel zweimal ab. Der gierige Mann öffnet trotzdem die Tür wie nichts, als existiere kein Schloß, als sei nichts verschlossen.

Die kalte Art meines Bruders, meiner Schwester! Und ich wundere mich immer, daß die Eltern noch freundlich sind zu mir, zweihundert Mark schicken zu Weihnachten, einen Brief, Pfefferkuchen, habe aber den Eindruck, sie tun dies alles nicht wegen mir, sondern wegen der Enkelkinder oder aus eigenem Interesse. Weihnachten ist das Fest der Liebe, sagt der Bundespräsident im Fernsehen.
Das Verhältnis zu meinen Geschwistern ist erschreckend und bedrückend. Ich komme mir ausgeschlossen vor aus der »Familie«. Die Eltern tun, als verstünden sie mich, im Grunde ist ihnen alles fremd, was ich tue, so fremd wie ihnen mein Selbstmord wäre und sein wird, als gehörte der Selbstmord nicht zu mir wie meine Haut.
Bäume, die schwach sind und nicht von anderen Bäumen geschützt und umgeben, stürzen doch und lassen dann ihre Wurzeln herausragen. Krankheitskeime in mir, Angefressensein; solange ich noch den Schein der Gesundheit erregen kann! – der Selbstmord kann sehr lange dauern, noch zehn, vielleicht zwanzig Jahre, *ich* muß ja alles in mir austragen, was die ganze Familie – Bruder, Schwester, Mutter, Vater – so zärtlich und »unwissend« verbirgt, ignoriert. *Family life.*

*Todeswürmer.* Ich habe in Annemaries Auswurf einen riesigen Wurm entdeckt. Große regenwurmartige Würmer sah ich, sie kamen mir vor wie Tiere, die mich ansehen. Ich sah einen toten Vogel vor mir, an dem Würmer und grüne Fliegen nagten. Nachts träumte ich von giftigen Apfelstücken in meinem Hals. Würmer im Leib!, Tiere im Leib! Ich war erschrocken. Die Vorstellung kam über mich, von innen heraus würde ich aufgefressen. Meine Mutter sagt, sie hätte uns Kindern auch tagelang die Würmer vom Hintern wischen müssen, und Vater hätte sich damals auch um nichts gekümmert, hätte nur gesagt: geh zum Arzt. Eine Mutter muß das eben machen, sagt meine Mutter. Sonst denkt man Würmer im Leib nur im Zusammenhang mit dem Tod.

Johannes kommt mir immer vor wie ein Stellvertreter für alle anderen, die mich gequält haben, die mich quälen. Neulich sagte Johannes: ich bin nicht dein Messer, das in dir wühlt. Merkwürdig, wie kam er auf dieses Bild, denn die Formulierung von Kafka kennt er nicht: *Liebe ist, daß du mir das Messer bist, mit dem ich in mir wühle.* Es hat mich sehr erschreckt, daß Johannes dieses Bild finden konnte.
Würmer sammeln sich doch nur in Abfallhaufen. Welchen Horror ich vor den Würmern habe! *Totenwürmer.*

Im Fernsehen höre ich von Erdbebenkatastrophen, von unzähligen Toten und Verletzten und von Menschen, die im Eiskalten sitzen, weil sie Angst vor neuen Erdstößen in ihren Häusern haben.
Ich fange eine Maus in einer Mausefalle. Die Maus liegt ganz platt da mit Knopfaugen und langem Schwanz und zarten Füßen. Sie ist vollkommen tot. Ich werfe sie mit der Falle in eine Plastiktüte und trage alles zur Mülltonne. Ich habe Annemarie aus dem Bett geholt, damit ich nicht allein bin mit der toten Maus. Im Zeigefinger meiner linken Hand ist ein scharfer Schnitt vom Brotmesser, mit dem ich Käse abschnitt für die Mausefalle.

Ich träumte von Johannes. Ich geriet in einen Streit mit Johannes auf dem Weg zu einem Tanz oder einem Theaterabend. Während des Streitens verschwindet Johannes plötzlich vor meinen Augen, ich höre ihn noch schreien, dann ist alles still, vor mir am Weg, an der Straße, im dicken Erdreich große Löcher wie Mauselöcher, in eins dieser Löcher muß Johannes gefallen sein, ich rufe Leute aus der Umgebung um Hilfe an. Die Leute sind langsam im Handeln, aber da ist eine breite Bauersfrau, die fängt sogleich an zu graben, sie warnt mich aber, entweder sei Johannes sowieso schon erstickt oder sie werde ihm beim Ausgraben Verletzungen mit der Schaufel im Gesicht beibringen. Schicht für Schicht graben die Frau und die Leute, die ihr helfen, Johannes frei, bis sein Kopf zu sehen ist, ganz blaß ist sein Gesicht, mit geschlossenen Augen, voll Erde taucht es hoch, die schwarzen Haare sind wie ein Kranz um seinen Kopf, dann hebt Johannes den Kopf ganz aus dem Erdreich und bricht ganz durch. Aber kurze Zeit nach seiner Ausgrabung streitet Johannes schon wieder mit mir, und ich flüchte vor ihm, ich reite fort auf Kamelen mit anderen über einen

Fluß, halte mich an den weichen, prallen Höckern eines Kamels fest.

Diese entsetzlichen Ablenkungen. Diese vielfältig schreienden Ablenkungen, Zeitungen, Fernsehen und Geschrei der Leute. Zerteiltsein in allem.
Liebestod, ich denke an Liebestod. Die Angst vor der Liebe, denke ich, ist die Angst vor dem Tod. Sie überwinden heißt lieben können. Liebe ist kälter als der Tod (wer sagt das?). Liebe ist stark wie der Tod. Sinnlich und stark wie der Tod ist die Liebe. Höchste Formen von Sinnlichkeit: Liebe und Tod. Endzustände. Hochzustände. *Hoch*zeiten. Johannes, der verreist ist, schreibt mir Liebesbriefe, schreibt von Eindringen, von Quellen, von Schoß, und ich fühle beim Lesen nichts. Die Sprache und die Liebe, schreibe ich Johannes. Mein Körper sind meine Worte, meine Worte sind mein Körper, sage ich Johannes. Mittags legt Annemarie sich auf die Decke von Johannes und wickelt sich die Hälfte der Decke um den Leib und sagt: ein Nest.

Liebe? – Ja, da tät ich doch das, wodurch ich gezeugt wurde.
Ich wäre aber lieber nicht gezeugt worden.
Andere sterben durch Brustkrebs. Ich werde durch Selbstmord sterben, sterben von eigener Hand, wie man sagt. Es kommt nur darauf an, wenigstens des Todes sicher zu sein. Kein Unfall, kein Fallen und dann doch noch am Leben sein, im Rollstuhl z. B. Sicher: dieser Zustand kann sehr lange dauern: ein Leben zum Selbstmord. Aber manche verwirklichen ihr Leben nur im Selbstmord.
Vielleicht muß ich mich nur tief erholen, schlafen, lang und ruhig schlafen, viel gehen, gehen, die Todesgedanken verscheuchen, aber jetzt rede ich schon wie ein Arzt, der ein Rezept gibt.

Ich träumte von einem Haus, vielleicht einem Bauernhaus. Die Eltern gehen fort, das Haus ist von Räubern bedroht. Die Räuber haben Inschriften an das Haus gemalt, daß es Gemeineigentum sei, die Zurückbleibenden haben schreckliche Angst. Ich laufe meinen Eltern nach, die Mutter achtet nicht auf mich, ich will ihr sagen: die Räuber sprengen noch das ganze Haus in die Luft. Die Mutter schaut herum und sieht viele Geschäfte und denkt wohl: warum haben es die Räuber gerade auf uns abgesehen? In einer

Runde vor dem Haus liegender Menschen bin ich, wir sind von den Räubern bedroht, sie sind nahe. Ein Mann in der Runde beginnt zu klagen und laut zu rufen, er wolle erst noch seinen Sohn gebären, den seine liebe Frau ihm zurückgelassen habe, er drückt und erzählt dabei immerzu auch witzige Geschichten, um die Räuber abzulenken, er drückt unter Anstrengung aller Kräfte seinen Sohn heraus, zwischendurch dankt er seiner lieben Frau ...

Der ewige Bruderzwist. Ich würde mich von Johannes trennen. Manchmal wünsche ich mit meinem Sohn allein auf der Welt zu leben. Aber ich kann mich nicht trennen. Ich kann nicht weggehen und jemand zurücklassen. Jemand geht fort und läßt mich zurück, und ich bin die Unglücklichste. Was wird erst werden, wenn ich ganz gehen muß? Was wird werden, wenn ich sterben muß? Zehn Jahre bin ich ja nun mit Johannes zusammen. Trenne ich mich, so muß ich mir ein paar Stücke aus meinem Körper schneiden.

Johannes erzählt, im Traum habe sein Vater, der Arbeiter, sich als Chirurg versucht. Eines der Kaninchen des Vaters sei nicht fett geworden, sei mager geblieben, und als er die fettgezüchteten Kaninchen geschlachtet habe, habe er auch das magere aufgeschnitten und in dem Kaninchen einen Darmabschnitt voll Luft entdeckt. Johannes sagt, er fühle sich wie ein solches Kaninchen, und er wünsche, der Vater würde ihn öffnen wie das magere Kaninchen und würde ihn von der Luft im Darm, die alles symbolisiere, was ihn an der Befreiung hindere, befreien. O ja, der Vater, die Mutter, was erwarten wir von ihnen, diesen »Portalsfiguren« unserer Kindheit. Irgendwann ist die Schuld beglichen, die sie an uns haben, und wir nehmen die Ruder in die eigenen Hände und müssen uns retten, wir allein müssen uns retten, wie auch immer. Oder erwarten – und nennen es Liebe – wir die Rettung immer noch von einem anderen, den wir lieben?

Ich träumte von einem Umzug. Ich zog in ein altes baufälliges Haus in Frankfurt. Ich ging die Treppe hinunter, sie war so steil, daß ich all meine Kraft zusammennehmen muß, um nicht vor Angst hinunterzuspringen oder hinunterzufallen. Die Stufen der Treppe des alten baufälligen Hauses sind zum Teil abgebrochen oder fallen ab. Meine Mutter wohnt in diesem Haus. Zum

Wochenende liegen zwei Kopf Salat in der Küche. Ich fürchte, meine Mutter läßt mich verhungern. Ich irre durch die Stadt. Ich suche Johannes und die Kinder. Sie haben mich seit langem verlassen. Johannes taucht manchmal plötzlich auf hinter einem Baum, in einem Toreingang, verschwindet wieder wie das Bild eines Toten im Gedächtnis. In einem verlassenen Obstgarten begegnen mir Großmutter und Großvater (die Eltern meines Vaters), sie sind ganz klein wie Kindergestalten, verschrumpelt und stumm. Ich sage zu ihnen: sterbt!, und ich *kann* sie sterben machen, sie fallen vor meinen Augen ins Gras und sterben. Mein Vater erschien in meinem Traum und hielt eine Hochzeitsrede, ich konnte ihm nicht ins Gesicht sehen und konnte nicht zuhören, ich wandte mein Gesicht ab und verbarg mich, besonders als er mitten in der Rede zu weinen anfing, es war mir so ekelhaft, daß mein Vater weinte. Johannes und die Kinder waren schon jahrelang fort, ich irrte immer durch diese baufällige Stadt an diesem baufälligen Haus vorbei und suchte sie. Ich traf auf meiner Suche eine schwangere Frau, die suchte in einem Geschäft einen genügend weiten Hüfthalter, ich zeigte ihr ein Geschäft . . .

Was ist denn Sterben, wenn nicht das langsame Verfallen, das Verlieren, das Verlieren eines Zahns nach dem anderen zum Beispiel, der Verlust von Organen, der Verlust von Menschen. Die Kälte meines Herzens manchmal ist wie ein Tod, ein langsames Absterben: meine Apathie morgens. Der Tod ist der Punkt, auf den mein Leben zentriert ist. Meine Zähne schmerzen, sie trennen vom Leibe sich ab, könnte ich in Abwandlung des Satzes eines Dichters sagen: *Tut der Finger dir weh, schied er vom Leibe sich ab.*

Nun beginne ich wieder zu singen. Ich höre meine eigene Stimme wie ein Selbstmörder, der in seinen letzten Stunden ein Tonband bespricht. Ich singe: »Wer in der Fremde will wandern, muß mit der Liebsten gehn«, ich singe es nach den Träumen der Nacht.

Der Schriftsteller Jochen lädt mich ein, am Wochenende mit ihm nach Wetzlar zu fahren. Er erklärt, wer Lotte und Werther sind, von denen ich ja in der Schule auch schon einiges gehört habe. Während ich mit Jochen und meinen Kindern in dieses Lottehaus gehe, ist Johannes allein zu Haus und leidet und lebt in der Angst, daß ich ihn für immer verlasse. Deutschordenshof, Pfaf-

fengasse 10, mit Geburtshaus von Charlotte Buff. Lottehaus. Jochen findet meinen Namen wunderbar. Ich habe den Eindruck, er literarisiert mich, ich bin für ihn gar kein lebendiger Mensch, dem er verantwortlich sein muß. Ich nehme verwundert zur Kenntnis, wie er sagt, die historische Lotte habe ihren Albert auch an einem 4. April geheiratet, wie ich den Johannes. Er stilisiert sich in die Rolle des Werther. Er zeigt mir den Wertherbrunnen. Er zeigt mir das Haar von Lottes Mutter: »Haar von meiner Mutter«, und da steht der Satz »die ersten fünf Söhne von Lotte Kestner«, so viele Söhne hatte sie!, rufe ich aus.
Nachts in einem Hotel in Wetzlar liege ich wach und habe Angst. Ich träume, ich liege in meinem großen Bett zu Haus nackt auf der linken Seite mit angewinkelten Beinen und sehe neben mir mich selbst mir gegenüber, von Angesicht zu Angesicht, sehe die kirschförmigen Brüste, den nackten, glänzenden Körper, und ich erwarte jemand, der jeden Moment zur Tür hereinkommen kann.
Ich sehe mit Jochen eine Doppelhochzeit in einer Kirche. Etwas Seltenes: eine Doppelhochzeit. Es ist selten, daß zwei Schwestern sich mit zwei Männern am selben Tag das Jawort geben. Der Pfarrer spricht für jedes Paar einen Text. Brautpaar Müller: 1. Petrusbrief, Dienet einander ... Brautpaar Mahler: Der Herr ist mein Hirte, mir wird nichts mangeln ... Wir reden ja dieser Tage viel vom Jahr der Frau, sagt der Pfarrer, wir Männer sind ja oft viel rationaler, sagt der Pfarrer, den anderen zu ertragen in seinen Eigenarten, sagt der Pfarrer, dem anderen unter die Arme zu greifen, sagt der Pfarrer, nicht alle haben wir die Gabe zu tragen, sagt der Pfarrer, verheimlicht nichts vor dem anderen, sagt der Pfarrer. So nimm denn meine Hände, und führe mich bis an mein selig Ende ... Und so stiftet ihr euch heute die Ehe, sagt der Pfarrer. Diese Ehe ist unauflöslich vor Gott und vor der Gemeinde, sagt der Pfarrer. Ohne Liebe bleibt es leeres Getön, sagt der Pfarrer, Liebe läßt sich nicht zu Zank verleiten, sagt der Pfarrer, Liebe ist ausdauernd und gütig, sagt der Pfarrer, bis daß der Tod euch scheidet, sagt der Pfarrer, ihr sollt in guten und in bösen Tagen euch nicht verlassen, sagt der Pfarrer. Als erstes reicht einander die rechte Hand, sagt der Pfarrer, was Gott zusammengefügt hat, das soll der Mensch nicht scheiden, sagt der Pfarrer. Sei getreu bis in den Tod, so will ich dir die Krone des Lebens geben. Jesu geh voran. Lieder nach dem *Ringwechsel.*

Gebe euch Gott den Frieden, den uns eine Welt nicht geben kann, sagt der Pfarrer ...

Sich einen Menschen vergegenwärtigen. Einen Menschen lieben. Einen Menschen nicht vergessen. Alles ist wie ein Traum. Es ist Montag, Jochen ist fort. Ich kann Johannes nicht mehr anfassen, er wird fast verrückt. Ich gehe meiner Arbeit nach, die Kinder sind im Kindergarten. Das Leben erscheint mir wie eine Vorbereitung auf den Selbstmord. Bist du traurig, dann iß Brot, hat Annemarie zu Jochen immer wieder gesagt, der Satz hallt in meinem Gehirn und das Lachen von Jochen. Ich schicke Jochen das Hohelied. Ich versuche, einen Liebesbrief an Jochen zu schreiben. Ich habe Angst vor diesen Zuständen, schreibe ich ihm: himmelhochjauchzend, zu Tode betrübt. Ich habe Angst vor der Kälte, vor der Apathie, vor dem Normalitätsbewußtsein, vor der Kraftlosigkeit, die alle zwischendurch wiederkommen, ich habe Angst vor der Zuspitzung: dem Selbstmord. Ich möchte stark sein und lieben. Geburt zum Beispiel ist so stark wie der Tod. Deswegen denke ich oft an das Schwangersein, wenn ich an die Liebe denke. Aber jetzt habe ich durch die Geburten, diese poetischen, starken, verändernden Zustände, Handlungen doch schon soviel gelernt, und ich will versuchen zu lieben, will versuchen, was ich gesehen habe in den Zuständen unter der Geburt, jetzt auch zu verwirklichen. Ich denke an deinen jetzt wollte ich schreiben dicken Körper, Jochen, ich wußte, ich suche das richtige Wort, und ich sah in einem Wörterbuch nach, und ich sah, daß »dick« mit »üppig« verwandt ist, bedeutungsverwandt, aber dick ist uns ein häßliches Wort, du erinnerst dich an das Wort »körperreich«, das ist ein schönes Wort, so erscheint mir dein Körper: körperreich, gar nicht magersüchtig, nicht in Gefahr zu vertrocknen und einzuschrumpfen. Ich sehne mich, in einem schönen Zimmer mit offenem Fenster zu liegen, in das Luft strömt, wie die Waldluft auf unserer Wanderung in Wetzlar an unsere Wangen und Hände strömte, ich sehne mich, an deinem Körper zu liegen, bis es hell wird. Du bist jetzt ein Mensch, der mir die Welt ganz neu zeigt, es ist mir, als seien mir andere Augen eingesetzt. Und im Untergrund des Denkens ist gleichzeitig die Angst, es könnte aufhören, wie das Stillenkönnen oder die Geburt. Geburtsstillstand, Liebesstillstand. Ich bin unruhig, und mein Gesicht glüht wie beim Trinken des heißen, sauren Apfelweins in Wetzlar. Denn Liebe ist stark wie der Tod, und ihr Eifer ist fest wie die Hölle, das sind schöne Sätze, aber sind sie zu verwirklichen?

Zum erstenmal hatte ich ein Bewußtsein von den Hoden des Mannes. Ich spürte eine Öffnung unter dem Sack mit den zwei Hoden, in die man hineindrücken konnte. In seinem Bauchnabel war Schmutz, und ich ekelte mich ein bißchen, ich küßte seinen Nabel. Zwei Goldzähne, die Eckzähne, dort wuchsen die Milchzähne bis ins elfte Lebensjahr, es wuchsen ihm dort keine Erwachsenenzähne. Lange, endlos den Bauchnabel küssen, die Nabel am ganzen Leib. Den Zweck vergessen, keinen Zweck mehr sehen (Orgasmus, Fortpflanzung), endlose absichtslose Liebe, das ist der Traum, wieviel Drogen nehmen die Menschen, um ihm nah zu kommen. Warum schäme ich mich, daß ich da bin, komme mir fremd vor, neben Jochen gehend, ich bin nichtswürdig, ganz und gar nichtswürdiger Mensch. Johannes ist noch vollkommen unerweckt, denke ich, wer liebt ihn, warum liebe ich ihn nicht immer? In der Gegenwart von Johannes fühle ich mich fast nie mehr fremd, wenigstens nicht körperhaft fremd. In der Gegenwart des anderen sich waschen können. Selbstverständliche, selbstvergessene, aber nicht gleichgültige Bewegungen in der Gegenwart des anderen, beim Sprechen das Gesicht nicht starr machen, die Sprache nicht wie einen zähen Saft aus dem Mund tropfen lassen. Aber vielleicht suche ich die Fremdheit in der fremden Begegnung mit einem Fremden. Ich suche die Vertrautheit, und doch stellt sich die Vertrautheit zu schnell ein.

Ich träumte von einem Haus. Wieder ist in diesem Haus meine ganze Familie versammelt: Vater, Mutter, Bruder, Schwester, die Schwester der Mutter. Das Haus ist voller Steinbrocken. Der Boden im zweiten Stock ist gerade notdürftig hergerichtet, aus Holz, ich kann hindurchsehen durch die Ritzen, ich sage meiner Mutter, daß ich Angst habe, der Boden könnte brechen und sie und ich könnten stürzen und uns den Hals und die Glieder brechen.

An Jochen: Am Telefon zu sprechen ist schlimm, denn ich komme mir ärmlich vor, als hätte ich dir gegenüber keinen Körper, »nur« die Stimme (ich wünsche die Stimme allein schon mächtig, aber sie ist es nicht), auch habe ich immer Angst, gekünstelt zu sein, bei dem übergroßen Selbstbewußtsein, das ich ständig von mir selber fordere. Ich küsse dich in Gedanken, von fern, berühre dich. Dein Kuß an meinem Hals ist schon fast verblaßt, »verblüht«, möchte ich sagen, viel zu schnell, obwohl meine Mutter, die einen solchen »blühenden« Kuß einmal sah, sagte: ist der Mann brutal! Gestern nacht, als ich schlafen ging, hatte ich einen Moment lang das Gefühl, mit dir so stark verbunden zu sein, daß ich dich neben mir berührbar zu fühlen glaubte.

Ich bin mit Johannes nach Marienthal gefahren und habe ihm auf der Fahrt »Werthers Leiden« vorgelesen, ich kam fast bis zum Ende des ersten Buches. Während ich las, hörten wir im Autoradio die Nachricht, daß zehntausend Arbeiter an Rhein und Ruhr streiken.

Diese entsetzliche Angst, verlassen zu werden. Erst die Liebe, dann verlassen werden, die Angst ist teuflisch groß.

Daß ich nicht schön bin! Das denke ich. Daß ich nicht für mich sein kann. Wie lerne ich, für mich zu sein? Ich werde zwanghaft: Sehn-Sucht. Süchtig nach Bestätigung. Nach unaufhörlich wiederholter Zuwendung. Nach Versicherungen, die nicht aufhören. Therese sagt: ich finde, daß deine unheimliche Bereitschaft zu lieben etwas unheimlich Positives ist. Ich müßte mich jetzt irgendwie betäuben und ablenken. Die teuflische Angst verlassen zu werden macht jede Liebe unmöglich, schränkt den Freiheitsraum des Geliebten ein, und Liebe ohne Freiheit ist Nichts. Aber was ist sie, diese Freiheit? Ich erinnere mich an eine Situation in der Schule: ein Junge war monatelang in mich verliebt, ärgerte und neckte mich, aber als ich es dann merkte, war ich nicht mehr wie vorher, ich war verwandelt, und seine Liebe hörte auf, als könne sich Liebe nur in einem luftigen, freien Raum entwickeln. Ich sehe ein Bild von Bernhard im Wohnzimmer meiner Mutter, aber kein Bild von mir, kein Bild von mir. Manchmal habe ich dieses irrsinnige Verlangen, daß einer nichts anderes und keinen anderen Menschen liebt als mich, nur mich. Ich habe keine Heimat, keinen Grund und Boden. Sonst könnte ich nicht wegen Jochen meinen Mann Johannes und die Kinder verlassen wollen, alles wird wieder vor diesem Menschen wie nichts. Die Liebe faßt mich wie ein Feuer, wie eine Krankheit, eine Seuche. Die Gesetze der Liebe.

Meine Verlassenheitsangst, denke ich, ist wahrscheinlich genauso stark eine Angst, daß *ich* verlasse, daß *ich* kalt werde, daß *meine* Gefühle nicht dauern. Von Liebe verbrannt, und dann wieder erlöscht, erloschen. Es muß eine Kindheitsverletzung sein, wie eine Kriegsverletzung, daß ich nicht andauernd fühlen kann. Krümmt sich dein ganzer Körper auch zusammen vor Verlangen?, fragt Therese. Ich gehe in ein Blumengeschäft, Lilien sind Totenblumen, Abschiedsblumen, Grabblumen, Friedhofsblumen, Brautblumen, ich will weiße Lilien kaufen. Wir haben keine weißen Lilien, nur violette Schwertlilien, sagt die Verkäuferin, gibt es denn keine weißen Lilien?, doch, sagt die Verkäuferin, aber wir führen sie nicht, wir färben die weißen Lilien ein, weil die weißen selten gekauft werden.

Die Bindung. Die Scham. Die Bindung. Die Scham, denke ich. Ich spreche mit Elisabeth, Thereses Freundin, die zweimal abgetrieben hat. Sie sagt: wer lügt, der stiehlt auch, der mordet auch, ich habe einen Hang zur Kriminalität, ich habe nur zwei nichtgeborene Kinder. Sie erzählt von einer Ehe, in der, wie sie sagt, der Mann die Frau zehn Jahre lang nicht entjungfert hat, sagt: der richtige Spieler ist der, der immer verliert, erzählt von ihrer Bekanntschaft mit Spielern. Liebe ist für sie: die täglichen Kleinigkeiten. Sie sagt, als ich ihr andeutungsweise von meinem Konflikt zwischen Johannes und Jochen erzähle: ein normaler Mensch kann sich solche Liebesaffären nicht leisten, der macht die Schotten dicht, sonst gerät er aus dem Trott. Liebe und Zuneigung, sagt sie, seien immer die Suche nach sich selbst, sie liebt »Die Wahlverwandtschaften«.

An Jochen:
Als ich morgens aufwachte,
dachte ich voll Schmerz,
daß ich nicht einmal deine Brustwarzen,
diese winzigen Organe deines Körpers,
die doch den Brüsten der Frauen verwandt sind,
richtig küssen konnte.
Der Gedanke an die Trauer in der Nacht,
als du sagtest: es tut weh
und ich aufhörte, deine Brustwarzen
zu liebkosen

und mein Gesicht traurig auf deine Brust legte.
Der Gedanke an die Trauer in der Nacht,
als du sagtest: es tut weh,
schmerzte mich beim Aufwachen so sehr,
daß ich mantellos in der Kälte des Morgens
ins Haus der Nachbarin lief,
um zu telefonieren,
denn ein Telegramm zu schicken, ich hatte es schon
entworfen, schien mir zu langwierig,
als könnten die Sätze, die ich der Telegrammannahme durchgeben würde,
unterwegs verlorengehen, oder
du könntest mich mißverstehen,
die Sprache ist uns so erfüllt von
Verletzungsmöglichkeiten und
vieldeutigen Mißverständnissen,
was die Kraft der Sprache ausmacht, ist auch
ihr Abgrund.
Ich liebe dich, wollte ich schreiben,
oder: ich glaube, ich liebe dich.
Ich möchte dich so gern sehen, wollte ich schreiben,
ich habe Sehnsucht nach dir, wollte ich schreiben.
Dann hörte ich deine Stimme, die gerade von mir
aus dem Schlaf gerissene, was soll denn Liebe sein,
wenn nicht dies, was jetzt geschieht?
Du sagtest: ich liebe dich.
Und ich?
Was antwortete ich, vorsichtig?
Du sprachst ja von der Vorsicht.
Ich sagte: ich liebe dich, seit du hier bist.
Vorsichtig war ich, denn ich kenne mich nicht mehr aus.
Kann denn plötzlich ein Mensch kommen,
ich kam, ich sah, ich siegte,
nach der Überfallmethode, und er kommt wieder
und wieder,
er will Therese sehen und alle meine Freunde,
er will mich, er will Bilder von mir, Vergangenheit und Zukunft,
er nistet sich in mich ein, Kannibale,
frißt mich mit Haut und Haar,

bleibe ich mir denn?
Ich dachte, ich muß vorsichtiger sein, ich habe keine Menschenkenntnis.
Ich irre mich, ich verirre mich.
Ohne Liebe bleibt alles leeres Getön, predigte der Pfarrer,
als wir die Doppelhochzeit sahen,
er hat so recht, und ich strecke die Hände,
den ganzen Körper aus nach Liebe,
er würde ja wachsen wie ein Baum im Licht,
ich soll mich nicht so nichtswürdig fühlen,
ich bin unvorsichtiger als ich selber weiß.
Als ich aufwachte, dachte ich auch,
daß ich nicht mehr durchfinde durch die Verwirrung meiner
Gefühle und daß ich nicht weiterexistieren will.
Immer in nächster Nähe der Liebe,
die Kinder rufen: heiß, heiß, altes Kinderspiel,
der Gedanke an Selbstmord und Tod,
als seien die Drei nahe Verwandte: Liebe, Tod, Selbstmord.
Ich sah ja in allem nur noch Vorzeichen,
du erzähltest von einem, der sich getötet hatte,
von Konrad Bayer, du sagtest, ich solle mein Versprechen
einhalten und eine alte Frau mit grauem Haar über einem
lieblichen Gesicht werden, welches Versprechen?
Ob mein Haar grau wäre und dennoch eine Fülle und noch weit und
reich? O Gedanke an Tod und Alter, an
silbernes Haar, graue Haarsträhnen, an Verbleichen,
Verblühen, Vergehen und
Abschied Abschiedsszenen am Bahnhof, liebkosende Paare
sich in den Armen liegend und die Gesichter zwischendurch
hingewendet zu den Bahnhofsuhren nach der Zeit,
die Zeit die Zeit sie läuft, ein flüchtiger Gast in unseren
Sinnen, die Sanduhr das Leben die Zeit flieht uns rasch
wie ein flüchtiger Vogel, unsere Sinne vergehn, ach liebe
Sinne, seid mir alles, ich will euch ganz.
Die völlige Hilflosigkeit meinem Körper gegenüber, denke ich,
dabei war ich doch nicht nur hilflos.
Waren da nicht Vorstellungen, wie es sein müßte?
Gelesenes, Gehörtes, zuviel Denken, ja.
Aber war, was wir taten, keine Liebe?

Ich kenne deinen Körper nicht, den männlichen,
ich sage Körper, nicht Leib, Leib ist ein schönes Wort,
Körper, das nüchterne Wort, der Körper kann auch die Leiche sein,
pures Fleisch, das Wort ewig geisterte herum im Gespräch,
warum soll ich immer an die abgebrochenen Grabsteine der Selbstmörder
denken? Als wir auf den Friedhof gingen,
sah ich zum erstenmal im Leben das Grab eines sechsjährigen Kindes,
zum erstenmal ein Kindergrab,
ich sah eine Kinderfigur auf dem Grab, auch das wieder ein
Vorzeichen, ein Vorzeichen?
Irgendetwas Beängstigendes, eine Todesangst in mir,
und ich spüre die Schwierigkeit jetzt wieder, wie bei den
Geburten, die tiefe Wahrnehmung zu bewahren,
dein Gesicht war immer so anders! Tag und Nacht,
das Taggesicht, das Nachtgesicht. Das nüchterne und das
Liebesgesicht. O diese Spaltungen, die ich nicht ertrage.
Alles wurde wieder belebt, die fremde Liebe war da,
vieles, was ruhig gewesen war, manches, was abgestorben war,
wurde brennend, und ich spürte plötzlich wieder, daß
noch Leben in mir ist, ich spürte,
daß meine Sprache aus dem Schmerz entsteht, daß ich immer
gesprochen habe, wenn ich vor Schmerz hätte schreien mögen
und ich mich dann fühlte wie eine Taubstumme, die den Schrei
nicht ausstoßen und nicht hören könnte,
ein doppeltes Stummsein. Dann konnte ich sprechen,
aus diesem Taubstummenzustand.
An dem Tag, da du kamst
nach der Überfallmethode,
brachte der Paketmann ein Päckchen
mit einem Buch über Selbstmord,
und du fragtest mich, ob ich
Sylvia Plath kenne, ich sagte nein.
Ich möchte dich oft sehen, sehen.
Du sagst, ich sei hart, ich will alle
Härte verlieren. Lotte, Braut, sagst du
(Heiratsurkunde muß nachgereicht werden),
wie wahr ist es, Lotte Braut.

Die tote Braut, die verlassene Braut, warum denke ich
an den Abschied, da alles begonnen hat?
Ich fühle die Angst, als Braut zu sterben,
die Angst vor der Nichtvollendung.
Bräutlich, was für ein schönes Wort!
Wie bin ich denn in diese Kälte gekommen?
Wir können gemeinsam ein Buch lesen, sagst du,
du willst mich das Lesen lehren.
Der unfreundliche Kellner im Hotel Intercontinental,
beim Erwachen dachte ich, dann können wir doch gemeinsam
»Perrudja« lesen, wie bin ich in diese Kälte gekommen?
Wer bist du? Warum bist du zu mir gekommen?
Ja, das habe ich verstanden, daß du »überall« einen Bauchnabel
hast,
hundert Stunden den Bauchnabel küssen, ja,
ich erinnere mich an alles, was du gesagt hast,
ich wünschte, ich wäre nicht so erinnerungsfähig, wie
schmerzen mich die erinnerten Sätze, wie eintätowierte
Verletzungen, du sagtest:
ich habe keine Beziehung zu meiner Mutter, ich habe nie
eine Beziehung zu meiner Mutter gehabt,
»Tiefer sang es in ihm: ich habe keine Mutter gehabt.«
Du willst mit mir meine Mutter besuchen, sagst, du willst
um meine Hand anhalten, du Pascha, hält denn heute ein Mann
noch an um die Hand einer Frau?
Immer die Mutter suchen, mit dir, mit dir meine
Mutter suchen, deine Mutter suchen, immer die
Mutter
suchen,
meine Mutter,
Mutter.
Honig ist doch ganz sexuell, sage ich.
Und du: das weiß ich doch nicht, wie soll ich das wissen?
Darüber gibt es doch Aufsätze, sage ich,
über die sexuelle Bedeutung des Honigs,
Honigseim im Hohenlied, sage ich.
Ich hatte nicht gewußt, daß der Apfelwein so sauer ist,
zum erstenmal trank ich Apfelwein mit dir, alles zum erstenmal,
wie
zum erstenmal, sie verirrten sich im Wald,

unser langer Gang durch den Wald, fremd war alles, wie erste
Liebe,
Liebe, fremde, keine Verwandtenliebe, Fremdheitsliebe, die
einzige
Liebe. Ich bettelte fast, daß ich nicht wieder in eine krankhafte
Sehnsucht verfallen möge, der Sehn-Sucht nicht verfallen, bitte
nicht,
Liebe ist nicht kleinmütig, Liebe ist geduldig, Liebe ist
nicht wartend, nicht hetzend, nicht antreibend.
Alle Wörter werden plötzlich wieder so leuchtend, wie sie einmal
waren, als ich ein Kind war und sie frisch in den Mund nahm,
wie eine zum erstenmal genossene Speise, durch Liebe
alles wieder so plötzlich erleuchtet.
Belebt, belebt, wenn ich liebe,
belebt. Und Arbeit?
Ich höre begierig deine Erzählungen von deiner Arbeit,
mit dir arbeiten wäre eine andere Form von Liebe.
Deine Brüste, deine Brust, schön, weich, kleine Hügel, wie die
eines jungen Mädchens. Ich habe solche Angst vor der Kälte,
nein, nicht vor der Kälte im Wald, wo ich die Wärme deiner
Menschenhaut, Menschenhände spürte, nicht vor der Kälte,
der Februarluft im Wald, die Kälte belebt, jene Kälte, aber
die andere, in uns?
Ich werde dich ganz mit Honig bedecken, deinen Körper,
und ich werde Honig über dein Haar gießen, sagst du,
über mein Haar?
Weißt du, daß die Haare noch eine Weile weiterwachsen
im Grab?
Sofort sind mir die Kopfhaare der gerade Geborenen vor
Augen,
den Körper mit Honig bedecken, ja, und ich denke dein Bild
weiter, wir legen uns, honigeingehüllt, ins warme Bad,
der Honig wird fließend im warmen Wasser, wir strecken die
Zungen aus und schmecken die Süße des Honigs,
Honigseim im Hohenlied. Und ich suche den Ausdruck für den
weißen Stoff, der um meine Haut gehüllt war,
als ich im Mutterleib war, Frucht-, Frucht-, Frucht-,
ja, ich finde den Ausdruck nicht.
Lieber Jochen, ich muß irgendeine Verbindung zu dir haben,
unlösbar, bis daß der Tod uns scheidet,

Zwillingspaar, gekettet, Galeerensträflinge,
dies gräßliche Telefon ist wie eine Nabelschnur, die dauernd abgeschnitten wird, es hat mich verstört, daß du plötzlich am Telefon sagtest, ich spreche geschäftsmäßig, ich versuche mich zu schützen, ich öffne mich immerzu, aber dann liege ich offen, eine riesige Wunde vor dir, und wenn du abwesend bist, brennt die Wunde, die nicht von dir verbunden wird, ich Wunde vor dir.

Am ersten Tag deines Besuchs blutete ich, ich hatte meine Menstruation müßte es nüchtern heißen. Als ich am Mittwoch nach Marienthal zu meiner Mutter fuhr, erzählte sie mir, zwei Söhne seien an dem Eisenbahnübergang nah dem Haus der Mutter überfahren und getötet worden. »Im See ertranken zwei Jungen, sie waren in einem Boot ohne Paddel hinausgefahren.« Wenn meine Kinder getötet würden am Eisenbahnübergang! Manchmal denke ich: wie gehe ich auf die Katastrophe zu! »Mutterschaft und Tod standen als die beiden großen Eckpfeiler, zwischen denen Paulas seelische Spannungen hin und wieder gingen.« Ich bin mit Jochen am Grab Paula Modersohns gewesen. Sie starb am 21. November, neunzehn Tage nach der Geburt ihres ersten Kindes, einem Mädchen. Ihr Grab ist auf dem hochgelegenen Worpsweder Friedhof. Denkmal einer sterbenden Mutter von Bernhard Hoetgers, Jochen hat mir alles erklärt.

Die Geborgenheit *und* die Freiheit in *einem* Menschen
finden, wie sollte das möglich sein?
Die Liebe und der Tod.
Karneval und Tod.
Das Fest und der Tod.

Ich liege mit 40 Grad Fieber im Bett. Frieda ruft an, ihre Mutter ist gestorben. Sie sagt: irgendwie bin ich schon befreit. Die Verwandten halten sie fern von der Toten, sagen: du steckst dich an, faß sie nicht an, das darf man nicht bei Toten. Frieda sagt: meine Mutter, eine unheimlich schöne Frau, so liegt sie jetzt da, leblos. Ich erinnere mich, sagt Frieda: dieses Klatschen in die Hände, dieses Singen, als ich sie zuletzt in der Anstalt besuchte. Sie war Haut und Knochen, sagt Frieda, sie war unheimlich eingefallen, zahnlos sah ich sie, ihre Zähne hatte sie irgendwo versteckt. Irgendwo bin ich froh, daß ich endlich erlöst bin, sagt Frieda, irgendwo bin ich froh, daß ich bei dem Tod nicht dabei war, ich habe die Tage vorher ganz intensiv an sie gedacht, ich habe sogar in einem Geschäft überlegt, ob ich mir ein schwarzes Kostüm kaufen soll. Sie war ein Gespenst in den letzten zehn Jahren, sagt Frieda. Die Schwestern sagten zu Frieda: was wollen Sie denn eigentlich, lassen Sie Ihrer Mutter doch die Ruhe, sie ist ruhig entschlafen. Das sagen sie immer: sie ist ganz ruhig entschlafen, sagt Frieda. Ich soll mit Frieda zur Beerdigung ihrer toten Mutter gehen. Aber ich habe hohes Fieber. Frieda sagt: ich stand vor meiner Mutter, und ich dachte, sie macht noch einmal die Augen auf und verabschiedet mich, ich sprach mit ihr, aber Leute kamen, und da war sie plötzlich nur die Leiche.

Jochen wird manchmal sehr reserviert. Ich empfinde dann meine entsetzliche Sprachlosigkeit und Sprachunfähigkeit und Gedächtnisunfähigkeit doppelt. Jochen sagt: ich habe schon soviel gesagt, das ist doch fast schon eine Inflation. Ich aber will immer wieder seine Liebesworte hören, weil mir schon das vor einer Stunde Gesagte ungewiß ist. Meine Brust tut weh. Mein Herz schlägt wie ein Vogelherz. Meine Augenhöhlen dürsten. Ich versuche zu lieben. Der Versuch zu lieben. Ich will geben. Dann fürchte ich doch wieder kleinlich, daß ich nicht genug bekomme. Ist der Charakter der Liebe, daß man den Geliebten und die Gefühle der Liebe nicht festhalten kann?

Trennungsangst und Zwillingsphantasie. Trennungsangst entsteht aus der Urangst des Kindes, von seiner Mutter verlassen zu werden . . .

An Jochen: die unbeantworteten Briefe schichten sich auf. Es gibt keinen würdigen Abschied. Deine Frau schien meinen Namen nicht zu kennen. Ihre Stimme am Telefon: wer sind Sie?, ich kam mir wahnhaft vor, alles wie im Traum. In der Nacht war mir, als müßte ich sterben, mein Herz setzte aus, dann schlug es schnell und schwach, ich hatte einen schrecklichen Husten und die Angst, ich würde vor Verzweiflung ersticken. Ich hörte nur das Weinen von Annemarie aus der Küche und fühlte mich ganz außerhalb von allem. Ich bin nicht hier und ich bin auch nicht bei dir. Wir müssen uns sehen. Diese große Öffnung auf dich hin, und dann mein ganzes vergangenes und gegenwärtiges Leben hier mit Johannes und den Kindern. Ich möchte weit weg gehen. Deutschland müßte groß sein wie Amerika, dann würde ich in die tiefste Ferne Deutschlands flüchten, wo niemand mich kennt. Die Angst, dieser Reichtum an Liebe, an Liebesmöglichkeit wird wieder niedergeschlagen, für Jahre, Jahre, Jahre. Immer wieder das Ausbrechen, das Aufbrechen, das Aufblitzen der ursprünglichen erotischen Gewalt in jedem Frühjahr, und im August, wenn geerntet wird, gehe ich leer aus im Ende der Liebe.

Ich bin aus meinem kleinen Selbstmordversuch wieder aufgewacht, brach nur ein bißchen zusammen, bin zur Untersuchung gegangen im Krankenhaus. Es war mir ernst, ich sehnte mich danach, im Tod der Liebe nahe zu sein, sehr geliebt zu werden, mit Worten so sehr wie leibhaftig. Bevor ich einschlief, war mir alles gegenwärtig, besonders die Vorstellung, daß du deine Zähne, deine Lippen in meinen Leib gräbst, Zeichen von dir an meinem Leib, alles so nah, und doch warst du fern. Die Angst, daß wir uns verlieren.

Alles entgleitet mir. Eine Glaswand zwischen mir und ihm, zwischen mir und der Liebe. Johannes erkennt den großen Kußfleck auf meiner Gurgel.

Bilder der sich Jahr für Jahr fortsetzenden Suche nach der Großen Mutter Liebe, aber die Suche soll nicht wieder abgebrochen werden.

An Jochen: Ich suche dich, vor mir liegt der Hans Henny Jahnn, du hast ihn mir gegeben mit deinen Anstreichungen. Den Satz hast du dick unterstrichen: sie wollte an den Strom des männlichen Lebens. Und ich will an den Strom des männlichen Lebens, des weiblichen Lebens, des Lebens. Ich will nicht mehr Kinder statt Liebe. Sprich mir nicht von Schwangersein und Kindergebären, ich muß meine beiden Kinder lieben, die Lebenden. Du hast mir von Lotte und Albert und von Werther erzählt. Ich habe mich gefragt, wie dieser verdammte Albert im »Werther« das ausgehalten hat, daß der Werther die Lotte geliebt hat, wie Johannes jetzt meine Liebe zu dir aushalten muß. Aber im »Werther« ist die Liebe ausschließlich ein Anhimmeln und Sehnen. Ja, sie berühren sich, aber mehr indirekt. Sie liegen nicht in

Betten, sie müssen nicht nackt nebeneinander liegen, sie liegen nicht in einem Bett des Frankfurter Esso-Hotels mit einem einsamen Baum vor dem Fenster und essen nicht im Frühstücksraum des Hotels Haferflocken, Cornflakes und Wurstbutterbrote, und der Albert ist ja so beschäftigt mit seiner Arbeit und ist so sicher in seinem System, und die Lotte ist so fest und so unberührbar, daß sie nicht eine Nacht ihren Körper zur Liebe zu beleben versuchen muß, ihren und Werthers Körper. Dem lieben Werther blieb diese verdammt asketische Möglichkeit des Selbstmords: auch eine Art von »Verwirklichung«. Lieben? Lieben? Was ist Liebe?

Erkennst du mich, Jochen, indem du über mich schreibst? Er erkannte sie, und sie wurde schwanger. Ich will jetzt nicht schwanger sein. Ich will nicht von einem Kind erfüllt sein, ich will meine lebenden Kinder lieben. Ich will von dir erfüllt sein, deine Nähe will ich spüren, ich möchte wissen, warum du anfängst, dich vor mir zu verschließen? Ich möchte noch einmal (oder zum erstenmal) ein junges Mädchen sein dürfen. Ich war ein junges Mädchen, aber das junge Mädchen saß über Büchern, in Schulbänken geduckt, es war kein Leben, sondern eine einzige ununterbrochene Angst. Jetzt möchte ich das Leben anfangen, eh es ganz zu spät ist. Ich möchte zittern und erschüttert werden. Aber ich habe Angst, daß du dich mit deinem Schreiben von mir distanzierst, daß du mich wie ein Schmetterlingssammler mit kalten Augen betrachtest. Ich sehe mich am Hauptbahnhof stehen, du holst mich ab. Aber da ist das Geborgenheitsversprechen von Johannes, das Liebesversprechen von Johannes im Rücken. Muß ich denn immer in einer Spalte stehen zwischen zwei Zuständen, zwei Menschen? Liebe ich Johannes? Mein Kreidekreis. Zwei Mütter. Zwei Menschen. Zwei Lieben, Zweigeteilt. Entzweigerissen. Aufgerissen. Zerrissen. Gespalten. *Ich.* Ich hänge an Johannes. Zehn Jahre waren wir verbunden, ich kann mich nicht abschneiden, ich müßte mir die Schulter entzweischneiden. Diese Beziehung lösen wäre wie sterben, freiwillig sterben. Wer stirbt freiwillig? Ich kann nicht sterben, ich kann nicht Abschied nehmen, ich kann mich nicht entscheiden. Die Niederlagen mit ihm halten mich fester als alles Gelungene. Ich wollte ihn immer lieben, diesen Eisblock Johannes. Ich wollte ihn erwecken, ihn schwellend machen, seine Magersüchtigkeit, sein zwanzigjähriges Nichtgeliebtsein wollte ich aufheben und rückgängig machen, dieses mutterliebe-, liebearme Dasein vom katholischen Gezeugtsein bis zum Ausdemhausgehen des jungen Mannes. Liebe ist, daß du mir das Messer bist, mit dem ich in mir wühle. Liebe ist das Hervorkommen aller Fähigkeiten, Möglichkeiten, die in mir sind. Liebe ist – Neulich schrieb mir jemand vom »Tagebuch des Verführers«: ich habe das Tagebuch des Verführers mit sechzehn zum erstenmal gelesen und war sehr beeindruckt; jetzt beim Wiederlesen gefiel es mir fast noch besser, es erinnerte mich zugleich an Kafka und an Marx in der bis zum Exzeß getriebenen Dialektik, nur daß nicht die Bewegungsgesetze des Kapitals, sondern die der Liebe beschrieben sind, die politische Ökonomie des Gefühls.

Als du wegfuhrst, konnte ich erst überhaupt nichts denken. Diese Figur des Johannes mit verschränkten Armen vor dem hellerleuchteten Fenster, er hatte unsere Umarmung gesehen, unseren langen Kuß. Dann wollte ich dir das »Tagebuch des Verführers« kaufen.

Du willst doch gar nicht die Ruhe einer Ehe. Du fliehst die Ruhe einer Ehe. Du willst doch Liebe. Was willst du denn acht Tage in der Woche mit mir? Oder ist nur die Ehe Liebe, Liebesmöglichkeit?

Ich habe mir in den Hotelnächten immer so gewünscht, in eine heimatliche, dir gehörende Wohnung zu gehen, in einem zu dir gehörenden Federbett liegen zu dürfen, in einer Wohnung sein zu dürfen, die nach dir riecht, in der deine Kinder sind. Die Sehnsucht nach dem Vertrauten. Und wenn du vertraut geworden wärst, würde ich wieder das Fremde aufsuchen? Was ist mit dem »falschen Kalmus«? Jemand hat mir einmal ein großes Paket mit frischausgezogenem Kalmus geschickt, der war aber genau wie der Kalmus von den Ufern des Neckar, den Johannes mir einmal mitbrachte, ich glaubte, es wäre »echter Kalmus«. Manchmal irrt mir der Satz im Kopf herum: mein Geliebter kannst du niemals sein, nur mein Bruder und mein Vater mein.

22. Februar. Erst eine Doppelhochzeit. Dann der Vorschlag eines Doppelselbstmords (Vorschlag von Johannes gestern). Auf dem Weg zur Bahnhofsgaststätte, wo Johannes und ich uns mit Jo-

chen treffen wollen (als ob es etwas nützte, Liebe zu dritt zu besprechen), treffen wir den Arzt, der maskenhaft, kalkweiß, todgeweiht aussieht, dann kommt Jochen uns entgegen.

22. Februar. Nach einem mehrstündigen Spaziergang mit Johannes am Abend denke ich an den Rosenmontag mit Jochen: Jochen kauft abends Hühnersuppe für mich, sehr salzige Hühnersuppe aus der Dose, die ich nicht mag. Wie hatte ich mich nach Fieber gesehnt. Jochen hatte dann rasch einen Arzt geholt, der mir Penicillin gab. Mein Fieber war dann sehr rasch niedergeschlagen.

Ich will nicht schwanger sein. Ich will schwanger sein mit *dir.*

Hier ist alles schizophren. Ich distanziere mich von Johannes, denke an Jochen und lebe doch weiter mit Johannes in einer Wohnung, *Tisch und Bett,* nicht mehr *Tisch und Bett* mit Johannes. Ich denke an Jochen, an seinen Körper, *seine* Wärme, *seine* Hände, *sein* Haar. *Die sexuelle Fixierung, die Sucht nach einem bestimmten menschlichen Körper, einem bestimmten Mund, einer bestimmten Umarmung bereitet Schmerz von solcher Grausamkeit . . .* Ich gehe in eine Gesellschaft, ich trage ein rostrotes Kleid. Alle Leute sehen den Liebesfleck auf meiner Kehle, brennendrot, den ich mit dem Haar nicht mehr verdecken kann, ich erröte, wenn mich die andern forschend ansehen. Warum hatte ich noch nicht öfter und früher solche leuchtenden Zeichen an meinem Hals? Johannes spricht von »gebissen«, und ich muß lachen, ich muß an den Ausdruck denken: der Klapperstorch beißt die Mama ins Bein. Ich muß an Jochens Satz denken: ich werde den Selbstmordbackofen der Plath als Museumsstück für dich aufstellen. Ein gemeinsames Leben ohne Angst, schrieb er in mein Adressenbuch. Ich war mit Jochen in einer Gastwirtschaft, und er brachte zur Dekoration in einer Fensternische hängende Waagschalen auf gleiche Höhe, er will es dahin bringen, daß ich Johannes und ihn gleich liebe, daß ich Johannes vergesse und verlasse. Ich wundere mich, daß die »Blutflecken« an meinem Hals nach einigen Tagen wieder verblassen, immer denke ich, es müßten Zeichnungen, Zeichen, Narben zurückbleiben, ganz feine Narben.

An Jochen: solange ich dir noch schreiben kann, will ich dir Briefe schreiben, solange ich die Nähe noch spüre. Vielleicht liegt mein ganzes Unglück nur darin, daß ich keine Kontinuität finde, daß ich nirgendwo bleiben kann, nicht bei einer Person, nicht in einem Gefühl, nicht in einem Zustand. Jemand erzählt vom Selbstmord seiner Mutter. Sie hat sich durch den Mund geschossen. Er wischte das vergossene Blut auf, ein ganzes Laken getränkt mit Blut der Mutter. Ich träume von Jochen, er sucht beim Baden sein Shampoon und ich reiche ihm mein Shampoon. Nachts im Esso-Hotel träumte ich, ich wäre mit Jochen an den Emsquellen, an den Emsquellen, die Johannes gehören, von denen Johannes immer sprach, immer wollte Johannes mit mir zu den Emsquellen, zu den Quellen gehen, immer erzählte Johannes mir, daß in der katholischen Stadt Paderborn rund um den Dom ein System von strömenden Quellen sei, die ihm seine Mutter in der Kindheit gezeigt habe, immer wollten Johannes und ich die Quellen finden und trinken, nun träume ich, daß ich mit Jochen zu den Emsquellen gehe, die Johannes gehören.
Wie doch der Mann immer das Bild seiner Mutter über die Frau wirft, die er liebt! Jochen sah mich erwartungsvoll an, als ich meinen Sohn in seinen Schlafsack packte, und fragte, ob ich den Schlafsack gestrickt hätte, ich sagte: nein, ich stricke nicht gern, er ist enttäuscht, und als ich an einem Kleid etwas nähe, fragt er: kannst du nähen?, und ich sage: nein, und er ist enttäuscht, sucht er eine Mutter oder eine Geliebte?
Abschied von Vater, Mutter, Bruder, Schwester. Jochen nahm ja auch noch nicht Abschied. Er will mich mitnehmen wie eine Mutter. Wie hat er sich gefreut, als Therese ihm Kartoffelbrei mit zerlassener Butter zubereitete!

Trauergefühl! Verlust eines Menschen. Ich liege mit ihm in der Nacht, in der wohltätigen Nacht, die einhüllt, liegen darf ich wie in einem Sarg, in einem Schoß, liegen. Ich liege mit ihm in der Nacht. Er geht. Ich bleibe wie in der Kälte zurück, bloß.

Der jahrelange Vorwurf von Johannes, daß ich meinen Körper nicht »herausrücke«, und wenn ich ihn dann (freiwillig) einem Menschen »herausrücken« will, soll ich es nicht dürfen.

Johannes leidet, leidet, leidet. Er sieht mich und kann mich nicht fassen. Ich kann seine Gegenwart kaum ertragen. Du siehst so schön aus, wenn du kniest, sagt er, aber er kann mich nicht berühren. Ich kann nicht zwei Menschen zu gleicher Zeit anrühren, berühren, lieben.

Schönheit. Weiße Lilien. Mit dir zusammen könnte ich lesen, sagte Jochen. Er las mir am Rosenmontag aus »Perrudja« vor. Jochen schwärmt von den schwellenden, wachsenden Brüsten seiner halbwüchsigen Töchter. Ich möchte seine Töchter sehen.

Selbstmord und Leben, zwei Wege sind gangbar. Ich möchte die Namen deiner Töchter einmal von dir geschrieben sehen, Jochen. Die Gegend heute so still und sonnig, kühl und erwartungsvoll, Frühjahr. Weiches Moos, ausgerissen, schwarzes Erdreich, Schimmel. Dumpfbrauner Waldhain. Altes Paar durch den Wald gehend. Ziegelbrocken auf dem Weg leuchtend. Ein Kind setzt sich mit nacktem breitem Hintern zum Pinkeln hin und bemerkt uns – Johannes und mich – dann und läuft den Eltern nach und zieht im Laufen die Hose hoch.

Ich denke jetzt viel an die hochschwangere Therese vor einem Jahr, mit Jochen verbrachte ich eine Nacht bei Therese, auf Matratzen am Boden, auf denen ich damals in den Armen Thereses lag, einen Morgen mit Therese.

Im Fernsehen zitiert man den Satz von Bundesjustizminister Vogel: »Eine Rückkehr zum bisherigen Paragraphen 218 wird es unter keinen Umständen geben.«

Vielleicht ist der wahre Grund meines Zögerns die Angst vor meiner eigenen Maßlosigkeit oder meiner möglichen Maßlosigkeit, vor meinem maßlosen Verlangen. Ich könnte für die Liebe alles tun, tage- und nächtelang wachen und große Entfernungen gehen, ich würde keine Müdigkeit spüren. Ich sah in einem Geschäft einen riesengroßen alten chinesischen Teppich, er kostete soviel, wie ich niemals besitzen werde, und daß ich überhaupt zu denken wagte, solche Schönheit möchte ich besitzen, ist maßlos. Maßlos wie mein Verlangen geliebt zu werden, zu lieben.

Unglück. Der unglückliche, von mir ganz abgeschnittene Johannes. Ich von Jochen abgeschnitten. Aber irgendwie muß sich diese teuflische Situation lösen, irgendein glückliches Ende muß es geben.

Eine Frau sagt, sie habe in den letzten Tagen gefürchtet, schwanger zu sein. Es habe sich herausgestellt, daß sie nicht schwanger ist. Am Rosenmontag habe sie sich mit ihrem Mann gezankt, und abends als sie sich schlafen legten, lasen sie gemeinsam in einem Buch, und während dieses gemeinsamen Lesens habe sie gespürt, wie der Zank so langsam wegglitt, sie schliefen dann ein, mitten in der Nacht wachte sie ein bißchen auf, aus einem Traum, und merkte, daß ihr Mann und sie sich gerade in einer Art Halbschlaf geliebt hatten, an ihr und in ihr alles naß. Sie erzählt lächelnd von »Tempelschlaf«, zu Ostern die Liebe, zu Weihnachten die Geburt; sie ist traurig, daß sie nicht schwanger ist, aber nur weil sie glaubt, daß dieses Kind aus der Liebe im Schlaf und im Traum ein schönes Kind geworden wäre. Sie erzählt das alles in der Küche, laut und mit Wörtern wie »bumsen«, ohne Scheu.

»Lieben heißt allein sein«, ich dachte, ich habe ein solches Verlangen, dich zu lieben, im tiefen Schlaf, du erinnerst dich an die Vorstellung, im tiefen, warmen, durchsichtigen Meer zu lieben (die Badewanne ist ja nur ein schwacher Abglanz des Meers). Du »alter Mann«, du. Wir sprachen vom Begrabenwerden, wie kamen wir darauf? Jochen will lieber in trockenem sandigen Boden begraben werden, mag nicht, wie ich, fette schwarze Erde. Einmal wünschte ich, verbrannt zu werden, meine Asche im Meer verstreut. Ach ja, so kamen wir auf das »Grabgespräch« (vor mir in einem Prospekt sah ich beim Telefonieren das Wort »Leichenrede«): ich sagte: mein Gesicht ist so glühend, er sagte, ob denn das Glühende meines Gesichts weiter nach unten dringe, ja sagte ich, und was ist, sagte ich, wenn ich verbrenne und nur noch ein Haufen Asche übrigbleibt? Darauf erinnert er sich, daß die Särge seiner Kindheitsheimat in Grundwasser gesenkt wurden, das ängstigte ihn. Er liest mir vor: »Ich will mit dem gehen, den ich liebe . . .« Er liest mir vor: »Sieben Male ruf ich dich,/ Sechsmal bleibe fort/ Doch beim siebten Mal, versprich/ Komme auf ein Wort.« Ich möchte ihm sagen, manchmal habe ich ein Verlangen dein Herz zu essen, wie wir gemeinsam die Tierherzen, die Hühnchenherzen, in Marienthal aßen. Ich möchte dich essen, wie ich glitzernde, bittre Pfefferminze, frisch aus einem Garten esse, bitter und frisch auf meiner Zunge, wie die Liebe, die bittre, die süße, die frische. Ein Essigschwamm, die Liebe ist ein Essigschwamm, ein bittrer Trank, ein Giftpilz, ein Todestrank, eine Folter, sie ist ein Schlag ins Gesicht, ein Zustand, als ob du dich in einen Garten voller Brennesseln geworfen hättest, und sie ist honigsüß, die Liebe, die Liebe. Ich suchte ein Kinderbuch über Hochzeit, das müßte es doch geben, Kinder spielen doch Hochzeit, aber ich fand keines.

Johannes ist von mir abgerissen. Und Jochen liest mir vor: »Der abgerissene Strick kann wieder geknotet werden/ Er hält wieder, aber/ Er ist zerrissen . . .« Mir steigt das Schluchzen die Kehle hoch, und alles ist so weh, ich möchte hinauslaufen, untertauchen in einer Menschenmenge oder mich anders betäuben. Jochen wünscht sich einen Sohn, da er nur zwei Töchter hat. Auch dies fasziniert mich: ein Mann, der zwei Töchter hat, und selten sagt er, er wünscht sich einen Sohn, öfter spricht er davon, er wolle nur Töchter, ich habe den Eindruck, er fürchtet sich vor dem Verhältnis Vater-Sohn, er erzählt mir andauernd von einer Literaturepoche des Expressionismus, in der, wie er sagt, der Vater-Sohn-Konflikt im Zentrum der Beschreibung gestanden hat, ich habe den Eindruck, er fürchtet Söhne, wie Ödipus' Vater seinen Sohn fürchtete, nur selten spricht er von einem Sohn, Alexej würde er heißen oder Aljoscha, sagt Jochen. Er im Bett, noch schläfrig morgens, seine Tochter kommt an sein Bett mit ihrem Biologiebuch, sie muß gerade die Zusammensetzung des Blutes lernen, Blut, Blut, ein besonderer Saft. Er schwärmt von seinen Töchtern, als seien sie seine Geliebten.

Warum ist die Lotte nicht mit Werther gegangen?

Was will ich aufgeben wegen dieses Mannes? Wozu bin ich bereit? Sehr zurückhaltende Reaktionen von Jochen. Keine Liebeserklärungen mehr, wie ich abhängig bin von ihnen, wie ein Süchtiger nach seinen Zigaretten oder seinem Morphium. Kein Drängen mehr: komm zu mir! Ich erzähle ihm von Johannes' Selbstmorddrohung. Die Beziehung zu Jochen wird daran scheitern, daß ich Johannes irgendwo an einem Zipfel immer noch haben will. So wird mir gar nichts bleiben. Warum hat Jochen in mein Leben eingegriffen? Er wollte über mich verfügen, das ist alles. Ich bin schon fast Teil von ihm geworden. Aber nun hat ihn seine Familie wieder. Er hat mich schon vielfach verraten. Seine schäbige Stimme manchmal am Telefon, wenn seine Frau oder seine Kinder in der Nähe sind und ihn hören könnten. Aber schenkte er mir nicht einen Sessel aus Segeltuch, für eine gemeinsame Wohnung? Aber was bedeutet es, der Sessel kann auch als späteres Erinnerungsstück, Reliquienstück gedacht sein. Jemand öffnet sich, um dann wieder verlassen zu werden. Ich komme mir dumm und leer vor, abgebrannt und ausgebrannt, abgestürzt. Genommen und dann zurückgelegt. So leer komme ich mir vor, so leer, leer, leer. Kein Gefühl im Kopf, kein Gedanke. Ich gehe meiner Arbeit nur noch in einer apathischen Trance nach, schauspielere mein übliches Engagement. Wo ich mich nicht hab, da ist mir das Grab, so muß es heißen. Gibt ein Weib, sagt Baal, euch alles her, laßt es fahren, denn es hat nichts mehr. Ist es so?

Weil ich mir so entsetzlich ungewiß bin, diese entsetzliche Selbstbeobachtung, Selbstbeachtung, Gesundungssucht, Selbstmordgefährdung. Ich selbst bin mir im höchsten Grad ungewiß, lächerlich, zusammenstürzbar in höchstem Grad, deswegen anfällig für Liebe und Zuwendung von Fremden, die mich plötzlich mit ihren Liebesworten überstürzen. Es ist kein Wunder, daß ich einem Schriftsteller begegne, er verführt mich mit dem Honig seiner Worte. Über die Brücke ging ein geradezu unendlicher Verkehr, gerade so sind die Geräusche beim Aufwachen. Chlorgestank aus dem Wasserhahn. Wie sehne ich mich oft nach frischem Wasser. Wie sehne ich mich, daß jemand mich erkennt. Erkennen, erkennen, das biblische Erkennen. Und jetzt fürchte ich mich, daß Jochen mich nicht erkennt. Ich mache dir kein Kind, sagt er. Aber dauernd fragt er, ob ich denn immer noch nicht schwanger bin. Und er sagt: ich bin eben ein alter Mann, kann keine Kinder mehr zeugen. Ich sein Versuchsobjekt? Ich lese eine Liebesgeschichte und denke: wie hoffe ich, daß sie entweder zusammenleben für immer oder zusammen sterben.

Was weiß ich von ihm? Daß er, sonst nicht rauchend, wenn er schreiben muß, raucht, obwohl er den Gestank des Rauchs und der Zigaretten auch nicht mag. Er liest Geschichten über Heilige gern. Aber es kommt nicht darauf an, was er mir sagt, nur vernünftig aufzunehmen, ich muß es auch mit den Poren aufnehmen. Wie oft wußte ich, was Liebe ist? Zwischendurch immer wieder starr geworden. Wintertod der Liebe. Ich komme mir dumm vor, wenn er vom »Zauberberg« erzählt und fragt, wo der und der Satz darin steht und was ich dazu denke.

Ich gehe die Straße entlang, abends von der Arbeit kommend, und sehe am Boden des Bürgersteigs einen winzigen, mageren Vogel fast ohne Federn, einen Fötus-Vogel, tot in der Sonne, ich gehe noch einmal zurück und betrachte ihn, der Anblick tut mir weh.

Ich träume von Hannes, ich sage zu ihm »Lieber« im Traum, wie zu einem Geliebten, jemand drückt sein Erstaunen darüber aus, fast drohend und verbietend.
Ich träume von Therese. Nur Bruchstücke von Personen in Träumen. Ich kann mich nur der Bruchstücke vergewissern. Es gibt keine ganze Ansicht der Personen mehr. Es gibt nur noch Bruchstücke. Verschiedene Spiegelstücke zerbrochener Spiegel. Verschiedene Bruchstücksformen von Bildnissen und Selbstbildnissen. Ich träume von Therese. Sie und ich sind in einem großen ebenerdigen Raum. Wir gehen schlafen, es ist dunkel, der Raum ist wie eine Deele oder Scheune, ich stehe träumend im Traum mitten im Raum, da ist plötzlich ein großer Schäferhund, er ist durch die weitoffene Scheunentüre eingedrungen. Ich sage zu Therese: ich werde ein Stück Brot nehmen und ihn hinauslocken, und ich werde die Tore vor ihm schließen, und dies tue ich, die Tore lassen sich aber nur ganz lose schließen, und der riesige Schäferhund klopft immer gegen das Tor und will wieder hinein zu uns. Meine Mutter hat im Garten Wäsche aufgehängt. Johannes ist vollständig aufgelöst, betrunken, zieht sein Taschenmesser aus der Tasche, klappt es auf und will sich mit der Klinge Wunden zufügen, ich kann ihm das Messer entreißen, ich passe andauernd auf ihn auf, um ihn vor einem erneuten Versuch, sich zu verletzen, zu bewahren. Jochen sagt: mein Hund ist groß wie ein Schäferhund.

*Ach könntest du dem Papiere das einhauchen, was so voll, so warm in dir lebt* liest Jochen mir aus »Werthers Leiden« vor.

Es hat sich einiges verändert in meinem Leben, aber es sind noch keine radikalen Änderungen. *Lieben heißt allein sein.* Die alten Abhängigkeiten quälen mich. Die Sucht ein Zwilling zu sein. Ich habe das Verlangen abzubrechen und neu zu beginnen (Illusion, es gebe einen *Neubeginn*), aber es fehlt mir der Mut, die Stütze des Vergangenen fallenzulassen.

Lachende, rote, küssende Blumen schickte ich ihm. Er sollte meine Zärtlichkeit nicht vermissen. Aber ich habe den Eindruck, sie wird ihm lästig. Er macht Pläne, auf die Insel Sylt zu fahren, allein mit seinem Hund. Er möchte sich vor allen Schwierigkeiten in ein Haus ohne Telefon zurückziehen und schreiben. O Liebe, was ist Liebe? Liebesworte, was ist Sprache, wer bist du, Sprache? Beteiligtsein, wo bist du, Beteiligtsein? Die Starrheit meines Herzens, wie zwinge ich sie für immer aus mir heraus? »Du mußt mich inbrünstig küssen«, sagt er. Aber ich kann nicht immerzu inbrünstig sein. Zwei Koffer voller Bücher will er nach Sylt mitnehmen. Wenn wir uns sehen, zwingt er mich, nötigt er mich, viel Fleisch zu essen, ich soll alles gern tun, was er gern tut: Fleisch essen, Champagner trinken, die Nächte lang irgendwo sitzen und gesellig sein. Ich tue alles was er wünscht und lächle ihn an. Er zieht mich vollständig in seinen Machtbereich. Daß Johannes immer noch dableibt, findet Jochen »schon wieder faszinierend«, warum? Was bedeutet es, daß ich mich in Männer verliebe, die ohne Vater sind?

Sie kauft dich stückweise mit ihren Blumen und mit ihren Briefen, sagte seine Frau über mich, die nun von mir weiß. Der Status der Geliebten! Der Status der Ehefrau! Daß Wörter und Sätze so zerstören und verletzen können!

Die erst in ihren gemeinsamen Bewegungen sich nach und nach auftauenden Körper. Das Telefon schweigt, es ist Wochenende. Wochenende: »die Familie«. Jochen fragte mich: warum liebte niemand Hans Henny Jahnn? Es war vielleicht gesetzmäßig, sagte ich, seine Mutter wünschte ihn nicht, liebte ihn nur anstelle eines andern, schon Gestorbenen, und um das Gesetz seiner Geburt zu erfüllen, durfte er nicht geliebt sein (natürlich wollte er geliebt sein!).

Wieder die ohnmächtige Erfahrung, daß ich nichts bin. Ich hatte gedacht: jetzt habe ich einen Beruf, jetzt bin ich sicherer als damals zu der Zeit, da man mir mein erstes Kind wegnahm. Aber nein, es ist nicht so: ich gehe auf eine Verführung ein, ich verstricke mich, ich komme wieder in einen Zustand der Bindungslosigkeit. Ich sehe Kinder auf den Straßen und Spielplätzen und denke: diese zufälligen Kinder! Notwendige, nicht austauschbare Bindungen, wie wünsche ich sie!

Warum bin ich denn immer noch wie das Mädchen in der Diskothek, in der Tanzstunde, das von einem Mann ausgesucht wurde? Wann endlich beginne ich, mir den Mann selber auszusuchen? Ich will es sein, die sagt: dich will ich. Nein, immer wieder werde ich angesehen, und es ist um mich geschehen! Ich liebe die Liebe des Mannes, der sich in mich verliebt hat. Von Anfang an war doch in dieser Beziehung zu Jochen der Wurm. Gleich zu Anfang ging die Liebe nicht. Geduldlosigkeit, ein Hetzen, kein Wartenkönnen, ein Aufmichstürzen, wie ich es immer haßte. Fehlen von Scheu. Eine Willenlosigkeit auf meiner Seite. Er kam und sah und siegte. Warum schreckte ich nicht davor zurück, daß mich ein Fremder anfassen wollte. Es ist, als sei mir der Fremde schon jahrzehntelang bekannt gewesen.

Mein Leben zusammenhalten, damit es nicht auseinanderflattert. Alles flattert auseinander in: sich anziehen, sich waschen, essen und trinken, zu essen und zu trinken geben, sprechen, sich bewegen, arbeiten und schlafen – ein atomisiertes Leben am Tag, daß man sich wünscht, eine große bestimmende Krankheit zu bekommen, um sich nur auf eines werfen zu können. Die Leere, die durch das atomisierte Tätigsein in einem entsteht. Die Unsicherheit und das Gefühl der eigenen Lächerlichkeit.

In Lübeck in der Schiffergesellschaft aß ich mit Jochen. Dann gingen wir in eine Buchhandlung, dort kaufte Jochen eine Heinrich Mann-Ausgabe, einen Band kaufte er doppelt, schenkte ihn mir, eindeutiges Zeichen, daß wir nie zusammenleben werden, dazu brauchen wir die Bücher nicht doppelt.

Riech mal!, und er läßt mich seine Hand riechen, mit der er in meinem Schoß wühlte.

Daß ich da bin, wo ich bin, macht mich nicht ruhig, ich habe nirgendwo Ruhe, immer will ich weg und bin unglücklich, allein und mit einem anderen, nur in der vollkommenen Nähe der Liebe nicht, aber wie selten ist sie gewesen, Brutkasten der Liebe, Nachtschoß der Liebe, wie selten, wie selten. Manchmal ist das Gespräch eine Qual, dann hasse ich alles Sprechen, Sprechenmüssen.

Jochen liest mir einen Abschnitt aus Franz Kafkas Tagebüchern vor: »12. Januar. Ich habe vieles in diesen Tagen über mich nicht aufgeschrieben, teils aus Faulheit (ich schlafe jetzt so viel und fest bei Tag, ich habe während des Schlafes ein größeres Gewicht), teils aber auch aus Angst, meine Selbsterkenntnis zu verraten. Diese Angst ist berechtigt, denn endgültig durch Aufschreiben fixiert dürfte eine Selbsterkenntnis nur dann werden, wenn dies in größter Vollständigkeit bis in alle nebensächlichen Konsequenzen hinein sowie mit gänzlicher Wahrhaftigkeit geschehen könnte. Denn geschieht dies nicht – und ich bin dessen jedenfalls nicht fähig –, dann ersetzt das Aufgeschriebene nach eigener Absicht und mit der Übermacht des Fixierten das bloß allgemein Gefühlte nur in der Weise, daß das richtige Gefühl schwindet, während die Wertlosigkeit des Notierten zu spät erkannt wird.«

Wochen- und monatelang lieben, nichts anderes tun. Aber es geschieht nicht. Wir liegen brach, rennen der Arbeit nach, die uns frißt wie ein moderner Kannibale, wir vertrocknen am lebendigen Leib.

Therese sagt: laß dich nicht ein auf eine Liebe auf Zeit, sie könnte sich leicht überleben.

Der Wunsch, daß sich alles in *einer* Person konzentriere, ist maßlos. Eine Zeit möchte man erleben, in der man die ganze Welt im Medium der Liebe erkennen könnte.

Sich wagen haltlos zu sein! Das große Verlangen wird in Schach gehalten von ganz eingespielten Riten, sagt Therese.

Ich muß Jochen fragen, ob ich ihn durch Bemerkungen über seine Arbeit verletzt habe.

Das Beste wäre, wenn ich gar nicht aufstünde, um zur Arbeit zu gehen, wenn ich liegenbliebe, bis ich einschrumpfe, zu Erde werde – aber so leicht werde ich nicht wieder zu Erde.

Jochens Gestalt entflieht mir, wenn sie plötzlich so weit weg ist. Leibferne könnte ich es nennen. Ich werde ihm auch wieder leichtsinnige Liebesbriefe schreiben. Leichten Sinns sein, leichtsinnig sein, mit offenen Sinnen möchte ich da sein für ihn.

Aber kein Mensch ist so fest in sich selbst verankert, kein Mensch um mich herum, der nicht bei jedem Satz, den ich über ihn und sein Leben sage, mir den Satz zurückgibt, sich verteidigt, sich unangetastet wissen will. Durch eine Arbeit ganz fest in sich verankert sein – aber wie? (Der Glaube an die Arbeit hat den Glauben an Gott abgelöst.)

Johannes hilflos am Tisch: er möchte eine Hochzeitsreise mit mir machen, viermal am Tag möchte er mich lieben und immer stärker lieben, ja, was nutzte jemals das Wollen, was nutzt das Wollen?

Therese träumt von mir: in einer Scheune, in einem Haus, das ist wie ein Schuppen, eine Scheune, Kornsäcke stehen in den Ecken, Johannes und ich und Therese, ich wetteifere mit Johannes im Sich-Umbringen, Therese rüttelt mich, aber ich sage: ach, Therese, es ist schon zu spät, ich habe schon Unmengen Badesalz im Rotwein getrunken; ich lege mich hin im Bett, und mein Gesicht ist bleich, weiß, schwitzend; eine Schwüle im Raum, alles an mir verklebt, schmierig; Therese faßt mich an, später sage ich zu Therese, indem ich mich wieder aufsetze: ach, ich will doch nicht sterben, und Therese beugt sich zu mir und streichelt lange meine kleinen, jugendlichen Brüste, und mein schwarzes Haar, das vorher bleich und blondiert gewesen war, kehrt in seiner ursprünglichen leuchtkräftigen Farbe zurück. Therese sagt: die Schwangerschaft gab mir etwas in mir Ruhendes. *Lieben heißt allein sein – – –*

Etwas Kraftloses ging von Jochen aus.

19. März. Beim Friseur. Zum erstenmal wieder seit Jahren. Die Frau bemerkt eine kahle Stelle auf meinem Kopf, sagt, ich solle

sofort zu einem Arzt gehen. Therese erzählt von einer Frau im sechsunddreißigsten Jahr, die an Brustkrebs starb. Der Pfarrer schreibt mir von seinem Sohn, der Selbstmord beging. Der Pfarrer schreibt mir von Lenz.

Die Liebe macht untüchtig im Sinne der »Herren«.
Dein heimliches, geheimes, unzugängliches, verborgenes, scheues Innenleben, Jochen!
Das wäre noch ein erotisches Urerlebnis, sagt Jochen: mit dir Champagner trinken. Ein halbes Pfund Kaviar kostet zweihundert Mark, sagt er, dazu Brot. Hat er denn keine anderen Gedanken im Kopf?

Hat er wirklich die Emsquellen auf dem Atlas gesucht?, er sagt: sie liegen bei Gütersloh.
Wenn nun mein ganzes Leben Betrug wäre? Ich finde das Zauberwort nicht, das Sesam-öffne-dich finde ich nicht, das uns die Zunge löst. Vielleicht starre ich zu sehr auf die Ehrlichkeit. Jochen sagt: ist es nötig, daß du Hebamme bist?, es genügt doch, wenn du Mutter bist. Er will mich als Mutter. Er sagt: Du Mutter. Es hört sich schön an. Er hat eine zärtliche Stimme (oder eine selbstgefällige?). Auch hart kann diese Stimme sein, wenn er die Liebe aus seiner Stimme wegzieht.

Warum vergißt mein Körper alles? Alles verblaßt, wie die Blumen von Küssen am Hals verblaßt sind.

Die Frau von einem Freund Jochens hatte ihren Mann verlassen und war dann, als sie schwanger wurde, von ihrem Geliebten verlassen worden, und jetzt ist sie gestorben, sagt Jochen, kaum dreiunddreißigjährig, niemand weiß genau, woran sie starb, Jochen geht zu ihrer Beerdigung, Jochen sagt, vielleicht ist sie nach einer Abtreibung gestorben.

Der letzte Satz von Jochen: ich melde mich sicherlich auch an diesem Wochenende, ich melde mich wieder. Merkwürdig geschäftsmäßige Sätze.

Die Vorstellung, daß ich ohne einen Mann, ohne einen Bruder nicht vollständig bin, obwohl die Beziehung zu Johannes jetzt heillos geworden ist, weil ich nicht bei Einem bleiben kann.

Ich muß sterben, wenn ich jetzt schwanger bin. Ich kann das Johannes nicht antun. Ich hänge so an ihm, daß es mir angst wird vor Erstickungsgefühl, wenn ich an eine endgültige Trennung von ihm denke. Ich habe die Vorstellung, meine Schulter würde von seiner abgeschnitten, und ich würde verbluten. Aber warum tue ich nichts gegen eine mögliche Empfängnis? Ich bin wie hypnotisiert von Jochen, von seinem Willen, ich möge ein Kind kriegen, ich möge schwanger werden von ihm. Vor mir die Pillenschachteln und die Worte meiner Mutter: Kind, geh doch nicht dieses Risiko ein. Ich fühle ein entsetzliches Gefühl des Erbarmens mit Johannes, als sei ich Mutter, Schwester und Frau für ihn und für sein Leben verantwortlich. *Lieben heißt allein sein.* Ich will nie mehr schwanger sein. Der Gedanke daran macht mich ganz stumpf, obwohl ich gern in der Nähe einer schwangeren Frau bin. Ich stehe zwischen Bruder und Vater und werde zerrissen. Wenn man nichts wissen müßte, dachte ich. Wenn nichts von einem verlangt würde, dachte ich. Wenn man einfach dasein dürfte! Wenn man sich nicht dauernd für seine Existenz rechtfertigen müßte! Ja, gierig, wie ein Kind ist Jochen. Sechzehn Kinder, sagt er, könnte ich kriegen. Du Mutter, sagt er. Aber ich denke: keiner ist mir Mutter, und ich will einem Mann nicht Mutter sein. *Lieben heißt allein sein,* aber Jochen weiß das nicht. Es dämmert in meinem Gehirn, daß ich geworden bin wie ein hypnotisiertes Tier. Sechzehn Kinder, sagt er. Er macht Witze, und er lacht dabei. Aber er meint es ernst, er will mich als Bestätigung seiner selbst, seiner Potenz, seiner Wirksamkeit.

Zusammenrollen und einschlafen. Nichts Kräftigendes mehr. Alle Mittel, die ich noch ersehnte und vorstellte, mit denen ich Hoffnungen verknüpfte, sind Betrug, sogar der kleine Hannes hat nichts durch und durch Gesundes und Blühendes. Ich liege in der Badewanne und betrachte meinen vor meinem Gesicht ausgestreckten Körper und denke: dieser Körper soll einmal ein toter Körper sein?

Eine unmäßige Zärtlichkeit und Sanftheit sind nötig. Wenn der eine den andern morgens anruft und ihm irgend etwas Zärtliches sagen will, kann der andere gerade nicht, weil er gerade nicht allein ist oder sich in irgendwelchen Auseinandersetzungen befindet. So geht es dauernd hin und her und auseinander. Das Leiden von Johannes kann ich kaum noch ertragen, warum beende ich es nicht?

Jochen sah, wenn er müde war, immer so räuberhaft aus, so mich anrührend, und ich, ich Dumme, ich war beim Abschied von ihm immer so leicht, so froh und noch lange schwebend, als sei er noch lange da, die Sinne begriffen erst langsam, daß er fort war. Das ist ja mit den Sinnen ganz seltsam, so ähnlich wie das Verblassen der Küsse am Hals: wie sie erst noch ganz aufsehenerregend sind und dann Tag für Tag blasser werden und dann vollkommen weg sind, als hätten sie gar nicht existiert.

Therese sagt, auch wenn die Frau gerade ihre Tage habe, könne sie einen Mann lieben; wenn beide es ganz stark wollen, sagt Therese; ein Handtuch unterlegen, sagt Therese, als ich sage: das gibt ja eine große Sauerei.

Jemand erzählt von einem Kranken, der sich die Adern und Halsschlagadern aufschnitt, sich unter einen Baum im Wald legte, dort drei Wochen lag, die Ratten und Würmer hatten ihn schon angefressen, er war ganz abgemagert, aber man fand ihn noch, und im Krankenhaus brachte man ihn durch. Einige Monate später, nach seiner Rückkehr aus dem Krankenhaus, schnitt er sich, als er kaum eine halbe Stunde zu Haus war, wiederum die Adern auf, legte sich in ein heißes Bad, damit die Adern sich nicht wieder schlössen, und starb. Im Krankenhaus hatte er noch gesagt, er wisse nicht, wie er so etwas hätte tun können (den Selbstmord).

Lebensschwäche. Weiche, faulende Zähne. Nervenschwäche. Schwache Augen. Müdigkeit schon früh. Leichte Erschöpfbarkeit. Nichtstillenkönnen. Alles fahl. Kraftlose Brüste. Nie hat ein Mann meine Brüste stark geliebt. Aber muß ich sie nicht erst selbst lieben? *Lieben heißt allein sein.*

Es sind Wechselbäder des Gefühls, in die ich stürze. Jochen erzählt mir, daß er und seine Frau am Wochenende miteinander gesprochen hätten, er werde sich jetzt eine Wohnung suchen, sie werde sich eine Wohnung suchen, und die Kinder, die am Wochenende von seiner Mutter zurückkommen, müßten sich entscheiden, mit wem sie gehen wollten.

Wenn man ihn nicht schafft, ist Selbstmord lächerlich.

Johannes träumt von mir: ich liege mit einem Mann im Bett, ich mit großen offenen Augen, verhext, der Mann mit einem Bartgesicht, friedlich schlafend.

Ich warte auf Jochen.
Ich träumte, ich ging mit Jochen in das Büro eines Maklers. Der Makler forderte uns zum Sitzen auf und reichte Jochen dann ein Formular, in dem eine Fünf-Zimmer-Wohnung vermittelt wurde. Jochen hatte sich vorgestellt, und ich kam mir wie ein Anhängsel von Jochen vor, ich ging scheu lächelnd hinter der großen Gestalt von Jochen in das Büro des Maklers. Wir sahen uns eine sehr große Wohnung hoch über den Dächern der Stadt an, freundliche Menschen zeigten uns die Räume, überall waren Dachgärten. Jochen zog mich aus, ich zog ihn aus, so halbangezogen standen wir da und liebkosten uns, da stand Johannes im Raum und sah uns zu, unbeweglich und gelähmt.

An Johannes: Du hast einerseits meine Schwäche gehätschelt, hast andererseits immer erwartet, daß ich stark und aufopferungsvoll bin wie deine Mutter. Warum verschloß ich mich so gegen dich? Warum wurden wir verhärtet? Warum rivalisiertest du von Anfang an mit mir?: du wolltest immer so groß oder so klein sein wie ich. Wir waren Rivalen, die voller Ehrgeiz kämpften und darüber die Liebe vergaßen. Rivalen können sich nicht lieben.

Johannes und ich auf der Suche nach einer Marienkapelle. Suchen im Dunkeln. Wir verirrten uns. Ich sage zu Johannes: die Maria ist geheimnisvoll. Eine Geburt ohne Männer, sage ich zu Johannes, eine Jungfrauengeburt, sage ich zu Johannes (aber die Geburt ist ja nicht ohne Männer, sagt Johannes, der Heilige Geist schwängert sie). Eine Frau gibt uns Auskunft, erklärt uns den Weg zur Wallfahrtskirche. Die Empfindung von Wärme, Nähe, Zärtlichkeit, Fülle, Eingehülltsein erfüllte nie lange und dauernd meinen Kopf. Schlaflos in Zügen fahren ist heimatlos sein. Die Angst in die Bequemlichkeit gezogen zu werden. Bequemlichkeit als Ersatz für Sichgeborgenfühlen. Dieses entsetzliche Kindergeschrei. Dieses heimatlose, nervenbetäubende Kindergeschrei.

Bleib hier, bleib hier, schreit Hannes, wenn ich ihn morgens der Kindergärtnerin übergebe. *Die Kinderfrage, die du stellst, gehört zu den schwierigsten und ist wahrscheinlich überhaupt unlösbar. Sie gehört sogar wesentlich zu meinen Verzweiflungsanfällen. Sie ist weder zu lösen noch zu vernachlässigen. Was für eine Peitsche ist aus dieser höchsten Ermächtigung gedreht worden!*

Essen ist kein Diebstahl, sagt eine in einer Nervenheilanstalt internierte Frau. Man hat nur zwei Mütter, sagt eine in einer Nervenheilanstalt internierte Frau.

In einem Fernsehfilm sagt eine Figur: es ist unser Schicksal, verwaist zu sein. Die Zeitungen berichten von der Geburt eines Steinkindes in Italien. Das Steinkind war fünf Monate getragen, die Frau, die das Steinkind gebar, soll an einer Insuffizienz der Leber gelitten haben.

Ich träumte, in einer Diskussionsrunde in einem Krankenhaus zu sein. Neben mir liegt eine Frau, plötzlich merken alle, daß die Frau schläft, und sie ist nackt!, stöhnt und zuckt im Schlaf, ihre Scheide ist offen, ihr Leib ist aber noch ziemlich flach, alle schauen auf die Frau; »dann schließen wir sie mal ans CTG an«, sagt ein junger, adrett aussehender Arzt; man schiebt die Frau auf einer Krankenbahre in den Nebenraum; sie erwacht nicht aus ihrem Schlaf; ich gehe mit, erkläre, wie sadistisch das eigenmächtige Umgehen mit der schlafenden Frau sei; eine junge Ärztin schließt die Frau ans CTG an, sie ist ruhig und selbstverständlich, als schalte sie einen Elektroherd ein, sie sagt: ich kann nicht anders, es macht mir nichts aus.

An Jochen:
Sentimentalität ist ertrunkenes Gefühl.
Ich kann nur Einen ganz und gar lieben.
Ich kann nicht hin und her fahren.
Man hat nur zwei Mütter, sagt die Kranke.
Ich Betrogene. Er hat zwei Frauen.
Ich denke an Freitod. Es ist schade um mich.
Ich schaffe es nicht. Dein Glied
soll gewölbt sein, schlangenförmig,
du das Meer, ich der Strand, ich das Meer,
du der Strand. Mein riesengroßes Schuldgefühl:

ich habe Johannes zu wenig geliebt. Aber
immer warf er mir vor, ich berühre ihn nicht.
Niemand zeigte mir, wie man jemand berührt.
Die Fingernägel zum Lieben, die Lippen
zum Lieben, die Zunge, zum Lieben
die Hände, zum Lieben die Zähne, zum Lieben
die Füße, sogar die Füße werden zu Händen.
Ich hätte so gern geweint. Richtig weinen,
ich weinte so lange nicht. Beim Abschied
am Bahnhof geweint. Ja, ich glaube, wenn Johannes sich wirklich
umbringen würde, ich würde schreien. Jochen flicht mir Zöpfe.
Einen richtigen alten Samowar will er haben in unserer gemein-
samen
Wohnung. Abends will er mit mir Tee trinken aus dem Samowar.
Was für Versprechungen. Ich habe den Johannes verraten.
Darauf steht die Todesstrafe. Am Grab der Modersohn-Becker
in Worpswede. Das Denkmal einer sterbenden Mutter. Der
Friedhof
tief verschneit. Vom Himmel fließt dichter Schneefall. Jochen
ist um mich besorgt, läßt mich hinter sich gehen in seinen
Fußstapfen, mich mit meinen dünnen Schuhen. Grabmal einer
sterbenden
Mutter. Aber in welches Land käme ich denn, wenn ich tot wäre?
Abgebrochene Begierde läßt einen von innen heraus erkalten.
In jeder kleinen Trennung liegt ein kleiner Keim von Wahnsinn.
Liebe ich, so wünsche ich mir die Telefone von der Erde weg.
Es müßten geschriebene Liebesworte von Postkutschen gebracht
werden.
»Aber innerlich ist er krank und außen zu warm vor Krankheit;
denn Krankheit macht den Menschen viel körperlicher, sie macht
ihn gänzlich zum Körper . . .«
Jochen liest mir aus dem »Zauberberg« vor. Die Situatuion ist
grausig. Es ist vielleicht zu spät
für den Versuch zu lieben. Dein Glied soll gewölbt sein, schlan-
genförmig,
soll in mich hineinzingeln, der Strom deines männlichen Lebens
soll in meinen Schoß strömen, ich denke an die Kinderreichen,
von denen die Hebamme sagte, daß sie zu sensibel seien,
um ein Gummi zu tragen, das störe sie schon in ihren Empfin-
dungen.

Daß man einander die Lippen beißen kann! Du buddelst alles aus, sagt Jochen. Das Blut rauscht in meinen Ohren. Ich esse Apfelsinen, damit der Geruch frischer Orangen von Gaumen und Zunge ausgehe.

Über Selbstmord redet man nicht, man tut ihn.

Liebe als starker Strom, der einen mit der ganzen Vielfalt der Welt verbindet, sage ich mir, Liebe nicht als Leere, die von allem (Politik, Wirtschaft, tagtägliches Leben) abschließt, sondern Liebe als *Weltwissen.* Liebe ist falsch, wenn sie einen nach einigen Tagen ganz leer zurückläßt.

Jochen sagt, in der Tagesschau habe er eine vietnamesische Mutter gesehen, die Milch in ihrem Mund angewärmt und sie ihrem Kind gegeben hat.

Jochen sagt, er möchte seinen ganzen Kopf in mich hineindrükken und dann meinen Bauch streicheln, dann wäre es, als ob er sich selber streichelte.

Dieses Mißverständnis: wenn mich einer liebte, wäre ich glücklich, denke ich, dann wäre ich nicht mehr unglücklich, hätte keine Ängste mehr. *Erwarte doch nicht vom anderen die Rettung der Welt,* denke ich.

Ich träume von zwei großen Wagen, groß wie Kornwagen oder Heuwagen. Stark und hoch beladen sind sie, aber nicht mit Heu und nicht mit Korn, sondern mit Kuchen und Brot. Eine Gesellschaft von Hebammen- und Krankenpflegeschülerinnen und -schülern mit ihren Lehrern gehen den Weg zwischen den Wagen in Richtung eines Krankenhauses, schauen zurück, mißtrauisch, denn sie wollen nicht, daß ich etwas stehle von dem Brot und dem Kuchen auf dem Wagen, ich bleibe allein am Wagen stehen und warte, bis die andern weg sind und nehme mir Kuchen mit Marzipan, ein Weißbrot und fahre dann eilends weg, durch dunkle Tunnel, über die Straßen der Stadt, auf dem Weg aber werfe ich das Weißbrot angewidert weg und fahre zurück in meine Wohnung zu Johannes.

Ich träume, ich gehe am Strand. Da ist das Meer. Der Tag ist trüb. Die Meerwellen sind in Bewegung. Es ist Abend. Die Hotels und Restaurants am Strand sind wie eine Theaterkulisse, wahrscheinlich wirken sie doppelt so, weil sie jetzt fast leer sind, wie Puppenstuben. Die Landungsbrücke ist gesperrt. Ich will hinaufgehen, um mich dem Meer auf diese Weise zu nähern; ich will probieren, ob ich ins Meer hineinspringen kann. Es ist kalt in der Nähe des Meeres. Ich friere in meinem dünnen Mantel. Ich spüre meine Haut wie eine sehr dünne Schicht. Ich denke: mit kaltem Wasser und mit gesundem Essen wirst du dich für den Selbstmord besser abhärten.

Ich neige zu sehr dem Schlaf zu. Ich möchte immer liegen, schlafen, lieben, mich verkriechen, in traum-hafte Zustände kriechen.

Die riesenhafte Schwierigkeit, sich von einem Menschen zu trennen, zu lösen. Die Gefahr der Vermischung, der Vereinigung, der Bindung. Die kleinste tagtägliche Loslösung ist ein Schmerz. Ich erkenne, daß ich nicht schwanger sein will. Schwangersein als Entfremdungszustand, als Beherrschtsein. Wieder überfällt mich das alte Erlebnis: ich trage ein Kind aus, und dann muß ich es an fremde Leute zur Adoption geben. Die Lösung, die Loslösung, die Auflösung, die Erlösung, das Gelöstsein. Vollkommen gelöst, wann denn wann denn. Niemand wird erlöst, es ist nicht wie im Märchen. Unerlöst irrte sie umher, wie der häßliche Frosch werde ich unerlöst umherspringen, niemand nimmt mich häßliche Froschin in sein Bett, niemand spricht das richtige Wort, Sesam öffne dich.

Hannes sieht unsere Umarmung, und er sagt zu Jochen: du sollst die Mama nicht essen. Dann sagt er zu Jochen: eß mich mal. Hannes sagt, im Anblick sich im stürmischen Wind wiegender Bäume: die Bäume tanzen.

Warum halte ich das nicht aus: Nächte und Tage äußerster Zuwendung, äußerster Öffnung bis zur Erschöpfung auf beiden Seiten, und dann das Abziehen der Liebe, der Abschied, die Arbeit tritt in den Vordergrund, ich trete zurück, bin verlassen von der Liebe, daß ich es kaum aushalte (ist das meine passive

Natur?); vor diesem Bruch schütze ich mich, wenn ich lebe wie eine Nonne, mich einkapsle, Wehre aufbaue, mich nicht berühren lasse. Bequemlichkeitsfloskeln von Jochen: ich bin ein alter Mann.

9. April. Immer noch alles unentschieden. Die Landungsbrücken sind gesperrt, träume ich. Lebensgefahr, steht auf den Landungsbrücken. Selbstmordbrücke könntest du heißen, denke ich. Ich bin mit Jochen zusammen und vermisse plötzlich den Johannes so sehr.

Therese erzählt, in ihrem schönen, weichen, blauen Morgenmantel seien damals, als ich mit Jochen in ihrer Wohnung gewesen bin und ihren Mantel trug, »weiße Flecken« gewesen.

Jochen sagt, er braucht, wie ich, mindestens neun Stunden Schlaf, das tröstet mich, als seien wir uns doch verwandter, wie die zwischen uns sich ausbreitende Fremdheit vermuten läßt.

Vollkommene Vertrautheit mit einem Menschen. Sich *einem* Menschen zuwenden. Einsam und erschrocken sein, wenn dieser Mensch weggeht. Seine Schlafanzugjacke ließ er auf dem Rand der Badewanne liegen, 65 Prozent Synthetik, 35 Prozent Baumwolle, von brauner Farbe. Wir sahen ein braunes Feld, unerwartet in der Meersandwüste der Hotels. Appartementhäuser, ein Feld, verstreute Weizenkörner. Ein Zug fährt, das Kind guckt. Zwei Hügel des Ackers wie zwei braune Brüste, sage ich, und Jochen sagt: da muß man ja von einer Brust zur andern kilometerweit laufen, ja, sage ich, das ist doch auch richtig. Er lehrte mich, seinen Rücken mit den Nägeln meiner Finger zu streicheln, die Kuhlen seiner Achseln mit der Zungenspitze zu küssen, daß er die Küsse bis ins Mark des Geschlechts spürt. Ich spüre ein Gebiet unter seinen Hoden, Vertiefungen wie die weibliche Vagina. Er erzählt von einer Kinderkrankheit, er lag im dunklen Zimmer, denn die Augen mußten geschont werden, tagelang, wochenlang in einem dunklen Zimmer, und jetzt, der erwachsene, nie der Kindheit entwachsene Jochen hat plötzliche Anfälle von Angst in dunklen Zimmern, nachts plötzliche Anfälle von Orientierungslosigkeit.

Die Vagheit meiner Empfindungen. Werde ich denn nicht von ihm gehalten? Mein Schwanken. Unklarheit, Mattigkeit, Müdigkeit, Lebensschwäche. Die Hebamme, meine Kollegin, sagte einmal, die Kinderreichen seien lebensschwach. Ich bin auch lebensschwach. Ist Empfindsamkeit Lebensschwäche?

Abgebrochen. Das Strömen des Geschlechts unterbrochen. Abgeschnitten. Wie abgeschnitten. Diese destruktiven Sätze in meinem Gehirn: niemals werde ich eine Frau sein, die ihren Sohn stillt. Diese destruktiven Sätze: ich möchte nie wieder ein Kind austragen und gebären.

*Ich stelle mir gern die Gesichter der anderen vor, wenn ich auf einmal tot wäre.* Früher hast du nie vom Tod gesprochen. Wenn man vom Tod spricht, wird man sterben. Ich warte darauf, daß ich blute. Von wem werde ich jetzt träumen? Ein Traum ist ungreifbar, vor allem unentbehrlich. Ein Leben ohne Mysterium? Wir brauchen ja auch so viel, so viel, so viel, so viel, so viel, so viel, so viel Liebe. Im Traum sitze ich im Strandkorb. Du das Meer, ich der Strand. Ein Ausschnitt von Himmel. Das Meer fließt heran. Und ist doch nicht ganz nah. Ich halt's mir vom Halse. Wenn ich ein Kind kriege, möchte ich lieber tot sein. Ich träumte von Johannes, wie er mir an die Kehle geht. Ich freue mich, daß ich wieder blute, ich erwarte kein Kind. Warum tue ich jetzt nichts? Warum riskiere ich im nächsten Monat wieder die Angst, ein Kind zu kriegen? Oder glaube ich schon längst nicht mehr, daß er – der alte Mann – überhaupt ein Kind zeugen kann? Er redet es mir fast ein. Bekomm ich dich?, fragt er. Du hast mich doch schon, sage ich ihm, und ich nehme willenlos seine Frage hin: bekomm ich dich?, bin ich denn ein Geschenk, ein Besitz, ein Mittel? Liebst du mich noch?, fragt er. Bleibst du bei mir? Auch er ein Mensch, der von der Bestätigung anderer lebt. Und mir tun die Fragen gut, wenn er sie hundertmal am Tag stellt. Wie wird die Liebe mißbraucht zur Bestätigung. Er sagt: meine Mutter hat ein Spatzengehirn. Er spricht überhaupt nicht ehrfurchtsvoll von seiner Mutter. Sein Vater und seine Mutter hätten sich nie umarmt und geküßt. Ich sage, ich könne mir nicht vorstellen, daß meine Mutter das Glied meines Vaters küsse. Angesichts seiner Kußflecke an Hals, Schultern und Rücken schüttelte seine Mutter nur den Kopf. Hannes schreit wie am

Spieß, wenn Hunde in seine Nähe kommen. Jochen hat als Junge große Angst vor Hunden gehabt. Jochen sagt zu mir, ich könne gut zuhören. Was ist das, dieses erotische Verhältnis zur Sprache? Warum bin ich nicht fähig, die Ehe mit Johannes vollständig zu brechen?

Phantasiegefühle, die – sobald sie der Verwirklichung nah kommen – zusammenschrumpfen.

Jochen und ich besuchen meinen kranken Bruder, der abstürzte von einem Baum und in Todesnähe existiert; mein ätherisch aussehender Bruder, zart und weiblich im Gesicht, abgemagert, er scheint doppelt so groß geworden zu sein, er liegt im Krankenhausbett, wie in einem Totenbett, wie in einem Totenhemd, dem weißen, liegt er da, eine ungesunde Röte auf den Wangen, mein Bruder, *Bruder Bruder.*

Einmal möchte ich mich als Frau fühlen. Mit schwellenden fraulichen Brüsten. Wann werde ich mich als Frau fühlen? Habe ich mich jemals als Frau gefühlt? Niemals habe ich mich als Frau gefühlt. Die erotische Erfüllung kann sehr spät kommen, sagt der Arzt, er habe sie erst in seinem vierzigsten Lebensjahr erlebt. Ein Doppelbett im Hotelzimmer voll Blut, die denken, Hausschlachtungen sind im Hotelzimmer nicht erlaubt. *Die Blutflut ist die Flut der Liebe.*

Erinnerung der Marie A. Anfälle von Angst. Gab mir ein Gott zu sagen, was ich leide? Die Qual der Eifersucht ist die Qual, mit einem anderen konkurrieren zu müssen, der mehr geliebt wird.

Sicher wird er nicht anrufen. Er liebte mich nicht,
ließ mich naß und unbesänftigt zurück.
Ich möchte jetzt auch einmal das Bewußtsein sprengen
wie einen Steinbruch. Ich möchte durch die Gegend gehen und
mir die Arme blutig schneiden, ich möchte verwirrt werden
im Kopf. Welche Gnade ist doch das Wahnsinnigsein, Hölderlin.
Daß ich nicht mehr wüßte, was ich tue! Aber ich kann nicht
weinen. Gestern nacht, heute nacht weinte ich. Mein Herz
ist versteint, ich verschließe mich wieder. Ich will etwas
erzwingen, was man nicht erzwingen kann. Über den Bodensee

der Sexualität ... Für immer sollte ich mich verschließen, denke
ich.
Die Weichteile des Geschlechts, alles sollte ich zumauern.
Keiner könnte mir mehr wehtun, keiner könnte mich zurück-
lassen,
keiner hätte mehr Macht, mich zu streicheln oder nicht zu
streicheln.
Wahnsinnsgeschenk, das Geschlecht. Ich muß ihn wiedersehen.
Ich begehre ihn. Oder begehrt man nur die unzureichenden
Männer?
Bin ich denn schuld, daß sein Glied klein wird, sobald er mich
berührt?
Im Badezimmer liest er mir Celan vor. Das kann ich wenigstens,
sagt er. Ein Paar
in der Ecke des Bahnhofs stehend, sie hat das Gesicht verborgen
an seinem Hals, küßt sie seinen Hals mit Lippen und Zunge?
Abschiedsszenen. Einen Körperschmerz, sagt er, empfindet er,
der geht vom Brustknochen bis ganz unten. Mutterschaft und
Tod,
Verwandte. »Durch diese viele Feuchtigkeit dieses Jahr ist doch
soviel Erde abgeschwemmt.«
Im 14. Stock spiele ich mit dem Gedanken hinunterzuspringen,
könnte ich es doch! Wie bewundere ich die Frauen mit den
mächtigen Brüsten.
Ich beobachte die Frauen, sie sind mir so fern, und ich suche sie
doch.
Er sah mich an, weil er eher erwachte. Morgens erwachen von
seinem Blick,
er betrachtete mich einige Minuten lang, und als ich erwache,
sagt er: ich liebe dich. Ich aber hatte sofort das quälende Bewußt-
sein im Kopf:
meine Augen verquollen und verklebt von zu wenig Schlaf, von
sinnloser Anstrengung der Nacht, den Mund
voll schlechtem Geschmack, meine Brüste, ich fühle sie
unmächtig, fast verschwindend, als würden sie sich zurück-
bilden,
Kopf und Unterleib spüre ich wie gespalten mit einer Axt
im Moment des Erwachens, da er mich anschaut und sagt:
*Ich liebe dich.* Ich soll seine Schwester sein, seine Frau, seine
Mutter, seine Tochter.

Eß die Mama ganz und gar, mit Haut und Haar.
So stehe ich auf und gehe ins Badezimmer, meinen Mund mit kaltem Wasser
zu erfrischen. Gering fühle ich mich, wenn die Bettdecke,
die Dunkelheit der Nacht meinen geringen Körper nicht mehr
vor seinen Augen verhüllt. Sein Auge bemerkt den kleinsten Fleck
an mir, jede Furche, jede Unschönheit. Das überwache Bewußtsein
hemmt uns, anonym in der Lust zu werden. Liebe Mama, liebe Mama,
sagt Hannes, während der Zug durch einen Tunnel fährt und ich
ihn im Dunkeln auf der Brust halte. Die Vorbereitung der Liebe,
die Liebe: das Saugen am Ohr, am Hals, am Bauchnabel, am Arm,
in der Armbeuge, in den Winkeln der Schulterblätter; meine Zungenspitze
in den Winkeln der Lippen; die Spitze der Zunge, die kompakte Kuppe
der Zunge, Zungenspitze in deinen Mund sich schlängelnd; eine Schlange,
die man den Kindern schenkt. Mein Bewußtsein ist so stark,
daß ich mich ekle, wenn meine Zunge in den Falten seines Nabels
Schmutzreste aufspürt. Zungenspitze berührt deine Zähne,
die scharfen. Die Vorbereitung der Liebe, die Liebe.
Dann die Erwartung des Rausches. Die Erwartung, daß ich fließe,
schwelle, fließe, quelle, ströme. Ist Gott tot? Ist die Liebe tot?
Lebt nur noch die Arbeit? Ist die Liebe eine Verrichtung,
nüchtern und flüchtig, eine beschränkte Erfahrung, keine Erfahrung mehr?

Faßt die Liebe nicht alles in sich? Ist sie geteilt wie alles?
Ist sie nicht mehr wie ein in-den-Supermarkt-Gehen, ein Theaterbesuch, ein Wäschewaschen, ein Glas Wasser?
Es strömt nicht, es sickert nur, versickert, versiegt.
Ist Liebe welthaltig? Wieviel Zugang finde ich zur Welt,
wenn ich liebe? Das unwillkürliche Zucken des Schoßes,
wenn deine Hand in ihm streichelt. Befähigt Lieben die Welt zu erkennen?

Wie einen das Sehen versichert! Ich möchte nach der Uhrzeit fragen,
aber das Hören genügt mir nicht, ich erhasche den Uhrzeigerstand
auf den vorbeisausenden Bahnhofsuhren. Komm gib mit deine Hand.
Jetzt kein Kind kriegen. Kein Kind, jetzt nicht, jetzt noch nicht.
Jetzt nicht mehr. Hannes lieben. Annemarie lieben. Umfangend sein,
wie oft wollte ich umfangend sein, und wie war ich?

Vor Wochen sagte er mir, ich solle ihm in einem Brief unsere ersten gemeinsamen Tage in einer Wohnung beschreiben. Die Sehnsucht nach einer glücklichen Ehe. Vielleicht ist eine glückliche Ehe überhaupt unmöglich und ein Widerspruch in sich?

Manchmal denke ich, ich brauche nichts als Ruhe in mir, dann kann mir niemand etwas antun.

Die Umarmung wächst, die Umarmung wird mir geschenkt um Mitternacht. Ein ruhender Leib, dessen warme, volle Brüste ich spüre an meinem Leib, es ist Thereses Leib, durch Stoff und Kleidung spüre ich ihren Leib, und ich komme mir, gelehnt an Thereses warme, weiche, volle Brust, schmal und mager vor. Zwei Frauen sich einander annähernd. Kein Kind droht, das Arbeit erzeugen wird. Kein fremder Leib: das Männliche. Kein Streit um Pflicht zur Hausarbeit des einen, Befreiung von der Hausarbeit des anderen. Ein Leib. Ein Mund. Ein Lockenkopf. Eine Falte zwischen den Augen. Ein Leib, dein fremder Leib, Therese, der mir verwandt ist. Der lange Weg zur Liebe. Deine Brüste sind nicht klein, sagt Therese, deine Brüste sind Knospen, sagt Therese.

»Trägt nicht alles, was uns begeistert, die Farbe der Nacht? Sie trägt dich mütterlich und ihr verdankst du all deine Herrlichkeit.« *Todeslust* erfaßt mich. Der Bankdirektor sagt, er träume nie, er kümmere sich nie um Träume, seiner Meinung nach gebe es überhaupt keine Träume. Woher die Enttäuschung, daß das Lieben nicht ist, wie ich mir vorstellte? Kindliche Enttäuschung: das Leben ist nicht so wie erträumt. Immer noch mag ich das

Wort Orgasmus nicht. Immer noch mag ich die Wörter Penis und Vagina nicht. Immer noch kann ich die Augen nicht weit und frei öffnen, wenn ich wollüstig bin, kann ich dich nicht ansehen in der Lust. Mit dir unter einer Dusche in einer Badewanne. Du reibst mich ein mit dem Seifenschaum, meinen Schoß, meinen Bauch; deine Hand, getrennt von meiner Haut durch soviel Seifenschaum, von der Weichheit meines Schoßes getrennt durch Weichheit. Immer noch soviel unsichtbare Scham, was ist Scham? *Bekenntnis und Schamlosigkeit.* Das Bild wieder im Sinn, der erste Anblick eines männlichen nackten Körpers. Der Körper von Johannes. Das riesenhafte, mohrrübenhafte, leuchtende Glied. Das Wort Schoß muß ich aufschlüsseln.

Es ist soweit. Die Trennung von Johannes steht mir bevor, ich soll mich mit Liebe verabschieden, sagt Johannes. In seinem Satz liegt noch alle Hoffnung. Er denke, wo zwei Kinder aus mir herausgekommen seien, gehe nun ein Fremder hinein. Ich gehe mit Therese in den Film »Szenen einer Ehe«, wir kommen um halb zwölf aus dem Kino zurück, und die ganze Wohnung riecht nach frischgebackenem Brot, Thereses Mann hat ein Brot gebakken, die Erinnerung an Johannes wird übermächtig, ich muß sie zurückdrängen.

Immer noch bin ich eine unaufgebrochene stachelige Kastanie.

Der Park. Das Abendrot. Der Lärm der Autos. Die hohen Stadthäuser. Der Rasen im Park. Ich suche das Mädchen, das ich einmal war. Die schwarzen Schwäne im Park. Die Hundescheiße auf dem Rasen. Die Kastanienbäume knospend. Herabgesunkene Blüten unter einem Baum. Ein Blick zum Himmel. Ich liebe alles was fließt. Mein Gang ist nicht fließend. Meine Brust ist eng beim Atmen. Ich suche das Mädchen, das ich einmal war. Ich suche den, den meine Seele liebt. Ich träumte, ich wäre von der Ostsee weggegangen. Ich war an einem fremden Ort. Dann fuhr ich, um meine Habseligkeiten abzuholen. Johannes und Annemarie empfingen mich, und Johannes versuchte, mich festzuhalten. Ich besuchte Freunde. Und dauernd war ich auf der Suche nach einer Karte. Denn ich hatte den Ortsnamen vergessen des Ortes, an dem Jochen lebte. Ich konnte Jochen nicht anrufen. Ich zermarterte mein Gehirn. Sierksdorf, Haffkrug, Scharbeutz, Niendorf

– nein, der Name des Ortes, an dem Jochen lebte, fiel mir nicht ein. Ich suchte mit meinen Freunden gemeinsam den Ort auf einem Autoatlas. Wir fanden ihn nicht. Dann war ich in einer Wohnung, und in einem Nebenzimmer hielt Konrad, Thereses Mann, sich auf. Ich verging vor Engegefühl und Verlassenheit und bat Konrad um eine Karte. Aber auf keiner Karte fand ich den Ort an der Ostsee, an dem Jochen lebte. Der Name des Orts war wie ausgelöscht. Konrad fragte: ist es denn so wichtig, daß du den Namen des Orts jetzt weißt?, hältst du es nicht allein aus? Ich erklärte ihm. Er lächelte ungläubig und nachsichtig, und ich fühlte, daß er sich nur im Lernen gestört fühlte. Vor der Wohnung hing sehr hoch eine Wäscheleine, und ich hängte Wäsche daran auf.
Dieses Ausruhen in Träumen. Die Unzufriedenheit mit den Träumen. Immer erwarte ich die kompakt bedeutsamsten Träume, große poetische Bilder. Dabei vergesse ich zu sehen und zu hören auf ganz zarte Träume, auf die zarten Traumregungen, auf den Beginn des Träumens, auf die knospenden Träume.

Werden wir den Gedanken aushalten an die von uns getrennten Kinder? Werden wir frei sein und unsere Härte (eine Härte aus Liebe) bejahen? Seine Kinder werden bei der Mutter sein. Aber mir ist, als würden diese Fragen nur noch zum Schein gestellt und beantwortet. Längst ist die Möglichkeit, daß Jochen und ich zusammenleben werden, unwirklich geworden. Für Jochen war alles nur ein Spiel der Gefühle, ein Spiel der Aphrodisiaka.

Ich denke an eine Frau, die ich lieben und küssen könnte.

Jochen trinkt Retsina. Mit Baumharz. Früher als Kind habe er Tannenharz im Wald gesammelt und als Kaugummi gegessen.

Mit den einfachsten Wahrnehmungen wieder beginnen, um wieder auf eigenen Füßen zu gehen.

Ein Plakat in der Stadt, groß das Wort Selbstmord, als werde für Selbstmord geworben. Ich trete näher an das Plakat und sehe eine Szene im Straßenverkehr: ein Mann geht leichtsinnig vor einem Auto über die Straße, und der Tod in Gestalt eines Gerippes kommt ihm entgegen.

Eine sichere Art des Todes, sagt Therese, ist hinunterzuspringen aus dem sechsten Stock, du wirst bestimmt vermatscht sein.

Die Trauer darüber, daß er mich so schnell aufgibt. Können wir selig sein auf dem Grab der Trennungen?

Ich weiß doch, daß Liebe nichts totes Abgespaltenes ist, das für sich dahindorrt.

Ob er in der SPD ist oder nicht, das will ich wissen. Ob er Angst vor seinem Verleger hat. Ob er sich Sorgen macht um die Fluoridisierung des Trinkwassers? Er sagt: wenn wir in unserem Haus wohnen, schöpfen wir unser Wasser aus einem Brunnen. Ich bin enttäuscht. Warum macht er sich keine Sorgen um die Bevölkerung?

Immer habe ich gehofft, er liebt mich. Nun kalte Verabschiedung. Hinnehmen des Abschieds. Ich spüre den Schrei, der sich schläfrig in mir regt, er steigt auf, mein Schrei. Ich sehe einen blaugeschwollenen Leib vor einem Meer liegen. Bläulich geschwollener Bauch, Jochen sagt, er habe einmal einen Ertrunkenen gesehen. Der Zahnarzt mit konzentriertem Blick, Augen gerichtet auf die Zähne meiner Mundhöhle. Der Zahnarzt berührt meine Zähne. Der Zahnarzt verändert meine Zähne mit seinen Instrumenten. Der Tod kommt geflogen. Kommt ein Vogel geflogen, setzt sich nieder auf mein'n Fuß. Meine Tochter liegt auf meinem sterbenden Leib. Meine Tochter an meinen Brüsten. Meine Tochter gerade meinem Leib entronnen.

Verschlungen mit dem weiblichen Körper würde ich endlich erwachen.

Der Tod das große Liebeserlebnis.

Aus dem sechsten Stock in ein Meer springen.

Ein Mund, so weich wie verwelkt.
Ein knabenhafter Rücken.
Brüste. Sich bewegender, die Bewegung beginnender Schoß.
Kühle Knie. Zunge zu Zunge,

weiblich zu weiblich.
Die Sprache soll fließend sein wie Myrrhe.
Ein wildwuchernder verlassener Garten.
Obstbäume, Kirschen und Äpfel, reif.
Brombeeren. Thereses Beine zerkratzt.
Die Luft feucht, warmfeucht
nach einem Gewitter der Garten.
Sattes schillerndes Grün des Blattwerks.
Sie küssend den Mann in dem warmfeuchten
grünschillernden wildwuchernden Garten.
Wie leid es ihr tut, daß sie nicht sagte:
jetzt, hier, will ich mit dir schlafen.
»Dazu war ich denn doch zu scheu.«
Aber später, in seinem Zimmer
sein nackter Oberkörper.
Sie hat ihren langen Rock noch an,
liegt auf ihm.
Ihre Brust fühlt sich naß und klebrig an.
Das kann doch nicht Samen sein.
Im Dezember ist ihr Kind geboren,
und sie stillt es im Juni nicht mehr,
doch die Liebe erwärmte ihre Brüste,
und viel Milch lief aus.
Die Brüste feucht und klebrig von weißblauer Milch.
Ihn macht es wild, er findet es schön.
Therese sagt: Lieben kann ich nur, wenn er in mich eindringt und mich viel unten streichelt.
Das helle, taghelle Bewußtsein, die Liebe störend.
Ich schaue ihn an, sein Gesicht verändert sich so sehr,
wenn er wild ist. Erinnerung, wie ich, die Siebzehnjährige
Johannes die Brüste hinstrecke, die Bluse öffnete sie als Fünfzehnjährige:
Therese, die Katholische. Die katholische Sinnlichkeit,
sagt Therese und lächelt. Und er sagte: schämst du dich eigentlich nicht?
Ich habe mich nie geschämt, sagt Therese.

Ich kann meine Gefühle nicht lange im Feuerofen heiß halten.

Jochen sieht sich ein Fußballspiel an. Er spricht nicht mit mir über Fußball. Er glaubt, es interessiert mich nicht. Er ist zu bequem, mir seine Begeisterung mitzuteilen.

Was weiß ich vom männlichen Körper? Was weiß er vom weiblichen Körper? Jeder ist in seinen Gedanken okkupiert von seinen eigenen Körpererwartungen. Er dringt nicht zum Gefühl für mich vor. Ich habe kein Vertrauen zu ihm. Für ein Linsengericht würde der seine eigene Mutter verkaufen, sagte meine Mutter über Jochen. Vielleicht hat sie recht, sie hat Menschenkenntnis. Ich reagiere so oft wie ein einsames Kind, das auf jeden Fremden erwartungsvoll zuläuft.

Ich träumte, ein Mann (Jochen?) reitet mit Hannes auf einem Pferd weg. Das Pferd geht durch. Der Mann stürzt. Hannes liegt im Krankenhaus, er lebt. Er will trinken. Eine Frau gibt ihm eine Wasserflasche. Hannes lächelt. Ich flehe die Frau an, den Arzt zu rufen. Hannes müsse geröntgt werden. Meinem Bruder, sage ich, ist einmal ein Unfall zugestoßen, und er ist äußerlich scheinbar unverletzt gewesen, aber voller innerlicher Verletzungen. Die Frau ruft an, eine Ärztin will kommen. Eine Bande von jungen Männern kommt auf mich zu, als ich aus einem Haus auf die Straße trete. Einer der Männer umfaßt mich von hinten und nimmt meinen Daumen zwischen seinen Daumen und Zeigefinger, bis er fast blau ist. Ich lache und habe keine Angst. Ich laufe aus einem Haus, Therese kommt mir nachgelaufen, Jochen sei gerade atemlos in die Wohnung gekommen. Ich erwarte die Ankunft von Jochen. Es kommt ein fremder Mann. Ich weiß nicht, ob er Jochen ist. Er tanzt mit mir und beginnt sich zu bewegen. Ich frage ihn nach Jochen, sage ihm, daß ich auf Jochen warte. Er hält nicht inne mit seinen verführerischen Bewegungen. Eine Frau streichelt mich, ich liege neben ihr auf dem Rücken, mit geöffneten Beinen.

Lieben und dann schlaflos daliegen. Aufstehen wollen, zum Balkon gehen, sich hinunterstürzen, ohne innezuhalten.

Er weckt mich, aber er sättigt mich nicht. Wüßte ich, warum ich mich in die unzureichenden Männer verliebe! (Weil ich mich selber unzureichend fühle?)

Nur mitten in der Fülle kann man einen Mangel spüren.

Jochen sagt: ich fahre weg, um nachzudenken, ob ein Zusammenleben ohne Verkettung möglich ist.

Er sieht den fremden Frauen nach: die Frau hat schöne Lippen, sagt er, aufgeworfene, aber nicht wulstige Lippen, sagt er. Im Nu sieht er Schönheiten und Unebenheiten an fremden Frauen. Sogar mir ist das zu schnell: ins Bett rein, aus dem Bett raus, in den Zug rein, sagt er. Ein schneller Don Juan, der von langer Zärtlichkeit nichts versteht, der möglichst geradewegs und unverzüglich zu seinem Ziel kommen möchte. Von einer Frau zur andern geht er. Seine letzte Geliebte wollte ein Kind von ihm. Immer wollen die Geliebten ein Kind, wenn die letzte Ekstase fehlt. Ein Glas Cidre neben einem Glas Cidre, als könnten unsere Gläser ewig nebeneinander stehen. Er trinkt sein Glas in einem Schluck nahezu leer. Ich möchte, daß du stirbst, sagt Johannes. Der Eindruck einer tödlichen Leere zwischen Jochen und mir. Jochen hat Schmerzen unter der Achsel, aber er geht nicht zum Arzt (es könnte Krebs sein!, sagt er), er hofft, die Liebe werde ihn heilen. Er erzählt von der Zeit, da er ein Kind war. An das Glied rührte man nicht einmal mit dem Waschlappen, sagt er.

*Aber wenn man mich besitzen will, davor weicht es in mir zurück,* liest er mir vor.

Das kann man doch nicht: einen Menschen durch einen anderen ersetzen, dachte ich, als er mich mitten in der Nacht mit dem Kosenamen seiner Frau ansprach. Wir sehen in einem Gehege Wildschweine – eine Bache und Frischlinge –, und Jochen sagt: der Eber hat ein Glied wie ein Korkenzieher. Woher weißt du das?, frage ich. Ich habe es gesehen in einem pornographischen Heft in Dänemark, sagt er: Dänin mit Eber. Warum die Männer nur immer solchen Kult um ihren Phallus treiben, denke ich.

Eine Kraft wie ein Rinnsal, denke ich
über Jochen. Ein Rinnsalmensch.
Das Glockenspiel in Freiburg. Die rosenrotblühenden Kastanien.
Die Hochzeitskutsche vor unseren Augen
davonfahrend. Die häßliche Braut im Wagen.

Das Münster unserer Lieben Frau.
Wir werden uns immer wiedersehen, sagt Jochen,
und es hört sich an wie: im Tode werden wir uns wiedersehen.
Mein Blut an seinem Glied, an seinem Schamhaar, an seinen Hoden.
Das Wort Kastrationsangst.
Ich wasche mein Blut von ihm ab
und ließe es doch gern an ihm,
daß es bliebe bis zum nächsten Morgen.
Straßennamen in Freiburg: Rosastraße, Friedrichstraße.
Der Verlorene Weg. Im Wachsfigurenkabinett:
ich strecke die Hand aus, die Wachsmutter, die Hand
Hannes reichend. Zu Ostern im Kreuzkrug am Kreuzweg,
am Kreuzweg des Geschlechts, zu Pfingsten zurück.
Der verlorene Weg. Wenn er stirbt, soll ich immer allein bleiben,
sagt Jochen, als würde ich jemals seine Witwe.
Ich bin seine Witwe. Die Frühstückseier sind zu weich,
das Eiweiß ist schlüpfrig noch. Das dritte Ei ist kleiner und fester innen, aber Jochen will es nicht essen.
Beengungsängste im Zug. Warum hat er mich von Johannes weggerissen?
Nun läßt er mich. Er macht eine Reise zu sich selbst, ich bin ein Mittel.
*Liebe ist, daß du mir das Messer bist, mit dem ich in mir wühle.*
Dein Becken ist schmal, es ist ja gar nicht breit, sagt er.
Dein Blut soll quellen, strömen. *Die Blutflut ist die Flut der Liebe.*
Deswegen ist der Lenz ins Elsaß gegangen, deswegen geht der Jochen ins Elsaß: da ist Geborgenheit,
da sind mütterliche Wirtinnen, die den Jochen bemuttern.
Er löscht sich aus, mein Don Juan, indem er die Frauen verläßt,
wie sein Vater ihn verließ: wegging, verschied, entschlief.
Die Gipsstütze auf dem Fensterbrett des Krankenhauszimmers,
in dem sein Vater maßlos starb an gelber Krankheit, sein junger Sohn
sah alles, fühlte alles, sog den Tod in sich ein wie den Duft aller Blumen, Todesblumen.
Vatertod schwächte dich, Geliebter. Die Gipsstütze auf dem Krankenhausfensterbrett, du sahst sie da liegen,

als der Vater noch atmete und schrie und du um die erleichternde Spritze batest,
die Gipsstütze, für des toten Vaters Kinn schon bereit, noch ehe er starb, lag sie da auf dem Krankenhausfensterbrett.
Und dann suchen wir, Geliebter, ich liebe dich, weil du littest am Sterben des Vaters, du Geliebter, dann suchen wir
die Liebe, die nicht zu kriegen ist ohne den Geschmack des Todes
in den Früchten, den überreifen Verwesungsfrüchten der Liebe,
dann suchen wir die Liebe im Wald, der Wald war noch nie so eng,
sagst du. Die Waldsuche. *Ein Tännlein grünet wo,*
*wer weiß? Im Walde,* o Lieber, ich lese dir vor, nun ich lese dir vor die Todesgedichte.
Und wir liegen im Wald und fanden eine ruhige Stelle,
aber dich lähmt die Angst, pathologische Todesangst, Erinnerungsangst, dich stechen die Ameisen,
die Sonne brennt auf die Lichtung und treibt uns den Schweiß aus den Poren, und mein Verlangen ist heftig,
und dein Glied bleibt furchtsam klein, dein Verlangen gerinnt
zu schwächlicher Lustlosigkeit. Deine Hände sind matt, meine Mutter
sagte: die schwächlichen, labbrigen Hände, dieser Mann ist ein unzuverlässiger Mensch, nimm dich vor ihm in acht.

Fotos von ihm. Aber das innere Bild von ihm, wo ist es?
Ich habe ihn berührt, ertastet. O Liebe, geh nicht wieder so weit weg. Laß mich nicht wieder zur Nonne werden, Liebe.
Wie angegossen dein Schoß mein Schoß. Gespräche erfinden, die dich aufschließen. Das angestrengte Schweigen
zwischen uns soll weichen. Du sollst mich durchbohren. Hast du Angst vor meiner Anforderung, vor meiner Potenz?
Bist du einer der Männer, denen die Unterwerfung der Frau die Voraussetzung ihrer Liebesfähigkeit ist?
Ich durchbohre dich, sagst du. Aber deine Liebe ist schwach wie ein Rinnsal. Ja, ihr tut mir so leid,
ihr Männer, ihr Opfer eurer Machtgefühle, eures Phallusglaubens,
eures Tanzes um das Goldene Kalb Phallus, wann denn
seht ihr, daß der Phallus nur so viel ist wie euer Ohr, eure Haut,
eure Hände und um nichts wichtiger, größer und protziger.

Glaubt ihr denn immer noch, er verleiht euch eure Macht
über die Frauen? Unerschöpfliche Gespräche der Liebe wünsche
ich mir,
aber die Turteltaubengespräche am Telefon gehen mir auf die
Nerven,
du flötest ins Telefon, ich flöte ins Telefon, und um unsere
Aggression reden wir herum wie um den heißen Brei.
Du sagst »Schwanz«, ist das denn das richtige Wort?
Wo ist der Schlüssel zu dir? Ich will, daß du mich mit deinem
Schlüssel aufschließt.
Du sollst mich durchbohren, du sollst stoßen in mich.
Fühlst du denn auch die Tötungslust, wenn du deine Geliebte
durchbohrst, die Tötungslust beim Durchbohren des weiblichen
Leibs?
*Die Liebe, dieser Blick auf die Welt, in dem alle Augen der Seher
sich auftun.*
Du findest es sinnlos und ekelhaft, daß der Mensch verfault.
Schicksal und sinnlos findest du den gelben Tod deines Vaters.
Du stellst dir ein Leben nach dem Tod vor. Ich stelle mir kein
Leben nach dem Tod vor. Das Leben ist das Leben
ist das Leben hier. *Man lebt nur einmal* hinten auf einem Last-
wagen.
*Die Liebe, dieser Blick auf die Welt ...*
In Münsterthal der Ort voll von alten Menschen, sagt Jochen.
Alte Menschen mit wackligen Köpfen, sagt Jochen,
in großer Panik verließ er den Ort.
Ich horche auf die Verwirklichung
und spreche die kruden Wörter nicht gern aus:
ficken, bumsen, vögeln. Geschlechtsverkehr und Koitus.
O mein todesängstiger Geliebter, der du mich verlassen wirst.
Die Enge der Landschaft in Marienthal, ich flüchtete zu meiner
Mutter, als könnte sie mich retten,
aber die Enge ist in mir. Ihn lieben, ihn befreien von seiner Angst
vor dem Tod,
eine Illusion wie die vor Jahren, ich könnte einen Trunksüchtigen
heilen durch mein Lieben. In Friedberg, am Haus eines Freundes,
neben dem Eingang ein Hufeisen, unter ihm ein langes rotes
Rinnsal,
und ich, erschrocken: ist das Blut? Nein, sagt man, das ist nicht
Blut, das ist ein Rostrinnsal, vom Regen

verflossener Rost. Sich Zeit für die Liebe nehmen, viel Zeit.
Die Arbeit frißt uns mit Haut und Haar. Ein paar Wochen, drei Monate
exzessiv sein, und dann die Rückkehr in das ruhige Einerlei der Tage,
in die Arbeit, die uns der Schoß geworden ist, die Hure Arbeit,
die alles befriedigt und uns doch leer läßt. Nie wieder kommt diese Zeit, die Tage und Nächte sind kostbar und unwiederholbar.
Die Unterbrechungen zwischen den Liebesversuchen dürfen nicht zu lang sein;
denn der Körper zieht sich wieder zurück in sein Schneckenhaus.
Mühsames Leid, ihn hervorzulocken. Ich kann nicht immer wieder zu Johannes sagen: ich gehe, ich gehe, monatelang,
und dann gehe ich doch nicht. Jochen sagt: ich kann nicht immer wieder sagen: ich gehe, ich gehe, und dann gehe ich nicht.
Als er einundzwanzig war, ist es geschehen: sein Vater starb einen langen mühsamen grausamen Tod,
wie lang, wie lang ist es her, und er, der erwachsene Mann weint wie ein Kind um den Vater,
weint wie ein Kind in der Nacht an meiner Brust, weint er über des Vaters mühsames Sterben, weint er,
daß der Vater ihn zurückließ. Geliebter, was erzähltest du?
Du mußtest die Todesanzeigen aufgeben. War deine Mutter nicht fähig zu handeln? Du erzähltest, daß du nicht weinen konntest an des Vaters Grab,
im Kreise der künstlich Weinenden, der Honoratioren des Dorfs.
Liebster, konntest du Trauer nicht zeitig erleben, und verfolgt dich die Trauer nun immer, indem du den Abschied probst,
setzt du dich der versäumten Trauer aus, Liebster?
Ich bin dir ein Mittel für deine Todestrauer. Liebster.

Da bin ich nun wieder in Marienthal an den Rockschößen meiner Mutter. Niemand der mich aufnähme als meine Mutter, die mich nicht liebt. Und ich fühle mich nicht wohl hier. Auch hier, wie bei Therese in ihrer engen Stadtwohnung, bin ich nur geduldet. Alles hat sich verändert. Eine Liebe, aus der kein lebenslanges Zusammenleben entstehen kann. Er lebte siebenunddreißig Jahre, neun Jahre länger als ich. Wie kann ich ihn erkennen. Die Barriere der andern Erfahrungen zwischen uns. Verschiedene

Zeitablagerungen in uns. Er sagt, ich hätte soviel Phantasie, aber wenn ich neben ihm liege, hätte ich keine Phantasie mehr. Meine Entscheidung für Jochen (gegen Johannes) ist zu spät gekommen. Ich habe mich selber überlistet. In Wahrheit könnte *ich* mich niemals von einem Menschen trennen. Ich trennte mich nie von Johannes. Die Ungewißheit. Der Anruf. Was denkt er jetzt? Was ist das für eine Drogenabhängigkeit von einem Menschen? Vergißt er mich? Geht er zu andern Frauen? Kein natürlicher Strom des Verstehens. Opa gib mir mal den Stuhl, setz dich auf die Bank. Die Abruptheit, mit der meine Mutter dem Großvater den Stuhl wegzieht, um im Garten am Tisch Spargel zu schälen. Das sind die Überfall- und Unzärtlichkeitsgesten, die ich hasse. Ich sitze im Garten an diesem Wochenende in der Nähe meiner spargelschälenden Mutter und spüre wie eingebrannt in mein Fleisch die Einsicht: nie durften mein Fleisch, mein Körper, mein Leib bedeutsam sein. Ich lege mich im Bikini in die Sonne und merke mein weißes Fleisch wie eine kraftlose Qualle. Mein nackter einsamer Körper, sagt Jochen am Telefon. Und er wollte es doch: allein sein. La mort, französisch, weiblich, der Tod ist weiblich, sagt Jochen. Der Tod als Sensenmann dargestellt, sagt Jochen, und im Französischen als Frau, als Mutter?, fragt Jochen. Wo ein Selbstmord geschehen ist, wird wieder ein Selbstmord sein, sagt Jochen. Wo ein Tod geschehen ist, wird wieder ein Tod sein. Ich verstehe schon, er weist auf den Abschied hin, der unvermeidlich ist. Aber man zögert ihn hinaus wie ein Krebskranker, der nichts wahrhaben will. Du fehlst mir an allen Ecken und Enden, besonders an den Enden, besonders an einem Ende, sagt Jochen. Schöne, poetische Sätze, Beschwörungssätze, wie die Beruhigungssätze der Angehörigen für die Sterbenden. Ich will dich so lieben, daß du nicht stirbst, sage ich. Wirst du mich im Rollstuhl fahren, wenn ich ein alter Mann bin?, fragt er mich. Und ich, trotzig, leb doch gesund, dann wirst du nicht in einem Rollstuhl sitzen müssen in deinem Alter; trink nicht, rauch nicht, aber er versteht meinen Trotz nicht, und ist nur entsetzt, daß ich ihn nicht im Rollstuhl fahren will, wenn er alt ist. Du weißt nicht, was du mit dieser Antwort angerichtet hast, sagt er.

*Der Tod ist sanft. Und die uns niemand gab,/er gibt uns Heimat.* Ich warte, daß er sich für mich entscheidet. Erst zögerte ich, und er zog mich überfallartig zu sich hin: komm komm sofort heute!, nun zögert er, und ich dränge. Er tröstet mich mit Sätzen: wir werden uns immer wiedersehen. Abschiedssätze. Der Abbruch von Liebesbeziehungen ist ein Tod, den man selber bestimmen kann. Im Freibad, ich schwimme leichter als früher eine Bahn. In der Mitte des Beckens probiere ich das Gefühl des Sichfallenlassens. Aber solange der Badebetrieb geht, würde mich sofort jemand »retten«, würde mich sofort jemand beatmen. Hier mitten im Badebetrieb hätte Selbstmord keine Aussicht des Gelingens. Es sei denn, mich würde mitten aus der dichtliegenden und -gehenden und -schwimmenden Menschenmenge heraus ein Mörder erschießen, unerkannt. *Wir werden immer beieinander bleiben/ im schattenhaften Walde auf dem Grunde./ Die gleiche Woge wird uns dunkel treiben,/ und gleiche Träume trinkt der Kuß vom Munde.*

Mein Bruder zeigt mir den Baum, von dem er stürzte. Nah am Kreuzkrug. Die Schachtel, in die er die geraubten Eichhörnchen legen wollte, noch am Boden. Ein Handschuh, den er trug, damit ihn die Eichhörnchen nicht an der bloßen Haut kratzen und beißen könnten, noch am Boden. Er hatte einen Schuh und einen Socken ausgezogen und die vier Eichhörnchenjungen in seinen Socken getan. Er hatte sie mit einer Hand beim Hinunterklettern gehalten. Fichtenstamm ohne Äste. Er sieht Eichhörnchennester, dunkle Punkte in den Wipfeln. Er rüttelt an den Bäumen. Dann kommt die Eichhörnchenmutter herunter. Er sieht die Zitzen der Eichhörnchenmutter angesaugt und dick, er sieht: da sind Junge. Die will er fangen. Grausamer, Bruder du, fängst du die Jungen von der Eichhörnchenmutter weg. Er verkauft Eichhörnchen, die er hochgezogen hat, zu 60 Mark auf dem Hobbymarkt. Die Eichhörnchen, sagt er, trinken Vogeleier aus, fressen federkleidlose Vogeljungen. Es war ein Tag, es schneite, als er sich fast zu Tode stürzte, abgerutscht vom glitschigen Stamm. In kalten Tagen ist die Eichhörnchenmutter bei ihren Jungen, sagt er. Ich gehe mit meinem Bruder durch den Wald. Ich sinne und schaue herum, bin so unendlich müde angesichts der Mühsal der Liebe. Dein rauhes schwarzes Schamhaar, ein Satz von Jochen klingt mir im Kopf. Ich gehe mit meinem Bruder, der sein Kind im Wagen schiebt. *Das Zwiespältige ist meine Vergangenheit* . . .

Der Vater rief Lotte!, Therese! im Traum. Er war ins Wasser hinausgeschwommen und ertrunken. Ich lief zum Wasser. Da standen viele Menschen. Niemand versuchte ihn zu retten. Ich schwamm hinaus aufs Wasser. Der Vater lag dicht unter der Oberfläche, ich fand ihn sofort. Er lag mit dem Gesicht nach oben. Ich zog ihn aus dem Wasser, legte ihn auf die Erde. Ich trauerte, daß ich nicht gelernt hatte, einen Ertrinkenden zu beatmen. Ein Fremder beatmete meinen Vater. Der Vater erwachte schnell und schlug die Augen auf. Er wandte sich anderen zu. Ich sagte: ich habe dich gerettet.

*Der Tod ist sanft,* aber mir erscheint er schwer und gewaltsam.

*Wenn zwei Menschen an einem Punkt sich berühren, sie fließen wieder auseinander und halten sich nicht.* Zu spüren Lenden Leib seinen Leib. Merkwürdig, daß ich mir das Glied meines Vaters nicht steif vorstellen kann. Jochens Hoden wie weißer Talg, trockenmorsch zwischen den Fingern. Ja, aber was ist, wenn er mich verläßt, wenn ich ihn verlasse? Menschen, die gern essen, lieben auch gern, sagt Jochen, aber das tröstet mich nicht. Ich dachte an deine kreisenden Bewegungen in Freiburg, sagt Jochen. Seine Zwiespältigkeit: er ist Don Juan und Mönch, Flüchtender vor der Sexualität. Witze macht er: du bei den Karmeliterinnen, ich bei den Franziskanern, sagt er, und wir pflanzen Blumen in den Klostergärten und lieben uns, obwohl es verboten ist. *Nur die verbotene Liebe macht ihn scharf.* Ich sehe die Männer mit ihren Frauen Urlaub machen, und ich bin allein, sagt Jochen. Aber er kommt nicht zu mir. Er flieht mich. Der Impuls zu tanzen. Zu flirten mit mir Würdigen, die größer sind als ich. Der Impuls zu gefallen. Der Impuls sich zu bewegen. Der Impuls heimlich zu sein. Der Impuls, verborgene Kammern in mir nicht preiszugeben. Der Impuls, lieben zu wollen ohne Ende, in der Umarmung im Dunkel oder in der Sonne zu liegen zu küssen, endlos die wogende Erregung, den Leib gemeinsam mit dem männlichen Leib zu spüren, Lenden Leib sein Leib. Er fürchtet die Schwierigkeit auf dem Weg zu mir. Er wird niemals praktisch werden. Er wird sich nicht scheiden lassen, weil er nicht scheiden kann, sein Vater schied zu früh von ihm. Warum bin ich abhängig von den Worten eines Menschen? Alles bedeutet mir jetzt nichts. Nur das körperhafte Nahesein. Nicht im Schoß der Kirche. Aber im Schoß. Im Schoß liegen Tag und Nacht. Abends ißt er roten Rettich. Eis mit heißen Himbeeren. Er trinkt viel Wein. Und spricht davon, daß er sterben könnte wie sein Vater an der Leberkrankheit. Ich muß das Gesetz der Liebesausbrüche begreifen. Meine Eltern sind auch nicht Philemon und Baucis. Denkst du, wir haben keine anderen Männer und Frauen gesehen?, sagt meine Mutter; keine Versuchung?, da irrst du aber gewaltig. Mein Körper, der Körper ist es. Der Geknechtete, der Schlummernde. Er ruft. Er bricht hervor. Im brünstigen Monat Mai. Wenn das Grün wollüstig ist, reich, üppig und fett. Der Körper ist es auch, der tot sein will, um endlich Ruhe zu haben, um endlich glückselig und sinnlich sein zu dürfen. Im Wasser versinken. Nicht aufwachen. Endlos. Keine Uhr mehr. Liebe ist Tod. *Die Verdammte Uhr. Modern Times. Die verdammte Uhr.* Tod ist Liebe ohne Uhrzeit, ohne Verletzung und Abbruch. Tod ist: kein Abbruch mehr. Das ist es: keine Trennung mehr. Ich kenne das Gefühl, wie automatisch es geht, Tabletten zu schlucken, zu schlucken. Den Anfang zu finden ist schwer, aber wenn man dann schluckt, dann schluckt man besinnungslos, wie ein Trinker trinkt. Ich bin froh, daß Pfingsten vorüber ist, daß ich morgen wieder arbeiten gehe, daß die Geschäfte wieder geöffnet sind. Ich muß ihn lassen! Welch friedliche Vorstellung, an einem Baum im Wald hängen zu dürfen. Das Wehen des Windes an den toten Schläfen. *Der Tod ist sanft.* Ich sehe im Glas der Terrassentür die Spargelbeete gespiegelt und denke: ich möchte meinen Kopf in fette schwarze Erde hineinwühlen und ganz schnell ersticken. Ein alter Mann, sagt die Mutter. Es tröpfelt nur bei einem alten Mann, sagt die Mutter. Woher weißt du das?, frage ich. Die Mutter errötet, ich habe davon gelesen, sagt die Mutter. Ich möchte all seine Lust auf mich gerichtet sehen. Jede Lust, die er woanders finden könnte (im Essen, im Rauchen, im Trinken), macht mich eifersüchtig, erscheint mir als eine uns geraubte Lust. Besitztrieb ist nicht Lieben. Im Mai kann man kaum erfrieren. Der Mai, der brünstige Stier. Ich fahre einsam im Zug und denke an die für mich verschlossenen Kammern seines Herzens. Abschied ist etwas Entsetzliches. *Du reichst mir zwei Kinder zwei Rosen. Der Tod ist sanft.* Er hält das Kind fest. Ich sitze auf einer Mauer. Ich sage: halt das Kind fest. Rette mich bitte nicht, halt nur das Kind fest, sage ich. Wenn du mich rettest, bringe ich mich wieder um. Sieh zu, daß das Kind nicht ertrinkt, laß es nicht los, sage ich. Er bringt die schweren Koffer zurück, mit dem ich zu ihm gezogen bin. Jochen, ich tu's übermorgen, schrieb ihm eine frühere Geliebte einmal auf einen Zettel, und er ist ihr in die Wohnung nachgefahren, hat die Tür aufgebrochen und hat sie gerettet. Aber was heißt *retten*? Den Zettel: Jochen, ich tu's übermorgen, trägt er noch jetzt in seiner Brieftasche mit sich herum. Er ekelt sich vor der Farbe Rosa. Rosa ist die Farbe des Verfalls, sagt er. Sucht nach einem Menschen. Schlimmer als Sucht nach Zigaretten, nach LSD. Der Mensch kommt, geht wieder. Ich in Panik. Der Tod erscheint als die einzige Kontinuität, als die einzige Erfüllung. Ihn lieben, und dann nachts, wenn er schläft, sich selbst töten. Therese sagt: eure Verbindung könnte etwas völlig Veränderndes für sein Leben haben. Aber ich glaube nichts mehr. Im Traum lag er auf mir und sagte: wie schön wie schön, aber sein Glied war verschwindend wie ein Säuglingsglied. Auf der Suche nach deiner Geburt der Schrei nach der Wollust, sagt er. Ich liebe dich, vergiß es nicht, sagt er. Wohlfeile Sätze. Man weiß nie, ob er die Sätze um ihres schönen Klanges fügt, oder ob es ernstgemeinte Sätze sind. Küß Hannes von mir, sagt er. Er brachte mich wie einen Weihnachtsbaum zurück in meine Wohnung. Ich müßte mit dem Kopf gegen die Wand laufen. Er spricht von seiner Angst vor dem Schreiben, er fühlt sich unfähig. Er spricht von seiner Unfähigkeit, einen Weihnachtsbaum aus der Wohnung zu werfen. Seine Großmutter hatte ihm erzählt, Weihnachtsbäume seien lebende Wesen. Wie soll er sich von seiner Frau trennen, wenn er sich nicht einmal von einem trockenen, nadelnden Weihnachtsbaum trennen kann? Seine Angst vor dem Erkalten. Seine kühle Haut. Seine Lust, in heißen Bädern zu liegen. Man müßte es spüren wie einen Donnerschlag, wenn man ein Kind gezeugt hat, sagt er. Sein Vater suchte ihn nicht im Wald, aber er suchte ihn einmal im Garten. Die Himbeeren waren wollüstig weich, ich fürchtete die Raupen innen. Sein Vater schlachtete ein Huhn und ließ es, erschrocken, los, als der blutige Hals in seiner Hand hing. Wir gehen den Belchen hinauf, und Nebelbänke streiten mit Sonnendurchbrüchen. Die zwei Königskinder müssen sich nicht verlieren. Hoffnung bleibt. Auf den Neubeginn in jedem Frühjahr. Aber ein falsches Nönnlein vereitelt ihre Vereinigung. Das Meer der Wollust soll nicht von einer Nonne verdunkelt werden, auch nicht von der Düsternis des Grabes. Papa Oberlin. Wir gehen in Fouday herum. Wir suchen das tote Kind in Fouday. Papa Oberlin nannten die Leute den Pfarrer Oberlin, der Lenz beherbergte. Meine Mutter hat recht: ich bin ein Stier, der das rote Tuch sieht. Ich sehe diesen Mann. Ich bin gekränkt, verletzt, fühle mich verstoßen. Ich habe mich so weit in ihn hineinreißen lassen, daß ich wie aufgefressen bin. Meine Fähigkeit, mich verschlingen zu lassen.

Im Traum am Strand. Knochen an Land gespült. Tiergerippe. Ein roter Handschuh im Wasser sich fließend bewegend, wie gerade von einer Menschenhand gestreift. Möwengekreisch.

Wie fürchte ich das Schweigen zwischen den Liebenden. Ich beobachte ein älteres Ehepaar in einem Restaurant, sie warten auf das Essen. Sie schweigen unaufhörlich, auch während des Essens. Es ist ein erzwungenes, kein gutes Schweigen. Es ist ein Schweigen, das aus einem sterbenden Leben, aus dem Abgeschnittensein von einem Lebensstrom stammt. Die Lust zu sprechen, das strömende Sprechen entsteht in der Kindheit.

Die Erinnerungen sind fast lebende Menschen, die um einen herumgehen wie Geister.

Das war es immer, was mich haltloser und haltloser machte: meine verfluchte Offenheit, derer ein anderer sich bemächtigt, um sich in mich einzunisten. Es drängen sich Gestalten: Vater, Mutter, Tod und was noch alles zwischen die Körper. Aber du wirfst mir vor, ich reiße dir dein Herz aus dem Leib, es zu essen. Aber du hast mein Herz schon gegessen. Wie öffnet man sich denn? Schön langsam und geduldig, an den Feierabenden und Wochenenden?

Im Traum bin ich in einem Haus an einem See. Eine dicke Nebelbank über dem Belchen. In einer Küche oder Waschküche. Ich allein in einem Raum. Eine humpelnde, ätherische, neblige, ungreifbare Gestalt, eine Tote, ein Gespenst, der Geist einer Toten, geht ruhlos durch die Räume des Hauses. Meine Angst vor der Gestalt, mein Flüchten in einen anderen Raum. Dort sitze ich dann im Halbdunkel mit Jochen zusammengeschmiegt, und wir überlegen, ob wir nichts tun können, damit die wie Frau Wärmland humpelnde Tote ruhig im Grab bleiben kann, und uns fällt ein, daß wir wohl nicht genügend um die Tote getrauert haben, und wir entschließen uns, gemeinsam um die Tote zu trauern, damit sie im Tode ruhig werden kann.

Die schreiende Wut, daß Johannes den Segeltuchsessel, das Geschenk von Jochen für unsere gemeinsame Wohnung, zerstörte. Es ist, als hätte ich einen Arm oder eine Hand von Jochen verloren.

Einerseits der Gedanke zum erstenmal im Leben, für einen Mann das perfekte Kochen zu lernen, den Führerschein zu machen, die Fähigkeiten zu erlernen, die ich für Kinder und einen geliebten Mann brauche. Andererseits die Vorstellung der sterbenden Mutter aus Stein.

Jochen erzählt von einer Geschichte, in der Bauernmägde unter langen Röcken keine Strümpfe und keine Hose tragen. Und so ging ich denn, und mein Schamhaar, als er den Rock wegnahm, leuchtete feurig-bleich in der Mittagssonne. Ich wußte nicht, daß Tote in den Gräbern übereinanderliegen. Wenn ich sterbe, wirst du mir das Herz herausreißen und es wieder lebendig machen, sagt er.

Seine grünglitzernden Augen. Sein braunes Gesicht. Sein schwarz-grau-roter Bart. *Und wenn die Toten im Grabe an irgend etwas denken, so ist es dieses: Wie sie unter der Erde das benachbarte Grab erreichen können, um das Leichentuch der Abgeschiedenen zu lüpfen und sich in ihrem Schlummer zu gatten.*

Die Waldameisen, die sich in seinen Hintern beißen. Er immer schauend auch an verborgener Stelle des Waldes, ob sein Vater kommt und ihm die Lust verbietet. Ich im Auto sitzend auf seinem Schoß. Nichts habe er mitbekommen in der Kindheit und Jugend, nichts, wovon er selbstverständlich zehren könne; spät erst habe er Mörike, Goethe und all die Dichter gelesen, und da mußte er die Liebe zu jenen Dichtern geheim halten, da man über ihn gelacht hätte. Sein Hund suhlt sich im Aasgeruch. Hunde dürfen nicht auf Friedhöfe, sagt er. Sie könnten die Toten ausbuddeln. Im wunderbar dunklen Anzug, im weißen Hemd sieht er aus wie mein Bräutigam. Ich stecke ihm eine Rose ins Knopfloch. Als er wegging, hing die Rose schlaff aus dem Knopfloch. Lilien brachte er mir ins Krankenhaus. Der Chefarzt sagte altklug: Männer haben Launen. Er hielt mir die Brechschale hin, sagt er. Er trug mein Erbrochenes auf die Toilette, sagt er. Die Schwestern sagten: das brauchen Sie doch nicht zu tun. Der schweißgebadete Körper. Das heiße Bett. Das kühle Bett. Das lange Küssen der Brustwarzen. *Von Liebe träumen heißt von allem träumen; sie ist das unendliche im Glück, das Mysterium in der Lust.* Die Nacht in Gütersloh. Mein Zögern, meine Zurückweisung: ich wollte kein Kind (»du nimmst mich nicht an!« sagte er). Der graue häßliche Turm, wie ein Aussichtsbunker für den Krieg, in der Nähe von Fouday; wir stiegen bis auf die Spitze, der Turm war häßlich. Er, vier Wochen als Junge auf einem Bauernhof. Er onanierte im Bett, auf der Toilette, und es entstanden kleine Flecken auf dem Laken, er nahm ein Taschentuch oder ein Handtuch. Seine Hände sind von pergamentener Haut, mit kleinen buckligen braunen Erhebungen, »Altersflecken« fällt mir ein. Wir kauften uns ein Messer in Gütersloh, das in einem Auto liegen blieb. O dein schlummernder Leib, den ich erwecken möchte. Du weist auf die Christuskreuze, auf den Christus mit dem Schurz vor seinem Geschlecht. Und du sagst: wir kleben ihm einen richtigen Penis an. Gibt es eine Quelle des glücklichen Leichtsinns? Er zeigt mir ein Pferd auf der Weide, das hat ein so langes sichtbares Glied, daß ich erschrecke. Er sagt, Hengst und Stute machen es sehr schnell. Der Hengst geht so schnell weg, daß die Samentropfen noch in der Gegend herumspritzen, sagt er. Hund und Hündin hängen lange und untrennbar zusammen, sagt er. *Auch vorm Sterben habe ich Angst, der Augenblick des Übergangs erschreckt mich, und dabei möchte ich so gerne tot sein!* Bündner Fleisch aß er mit dem Vater, und Bitburger Pils trank er mit dem Vater. Nun ißt er Bündner Fleisch mit mir und trinkt Bitburger Pils mit mir. Der Tod seines Vaters, *also das bedeutsamste Ereignis, den einschneidendsten Verlust im Leben eines Mannes.* Der Vater neben ihm im Doppelzimmer. Der Vater schnarchte. Er bildet sich ein, den Vater getötet zu haben, weil er derjenige war, der den Arzt bat, dem Vater endlich eine Spritze zu geben, und als die Spritze gegeben war, starb der Vater. Alle Glieder des Vaters waren kalt, eiskalt, sagt er. Berührungen konnte der Vater nicht mehr ertragen. Berührungen schmerzten ihn, beschwerten ihn wie schwere Gewichte auf der Haut. Der Vater erkaltete.

Tief innen in mir die schleichende Krankheit der Haltlosigkeit.

Seinen grünen Pullover soll ich anziehen, wenn er nicht bei mir ist. Seine Schlafanzugjacke soll ich anziehen nachts, wenn er abwesend ist. Er liebt seine Töchter, sagt er. Eine Tochter kommt morgens in sein Bett und erklärt ihm, die Frau müsse den Penis des Mannes streicheln und reiben, der Mann die Brustwarzen der Frau.

Am Fronleichnamsfest wie tot im Schlaf im Krankenhaus. Er hat sich in meinen Leib eingenistet wie ein Eichhörnchen. Ein Fleck auf dem Autositz. Mein Parfum im Handschuhkasten. Mein Bett kalt, die Fenster geschlossen. Warum so wenig Lebensmut. Er wird immer sofort zunichte gemacht. Jochen sagt: meine schmerzliche Unwissenheit auf der Suche nach einer Geliebten. Seine Beziehung zum Katholischen, zum Russisch-Orthodoxen. Er sagt, seine Entwicklung habe erst im zwanzigsten Jahr angefangen.

Ich denke: sein Schweigen ist eine Art von Kommunikation. Oder seine Kommunikation ist eine Art von Schweigen.

Er sagt: in fremden Hotels sucht er etwas Heimatliches.

Ich bin ein zweites Rad am Wagen geworden. Ich muß mich lösen, mich wegreißen. Er versichert sich meiner Liebe. Ich versuche, mich abzuschließen, mich zu distanzieren. *Die Entwöhnung. Die Entziehung.* Dann wird die Liebe auch zu Ende sein. Oder ist Liebe Distanz? Ich soll seine »Heimat« in allen Städten sein, einmal hier Geliebte, einmal dort Geliebte. Plötzlich ruft er aus fremden Hotels an, nach Mitternacht, wenn er seine letzten Zeilen geschrieben hat. Ich wache morgens auf, wie in einem fremden Krankenhauszimmer mit kahlen Wänden, und fühle mich fremd in meiner eigenen Wohnung, in meinem eigenen Bett, fühle mich wie eine Andere, ein zerrendes wehes Gefühl in der Magengrube, im Kopf, im Leib. Mein wunder, verlassener, wieder verlassener Schoß, wüst und leer. Ich teile das Bett nicht mit ihm. *Tisch und Bett. Trennung von Tisch und Bett.* Büchermodergeruch. Wenn du von mir gegangen bist, entwöhnst du mich zu lange deiner Brustwarzen. Ich vergesse deine Brustwarzen auf den weichen Hügeln. Mein Leib ist verlassen. Mein Gesicht ist öde wie das eines in einem Kinderheim zurückgelassenen Kindes. Die Schriften auf den Armen sind blaß geworden. Wächst dein Geschlecht steil hinein in eine andere? *In meinem Schoße verwahrt die Kornkammer unserer Nächte.* Das Korn verliert seine Keimkraft, wenn du es zu lange ungemahlen läßt. Ich kann keine Nebenbuhlerin ertragen. Buhlen, Wort in alten Volksliedern. Mein Gedächtnis ist mein Schoß. Vertreibe dich nicht aus ihm. Die blutigen Laken im Hotel sind längst rein gewaschen. Meine Brüste, die gewachsen sind in der ersten Zeit unserer Liebe, schrumpfen wieder. Vielleicht kann man einen Menschen nur erkennen, wenn man ihn noch nicht kennt und ihn erkennen will. Warum verliere ich die Lust zum Erkennen, wenn ich einen Menschen schon kenne? Ich glaube dann, seinen Körper schon in- und auswendig zu kennen, in monatelanger exzessiver Liebe kann ich viel oder fast alles kennenlernen. Er feierte mit den Bewohnern Korsikas Abschied, sie alle leiden an Leberzirrhose wie sein Vater. Geradezu mit Genugtuung redet er von der Aussicht, selbst auch Leberzirrhose zu kriegen vom vielen Trinken und zu sterben wie sein Vater. Wiederholungszwang. Wann durchbricht der Mensch den Wiederholungszwang seiner Geschichte? Du weißt gar nicht, wie tief ich in dir Wurzeln geschlagen habe, wie tief ich in dir verwurzelt bin. Du traust dir nichts zu, sagt er. Ja, ich weiß es! Er hat in mir Wurzeln geschlagen. Und ich in ihm?

Meine Lebenslust ist nicht selbständig. Ich tanze nur für einen Mann. *In der Kindheit hatte ich keine Kindheit.* In ein Brennesselfeld möchte ich ihn stürzen, sein Leib soll flammen, brennen, von mir gezeichnet sein. Die roten Kastanienblüten fallen. Die Hochzeit ist verloren, und der Friedhofsabfall trocknet unter den Kastanien. Die Hochzeitskutsche ist leer. Die häßliche Braut geht allein auf staubiger Straße. Das Brautkleid ist schmutzig und grau und zerfetzt sich an Stacheldrähten. Die Kinder streuen keine Blumen, die Kinder werfen hinterhältig Steine auf die Braut und rufen ihr *Hexe* nach. Mein Zögern am Anfang war sein Zögern. Sein Zögern ist mein Zögern. Das Zögern ist unser gemeinsames Zögern. Das Zögern ist unsere Gemeinsamkeit. Die Liebe stirbt. Lieben ist ein Pfingstwunder. Der Speichel fließt ineinander. Zungenreden fließen. Fleischige Mahlzeiten werden gegessen. Mein Körper aber ist schon wieder unnahbar geworden in der langen berührungslosen Zwischenzeit. Seine Verbrüderung mit dem Tod. Er sagt mir, er geht einsam an Orten umher, die wir gemeinsam besuchten mit den Kindern. Er sucht die Erinnerung an Abwesende. Als ginge er in einer Wohnung eines Gestorbenen umher und besähe die Hinterlassenschaften. Seine Verbrüderung mit dem Abbrechen. *Abbruch* eines Hauses. *Abbruch* einer Beziehung. *Abbruch* eines Lebens. *Schwangerschaftsabbruch*. Morgens möchte ich am liebsten die Augen nicht aufmachen. Ich wühle in mir, und außer mir ist mir alles noch fremder als ich. Die nackte braune Brust von Jochen. Im Traum ist er Thereses Geliebter. Im Traum ist es Therese, die ein Kind erwartet und es mitten in der Nacht still und ohne Anstrengung gebiert. Wir müssen ein Zimmer erwärmen für Therese und das Kind. Das geborene Kind ist fast unsichtbar eingewickelt in Tücher und Wolle. Aber laß es doch in seiner Hülle in deinem Zimmer, sage ich. Du brauchst es doch nicht herauszuschälen, du brauchst es jetzt nicht zu waschen, nicht von dir zu nehmen. Leg es in die Wärme deines Raums. Es muß sich später oft genug kalt waschen, muß sich entblößen und muß umhüllt sein. Große Verwunderung, daß Therese leuchtenden Gesichts das Kind ohne Anstrengung mitten in der Nacht geboren hat.

Seit Wochen besuchte er mich nicht. Er sagt: wenn mich die Lust packt, dann komme ich. Er sagt: Nur durch mich bist du so schön geworden. Was sich Männer immer einbilden: jeder glaubt, er habe die Frau erschaffen, die er zu lieben vorgibt. Er sagt: Ich muß deine Stimme hören, dann fällt mir mein ganzes Leben ein. Herrgott, wie gut kann ich mit dir sprechen, sagt er. Es ist soviel passiert, daß gar nichts mehr sein wird, sagt er. Er nennt mich eine Madonna der Wollust. Eines Tages werde ich dir zeigen, wie ich mit grauem Haupt vor dir stehe, sagt er.

An Jochen: ich könnte mit Wasser schreiben, denn ich habe gerade zwei Stunden in der Berührung mit dem Wasser verbracht. Ich hatte nach dem Schwimmen klamme Hände und blauweiße Finger. Ich ging mit Annemarie in die Wohnung und nahm ein heißes Bad. Meine Haut kribbelt. Zum erstenmal seit Wochen sehe ich wieder in den Spiegel. Ich möchte über deinen Vater sprechen. Aber es ist nur ein versteckter Wunsch, über meinen eigenen zu sprechen, der noch lebt und doch unfaßbar ist. *Ich konnte meinen Vater nirgends finden.* Als du mitten in der

Nacht um deinen toten Vater weintest in Neuland, war mir, als sei ich an einen alten Brunnen gelangt (in alten Liedern: Schmerzensbronnen brechen auf).

Erst die Erwählte, dann das Heidenröslein. Warum erwähle ich mir denn nicht einmal einen Mann? Er sagt, er würde sich nie ein Haus bauen von geliehenem Geld; Schulden seien schlimmer als eine unbefriedigte Frau. Was du angerichtet hast mit deiner Weigerung, mich nicht im Rollstuhl zu fahren später, sagt er noch einmal.

Hannes spricht in sein Spieltelefon: wo bist du, Jochen? – Ich spiel auf dem Bett. – Ich bin eine Witwe. Als wir vom Belchen wieder ins Tal zurückfuhren, sah er blühende Bäume und sagte: sie sehen aus wie Ölbäume, es waren aber nur Kätzchen. In der Kirche von Fouday das Gemälde von Christus, das Kreuz tragend. Ich höre die Greifzangen der Müllwagen. Die Mülleimer werden geleert. Geräusche krachen in mein Inneres. Meine Sinne sind mir eine Last. Er benutzt mich, um einmal einen lange verwehrten Blick in sein Inneres zu tun, ich bin der Schlüssel. Er hält es gut aus, mich wochenlang nicht zu sehen. Er wendete den Blick ab vom Nachthimmel mit dem düsterbleich wandernden Mond über den Bergsilhouetten, der Anblick des bleichen Mondes beunruhige, ängstige ihn.

Und so lebe ich hin.

Der Gedanke an das Farnkraut, das trockene, auf den hellen Lichtungen schmerzt mich so sehr. Plötzlich ein Traktor auf dem Feld. Sieht der Bauer uns Liegende? Da weinte ich, weil ich fürchtete, eine Trennung würde auf mich zukommen. Hannes zeigt auf seine Mundharmonika und sagt: der Jochen ist schon da. Guten Tag, Jochen. Hannes spielt mit seinem Stoffhund. Niemand kümmerte sich um Lenz. Lenz war zu stark anwesend, fühlte alles und sah alles. Der Regenbogen. Hannes zeigt zum Himmel, sagt: dunkle Wolken. Er stürzte mich aus der Arbeit. Ich finde keine Beziehung zu den Kindern, tue alles mechanisch, um die Verpflichtungen zu erfüllen. Er sagt, er könne jetzt wieder wunderbar arbeiten. Annemarie zu Johannes: die Mama ist lieb zu mir, von mir weint sie nicht, aber von dir weint sie. Warte und komm, sagt Jochen. Er könnte auch sagen: geh. Ich glaubte, er würde dieser Liebe Boden, Erde, Wohnung bereiten und nicht alles in ungewissen Poesien zerfließen lassen. Ich lebe auf der Erde, will deinen Leib nachts, will mit dir essen, *Tisch und Bett und Sprache.* Mit dir zu Menschen gehen. Mit dir und den Kindern leben. Ich gehe wie traumwandelnd über die Straßen, auf dem Weg zum Einkaufen, ich sehe einen lebenslustig aussehenden, braungebrannten Maurer auf einem Gerüst stehen. Ich werde das Lebenslustige, Vitale suchen. Jochen sagt, wenn er sich umbrächte, würde er sich nicht nachts, sondern nur am Tag umbringen. Sein Vater starb gegen Mitternacht. Wir gehen in den Wald, und er spricht von seinem Hund, der alles mitansehen werde und als Zeuge in einem Vaterschaftsprozeß auftreten könne. Es ist eine Ironie, aber ich bin dumm genug, die Bedeutung solcher »Witze« beiseite zu schieben. Er liegt mit Koliken im Bett, und ich bringe ihm den verlangten Kamillentee und Pfefferminztee. Er fühlt seine Glieder erkalten. Ein Eisgürtel um meinen Körper, sagt er. Er denkt an den kalten Leib seines sterbenden Vaters. Hast du solche Zustände öfter? Wie dick sind die Mauern zwischen den Liebenden. Er hält es nicht aus, wenn die Annemarie »so jibbelt«. Manchmal brennt leichter Haß in mir auf. Er wollte seinen Hals nicht küssen lassen. Ich wollte impulsiv im Auto plötzlich einen Fleck auf seinen Hals küssen, und er entzog mir seinen Hals, denn er wollte zu seiner Ehefrau fahren. Da kam ich in einen Zustand, daß ich gegen Wände laufen wollte. Da war alles zu Ende. Sackgasse. Die Luft abgeschnitten. Erstikkungsgefahr. Er wollte seine Ehefrau behalten. Alle schönen Sätze plötzlich Hohn. Er wollte sein altes Leben weiterführen mit zyklisch ausbrechenden Lieben. Er probierte mich, um seine Potenz zu erproben. Ein langjähriger Ehemann kommt bei einer anderen nicht mehr hoch. Das mußte er sich beweisen. Er konnte es sich nicht beweisen. Immer wieder nur der Gedanke, daß ich zur Selbständigkeit noch nicht fähig bin. Warum waren die Blumen auf dem Friedhof in Fouday alle künstlich? Auf meinem Grabhügel sollen Lilien stehn und Vergißmeinnicht und weiße und rote Rosen. Der schwarze Schwan auf dem Teich im Park. Meine Mutter ruft an und fragt, ob ich im Fernsehen auch die Sendung »Ehen vor Gericht, Wustrow gegen Wustrow« gesehen habe. Wie kann ich stark werden und leben? Wiederholung ist nicht sinnlos, sagt jemand. Soll ich auch in der Wiederholung des

Abschieds einen Sinn sehen? Jochen verspricht Briefe, und dann ruft er gehetzt an und sagt, er könne nicht schreiben, weil die Arbeit ihn ganz in Anspruch nehme. Das Gequältsein von Johannes. Sein leidendes dumpfes Gesicht. Sein stummes, verbittertes Rotweintrinken.

Im Traum saß ich mit Jochen an einem Tisch. Er war aufgelokkert und erzählte, daß er sehr oft nicht berührt werden wolle, daß ihm eine Frau lieb sei, die ihm Ruhe lasse, die distanziert zu seinem Körper sei. Ich saß mit ihm an dem Tisch und hatte eine Schale Wasser vor mir, wusch mir mit Seife die Hände darin, Zahnbürste und Zahnpasta legte ich schnell wieder weg, damit er nicht sähe, wie ich mir die Zähne putzte. Er rückte dann von mir weg, setzte sich neben andere Frauen. Du Vollblutweib, sagt er zu mir. Aber sie, mit ihrer Angst vor der Nähe, treiben mich immer wieder ins Nonnen-Dasein zurück.

Bin ich denn so hilflos und wenig kräftig, daß du mich in die Rolle der verlassenen Braut drängen kannst? Ein mitleidsloses Klima mir gegenüber. Bist denn nicht du der Mensch, der das russische Püppchen bis hin zum letzten, kleinsten Püppchen ausgebuddelt hat? Du sagst mir, ich sei wie ein Kind, das bis zum letzten russischen Püppchen alles aufreißt. Aber bist nicht du der Mensch, der zufrieden sein kann, mich bis auf den letzten Hautstreifen entblößt zu haben? Bist nicht du der Menschenfischer, der Hochstapler, der Hochzeitsschwindler? Auch für einen Mann gibt es das Wort Hure. Jetzt begreife ich vielleicht die verheirateten Männer, die sich die Frauen brechen wie die Rosen, und nicht eine einzige Dorne verletzt sie, so geschickt sind sie. Ich gehe auf der Straße, und hinter mir sagt ein Mann im Gespräch zu einem anderen: der greift sich hier ne Frau und da ne Frau. Vor einigen Monaten besuchte mich eine junge Frau, aber ich habe die Vorzeichen zu spät gesehen. Die junge Frau war im siebten Monat schwanger. Sie erzählte, sie arbeite in einer Bar. Jetzt begreife ich, warum. In einer Bar kann man am besten die bindungslose Geilheit verheirateter Männer beobachten. Ich fragte sie, wer der Vater ihres Kindes sei. Ein verheirateter Mann? Ja, sagte sie. Er wisse nicht, daß sie ein Kind von ihm erwarte. Warum sie es ihm nicht sage? Sie wolle nicht seine Familie zerstören, sagte die junge Frau. Die Verbindung zu einem Menschen, wenn ich sie nicht hab, ist mir das Grab. Daß mich erst einer will und dann nicht mehr will, das ist es, was ich fliehe und immer wieder antreffe. Der süßliche Totengeruch der welken Lilien, deren gelber, unsauberer Staub auf die weinrote Samtdekke des Bettes fällt. Als erlitte ich *seinen* Schmerz über den Tod seines Vaters, ja eigentlich nicht über den Tod seines Vaters, sondern einfach über den *Tod.* Die Kinnstütze! Er begriff es nicht! Daß einer erst da war und dann fort war! Daß einer ein vertrautes Gesicht hatte und dann sich auflöste und stumm wurde!

Er beschwert sich, daß ich die Briefe an ihn an seine Privatadresse schicke. Wohin soll ich sie denn schicken? Seine Frau soll unbehelligt bleiben. Mich nannte er seine Frau. Er schwärmt von seiner vorletzten Geliebten.

*Der Ausdruck tiefer Wunscherfüllung soll auf seinem Gesicht gelegen haben,* sagte ein Vater über seinen Sohn, der Selbstmord beging.

Im Traum war ich mit vielen Koffern und mit meinen Kindern unterwegs. Ich wollte mir eine Arbeit auf einer Entbindungsstation suchen. Aber ich zog rastlos immer weiter von einem Ort zum andern.

Der qualvolle Weg der Verarbeitung, auch im Traum. Der Traum, der linde Hellseher, der mich hält. Der Schlaf ist sanft. Kein Traum kann mich in Todesangst versetzen. Eine Etage tiefer wohnen meine alte Großmutter und mein alter Großvater. Als ich nachts spät nach Haus komme, rufen sie nach mir. Sie zeigen mir ihre Münder ohne Gebisse, und die Großmutter erklärt mir, daß ihr Körper immer kalt sei, daß sie oft stundenlang brauche, um Finger, Füße, Po, Beine usw. zu erwärmen. Sie spricht mit mir, als sei sie allein und Großvater tot und als existiere die Kälte nur, weil der Großvater tot ist und sie nicht mehr berührt und wärmt. Dann wieder leben Großmutter und Großvater und schöpfen mir in ihrem Zimmer Wasser in ein Glas, das solle ich trinken, wenn ich durstig bin, ich solle einmal an dem Wasser riechen, eine Geste wie die meiner Schwiegermutter, die mir jahrealtes Wasser aus Lourdes zu riechen gab: sieh wie frisch es ist. Das Wasser der Großeltern riecht dumpf und nach einem

Toten. Ich sage ihnen aber nicht, daß ich es niemals trinken werde.

Immer schon die Unnahbarkeit. Vielleicht wolltest auch du deine Unnahbarkeit in einem Gewaltstreich von dir werfen.

Und dann deine Schuldgefühle gegenüber der Ehefrau, die sich wehrte mit Händen und Füßen. Sie verhält sich sehr klug, sagten die Freunde. Sie ist still und wartet, sie könnte zwanzig Jahre warten. Sie gibt dir das Gefühl, daß sie es nicht verdient hätte, daß du sie verläßt, so ein guter Mensch ist sie. Sie setzt dich ins Unrecht. Nachts um eins rufst du sie an, nachdem ich dich gerade gestreichelt habe und dein Glied steif geworden ist und ich nur für einen Moment auf die Toilette ging, bevor wir uns auszogen, in diesem Moment rufst du doch tatsächlich deine Frau an, als müßtest du ihr deine Schuld bekennen, als müßtest du dich durch den Anruf in der Liebe mit einer anderen hindern lassen. Am Anfang schleppten wir beide unsere Schuld. Dann trenntest du mich von Johannes. Dann wurde das Gefühl der Schuld langsam einseitig. Ich träumte nicht mehr von den Emsquellen. Dein Glied träumte aber fast immer von den Emsquellen, die du deiner Ehefrau wegnahmst. Übergang ist Todesangst. Trennung ist Übergang. Trennung ist Todesangst. Madonna der Wolluscht, sagst du. Du Himmlische, sagst du. Du beginnst mich zu verklären, damit du mich zurücklassen kannst. Zu düstere Lampen. Angst vor dem Einbruch des Abends. Angst, daß der Winter zu früh kommt. Lieben und Leiden nah beieinanderwohnend. Schönheit und Tod sind Geschwister. Die Empfindung des Elends, warum verstärkt sie sich von Jahr zu Jahr. Von ihm glaubte ich anfangs, er sei lebensfroh. Aber ich brauchte nur ein bißchen zu buddeln, da war unter der Zuckerschicht seiner äußeren Aufgeräumtheit Selbstmordsucht und Todesverletzung.

*Aber wie ist es, wenn einem die Kraft fehlt, einen Menschen ganz zu erwerben?* Ich will die Ehe: die vollkommene Erforschung eines Menschen, eine selbstverständliche Harmonie, die Erforschung des Leibs des anderen. Aber dann ist da ein Mensch, der behauptet, er will Nähe, und in Wirklichkeit fürchtet er Nähe und Berührung wie den Tod, ist unnahbar. Ein Verhältnis; ein Hin und Her; ein ständiges Hereinbrechen anderer Lieben würde ich nicht ertragen; nicht einmal, wenn ich es wäre, die hin und her ginge. Ich weiß nicht, was Ehe ist, aber ich will einen Menschen lieben. Ein Liebesunfall wie der Unfall meines Bruders. Mein Bruder und ich ein Zwillingspaar.

Mein Vater und meine Mutter holen die Kinder zum Wochenende zu sich. Mein Vater sagt, Selbstmord sei für keinen Menschen eine Lösung, sei Feigheit. Die Nähe, die ich ersehne, ist die Nähe im Mutterleib, die Nähe mit der Mutter, aber nicht einmal die gibt es, wie dann die Nähe zwischen Liebenden. Unabsehbar die Fremdheitszustände, unabsehbar das Leid der kalten Distanz nach einer Liebesnacht, in der alles geöffnet wurde. Offene Wunden, an die der eiskalte Wind weht. Blumen für dich, Lotte, dein Jochen. Ein Fleurop-Zettel, kalt im Winde flatternd. Als die Blumenfrau mir die Blumen brachte, von ihm sollen sie sein, dachte ich an die halb pflichtmäßigen Blumensträuße meines Vaters für meine Mutter. Die Schwierigkeit, meinen eigenen Schmerz zu durchdringen, sich durch ihn durchzuessen wie durch einen bitteren Brei, um durchzudringen zu den anderen, zu meinen Kindern. Das Mädchen aus Coburg, das er verließ, seine vorletzte Geliebte, sie wünschte sich ein Kind von ihm, sagt er, er gab ihr kein Kind. Wir kaufen uns die Bücher doppelt. Das Wort *Todesschweigen.* Meine Mutter sagt: am liebsten würde ich ihn umbringen, daß er dir das antut! *Was eine Ehe verlangt, ist menschliche Übereinstimmung, also Übereinstimmung noch tief unter allen Meinungen, also eine Übereinstimmung, die nicht zu überprüfen, sondern nur zu fühlen ist, also eine Notwendigkeit menschlichen Beisammenseins.* Nähe: der Himmel ist eine Hölle; denn sie hört auf. Wahrscheinlich kann man von dem Mann, von der Frau, mit denen man einmal verkettet war, nie mehr loskommen. Oder ist es einfach eine Bequemlichkeit, die er nicht verlieren will. Einfach die Fraglosigkeit, mit der seine Frau ihm seine tägliche Existenz ermöglicht, seine Wäsche wäscht, sein Essen kocht. Es ist ein ungutes Gefühl, wenn ich ihn sehe in dem von seiner Frau glatt gebügelten Schlafanzug.

Der Abscheu, die Fremdheit, Johannes' bloßen Körper auf dem Balkon in der Sonne zu sehen, seinen hageren, niegereiften Körper, eine grüne, kleine, bittere Frucht, die man nie wird essen können.

Jochen hat mich einverleibt und die Hülle von mir ausgespien. So existiere ich jetzt.

Den Kindern eine Heimat schaffen. Meine lebenden Kinder kümmern ihn nicht. Er schmückt sich mit meinem Sohn, wenn wir in Gastwirtschaften essen. Er läßt sich Vater meines Sohnes nennen von fremden Leuten, das schmeichelt ihm. Aber das Wohl der Kinder kümmert ihn nicht. Ich fragte ihn, ob er immer in seiner Stadt bleiben wolle, er sagte: ja. Er kann sich erlauben, von Geliebte zu Geliebte zu irren. Solange die Geduld seiner Frau, die ohne Beispiel ist, dauert.

Der Mensch ist ein Maschinenmensch und kann nicht mehr verwesen, und wird er seinen eignen Tod in seinen Händen lesen, wird er's nicht glauben. Ich muß meine Todesangst überwinden und sorglos werden. Gestern im Schwimmbad wieder die Todesangst. In der Mitte des Beckens. Ich war matt und spürte mich schon halb fallen und untergehen. Aber dann das Erstickungsgefühl, und ich riß mich hoch. Ekelt mich nicht in Wahrheit die Nähe eines menschlichen Körpers? Der Geruch, das Fleisch?

Schwanger? Wieder schwanger? Mit dem Ableger der Liebe eines unfähigen Mannes in mir? Der Knochen, der mir hingeworfen wird. Statt der ganzen Liebe ein Kind. Ein Andenken.
Mein Bruder hat nur eine Niere. Und ich?
Die Eltern bringen die Kinder aus Marienthal zurück. Erzählung von der Verzweiflung des Bruders, der mit einer Niere leben muß, und die andere ist vom Sturz verletzt. Der Bruder niedergeschlagen, saß plötzlich am Tisch und weinte. Weinte zweimal. Ein nüchterner Mensch. Alle haben ihn trösten wollen.

Ich kriege einen Sohn (einen Sohn?) von einem kranken Vater, der Sohn eines kranken Vaters war. Wie wird einer damit fertig, wenn einer gestorben ist?, sagt meine Mutter und hat ins Schwarze getroffen. Die Mutter versucht mich zu trösten, indem sie seine negativen Eigenschaften, die sie schon zu Anfang aufzählte, wieder betont: er hat kleine wabblige Hände, sagt die Mutter, er hat schwarze Zähne, er hat schütteres Haar, er hat kleine, unzuverlässige Hände. Sie sagt, die Hände des Vaters seien kräftig und zuverlässig und Geborgenheit gebend, aber die

Hände von Jochen seien in allem das Gegenteil. Und sie hat ja recht, sie hat mich sehr früh gewarnt. Aber wie leicht wär das Leben, wenn man immer die Warnungen hörte.

Er hat Schmerzen an den Geschlechtsorganen. Aber er zögert, zum Arzt zu gehen. Ich zögere, sagt er. In allem zögert er. Vielleicht ist das Zögern der Weg, rechtfertigt er sich.

Ich will das Grab seines Vaters besuchen, als könnte ich am Grab seines Vaters einen Zipfel von ihm erhaschen, von ihm, der mir zu sterben droht. Er beschreibt mir den Weg zum Grab seines Vaters. Eingang Preungesheim in Frankfurt. Amerikanische Kasernen. Rechts ab ein Weg. 200 Meter gerade diesen Weg gehen. Dann links abbiegen. Gräber auf der rechten Seite. Hinter einer Hecke. Neben einem Baum und einer Bank. Der Grabstein ist von hellbraunem Stein. Jemand mit dem gleichen Nachnamen ist dort nicht beerdigt. Du müßtest ihn finden.

Ich lausche auf mein Körperinneres. Einerseits die Empfindung von Ziehen im Becken, die Ankündigung der »Tage«, andererseits die Todesangst, es rührt sich nichts, es kommt kein Blut und ich bin schwanger. Sieh, Jochen, sage ich, diese jahrelangen Rechtfertigungspoesien dieses Kafka, von dem du mir vorliest und erzählst; wenn er diese Felice nun liebte, warum liebt er sie dann nicht? Und wenn er sie nicht liebt, warum trennt er sich nicht frühzeitig von ihr, sondern zerrt sich und sie hindurch durch seine wabbelige Entschlußlosigkeit? Ich habe mich diesem Menschen fürchterlich ausgesetzt, denke ich. Er führt die Briefe Kafkas an Felice mit sich herum wie ein großes Rechtfertigungspaket.

Mein Vater. Er ist ein Rätsel. Ich hielt ihn immer für unfähig und linkisch. Unfähig vor allem, meine Mutter zu lieben, in der Liebe zu befriedigen. Das Sexuelle ist ja nicht so wichtig, sagt mein Vater; wichtig ist nur die Einsamkeit, deswegen heiratet man, um nicht einsam sein zu müssen, um miteinander zu sprechen; das Sexuelle ist ja nicht so wichtig, sagt mein Vater; ich könnte ohnedem auskommen, sagt mein Vater.

Liebe ist rücksichtslos; rücksichtsvoll ist sie nur in jenem Sinn: voll Erinnerung an Geburt, Kindheit, Tod; sie sieht zurück, sie ist nicht rücksichtsvoll, aber voll von Zurücksehen; sie ist nicht vorsichtig, aber voll von Voraussicht.

Wie mir das Sprechen weh tut. Er zieht mir die geheimsten Geschehnisse aus dem Mund. Er kennt die Methode, die Menschen aus sich herauszulocken. Sich selber aber verschließt er. Warum drängte er so? Komm! Komm! Wenn ich doch verstehen könnte.

Die vollkommene Konzentration auf den Tod.

Es war schon immer das Schwierigste: einfach dasein können.

Manchmal denke ich: er ist ein Dichter. Wenn er mir Gedichte vorliest zum Beispiel. Nie las mir jemand so Gedichte vor. Nur die Verse sind lebendig, die seine Stimme las. »Über mein Leben,
das im Schachte/
deines Mutterschoßes eingebettet ruht«,
las er mir vor. Ich staune, höre, möchte greifen und begreifen. Was ist mit deiner Stimme, warum lieb ich sie? Sogar, wenn sie heiser ist, lieb ich sie. Du hast gerade geraucht oder warst in einer Gesellschaft, in der alle geraucht haben, und deine Stimme ist brüchig und heiser. Nur wegen dieser erotischen Stimme!, sagt meine Mutter wegwerfend.

Jetzt versuche ich schon, mich mit deinen Waffen zu verteidigen, ich lese dir die Sätze eines Dichters vor *In allem gilt es, den unbedingten Vorrang dessen zu festigen, was dem weiblichen System der Welt im Gegensatz zu dem männlichen angehört; es gilt, den weiblichen Kräften zu vertrauen und keinen anderen,* aber du bist nicht sehr beeindruckt.

Er will mich nur los sein, das ist alles.
Er läßt mich fallen wie eine heiße Kartoffel.

Bräutigam Tod.
Mein Bräutigam.
In mir wächst ein Kind,
ein Tod. Deines Vaters Tod
wächst in mir.

Ich verlor einen Bräutigam
und fand einen:
den Tod.
So blutig zu sterben wie ich
in dir lag,
Leib an Leib.
Aber meine Art des Sterbens
wird unblutig sein.
Wächst ein Kind in mir,
wird es der Tod sein.
Ich blute nicht mehr.
Ich gehe zum Friedhof,
zum Grab deines Vaters in Frankfurt.
In der Nähe des Frauengefängnisses Preungesheim.
Ich steige aus der Straßenbahn
und muß am Frauengefängnis vorbei.
Wegweiser zum Grab deines Vaters
ein Frauengefängnis. Auf Selbstmord
steht lebenslänglich. Auf Abtreibung
die Todesstrafe. Das Leben
ist unantastbar. Die Brautzeit
entpuppte sich als Alptraumzeit.
Der Name Braut war ein Spiel.
Hochzeitsschwindler, du.
Nanntest mich deine Frau, Bigamist.
Wolltest mehrere Frauen, deine Lust
zu steigern. Ich vertraute dir,
ich glaubte dir. Und nun blute ich nicht mehr.
Und schweige. Und warte. In mir wächst ein
Tod, der Tod deines Vaters, dein Tod.

*Und was gab das den Frauen für eine wehmütige Schönheit, wenn sie schwanger waren und standen, und in ihrem großen Leib, auf welchem die schmalen Hände unwillkürlich liegen blieben, waren zwei Früchte: Ein Kind und ein Tod. Kam das dichte, beinah nahrhafte Lächeln in ihrem ganz ausgeräumten Gesicht nicht davon her, daß sie manchmal meinten, es wüchsen beide?*

Mein Bräutigam, das ist der Tod. Mach doch bitte ein Ende, bitte ich ihn. Ich gehe zum Grab seines Vaters. Hier ruht in Frieden

mein lieber lieber mein herzensguter mein lieber lieber Vater. Mein herzensguter Mann und Bruder. Hier ruht in Frieden. 1912. 1961. Ein schlichter brauner Stein, wie aus dem Felsgebirg gehauen. Ein Grab, als sei der Vater gefallen. *Dann gaben meine Beine nach, und ich setzte mich in das durchnäßte Gras. Ich verstand nicht, warum ich so sehr weinte. Dann fiel mir ein, daß ich nie über den Tod meines Vaters geweint hatte. Meine Mutter hatte auch nicht geweint. Ich konnte meinen Vater nirgends finden.* Erinnerungsfetzen in meinem Gehirn. Die Erzählungen von Jochen. Seine wilden Phantasien, man hätte seinen Vater umgebracht. In die Todesanzeige 1961 habe er hineinschreiben lassen, sein Vater sei umgebracht worden. Sein Vater habe in dem Heimatdorf eine Sparkasse saniert, er habe dort die größten Verdienste erworben. Aber er war einmal in einer Partei gewesen, in der NSDAP, als junger Bursche. Jochen sagt, es ist ein Grausen, wie man jemand aufgrund dieser Tatsache physisch fertig machen kann, bis er dann tot ist. Ein achtundvierzigjähriger Mann, sagt Jochen, der aus dem Krankenhaus davonläuft mitten in der Nacht. Dann habe ich das Sterben meines Vaters miterlebt, sagt Jochen, und das war schon ein verheerender Eindruck für mich. Ich habe in meiner Verzweiflung, sagt Jochen, einen Pfarrer geholt, als ob ich ihm die Erkenntnis, daß er sterben müßte, auf die Nase binden wollte. *Der Tod ist pervers,* sagt Jochen. Bei der Beerdigung meines Vaters, sagt Jochen, hätte ich eigentlich permanent lachen müssen über die Leute, die kondolierten. Ich mußte ja lieb und freundlich zu denen sein, sagt Jochen, weil die Pension meiner Mutter von denen abhing. Wenn ich denen ins Gesicht gespuckt hätte, hätten wir Schwierigkeiten bekommen. Solange diese ganze Zeremonie lief, habe ich keine einzige Träne vergossen, sagt Jochen. *Keine einzige Träne vergossen.* Die versäumte Trauer. Du gibst mir den Tod, den Abschied, mein Bräutigam, deine Unfähigkeit zu trauern ist deine Unfähigkeit zu lieben, mein Bräutigam. Nun stehe ich hier an dem Grab deines Vaters. Vor einem Rest stehe ich. Du sagtest einmal über deinen Vater, kaum hättest du angefangen ihn zu lieben, da wäre er gestorben. Kaum hätte die Beziehung zu ihm angefangen, da wäre er schon fort gewesen. So ist es mit uns, mein Bräutigam.
In Gegenwart der Toten fühlt man sich ganz wohl, denke ich. Immergrün. Bäume. Friedhofsfahrzeuge. Lärm. Zum Gedenken an unseren lieben Ferdi, ein Grab neben dem Grab des Vaters.

Grab eines jungen Mannes von 23 Jahren. Erdbestattung. Geburtsurkunde bei Ledigen. Scheidungsurkunde. Urkunden noch abzugeben für den Toten. Grabsteine. Grabdenkmale. Geht denn seine Mutter nie zum Grab seines Vaters? Das Grab sieht verwaist aus, so bloß, so einsam, obwohl es nicht ungepflegt ist. Die Friedhofspflege ist teuer. Friedhöfe werden aufgelöst, einmal gibt es kein letztes Zeichen mehr von dir, keinen Grabstein, kein Wort auf dem Stein, deinen Namen nicht mehr, keine flüchtigen Blumen. Eine fortschreitende Auslöschung vor dem Tod, nach dem Tod. Einmal sah ich im Garten der Ärztin drei Grabsteine unter einer Birke, die ihre Zweige fast bis zum Boden hängen ließ, ich fragte die Ärztin, ob in ihrem Garten drei Menschen begraben seien, vielleicht ihr Vater, ihre Mutter und ihr Bruder, aber sie sagte nur, die Grabsteine stammten von einem aufgelösten Friedhof, die auf den Müll gebracht werden sollten. Wann warst du zum letzten Mal auf dem Friedhof am Grab deines Vaters, mein Bräutigam? Waren deine Geliebten auch am Grab? Oder haben sie nichts gewußt vom Zusammenhang Tod und Abschied? Tiere dürfen nicht auf den Friedhof. Friedhofsordnung. Die Stille auf dem Friedhof. Du würdest deinen Hund am Eingang des Friedhofs festbinden. Entfernter Lärm, der Lärm der Stadt. Die Stadt anwesend, lärmend über den Friedhof hinweg. Eine verletzbare Oase, der Friedhof, ein rohes Ei. Die Toten, der Tote, der tote Vater anwesend, und doch das Grab leer. In jener Nacht, da du, mein Bräutigam, Bauchkrämpfe hattest, und dein Körper kalt wurde, und du Symptome deines sterbenden Vaters an dir wiedererlebtest, in jener Nacht, da du die Kälte des Todes fürchtetest, da nahm ich eine Schlaftablette, um dich nicht zu stören mit meinem Verlangen, und du warst die ganze Nacht wach und sahst mich im Schlaf, und fühltest dich von mir verlassen, aber jetzt verläßt du mich. Du sagtest oft: ich weiß nicht, was mit mir los ist, aber du wußtest es wohl, daß du liebesunfähig warst, weil dein Körper voll ist von ungelöster Todesangst. Der äußerliche Grund für deine Unfähigkeit, mein Bräutigam, ist deine Unfähigkeit, zwei Frauen zu lieben, dich von deiner Ehefrau zu trennen, du willst dich von niemand trennen, den du einmal besessen hast, du trennst dich künstlich, du gibst den Abschied, wie ein Mörder den Tod gibt; aber der innere Grund, mein Bräutigam, für dein rastloses Suchen, von einer Geliebten zur andern, mein Bräutigam, ist deine Reaktion auf den

Tod deines Vaters, *also auf das bedeutsamste Ereignis, den einschneidendsten Verlust im Leben eines Mannes.*

Pfingstrosen. Und weil nicht mehr Pfingsten ist, nennt man sie Bauernblumen. Weiße Pfingstrosen. Weiß, Weiß des Todes. Weiß, Weiß der Brautnacht. *Ficken als Kraut gegen den Tod.* Die hechelnde Hündin in seinem Wagen. »Die Familie ist stärker.« Er sagt: das ist dummes Zeug. Aber es ist das Ende. Adieu, sein liebstes Wort. Er sagt nicht Auf Wiedersehen, er sagt Adieu. Wie sein bewunderter Werther. Dann werde ich dich ja erst am Montag wieder hören. Die Familie geht vor. Er, der am Anfang drängte, daß ich seine Frau würde, hat mich unmerklich unter den Tisch gesetzt, als seine Geliebte. Ich fürchte, daß ich schwanger bin. Der 13. Juni, und es rührt sich nichts. Die Menstruation müßte längst da sein. Wie kann ein impotenter Mann ein Kind zeugen? Aber es genügen ein paar Tropfen. Die Natur hat vorgesorgt. Die Natur interessiert sich nicht für die Liebe, die Natur interessiert sich nur für die Fortpflanzung. Die alten Erinnerungen an Liebe als Wohnung gegen den Tod sind mir wieder in den Sinn gekommen, und Jochen ruft an, er habe sich gerade ein Buch gekauft mit dem Titel *Wohnungen des Todes.* Ich muß eine Entscheidung von ihm verlangen. Ich kann nicht ein zweites Kind ohne Vater austragen. Ich kann nicht drei Kinder ohne Vater lassen. Ich frage ihn, ob er meine Blumen auf dem Grab seines Vaters gesehen habe, denn er war nach mir am Grab. Er fragt: hast du das Grab gegossen?, es war so naß.
Mein Mund ist ausgetrocknet. Als versiege der Speichel. Bitte nicht abbrechen, bitte nicht abbrechen, flehe ich im Stillen, aber ich weiß nicht, wen ich anflehen soll. Ich suche die Stelle in der Bibel *Am Morgen soll er Wehklage hören und am Mittag Kriegsgeschrei, weil er mich nicht getötet hat im Mutterleibe, so daß meine Mutter mein Grab geworden und ihr Leib ewig schwanger geblieben wäre! Warum bin ich doch hervorgekommen, wenn ich nur Jammer und Herzeleid sehen muß und meine Tage in Schmach zubringe!* Der Verwesungsgeruch verfaulender Blumenstengel. Der Verwesungsgeruch fauligen Blumenwassers in der Badewanne. Hibiscusblüten. Lorbeerbaum. Lilien. Löwenmäulchen. Weiße und rote Pfingstrosen. Ich schicke meinem Bruder aus heiterem Himmel, ohne daß ich selbst wüßte warum, fünfzig rote und weiße Pfingstrosen. Die Ärztin sagt, es gebe Frauen, die

wünschten sich unbewußt viele Kinder; es seien Frauen, die in ihrer Kindheit zu kurz gekommen sind; Frauen, die die Pillenschachteln auf dem Nachttisch liegen haben und dann zu ihr, der Ärztin, vor Verzweiflung aufgelöst kämen, schwanger seien und kein Kind wollten, aber sie glaube, daß es Frauen gebe, die unbewußt den Zustand der Schwangerschaft herbeisehnten, weil die Schwangerschaft ein schöner Zustand, ein Zustand des wunschlosen Glücks, ein Zustand der Sicherheit und Vollkommenheit für sie sei; so ein kleines Geschöpf, ein Baby, sei ja auch recht schnuckelig, anzufassen wie Seide, wie ein kleines weiches Tier für ein verlassenes, verwaistes Kind, sagt die Ärztin.

Der Gang auf den Belchen. Nebelbänke streiten mit Sonnendurchbrüchen. Unser schweigendes Aneinandergelehntsein im Nebel. *Wir könnten irgendwo in Sicherheit sein, immer beisammen, deine Hand immer nahe genug, sie zu fassen; wie brauche ich deine Nähe; wie bin ich, seit ich dich kenne, ohne deine Nähe verlassen; deine Nähe ist, glaube mir, der einzige Traum, den ich träume, keinen anderen.* Der Nebel über den Bergen, in den Bergen, der Nebel um uns, kaum können wir zehn Schritte weit sehen. Der milchglaszarte Nebel um uns. Sind wir allein, aneinandergelehnt, wir beide, nah. Warum fühle ich mich so wohl mit dir, obwohl mein Verlangen nicht gestillt ist? Warum bin ich so willenlos, so unvernünftig gewesen, warum habe ich nicht für die »Empfängnisverhütung« gesorgt? Weil du mich beredet hast, du wolltest ein Kind von mir? Du hast mich willenlos gemacht in deiner Gegenwart. Von deinem Körper ging nichts Drohendes, nichts Hartes aus. Es ging nur etwas Fließendes von deinem Körper aus, wie von einer Frau, die einem nie weh tun könnte, die einem keine Gewalt antun könnte. Du warst mir wie eine zärtliche Frau, von der keine drohende Schwängerung zu erwarten wäre. Ich habe mich dir rückhaltlos hingegeben. Willenlos in deiner Nähe bin ich aufgetaut. Als ginge es um Lust, um Wollust, um Zärtlichkeit, um Nähe – nicht um Fortpflanzung. Und jetzt plötzlich der Einbruch der rohen Realität. Du kannst ja noch anderes. Ein Drittes kommt ins Spiel. Ein Kind. Und nun versuche ich, Erklärungen zu finden für dich, Jochen. Versuche dich zu begreifen. Versuche zu begreifen, warum du mich verläßt. Warum du mich im Stich läßt.
Unser Verhältnis zum Tod. *Der Mensch konnte den Tod nicht*

*mehr von sich fernhalten, da er ihn in dem Schmerz um den Verstorbenen verkostet hatte, aber er wollte ihn doch nicht zugestehen, da er sich selbst nicht tot vorstellen konnte.*
Jochen trägt keine Uhr.
*Abneigung gegen Uhren, die wenigstens die Zeitbestimmung sichern ... Ihre Gedanken beschäftigten sich unausgesetzt mit der Lebensdauer und der Todesmöglichkeit anderer, ihre abergläubischen Neigungen hatten zuerst keinen andern Inhalt und haben vielleicht keine andere Herkunft. Vor allem aber bedürfen sie der Todesmöglichkeit zur Lösung der von ihnen ungelöst gelassenen Konflikte. Ihr wesentlicher Charakter ist, daß sie der Entscheidung zumal in Liebessachen unfähig sind; sie trachten jede Entscheidung hinauszuschieben, und im Zweifel, für welche Person oder für welche Maßregel gegen eine Person sie die Entscheidung treffen sollen, muß das alte deutsche Reichsgericht ihr Vorbild werden, dessen Prozesse gewöhnlich durch den Tod der streitenden Parteien beendigt wurden.*
*Entschlußlähmung.*
Wir halten es ja doch nicht aus, daß wir uns nicht mehr sehen, sagt Jochen. Ich stehe hier und fürchte eine Schwangerschaft, und er sagt solche Sätze, immer ungewisser werdende Sätze.
Ich denke an seine hysterischen Kälteanfälle.
*Wir kennen den Sinn und die Absicht solcher Todesanfälle. Sie bedeuten eine Identifizierung mit einem Toten, einer Person, die wirklich gestorben ist oder die noch lebt und der man den Tod wünscht.*
*Man hat einen Anderen tot gewünscht, nun ist man dieser Andere und ist selbst tot.*
*Du hast den Vater töten wollen, um selbst der Vater zu sein. Nun bist du der Vater, aber der tote Vater; der gewöhnliche Mechanismus hysterischer Symptome!*
Jochen las mir einmal aus den »Brüdern Karamasoff« Stellen vor. Er will nur Töchter. Er liebt Töchter. Aber sein Sohn, von dem er hypothetisch spricht, soll Aljoscha heißen. Warum habe ich seine frühen Zeichen, die er mir gab, nicht begriffen?

Es gibt einen Ur-Riß, sagt die Ärztin. Und rät mir, die »Romanze« zu beenden. Aber es ist zu spät. Ein Drittes kommt hinzu. Ein Kind. *Wir wissen, daß die Toten mächtige Herrscher sind.* Kinder: *Die Wiedergeburt der Toten.*

Die Trauerarbeit besteht darin, *den Tod zu töten.*
Ein Trauma ist eine Wunde, zum Beispiel der *Verlust einer unersetzlich erscheinenden Person.*
Ich brauche eine Familie. Ich kann nicht ohne einen Vater meiner Kinder existieren. Ich brauche einen Vater meiner Kinder. Meine Kinder brauchen einen mit ihnen lebenden Vater.
Daß ein Mann zwischen mir und einer anderen wählt, nachdem er mich zuerst rückhaltlos anzunehmen schien, ist das Schlimmste. Ich werde ihn immer dafür hassen, wie ich meine Mutter hasse dafür, daß sie meinen Bruder mehr geliebt hat und liebt als mich.
Ich sehne mich nach der Familie.
*Sie verging schnell wie Schnittblumen.*
Hin und her quälen sich die Gedanken in meinem armen Hirn.
Glücklich sein. Froh sein. Keine Qual leiden. Ziele. Aber nichts geht. Ich kann Jochen ja nicht auslöschen aus mir und meinem Schoß.
Jetzt treibt es mich also zu Gräbern. Und dann zu Gräbern von Dichtern. Ich weiß nicht, was ich mit ihnen zu schaffen habe. Ich suche dort Jochen. Aber ich finde ihn nicht. *O Unsterblichkeit. Bist du ganz mein.* Wenn einer unter der Erde liegt, sagt Jochen, berührt er drei andere. *Die Wahrheit ist, daß mir auf Erden nicht zu helfen war. Und nun lebe wohl.* Und ich denke: ich muß mich einmal mit der Hoffnung beschäftigen. Die Frage, ob es Freude gibt. Lebenslust. An einen Abenteurer habe ich mein Herz verloren. Abenteuerlich, ein von ihm in jedem dritten Satz benutztes Wort; das ist ja abenteuerlich!, wo ein anderer sagen würde: das ist ja interessant, oder: das ist ja erstaunlich! Er interessiert sich für Baader-Meinhof. Er ist ein Abenteurer. Natürlich habe ich Angst vor dem Tod. Aber ich sage zu Jochen: Der Tod ist eine schöne Frau mit langem schwarzen Haar und roten Wangen; vor ihm mußt du nicht bangen. Vielleicht ist der Tod schön, aber der Weg zu ihm hin, wie lang, wie kurz? Kurz und schmerzlos?
Lernen zu lieben.
Es könnte doch sein, daß meine Tage infolge des psychischen Schocks sehr viel später kommen oder daß sie ganz weg sind für ein paar Jahre. Daß sie ausbleiben, muß kein Kind bedeuten, tröste ich mich. Und immer noch tröstet er mich (am Telefon) mit zukunftandeutenden Sätzen: das nimmt ein ganzes Leben in

Anspruch, was du mir wieder alles erzählen willst. Aber ich bin eine verlassene Braut.

Er will ein Buch über die Baader-Meinhof-Gruppe schreiben. Am 20. Juni Rückkehr aus Stuttgart. Abschied am Flughafen. Die Liebe die Liebe. Was wühlt sie alles in mir auf. Wo fängt das Leben an, und wo endet es? Die Schwalben über dem entsetzlichen Bunker-Gerichtsgebäude in Stuttgart-Stammheim. Er mir gegenüber am Tisch sitzend: wenn du mich verläßt, verbrenne ich alle Bücher, die ich mir während dieser Monate gekauft habe. Als verließe *ich* ihn! Und dann hingeworfene Sätze: soll ich dir einen Verlobungsring kaufen? Warum er so gern in vielen Hotels sich aufhalte, frage ich ihn. Er sagt: ich habe diese tausend »Heimaten« gern. Während er den Prozeß verfolgt, laufe ich apathisch und von Unglück durchtränkt durch die baumlosen Straßen nah der Pension, ein Urinfläschchen in der Handtasche. Er hindert mich mehrmals, in eine Apotheke zu gehen. Ich habe den Eindruck, er will das endliche Wissen hinauszögern.

21. Juni. Der Schwangerschaftstest in der Apotheke ist positiv.

Das goldene Herz am Kettchen, mit einem Bild von uns darin, das ich ihm schenkte, trägt er nicht mehr. Ich trage ein Kind von ihm »unter dem Herzen«.

Schwanger sein kann ich nur, wenn ich dich liebe. Wenn ich dich nicht lieben darf, wird mein Schwangersein ein Zustand, den ich zu hassen beginne.

Der Postmeister, Jochens Freund auf Korsika, hat sich erschossen. Jochen hat ein Telegramm erhalten.

Ich bin verzweifelt, so daß ich die Adresse seiner vorletzten Geliebten, von der er mir oft erzählte, ausfindig mache; nach verschiedenen Anrufen habe ich ihre genaue Adresse gefunden, und dann ist sie am Telefon, meine Vorgängerin. Zuerst abwehrend, sie habe alles längst vergessen. Dann, als ich ihr von der Schwangerschaft erzähle, sagt sie, sie wolle nicht wieder alles in sich aufwühlen: das hat mir sehr weh getan. Meine Mutti und mein Vati sind sehr lieb, nur mit ihrer Hilfe habe ich alles

überstehen können, sagt sie. Ich würde mich niemals wieder mit einem verheirateten Mann einlassen, sagt sie, das habe ich aus meinem Unglück gelernt. Ich habe ihn sehr lieb gehabt, sagt sie. Sie müssen sich nicht so opfern, sagt sie zu mir. Das sind sie gar nicht wert, sagt sie. Wenn er nicht konsequent ist . . ., sagt sie. Er ist ein wunderbarer Mensch, sagt sie. Oft habe ich an alles gedacht und wollte ihn anrufen, sagt sie. Man kann sowieso nichts vergessen, sagt sie. Sie sind zu gut, sagt sie zu mir. Ich finde sein Verhalten nämlich nicht korrekt, sagt sie. Vielleicht ändert das Kind alles, sagt sie. Sie sagt, ich solle ihn doch anrufen. Sie habe damals auch nicht gewagt, ihn zu Hause anzurufen. Er sei dann immer furchtbar ungehalten.
Ich rufe Jochen an und erzähle ihm, daß ich Vera gesprochen habe. Er ist stumm. Das werd ich dann wohl in den nächsten Tagen wissen, sagt er, und er meint die Entscheidung, für oder gegen mich und unser Kind. Will *ich* aber dieses Kind – in einer unwürdigen Situation?

23. Juni. Ich träume: in der Wohnung von Johannes ein »Totschläger«; Johannes zeigt ihn mir; Jochen habe den »Totschläger«, aufbrechend zu einer Reise, bei Johannes zurückgelassen.

Ich habe mich an verschiedene Institutionen um Hilfe gewandt. Man beriet mich, nannte mir einen Rechtsanwalt, den ich in der nächsten Woche treffen soll, um Möglichkeiten zu besprechen, Jochen schon in diesem frühen Stadium um eine Fixierung seiner Verantwortung zu bitten.

Ich habe verschiedene Eheberater ausfindig gemacht, dessen Adressen ich Jochen gab, in der naiven Zuversicht, er würde sich vielleicht an sie wenden und sich im Gespräch mit ihnen besser entscheiden können. Nach allen Seiten unternehme ich Versuche, um das Kind zu retten. Zum erstenmal im Leben bin ich wild entschlossen, das Kind *nicht* zur Welt zu bringen, wenn der Vater des Kindes sich entzieht.

Jochen liest mir am Telefon Gedichtzeilen vor: Geburt ist ein Akt der Gewalt; das Kind verschafft sich gewaltsam Licht. Ich höre stumm zu und habe den Eindruck einer grenzenlosen Gefühlskälte Jochens.

Daß da ein Wesen in mir zu wachsen anfängt, kommt mir zum erstenmal im Leben wie eine Invasion vor, wie eine Vergewaltigung von innen, wie ein Chaos, dessen Opfer ich geworden bin. Eine fremde Macht ganz innen. Anonym, unbekannt. Der Abenteurer Jochen. Seine Verwandtschaft mit den Baader-Meinhof-Leuten; seine Sympathie mit ihnen. Zum erstenmal im Leben fühle ich mich als Durchgangsstation für einen Menschen, fühle ich mich ganz mir selber entfremdet; ich gehe mit etwas schwanger, was mir fremd ist, und ich werde als Hülle zurückbleiben. Diese Angst. Wie oft erzählte er mir von der »Marquise von O.«, las mir daraus vor, jetzt ist mir, als habe Jochen, die Unordnung, mich geschwängert, und ich weiß nicht, was mit mir geschehen ist. Ich fühlte mich nie in meinem Leben so fremd. Und ich weiß, ich würde diese ganze Fremdheit ohne Nachdenken schlucken, wenn nicht die Demonstrationen der Frauenbewegungen, wenn nicht das Für und Wider der öffentlichen Auseinandersetzung um die Abtreibung in mein Bewußtsein eingedrungen wäre und sich die Möglichkeit, abzutreiben, nicht in mein Bewußtsein eingenistet hätte. Noch vor einem Jahr hätte ich an eine solche Möglichkeit noch in der Todesgefahr nicht gedacht. Jetzt aber spüre ich deutlich, daß ich in einer Todesgefahr lebe. Ich spüre dies körperlich. Ich könnte nicht in der engsten Höhle solche Angst empfinden, wie ich sie jetzt empfinde, da ich das Gefühl habe, etwas von innen erdrückt mich, drückt mir die Kehle zu, den Atem ab, würgt mich, schnürt mich ab . . .

In meinen Rettungsversuchen denke ich an Johannes: kann Johannes mir helfen?

Jochen sagt gleichmütig: du stirbst doch nicht dabei, wenn du ein Kind bekommst.

Jochen erzählt mir, daß er Schmerzen am Harnsystem habe; keine Geschlechtskrankheit, sondern eine Vereiterung des Harnapparates. Der Arzt habe ein Breitbandantibioticum verschrieben. Wenn man nichts gegen die Entzündung tut, sagt Jochen, breitet sie sich überall aus. Er erzählt mir von Hinkemann, einem Mann, der im Krieg »dort unten«, sagt Jochen, getroffen wird, der zum Zirkus geht nach seiner Rückkehr zur Familie, dort Ratten und Mäusen die Kehle durchbeißt, und seine Frau, die sich inzwischen einen Geliebten genommen hat, kommt mit dem an dem armen Hinkemann vorbei; und der arme geschlechtslose Hinkemann stellt seine Frau zur Rede; sie springt aus dem Fenster; und als er im Krieg war, sagt Jochen, hat er sich so viele, unheimlich viele Kinder, von seiner Frau gewünscht. Als wollte Jochen mir einen Hinweis geben, daß er, Jochen, Hinkemann ist. Er, der mir geschrieben hat: du wirst jung aussehen, wenn du mit neunundvierzig Jahren einen Sohn von mir bekommst, mit grünen Augen ... Unheimlich viele Kinder wollte er von mir haben, mein armer Hinkemann ... Aber wäre es nicht grausig, wenn ich ein Kind für ihn austrüge, nur um ihm zu beweisen, daß er potent ist?

Ich sehe das leere Zimmer von Johannes, und mich erfaßt ein wahnsinniges Schuldgefühl; ich glaube das Darben von Johannes leibhaftig vor mir zu sehen in Gestalt dieses leeren Zimmers, das ist wie eine Mönchsklause.

Ich denke an Jochen. Unaufhörlich denke ich an Jochen. Jochen ruft manchmal an und liest Gedichte vor. Ich sitze wie auf glühenden Nägeln, und Jochen liest Gedichte am Telefon vor. Kinder: *Die Wiedergeburt der Toten,* denke ich, und ich denke an Jochens toten Vater, an das Grab seines Vaters, an den verlorenen Vater, an den unfaßlichen Vater.

Die Trauer in der Nacht. Die Trauer am Tag. Die Trauer am Morgen. Die Trauer immer. Ich habe ein Kind in mir. Von dir. Und dein Geschlecht ist stumm geblieben, als sei es im Krieg zerschossen worden. Eine schlafende Schlange: dein Geschlecht. Ist es die Schuld gegenüber deiner Ehefrau, die dein Geschlecht zur schlafenden Schlange machte? Ist es dein Vater, der dich zwischen die Beine schoß? Irgendwo las ich, daß der kleine Junge sich nichtig vorkommt vor der Gestalt des großen Vaters, daß ihm sein Geschlecht verschwindend vorkommt vor dem großen Geschlecht des Vaters, das er vielleicht einmal im Badezimmer zufällig sieht. So verschwindend war dein Geschlecht, wie das des kleinen Jungen neben dem Großen Vater. Du sagst: mein Schwanz, in deinem Mund klingt das krude Wort ziemlich selbstverständlich. Aber das Wort erinnert mich auch an das Wort Schwänzchen, das man zu kleinen Jungen sagt.

Manchmal denke ich: er ist ein psychopathischer Egoist.

Destruktionstyp, sagt die Ärztin, der ich andeutungsweise erzähle von Jochen. Ich denke auch: wenn Selbstmord, dann nicht durch diese jämmerliche Figur. In der Schwüle des Sommers wird jetzt jede frische Nahrung zum Aas. Sogar frische Aprikosen, Pfirsiche und Kirschen riechen wie Aas; alles ekelt mich.

In all diese Enge noch ein Kind hineingebären? Er will nicht einmal, daß ich zum Frauenarzt gehe. Er sagt: das ist etwas, was wir miteinander ausmachen müssen; er will nicht, daß ich andere um Hilfe angehe. Mein bitterer Ton stört ihn. Er kann sich nicht in die Situation hineindenken. Es ist gerade so, als sei er noch nie Vater geworden. Er tut so, als sei eine Schwangerschaft Russisches Roulette. Ich kann nichts mehr essen. In den anderen Schwangerschaften fühlte ich mich glücklich, mir war nicht einmal übel. Diese Übelkeit ist ein Zeichen meines Ekels. Wie du einen Appetit bekommen wirst, wenn du mich wiedersiehst, sagt er. Aber nicht er besucht mich; ich muß ihn aufsuchen. Wieder fahre ich nach Stuttgart-Stammheim.

Ich das Opfer eines unreifen Psychopathen, weil ich einen reifen, starken Mann suche.
Es gibt nur Zusammenleben, Ehe, sowie er es anfänglich gewollt und versprochen hat, oder es gibt Abtreibung: Abtreibung der Liebe, Abtreibung von Jochen, Abtreibung des Kindes. Ich sage es ihm.

Der Himmel ist so niedrig. Mir ist so eng.

Mir ist so übel. Meine Todesangst ist so stark. Mein Engegefühl ist so groß.

Drei Tage harre ich aus in Stuttgart-Stammheim. Ich sitze neben ihm im Gerichtsgebäude. Ich kann Ulrike Meinhof sehen. Ich könnte schluchzen, wenn ich sie sehe. Mein Gefühl, daß Leute wie Jochen an ihrem Schicksal mit schuld sind, ist mir ganz deutlich, ohne daß ich es beweisen könnte. Es kommt mir vor, als ob sie für eine Unzahl solcher Leute wie Jochen gehandelt hätte, die es nicht aushalten in ihrer ordentlichen Welt, und die bürgerliche Welt gegen das Abenteuer auswechseln möchten, es aber nicht wagen, weil sie ja dann alles aufgeben müßten, ihre Ehen, ihre Kinder, so wie Ulrike Meinhof, die nicht einmal mehr ihre Kinder sehen kann. Ulrike Meinhof kommt mir als die Einsamste vor.

Drei Tage mit ihm in Stuttgart-Stammheim. Ich sage ihm, ich kann es kaum aushalten, in dem fensterlosen, klotzigen Gerichtsbunker; er sagt leichthin: ich sitz ja neben dir, wenn es dir dann zu eng wird, spürst du mich wenigstens.

In seiner freien Zeit, wenn das Gericht nicht tagt, geht er manchmal mit mir spazieren. Ich komme mir hilflos vor neben ihm. Er drängt mich in die Rolle einer Frau, die einen Mann um die Ehe anbettelt. Ich sage ihm, daß meine Scheidung bevorsteht und daß es kein Zurück mehr gibt, und ich sage ihm, daß ich kein viertes Kind ins Leere, ins Vage und Ungewisse hinein bekommen kann, ich sage ihm, daß ich eine Verantwortung habe gegenüber meinen lebenden Kindern, denen ich nun schon den Vater nahm. Wenn ich daran denke, wie er sich schon zum Vater dieser lebenden Kinder, die nicht seine sind, aufgeschwungen hat, und wie er sich jetzt vollkommen entzieht, zieht sich mir alles zusammen, könnte ich mir die Zunge herausschneiden. Wir liegen auf einer Wiese in der Umgebung von Stuttgart-Stammheim. Bretter liegen in der Wiese. Die Wiese ist naß, und wir legen uns auf die harten Bretter. Sie erscheinen mir wie ein großes Floß. Er schließt die Augen und sagt: ich träume immer wieder, ein Mörder zu sein. Er sagt: tagelang laufe ich nach dem Traum mit dem Bewußtsein herum, wirklich ein Mörder zu sein. Er sagt: Leichenflecken sind dunkle Flecken; das Blut sammelt sich an den Körperstellen, an denen die Leichenflecken erscheinen. Er liegt dort auf den Brettern in der Wiese, schließt die Augen vor der Sonne und sagt: wenn doch die Bretter sinken würden, dann wären wir tot, und wir hätten Ruhe. Er spricht von seinen abstehenden Ohren, wie er gehänselt wurde früher, und daß er sich das Haar über den Ohren wachsen lasse, um die abstehenden Ohren zu verbergen. Er sagt, seine Frau habe seinen Vater noch gekannt. Als sei dies eine Erklärung für seine Entscheidung, doch seine Frau mir vorzuziehen.

Ich liege auf dem Bett und kann vor Übelkeit weder sitzen noch stehen noch liegen. Lärm erscheint mir wie ein Lärm des Teufels.

Der Embryo des Todes wächst in mir. *Was macht mein Kind? Was macht mein Reh?/ Nun komm ich noch diesmal und dann nimmermehr.*

Es ist ja nicht auszuhalten, wenn man immer alles verlieren soll. Man muß doch an etwas glauben und wissen, daß man es behält.

Ich habe keinen Lebenssinn. Betrogen. Getäuscht.
Mordgedanken.

Aus lauter Verzweiflung habe ich in seinem Tagebuch gelesen. Ich las: Lust auf Brigitte (seine Frau) – Lust auf Lotte. Und ich las, daß er mit ihr im Auto geschlafen habe. *Du hast genug Frauen auf dem Gewissen,* sagt ein Mann zu einem anderen im Film.

10. Juli. Nimmt die sinnliche, physische, die Geschlechtsliebe zu einem Mann wirklich die Bedeutung ein, die ich ihr zumesse?
Ja, ich muß abtreiben, auch wenn ich mich mein ganzes Leben lang als Mörderin fühlen sollte (Dann hat er Gesellschaft!). Denn ich treibe die Liebe ab. Ein großer Rückschlag.
Plötzlich sind mir schwangere Bäuche zuwider. All das Vegetative verursacht mir einen Brechreiz: die Schwüle; ein Gewitter; der Duft der Lindenblüten; der Vaginageruch; mein ewig jammernder Körper ist mir zuviel; die Kinderkörper, deren wunderbarer Duft mich sonst zärtlich machte, sind mir abstoßend.

13. Juli. Ich habe nichts mehr aufgeschrieben. Es ist zu viel. Nie wird man wissen, ob Jochens Kind ein Junge oder ein Mädchen ist.

15. Juli. Am Morgen nach der Abtreibung. Das Wort Abtreibung werde ich hassen. Das feinere Wort Schwangerschaftsabbruch ändert auch nichts. Ich habe einen Menschen »weggemacht«, getötet; daran ändert auch nichts, daß sie dort in Zwolle immer sagten: es ist noch kein Mensch, nur Blut und Gewebe.

Die Fähigkeit zur Distanz ist die Fähigkeit zu überleben.
Ich hasse Distanz, sagt jemand, das sind die Fäden und Strahlen, die uns vernichten, ohne so recht jemand belangen zu können; in

ihr schleicht die Ungerechtigkeit, die uns erstickt; aber auch Nähe ist etwas, was mich hilflos macht, sagt jemand. Und widerspricht mir.

Ich bin ein Medium für die Todesangst der anderen.

Die Todesangst, von einem fremden Wesen bevölkert zu sein. Nun ist es herausgesaugt.

Unsere Reise endete auf dem Spielplatz. Als wir zurückkehrten in die Stadt, prasselte ein Gewitter nieder und setzte die Stadt unter Wasser. Ich konnte kaum noch auf den Beinen stehen. Aber immer noch war ich stumm und freundlich zu Jochen. Ich holte meine Kinder von einer Kollegin ab, der ich gesagt hatte, ich müßte zu einer Generaluntersuchung ins Krankenhaus, und wir gingen zum Abschied auf den Spielplatz in der Nähe meiner Wohnung. Jochen spielte mit meinem Sohn an den Geräten. Er lächelte und schien zufrieden, als hätten wir heute Hochzeit gefeiert. Ich saß auf der Bank und sah stumm zu. Es war mir, als wachse der Spielplatz ins Gigantische, als sei der Sand bis in Untiefen aufgetürmt, als bewegten sich die Sandmassen, als wüchsen Ungeheuer aus ihnen. Ich hätte mich gern in den Sand dieses kleinen Spielplatzes hineingewühlt, um mich zu ersticken. Es dämmerte langsam. Ich hörte wie von sehr fern das Juchzen der Kinder, die immer noch an den Geräten turnten. Und auch Jochen turnte etwas steif an einer Stange, wie ein unbeschwerter junger Mann. Es dämmerte immer stärker. Jetzt sah ich nur noch Schatten. Ich schloß die Augen und wäre gern nicht mehr da gewesen. Dann kamen die Kinder auf mich zugestürmt und sagten, ich solle mitspielen. Ich stand auf, aber ich war so müde, so müde. Ich konnte mich kaum bewegen. Mir war nicht mehr übel. Nicht mehr eng. Keine Todesangst verschütteter Bergleute mehr. Aber jetzt alles so leer, so sonderbar, so stumm, so ungreifbar. Ich mußte an jemand denken, der auf eine Reise gegangen war und der seinen Vater aus der Ferne angerufen und gesprochen hatte, und als er zurückkehrte, war sein Vater gestorben und längst begraben, nichts war mehr da, nur die Stimme aus dem Telefon im Ohr; die lebende Gestalt des Vaters noch im Sinn, und dann plötzlich nichts mehr, ein Bericht von der Beerdigung, sonst nichts; ein Grab. So bin ich jetzt, dachte ich; die

Erinnerung an eine wahnsinnige Übelkeit, an meine Todesangst, an meine Enge; die Erinnerung an eine Invasion, und jetzt nichts mehr; nicht einmal ein Grab; nichts.

Ich finde ein Kirchenlied zur Beerdigung eines Kindes:
*Bei Bestattung eines Kindes.*
*Gott Lob, die Stund ist kommen/ da ich werd aufgenommen ins schöne Paradeis./ Ihr Eltern dürft nicht klagen/ mit Freuden sollt ihr sagen:/ dem Höchsten sei Lob, Ehr und Preis.*
*Kurz ist mein irdisch Leben/ ein bessers wird mir geben/ Gott in der Ewigkeit./ Da werd ich nicht mehr sterben/ in keiner Not verderben/ mein Leben wird sein lauter Freud.*
*Gott eilet mit den Seinen/ läßt sie nicht lange weinen/ in diesem Tränental./ Ein schnell und selig sterben/ ist schnell und glücklich erben/ des schönen Himmels Ehrensaal.*

## Die Briefe des Pfarrers

12. März –

Sie erinnern mich an Büchners »Lenz«. Nein, Sie haben mir den »Lenz« nicht geschickt. Aber vor einigen Tagen beim Aufräumen eines Bücherschrankes kam mir der dtv-Band der Gesamtausgabe Büchner aus Michaels Nachlaß in die Hände. So habe ich den »Lenz« gestern abend spät gelesen. Ich war so heftig erschrocken, daß ich bis zum frühen Morgen wach blieb. Da haben Sie mir doch zu Beginn unserer Korrespondenz mit dem Hinweis auf den »Lenz« ein Notsignal gegeben. Ich habe damals wohl begriffen, daß Sie in Gefahr seien. Aber wie tief Sie in die Finsternis geraten waren, das ist mir erst später aufgegangen. Bei Michael haben wir die Bedrohung gekannt und haben ihm doch nicht heraushelfen können. Auch für ihn gilt mutatis mutandis, was ich Ihnen vor Jahren schrieb, als Sie mir den Austritt aus der Kirche anzeigten: »Sie müssen diesen Weg wohl gehen, aber Sie werden ihn nicht unbegleitet gehen.« Religiös, wie Sie es nennen, war das gemeint. Vielleicht haben Sie es damals nicht so verstanden.
»So lebte er hin . . .«, damit schließt Büchner den »Lenz«. Es hat mich aufgewühlt. Das war die Bedrohung, vor der Michael sich so sehr gefürchtet hat: das Schicksal des historischen Lenz, davor hat er sich in den Tod geflüchtet.
Oberlin, von dem weiß ich schon seit meinen Kindheitstagen. Als Michael gestorben war, aber uns noch so ganz nahe, habe ich mich wieder mit Oberlin beschäftigt, weil ich mich daran erinnerte, daß Oberlin noch jahrelang mit seiner verstorbenen Frau vertraute Zwiesprache hielt, bis er das Gefühl hatte, sie sei nun endgültig in fernere Regionen entrückt.

18. Juni –

Jedesmal wenn ich Ihnen mit einem Brief geantwortet habe, denke ich, wünsche ich: Lotte findet nun ohne mich weiter.
»Schreiben Sie mir etwas zur Frage der Todesfurcht, der Todesangst, zur Auferstehung?«, schreiben Sie mir. Sie setzen ein Fragezeichen, das hilft mir etwas. Ich weiß nicht, ob ich es kann

und Gefahr droht, »weil bestimmte Ereignisse noch zu nah und aufwühlend sind«. Ich beginne umständlich und ungelenk. Schon heute morgen, bevor Ihr Brief da war, dachte ich über Selbstmord nach, während ich im Garten mit Giftgas Wühlmäusen nachstellte. Eine sah ich flüchten. Ich verfolge sie, und sie tun mir doch leid wie Menschen, wie die beiden russischen Soldaten, die ich von Heuhaufen zu Heuhaufen flüchten sah vor dem Artilleriebeschuß, den ich leitete. Ich atmete auf, als mir die Munition gesperrt wurde, sie war knapp. Das geschah bei der schönen Stadt Nowgorod, die lag geschändet hinter mir. Einige Tage vorher hatte ich sie ergriffen angeschaut, im Sonnenschein des späten Nachmittages im August, als wir nach tagelangen Märschen aus dem Buschanger auf die weit gebreiteten Felder um die Stadt hinaustraten: die hellgetünchten Bauten, die bunten und vergoldeten Kuppeln, wie »die heilige Stadt, das neue Jerusalem, von Gott aus dem Himmel herabgefahren, bereitet wie eine geschmückte Braut ihren Mann«. Ich dachte heute morgen: Selbstmordabsichten, gedacht und ausgesprochen, haben so leicht etwas Pathetisches und Prahlerisches an sich. Aber vor Menschen, die es ausgeführt haben, fühle ich mich klein und beschämt.
Zwei Jahre nach Michaels Tod kam Helga zu mir. Ich habe sie kurze Zeit im Konfirmandenunterricht gehabt. Sie hatte auf meine Rückkehr von einer Reise gewartet. Sie kannte Michaels Weg. Sie wollte ihn auch gehen. Aber vorher mit mir sprechen. Sie brauchte es nicht zu sagen. Ich begriff auch so, vergewisserte mich: sie ist wegen ihrer Depressionen ambulant in psychiatrischer Behandlung. Ihr Vater im Krieg gefallen oder verschollen. Wie manche Töchter einen Vater suchen, weil es die leiblichen Väter nicht sein können oder sein wollen – manchmal nur zeitweise –, suchte Helga einen Vater. Sie fand einen Liebhaber, einen Mann, der ihr Vater hätte sein können. Der wollte sich für sie nicht von seiner Familie lösen. Von dem hatte sie ein schönes, heiteres Kind geboren. Ich habe sie gebeten, es nicht zu tun, noch nicht. Aber sie hat es ausgeführt. Einen Monat nach ihrem Verschwinden fand man ihren Leichnam im Marienthaler Wald, das Antlitz von Tieren des Waldes angenagt. Ich habe beerdigt. Die entsetzten Menschen standen weiter als sonst üblich vom Grabe entfernt. Den Ruch der Verwesung hob kein Windhauch auf an diesem heißen Sommervormittag, Blumen und Blätter konnten ihn nicht verdrängen. Ich mochte keine Rede halten. Ich

war zu tief gedemütigt. Ich habe gebetet und den Segen über den armen Rest gesprochen.
Ein Mensch, der über Selbstmord so denkt wie Landsberg, den Sie mir nennen, kann einen, der dazu entschlossen ist, dennoch bitten, es nicht zu tun. Ich bitte Sie, Lotte, tun Sie es nicht. Ich bitte auch für die, die nichts davon wissen, welcher Verlust ihnen droht, die leben wollen und es ohne sie vielleicht noch nicht können. Ich zitiere Ihnen die Stelle über Elia:
»Er (Elia) aber ging hin in die Wüste eine Tagereise weit und kam und setzte sich unter einen Wacholder und wünschte sich zu sterben und sprach: Es ist genug, so nimm nun, *Herr*, meine Seele; ich bin nicht besser als meine Väter. Und er legte sich hin und schlief unter dem Wacholder. Und siehe, ein Engel rührte ihn an und sprach zu ihm: Steh auf und iß! Und er sah sich um, und siehe, zu seinen Häupten lag geröstetes Brot und ein Krug Wasser. Und als er gegessen und getrunken hatte, legte er sich wieder schlafen. Und der Engel des *Herrn* kam zum zweitenmal wieder und rührte ihn an und sprach: Steh auf und iß! Denn du hast einen weiten Weg vor dir. Und er stand auf und aß und trank und ging durch die Kraft der Speise vierzig Tage und vierzig Nächte bis zum Berg Gottes, dem Horeb.« (I. Könige 19, 4-8)
Es ist natürlich: geboren werden. Natur bedeutet Ihnen so viel. Mir auch. Es ist natürlich: zu sterben. Und Zurückschrecken davor ist natürlich. Todesangst verteidigt unser Leben. Wir werden geboren, wir werden gestorben. Ich denke, ich hoffe, Sie können das viel tiefer fassen als ich, der das mehr logisch folgert als empfindet. Auferstehung? Mit den Tochtersöhnen Johan und Frank ging ich vor zwei Jahren durch einen Park. Ganz am Ende in einem Winkel liegt der Friedhof der Freiherrn von Knigge, etwa fünfzehn Meter im Geviert, von einer hohen, efeuüberhangenen Mauer aus Bruchsteinen umschlossen, zwischen hohen Birken, Platanen, Linden, Kastanien, Föhren. Ich zeigte den Kindern das Grab des Theologieprofessors Hans I., der hier vor zwölf Jahren bestattet worden ist. Der hat das Gut als Einkehrstätte für Menschen aus Ostpreußen erworben. Seinen Enkel Lukas, der mitunter im Gutshaus zu Gast ist, kennen die beiden, mit ihm haben sie schon gespielt. Seinen Großvater können sie sich vorstellen; ich bin ja auch ein Großvater und so nennen sie mich. Ich sagte: die hier, sie schlafen, bis Gott sie aufweckt. Ich

meinte, ich müßte doch irgendetwas sagen, wenn die Kinder zum erstenmal mit Bewußtsein zwischen Gräbern stehen. Da begannen die beiden ganz furchtlos, nüchtern und hartnäckig mir mit Fragen zuzusetzen. Wie werden sie denn auferstehen? So wie sie zuletzt ausgesehen haben? Ich sagte: das hoffe ich nicht. Das ist doch traurig, wenn einer, der zuletzt ganz krank und müde und verzagt gewesen ist, so auch wieder auferstehen und weiterleben soll. Und wenn ein verunglücktes Kind mit seinem zerschundenen Leib und gebrochenen Gliedern aufwachen muß und seine Eltern und Geschwister, die als alte verhutzelte Leute gestorben sind und auch so wiederauferstehn, gar nicht und niemals wiedererkennen kann. Wie einsam wäre das Kind! Und wenn ein Mensch, der all sein Leid endlich vergessen hat, mit all seiner Traurigkeit wieder auferstehen müßte! Aber wie denn, Großvater, werden sie auferstehen? Ich antwortete: wie ein jeder es am liebsten möchte: als ein Kind, als eine Mutter, als ein Vater, ein Großvater, eine Großmutter. Aber ganz heil und gesund und heiter. Damit gaben sie sich unverhofft zufrieden. Ich war auf ihre Fragen gar nicht vorbereitet gewesen. Zu Kindern kann ich so von Auferstehung sprechen. Sie fragen noch nicht, diese Kinder jedenfalls taten es nicht: Wer weckt auf?, warum tut er das? Für mich und meinesgleichen spreche ich so von der Auferstehung wie in meiner Weihnachtspredigt 1967, das war wenige Monate nach Michaels Tod und ich weinte noch oft um ihn:

»Zum schöpferischen Handeln Gottes an uns gehört das Sterben. Jesus Christus teilt unser Geborenwerden und unser Sterben. Geborenwerden und Sterben, Anfang und Ende unseres irdischen Daseins haben dies gemeinsam: wir erleiden es. Die Frist zwischen Geburt und Tod läßt unserer Aktivität einigen Spielraum. Und welch ein Aufstieg vom unbewußten zum bewußten Dasein liegt dazwischen. Dann läßt uns der Schöpfer zurückkehren in das Nichts, aus dem er uns hervorgerufen hat. Welch eine Zumutung! Er läßt uns das zeitlebens wissen und gibt uns keinen anderen Schutz wider die Verzweiflung vor der Nichtigkeit als allein seine Zusage, daß er unser Gott bleiben will. Gegeben ist uns die Zusage in der Erscheinung Jesu Christi. In ihm ist unsere Zukunft beschlossen. Einer der Schriftsteller des Neuen Testaments spricht von unserer Zukunft so: ›Wir sind nun Gottes Kinder; und es ist noch nicht erschienen, was wir sein werden. Wir wissen aber, wenn es erscheinen wird, daß wir ihm gleich

sein werden; denn wir werden ihn sehen, wie er ist. (I. Joh. 3, V 2)«
Diese Sätze aus dem I. Johannesbrief sind es wohl, die Sie vergeblich gesucht haben. Sicher habe ich euch im Konfirmandenunterricht damit bekannt gemacht. Die Sätze haben mir von jeher viel bedeutet.
»Wir werden in der Gestalt wieder auferstehen, in der wir gestorben sind«, das kann ich so nicht gesagt haben, auch nicht, bevor Johan und Frank mich danach fragten. Diese so sehr naheliegende und verbreitete Vorstellung einer Fortsetzung oder Wiederholung des Lebens weist Paulus ab. Und 1. Korinther 15 habe ich gewiß auch mit euch noch gelesen und erklärt. »Wir werden uns selbst wiedererkennen«, das kann ich gesagt haben. An Gott werden wir uns selbst und gegenseitig erkennen –; wieder-erkennen?, ist das so wichtig? –; denn »wir werden ihn sehen, wie er ist«, nicht wie wir ihn uns jetzt vorstellen; das könnte ich gesagt haben.
Sie fragen, »ob ein Mensch, der sein Leben noch gar nicht erfüllt hat (also noch jung ist), überhaupt sterben kann (wenn er zum Beispiel Selbstmord begeht)« –. Ich traue der Formel von einem »erfüllten Leben« in Todesanzeigen und Nekrologen nicht. Wer hat das Recht, dies von einem Gestorbenen zu sagen? Nur der Sterbende selbst dürfte das doch von sich selbst bezeugen. Tut es einer? Was hätte er dann noch zu hoffen? Oder wie meint er das, *wenn* er's sagt? »Hiob starb alt und lebenssatt«; auch von Abraham, Isaak wird das gesagt. »Es ist genug. Ich bin nicht besser als meine Väter« –. Satt! Lebenssatt. Was das Wort ausdrückt, entspricht dem »Nicht geboren zu sein ist das höchste Glück« –. »Erfülltes Leben« – das ist mehr, als der Mensch erreichen kann. Ende offen. Titel einer Fernsehsendung, es ist mir peinlich. Aber das glaube ich zuversichtlich: Ende offen.
Ja, Sie tasten *doch* nach einer simplen, meist verhohlenen Wahrheit: den Jungen ist es aufgegeben zu leben, den Alten, zu sterben.
Sie fragen, »ob er nicht rastlos umherirrt, obwohl sein Körper tot ist«. Es ist eine tief eingewurzelte, vielleicht mit dem Erwachen der Menschheit zum Bewußtsein zusammenhängende Vorstellung: die Toten finden keine Ruhe, sie kommen zurück. Aber sie sollen nicht zurückkommen. Darum werden sie tief begraben, mit Steinen beschwert, eingemauert, mit kostbaren Beigaben

abgelohnt, feierlich verabschiedet, verbrannt, den Aasvögeln und Hunden zum Fraß gegeben. (Mitten im Getümmel der blutigsten Feldschlacht, an der ich je beteiligt gewesen bin, erschoß der sonst gutmütige und bedächtige Wachtmeister zornig erschrokken das junge, von allen gehätschelte Hündchen, als er es an dem abgeschossenen Fuße eines Kameraden nagend antraf; der Verstümmelte war auf den Knien schon weitergekrochen.) Die Toten finden keine Ruhe, die Selbstmörder finden keine Ruhe, die jungen Selbstmörder finden keine Ruhe, die mütterlichen Selbstmörderinnen finden keine Ruhe. Das rührende Grimmsche Märchen vom »Totenhemdchen«, in anderer Fassung auch »Tränenkrüglein«, sagt das Gleiche vom Gegenpol her: die Lebenden, die Zurückbleibenden lassen den Toten die Ruhe nicht. Ich zweifle nicht daran: diese Gedanken entspringen den Erfahrungen der Lebenden, aber auch denen der Toten?
Sie fragen, »oder glauben Sie, daß man wirklich Ruhe hat vor allem, wenn man tot ist?« Ja, das glaube ich zuversichtlich.
Sie fragen, warum ich die ›Vorbereitungen‹ des Todes bei meinem Sohn Michael damals nicht gesehen hätte und ob jetzt im Rückblick Anzeichen zu erkennen sind, die hätten erkannt werden können. Ich denke, Sie fragen dies nicht nur in Hinsicht auf Michael, sondern genauso in Hinsicht auf sich selbst. Ich weiß nicht, warum es Ihnen wichtig ist. Das beunruhigt mich. Michael hat vorher davon gesprochen, traurig, fragend. Zu seiner Mutter, nicht zu mir. Bei Ihnen habe ich die Vorbereitungen gewittert, schon 1968 bei Ihrem allerersten Brief. Sonderbar, unser Briefwechsel hat mit einem Abschiedsbrief begonnen.
Es wird Zeit, daß ich zu schreiben aufhöre. Ich beginne zu zögern und zu stocken. Steh auf und iß! Denn du hast noch einen weiten Weg vor dir. Du bist noch nicht frei gegeben für die Ruhe von allem, die du suchst. Sie wird dir ja gewährt werden. Gedulde dich. Reiß nicht wie Werther vor der Zeit die Tür auf zum Heiligen Abend. Der Flüchter durch die Wüste, vierzig Tage und vierzig Nächte, unabsehbar lange und weit –, er wird auch erquickt.
Noch nicht – habe ich's recht verstanden, so ist *noch* miteingeschlossen – *noch* nicht geboren zu sein – Das kann Harren auf neue Schöpfung sein.
Draußen auf der Straße, entlang der Parkmauer, hüpfte eben der heitere junge Mann aus der Nachbarschaft vorbei, vor sich im

Schiebewagen ein anvertrautes Kind unter weißem Hut, um die Füße drei flinke, noch streifige Frischlinge. So etwas Lustiges und Ermutigendes!

26. Juni –

Ich weiß, daß ich Sie nicht zurückhalten kann. Ich bin dessen nicht gewiß, daß ich *Ihnen* etwas Gutes tue in meinem Bemühen, Sie aufzuhalten; nicht einmal dessen gewiß, daß die Kinder Sie brauchen. Die kommen ohne ihre Gebärerin vielleicht besser zu Ruhe und Frieden. Ich denke nicht nur an die Kinder, ich denke an andere, wenn ich Sie bitte, weiterhin bitte, es nicht zu tun. Ich wage das im Wissen darum, daß Leiden verkümmern lassen, verunstalten, das Menschenbild völlig zerstören kann, nicht nur läutern und schöpferische Kräfte entbinden.
Ich habe nicht im entferntesten an solche Verstrickungen und Wirrsale gedacht, die Sie in gepreßter Kürze deutlich und übersichtlich genug vor mich hingestellt haben. Aber es ist mir nicht unbegreiflich. Ich habe keine Frage. Keine Antwort. Nur dies: es entfremdet Sie mir nicht.
Mehr als auf Todesangst und Feigheit und noch so gestörte Mütterlichkeit setze ich auf »die Hoffnung, immer noch aus einem Sog zum Scheitern, zur Wiederholung des Unglücks herauskommen zu können«. Brächten Sie doch dazu auch noch so etwas wie den Psalmistentrotz auf: »daß meine Feinde nicht frohlocken über mich« (Psalm 25). *Sie* nähmen zum Frohlocken der Feinde noch andere mit sich in den Tod, die noch etwas von Ihnen erwarten, weil sie sich in denselben Wehen und Wirrsalen winden. *Sie* in Ihrem schonungslosen Selbstgericht – nicht wir mit unserer fragwürdigen Altersweisheit – können Ihr Geschlecht, Ihre Generation, Ihr Volk weiterführen.
Wenn Sie mich aufsuchen wollen, allein oder zu zweit, mit Jochen. Ich halte mich bereit. Vielleicht ist es eine Station, die passiert werden muß, ohne daß etwas passiert. Aber vergewissern Sie sich vorher, daß Sie mich antreffen.

23. Juli –

Vorgestern war ich in Marienthal, um fünf Kinder abzuholen, die zwei Ferienwochen bei uns verbringen. Durch die bin ich sehr

beansprucht, daß ich jetzt nur wenig schreiben kann. Ihr letzter Brief stellt ohnehin größere Fragen als ich beantworten kann. Ich begegnete in Marienthal Ihrer Mutter. Sie sah gequält aus und wäre mir vielleicht lieber ausgewichen. Aber Sie tat mir so leid, daß ich auf sie zuging und nach Bernhards Ergehen fragte. Er sei wohlgemut, sagte sie, aber es stünde nicht gut mit ihm.
Ich traf dann einen jungen Lehrer. Konfirmand ist er bei mir nicht mehr gewesen, aber gesprochen habe ich gelegentlich ausführlich mit ihm. Vor Jahren habe ich ihn bestärkt in der Absicht, das Abitur in der Abendschule nachzuholen und zu studieren. Auf der ehrgeizigen Aufbauschule hatte man ihn und manchen anderen, den ich kannte, entmutigt und zum Abgang genötigt. Bei dem Vorsitzenden des Schulkuratoriums habe ich deswegen seinerzeit Klage vorgebracht: so dürfe eine Schule, die noch dazu den Namen Bodelschwinghs trage, mit Menschen nicht umgehen wie mit N.: Unmengen einbaggern, sieben, waschen und achtlos wieder beiseite schieben, um einige Diamanten herauszuklauben, die man für so wichtige Preziosen hält.
Wir haben wohl eine Stunde lang vor der Post gestanden und miteinander gesprochen. Mancher, der vorüberging, blieb stehen und gab mir die Hand. Da kam auch Ihr Vater auf mich zu, fragenden Angesichtes, hätte vielleicht gern länger mit mir gesprochen, merkte aber, daß ich schon in ein Gespräch verwickelt war.
Mein Bekannter fragte mich nach meinem Ergehen. Ich sagte, ich sei jetzt aller Amtspflichten ledig, fühlte mich gesund, noch denk- und bildefreudig und sei nun so weit nach vorn geschoben, daß ich jetzt sterben könnte und auch wollte, bevor meine Persönlichkeit im Altersschwachsinn erstorben sei bei noch schlagendem Herzen, atmenden Lungen, verdauenden Eingeweiden. Meine Antwort überraschte meinen Bekannten über die Maßen. Er sah mir in die Augen, als stünde Marc Aurel leibhaftig vor ihm. Von dem weiß ich wenig. Viele Heiden und Christen haben durch den gütig genannten Kaiser, den sanftmütigen Menschenverächter, den Tod erlitten. Aber mein Bekannter hatte Marc Aurels Selbstbetrachtungen gelesen und war sehr davon eingenommen. Nein, Marc Aurel mag ich nicht einmal im Spaß als Rolle spielen: Menschen töten, die lieber leben als sterben, und überlegen lässig mit sich selbst beschäftigt das Thema Tod traktieren. Die Affinität ist peinlich genug. Zwar nicht Kaiser,

nicht Philosoph solchen Formats – in Irrtum und Fehltun verderblicher als andere Menschen –, aber praktizierender Soldat bin ich gewesen wie Aurel.
Was meine Antwort an den Bekannten über mein Verhältnis zu meinem eigenen Tod aussagt – Sie fragen danach –, das weiß ich nicht. Ich bin stutzig geworden und mißtraue mir. Es könnte sich als theatralische Pose herausstellen, was ich da gesagt habe.
Warum ich mich so unwohl fühle, wenn ich als Seelsorger angesprochen werde, fragen Sie? Es ist die Scheu, Menschen an mich, mich an sie zu binden. In actis apostolorum (cap. 20, V 30) ist die Rede von »Männern, die verkehrte Lehren reden, die Jünger an sich zu ziehen«. Mir scheint, dies ist die eigentliche und einzige Häresie, der ein Theologe verfallen, die gefährlichste Versuchung, der ein Seelsorger erliegen kann, wissentlich oder unwissentlich Seelen an sich zu binden, anstatt sie in die Freiheit zu entlassen. Sie, Lotte, legen die Hand schwer auf die Last des Seelsorgeamtes, das zu bürdig werden kann in der Macht und Gefahr, die darin beschlossen ist. Ich werde Ihnen in einigen Tagen noch einen Brief schreiben, einen abschließenden.
Was Sie über den Todesschrei Jesu sagen, das mag wohl von des Christus Schrei zum Leben in beiderlei Sinne gelten: Schrei der Gebärenden und des Geborenen in eins.

13. August –

Über dem ausgedörrten Land schwebt der Ruch schwelenden Moores und Gehölzes, milder als der Teerdampf, den mitunter der Südostwind von jenseits der Grenze aus den Schloten der Brikettfabrik herüberweht. Die Heide brennt. Nicht sehr weit von hier. Auf dem Bildschirm sah ich die Gestalten freiwilliger Löschhelfer schleppenden Schrittes von tag- und nächtelangem Einsatz zurückkehren. Der wohlbekannte, lange nicht mehr erlebte Anblick hat mich durchbohrt. So sah ich vor Jahrzehnten die anderen von vorne her uns entgegenkommen und schweigend an uns vorüberziehen, wenn wir, frisch gewaschen, in sauberer Montur und mit blankem Gerät zur Ablösung vorrückten, um einige Tage später wiederum – eine verringerte Schar – abgerissen und tödlich erschöpft zurückzukehren. Später in der Gefangenschaft, wenn wir abends eher verdrossen als erschöpft in schlotternder Gewandung auf Holzsohlen von der Arbeit ins Lager zurückschlurften, haben wir unter Freunden eine Zeitlang daran gerätselt, warum wir uns im Kriege dem Leben so viel näher gefühlt hatten als jetzt in der Gefangenschaft, unmittelbarer Lebensgefahr entrückt, in elenden Verhältnissen zwar, aber vom Kriege her kannten wir's ärger, und gehalten von einer verletzlichen, doch nicht närrischen Hoffnung auf Heimkehr. Warum wir fast belebt aufhorchten, wenn fern vom Ladogasee her, von wohlbekanntem Schlachtfelde, dumpfe Laute wie verwehte Kanonenschüsse herüberschollen? Einer der Freunde erzählte mir eines Abends ein selbst erdachtes Märchen, einen Traum: Eine Schar Buben spielt, in zwei Lager geteilt, mit geschnitzten hölzernen Waffen jauchzend im Walde, einen ganzen Tag lang. Als die Sonne auf den Horizont gesunken ist und von der Seite her rötliche Strahlen zwischen die hohen Stämme schießt, da sind die hölzernen Waffen längst zu Stahl geworden und zahlreiche Leichname blutiger Jünglinge liegen wie schlafend auf dem Waldboden ausgestreckt.

Den Freunden, dem Kriege so abhold wie ich, habe ich damals zu erklären versucht: Krieg sei das Abenteuer des Mannes. Daß es auch für die Frau Abenteuer sein könne, das Leben aufs Spiel zu setzen, lag wohl schon in meinem Blickfeld, aber ich sah es noch nicht: die eigene Frau war durch schwierige Schwangerschaft und lebengefährdende Geburt wiederholt in Todesnähe geraten während des Krieges. Ich brachte das noch nicht zusammen mit dem Abenteuer des Mannes. Es konnte sein, daß der Mann das Abenteuer der Frau nachahmen wollte und Krieg machte statt Geburt, zu der er nicht fähig ist.

In den zurückliegenden Wochen habe ich viel hantiert mit Stemmeisen und Fäustel, Steinen, Kelle und Mörtel, mit Säge, Hobel und Holz. Zusammen mit einem treuherzigen Jungen, der mir vor Jahren zur Taufe gebracht wurde, den wir anfangs mißraten, dann aufblühen und sich entfalten sahen, begleitet von kundigen Lehrern, gestützt und genährt von derb liebevollen Eltern und einer zuverlässig ineinander verflochtenen Geschwisterschar. Es blieb mir kaum Muße zum Schreiben. Ich empfand auch zeitweise eine starke Abneigung, den angekündigten Brief noch zu schreiben.

Ihr Gefühl hat Sie nicht getäuscht: der Briefwechsel ist mir fragwürdig geworden. »Mir sind Zweifel gekommen . . .«, wie kannst du einem anderen zumuten, Briefe zu lesen, die du dir selbst schreibst. Da ist es ausgesprochen. Der Zweifel ist nicht von Anfang an und nicht plötzlich dagewesen, er hat sich allmählich ausgebreitet. »Manchmal hat ja unsere Korrespondenz irgend etwas Unfaßbares an sich«, schreiben Sie. Weil Fragen ohne Antwort bleiben, Antworten ohne Wirkung, Hilferufe ohne Erhörung, weil gewichtige Mitteilungen übergangen werden? Weil wir schreibend einander nur streifen, aber keine Anteilnahme, kein Austausch zustande kommt? Eine persönliche Begegnung würde es vielleicht sofort offenbaren, daß ein jeder nur sein schönes Bild vom anderen, nicht ihn selbst, den lebendigen, widersprüchlichen, auch abstoßenden Menschen zum Selbstgesprächspartner gehabt hat.

14. August –

Ich gehe daran, Ihre Fragen zu beantworten. Was nur können Ihnen meine Mitteilungen, meine Erfahrungen, Erlebnisse und Beobachtungen nützen? Meine Erfahrungen und Beobachtungen könnten Ihnen gar etwas nehmen, was Sie vielleicht selbst finden und dann nicht als Eigenes gelten lassen mögen, weil ich es berichtend schon vorweggenommen habe. Wenn ich daran denke, kann ich mich wirklich von Ihren Fragen nur anregen lassen, an mich selbst und für mich zu schreiben. Anders bringe ich nichts zustande.

Wieviele Tote ich bestattet habe? Es mögen nachrechnend geschätzt an die tausend gewesen sein in vierzig Jahren. Zur Routine ist es mir bei keinem geworden, auch nicht bei dem Kinde einer ledigen Mutter, das nur wenige Stunden gelebt hatte. Die Schwestern im Krankenhaus hatten an ihm die Nottaufe vollzogen; so stand ihm auch das christliche Begräbnis zu. Das Gemeindeamt, damit alles seine Ordnung habe, übertrug mir die Bestattung. Als ich auf dem Friedhof zur festgesetzten Stunde im Talar aus dem Ankleideraum trat, kam ein uniformierter Friedhofsangestellter auf mich zu, sagte: da wird niemand kommen, ich führe Sie zum Grab, der Sarg steht schon in der Gruft. Wir gingen schweigend einen sehr weiten Weg bis zu dem entlegenen Kindergräberfeld. Mein Begleiter führte mich an das offene Grab, verglich die Nummer auf einem Metallschildchen am Sarge mit einer Notiz auf einem Zettel, den er aus der Tasche zog, sagte: hier ist es, legte grüßend die Hand an den Mützenschirm und

ging seiner Wege. Da stand ich ganz allein. Kein Mensch ringsumher zu sehen. In einem nahen Busche schlug ein Fink. Eine Rede brauchte ich nicht zu halten, aber ich sprach hörbar, als hätte ich Zuhörer, die Begräbnisliturgie und den Spruch, den ich vor einer begleitenden Gemeinde ein wenig ausgelegt hätte.
Kann auch ein Weib ihres Kindleins vergessen,
daß sie sich nicht erbarme über den Sohn ihres Leibes?
Und ob sie desselben vergäße, so will ich doch
dein nicht vergessen, spricht Gott.
Dann ging ich getröstet davon.
Routine? Nein. Die mag sich wohl dann und wann eingestellt haben bei den an die zweitausend Taufen und einigen hundert Trauungen, die ich vollzogen habe, aber nicht bei Bestattungen. Die haben mich Kraft gekostet, und ich habe, je länger ich das Amt versah, immer mehr Fleiß und Sorgfalt an die Vorbereitung gewandt.
Was ich empfunden habe? In den ersten Jahren oft Zorn über Gleichgültigkeit, geheuchelte Trauer, fassungslose Verzweiflung der begleitenden Menschen, auch Erbitterung über das hilflose Pathos mancher Grußworte, gesprochen an Gräbern, gedruckt auf Kranzschleifen. Zorn und Erbitterung sind mir bald vergangen. In den letzten Jahren habe ich noch mehr Zeit und Mühe daran gewandt, den Angehörigen bei dem vorhergehenden Besuch zuzuhören, auch behutsam zu fragen. In der Grabrede habe ich mich dann bemüht, auszusprechen, was die Menschen am Grabe, die Nah- und die Fernstehenden, empfanden, habe sie zur Aufrichtigkeit ermutigt und anzuleiten versucht, sich selbst und manchmal auch den Verstorbenen besser zu verstehen. In möglichst gedrängter Kürze sprach ich von dem, was auszusagen dem Pfarrer als sein eigentlicher Auftrag aufgegeben ist. Es ist mir einmal von den Angehörigen die Grabrede bitter verübelt worden, in der ich das Bild des Verstorbenen – ich hatte ihn gekannt – besonders liebevoll nachgezeichnet zu haben glaubte: es sei eine Verunglimpfung des Toten gewesen. Es ist mir aber oft aufrichtig gedankt worden, sogar für Anreden, bei denen ich eher erwartet hätte, mit Erdschollen beworfen zu werden. Schmerz und Mitleid habe ich empfunden, wenn ein Kind zu bestatten war, wenn kleine Kinder, noch unbewußt und nicht verstehend, am Sarge ihrer Mutter standen, wenn ein Ehegatte lautlos in sich hineinweinte am Grabe seines Weggenossen durch ein langes Leben.

Und ich habe auch lachen können, wo ich früher Ärger empfunden hätte. Da stand jüngst eine Familie, drei Generationen, am Grabe der Großmutter. Alle feierlich in schwarzer Kleidung. Heiße Mittagssonne stach vom Himmel herab. An passender Stelle im Begräbniszeremoniell brach die Tochter der Verstorbenen in obligate Klage aus. Unterdessen sank der vierzehnjährige Sohn der Klagenden, dem die Hitze gar zu arg zugesetzt hatte, ohnmächtig zu Boden. Sofort brach die Mutter ihre Klage ab, rüttelte den blassen Sohn wach und stellte ihn auf die zitternden Beine. Darüber fing ein kleines Kind auf dem Arm seines Vaters zu plärren an. Der Vater gab ihm einen Klaps. Jetzt schrie es lauthals. Die ganze Sippe wandte sich zu ihm, es mit freundlichen Worten und Liebkosungen zu beschwichtigen. Die Ablenkung der allgemeinen Aufmerksamkeit auf einen Nebenschauplatz des Geschehens benutzte der taprige Großvater, um auf einer schmalen Planke an der offenen Gruft entlang an das Kopfende zu turnen, von dem er eine bessere Übersicht hatte. Dieser Anblick preßte nun wieder der Tochter einen Schreckensruf ab. Sie holte den Vater über die federnde Planke an seinen vorigen Standort zurück. Ich konnte mir das Lachen nur mühsam verbeißen und sah hinüber zu Michaels nahem Grabe: wie hätte er in seinen guten Tagen ob dieser Szene schallend aufgelacht.
Wenige Bestattungen – ich erinnere mich an drei, darunter die unseres Sohnes – habe ich als Fest erlebt, bei dem Trauer und Schmerz ganz durchdrungen und erleuchtet wurden von Dank, Zuversicht und Freude. Das ereignet sich wohl nur selten, Zukünftiges vorausnehmend oder von anderswoher übergreifend.
Nietzsches Vorstellung, daß der Tod ein Fest sein könnte, ist mir schon deshalb ganz fremd, weil eigener Tod, eigenes Sterben sich bewußt wohl ebenso wenig erleben läßt wie eigene Geburt. Der Mensch mag das eine nacherleben, das andere vorerleben. Mehr ist ihm vielleicht nicht gegeben. Auch dem Erleben sind Grenzen gesetzt.

18. August –

Wieviele Tote, wieviele Sterbende ich gesehen habe? Ich habe bei weitem nicht alle Toten gesehen, die ich bestattet habe. Jeder gewerbliche Bestatter hat mehr Tote gesehen und ist näher mit ihnen umgegangen – noch anders als Studenten in der Anatomie

– als irgendein Pfarrer. Für diese kaum bemerkbaren stillen Leute hege ich von jeher einen hohen Respekt. Sie wissen von Gefühlen und Gedanken Angehöriger Verstorbener vielleicht mehr als wir und manches, was uns immer verborgen bleibt. Viele Tote, die ich bestattete, habe ich als Lebende nicht gekannt, nicht einmal gesehen. Wenn ein Mensch zu Hause gestorben war und auch von dort aus bestattet wurde, was heute schon auf dem Lande immer seltener vorkommt, habe ich den Toten auch gesehen, bin mit den Angehörigen zu Gebet und Sterbesegen an den Leichnam herangetreten. Aber meistens trat ich in der Friedhofskapelle oder auf dem Friedhof an den schon geschlossenen Schrein. Wie den Bestattern habe ich mich den Totengräbern freundschaftlich verbunden gefühlt. Sie mochten es, daß ich besorgt an ihrer schweren Arbeit des Gruftaushubs Anteil nahm, hinterher gelegentlich beim Zuschaufeln des Grabes half.

Das Antlitz eines Toten sagt wohl nur denen etwas, die zu dem Verstorbenen eine nahe Beziehung gehabt, bis zuletzt bei ihm ausgeharrt haben. Für den flüchtig und scheu oder neugierig darauf Hinschauenden bleibt es eine ausdruckslose, starre Maske. Im Kriege habe ich viele Tote gesehen. In tiefer Erschöpfung schlafende Soldaten sind mir immer wie Tote erschienen, tote nicht wie schlafende, sondern als Tote. Schlafende Kinder leben so sehr, daß man sie nur ergriffen anschauen kann.

Todkranke und Sterbende habe ich nicht viele begleitet. Ich suchte sie nur auf, wenn sie selbst mich rufen ließen. Wenn nur Angehörige es wünschten, kam ich schweren Herzens: ich schreckte davor zurück, den Leidenden als Todesengel zu erscheinen. Mit manchen habe ich über ihren nahenden Tod gesprochen, wenn sie sich dazu bereit und tragfähig zeigten. Wenn sie selbst gar mich dazu befreiten, haben sie mir mehr gegeben, als ich ihnen geben konnte. Solche Todkranke habe ich gebeten, ihre Angehörigen zu ermutigen und zu trösten, die oft ganz ohnmächtig waren, die Mauer des Schweigens, hilflosen Mitleids und gespielter Zuversicht niederzulegen, die sich so leicht zwischen dem Todkranken und seinen Angehörigen aufrichtet.

Nur wenige Menschen habe ich sterben gesehen. Über Soldaten, von deren Leibern mir der warme Hauch quellenden Blutes und zerrissener Eingeweide entgegenkam, habe ich mich gebeugt. Erkennbar bei Bewußtsein waren sie nicht, aber ich habe ihnen mit verhaltener Stimme ins Ohr gesprochen, immer auch das

Wort, daß Sie, Lotte, als Konfirmationsspruch gelost haben, weil Sie mir kein selbstgewähltes genannt hatten.
Gott spricht: Fürchte dich nicht, denn ich habe dich erlöst; ich habe dich bei deinem Namen genannt; du bist mein.
Der Augenblick des Verscheidens drückte sich bei diesen jungen Menschen, die aus ungebrochen gesundem Leben hinweggerissen wurden, in einem tiefen Seufzer und einem kraftvollen Recken und Strecken des Leibes wie beim Erwachen von tiefem Schlafe aus. Ich kam einmal dazu, als eine Diakonisse einer Schwesternschülerin gerade die Augen schloß, sprechend:
Herr, mein Hirt, Brunn aller Freuden,
du bist mein, ich bin dein, niemand kann uns scheiden.
Ich bin dein, weil du dein Leben und dein Blut
mir zugut in den Tod gegeben.
Ich hatte das blühende Menschenkind, das sich bei der Pflege Alter mit einer Milliartuberkulose angesteckt hatte, in wenigen Wochen dahinwelken gesehen und bin Zeuge geworden, wie es sich darein schickte. Kinder und junge Menschen sterben oft viel williger und leichter als alte Menschen.
Einen Menschen, der zum Tode verurteilt worden war, weil er sich im Felde wiederholt ohne Erlaubnis von der Truppe entfernt hatte, habe ich zur Exekution begleitet. Der Kriegspfarrer hatte mich darum gebeten, ihn zu vertreten, weil er in Heimaturlaub fuhr. Wir, Kriegsgerichtsrat, Wachmannschaft und andere Begleiter, betraten in der Morgendämmerung den Raum, in dem mehrere Häftlinge schliefen. Der Delinquent wurde aufgerufen. Er erhob sich aus dem Stroh und begriff sogleich, was der frühe Appell zu bedeuten hatte. Er stand da im trüben Licht der Laternen. Ich habe nie einen Menschen so zittern gesehen. Er faßte sich aber, noch während ihm der Kriegsrichter die Ablehnung des Gnadengesuchs und die Vollstreckung des Urteils nach Ablauf von zwei Stunden ansagte. Die letzte Frist verbrachte ich bei dem Verurteilten. Er nahm das Abendmahl, das ich ihm anbot. Er aß und rauchte ein wenig, blieb gefaßt, sprach wenig. Ich fragte nach seinen Angehörigen, schlug ihm vor, ihnen einen Brief zu schreiben. Seiner Frau mochte er nicht schreiben, er war von ihr geschieden, hatte zwei unmündige Kinder. Seinen Eltern hat er geschrieben. Im Krieg und in der Gefangenschaft habe ich oft beobachtet, daß den Männern im Elend die Erinnerung an die Eltern näher lag als die an die Frau und Kinder. Als die Frist sich

zum Ende neigte, wurden wir in einem verschlossenen Wagen zur Richtstätte hinausgefahren. Noch ein Stück Weges hatten wir zu Fuß zurückzulegen. Ich ging neben dem Verurteilten zwischen den tief eingemahlenen Gleisen eines Sandweges. Einige Schritte hinter uns folgten bewachende Feldgendarmen. Von denen hatte der eine und andere dem Verurteilten beim Aufbruch ein freundliches Wort zugesprochen. Am tiefgespannten meerblauen Himmel eilten zerrissene Wolken in schnellem Zug dahin, sprenkelten die Dünen mit sonnenhellen und schattigen Flecken. Der Verurteilte tat einen tiefen Seufzer und umklammerte mit festem Griff mein rechtes Handgelenk. Er fragte mich, ob er auf einem Soldatenfriedhof bestattet würde, ob er ein Grabkreuz bekäme mit seinem Namen. Er wünschte es sich. Er wollte wenigstens als Toter nicht mehr ausgestoßen sein. In einer Dünenmulde tauchten die Stahlhelme dreier in offenem Viereck aufgestellter Züge Soldaten auf. Der Verurteilte fragte überrascht: sind die meinetwegen angetreten? Als ich bejahte, richtete er sich gerade auf und ging festen Schrittes zu dem Pfahl auf der Mitte der offenen Seite des Vierecks. Das Exekutivkommando stand abgewandt in kurzer Entfernung. Der Verurteilte wurde an den Pfahl gebunden. Nicht so fest, sagte er halblaut, als man den Strick verknotete. Der Kriegsrichter verlas das Urteil. Ich sprach dem Verurteilten leise den Spruch – Ihren Konfirmationsspruch, Lotte – ins Ohr, trat beiseite. Der Führer des Pelotons gab schnell hintereinander drei kurze Kommandos. Der Getroffene sank zu Boden. Die Geschosse hatten den Strick durchtrennt. Ein Truppenarzt trat auf den reglos liegenden Leib zu, untersuchte kurz, ging zum Kommandoführer, flüsterte ihm etwas zu. Der befahl: Wachtmeister, geben Sie dem Delinquenten den Gnadenschuß. Der Leib wurde in eine bereitstehende Sargkiste gelegt. Die angetretenen Züge rückten ab. Die kurze, schnelle Handlung hatte sich fast wie eine Liturgie vollzogen. Für den Getöteten waren die letzten Stunden wahrscheinlich die dichtesten seines Lebens gewesen. Sein Tod ereignete sich feierlicher als die meisten Tode, die auf dem Schlachtfeld gestorben werden. Das Geschehen war grotesk, absurd und voll rächerischer Wahrheit. Ich schäme mich lebenslang. Später fragte mich der General, ein nachdenklicher Mann, ob der Verurteilte Einsicht in die Notwendigkeit des über ihn beschlossenen Todes geäußert hätte. Ich glaubte aus dieser Frage Zweifel an der Notwendigkeit herauszu-

hören. Ich konnte die Frage nicht beantworten. Darüber hatte ich mit dem Verurteilten nicht gesprochen. Ich hätte es auch nicht gekonnt oder gewollt. Ich sah selbst die Notwendigkeit nicht ein, diesen Menschen zu töten. Ich sagte dem General, der Verurteilte habe sich zuletzt seinen Kameraden so fest verbunden gefühlt wie wahrscheinlich nie in seinem Leben bisher irgendwelchen Menschen.
Ich kann Ihnen nur wenig über das Sterben von Menschen sagen, über seine heftige und seine unmerkliche Dramatik. Faktotumspastoren kennen davon weniger als Krankenschwestern, insbesondere Ordensfrauen und Diakonissen. Die aber werden Ihnen nicht so leicht Auskunft geben mögen wie Hebammen über das Gebären einer Frau, die aber auch nur wenig über das Geborenwerden eines Menschen.

19. bis 22. August –

Wie ich den Tod erlebt habe? Ich habe meinen eigenen Tod noch nicht erlebt, weiß nicht, ob ich ihn werde erleben können. Den Tod erleben? Der Mensch kann ihn doch nur sterben. In einem verborgenen Sinn, ja, kann der Mensch ihn doch erleben. Das hat mit Überwindung des Todes, mit Auferweckung, mit neuer Geburt zu tun. Ich komme vielleicht noch einmal darauf zu sprechen.
Wie ich Sterben und Tod anderer Menschen erlebt habe, davon habe ich Ihnen nun berichtet. Ich setze noch einmal neu an, weil Sie vermuten, daß Michaels Tod uns im Verborgenen verbände. Sie haben Michael getroffen und ein wenig gekannt. Ich will Ihnen von Michaels Selbsttötung berichten.
Ursprünglicher, als ich es heute nacherzählend darstellen könnte, vermitteln Ihnen Briefe, die zu Michaels Tod geschrieben worden sind, mein Erleben und das anderer Menschen, denen Michael nicht weniger als mir verbunden gewesen ist. Der Todestag hat sich in diesem Sommer zum achten Mal gejährt. An den Anfang stelle ich den Brief, den wir damals an Verwandte, Freunde und in der Gemeinde versandt haben. Eines der wenigen Exemplare, die ich noch besitze, füge ich hier ein:
Bettete ich mich bei den Toten, siehe, so bist DU auch da. – Spräche ich: Finsternis möge mich decken und Nacht statt Licht um mich sein, so wäre auch Finsternis nicht finster bei DIR. (Aus dem 139. Psalm)

In tiefer Verzweiflung hat sich unser *Michael* in den Tod verirrt. Wir sind gewiß, der barmherzige Gott hat sein flehentliches Rufen gehört und ist bei ihm, wo wir ihm nicht mehr nahe sein können.
Nach bestandenem juristischen Staatsexamen und wohlgemut begonnener Referendarausbildung in Berlin bemächtigte sich seiner vor einigen Wochen eine rasch fortschreitende Verdunkelung des Gemütes, mit der er sich in das Elternhaus flüchtete.
Von dem medizinischen Aspekt dieser Veränderung wissen wir Angehörigen noch wenig. An einem frühen Morgen – die Zeit nach dem Erwachen war immer besonders kritisch – nahm er die ganze Menge des dosiert verordneten Medikamentes auf einmal ein. Er hat uns die kurzschlüssige Verzweiflungstat sofort gemeldet und um Verzeihung gebeten, immer erneut bereit, die Last seines Leidens anzunehmen und darunter zu leben. Die letzte Lebensstunde war Michael ohne große Qual bei klarem Bewußtsein und ganz dem Leben zugewandt, bis er in einer Folge epileptischer Anfälle binnen einer halben Stunde verschied. Wir haben Ärzten und Jungdiakonen, die um sein Leben rangen, sehr zu danken.
Wir danken Gott von ganzem Herzen, daß wir Michael mehr als fünfundzwanzig Jahre unter uns haben durften. Wir danken für alle die Beweise seiner Liebe, seiner Treue und des Vertrauens, die uns in Familie, Verwandtschaft, Freundschaft und Gemeinde so sehr beglückt haben ...
Wir haben Michael in der Frühe des 29. Juli auf dem evangelischen Friedhof in Marienthal begraben. Am Nachmittag des gleichen Tages wurde unsere Tochter und Schwester mit ihrem Bräutigam in der Schloßkapelle getraut ...

Eine Mitteilung, dem Brief für einige Empfänger hinzugefügt: Die Obduktion ergab folgenden Befund: eine fingergliedgroße Zyste im Gehirn, nicht progressiven Charakters, infolge eines Geburtsschadens entstanden, war die Ursache einer leichten linksseitigen spastischen Lähmung und für eine Gefährdung durch Epilepsie. Um diese Gefährdung haben wir Eltern gewußt und haben den Sohn später, als er selbstverantwortlich wurde, darüber belehrt. Ob und wie weit die Depression mit dem Gehirnschaden in ursächlichem Zusammenhang stand und ob die Überdosis des eingenommenen Medikamentes den tödlich ver-

laufenen status epilepticus ausgelöst hat, läßt sich mit Sicherheit nicht sagen.
Im August von Michaels Todesjahr fertigte ich für die Herstellerfirma des Medikamentes N. einen Bericht an (auf Wunsch des behandelnden Arztes).
Betrifft: Vergiftung durch Überdosis N.
Abkürzungen: V. = Vater, M. = Mutter. S. = Sohn.
21. bis 23. Juli: S. nimmt nach Anweisung des Arztes täglich drei der linsengroßen Tabletten ein.
24. Juli: V. teilt dem Arzt morgens fernmündlich mit: Depression bei S. verstärke sich anscheinend. Daraufhin Anweisung des Arztes: täglich dreimal je zwei Tabletten.
24. bis 26. Juli: Stimmung des S. bis zum Abend des 26. Juli unverändert, vorwiegend gedrückt. 26. Juli: Gegen 20 Uhr 30 bisher nie beobachteter plötzlicher Stimmungsumschwung zum Normalen hin, keineswegs zum Manischen. S. beginnt von sich aus eine ruhige Unterhaltung mit einem jüngeren Vetter, spielt Karten und gewinnt. Gegen 22 Uhr Rückfall in die bisherige gedrückte Stimmung. S. legt sich gegen 22 Uhr 30 schlafen. – Vermutung des V.: S. hat nach dem Abendbrot eine größere als die verordnete Dosis N. eingenommen. Die Wirkung dieses Experimentes könnte S. ermutigt haben, in der verzweifelten Stimmung nach dem Erwachen am nächsten Morgen den ganzen Rest des Medikamentes auf einmal einzunehmen. (Michael war Medikamenten gegenüber skeptisch-spöttisch eingestellt. Er hielt sie mehr oder weniger für Placebos. Auf einem mir noch vorliegenden Merkzettel für ein Psychopharmakon findet sich von seiner Hand die Notiz »Scheibenkleister«.)
27. Juli – 6 Uhr 30: M. im Badezimmer, hört S. die Treppe hinuntergehen und wieder heraufkommen. Das Medikament befand sich in der Hausapotheke im Erdgeschoß.
6 Uhr 32: S. rüttelt an der Tür zum Badezimmer: »Ich habe eben alle Tabletten auf einmal eingenommen.« – Also im Höchstfall 74 Tabletten. M.: »Der Magen muß sofort ausgepumpt werden.« S.: »Aber es ist doch kein Gift!«
6 Uhr 34: M. weckt V. und teilt Vorfall mit. V.: »Reichlich Wasser trinken und zum Erbrechen reizen!« M.: »Keinesfalls! S. hat noch nie in seinem Leben erbrechen können. Wasser würde nur die Auflösung der Tabletten beschleunigen.« S.: »Ich habe schon ein Glas Wasser getrunken.«

6 Uhr 35-55: Telefonate mit Krankenhäusern. Unterdessen kleidet sich S. an, macht (wie gewohnt) sein Bett, räumt sein Zimmer auf und wartet dann, ruhig auf dem Bett sitzend, die Abfahrt zum Krankenhaus ab.
6 Uhr 56: Abfahrt zum Krankenhaus (ca. 15 km entfernt) im Kraftwagen des V. – der Schwiegersohn sitzt vorn neben V., S. auf dem Rücksitz. – Fahrt behindert durch starken Werksverkehr und durch Baustellen.
7 Uhr 20: S.: »Es beginnt zu wirken.« Er macht keine näheren Angaben über das Wie der Wirkung. Keine Schmerzäußerungen. Er verhält sich ruhig, spricht nicht, nur einmal ruhig und halblaut: »Vater, verzeih!«
7 Uhr 30: Ankunft im Krankenhaus. V. und Schwiegersohn geleiten S. Der geht noch ohne sonderliche Mühe die Treppen hinauf. Dabei S. zu V.: »Sag ihnen (dem Arzt, den Pflegern), daß ich keine Narkose vertrage.«
Über den weiteren Verlauf können die Ärzte zuverlässiger Auskunft geben als ich. Der von mir berichtete Vorgang am Morgen des 27. Juli 1967, der sich über 60 Minuten erstreckt, kann bis zu 30 Minuten länger gedauert haben.

Liebe Lotte, jetzt – acht Jahre später – kann ich mich noch erinnern, daß ich auf dem Flur wartete, während sich der Arzt und junge Diakone um Michael bemühten. Es entstand bald Unruhe. Pfleger verließen den Raum, liefen durch das Haus, um irgend etwas herbeizuschaffen. Der diensttuende Arzt kam einmal und noch einmal zu mir auf den Flur, fragte, ob Michael schon früher epileptische Anfälle gehabt habe; es stünde sehr ernst. Bald traf der herbeigerufene behandelnde Arzt ein. Nach einer Weile wurde ich ins Ärztezimmer gebeten. Der behandelnde Arzt begann: »War Ihr Sohn . . .« Ich unterbrach ihn: »Er ist also tot.«
Die Ärzte baten um die Zustimmung zur Obduktion. Ich gab sie, des Einverständnisses der anderen Angehörigen gewiß, ohne Zögern. Ein Jungdiakon begleitete mich in das Behandlungszimmer. Der Leib lag noch auf dem Behandlungstisch, das Haupt zur Seite geneigt, die Augen geschlossen, das Antlitz von tiefer Erschöpfung geprägt wie das des Grünewald'schen Kruzifixes. Ich sprach, die Hände über den Leib breitend, den 23. Psalm und den Sterbesegen. Ich hielt es nur mühsam durch. Bei den Dien-

sten der folgenden vier Tage hat mich der oft unversehens angreifende schneidende Schmerz am Sprechen und Handeln nicht gehindert. Der Diakon an meiner Seite sagte: »Ihr Sohn wollte leben. ›Macht schnell, macht schneller‹, war das letzte, was er gesagt hat, als er sich auf dem Tisch ausstreckte.«

Juli/August 1967. Die Mutter an eine nahe Verwandte, Michaels Patin:

Es kann kein geordneter Brief werden, die Gedanken kommen und gehen und sind manchmal noch ganz verwirrt. – Mit den Anzeigen haben wir gewartet, bis die Beerdigung vorüber war. Denk, es war gelungen, daß die wenigen, die davon wußten, so schwiegen, daß auf dem Friedhof kein einziger Neugieriger stand. G. und Frau R. (Bestatterin) holten am frühen Morgen den Sarg aus B. Er wurde auf G.s Schreibtisch gestellt. So konnten wir im Raum unserer Hausandachten die Aussegnung halten. Die Allernächsten um den Sarg versammelt und alle Verwandten und Freunde, die zur Hochzeit gekommen waren, im großen Zimmer. – Wir wissen ja, daß die Anteilnahme und Beteiligung sonst sehr groß gewesen wäre. Aber G. hätte sich auf diese vielleicht schwersten Dienste seines Lebens schwer konzentrieren können. – Es war besonders schwer, die telefonischen Benachrichtigungen und das Telegramm an W. Jeder war so fassungslos und erschrocken. – Der tiefste Eindruck war es, als G. Großmutter und mich noch einmal nach B. brachte, nachdem er selbst Michael noch einmal gesehen hatte. Er lag auf einer Bahre (nach der Obduktion), von weißen Tüchern bedeckt: mit einem Ausdruck von tiefem Ernst, er war vollkommen schön. Daß im Tode eine solche Vollendung geschehen kann! Am nächsten Morgen konnten wir am offenen Sarg die Aussegnung halten. M. lag unbedeckt in seinem dunklen Anzug im Sarg mit einer Rosenknospe in der Hand von dem Strauch, davon er dir vor wenigen Tagen eine Rose brachte. Der Ausdruck war vielleicht durch die Lage und Beleuchtung etwas anders, friedlich, gelöst. – Ach, ich vergaß noch – nach der Andacht auf dem Friedhof legte G. den Talar ab und hat mit den jungen Männern (Bruder, Vettern und Freunde des Toten) das Grab geschaufelt. – Dann war der Hügel gleich mit Blumen bedeckt und mit Vasen umstellt, und ich konnte fast mit einem liebevollen Lächeln von diesem lieben Sohn Abschied nehmen. –

Im ersten Moment konnten wir uns ja gar nicht vorstellen, daß wir am selben Tage die Trauung unserer Tochter halten könnten. Aber Anna war ganz sicher darin. Sie sagte: »es ist ja in acht Tagen oder acht Wochen auch nicht anders.« Und Großmutter half uns, indem sie sagte: »Ihr dürft nicht alle in schwarzen Kleidern zur Trauung kommen, sondern jeder soll das anziehen, was er vorbereitet hat.« Und denkt euch: es ging so und war ganz natürlich. Anna hatte ein sehr schönes Kleid. Als ich sie sah, sagte ich zu W.: »Schöner kann eine Braut gar nicht aussehen!« So ganz anders, als alle Außenstehenden sich vorstellen können, ist es gewesen. Wir haben eine frohe Hochzeit feiern können; sie wurde nicht überschattet, die Freude war in einer unbegreiflichen Weise vertieft. Daß wir am Tage der Beerdigung unseres Sohnes die Hochzeit unserer Tochter feiern konnten, ist doch vielen ganz unfaßbar und unverständlich gewesen. Jeder bedauerte doch Anna und konnte es nicht wissen, wie wir in der großen Familiengemeinschaft getröstet wurden und von einer noch nicht gekannten Freude erfüllt. In einem Brief hat G. es so ausgedrückt: »Was an diesem einen Tag – uns schien er Lebensjahrzehnte zusammenzuraffen – erlebt und verstanden, gegeben und angenommen wurde, das allein schon war es wert, Mensch geworden zu sein. Die Angesichter der jungen Leute, derer, die das Grab schlossen und derer, die singend dabei standen, am Morgen tränennaß, waren am Abend im Saal um die Hochzeitstafel und am anderen Tag beim Spiel auf dem Rasen klarer und schöner, als sie es wohl je gewesen sind, gelöst vom Schmerz, befreit zum Leben und zur Freude.«

Liebe Lotte, ich möchte Ihnen noch weiter berichten von der Zeit nach Michaels Tod. Ich schlug auch unserem zweiten Sohn W. vor, als ich ihn in der Nacht vor der Bestattung vom Bahnhof in B. abholte, wir wollten die Heimfahrt unterbrechen, daß er das Antlitz des gestorbenen Bruders anschaue. Er zögerte.
Der Leichnam befand sich in dem Raum, in dem W. selbst während der Semesterferien famulierend als Prosektor manche Obduktion vorbereitet hatte. Ich hatte mir den Schlüssel zu dem Raum vorher geben lassen. Unter dem gleißenden Licht der Deckenleuchte über der Gestalt auf der Bahre stand W. einige Schritte entfernt eine Zeitlang regungslos. Dann ging er langsam wie prüfend um die Bahre herum, bückte sich einmal, als suche er unter dem schimmernden, dichten und weichen Haupthaar die

Linie des Obduktionsschnittes. Ich sagte ihm davon, wie sehr sich das Angesicht des Bruders seit dem Verscheiden verklärt habe. Er schwieg die ganze Zeit.
29. Juli 1967, aus der Traupredigt:
Der Tag ist da, Friedrich und Anna, dem ihr in Freude lange entgegen gewartet habt. Angehörige, Freunde und Gemeinde sind versammelt, Gehilfen unserer Freude und nun auch Teilhaber unserer Traurigkeit zu sein. Wir müssen es wieder einmal erfahren: die Freude ist unserem Zugriff ebenso entzogen wie das Leid unserer Abwehr. Dieser Tag – ja, er ist es, ohne Zweifel: euer Hochzeitstag – hat begonnen, wie es sich keiner von uns je hätte vorstellen können: Gäste, die zur Hochzeit geladen waren, haben heute morgen zuerst unserem Michael das Grabgeleit gegeben. Die Traupredigt über Verse aus dem 103. Psalm war am Vorabend des Morgens, an dem Michael durch den von ihm selbst so wenig wie von uns erwarteten Tod hinweggenommen wurde, fertig geschrieben. Wenn ich bei dem 103. Psalm bleibe und der Predigt nur wenig hinzufüge, so geschieht es nicht in menschlichem Trotz. Ein »Dennoch« wollen wir nur in dem Sinn sprechen, wie es der Beter des 73. Psalms meint: »Dennoch bleibe ich stets an dir, denn DU hältst mich bei meiner rechten Hand.« Mein Gott, wie wunderbar! Lobe den Herrn, meine Seele, und vergiß nicht, was er dir Gutes getan hat! Hier ist alles Ausdruck der Freude, die von Gott herkommt und zu Gott zurückkehren will. Ursprung und Ziel der Freude hat der Psalmbeter recht wohl erkannt. Darum läßt er sein Lob zu Gott auffliegen wie ein Kind, das seinen bunten Ballon mit einer Botschaft versehen bei einem Kinderfest in die Himmelsbläue entläßt und darauf vertraut, daß irgendwann und irgendwoher Antwort kommt. Nun aber doch nicht wie ein Kind beim Ballon-Wettfliegen hofft der Psalmbeter ins Ungewisse und Unbekannte: er kennt den, dem er Lob darbringt, und weiß, woher ihm Antwort kommt. Gott hat schon Gutes getan. Der Beter meint nicht nur Güter und Gaben, die schon genossen und verzehrt sind: Verwelktes Blühen + erloschenes Leuchten + verzehrtes Hochzeitsmahl + verklungene Musik + geendeten Tanz + gelebtes Leben. Man erinnert sich daran, dankbar gewiß, aber auch mit leisem Bedauern, daß vergangen ist, was Ursache der Freude war. Das Leid der Vergänglichkeit wird nicht verschwiegen in diesem Lobgesang: Ein Mensch ist in seinem Leben wie Gras. Ja, der Beter nennt das

Leid in seiner vielfältigen Gestalt ausdrücklich. Aber: die Erfahrung, daß Gott aus dem Leide befreit, Gnade und Leben gewährt, ist geradezu der Quellgrund seiner Freude. –
Können wir diese Erfahrung bestätigen, mit dem Beter eins gehen in der Zuversicht, so werden wir weder jetzt noch irgendwann am heutigen Tag meinen, es müsse das Leid, das uns verordnet wurde, es müsse, was auch in der allerfröhlichsten Hochzeitsgemeinde immer noch leidvoll ist, der Freude wehren und das Gotteslob verstummen machen. Darum können wir auch jetzt und zu jeder Stunde dieses Tages von Michael sprechen. –
Nein, es sind nicht so sehr die zeitlichen Güter und Verzehrgaben, mit denen der Schöpfer uns segnet, auf die der Psalmbeter sein Vertrauen gründet. Er meint nicht Vergängliches und Vergangenes, sondern die eine Wohltat Gottes, die beständig fortwirkt: Er läßt uns sein Antlitz gnädig leuchten. Das ist es. Er läßt uns nicht unsere Wege im voraus, aber seinen Weg mit uns wissen. Der Psalmist drückt das so aus: »Er hat seine Wege Mose wissen lassen, die Kinder Israel sein Tun.« Wir als die neutestamentliche Gemeinde werden hier den Namen Jesu Christi nennen . . .
August 1967, der Vater über Michael an eine bekannte Familie: Was anfangs noch ein vorüberziehender Schatten zu sein schien, hat unseren Sohn dann doch so ganz und gar mit Finsternis überzogen, daß er zeitweise überhaupt kein Richtung weisendes und Hoffnung weckendes Licht mehr zu sehen vermochte. Ein befreites Lachen brach bei ihm, der so viel Sinn für Komik gehabt hat, immer noch einmal durch, aber die fröhlich aufgeräumte Stimmung seiner besten Tage war ganz dahin. Er litt zu sehr darunter, nicht mehr lesen, nicht mehr geistig arbeiten zu können und zwanghaft nur noch mit sich selber beschäftigt zu sein. – Es war wohl ein ungewöhnlicher Tag, der in der Frühe mit dem Begräbnis des Sohnes begann und am Abend mit der Hochzeitstafel für die Tochter endete. Beide kirchlichen Dienste, den zur Bestattung und den zur Trauung, habe ich selbst versehen können. Das war so für uns alle und für die Gemeinde der beste Weg durch die Wirrsal hindurch. – Der uns so plötzlich Entrückte war nun bei der Hochzeit der Schwester auf eine eigentümlich tröstliche Weise doch dabei. Weil er nur noch schwer Kontakt zu Menschen fand, hatte ihm die Teilnahme an der Hochzeit als kaum zu bewältigende Aufgabe bevorgestanden; andererseits

wartete er auf den Hochzeitstag, an dem er den sehnlich herbeigewünschten Zwillingsbruder wiedersehen sollte. Es wurde in den Tischreden ganz gelassen, klaglos, nur dankbar des abwesend Gegenwärtigen gedacht.

Februar 1968: Der Vater an einen befreundeten Pfarrer, der um ein Exemplar des Briefes in memoriam Michaels gebeten hatte: Hier schicke ich einen Brief. Er war nicht nur Freunden und Verwandten, sondern vor allem der Gemeinde und den vorwiegend katholischen Mitbürgern und Nachbarn zugedacht. Denen war ja doch viel zugemutet worden: Suicid eines braven Pastorensohnes ohne verstehbaren Grund, ganz plötzlich; der Tote wird morgens in aller Stille bestattet; am Nachmittag des gleichen Tages traut der Vater seine Tochter; die trägt weißen Brautstaat, nur Kranz und Schleier werden von einem schwarzen Band gehalten; der Bräutigam trägt eine schwarze Krawatte, aber weder die Eltern, noch irgendein anderer aus der Hochzeitsgemeinde trägt irgendwelche Signale der Trauer an der Festkleidung; einige Zuschauer, die zur Schloßkapelle gekommen sind, erfahren erst durch die Traupredigt, was sich ereignet hat. Große Hochzeitsgesellschaft, viele junge Leute (die Gäste waren zum Teil schon da, zum Teil unterwegs, als Michael starb); Hochzeitszug, Hochzeitstafel; erster Trinkspruch: »Wer es mag, trinke den ersten Schluck von diesem Wein zu Ehren des Herrn, den wir im Tischgebet zu Gast geladen haben, der aber in Wahrheit der Gastgeber ist an dieser Tafel, an der dann auch unser Michael nicht fehlt.« Tags darauf hält der Vater den Gottesdienst wie allsonntäglich und kündigt nach der Predigt mit einigen erklärenden Sätzen Tod und Begräbnis seines Sohnes ab, wovon das Gerücht noch erst wenige erreicht hatte, die es nicht glauben wollten; gleich hinterher stellt er Tochter und Schwiegersohn als Neuvermählte vor. – All das, was wir ohne Zögern und ohne Zweifel nur so und gar nicht anders machen konnten, mutete der Gemeinde, dem Presbyterium, der Nachbarschaft doch ein großes Maß an Verständnisbereitschaft zu; unser Verhalten und Handeln sprengte die gewohnten Normen und Stilformen. Heute können wir wohl sagen: man hat uns und – Gott weiß – vielleicht auch noch einiges über uns hinaus verstanden. Uns war auf unbeschreibliche Weise für vier Tage Zeit von Ewigkeit, Tod von Leben durchdrungen. – Wir konnten nicht an alle den Brief gleichzeitig versenden. Später haben wir uns dann gescheut, ihn

noch weiter zu verschicken, als uns bewußt wurde, wie schwer es für viele Empfänger sein mußte, darauf zu antworten. –
März 1969: Der Vater an entfernte Verwandte:
Darunter litt er ja am meisten, daß die Gedanken immer enger um das eigene Selbst kreisten, aber er konnte den Ring nicht sprengen. Und er war doch ein Mensch, der sich anderen intensiv zuwandte, wann immer ihm etwas entgegenkam. Er hat ein für einen jungen Mann bemerkenswertes Interesse für Familie und Verwandtschaft gehabt.
Liebe Lotte, ich bin in diesen Tagen wieder einmal die umfangreiche Post durchgegangen, die wir damals nach Michaels Tod empfangen haben. Darunter haben mich diesmal besonders die Briefe von Schul- und Studienfreunden Michaels beschäftigt. Alle offenbaren sie Betroffenheit, Erschrecken, auch Fassungslosigkeit und Schmerz. Die Anteilnahme wird glaubwürdig bezeugt, auch durch konventionelle Formeln; das macht uns diese Briefe wert. Alle zeigen Betroffenheit darüber, daß sie so gar nichts wahrgenommen haben davon, wie sehr Michael ins Dunkel geraten war. Das konnten sie auch kaum bemerkt haben, denn die Verfinsterung trat ja sehr plötzlich ein und nahm rapide zu. Vielleicht hat Michael nachts im Schlaf epileptische Anfälle erlitten; er hat zu uns von grauenhaften Stürzen ins Nichts gesprochen. Plötzliche Befreiung vom Druck der Examensvorbereitung, Beginn einer Berufstätigkeit, also bedeutsame Veränderungen, und erneute Anspannung der überanstrengten Kräfte auf eine Promotion mögen das ausgelöst und eine latente Depressionsbereitschaft aktiviert haben. Erschrecken, Ratlosigkeit sind charakteristisch für die Reaktion der jugendlichen Briefschreiber. Es findet sich bei keinem ein Aufbäumen gegen den Tod. Das Ereignis wird nicht als Herausforderung erkannt und angenommen. Da ist nur Niedergeschlagenheit, Ausweichen, Abschütteln. Sie sind auch wohl selten, die Menschen, die mit Steinen nach Gott schmeißen, wie manche Propheten, Psalmisten, Hiob; wie es realistisch ein erzürnter Vierjähriger getan hat, der viel in unserem Hause verkehrte, der dann erleichtert feststellte: »Zum Glück habe ich ihn nicht getroffen, die Steine sind alle wieder heruntergekommen.« Dem Menschen, der es mit Gott und Schicksal nicht mehr zu tun hat, bleibt anscheinend nur noch der Angriff auf Menschen oder die Selbstzerstörung. –
In den Briefen Älterer findet sich schon eher eine z. T. weit

fortgeschrittene Auseinandersetzung mit Sterben und Tod, so bei Pfarrern (evangelischen und katholischen), die uns, auch ohne eine Anzeige erhalten zu haben, in großer Zahl spontan geschrieben und besucht haben. Deren Briefe und Zuspruch belegen es eindrucksvoll, daß der ständige nahe Umgang mit Leidenden, Sterbenden und Toten auch für sie nicht zur Routine geworden ist. –

Es liegt sicher nicht am Lebensalter: Michaels Geschwister, die ihm so nahe standen wie keiner der Schul- und Studienfreunde, haben der Herausforderung standgehalten. Der Tod des Bruders hat sie hart, aber doch wohl nicht völlig unvorbereitet getroffen. Sie wußten von der Gefahr, in die Michael geraten war, besonders Anna, die mit dem Bruder zusammen in Berlin studierte und im gleichen Hause wohnte. Daß Anna von sich aus bereit war, den Hochzeitstermin beizubehalten, hat mit Ungeduld nichts zu tun oder mit Wegdrängen oder Abschütteln: es entsprach dem ausdrücklichen Wunsch der Brautleute, daß sie allein ein Trauersignal an ihrem Festschmuck trugen. Die Geschwister haben es sofort begriffen, als wir Begräbnis und Hochzeit besprachen, daß Licht und Finsternis, Leben und Tod, Freude und Traurigkeit für uns Menschen nicht voneinander zu trennen sind, zusammenhängen und keines von dem anderen verleugnet werden darf. – Das fällt vielen Menschen offenbar sehr schwer, die es mit geradezu verzweifelter Anstrengung voneinander fernzuhalten suchen. Für sie ist es tabu, bei der Hochzeit von Tod und Toten zu reden, beim Begräbnis an Hochzeit auch nur zu denken. Bezeichnend für diese Haltung ist der Satz in einem warmherzigen und wohltuenden Brief: »Am Sonntag nach dem Gottesdienst konnte ich Ihnen nichts sagen; ich wußte nicht, ob ich zur Trauung der Tochter Glückwünsche oder zum Tode Ihres Sohnes Beileid aussprechen sollte.« – Mancher, auch in der Verwandtschaft, hat es bis heute nicht verwunden, daß wir getan haben, »was sich nicht gehört«. Wir haben später gehört, daß bösartiges Gerede umgegangen ist darüber, daß wir die Bestattung ganz in der Stille begangen haben (die Trauung war vorher bekannt und jedermann zugänglich). Es ist verständlich, daß manche sich um ein interessantes Schauspiel geprellt fühlten, das die nachfolgende Trauung so viel aufregender gemacht hätte.

Februar 1970: An eine Bekannte, die um Beratung gebeten hatte: Ich bin vor knapp zwei Jahren dem eigenen Sohn, der im Tode

Ruhe suchte und doch lieber leben wollte, in seiner letzten Stunde nahe gewesen, Sie wissen es. – Über das Problem des Selbstmords habe ich wohl viel nachgedacht, aber Literatur dazu nicht gesucht und wenig gelesen; ich kann Ihnen daher auch keine nennen. Ein Berater vertrat im Gespräch mit mir die Meinung, daß die meisten psychisch Kranken gar nicht sich selbst durch den Suicid vernichten wollten, sondern nur radikal von ihrer Krankheit sich zu trennen bemüht seien. Das bestätigt mir meine Auffassung, es habe sich bei unserem Sohn um einen Unfall gehandelt; er habe zwar Suicid-Gedanken geäußert, in Wahrheit aber gar nicht sterben wollen. –

Vier Monate vor seinem Tod, lange bevor bei ihm die Depression so plötzlich einsetzte, hatte ich mit unserem Michael ein längeres Gespräch über Suicid. Ich weiß nicht mehr, wie wir darauf kamen: war es die bevorstehende Wiederkehr des Todestages von Jochen Klepper, oder waren es die Selbstverbrennungen buddhistischer Mönche und Nonnen in Vietnam? Wir kamen überein, daß es sich bei vielen Selbstmorden um eine auf sich selbst abgeleitete Aggression handele. So beurteilten wir die vietnamesischen Protestselbstmorde, die uns insofern ehrenwerter erschienen als der Heldentod auf dem Schlachtfeld, als der gefallene Krieger immerhin anderen nach dem Leben getrachtet hatte. Wir stellten fest, daß nach immer noch weit verbreitetem populären Verständnis der Zeugentod um der Wahrheit, um der Gerechtigkeit, um des Glaubens willen als Selbstmord aus Dummheit; das Töten Wehrloser und Unschuldiger im sogenannten Befehlsnotstand dagegen nicht als schimpflich gälte. Wir machten uns Gedanken darüber, ob nicht der bewußte Verzicht auf die sich abzeichnende Möglichkeit einer Lebensverlängerung um Jahrzehnte eine neue Gestalt des Lebensopfers für andere werden könne. Wir meinten endlich, der Solidaritätstod, den Jochen Klepper gestorben ist, wäre Anlaß genug, die Problematik des Selbstmordes für unsere Zeit theologisch-ethisch neu aufzuarbeiten. Aber es scheint noch nicht so weit zu sein.

25. August –

Inzwischen habe ich Ihren Brief vom 22. August bekommen. Ich gehe zunächst auf diesen letzten Brief ein. – Ich bin nun schon fast fertig mit solchen Aufzeichnungen, zu denen Sie mich anregen wollen. Ohne Ihre Fragen hätte ich mich schwerlich daran begeben. Nie habe ich einen so langen Brief geschrieben. Manchesmal wollte ich's abbrechen und aufgeben. Ich möchte es jetzt zu Ende bringen und werde froh sein, daß ich's hinter mir habe.

Nicht daß mir die Verantwortung lästig geworden wäre. Ich kenne aber wie auch Sie das Dilemma einander widerstreitender Verantwortlichkeiten, dem keiner entrinnt, ohne Schaden zu nehmen und zuzufügen. Sie haben es wiederholt schmerzlich erfahren, daß man manchmal einem Menschen nicht zur Seite bleiben kann, ohne einen anderen im Stich zu lassen.

Freilich habe ich damit gerechnet, daß mein Bericht über Helga bei Ihnen gerade das auslösen könnte, was ich verhindern wollte. An die Wirkung, die er dann tatsächlich gehabt hat, habe ich nicht gedacht. Warum ich bisher dazu geschwiegen habe? Ich habe mich am Töten von Menschen beteiligt; ich bejahe noch, mehr skeptisch als überzeugt, den Kriegsdienst. Wie sollte ich richten über Menschen, die – in der Verantwortlichkeiten-Kollision allein gelassen – Leben preisgeben. Für menschenunwürdig halte ich beides: Töten geborenen und ungeborenen Lebens.

Es sind noch einige Fragen Ihres Briefes vom 21. Juli offen. Ich habe darüber nachgedacht und will's niederschreiben. Es gerät nur flüchtig, denn es drängt mich sehr, zum Ende zu kommen.

»Wie kann ein Mensch sich auf den Tod vorbereiten?« Darauf kann ich nur mit Gegenfragen antworten. Ist die Frage, *wer* auf den Tod vorbereiten kann, nicht wichtiger als die nach dem *Wie*? Kann der Mensch auf seinen Tod besser vorbereitet werden als auf seine Geburt? Und ist ein ungeborener Mensch nicht so viel vorbereitungsbedürftiger als einer, der ein Leben lang hat beobachten, erfahren und erleben können? Menschen können da vielleicht nur sehr wenig tun an sich selbst und an anderen. Der Dichter des 90. Psalmes, der gründlich über Sterben und Tod nachgedacht hat, ist offenbar zu diesem Ergebnis gekommen. Darum sein Gebet »Lehre uns bedenken (Herr), daß wir sterben müssen, auf daß wir klug werden«. Für ihn war es möglich, so weit vorzudringen, denn er glaubte an Gott, nicht an den Tod. Es sind wohl nur wenige Menschen, die nach Vorbereitung auf den Tod verlangen. Die haben dann manchmal einen längeren und schwereren Weg vor sich als andere, die nicht danach fragen. Die meisten wollen gar nicht darauf vorbereitet, nicht einmal daran erinnert werden, nicht einmal Todkranke und Sterbende, die sich über ihre Situation im klaren sind. Müssen sie, sollen sie vorbereitet werden? Unzählige sterben ohne Vorbereitung viel müheloser als Vorbereitete; sie fallen unversehens so leicht in den Tod, wie viele Kinder mit einer Sturzgeburt ins Leben.

»Die Liebe ist stark wie der Tod.« Diese waghalsige Metapher aus dem Hohen Lied Salomonis hat auch mich schon früher beschäftigt, und ich bringe den Satz in seinem Wurzelballen auch noch dann und wann als Lesung in einer Trauhandlung. Ich stelle ihm dann ein Stück aus I. Kor. 13, dem sogenannten Hohen Lied der Liebe, gegenüber, an dem ich seiner vielen Negationen wegen nicht so viel Freude haben kann, wie ich gerne hätte. Salomonis Metapher will, daran ist nicht zu zweifeln, die Unentrinnbarkeit und Unbezwinglichkeit der (erotischen) Liebe beschreiben. Aber es liegt darin auch die Anerkennung des Todes als der überlegenen Macht. Implicite: die Liebe kann nur annähernd so stark sein. Es entspricht dem Verständnis der alttestamentarischen Schriftsteller und ist jedermann offenbar, der sich viel in der Nähe von Sterben und Tod aufhalten muß, daß der Tod alles, auch die Liebe tötet, bei dem Sterbenden unter zunehmendem Schmerze plötzlich, bei den Hinterbliebenen unter abklingendem Schmerze allmählich. (»Hinterbliebene«, die Bezeichnung ist kaum noch verwendbar, denn nach allgemein verbreiteter Vorstellung heute sind es doch die Toten, die am Wege hinter uns zurückbleiben. Die Vorstellung, daß die im Glauben Entschlafenen – auch eine kühne Metapher – den Lebenden weit, weit voraus sind, ist genuin christlich, aber selbst in der Christenheit nur noch bei wenigen lebendig.)

Die Liebe ist stärker als der Tod! Diese Aussage ist nur aus dem Munde des Christus glaubwürdig und vertrauenerweckend. Im Blick auf den Christus kann auch die Rede davon sein, daß der Tod erlebt, in Leben verwandelt wird. Manche Kirchenlieder deuten das an, manche sprechen es offen aus. In früher Kindheit schon haben mich die Zeilen aus dem Paul Gerhardt'schen Passionslied freudig erschreckt: »O Wunderlieb, o Liebesmacht,/ du kannst – was nie kein Mensch gedacht –/ Gott seinen Sohn abzwingen./ O Liebe, Liebe, du bist stark,/ du streckest den in Grab und Sarg,/ vor dem die Felsen springen.«

Nach verbreiteter christlicher Vorstellung werden Tod und Teufel miteinander identifiziert. Der Teufel ist in der Bibel durchweg als Person vorgestellt, der Tod meines Wissens wenigstens einmal (I. Kor. 15, V 26: Der letzte Feind, der vernichtet wird, ist der Tod.) Es ist theologisch und auch in seelsorgerischer Hinsicht nicht unbedenklich, Teufel und Tod personifiziert vor- und darzustellen. Diese Mächte werden sehr leicht zu furchterregenden Götzen oder zu verführerisch lockenden Götterbildern. Die biblischen Schriftsteller vermeiden diese Gefahr, indem sie den Teufel als Diener Gottes darstellen (Hiob, Versuchung Jesu), den Tod als Gottes Werkzeug.

Ich bin mit dem Schreiben am Ziel. Eine so lange Epistel über Sterben und Tod! Wenn ich mir den Tod personifiziert vorstelle, muß ich sagen: es ist ihm damit zu viel Ehre erwiesen. Von Kindheit an hat mich oft die Betrachtung spätmittelalterlicher Totentänze gefesselt. Ich kann mir eine Bilderfolge vorstellen, die den tanzunlustigen, abwinkend dabeistehenden und vorüberziehenden Tod zeigt. Eine unter zahlreichen Szenen zeigte Hans Klapperbein, gähnend auf seine Sense gestützt, hinter einem Menschen, der autobiographierend an seiner Schreibmaschine sitzt.

Ich danke Ihnen, Lotte, und bitte Sie nun, mir nicht mehr zu schreiben, und unsere Korrespondenz mit diesem Brief als beendet gelten zu lassen.

Mögen Sie leben, wachsen und reifen. Und wünschen Sie mir, rechtzeitig – nicht so spät – geerntet zu werden.

Lotte muß die Trümmer zusammensuchen. Sie versucht zu vergessen. Zerstückelt, das angefangene Kind. Herausgesaugt, Blut und Gewebe, nichts mehr erkennbar. Weggeworfen in einen Eimer.
Immer noch denkt sie an Jochen, den sie doch vergessen sollte. Denn was soll eine Frau mit einem solchen Mann. Eine Woche lang hat sie kein Telefon aufgenommen. Zur Arbeit ist sie nicht gegangen. Sie hat sich krank schreiben lassen vom Arzt. Sie ist wie in Trance.
In ihrem Gehirn sieht es so aus wie in ihrem Geschlecht. Leer ist alles. Zerrissene Reste gehen durchs Gehirn. Er zog seiner Tochter Lottes Pullover an, um zu sehen, wie dick sie ist. Seine Tochter zeigte ihm ihre Haare unten. Er sagte, er möchte mit seiner Tochter schlafen. Er ergötzt sich an den Brüsten seiner Tochter. Wir haben unser Kind getötet. Aber immer noch streckt sie die Fühler aus nach ihm, als könnte sie nicht begreifen, daß alles zu Ende ist. Sie will Federbetten für ihn kaufen. Wenn er sie besucht, soll er weich schlafen. Das kommt manchmal spät, was man – erotische Erfüllung nennt, sagt er am Telefon. Sie bekommt hohes Fieber. Sie sehnt sich nach hohem Fieber. Sie denkt an ihr Rufen im Krankenhaus: Jochen, gib mir die Hand, Jochen, gib mir die Hand. Er: Verführer, Kindsverführer, Kindsmörder. Das Schwankende – soll das denn immer bleiben? Das zerrissene Kind ihr vor Augen. Blutflocken. Flockiges Blut aus ihr. Verneinung der Geburt. Verneinung der Existenz. Was ist das: leben müssen? Selbstmord? Sie denkt wieder an die Selbstmörderin, die von der Mutter eigentlich zur Abtreibung vorgesehen war, und nur weil unter Hitler die Abtreibung so schwierig war, hatte die Mutter sie nicht abgetrieben, und nun die tausend Versuche der Selbstmörderin, sich abzutreiben, und beim dritten Versuch einen Arm so zugerichtet, daß er amputiert werden muß; Selbstmord Stück für Stück; Selbstmord und Abtreibung; Zerstückelung eines Anfangs; Abtreibung und Tod. Es kommen Fleischstücke aus ihr heraus.
Die Hoffnung ist der erste Schrei der Sensibilität. Aber sie denkt an Golgatha: Schädelstätte. An Krematorium: zweimal ein Schild

mit dem Wort Krematorium, als sie von Zwolle zurückfuhr mit Jochen. Sie denkt an die Möglichkeiten sich selbst zu töten. Warum glaubte ich ihm? Wie konnte ich so vermessen sein zu glauben, er würde jemals eine Frau verlassen, mit der er fünfzehn Jahre gelebt hat? Warum mußte ich mich wieder so demütigen lassen?

Johannes sagt hochmütig: na, hast du dir das Kind aus dem Schoß reißen lassen? Und Johannes sagt: warum geht es dir so schlecht?, ich kann jedenfalls mit dem Gefühl leben, nicht so eindeutig angenommen zu sein. Jochen ruft an und sagt, auf der Rückfahrt von Zwolle sei er auf einer Raststätte eingeschlafen und habe eine Stunde lang dort geschlafen. Das kurze Aufatmen zwischen den Leidenszeiten. Auf der Rückfahrt von Zwolle sah Jochen einen Storch, und dann noch einen; wie grausam, dachte Lotte, der Storch hat die Mama ins Bein gebissen, dachte Lotte. Unaufgehellte Beziehung zwischen zwei Menschen, dachte Lotte. *Sollte für einen Liebhaber das Besessensein von der Potenz das gleiche bedeuten wie die besessene Angst vor der Impotenz?* Sie geht auf den Markt am Samstagfrüh. In der Frühe. Es regnete plötzlich stark, und die Menschen drängten in den Dom, mit Regenschirmen und Kinderwagen. Im Dom sieht sie zwei Schwangere. Sie sieht in einem Park der Stadt eine Hochschwangere, deren Leib hoch und stark ist, daß sie meint, das Kind müßte in der nächsten Minute hervordrängen, weil die Gebärmutter ihm zu eng wird. Sein Geheimnis, denkt sie, ist, daß er nicht lieben kann, ein Don Juan. Sein Geheimnis, daß er den Tod fürchtet. Er fürchtet die Wollust. Auf den Tod fürchtet er die Wollust. Und immer noch denkt sie wie für ihn. Als existiere sie nur für ihn. Immer noch. Möchte sich einen weißen, weiten Rock kaufen und eine weiße, zarte Bluse, und weiße Schuhe; oder auch Blue-Jeans, wie sehr hat er sie gedrängt, doch Hosen zu tragen, damit man ihre Formen besser sieht. Wie kann sie Lebenslust lernen, um dann wirklich lebenslustig zu sein? Alle Erklärungsversuche, soviel sie auch zutagfördern, auch die Beschreibungsversuche: geistige Spielereien, um es auszuhalten, noch hier zu sein. Das Praktische, das Geschehene ist: ein Kind abgetrieben; eine Täuschung.

Du benutzt deine Hände zu wenig, sagte sie ihm. Zwar faßte er sie an in ihrem Geschlecht. Zwar hielt er ihr seine Hand unter die Nase, daß sie riechen möge. Zwar schnupperte er an seiner Hand, als sei's ein Blumenduft, ihr Geruch des Geschlechts. Aber er verstand ja zu wenig vom weiblichen Körper. War fixiert auf seine kurze Wollust. Du benutzt deine Hände ja nicht für die Liebe, sagte sie ihm. Du benutzt sie nur, um schnell auszulösen, um absichtsvoll und schnell in bestimmte Kuhlen hineinzugreifen; du kratzt absichtsvoll mit den Fingernägeln über den Rükken, immer um etwas auszulösen, oder du reißt an meinem Haar, du biegst meinen Kopf nach hinten; aber all deine Handlungen sind wie geschauspielert. Als Lotte am 14. Juli mittags einige Kilometer von Zwolle entfernt mit Jochen in einem Lokal sitzt und er ihr das Geld, die vierhundert Mark auf den Tisch blättert, er will sie ihr geben, wenigstens finanziell will er kein Schuldgefühl haben, als sie dort am Tisch sich gegenübersitzen, sagt er: dein Haar ist so blaß wie dein Gesicht; ihr Gesicht war blaß in der blitzenden Sonne, ihr Haar war blaß in der blitzenden Sonne; ihre Glieder waren müde, so müde, so müde. Dann nachts träumte sie von einer gläsernen Badewanne und in ihr liegend im durchsichtigen Wasser: Johannes. Sie wollte die Liebe erfahren, und erfuhr den Tod. Sie wollte geliebt sein und blühte auf und verblühte und verblaßte und war wie gestorben. *Der Abschied.* Sie wollte lieben, da tötete sie. Ihr pochendes Blut im Unterleib, von den Schenkeln bis zum Bauchnabel. Das pochende Herz in der Brust und bis in den Bauch hinein. Sie will ihre Qual hinausschreien. Denn Liebe ist stark wie der Tod. Sie kannte einen Mann, der hat Angst vor dem Tod, Angst vor der Wollust; denn die Wollust ist stark wie der Tod, und Eros ist Tod, zuckend und abbrechend, das ist der Tod, das ist die Liebe. Es ist ein Schnitter, heißt der Tod. Bis daß der Tod euch scheidet. Der weiße Tod, der Tod der Braut im Schnee. Gegen den Tod ist kein Kraut gewachsen. Zu Tode betrübt. Johannes sitzt am Tisch und sagt: das wußtest du doch, daß zwischen Abtreibung und Tod ein Zusammenhang besteht?, wußtest du das nicht? Schweig, bitte sei still, sagt sie. Noch kann sie das Wort nicht hören. Todesangst. Todesfurcht. Todesanzeige. Todesgefahr. Todesjahr. Todeskampf. Todesstunde: Zeit in der eine Sache zugrunde geht. Todestag. Todesverachtung. Todeswunde. Todgeweiht. Todbringend. Tödlich. Todsünde. Die sieben Todsünden. Eine der sieben: die Wollust. Todwund: tödlich verletzt. Totenacker. Totenflecke: eine halbe bis eine Stunde nach dem Aussetzen von Herz und Kreislauf auftretende Flecke an Toten. Leichenflecken. Totengräber. Totenhemd. Totenklage. Totenkopf: Schädel ohne

Fleisch und Haar. Totenkult. Totenmaske. Totenreich. Totenschein. Totenstarre: sieben bis acht Stunden nach Aussetzen von Herz und Kreislauf eintretende Starre von Leichen. Totenstill. Totentanz. Mit dem Tode ringen. Sterben: erstarren, steif werden. Sterbesakramente: Beichte, Kommunion und letzte Ölung. Sterblich. Sich trennen. Abschied nehmen. Abschied. Abscheiden. Hinscheiden. Verscheiden. Sarg. Verscheiden: fortgehen, verschwinden, sterben. Sarg: langer, meist hölzerner Kasten, in den der Leichnam gelegt wird. Verwesen: sich zersetzen, verfaulen, verfallen, verzehren. Sarg: sarkophagos ist Fleischfresser. Sarg: Särge aus dem Stein von Assos in Kleinasien, die das Fleisch der darin beigesetzten Leichen allmählich vernichteten. Trauer: Schmerz um etwas Verlorenes. Trauer: tiefe Betrübnis. Trauerkleidung: schwarze, in manchen Ländern weiße Kleidung zum Zeichen der Trauer. Trauern: die Augen niederschlagen. Der Hochzeitsbitter. Der Leichenbitter. *Den Tod austreiben: den Tod austragen.* Werther: der Selbstmord ist für ihn die Möglichkeit, *in einem rings umfangenden Tode . . . alle Qualen zu ersticken . . .*

Lotte hat riesigen Hunger, aber nicht auf Essen. Das Telefon schweigt beharrlich. Kein Jochen, der anruft. Worauf hofft sie denn immer noch? Das letzte von ihm: wie er gehetzt adieu sagt und auflegt, vielleicht weil seine Frau in die Wohnung gekommen ist. Gleichgültigkeit, denkt Lotte, ist das einzige, was mich retten kann. Jedes Gefühl für ihn töten. Die zweite Abtreibung – erst sein Kind, dann er. Ich brauche ein bißchen Zeit. Lilien soll ich ihm aufs Grab pflanzen, sagte er.

Auch von den Erinnerungen muß sie sich trennen. Ausrotten kann ich sie nicht. Aber trennen muß sie sich von allem. Wie sie seine Schlafanzugjacke, seinen Pullover, die er ihr hinterließ, in den Müll warf, so muß sie auch von den Erinnerungen Abschied nehmen. Sie braucht Zeit.

In der Kindheit – wer hat mir vom Tod erzählt?, hatte jemand Zeit, ans Leben zu denken? Plötzlich kommt sie sich wie verändert vor, als ein Mensch mit einem Todeskeim in sich. Sie sah ihre Mutter einmal auf einem Gang stehen, sich unterhaltend, die Zähne entblößend; da erschrak sie, denn ihre Zähne waren an manchen Stellen gelb und hinfällig, als hätte der Tod aus ihren Reihen schon etwas herausgerissen; sie hatten ein Aussehen wie zerbröckelt. *Mitten wir im Leben sind mit dem Tod umfangen,* ja das ist es! Aber der Tod wird zu lang von uns fern gehalten wie ein aussätziger Verwandter. Vor Jahren sah ich auf der Straße plötzlich den blutenden Kopf einer verunglückten, liegenden Frau. Da erschrak ich zutiefst, ich wußte aber noch nicht, daß ich sterblich bin, weiß ich es jetzt?

Der schiefe Mund. Die Verzerrung der Züge im Tod. Der herabfallende Mund. Die verlorenen Zähne. Die Lücken, die der Tod in den Zahnreihen riß, ausgefüllt mit unbeweglichen, falschen Zähnen. Die unmerkliche Änderung des Gesichts. Der Zahnarzt sagt, es sei eine dekorative Leistung, die Plastik des Gesichts nach dem Einsetzen eines Gebisses im alten Zustand rekonstruieren zu können. Die Gesichtshaut ändert sich; unter der Haut leuchten Erhebungen hervor wie eine Andeutung von Leichenflecken. Welche Angst vor Alter, vor Verlust! Die Zähne des Vaters, starre Reihe. Totenstarre der künstlichen Zähne. Der schiefe Mund des Vaters im Spiegel des alten Schlafzimmers. Das trockene Rascheln und Knistern beim Sprechen des Mundes mit den künstlichen Zähnen. Knackendes Sprechen. Die Leiche scheidet doch Gift aus, sagt Johannes. Ach ja, man sagt Leichengift. Wenn man nur das Laken hochhebt, ragen einem die Beine des Toten entgegen. Als Meßknabe war ich bei vielen Beerdigungen dabei, sagt Johannes. Einmal habe ich ein totes Kind aus der Kirche zum Friedhof getragen mit drei anderen Meßknaben, sagt Johannes.

Lotte fühlt sich amputiert. Als Frau amputiert. Verstümmelte Mütterlichkeit. Sie träumt vom Tod, in dem sich ihr Leid auflösen könnte. Aber so schnell ist man nicht hin. Den Tod in seinen Schlupfwinkeln aufspüren. Und die Lebenslust endlich entdekken, die tiefe tiefe Lebenslust. Hannes und Annemarie im Kinderzimmer. Hannes spielt ein Spiel: der Jochen ist jetzt da. *Man stirbt allein. Alle werden allein sterben. Diese Einsamkeit und dieser Durst nach Liebe. Schreiben, meine tiefe Freude.* Jochen nannte einmal die höchste Wollust »Auflösung«. Man sagt auch: Verfall des Körpers ist Auflösung. Auflösung des Körpers, Vergehen vor Lust. Der Tod, der alles Auflösende, ist der größte Formvollender. Die Lust der Vergänglichkeit, die Vergänglichkeit der Lust.

Genau beobachten heißt lieben, sagt Jochen. Ich beobachte ihn, ich nehme alles wahr, jede Kleinigkeit merke ich mir. Immer noch komme ich von den Erinnerungen nicht los. Die Erinnerungen sind lebendiger und stärker und unausrottbarer als das direkt Erlebte.

Sie geht durch die Straßen der Stadt und denkt: die alten Frauen, die schwarzgewandeten. Denn die schwarze Kleidung alter Frauen ist lang und weit und verhüllend. Und ihr kommt eine alte Frau entgegen, und sie sieht sie aufmerksam an, sieht ihr lang ins Gesicht, und die alte, schwarzgewandete Frau bemerkt ihren aufmerksamen Blick mit Erstaunen. Agonie, denkt sie. Schmerzensflecke, denkt sie. Leichenflecke, denkt sie. Krankhafte Todesangst, denkt sie. Eine Phobie ist eine krankhafte Todesangst, denkt sie. Thanatophobie, denkt sie. Und Jochen, der Todesängstige, dem sie immer noch nachforscht, obwohl sie ihn in sich auslöschen wollte, ruft an und sagt: manchmal habe ich das Gefühl, du fängst an, dich zu distanzieren. O solche Sätze! Er spricht, als wäre nichts geschehen. Solche naiven Sätze! Mein Gefühl ist ziemlich stark, sagt Jochen. Aber was soll das jetzt noch? Grabesblumen. Totenkränze. Gräberformen. Leichenschauhaus. Friedhof. Leichenöffnung. Totenrede. Totenmahl. Obduktion. Leichnam. Totensonntag. Totenstille. Sie träumt von Jochen. Jemand zeigt ihr einen Brief, lang und engbeschrieben, eine schwer zu entziffernde Handschrift. Sie liest einen Auszug aus Jochens Tagebuch: heute war ich beim Verleger, er zeigte mir ein Gemälde, eine unvollendete Madonna; er fragte mich: können Sie mich wirklich küssen? Lotte weint, die Tränen laufen ihr über das Gesicht, aber niemand bemerkt es. Meine möglichen Todesarten, denkt sie. Tief im Innern der Glaube, daß Jochen sie, nachdem er das Kind hat abtreiben lassen, nicht mehr lieben kann, daß er sie nie geliebt hat. Sie denkt: ich habe wie ein Mann gehandelt. Diese Schuld kann ich nicht abtragen. Das clownhafte Verleugnen des mütterlichen Prinzips; wieder Mephisto, freundlich Gesichter schneidend, Hand haltend, als die Gebärmutter leergesaugt wurde; Mephisto, das bekümmerte Gesicht eines jünglingshaften Arztes im hellkarierten, offenen Hemd.

Nacht. Sie liegt wach, fühlt ihr Fleisch schamlos aufdringlich, fühlt den Geruch ihrer Scheide zu sich aufsteigend, denkt an Jochen, an ihre Unruhe, an Friedhofsordnungen. Denkt, daß Hunde nicht auf den Friedhof dürfen, weil sie die Toten auswühlen könnten; denkt, daß sie mit Hannes in einer Fleischerei war und ein Schild im Türrahmen gesehen hat: Hunde polizeilich verboten. Würde denn ein Hund wirklich die Toten auswühlen?

Der eklige, aufdringliche Geruch des Hundefutters aus der Dose, rotes, schlabbrig-feuchtes Fleisch, das Jochens Hündin mit schlabberndem Geräusch verschlingt.
Nur Blut und Gewebe. Dieses tote Kind, das bin ja ich. Das Sich-Trennen von Lebenden ist unerträglich. Sie denkt an den »umgekippten« Champagner in Stuttgart. Jochens Kennerblick. Auf den Champagner. Und auf die Frauen. Der Kleinbürger, der den Großbürger spielt. Sie sitzen in einem Lokal, und Jochen gibt an mit Champagner, aber der ist »umgekippt«: der Champagner des Don Juan vibriert nicht mehr; kein Perlen mehr, der Korken knallte nicht. Der Champagner des Don Juan fade geworden wie abgestandenes Bier nach einer zerstörerischen Nacht. Der Einbruch der rohen Realität.
Lotte geht auf den Zentralfriedhof der Stadt. Kann man sich von Lebenden trennen? Sie muß sich abschneiden von Jochen. Abtreibung. Abschneidung. Du sprichst das Wort Tod leicht aus, sagt ihre Mutter. Warum ist der Tod verborgen? Früher sahen die Leute öffentliche Hinrichtungen. Die Leute gaffen dem Tod nicht mehr bei der Arbeit zu. Sie haben da eine verhornte Stelle am Muttermund, da muß was geschehen, sagt die Ärztin. Ich habe das mütterliche Prinzip verraten, denkt Lotte. Ein Rückfall, denkt Lotte. Oder hat sie das mütterliche Prinzip gerettet? Erinnerungen, die man nicht mehr los wird. Aber muß sie nicht dasein für ihre lebenden Kinder? Eine Frau in einem Fernsehfilm sagt: wir haben im Kopf alle schon zigmal abgetrieben. Im Kopf? Im Kopf? Lotte fühlt sich vollkommen verhöhnt von diesem Satz. Sie träumt, Jochen ist mit Therese und ihr zur Abtreibung gefahren. Nachdem sie zurückgekehrt sind, sagt Jochen: wenn etwas passiert, ruft mich an. Dann ruft an! Lotte sitzt in der Stube und hat Geburtstag. Es kommen zwei Karten mit der Post. Lotte sagt: das Übliche. Sie ist verlegen und denkt, die Karten sind von den Großmüttern. Sie liest eine Karte, und darauf steht der Satz: mein Gott, warum hast du mich verlassen? Lotte bricht in Schluchzen aus. Therese sagt: so fängt es an. Jochen ist sehr fröhlich. Lotte sagt zu ihm: erst in einer Woche wird es dir schlecht gehen. Sie sind wie Komplizen, als hätten sie gemeinsam ein Verbrechen begangen.
Die Geschichte von Müttern bedeutet auch die Geschichte einer Abtreibung. Denn wenn man ein Kind wegmacht, ist es nicht da und ist doch gegenwärtig.

Im Traum fährt jemand sie zu einem Doppelzimmer. Gleich wird sie Jochen treffen. Ein Lastwagen auf der Landstraße. Männer werfen zwei überdimensionale Rehkörper mit braungebratenen Rücken auf eine Halde zur Linken der Straße. Eine Frau, die Lotte begleitet, sagt: wie schön, wie schön, das schöne Fleisch, das schöne Fleisch. Lotte denkt: sie spricht vom Fleisch, aber nicht von den Tieren. Lotte ekelt sich sehr. Sie denkt an Jochen und daß sie mit ihm verabredet ist und daß er vielleicht gerade in diesem Moment an den verabredeten Ort kommen wird. Und die Rehe liegen auf der Halde, wie amputierte Stümpfe, sie sind am Hinterteil ganz flach, sind nur noch Fragmente von Leibern ohne Kopf.
Die verdammten verweslichen Blumen. Auf Friedhöfen. In Wohnungen. Stinkendes Blumenwasser. Abgewirtschaftete Blumen. Gasthaus in Stuttgart-Stammheim. Sie so matt, voll Übelkeit, noch schwanger. Liegt im Bett, und er kommt zurück vom Prozeß, und sie sagt: nimm mich einmal in den Arm, wärme mich; er legt sich etwas unbeholfen, angezogen, mit Schuhen, an sie, aber mit dem Rücken zu ihrem Körper, und er sagt: *ich* will von dir gewärmt sein, dein Kind. Da hat sie gespürt, daß sie nicht kann, was er will. Und sie schreibt ihm von Ödipus, der keine Geliebte haben kann, weil die Mutter wie ein Schwert auf der Schwelle liegt und nur die Mutter sein tiefstes Verlangen stillen kann, und sie schreibt ihm, daß sie Geliebte ihm sein will, ihm nicht Mutter, sondern den Kindern, den lebenden. Manchmal fällt mir ein früherer Traum von Johannes ein: er und ich unter einem Baum liegend; mir fallen zwei Äpfel aus der Baumkrone auf den Leib; ich bin glücklich. *Du mußt entscheiden, wie du leben willst.* Eine Mutter ist die Liebende ihrer Kinder.
Im Fenster einer Blumenboutique sieht sie Glückwunschkarten: für Mutter und Kind; freudiges Ereignis; ein Sohn; eine Tochter ...
Ihre Mutter hatte im Leben nur einen Mann. Nur diesen einen Mann, den Vater. Lottes einsame Anhänglichkeit an einen Mann, der sie nicht will. Die Erinnerungen: Orte, Sätze, Bilder. Er drängt sich in mich hinein, durchwuchert mich. Und dann ihre aufschwelende Revolte: bin ich denn diese Frau, die giert, einen Mann zu haben, der die Grundlage ihres Glücks ist? Oder bin ich, könnte ich eine andere Frau sein, die sich loslöst, die vorbe-

reitet, später einmal zu lieben, geliebt zu werden, in Freiheit, los von aller Demütigung?
Diese Beziehung ist unwürdig. Immer noch hat sie die Kraft nicht gefunden, sie ganz abzubrechen. Manchmal ruft Jochen mitten in der Nacht an. Rücksichtslos. Denn er weiß, daß Lotte sehr früh aufstehen muß, um die Kinder in den Kindergarten zu bringen und dann zur Arbeit zu gehen. Er ruft um zwei Uhr nachts an und hält sie dann, wenn er Lust hat, eine Stunde am Telefon. Dann wieder tagelanges Schweigen. Brosamen der Liebe und Zuwendung von seinem Tisch.
Sie möchte neu anfangen, weiß aber nicht, wie.
Der Ekel. Sie fährt an einem Sonntag mit den Kindern zu einem See. Dort baden die Leute nackt und gehen nackt herum und sonnen sich nackt. Die Nacktheit erscheint ihr zum erstenmal als nichts Natürliches, sondern als etwas höchst Lächerliches und Künstliches. Die Jungen mit ihren langen dünnen Schwänzchen, woran sie sich im Gehen selbst ziehen. Die Frauen, von denen die meisten Hängebrüste und Puddinghintern haben. Und die Männer mit manchmal sehr dicken Bäuchen und ihren seltsam baumelnden Geschlechtsinstrumenten. Einem Mann, der neben seiner Frau in der Sonne liegt, wird plötzlich sein Glied steif und hebt sich langsam in die Höhe. Alles erscheint ihr an diesem Nachmittag noch geheimnisloser als sonst. Diese unförmigen, formlosen, geistlosen Körper, denkt sie. Alle Körper erscheinen ihr wie irgendwie zusammengeflickt: hier ein Busch Haare, dort eine Erhebung, dort wieder etwas Hängendes. Nur Blut und Gewebe. Ihre weißen Kinder spielen wohl, aber nicht sehr freudig. Sie spüren das Mürrischsein, die Trauer der Mutter. Lottes Leben erscheint verdorben, irgendwie verfault, unrein, schamlos und voller Scham. Sie sieht die Kinder an, deren Körper weiß in der Sonne schimmern, und sie spürt die Liebe zu den Kindern in sich. Und spürt, daß sie diesen Kindern alles geben will und geben kann. Sie möchte neu anfangen, aber sie weiß noch nicht, wie.
Sie schickt Jochen ein Buch über den Hund im Volksglauben. Sie schreibt in das Buch: kann deine Hündin noch singen? Einmal gab es eine Zeit, da wolltest du mit mir und den Kindern und deiner Hündin leben. Einmal gab es eine Zeit, da suchtest du eine Sieben-Zimmer-Wohnung für uns.
Die Kastanien blühen nicht mehr. Die stacheligen grünen Kasta-

nien. Sie werden herabfallen. Im Mai werden die Kastanienblüten hellrot. Die gespaltenen stacheligen Kastanien werden mir vor die Füße rollen, die braunen, die glänzenden Kastanien.
In welchem Monat ist dein Vater gestorben, Jochen?
Und dann fragt sie sich, während sie ihre Fragen umkreist, ob ein Verzicht auf das Erinnern nicht besser wäre, ein Verzicht auf das Wühlen in den Gründen, in den Ursachen, in den Kindheiten. Sie schickt ihm ein Buch über den Hund, über den Hund und die Todesgöttin Hel, und es regt sie sehr auf. Warum nicht ein dicker, schmerzender Strich, ein Schnitt, und ich beginne neu? Aber sie hat Angst vor den Einsichten, vor den Desillusionierungen. Sie hat Angst vor der Einsicht, daß sie allein leben muß. Wie hat sie seine Endlichkeit der Liebe gehaßt: das abrupte Aufstehen, das abrupte Anziehen des Schlafanzugs, das abrupte Aufhören, das abrupte Einschlafen. Aber sie hat Angst, das einzugestehen. Niemand kann aus seiner Haut und diese Männer auch nicht, die es anders nicht wissen.
Nur Blut und Gewebe. Zurückgestoßen ins Dunkel der Zeugung. Ins Dunkel des Nichtseins. Du mein Kind, wäre ich du gewesen! Aber in den Momenten, in denen ich gern lebe, hasse ich meine Tat doppelt.
Sie spürt ihre Brüste des Sommers unter dem leichten Pullover. Impuls, die Brüste einmal kurz anzuschauen. Erinnerung, plötzlich, an das Stillen der Tochter. An Verbindung und Nähe und leise quellendes Fließen. An Selbstverständlichkeit der körperlichen Kraft. Und währenddessen liest sie ein Buch über den Tod.
Dieser Tod in ihr. Die Stummheit in ihr. Nachdem sie voll Todesangst des Wachsens gewesen ist. Voll Übelkeit des Keimens. Die Erinnerung an die Übelkeit. Das Bild eines Feldes voller schimmlig-grün keimender Kartoffeln. Ihr Leib voll der schimmlig-grünen Keime, die sie durchwuchsen.
Jochen ruft einmal wieder mitten in der Nacht an von irgendeinem weitentfernten Ort, aus einer seiner tausend »Heimaten«: Ich werde dein Bett bevölkern, sagt Jochen. Und er hat mich doch bevölkert und entvölkert. Warum höre ich mir denn immer noch diese Sätze an: ich werde dein Bett bevölkern?
Oft denkt sie an einen Gang zum Zentralfriedhof. Der Friedhof zieht sie an. Sie besucht Johannes auf dem Weg zum Friedhof, sieht ihn sich duschen in seiner Badewanne. Sie denkt mit Weh-

mut an die Möglichkeit, ihn einmal ganz an eine andere Frau verlieren zu müssen. Er ist schön und kräftig.
Goethes Todesangst, sagt Jochen. Jochen und Lotte in Wetzlar. Goethes Zwang, seine Geliebten zu verlassen. Zusammenhang zwischen Todesangst und Zwang, geliebte Menschen zu verlassen. Ist das Verlassen nicht einfach die Wiederholung der Tat, die einem Menschen am eigenen Leib geschah, an fremden Leibern? Einer wurde einem weggerissen, verschwand auf Nimmerwiedersehn. So wie Hannes mit Annemarie Arztspiele spielt und sie sich gegenseitig eine Hand verbinden und Creme daraufschmieren, weil der Arzt Hannes seit Wochen sein Ekzem verbindet. Ausprobieren dessen, was am eigenen Leib geschah, an fremden Leibern. Jochen nahm mir mein Kind.
Sie beginnt die lebenden Kinder wieder stärker zu fühlen. Sie küßt Annemarie: die Lippen des Kindes auf ihren Lippen. Annemarie hat einen Mund wie Therese, nachgebend, einsinkend weich. Der Lindenblütenduft nach der Rückkehr aus Zwolle. Die entsetzlichen Lindenblüten und die Erinnerung an die letzte Nacht vor der Abtreibung. Keine Liebe soll in mir sterben und sich vermauern. Aber es muß geschehen. Was war denn nur in den Nächten und Tagen im Krankenhaus? Als ich aufwachte, habe ich den Schwestern gesagt: Röntgen dürft ihr mich nicht, denn vielleicht bekomme ich ein Kind. Ich schlief soviele Tage. Ich weiß nichts mehr davon. Jochen erzählte mir, ich soll geschrien haben: Jochen, gib mir die Hand, Jochen, gib mir die Hand. Was geschah nur mit mir? Der Lippenstift seiner Ehefrau in seinem Handschuhfach. Sein Hals, nicht mehr frei für meine Küsse, denn er würde zu ihr fahren. Was war das? Wieder das alte Gefühl, einen Nebenbuhler zu haben, einen, der mehr geliebt wurde oder der mich ausschloß. Jetzt steht die Wiege ihres Sohnes im leeren Zimmer von Johannes. Und Jochen ruft an: du sollst mich lieben. Ein Wettfrisieren auf einem Marktplatz einer Stadt, eine seiner tausend »Heimaten«. Jochen wegfahrend mit seiner Hündin, die auf dem Rücksitz des Autos hechelt wie eine Gebärende. Jochen wegfahrend. Den Tumult der Wettfriseure in den Ohren. Kreischende Geräusche in den Ohren. Sehnsucht nach Stille. Nur Stille. Nur Stille. Ins leere Zimmer, von Johannes verlassen, die leere Wiege hineingestellt. Und Johannes, als er die Kinder besucht, sagt: jetzt kannst du ja ein Kind kriegen. Und sie zuckt zusammen. Und Johannes entschuldigt sich. Das tote

Kind. Wieder Lenz. Oberlin. Lenz. Das tote Kind. Fouday. Jetzt und hier das wirkliche Fouday. Als wir in Fouday herumgingen, hatten wir das kleine Reclamheftchen des »Lenz« irgendwo verloren. Wir suchten es, aber fanden es nicht. Wir fanden ein Grab. Das Grab des »Papa Oberlin«. Und Jochen, am Telefon: du sollst mich lieben. Und ich möchte immer noch herausfinden, denkt Lotte, ob er wirklich etwas Tieferes von den Dingen weiß, die in diesen Zeiten die Gemüter beherrschen, ob vom Baader-Meinhof-Prozeß oder vom Krieg oder von der Liebe; oder ob er nur über die Dinge weggeht, sie berührt, um sie wieder fallen zu lassen.
Sie möchte so gern allein leben können. Wunsch wie der einer Gelähmten, endlich gehen zu können. Einer halbseitig Gelähmten, die endlich die ersten Schritte machen und ohne Krücken und ohne Pfleger leben möchte.
Verfall: ein langsames, leises Ticken. Ist Altern schon Sterben? Oder ist Altern nur Verwandlung? Philemon und Baucis: die Gestalten dieser Alten plötzlich wieder gegenwärtig; die schöne Stelle: Philemon und Baucis sterben zugleich; gemeinsam sterben: o wie göttlich, der Gedanke! Verbunden sterben, noch im Tod zusammenwachsen. Tod kein Weggerissensein, sondern ein Zusammenwachsen.
Sie geht mit den Kindern auf den Friedhof. Mutterschaft und Tod. Sie versteckt sich hinter dem Stamm eines Baumes und ist nicht mehr da. Dann kommt sie lachend wieder in den Blick der Kinder. Und wieder versteckt sie sich. Und wieder kehrt sie zurück. Und wieder ist sie verschwunden. Sie umarmt den Baumstamm. Und die Kinder suchen sich schmalere Baumstämme aus, die sie umfassen können. Der einzige Tote, den sie gesehen hat: ihr Großvater, der Vater der Mutter. Sie denkt an das fließende haltlose Weinen vor und während der Beerdigung. Das Mitansehen des endgültigen Abschieds tat so weh, so weh. Fremd war das Mitansehen der Verwandten, die die ausgestellte Leiche noch einmal zum Abschied berührten; die Hände des Großvaters keiner Berührung mehr fähig; die Verwandten faßten die Hände noch an.
Wie nah sie einem Mord gewesen war! Vor der Abtreibung das Denken an einen Mord. Ihn auslöschen. Ihn töten.
Verstanden zu werden ist nahezu unerreichbar, denkt sie.
Verstehen ist unendlich schwer. Bekenntnis; »die Wahrheit sa-

gen«: das ist das Verwirrendste, Gefährlichste; denn wenn sie versucht, zu bekennen; wenn sie die Irrwege der Wahrheit nachzeichnet, wird es ihr ergehen wie jenem Vatermörder im Roman »Therese Etienne«, der sich einem Priester bekennen will und bei den ersten Worten das gierige Gesicht dessen sieht, der ihn, der bekannt hat, ausliefern wird. Die große Beichte kommt bestimmt, sagt Jochen. Aber er kündigt immer nur an, endlich sich zu erklären. Niemals wird er die Wahrheit sagen über seine Entschlußänderung, über seine Entschlußlähmung. Die Endlichkeit ihrer Ich-Erfahrung. Sie spürt, wie sie in ihrer rückhaltlosen Ich-Erfahrung an die Ich-Erfahrungen der anderen stößt, sich mit den anderen berührt.

Schlaf über ihrem Gesicht. Schlaf, der ihr Gesicht und ihren Körper überfällt, muß dem Tod ähnlich sein: er ist wegführend von allem. Entschlafen ist Weggleiten. Umbettung: eine Leiche wird in ein anderes Grab gelegt. Ein Bett: eine in den Boden eingegrabene Lagerstätte, eine Schlafgrube. Der Schlaf ist der Bruder des Todes. Ihr formloses Leben. Formlosigkeit als Gegenstand des Nachdenkens. Form wird Identität, wenn sie verzweifelt gesucht worden ist und nicht von Anfang an vorhanden und übernommen war.

Sie muß die Anrufe hinnehmen. Wenn Jochen tagelang nicht anruft, und dann plötzlich zu einer beliebigen Tageszeit ist seine Stimme im Raum, er knallt ein paar Erlebnisse hin, fragt nach ihr, sie nimmt es hin, denn wenn sie aggressiv würde, wäre sie ganz verlassen, und immer noch hält eine Hoffnung sie. Sie fürchtet sich, den letzten Schritt zu tun; sie fürchtet sich, auch äußerlich ganz verlassen zu sein; nichts fürchtet sie so wie verlassen zu sein; und dann noch die Schuld, er bürdet sie ihr auf; sie trüge die Schuld am Bruch. Denn welchen Grund gibt es?, sagt er? Hat dir die Abtreibung geschadet? Bist du krank? Oder tot? Sah es denn nicht wie in einer Sauna aus in dieser Abtreibungsklinik?, sagt er. Das ist doch heute alles nicht mehr so schlimm, sagt er . . .

Diese unglückliche, sprunghafte Liebe!

Mein Schamhaar ist noch immer nicht wieder zugewachsen. In der Klinik haben sie es abrasiert, wie man das Schamhaar vor der Entbindung abrasiert bekommt von der Hebamme. Aber am Schluß war da nichts. Es wurde nichts entbunden.

Die sehr schnell rasend werdende Abhängigkeit, in die ich gerate. Und dann, wenn man mich liegenläßt, denkt sie, mich zurück-

läßt, nach langem depressivem Kampf, eines Tages wieder losgebunden. Und sie umkreist den Tod wie ein Raubvogel seine Beute.
Es widert sie immer mehr an, wie er sich jeder Festlegung entzieht, alles in der Schwebe halten will, die er selbst bestimmt. Sie hat Angst, daß der Mann Jochen sich noch mehr in sie einschleicht. Sie träumt, ihre Kinder haben verschiedene wertvolle Sachen aus der Wohnung geschleppt und sie in den See geworfen. Lotte läuft zum See, um die Sachen wieder herauszuholen. Einiges kann sie noch retten. Aber eine quicklebendige, bewegliche, lange, schwarze Schlange schwimmt ihr davon, und dabei hatte sie sich schon lebhaft vorgestellt, die Schlange auf ihren Händen zu balancieren. Sie geht mit Jochen am Seeufer entlang, sie sagt ihm, er habe die Treue gebrochen. Ob er auch nicht reagiere, wenn seine Ehefrau ihn am Glied berühre?
Dieser Kerl hat schon die ganze Stadt verseucht, denkt sie. Wenn er sich noch länger in mich und meine Stadt einschleicht, kriege ich ihn nie wieder aus meiner Seele und werde dann völlig verrückt. Kann ich in deinem Bett schlafen?, fragt er am Telefon, wenn ich dich besuche? Wer weiß, wo du mich hinsteckst, sagt er. Ins Kinderzimmer vielleicht, sagt er. Als würden wir uns jemals wiedersehen!
Nachts grübelt sie und grübelt, und es fällt ihr das Bild jenes »Totenhauses« ein, von dem ihr, kurz bevor sie Jochen kennenlernte, erzählt worden war; das Bild eines »Totenhauses«, eines Einfamilienhauses in Friedberg, ganz von Blumen überwachsen, unbewohnt, da der Bewohner, ein Schriftsteller, gestorben war, und die Kinder erhielten das Haus des Toten unangetastet und unberührt seit dem Tod des Schriftstellers; das Haus wuchs immer mehr zu; leer und stumm stand es da, als wäre niemand gestorben. Das einsame Totenhaus vor ihren Sinnen in der Nacht. Grübelnd sie und schlaflos. Sie sieht Jochen vor sich, wieder zum erstenmal, das erste Kennenlernen. Sieht sein Lächeln, und ihr erstarrtes Gesicht löst sich auf und wendet sich ihm zu, diesem erfolgsgewissen Gesicht, diesem leichten Lächeln. Und nun das verlassene Haus. Er macht Trauerarbeit, hat sie schon zu den Toten gesellt, besucht sie nicht mehr, denkt aber, wie er sagt: Lotte wäre jetzt neben mir, was würde sie sagen? usw., dies ständig. Drei Stunden Zugfahrt zwischen uns, und er denkt von ihr wie von einer Abgeschiedenen: was würde sie jetzt wohl

sagen? *Die Bitterkeit allzu flüchtiger Bindungen.* Sie, die Witwe, die Beraubte ihres Mannes. Brauch der Inder, die Witwe mit dem Mann zu begraben, das kommt ihr als Gnade vor. Die Trauer, die Melancholie, die mich anfällt, von einem Moment zum andern; Bücher von ihm im Bücherschrank. Erinnerungsstücke. Kein Zugang zu den Dickichten meiner Unkenntnis. Ach nein, das kann ich ja nicht ausdrücken: diesen Körperekel, diesen Ekel vor dem Lebenmüssen, dieses Fehlen der Freude, diese Unfähigkeit, sich auf einen neuen Tag zu freuen.
Auch ich habe die größte Angst vor einer engen Bindung. Und zugleich diese Drogenabhängigkeit von einem Menschen, der schnürende Nabelschnurzustand: dauernd angerufen werden wollen, vor Schmerz weinen wollen, wenn das Telefon aufgelegt wird mit nüchternen Worten »ich melde mich wieder«. Wenn ich allein bin, müßte ich hinfallen, denke ich, so ungestützt. Voll schnürendem Schmerz, wie ein Koloß liegt da mein Fleisch, so lächerlich.
Schreckliche Erinnerungen muß ich verwandeln, denkt sie.
Im August ist sie zum erstenmal wieder mit Johannes zusammen. Seit acht Monaten. Ihr fließen die Tränen aus den Augen wie warme Quellen. Ich könnte mir das Herz zerreißen, das Herz könnte mir zerspringen. Von einem Menschen zum anderen zu wechseln ist entsetzlich. Sie fühlt sich wie auf dem Zipfel von Erdreich über einen Abgrund stehen. Wie fremd, wie entfremdet ist Johannes ihr geworden. Treue: was ist Treue? Treue: zu *einer* Mutter gehören. Mein Schreien: gib mir die Hand, Jochen. Er hat ihr die Hand nicht gegeben. Sie träumt von ihrem Großvater, dem Vater des Vaters: ich besuchte die Familie; zur Begrüßung umarmte ich meinen Großvater. Der Großvater war sehr schweigsam und traurig, wie kurz vor dem Tod, so in sich gekehrt. Er beklagte sich mit wenigen Andeutungen, daß Großmutter nichts verstehe und er nicht mit ihr sprechen könne. Ich sagte ihm, Großmutter sei doch genauso verschlossen wie er und vielleicht genauso eingeschlossen in ihre Todesgedanken. Bei der Umarmung des Großvaters spürte ich die kleine Erhebung des weichen Gliedes, wie man sie spürt, wenn man sich an einen angezogenen Mann preßt.
Johannes ist ein junger Mann, denkt sie. Ich spüre endlich wieder einen kräftigen Körper, denkt sie.
Tod ist ja auch: Stillstand, Kreisen um Immerdasgleiche.

Untreue ist: mit plötzlich erscheinenden, fremden Menschen mitgehen. Sie möchte die Tage der Kinder mehr mit Freude ausfüllen, erfüllter machen. Tage der Freuden den Kindern.
Die große Beichte kommt bestimmt, sagt Jochen wieder, als Lotte ihm erzählt, daß sie zum erstenmal Johannes wieder umarmt hat. Sie träumt einen schrecklichen Traum. Johannes meldete sich in einer Gesellschaft zu Wort; Lotte hatte vorher etwas über Autismus gesagt; und die Leute neigten lange stumm die Köpfe und sagten dann: das ist wahr. Johannes aber sagte nur einen kurzen Satz, den niemand verstand, und niemand antwortete ihm, als hätte er nichts gesagt und sei gar nicht vorhanden. Dann ein großer Raum. Zwei Pferde sind darin eingesperrt. Am Morgen stehen einige Menschen, ich auch, vor der Tür. Und das eine der Pferde will auch hinaus auf die Wiese, aber ich will es nicht frei lassen. Da verbeißt es sich in mich, in meine Schulter, und man kann das Pferd erst befreien, als man es frei läßt auf die Wiese; ich bin es, die weit die Tür öffnet für das Pferd. Durch die offene Tür sehe ich fern weit hinten in der Ecke des großen Raumes das zweite Pferd stehen, und ich sehe, als ich durch die Türöffnung luge, wie es sich zusammenkrümmt, schlaff und zitternd, wie es in sich zusammensackt (es macht eine Figur wie Jochens Hündin, wenn sie im Zimmer eingesperrt ist und anfängt zu zittern, weil sie pinkeln muß), und ich reiße die Tür weit, sehr weit auf, und das zweite Pferd läuft ins Freie. Johannes steht auf der Wiese. Johannes ist »amputiert«, auf eine merkwürdige Art und Weise: sein Bein ist in der Mitte durchgeschnitten, aber zusammengesetzt, und er geht mit den lose aufeinandersitzenden Beinteilen auf merkwürdig schleppende Art, damit die beiden Hälften nicht auseinanderfallen. Dann plötzlich hat Johannes noch mehrere Beine, aber ich beginne, auch die nach und nach durchzuschneiden. Dann verbindet er sich all diese Beine. Ich will aber nicht zusehen, denn das Blut läuft. Ich sage, er soll sich die Beine woanders verbinden. Ich gehe hinaus auf die Wiese und zeige Hannes, wie ich fliegen kann. Ich bewege die Arme wie Schwingen und erhebe mich in die Luft, bis Hannes mich nicht mehr sieht, mir nicht mehr nachblickt, dann komme ich langsam wieder zu Boden.
Wenn ich das nur bewahren könnte, denkt sie, dieses Gefühl, nicht mehr als Jochens Opfer am Boden zu liegen. Ich, schwanger, flehte ich ihn an, er solle mich heiraten. Er: du kannst nicht

sagen »heirate mich«, Heiraten ist bürgerlich, Heiraten ist bürgerlich. Und dann zu einem Dichterkollegen über den Tisch geworfen das Wort: soll ich sie heiraten?

*Jaja, er sucht sich seine große Liebe stückerlweise zusammen. Don Juan: Ich will es jetzt sehen, was mich so sehr an sie band, daß ich mich an nichts binden konnte – . . .*

Hatte der Pfarrer nicht von einem Kindersarg erzählt? Von einem Kindersarg mit einem Guckfenster oben darauf am Kopfende; die Kinder, die sich dem Sarg näherten und durch das Guckfenster schauten, wurden vom Lehrer des Dorfes bestraft; der Sarg stand draußen vor dem Sterbehaus, vor dem Elternhaus des toten Kindes. Eine Totgeburt. Wochenbett einer Totgebärenden, einer Todgebärenden, das muß man sich einmal vorstellen; auch sie, die ein totes Kind gebar, liegt im Wochenbett; in ihrer Nähe, neben ihr: Nichts, Leere. Ob die Todgebärenden auch Milch in den Brüsten haben? Ich halte es ja schon nicht aus, wenn die Schallplatte zu spielen aufhört oder wenn ein lieber Mensch den Hörer auflegt. Trennungen und Abbrüche kann ich kaum ertragen. Sie geht auf den Zentralfriedhof. An einer Allee direkt am Friedhof ein merkwürdig verkommen aussehendes Gebäude, es sieht aus wie eine gräßliche Abtreibungsklinik. Hunde an der Leine zu führen. Verschiedene Friedhofsordnungen. Ein Hotel am Friedhof. Hotels: die tausend »Heimaten« von Jochen. Die Anonymität der Toten. Die Langweiligkeit der *vielen* Toten. Das unbedingte Interesse an jedem Einzelnen der Toten. Ein hoher Rosenbusch auf einem Grab. Auf den Grabsteinen viele Müttergottes mit dem kleinen Kind auf dem Arm. Müttergottes mit dem sterbenden Christus. Der Abfall der Grabpflege in Betongruben. Der Geruch des Friedhofsabfalls dumpf und scharf wie aus Mülltonnen in Hofeinfahrten; der Geruch des Lebensbaumes; der Geruch der weißen Blüten. Gummireifen-Kränze; entblätterte, entlaubte Kränze auf einem frischen, aufgeworfenen Grab; Kränze und Blumen geworfen auf die Graberde, die aufgeworfene, über dem Sarg, gegen den Leichengeruch; Blumen gegen Verwesungsgeruch; Blumen gegen Leichenflecke; die Blumen verkommen, zerfallen, zerfransen, verbleichen. Außer dort die weißen, künstlichen Blumen, tot und unzerstörbar verbleichen sie in der Sonne. Familiengrab, breit, monumental, eingefriedet, einbetoniert mit überdimensionalen Grabsteinen. Dunkler und dunkler der Friedhof. Keine Aufschriften mehr zu erkennen. Auf einem Grabstein der Name Johannes; Kränze zu Skeletten geworden, sie sehen aus wie Gummireifen, aber es ist wohl Plastik; das Grün ist abgefallen in Trockenheit. Ich suche ein Kindergrab, aber es ist zu dunkel, um die Inschriften zu lesen. Rote Lampen auf den Gräbern. Viele Variationen von Grabsteinen. Ein alter Friedhof. Auf den Grabsteinen manchmal: Oberstudiendirektor oder: Kaufmann oder: Metzgermeister oder: die Witwe; noch im Tod demonstrieren die Sterblichen ihren erreichten Stand. Der Totengräber erzählt, daß vorbeigehende *alte* Menschen in das Grab schauen, das er gerade aushebt; niemals, fast niemals schauen *junge* Menschen, sagt der Totengräber, in das offene Grab hinein. Eine Frau pflegt in der Dämmerung noch ein Grab. Porzellanblumen auf französischen Gräbern verwelken nicht, aber sie rosten, hat Jochen gesagt. Alte Liebe rostet nicht. Unsere Liebe rostete. »Unser lieber einziger unvergeßlicher Sohn« auf einem Grab.

Sie möchte leben, lieben; möchte nicht Opfer sein, nicht Wartende, nicht Witwe. Aber sie wacht auf am Morgen und denkt: unmöglich, dich aus mir herauszureißen. Jemand erzählt von den Leichen in Neapel, die mumifiziert sind und die man sich zeigen lassen kann. Kein Platz mehr für die Toten; Überbevölkerung der Toten; ein Toter, der nicht unter die Erde kommt, wird zu Haut und Knochen. Das Fleisch verwest. Ein Toter, der über der Erde bleibt, kriegt Luft. Unter der Erde, luftlos, lichtlos, eingeschlossen der leblose Körper.

*Ein Fleisch* waren wir, und nun kennen wir uns bald nicht mehr.

Haben Sie zufällig ein Tempo bei?, fragt mich ein Kind auf der Straße. Das Kind hat sich am Fuß verletzt. Und ich fühle mich ausgezeichnet, daß das Kind gerade mich um ein Taschentuch zum Verbinden bittet. Ich komme fast täglich auf dem Weg zur Arbeit an jener Telefonzelle vorbei, von der aus ich eine halbe Stunde vor der Abfahrt nach Zwolle noch jene Frau anrief, die mir die Adresse der Klinik in Holland gab. Oft denke ich, ich muß aus der Stadt fortgehen.

Wie widerwärtig mir das Grillenzirpen draußen war, nachdem ich mit ihm geschlafen hatte. Wie widerwärtig sein Sprechen von der Wollust: mein Schrei werde irgendwann sein wie der Geburtsschrei. Bestandene Prüfung im Wollustproduzierenkönnen. Lieben zur Leistung erniedrigt. Denken an Therese. Das Verlan-

gen nach einer Brust. Nach der Wölbung. Nach der Festigkeit. Das Verlangen, sich im Fremden und im Vertrauten zu erkennen. Wichtig ist die Trennung von Liebe und Fortpflanzung. Denken an eine Frau. Das Verlangen nach dem Anonymen. Sie irgendwo finden, vertraut und ganz fremd. Ihr nicht Rede und Antwort stehen müssen. Denken an eine Frau . . .
Sie muß lernen, nicht mehr alles preiszugeben.
Fußballspielende Jungen auf einem Rasenstück, und sie denkt an die schwangere Mutter, in der noch nichts getrennt ist.
Im Traum fährt sie mit Johannes und den Kindern und einer anderen Frau. Sie müssen aussteigen. Die Kinder sind sehr langsam. Und als sie plötzlich allein auf dem Bahnsteig steht, denkt sie, die anderen sind vielleicht nicht schnell genug aus dem Zug herausgekommen und mußten im Zug zwangsweise weitermitfahren. Sie läuft überall herum, vollkommen verzweifelt, auf dem Bahnhof ist es düster, bis ein Bahnbeamter sie ein paar Treppen hinunter in einen Tunnel führt. Und dort sitzen an einem kleinen Wasser Johannes, die Frau und die Kinder. Die Kinder nah am Wasser. Johannes lachend und lächelnd und guter Laune, als habe er Lottes Abwesenheit überhaupt nicht bemerkt. Die Kinder essen Schokolade. Lotte reißt ihnen die Schokolade aus den Händen. Dann nimmt sie die Kinder und will weggehen. Wutentbrannt möchte sie Johannes und der Frau ins Gesicht schlagen und sie an den Haaren zerren. Träume – und dann wieder das Wachliegen im Dunkeln, das Grübeln, das entsetzliche Erinnern. Es kommen die schweren Gedanken und lassen sich nicht wegscheuchen. Sie hört Stimmen. Immer nur Stimmen. Vera, die frühere Geliebte Jochens, die Geliebte ihres Don Juan sagt: er ist ein wunderbarer Mensch. Und dann sagt die Geliebte meines Don Juan: wegmachen. Das paßt irgendwie nicht zusammen: dieses »er ist ein wunderbarer Mensch« und dieses »wegmachen!« – wie »Rübe ab« oder wie »hinrichten«, wie »erschießen!«
Mußte sie denn erst durch diese Erfahrung gehen? Sie fühlt, wie sie immer stärker Mutter wird. Ein großes Trotzalledem. Jochen hat sie im Schneefall zur sterbenden Mutter in Worpswede geführt. Die rosa Farbe, Leichenfarbe, fällt ihr ein, die ihr Don Juan nicht mag. Sie rennt mit dem Urinfläschchen durch Stuttgart-Stammheim. Die Apotheke. Der Test. Der Kampf. Der Abschied. Das chinesische Bett. Das Hollandfahrrad. Holländi-

sche Tomaten, holländische Fahrräder, holländische Gurken, holländische Abtreibungen. Alles besonders schön, frisch aus Holland. Glatt und schön und giftig. Der blaue Himmel tags. Ein Himmel wie in Italien. Über dem Dom eine blaue seidige Decke. Dieser blaue Himmel, dieses Zelt. Und die Unzugänglichkeit des Lebens. Symbolisch dafür die Unzugänglichkeit des Sommers. Wie der Sommer verrauscht. Die blühenden Blumen in den Blumenkästen auf den Balkonen der Nachbarn. Jahr für Jahr verrauscht der Sommer vor meinen Augen. Ein Landspaziergang im Juli: stehendes Korn. Ein zweiter Landspaziergang im August: abgemähtes Korn. Unzugängliche Helligkeit. Unzugängliches Sonnenbad. Wehmütiger Blick am Abend auf das Abendrot, vom Fenster der Wohnung aus. Vergehen eines Tages. Nachtwerden. Sie schläft, und die Wärme flüchtet ganz ins Körperinnere. Ist die Sonnenblume nicht auch eine Todesblume? Sie kündigt das abnehmende Leben an. Auf dem Markt die dicken, unförmigen, gelbgrünen Senfgurken, auch im Netz einer Frau. Die Brombeeren. Das von einem Rindfleischstück tropfende Blut. Die Wespen am Fleisch hinter dem Schutzglas in der Sonne. Frische Flugenten. Das Frische des Tages. Der Morgen. Das Weggehen des Lichts ängstigt sie. Die dämmrige Zwischenstunde ist ein bißchen grauslig. Man weiß nicht recht: lebe ich? oder bin ich schon tot? Der Geruch der rohen, auf dem Markt gekauften Rinderleber im Kühlschrank. Stücke Fleisch, dunkelbraun, blutend. Sie hat fast Furcht, die Fleischstücke könnten lebendig werden. Ist versucht, sie fortzuwerfen. Sie könnten verwesen bis morgen früh. Das schon sehr weit angebrochene Leben. Im dreißigsten Jahr. Wenn sie einen Fünfzig- oder Hundertmarkschein anbricht, ist er bald verbraucht. Am Morgen um fünf Uhr ist alles noch frisch und anfänglich. Dieser Sommermorgen strömt eine Ruhe aus; aber auch er ist wie ein angebissener Apfel, der aufgegessen sein wird bis zum Gehäuse. Sie sieht manchmal in den Spiegel und stellt sich vor, wie ihre Gesichtszüge aussehen werden, wenn sie tot sein wird. Sie möchte auch wissen, wie sie im Schlaf aussieht, wenn die Gesichtszüge alles Willkürliche und Willentliche verloren haben. Es ist ein merkwürdiger Anblick, zu sehen, wie einem Kind die Augen zufallen beim Einschlafen. Ekelfest müßte sie sein, wie jemand trinkfest ist. Sie geht in die Küche und denkt, die rohe Leber könnte aus dem Kühlschrank herauskommen wie ein Tier. Ekelfest müßte sie sein, dann könnte

sie das Ausmaß an Nichtgeliebtsein vielleicht aushalten. Trennung, Abschied – das sind Formen des Todes.
Therese. Der Tod ihres Großvaters. Wenn man jemand verloren hat ... Das tote Kind von acht Jahren, Kind von Thereses Pflegemutter, das in Thereses Armen fast starb. Therese gab es dann der Pflegemutter und lief weg. Als ihr Großvater starb. Niemand hatte ihr gesagt davon. Sie ein fünfzehnjähriges Mädchen. Als sie endlich von der Mutter erfuhr, der Großvater liege im Sterben, setzte sie sich in den Zug nach Allagen, stand in der Stube der Pflegemutter, und es begegneten ihr nur Leute, die nicht einmal grüßten, sondern nur sagten: er ist schon tot. Das war unfaßbar für sie. Sie hatte sehr an ihm gehangen. Oft wenn sie in den Schulferien nicht am ersten Tag der Ferien sofort zu ihm gefahren war, sondern erst einige Tage später, hatte er an der Haustür auf der Bank gesessen und geweint und gefragt, warum sie jetzt erst komme. Und oft hatte er abends im dunklen Zimmer gesessen und still seine Zigarre geraucht, und Therese hatte sich selbstverständlich dazu gesetzt. Sie hatten immer etwas zu sprechen gewußt, der Großvater und die Enkelin. Nicht dieses entsetzliche, krampfhafte Schweigen, sagt Therese, das ich zwischen mir und anderen so oft verspürt habe. Der Großvater hatte schon Rheuma gehabt und Knochenverschleiß und hatte im Rollstuhl gesessen und hatte sich nicht mehr selbst rasieren können. Heute noch, sagt Therese, besitze ich eine dieser kindlichen Rechnungen für das Rasieren. Denn sie hatte lange Zeit den Großvater rasiert. Und auch gewaschen hat sie ihn. Es ist ein ganz selbstverständliches Verhältnis gewesen. Kein Ekel. Nur manchmal war sie befremdet, beim Anblick seiner Geschlechtsorgane. Die dicken Hoden zum Beispiel. Bei alten Männern würden die Hoden größer. Auf dem Grab des Großvaters ein Holzkreuz; immer hätten sie und die Pflegemutter dem Großvater einen richtigen Grabstein »schenken« wollen, kaufen wollen, verbessert sich Therese; heute auf der Eisenbahnfahrt, sagt Therese, habe ich das noch gedacht, und ich habe gedacht, sagt Therese, ein ja eigentlich kitschiger Gedanke: es muß schön sein, auf dem Friedhof zu liegen. Drei Tage wurden die Toten aufgebahrt, sagt Therese. Heute werden sie sofort abgeholt und in der Leichenhalle aufgebahrt, wo man sie auch anschauen kann. Ich habe viele Tote gesehen, sagt Therese. Als Kinder sind wir oft einen im Dorf aufgebahrten Toten anschauen gegangen, um zu beten und nie-

derzuknien. Als die Mutter sie zu ihrer Pflegemutter gebracht hat, und als die Mutter dann weggegangen ist, hat sie tagelang in den Nächten ganz laut geschrien, und die Großmutter trug sie im Haus hin und her, und erst nach Tagen und Wochen ist sie ganz beruhigt gewesen und schlief ein im Bett der Großmutter. Als die Großmutter aufgebahrt war, sind bald große braune Verwesungsflecke auf ihren Wangen zu sehen gewesen. Als das Kind gestorben ist, hatte die Großmutter noch versucht, ihm Tee einzuflößen, aber der Mund des Kindes nahm den Tee nicht mehr auf, der Tee lief schlaff die Mundwinkel hinunter.
Annemarie sieht sich ein Bild an, auf dem ein Mensch liegt. Da liegt einer, sagt Annemarie, ein ganz Toter, weißt du.
Warum hat Jochen mich verlassen?
*Was er noch gestern gewünscht hat, wird eine Gefahr im Moment, da es sich erfüllen kann?* Jochen sagt: ja.
Lotte rennt an gegen die Unoffenheit. Warum bist du so unoffen? Jochen. Du kannst nicht ehrlich sein. Deshalb dieses forcierte Demonstrieren von Offenheit, indem du die Türen deiner Wohnung heraushebst und bei offenen Türen lebst. Du selbst, Jochen, bist vollständig verschlossen und nicht hingebungsfähig. Wie warst du in der Lage, dich während all der Monate in den Betten zweier Frauen aufzuhalten. Ehrlich ist sie ja, das muß man ihr lassen, sollst du gesagt haben. Für dich ein Abenteuer, ein Ausprobieren deiner Potenz, ein Erfahrungsammeln für dein Schriftstellersein. Was du mir von deiner zerstreuten Liebe gabst, ist ja längst aufgehoben in dem Unglück, das du über mich verhängt hast. Aber nach deiner Theorie können nur unglückliche Menschen schreiben, du brauchst vielleicht dieses Unglück. Ich brauche kein Unglück, um schöpferisch zu sein. Wie hast du dich gerühmt, mich schön gemacht zu haben durch deine Liebe. Aber wie häßlich bin ich jetzt! Als dein Ziel erscheint mir, andern (mir) das Erlebnis des Todes (verlassen werden ist Tod erleben) zuzufügen: du möchtest nicht allein sein in deiner Todesangst. Versprechungen, die Aphrodisiaka sind. Die Beziehung zu Johannes ist zerbrochen. Es gibt keine Gefühle mehr. Gerissen ist das Band zu Johannes. Jochen erkannte mich und ich wurde schwanger, und er trieb das Erkennen ab. Fühlst du nicht manchmal eine schreckliche Wehmut, nicht zu wissen, was das Kind geworden wäre, das du dir monatelang gewünscht hast? Wo es sein könnte, ist einfach nur ein leerer Platz. Der Schreiner sagt: es

heißt nicht Schreiner, es heißt Tischler. Schreiner sein heißt ja wohl Totenschreine bauen, sagt der Schreiner. Ein Schrein ist ein stehender Behälter mit Türen, ein Schrank, ein Kasten, eine Lade, besonders zum Aufbewahren von Reliquien. Johannes sagt: ich kann überhaupt nicht Abschied nehmen. Die Menschen die Sterblichen. Die Söhne erben wahrscheinlich von den Vätern das Sterben; die Mütter versprechen gewissen Schutz vor dem Sterben, sagt Johannes. Die Mauern erscheinen mir, als wären sie gar nicht zu übersteigen. Die Mauern zwischen Jochen und mir.

Aber sie träumt von Jochen. Sie träumt immer wieder von Jochen. Die Liegende in schwerem Schlaf, der sie hinwegführt von der taghellen Wirklichkeit, hin zu den deutenden Träumen. Im Traum schreibt sie ein Telegramm in sehr großer Schrift. Sie wird unterbrochen beim Schreiben. Es ist Jochen, der sie beim Schreiben stört. Sie sieht ihn plötzlich in einem Garten. Am frühen Morgen. Er bricht ein versiegeltes, verschlossenes Grab auf, in einem vom Grab aus wehenden Nebel steht er und bricht das versiegelte Grab auf. Lotte schreibt ein Abschiedstelegramm, und sie sieht Jochen in einem Garten. Frühmorgens und keine Menschenseele zu sehen. Jochen am Grab, wie herausgestiegen, im Morgennebel, ganz versunken in seine Anstrengungen, versucht, den Grabstein zu heben, das Grab zu entsiegeln.

Morgen ist ein Montag; der Tag wird beginnen wie alle Tage; das Leben ist voll Sinnlosigkeit. Man müht sich ab, denkt Lotte, die Menschen zu öffnen, und am Schluß sind sie tot und für immer verschlossen. Todesträume sind ihr ein Weg, das Nichtsein des Kindes vorzustellen. Aber man kann sich kein Nichtssein vorstellen. Nicht die Geburt, denkt sie, ist der wirkliche Ursprung. Der Tod ist der wirkliche Ursprung. Was kommt denn hervor aus der Geburt. Ein Blutbündel von altem Fleisch, zusammengebraut zu neuem Fleisch. In der christlichen Vorstellung die unbefleckte Empfängnis, die Empfängnis ohne Vergangenheit. Der Tod ist die wahrhafte Geburt. Im Tod kann nichts mehr alt sein und krank.

Warum kann sie den Anblick Annemaries oft nicht ertragen? Der breite Mund der Tochter ist der Mund eines Breitpissers.

An Jochen: Ob es noch einmal einen Moment gibt, da jeder von uns versteht, was irgendetwas für den anderen bedeutet?

Manchmal wünscht sie sich den Zustand im Mutterleib zurück, wünscht vielleicht, daß er nie aufgehoben worden wäre, denn

dieser Zustand war ja ein Zustand, in dem noch nicht gewußt war, was und wer sie sein würde, Junge oder Mädchen, schön oder häßlich, geliebt oder nichtgeliebt.
Der Anblick eines überreifen Pfirsichs, der Anblick des Kerninneren eines überreifen, schon fast verwesenden Pfirsichs, der Anblick der Kernmulde läßt sie die Ähnlichkeiten von Reifen und Verwesen ahnen. Völlig bewegungslos möchte sie manchmal sein dürfen, einfach nur gefüttert werden wollen, liegen, schlafen und empfangen. Sie reißt sich heraus aus der Lust für diese Zuständc. Sie muß aufrecht gehen. Sie muß gehen. Der Einbruch der rohen Realität. Sehen lernen. Ich muß sehen lernen. Ich werde sprechen können, wenn ich sehen gelernt habe. Ich will einmal die Todesangst der vierten Schwangerschaft in einem endlosen Klageruf einer trauernden Sprache voll Schönheit aussprechen können. Fluchtgedanke, einmal vielleicht in einer fünften Schwangerschaft, in Gemeinschaft mit einem geliebten Mann, der dableibt, die Todesangst der vierten, abgebrochenen Schwangerschaft widerrufen zu dürfen.
Wir setzten die Schnecken auf dem Weg neben dem Fluß zusammen, damit sie sich nicht verlören. Ja, es war deine Idee, die nach dem Regen auf dem Weg kriechenden Schnecken, die wie zusammengehörig jede auf einer Seite des Weges krochen, zusammenzusetzen zu einer Gemeinsamkeit. Damit sie sich nicht verlieren, sagtest du. Als meintest du nicht die Schnecken, sondern uns.
*Nach einem Tag kann man sich leicht loslösen, zwei Tage aber erzeugen schon Verbindungen, deren Lösung weh tut.* Und erst fünf Monate, und erst ein halbes Jahr!
Sie will ihre Gefühle prüfen: was fühle ich für eine Frau?, für die Frauen?; was fühle ich für einen Mann? Das »Frauliche«, Weibliche zieht sie an. Wie zu etwas, dem man vertrauen könnte, fühlt sie sich plötzlich doppelt von dem »Fraulichen« angezogen. Sie selbst ist fast knabenhaft, obwohl sie drei Kinder geboren hat; ihre Brüste erscheinen ihr, nicht physisch, aber sie fühlt es so, wie kleine grüne unreife Birnen an einem Baum.
*Der Weg nach Gomorrha.*
Lesbos. Manchmal kommt ihr die Erscheinung eines Mannes unnatürlich vor. Der Mann: anders, flach, ohne Brüste, fremd. Manchmal ist das Fremde lächerlich. Gibt es große Freundschaften zwischen den Frauen? Liebe zwischen zwei Frauen? Aber Angst, nichts als Angst vor der Bedrohung. Bedrohung? Sapphi-

sche Liebe. Sie möchte die Bedrohung von sich weisen. Nach dem Tod meines Kindes, nach dem Tod meiner Liebe, die ich mit all meiner Hoffnung beschwerte, kann ich, die ich so mörderisch verletzbar bin durch Abschied und Tod, durch Gezerrtwerden zwischen zwei Müttern, zwei Männern, zwei Menschen, nicht untätig warten, bis jetzt eine mir noch unbekannte Frau auf mich zukommt und mich ganz und gar und mörderisch in ihren Bann zieht. Sterbensschrei. Gibt es einen Schrei der Sterbenden? Wie einen ersten Schrei? Ein Röcheln? Ein Ächzen? Ein Stöhnen? Ein Jammern? Manche jammern nur, sagt die Hebamme. Das Geheimnis des Todes. Die parfümierten Leichen, denkt sie, als der Schaffner durch das Abteil kommt, an ihr vorbei, und durch das Rattern und Schwanken des Zuges fast hingeworfen wird und sein Geruch ihr einen Moment lang sehr aufdringlich zuschwebt. Habe ich denn Ekel vor dem eigenen Körper? *Die Nonne.* Die lesbische Oberin. Das ist eigentlich noch nicht sehr oft erzählt worden: diese Spannung zwischen Frauen; die Selbständigkeit einer Frauenwelt, einer Frauenliebe: daß Liebe sich nicht nur auf den Mann zu richten braucht. Selbsterfahrung, Selbstbewußtsein meines Geschlechts, das suche ich. Homoerotische Liebe ist ein Verzicht auf die Fortpflanzung.

Wie wohl fühlt sie sich in einem menschenleeren Zug; sie sitzt und liest, und die Landschaft rauscht an ihr vorüber, etwas morgendiesig noch, feucht, still. Sie spart für eine erste Reise nach Lesbos; aber es ist noch ein Plan; es wäre der erste Urlaub seit zehn Jahren. Sie denkt an einen Kontakt zum Frauenzentrum der Stadt. Ob es dort Gespräche gibt über die Frauenliebe?

Wollen Sie von unserer Fleischwurst probieren? Im Selbstbedienungsladen. Sie geht die Schlachthausstraße entlang. Ordentlich angeordnete Fleischhaken unter Lieferwagendächern warten auf getötete Schweine. Kreischen. Schreien. Dumpfiger Geruch von verbranntem Fleisch oder von Fleischverarbeitungs-, von Schlachtvorgängen. Der Schlachthof ist fast vollständig den Blicken verborgen. Nur die Mauern sind zu sehen, mit einer Aufschrift: Kampf dem imperialistischen Krieg. Und das Büro ist durch offenes Glas zu sehen. Und diese wartenden großen Wagen.

Ob es möglich sein wird, sich ohne Stütze durch den Mann, sich ohne Mann zu denken?

Sie denkt an den Mann und denkt: ich kann das nicht bejahen; es ist mir zu brutal; es ist ein Geburtsvorgang mit Wehen; der

strenge harte Penis. Der rote straffe Penis mit seinen mir so fremden, nie mir anzuverwandelnden Teilen. Es ist ja schon schwer, den Geruch eines andern Menschen zu ertragen. Es ist schon schwer, den eigenen Geruch zu ertragen. Die eigenen Körpervorgänge, die Körperausscheidungen zu ertragen ist schwer genug.
Sie kann auch nicht verstehen, daß es Filme und Bücher gibt, die maßlose Sinnlichkeit verherrlichen, ohne die Scham, die Schuldgefühle auch zu beschreiben . . .
Krematorium. Galgengesicht eines Krematoriumsangestellten. Gewölbe. Georg mit einem Auto herumgefahren für Fleurop. Kränze im Krematorium abgeben. Der Krematoriumsangestellte mit einer Karre. Die Särge stehen in den Gängen. Ein unheimlicher Leichenandrang, sagt Georg. Die Särge bleiben oft sehr lange stehen, bis sie verbrannt werden. Billige Särge, da sie ja mitverbrannt werden. Die Leichen müssen für die Verbrennung in die geschlossenen Särge. Denn holte man sie für die Verbrennung aus den Särgen, wäre das eine Sauerei, sagt Georg. In den Särgen steht das Wasser, sagt Georg. Welches Wasser? Der Saft, der aus den Leichen tritt, sagt Georg. Die Leichen werden verbrannt; auf dem Rost bleiben Knochen übrig, die kommen dann noch in die Knochenmühle, sagt Georg; ach, deswegen sagt man »Knochenmühle«. Ein Mädchen, das Leichen wäscht in einem Krematorium, bekommt 25 Mark für das Waschen einer Leiche, sagt Georg. Ein einundzwanzigjähriges Mädchen, das den ganzen Tag Leichen wäscht, sagt Georg. Man kann sich nicht vorstellen, was diese Leute, die sich um die Toten kümmern, leisten müssen!
Die Verselbständigung sucht sie. Endlich die Menschen abschütteln, die ihr soviel versprechen, die ihr leichtfertige Qualen bereiten, sie maßlos anstrengen, ihr Mark fressen. Freundschaft, wo ist Freundschaft? Warum fuhr Georg mit Fleurop ins Krematorium? Was sollen Kränze im Krematorium? Das Krematorium verfolgt sie. Zum erstenmal im Leben sah sie Schilder mit dem Wort Krematorium, auf der Rückfahrt von Zwolle, kurz nach der Abtreibung. Todesrot im Chinarestaurant in Zwolle. Ente mit Reis. Trockener schneeweißer Reis. Todesrot der Vorhänge im Hotel. Johannes sitzt am Küchentisch und sagt: das Todesproblem geht doch aus dem Abtreibungsproblem hervor. Lotte schreit: schweig doch still.

Verlustträume. Träume. In einer Gesellschaft. Die Kinder sind bei ihr. Ein großer Raum. Treppen. Von einem Moment zum andern ist Hannes wie vom Erdboden verschluckt. Mehrere Leute helfen ihr bei der Suche. Alles ist abgesucht. Hannes wird nicht gefunden. Sie ist außer sich. Eine fremde Frau kommt aus der Richtung der Straße, wo viele Autos fahren, es ist wohl eine Autobahn. Sie läuft selbst der Frau entgegen. Vielleicht läuft Hannes arglos über diese Autobahn und sie kann ihn noch retten. Am Rand der Straße angekommen, auf der Suche nach ihrem Sohn, sieht sie einen Mann, nackt, eine Leiche, ohne Kopf. Sie sagt: am Wasser könnte mein Sohn sein. Wo ist hier Wasser? Die Kinder gehen immer so gern zum Wasser.
In einem Buch über das Jenseits findet sie den Namen der Abtreibungsstadt.
Sie blutet, und vierzehn Tage später blutet sie schon wieder. Sie liest, daß Frauen, die unter Zwang abgetrieben haben, Zwischenblutungen haben. Sie wühlt sich in Phantasien, jetzt für immer alle Kraft verloren zu haben; geht zum Briefkasten über die Straßen, und so schön erscheint ihr der Himmel, der Geruch der Luft, der Anblick zweier schwarzgewandeter Nonnen, die zwischen Bäumen hervortreten, ein plötzliches sinnliches Bild. Meine entsetzlich verhinderte Pubertät, denkt sie beim Anblick der Nonnen; ja, das ist es; mit einem Keulenschlag muß jemand meine aufkeimende erotische Kraft niedergeschlagen haben.
Jochen fährt in der Welt umher und hält fremden Frauen die Hand, während die, die er verletzt hat, abzustürzen droht.
Eine merkwürdige Verschlossenheit hat von ihr Besitz ergriffen; sie hält still; sie wartet, um nicht aus den Fugen zu gehen, um nicht wieder vollkommen haltlos und apathisch zu werden. Die Kinder retten mich, denkt sie. Diese lebenden Kinder retten mich. Der Gedanke wächst in ihr, daß in der A. die Todesfrage sich für sie kristallisiert hat. Sie scheut das Wort Abtreibung. Das Wort schmerzt sie so tief. Sie kürzt es ab. Es schmerzt so, daß alles gefühllos wird. Sie träumt von Jochen: er steht neben ihr und versucht, eine Seite eines Buches zu entziffern. Größer und kleiner geschriebene Sätze auf der Buchseite. Er schrieb die Sätze ab, aber einige soll er nicht abschreiben, habe ich ihm gesagt. Eine Zeile hat er lesen können: Jeder Einzelne hat seinen eigenen ... und dann ein unverständliches, unleserliches Wort. Und ich habe ihm dann erklärt: jeder Einzelne hat seinen eigenen ... Tod, so

heißt es, habe ich gesagt. Ich war schwanger und mein Mund war sehr häßlich und dick geschminkt. Ich stehe vor ihm, schwanger, aber sehr dünn, mit dickem hervorstehenden Bauch und helfe ihm, das Blatt zu entziffern: jeder Einzelne hat seinen eigenen Tod.

Der leergegessene Teller mit den Essensspuren auf dem Tisch. Sie weintraubenessend am Tisch, auf dem die leergegessenen Teller stehen. In der Bindung zu ihm lag etwas entsetzlich Zerstörerisches.

Erinnerte er sich, daß er bei ihrer Mutter um ihre Hand anhalten wollte? Erinnerte er sich, daß er ihre Hand bei der Geburt halten wollte? Erinnerte er sich, daß er sie zur Abtreibungsklinik gefahren hatte und dort seine zuckersüßen, weichlichen Hände sie mit lauen Sätzen zurückhalten wollten?

Es ist grauslich, sich immer wieder kurz daran zu erinnern, daß der Vater ein Mädchen und die Mutter ein Mann sein sollte. Es ist grauslich und unangenehm, erinnert zu werden, daß *zwei,* Mann *und* Frau, nötig sind, um ein Kind zu zeugen. Mir wäre es angenehmer, wenn die Kinder allein von der Frau erzeugbar wären.

Ich hab mich zur Abtreibung zwingen lassen; jetzt krieg ich kein Kind mehr, sagt Frieda.

Selbstmord als Ende wäre das Gesetz meines Lebens, denkt sie.

Der Schrei.

Sie träumt die Todesträume. Sie träumt von Jochen. Ihr Vater führt sie auf einen Flur eines Hotels; dort an der Erde liegt ein Baby, starr und wächsern; die Füße starrten so hoch; das Baby hatte eine Schweinsnase und war entsetzlich häßlich; es war angezogen; es war tot. Ihr Vater zeigte ihr auch die Mutter, die auf demselben Flur lag; sehr leidend lag sie auf einem Bett und wurde von einem seltsamen Arzt versorgt; sie hatte ein verzerrt abweisendes, entrücktes Gesicht; man sah, daß sie furchtbar litt; der Vater ließ sich vom Arzt erklären, wie er die Mutter zu Hause zu versorgen hätte. Die Mutter lag nach einer Totgeburt dort.

Mein Kind, mein Kind, aus Blut und Schleim, du angefangenes Kind, aus mir herausgestoßen, mein Kind, mein Kind, mein Noch-Nicht-Kind, mein Fleisch und Blut, mein Noch-Nicht-Fleisch-und-Blut, zersaugt, zerwirbelt vom Druck, zerstört mein Fleisch und Blut. Du Nichtgeborenes, Totgeburt, Todgeburt.

Todgeburt. Der eigene Tod muß in einem wachsen, und man

wird ihn gebären, damit man befreit werde von seiner eigenen toten Geburt. Das Baby im Traum lag auf dem Rücken, starr, unbeweglich wie eine Puppe. Eine Puppe ist leichenhaft. *Es gibt Erfahrungen, die nie im Leben bewältigt werden können.*
Schmerzlich kommt ihr wieder das Los Ulrike Meinhofs in den Sinn. Lotte schwanger und in dem atemraubenden Gerichtsgebäude sitzend, das Angesicht der Ulrike Meinhof erspähend. Ich sehe ihren Fanatismus, denkt Lotte, und sie muß alles bis zum Ende durchstehen; während tausende von Mitläufern, wie Jochen, nicht leiden müssen wie sie; sie, so verbohrt in das, was sie getan hat; und die andern, die Mitläufer, die schürenden Anspormer, wo sind sie? Sie führen ihre Ehen weiter und ergötzen sich an den zitternden Brustknospen ihrer halbwüchsigen Töchter.
Hat ihr Jochen das nicht vorgelesen? – sie denkt es auswendig: Ich habe immer vor dem/Rauschen meines Herzens gelegen. Nun aber taste ich um/meines Kindes goldgelichtete Glieder ...
*Ja*, ich glaube, tief innen bin ich mütterlich. Ich wollte das Kind von diesem *Mann* nicht; den *Mann* wollte ich nicht! Da mußte ich das Kind herausreißen.
Im Traum ist Jochen ein Schäferhund, wie öfter schon. Eine Eisenbahnschiene; ein Kind auf den Schienen; ein Zug kommt; Johannes geht zu den Schienen und stellt eine Weiche anders; der Zug kann das Kind nicht überfahren. Eine Tür ist geschlossen, sie öffnet sie ein wenig. Ein schwarzer Schäferhund ist zu sehen. Lotte ängstigt sich sehr und sagt zu ihrer Begleiterin: weißt du denn nicht, daß diese Hunde kleine Kinder essen?
Zu einem Hebammenkongreß muß sie für zehn Tage nach Amerika. Die Mutter sagt: du wirst durch das Erlebnis Amerikas alle kleinlichen Gefühle verlieren, du wirst vergessen können. Paß mal auf, sagt die Mutter, du kommst ganz verändert wieder. In Amerika wohnen möchte ich auch nicht, sagt die Mutter. Als sie noch ein kleines Mädchen war, in einem pommerschen Dorf, hat die Mutter schon davon geträumt, einmal nach Amerika fahren zu dürfen. Und jetzt fährt Lotte ins Traumland der Mutter. Früher träumten die Söhne, die in der Familie überflüssig waren, weil sie zum Beispiel keinen Hof erbten, nach Amerika zu gehen. Heilen einer Lebenswunde erwartet Lotte von der Reise über den Großen Teich. Ihre letzte Erinnerung an ihre Wohnung: die Nachbarin mit Mann und Gefolge, unter anderem eine Frau mit Pelzmantel und schwarzem Hut, alle schwarz-feierlich gekleidet

– forsch und fast herrschsüchtig öffnen sie die Haustür und gehen die Treppe hinauf, Lotte begegnet ihnen, gehen zu ihrer Wohnungstür, sie kamen vom Friedhof, am 1. November, gegen halb sieben war es und schon dunkel, und Lotte empfand zum erstenmal die Furcht vor der Herrschsucht derer, die sogar den Tod zur Demonstration ihrer lebendigen Erstorbenheit machen, empfand zum erstenmal die Lügenhaftigkeit der vermeintlich Trauernden, die Leichenstarre in der Trauer derer, die nicht trauern können, die unfähige Trauer, die Todeskonventionen. In New York wohnt sie bei einer jungen Witwe, die die Asche ihres toten Mannes bei sich in der Wohnung hat. Die junge Witwe sagt: eine Leiche ist einem Baby ähnlich. Ich habe noch mit der Leiche meines Mannes gesprochen, sagt die junge Witwe. Die junge Witwe erzählt von Urnen, die im Sommer in der Erde stehen, im Winter in klimatisierten Räumen. Wenn die Amerikaner ihre Toten schminken, sagt Lotte, so ist das vielleicht doch eine Hundeliebe, eine Affenliebe zu den Toten; sie wollen sie schön machen, wie eine Mutter ihre ungeliebte Tochter schön macht. Lotte trifft auf der Hebammentagung Kolleginnen, mit denen sie in ein Gespräch über die Abtreibung gerät. Kann eine Hebamme die Abtreibung bejahen? Eine Hebamme? Man muß das Gespräch abbrechen, weil Lotte einen Anfall von starker Übelkeit bekommt. Man bringt sie in die Wohnung der jungen Witwe, und sie legt sich sofort ins Bett. Auf einer Abendgesellschaft in der Wohnung der jungen Witwe gerät Lotte wieder mit einem jungen Paar in ein Gespräch über die Abtreibung. Der junge Mann erzählt, seine Freundin habe, achtzehnjährig, abgetrieben, und er habe sie zu dem Landdoktor gefahren, in der Nähe von Kiel; seine Freunde hätten ihn öfters mit einem Mädchen zu diesem Doktor geschickt, mehrmals habe er schwangere Mädchen dorthin gefahren und habe draußen im Auto gewartet; seine Freundin sagt, 600 Mark habe die Abtreibung gekostet, die sie sich durch Nachtwache verdient habe; sofort nach der Abtreibung habe sie wieder Nachtwache gemacht, habe daraufhin eine Unterleibsentzündung bekommen und mußte vier Wochen im Bett liegen; aber die Eltern hätten nichts bemerkt. Ekel, Ekel, denkt Lotte, was ist das für ein Gefühl. Immer bin ich Objekt des Tötens gewesen, sagt eine junge Frau in der Abendgesellschaft. Jetzt will ich Subjekt des Tötens sein, sagt die junge Frau. Lotte sieht sie fragend an; die junge Frau erklärt: Objekt des Tötens war ich, weil ich dem Mann untertan war, seinen kriegerischen Handlungen, seinen Schwängerungen; nun möchte ich Subjekt des Tötens sein, möchte das Töten selbst in die Hand nehmen, lasse mich nicht mehr töten, sondern bestimme selbst das Töten. Indem Sie die Verfügung über die Abtreibung haben?, sagt Lotte. Jemand sagt: die einzige Chance ist doch, daß man sein Leben lang keine Mutter findet. Jemand erzählt von dem Amoklauf eines Soldaten, der von einer Empore aus in die Menschenmenge eines Platzes schoß und viele Leute tödlich traf, darunter eine Hochschwangere, deren Kind er tötete, sie blieb am Leben. Jemand erzählt von einer Frau, die sechsmal geboren hatte und sechsmal ins Grab geschaut hat. Auf den Grabsteinen ihrer sechs gestorbenen Kinder: lasset die Kindlein zu mir kommen.

Lotte hat Abschied genommen von der Stadt. Die Kastanienbäume vor dem Fenster ihrer Wohnung waren schon Skelette geworden. Der Herbst die Zeit des Abschieds. Sie ist über den großen Teich gefahren. Sie hat Abschied genommen von den Grabkränzen auf dem Wochenmarkt, von den abschiednehmenden Kastanienbäumen. Aber das Überqueren des Großen Teiches bringt sie dem Vergessenkönnen nicht näher. Der Tod begegnet ihr auf Schritt und Tritt. Wir können es nicht akzeptieren, daß ein Mensch den Selbstmord begründen will, sagt jemand in der Abendgesellschaft; das Leben ist der höchste Wert; dann ist es normal, daß der Mensch ein gestörtes Verhältnis zum Tod hat; daß wir uns nur flüchtig mit dem Tod beschäftigen, ist etwas Positives. Lotte widerspricht. Lotte in einem »funeral home«. Sie hat nicht erwartet, daß jemand dort aufgebahrt ist. Erschrocken ist sie, daß tatsächlich in beiden Räumen des »funeral home« ein Toter aufgebahrt ist. Eine Trauergemeinde ist anwesend in einem Raum. Eine ältere Dame ist die Nichte des Toten. Lotte bittet sie um ein Gespräch. Death is beautiful, sagt die Nichte des Toten, die sich als Schwester Maria vorstellt. Für die Verwandten sei es eine Tröstung, wenn sie den Toten geschmückt sehen. Sie selbst ist bei den Sterbenden und sieht sie in all ihrer Häßlichkeit. Lottes Begleiter sagt: für mich ist der Tod immer verbunden mit Verwesung und das liebe ich nicht; ich liebe keine faulen Eier. Schwester Maria sagt, auch Kinder dürfen in das »funeral home« kommen, aber nur wenn der Tote so zurechtgemacht ist, daß er wie schlafend aussieht. Sie sagt, sie kenne keinen Todesschrei; sie glaubt, die Sterbenden schreien nicht, denn die Ärzte geben ihnen viele Medikamente. Der Gehörsinn sei der letzte Sinn, den der Sterbende verliert. Sie selbst sei beim Sterben ihres Vaters gegenwärtig gewesen, und sie habe den Vater den Mund bewegen sehen, und sie sagte ihm, daß sie schon eine Stunde bei ihm sei und er noch nicht »hallo« gesagt habe, und erst zehn Minuten später habe der Vater laut »hallo« gesagt. Noch niemand ist wiedergekommen, sagt Schwester Maria. Lottes Begleiter sagt, als Teenager sei er einmal mit seinem Vater in einem »funeral home« gewesen, ein Freund seines Vaters war gestorben; wir »besuchten« ihn, sagt Lottes Begleiter. Schwester Maria sagt »separation« für »Tod«. Lotte liegt abends schlaflos und kriegt die pastösen Leichengesichter der fremden Leichen nicht aus dem Sinn. Der Blick auf die Leichen gibt ihr unwillkürlich und schockartig das Gefühl: ein Glück, daß mein Kind nicht lebt. Als tröste der Tod sie: nun, das Kind hätte doch einmal sterben müssen. Dieses glückliche Kind, das nicht leben muß, denkt sie, und beneidet es fast. Die Heuchelei dieser dekorierten Totenschau, denkt sie. Diese Lebensheuchelei, denkt sie. Und sie denkt wieder viel an tote Kinder, an ein totes Kind. Und sie denkt an die lebenden Kinder, von denen sie nun zehn Tage getrennt ist, und denkt: diese Liebe zu den lebenden Kindern, wenn sie so klein sind, ist das Wichtigste überhaupt im ganzen Leben; wie einsam ist der Mensch, wenn er tot ist, denkt sie, und wie aufgehoben könnte er sein, wenn er zu leben beginnt. In einem Untergrundbahnhof sieht sie eine riesige Reklametafel für Funeral Homes; auf der Tafel ein Bild eines Malers abgebildet, in einem melancholischen Braunton. Die richtige Todesstimmung! Die geschichtslosen Todesstädte haben keine Todesstimmung. Die Freundin der jungen Witwe, eine wunderschöne, hellblonde Frau, hat fünf Kinder, aber eines von ihnen, ein Mädchen, ist ertrunken; sie sagt, sie ist aber nicht hingegangen, als man ihr die Nachricht brachte, sondern hat einen anderen zu dem toten Kind geschickt. Jemand erzählt von seiner Schwester, die unter nicht erklärbaren Umständen nach ihrer Hochzeitsfeier von einem Balkon gestürzt ist und tot war. Der Ekel, denkt Lotte, was ist der Ekel? Der Tod ist nicht schön. Der Tod ist abstoßend. Hochzeitsfeier. Totenfeier, denkt Lotte. Für Sterbende und Kinder muß man sehr viel Zeit haben, denkt Lotte. Die Sterbezeit. Die Zeit der Kindheit. Vergänglichkeit. Die Einsamkeit der Toten. Der Direktor der größten Autopsie in New York sagt: wir sind die Menschenfleischer.

In der Autopsie enden die Ermordeten und die Selbstmörder. Die Flugzeugtoten. Hundert Flugzeugtote im Sommer, sagt die Frau, die Lotte herumführt. Der Gestank im heißen Sommer. Sie können sich das nicht vorstellen. Lotte sieht eine Fliege auf dem Fleisch eines Skalpierten. Body, bodies, sagt die Frau, die Lotte herumführt. Von Pietät nichts zu spüren. Die Toten liegen bloß. Sie kommen eingehüllt an und werden eingehüllt wieder weggebracht. Aber dort im Keller liegen sie bloß und schamlos zur Schau. Einfach Fleisch. Fleisch. Fleisch. Einsames Fleisch. Lotte hört, daß jeder Selbstmörder autopsiert wird. Da kommt ihr der Selbstmord plötzlich sehr unfrei vor. Gibt es denn keinen unbelästigten Tod? *Mein Bauch gehört mir.* Warum kann sie sich nicht töten und dann in Ruhe gelassen werden? Warum retten die Menschen sie oder prüfen nachher die Todesursache oder autopsieren sie? Sie möchte nicht zerstückelt sein, auch nach dem Tod nicht, gerade nach dem Tod nicht. Unzerstückelt möchte sie sein.

Die Frau, die Lotte in der Autopsie herumführt, hat fünf Töchter; ich habe mir immer einen Sohn gewünscht, sagt sie, aber als der Vietnamkrieg kam, dachte ich: ein Glück, daß ich keine Söhne habe; bei der letzten Geburt habe sie wieder enttäuscht gedacht: *sie* ist kein Sohn. Lotte ist sehr nüchtern in die Autopsie gegangen. Sie möchte sich auf den Tod vorbereiten. Und nicht erst in der Todesstunde, wenn es zu spät ist für die Vorbereitung. Es soll ihr nicht gehen wie früher den Töchtern, denen die Mütter am Hochzeitsmorgen zum erstenmal etwas von der Liebe zuflüsterten. Denn niemand weiß, wann seine Todesstunde kommen wird. Die Todesstunde kann morgen da sein. Und ich wäre unvorbereitet. Sie ist nüchtern in die Autopsie gegangen, und doch steigt die Übelkeit hoch; ganz physisch reagiert sie auf den Anblick der Leichen. Da sitzt eine junge Medizinerin an einer Leiche und sieht so jung aus und schön und freundlich und sitzt da und »skalpiert« die Leiche und ist freundlich und konzentriert und ruhig, als sei sie in einem Garten, um Kirschen zu pflücken. Lotte bewundert diese Frau, ihr rein wissenschaftliches Verhältnis zum Tode. Jedenfalls sieht es nach außen so aus. Lotte setzt sich zu den Fachkräften, die in Reagenzgläsern Nieren- und Herzstücke aufbereiten. Festgestellt wird hier die Todesursache. In diesen Labors, wo die Leichen nicht sind, nur Reste und Stücke von ihnen, die nicht mehr als Menschen erkennbar sind, ruht Lotte aus. Aber die Übelkeit wird so stark, daß sie mit der Frau, die sie herumführt, erst einmal in das im Haus befindliche Museum geht. In dem Museum sind unzählige abartige Todesarten dargestellt. Zustände der Toten bei ihrer Auffindung sind rekonstruiert. Gläser mit toten Kindern sind ausgestellt. Gläser mit Föten, besonders viele Gläser mit toten Föten. Fetal Death steht da. Oder Abortion. Lotte sieht sich alles nüchtern an. Der Blick auf die Föten in den Gläsern, als ginge sie das nichts an. Als sei sie die Medizinerin unten im Keller. Rein wissenschaftlich. Man fragt sie, warum sie sich die Autopsie ansehe. Sie sagt: ich bin Hebamme und möchte auch etwas vom anderen Ende des Lebens wissen. Sie ist über den Großen Teich geflogen und hat gedacht: dort in der Fremde kann ich mich befreien von mir; ich will mir neue Augen einsetzen lassen. Autos fahren vor ihr, die ganze Häuser transportieren. Die Uhr in New York geht sechs Stunden vor. Schwarze Huren am hellichten Tag. Es tut ihr weh, die Huren zu sehen. Schwarze Kinder in einer Siedlung. Sie versucht, sich auf das Gespräch mit den Kolleginnen zu konzentrieren. Auf den Aspekt des Lebens. Auf die Geburt. Auf den Geburtsschrei. Aber auch hier in der Fremde kehrt sie zu allem zurück, was sie vergessen wollte. *Vergessen, wer kann schon vergessen?* Eine Ärztin zeigt ihr ein Krankenhaus mitten in der Bowery. Zeigt ihr Kinder, die geschlagen worden sind. Frauen, die geschlagen worden sind und trinken. Zeigt ihr ein autistisches Kind, erklärt ihr alles. Zeigt ihr die Verlassenen auf den Straßen, an den Flaschen des Alkohols hängend. Sie sieht alles, bekommt ein Gefühl für die Lebenden und muß trotzdem den Schock ihrer Trennungserlebnisse in sich weiter und weiter bearbeiten. Die Ablenkung durch das Leid anderer gelingt nicht.

Lotte, die nun allein war, mit den Kindern; Lotte, die auf eine Reise nach Amerika zu einem Hebammenkongreß gegangen war, in der Hoffnung, vergessen zu können in der Fremde, auf der anderen Seite des Großen Wassers; Lotte trifft in Amerika eine junge Witwe, in deren Wohnung die Urne mit der Asche ihres Mannes steht; Lotte besucht ein »funeral home«; Lotte läßt sich in der größten Autopsie New Yorks herumführen; Lotte wird getrieben, den Tod anzuschauen; denn indem sie ihn handgreiflich sieht, sieht sie ihre Verlusterfahrungen handgreiflich vor sich. Sie freundet sich an mit der jungen Witwe, einer zarten, sensiblen Frau, die, so scheint es Lotte, die Trennung von ihrem Mann noch nicht verwunden hat. Lotte weiß es nicht genau: ist es Ausdruck der perversen Beziehung der Amerikaner zum Tod, daß diese junge Witwe die Asche ihres Mannes in ihrem Wohnzimmer stehen hat, ist es Ausdruck der Revolte gegen die Verleugnung des Todes, ist es Unfähigkeit, sich von einem Menschen zu trennen? Sie weiß, unmöglich wäre es ihr, mit der Asche eines verstorbenen Geliebten im gleichen Zimmer zu wohnen und zu schlafen und zu essen. Da ist etwas hinter dieser Tatsache, das sie nicht fassen kann, das auch die Briefe, die die junge Witwe an Lotte nach ihrer Rückkehr schreibt, nicht ganz und gar aufklären können; Lotte liest diese Briefe mit der größten Erschütterung, und es ist ihr, als schriebe die junge Witwe nicht nur über sich und den sterbenden Mann, sondern als schriebe sie über Lotte und Jochen. Der Tod ist die Große Trennung. Alle anderen Trennungen sind seine Vorläufer.

Der erste Brief der Witwe.
Sterben ist für den anderen ein Verlieren. Stelle dir vor, du verlierst den oder die, die du liebst. Verlierst ihn für immer. Deine Rede wird in fürchterlichen Schwung kommen, wenn du dir das vorstellen kannst. Auf der andern Seite geht das Erleiden vor sich. Der den Tod erleidet, der sagt nicht viel. Der ihn beobachtet, ihn miterlebt, der mag sehr viel sagen. Der Miterlebende leidet in der Zeit, in der der andere stirbt, an zwei Dingen: an seiner Hilf- und Machtlosigkeit und an seinem Mitgefühl,

besser Mitleiden, so daß er es vernünftig finden würde, mit dem Sterbenden gemeinsam zu sterben. Dieses Gefühl überkommt ihn auch noch ein zweitesmal, wenn er den Faden abgeschnitten und die ganze Sinnlosigkeit eines vereinsamten Lebens vor sich sieht.

Jan hatte für Krankheit keinen Sinn, weder bei sich noch bei anderen. Unsere Freunde, besonders Edith T., sahen darin einen unmenschlichen Zug in Jan, bei all seiner anderen Menschlichkeit, die Jan vor vielen auszeichnete, die jeder an ihm spürte, der mit ihm zusammenkam und die jeden an ihm anzog und für ihn einnahm. Edith T. aber sprach nie mit Jan über Krankheit, obwohl sie reichlichen Anlaß dazu gehabt hätte. Ihr Mann lag über zwei Jahre mit Darmkrebs darnieder, und ihr Sohn war schizophren. Er wird es noch sein und noch immer in einer Heilanstalt sein. Ihr Mann ist tot, erschossen von seinem Sohn, warum der Sohn ja auch in eine Heilanstalt kam. Beim Gericht hatte er seine Tat als Gnadentod ausgegeben. Edith T. ist heute auch tot. Sie starb sechs Jahre nach ihrem Mann, wurde quer über ihrem Bett liegend aufgefunden. Sie war zweiundachtzig Jahre alt, hatte die letzten sechs Jahre jede Woche durch Wind und Wetter ihren Sohn in der Heilanstalt besucht. Der Sohn war Atomphysiker gewesen und gehörte zur Genieklasse seiner Universität. Jan hatte ihn nicht gemocht, er mochte nicht diese Kombination von genial und arrogant. Edith T.s schreckliches Familiendrama ereignete sich, als Jan selbst zum erstenmal schwer krank war. Der Tod kommt ja nicht auf einmal, er kommt in Etappen. Dies war Jans erste Etappe auf dem Weg zum Tod. Jan neigte zu plötzlichen, heftigen Erkrankungen. Ich erinnere mich, daß er in den ersten Tagen unserer Ehe eines Morgens mit hohem Fieber aufwachte. Er stand auf, aß sein Frühstück, wollte dann zurück ins Bett, verlor das Bewußtsein auf dem Weg dahin, und ich konnte ihn gerade noch auffangen und vor einem Sturz zu Boden bewahren. Jan lehnte ab, einen Arzt kommen zu lassen. Ich kühlte ihm die Stirn mit Eisbeuteln und kalten Waschlappen. Innerhalb von zwei Tagen war er wieder in Ordnung. Die erste große schwere Erkrankung trat ebenso unvermutet auf. Zehn Jahre später. Warum ich merkte, daß Jan krank sei, weiß ich nicht. Jan fand sich selbst nie krank. Ich glaube, er zögerte etwas am Morgen beim Weggehen zum Unterricht, so daß ich ihm die Hand auf die Stirn legte, dann sein Fieber maß, bereits am

Morgen hatte er 39 Grad Fieber, und ich bat ihn dringend, sich wieder hinzulegen. Ich brachte das Kind zur Schule und hatte dann selbst drei Stunden zu unterrichten. Als ich nach Haus kam, lag Jan ausgestreckt auf der Couch. Sein Fieber war auf 40 Grad gestiegen. Ich rief den Arzt, er war eine halbe Stunde später da. Er stellte »nichts« weiter fest als eine schwere Halsentzündung und gab Jan Penizillin. Er bot an, Jan ins Hospital zu bringen, falls ich ihn nicht pflegen könnte. Warum sollte ich ihn nicht pflegen können? Der Arzt ging wieder, und ich legte mich kurz auf mein Bett, als ich einen dumpfen Aufschlag höre. Ich stürze auf ihn zu. Er ist bewußtlos. Seine Schulter fällt mir auf, sie ist geschwollen, er ist auf sie gefallen. Ich hebe ihn zurück aufs Bett. Ich stürze ans Telefon, verlange nach dem eben erst fortgegangenen Arzt. Der ist noch nicht zurück. Ich lasse Nachricht geben, ihn sofort wiederherzuschicken. Ich rufe zwei andere Ärzte an, einer muß doch sofort kommen können. Nach einer halben Stunde sind drei Ärzte da. Was sollen drei Ärzte? Sie schieben den schwersten Sessel vors Bett, damit Jan nicht mehr herausfallen kann. Zwei von ihnen gehen wieder. Unser Hausarzt bleibt noch, er schreibt kalte Umschläge vor, sonst nichts, und er geht wieder. Ich setze mich zu Jan. Er stammelt, flüstert, lispelt auf einer einzigen Silbe herum: tsi-tsi-tsi-tsi. Plötzlich bewältigt er die gelähmte Zunge und spricht. Ich starre ihn an. Er erzählt sein Kriegserlebnis: wie er sich als Achtzehnjähriger in den linken Fuß geschossen hat, um nur ja den Klauen des Todes und der Front zu entkommen, wie er bereits auf dem Weg zum Kriegsgericht war, wie der Krieg schon zuendeging und ihn zwei jüdische Ärzte vor dem Tod durch Erschießen retteten. Dies alles im Ersten Weltkrieg. Über vierzig Jahre lang hat Jan diese Geschichte ungesagt mit sich herumgetragen. In den Wochen seiner Genesung erzählte ich ihm, mehr behutsam und fragend als wissend, von seinen delirischen Ausbrüchen, und während ich erzählte, fand ich immer mehr, daß Jans eigentlicher Fiebertraum der Krieg war, nicht seine Selbstverletzung mit all den drohenden Folgen. Jan wunderte sich über seine Enthüllungen im Fieber. Ich erzählte ihm zu der Zeit auch die traurigen Ereignisse in der T.schen Familie. Jan war nicht interessiert, die Tat des Sohnes wunderte ihn nicht, er sagte: vielleicht war es für den Vater besser. Damit war für ihn der Fall erledigt. An Edith T. schrieb er nie ein Wort dazu. Als wir Edith T. später wiedersahen, lag alles

schon hinter ihr: sie fand, daß es für ihren Mann besser gekommen war, von seinem Sohn den Tod zu erhalten, als langsam an Darmkrebs zugrunde zu gehen, und daß der Sohn eben Patient sei. Ihre Sachlichkeit und Nüchternheit waren kaum zu fassen, aber ich bin überzeugt: sie waren mit bitterstem Leid und Tränen erkauft. Nur war Edith T. nie der Mensch, der seine seelische Not zeigte. Ein einziges Mal sagte sie mir allein und unter Tränen (als ich noch kein Kind hatte und mir still eins wünschte): sei froh, daß du keine Kinder hast. Der Einblick in Jan, den ich durch diese erste schwere Krankheit gewann, vor allem in seine tiefsten, nie überwundenen seelischen Ängste (vor dem Tod, vor seiner Tat und vor ihren Folgen, vor dem Krieg), änderte meine Auffassung von ihm. Ich hörte auf, Jan für unverletzbar zu halten, denn so gab er sich: als unverletzbar. Er *war* tief verletzbar und tief verletzt worden! Mit andern Worten: er wurde nach seiner ersten schweren Krankheit menschlicher für mich. Ein Mensch hält *nicht* alles aus; Jan hatte mich das glauben lassen bis dahin. Der Mensch ist fragil, sensibel, und sehr schnell kann an ihm etwas für immer zerbrechen.
Im Laufe des Nachmittags war das Fieber gefallen. Das Kind war von der Schule heimgekommen, und Jan schlief. Alles schien friedlich und besser. Kaum war Jan vom Schlaf erwacht, versuchte er aufzustehen. Er mußte ins Badezimmer, fiel aber kraftlos aufs Bett zurück. Ich schob ihm eine Pfanne unter. Wie miserabel es einem gehen kann, sagte er und sah mich, über sich selbst den Kopf schüttelnd, an. Ich hatte inzwischen das Zimmer mit einem weißen Vorhang abgeteilt, um Jan jede Unruhe zu ersparen, und ich hatte einen Klingelzug neben seinem Bett angelegt. Drei Stunden später kam die zweite Fieberattacke. Ich lief zur Nachbarin. Ihr Mann war Arzt, noch im Praktikum als künftiger Herzspezialist. Sie telefonierte zum Hospital. Wie mir der Arzt zehn Minuten später sagte, war er durch sämtliche Lichter gefahren und auf dem direktesten Wege zu uns gekommen. Er rückte sich einen Stuhl ans Bett und schaute Jan ruhig an. Überhaupt ging größte Ruhe von ihm aus. Dann bat er mich um eine Schüssel lauwarmen Wassers und um ein Frottiertuch. Er legte sein Jackett ab, rollte die Hemdsärmel auf und machte sich an die Arbeit. Er legte Jan auf die Seite, tauchte das Tuch ins Wasser und fing an, Jans Rücken abzureiben, bis er krebsrot war und ihm selbst der Schweiß auf der Stirn stand. Langsam fiel das

Fieber. Es wurde Nacht, bis der Arzt ging, und Jan war wieder ruhig. Rufen Sie mich sofort, wenn sich etwas verändert, sagte er beim Weggehen. Die dritte Fieberattacke kam am nächsten Morgen. Der Arzt kam sofort herüber, und er rieb Jan wieder ab wie am Tag vorher. Am Nachmittag kam Jans Familie von weither. Sein Schwiegersohn, ein Röntgenologe, meinte, allein Jans Vitalität habe ihn diese Krise überleben lassen. Jans Genesung dauerte Wochen. Ich baute ihm ein zweites Bett auf der Veranda auf, so daß er manchmal den Raum und die Aussicht wechseln konnte. Die Wochen der Genesung waren eine glückliche Zeit: wir waren uns wiedergegeben. Daß wir uns um Weniges genommen worden waren, war, glaube ich, mir klarer geworden als Jan, der sehr gern bald jede Erinnerung an die Erkrankung als unwichtige Unterbrechung seines Lebens verwischte.

Der zweite Brief der Witwe.
Du stellst in deinem Brief die eine wichtige Frage, um deren Auflösung, würde man einen Charakter wie den Jans beschreiben, sich alles drehen würde. Ich versuchte sie damals für mich zu lösen. Es war schwer, vielleicht unmöglich. Auch was du weiter folgerst, ist richtig: wenn der Sinn für Krankheit zu fehlen scheint, fehlt dann nicht auch der Sinn für Sterben und Tod? (Muß der Mensch dafür Sinn haben??) Und die nächste Frage: was bedeutet diese Haltung für die Mitlebenden, Überlebenden? Ich kam damals zu der Auffassung, daß einer für den anderen wohl kaum etwas Gültiges über sich selbst aussagen kann. Jan bedurfte der Pflege und Hilfe, sie tat ihm gut und tat ihm not. Seine Skepsis änderte sich darum nicht.
Jan war, so schien es, wieder ganz hergestellt. Untereinander und nach außen waren wir um einen Grad stiller geworden. Ein uns befreundeter Arzt erklärte mir, daß der Mensch derartige Fiebertemperaturen, wie Jan sie erlebt hatte, nur selten überlebt, daß es von Jans großer Vitalität zeuge, daß er sie überlebt hatte, daß sie ihm aber unter Umständen einen vorerst noch unsichtbaren Schaden zugefügt haben könnten. Wir hatten ein paar ruhige Jahre. Dann kam der Sommer, in dem Jan innerhalb von drei Wochen erst einen Herzinfarkt, dann einen Schlaganfall erlitt. Der Herzinfarkt, der sich überhaupt erst auf dem vierundzwanzig Stunden später gemachten Cardiogramm zeigte, kam nach einem kleinen Marsch über die Vermonter Bergzüge, vielleicht

schon während des Ausflugs. Wir kamen nach Haus (zu unserem Sommerhaus), und Jan ließ sich still in einem Sessel auf der Veranda nieder. Er sagte nichts. Mir fiel seine Stille auf und sein blasses Gesicht. Ich setzte mich zu ihm. Er sagte dann etwas über Schmerzen in der Brust. Warum mir der Gedanke, daß etwas mit seinem Herzen sein könnte, nicht kam, weiß ich nicht. Vielleicht weil Jan nie zuvor etwas mit dem Herzen zu tun gehabt hatte. Er verbrachte die Nacht im Sessel (wie so oft danach). Am nächsten Tag fuhren wir ins Landkrankenhaus. Jan ging es etwas besser. Der behandelnde Arzt, der auch das Cardiogramm machte, schien nicht weiter besorgt, verschrieb aber strenge Ruhe für die nächsten drei Wochen, die dann auch eingehalten wurde. Warum dann Jan am Ende dieser Wochen einen Schlag hatte, wobei, wie der Arzt am nächsten Tag mitteilte, sich eine Aorta geschlossen hatte, hat mir nie jemand erklären können. Der Schlag war nachts passiert. Wer weiß, was ein Schlag ist, dem brauche ich nichts zu sagen. Ich will sagen, er zerhackt und verhackt den Menschen, und wenn der Himmel sich wieder zusammenfügt nach einem Blitzschlag, so kann der Mensch das nicht, er ist zerstört. Ich ahnte, was passiert war, als ich meinen verzerrten Jan ins Zimmer wanken sah. Wäre doch alles vorbei gewesen, dachte ich. Denn wer will als Ruine weiterleben! Ich half Jan sich auf die Couch zu setzen. Die linke Hälfte seines Körpers war teilweise gelähmt. Er betrachtete seinen linken Arm, den er nicht beugen konnte, und ich erinnere mich, daß er den linken Daumen nicht bewegen konnte. Sprechen war schwer. Er konnte mir nicht sagen, was passiert war. Wiederum erinnere ich mich, daß er das Geschehene lässig als vorübergehende Störung bezeichnete. Ich zog ihn langsam an, massierte ihn ein wenig. Wir hatten ein paar Freunde zu Besuch, die bei Jan blieben, während ich ins Dorf ging, um den Arzt herbeizutelefonieren. Er war nicht da und nicht zu erreichen. Er kam am Abend, kam ungern und fast wider Willen. Jan spürte das Negative an diesem Mann. Mit langsamen Worten erklärte er ihm, daß ihm nichts fehle, er ließ ihn nicht an sich heran. Der Arzt sagte mir, daß der Schlag schlimmer hätte wirken können, Jan hätte total paralysiert sein können. Bei einem weiteren ganz ruhigen behutsamen Leben, bei rechter Ernährung, Vitaminen, etwas Massage könne sich der Zustand bessern. Ich tat mein Bestes. Manches an Jans Zustand besserte sich wirklich, er konnte nach einiger Zeit wieder lesen und wieder Klavier spielen. Zugleich setzte aber eine Senilität ein, die nicht aufzuhalten war, zusammen mit einer Sklerose des Gehirns; seine Erinnerungsfähigkeit ließ laufend nach, und es setzten Verwirrungen ein und Angstzustände. Jan konnte nicht mehr ohne Begleitung sein, nicht ohne mich. Mir fiel es schwer auf die Seele, wie vollkommen verrannt und planlos mein Leben nun eingerichtet war: wenig Geld, ein kleines Kind, ein kranker alter Mann (ein guter Mann mit einstmals schwingendem Geist), mein wiederaufgenommenes Studium, Zweifel daran, an seinem Wert, seinem Abschluß und dem Danach. Was tun? Der einzige Trost war das Kind. Es liebte den Vater, liebte mich, liebte das Leben, liebte sich. Ich besprach mich mit einem Freund von uns. Er arbeitete als social worker und Therapeut in einer schönen kleinen Stadt im Norden des Staates. Eine Krankenpflegerin konnten wir nicht bezahlen. Der Freund leitete es ein, daß Jan in ein bescheidenes Pflegeheim kam dort an seinem Ort. Dies konnten wir auch kaum bezahlen, es kam uns aber ein alter Freund von Jan zu Hilfe. Ich folgte der als vorübergehend gedachten Lösung zitternd, aber ich wußte auch, daß es keine Alternative gab. Ich gab Jan aus meiner Hand, und damit erstarrte etwas in mir. Nach drei Monaten wollte ich Jan zurückholen, er lehnte ab. Er fragte mich – mühsam, wie er in der letzten Zeit sprach, bis er die letzten Monate vollkommen verstummte –, warum ich nicht mit ihm sei. Die Frage zerschnitt mich. Für sich hatte er recht, für mich und das Kind hatte er nicht recht. Aber wo steht die Frau, wenn es zur Entscheidung kommt, beim Mann oder beim Kind? Ich habe die Frage nur äußerlich gelöst. Unsere ganze Kultur war mir widerwärtig. Warum war Teilung, Trennung nötig? Warum lebten wir nicht in einer Kommune, einem Kibbuz, wo alle für jeden sorgen? Soweit ich es konnte, fuhr ich jedes freie Wochenende zu Jan, saß bei ihm, wusch ihn, fütterte ihn, bettete ihn. Das Kind kam immer für eine halbe Stunde und spielte dem Vater auf der Blockflöte ein Lied. Es war ein Glück für uns Drei. Die Abende verbrachte ich bei S. und seiner Frau H., meiner Freundin, die mich nach Jans Tod auf ihren Schoß nahm, und wir weinten und weinten bis zur Erschöpfung. Als Jan nicht mehr sprechen konnte, saß ich immer nur bei ihm, und wir hielten unsere Hände. Ich wachte irgendwie von den Besuchen auch nicht mehr auf. Zu Ostern rief S. an, Jan sei bewußtlos und ich müsse sofort kommen. Ich setzte mich auf den nächsten Bus, ich war zu müde, selber zu chauffieren. Das Kind blieb bei Freunden. Ich kam um zehn Uhr abends an, alles war dort noch winterlich. S. holte mich an der Station ab, lieb, beruhigend, tröstend wie immer, aber voll Zweifel. S. war inzwischen Leiter der Sozialarbeit dieses erstklassigen Forschungskrankenhauses geworden. Er kannte jeden, hatte Zutritt zu allem, und man tat für ihn alles. Er liebte auch Jan, wie er überhaupt Männer mehr liebte als Frauen. Er war darin aber nie krude, zart war er zu beiden, aber Männer waren ihm einfach verständlicher. Er brachte mich bis an die Tür von Jans Zimmer. In dem Moment, da ich das Zimmer betrat, wachte Jan aus seiner Bewußtlosigkeit auf. Wie immer trafen sich sofort unsere Augen, und alles Leid und alles Wissen um seinen Zustand stand in seinem Blick. Daß Jan nicht mehr formulieren konnte, ließ mich nie daran zweifeln, daß er nicht wüßte, was an ihm geschah. Und jener Trost gewisser Freunde und Verwandter einschließlich jenes vorher erwähnten befreundeten Arztes, daß Jans Zustand ihn nichts mehr empfinden ließe, ließ mich kalt. Ich trat an Jans Bett und setzte mich auf den Rand. Mit der Rechten nahm er meine Hand und hob sie langsam an seine Lippen. Mir brach es das Herz: diese Handlung und dieser Zustand, seine Linke war aufgehängt an einer Flasche zur künstlichen Ernährung. Diese Hand war zerschunden und blau, es war der Handrücken, der zerschunden war. Jans herrliche Hände, die nur so über die Klaviertasten federten, sich fast nicht zu bewegen schienen beim Spielen, sondern ganz aus der starken Muskulatur heraus arbeiteten – sie waren immer noch schön und stark, aber die Linke zerhauen. Warum? Ich breitete meine Arme um ihn und legte meinen Kopf an seinen. Ich richtete mich wieder auf und nahm seine Rechte und behielt sie in meinen Händen. Er drehte den Kopf leicht zur Seite, schaute fragend die Flasche an und dann weiter hinaus in die Nacht. Nach fünfundvierzig Minuten kam S. zurück und winkte mich aus dem Zimmer. Ich flüsterte Jan zu, daß ich am Morgen wieder dasein werde. Ich sagte zu S. kein Wort. Er nahm mich bei der Hand, und wir gingen still durch die klare weiße Nacht zu seinem Haus. Seine Kinder schliefen schon, und H., seine Frau, saß wie immer noch auf bei einem späten Kaffee. Es ist noch heute so. Wir sitzen auf bis spät in die Nacht und reden. Ich glaube nicht, daß wir an jenem Abend noch viel sprachen. Ich erinnere nichts. Die nächsten zwei Tage verbrachte ich im Hospital. Als ich am nächsten

Morgen zu Jan ins Zimmer kam, war die Flasche fort. Jan lag ruhig da und schlief. Ich setzte mich in seine Nähe. Als er erwachte, setzte ich mich auf sein Bett. Ich hatte ihm die ersten Weidenkätzchen mitgebracht, die ich ihm nachts gepflückt hatte während der einzigen Pause auf der Busfahrt. Es war ganz still, wir sahen uns an und hielten uns die Hände. Er legte wieder den Kopf leicht zur Seite und sah ins Freie. Der Blick führte in einen schönen Hof, umgeben von kräftigen, alten Gebäuden; sein Blick war wie der in Italien, wenn er historische Stätten untersuchte. Ich massierte ein wenig seine blaue Hand. Er machte einen Versuch zu sprechen. Es blieb beim Versuch. Dafür sprach ich ihm leise Sätze vor, von mir, von dem Kind, und ich küßte seine blaue Hand. Ich sagte ihm, daß wir ihn lieben. Wenn die Mahlzeiten kamen, gab ich ihm das Essen, Löffel um Löffel. Ich sprach mit dem Arzt. Der Arzt sagte, das Gehirn sei nicht mehr genügend durchblutet, es ginge dem Ende zu, außer man führe mit künstlicher Ernährung fort. Ich wollte Jan mit nach Haus nehmen. Das sei unmöglich, sagte der Arzt. Sechs Wochen später war Jan tot. Er starb allein.
Um 11 Uhr 20 morgens wurde ich von S. angerufen, Jan läge im Koma. Ich heulte auf, und ich sah mein Gesicht sich rot im Spiegel verzerren. Ich lief aus dem Haus und J. in die Arme, einem Theologen und Freund von uns, der gegenüber im Garten arbeitete. Ich zerrte ihn ins Haus, bat ihn, im Hospital anzurufen. Wir erreichten niemand, aber schließlich wieder S. Er sagte, die Lage sei ungewiß. Um eins rief er zurück, Jan habe sich für den Moment gefangen. Ich zitterte. Meine Lippen, mein Kinn, meine Knie zitterten. J. ging. Ich lief wieder aus dem Haus zu meinen Freunden. Ich sagte ihnen, daß ich wartete. Sie beruhigten mich, und ich ging zurück. Ich wurde erst ruhiger, als das Kind aus der Schule kam. Ich war gelähmt und konnte mich nicht entscheiden abzufahren. Um elf ging das Telefon. S. war am Apparat: Jan ist gestorben. Was soll das heißen: gestorben? Er hing ein. Ich rief J. an. Er kam sofort, setzte sich zu mir und schwieg. Beim Weggehen legte er mir die Hände auf die Schultern und sagte: so ist es, du konntest ihn nicht retten. Ich sagte: ich wollte ihn aber retten. J. gab mir eine Schlaftablette. Ich hatte noch nie eine Schlaftablette genommen, und ich schlief die ganze Nacht nicht. Am nächsten Morgen um sechs fuhr ich mit dem Kind. Wir fuhren, wie ich dem Kind erklärte, zu Papa, in strömendem Regen. Der

Regen hielt zehn Tage an. Auf dem Weg hielten wir immer an und pflückten Blumen am Straßenrand: Heckenrosen, Lindenzweige, Margueriten, Butterblumen. Jan liebte von allen Blumen die Feldblumen am meisten. Wir fuhren zunächst zu S., als wir in die kleine Stadt einfuhren. H. stand auf dem Rasen, als wir ankamen, in einem rosa Anzug, und war auf dem Weg zu einem Elterntreffen in der Schule. Sie sagte: macht es euch bequem, ich bin in ein paar Stunden zurück, und Vasen sind genug da für eure Blumen. Wenn du zu Jan willst, geh ins Institut, zwei Straßen von hier. Ich ging zu Jan und brachte ihm die Blumen.
Ich hätte ihm auch gern Brot und Wein gebracht. Ich hatte eine Kerze mitgenommen und unseren schönsten Kerzenleuchter. Ich stellte die Kerze neben seinen Kopf, die Blumen legte ich über ihn auf die Bahre. Diesen ersten Gang machte ich allein. Das Kind blieb bei S. Eine Frau am Eingang des Instituts hielt mich zuerst fest mit hunderterlei Fragen, und dann wollte sie Geld. Die Luft war hier schwer. Schließlich wies sie mich voran. Ich glaubte, jetzt eine lange Wanderung antreten zu müssen über Gänge und Treppen, an Toten vorbei, bis ich Jan fände. Wenige Schritte vor mir stand seine Bahre.
Was, Jan, das bist du! Du armes kleines Baby! Ich warf meine Arme um ihn und küßte seine kalte harte Stirn. Dann trat ich weit in den Raum zurück und bat ihn, er möchte seine Augen noch einmal öffnen. Bitte, noch einmal. Nichts. Wo bist du, Jan. Oben, unten, hier dort? Wo? Ich ging wieder zur Bahre und tastete ihn leise ab wie ein neugeborenes Kind. Du bist so starr und so schwer. Und wer hat dir die Augen geschlossen, so fest geschlossen. Und dein Gesicht ist klarer als je im Leben. Ich nahm mir einen Stuhl, setzte mich zu ihm, vergaß die Zeit und vergaß den Tod . . .

Ja, ich bin *nicht* mit Jans Tod fertiggeworden; ich bin nicht damit fertiggeworden, daß ich Jan nicht im Tode beigestanden habe. Daß ich seine Urne bei mir habe, ist immer weiter ein Versuch, zu verarbeiten. Nein, es ist ganz und gar nicht Sitte des Landes, die Urne bei sich zu haben. Ich trenne mich nicht von ihr, obwohl ich andererseits diese Dekompensation nicht mehr verstehe. Meine Liebe zu Jan war eher eine Liebe der Erkenntnis als eine direkte passionierte. Mit seinem Tod kam eine Art Frieden, und ich war dem Schicksal dankbar, daß es ihn nahm. Der nackte

Ablauf nach dem Tode war der, daß ich mich verstümmelt fühlte. Ich weinte und weinte vier Wochen lang, und meine Tochter nahm mich jedesmal in die Arme und tröstete mich. Nur *sie* konnte mich trösten. Mein Bruder kam auch – der Feigling – der vor dem Tode keine Zeit zu kommen hatte, und wir saßen zusammen ohne Worte und weinten. Etwas Seltsames passierte einen Tag später, als ich wieder daheim war. Das Telefon ging, und eine Stimme fragte, ob dies die Wohnung von Jan sei. Ich hing sofort wieder ein und sagte, daß man wohl die falsche Nummer gewählt hätte. Nach zwanzig Minuten ging das Telefon wieder, und wieder dieselbe Stimme mit derselben Frage. Ich hing ein, antwortete dasselbe wie das erstemal. Nach zwanzig Minuten ging das Telefon wieder, dieses Mal sagte die Stimme auf englisch: ich rufe für Jan an. Ich fing an zu zittern und hing ein, ging sofort zu meiner Nachbarin und bat sie herüberzukommen und das Telefon anzunehmen, falls es noch einmal ginge. Es klingelte wieder, und in einem längeren Gespräch mit der Nachbarin erklärte die Stimme, daß er ein Medium für eine bekannte Okkultistin sei und im Auftrag von Jan bei mir anrufe. Ich gab meiner Nachbarin zu verstehen, sie möge dem Medium mitteilen, daß ich mit der Geisterwelt nicht in Verbindung sein will, daß ich meines Mannes Seelenfrieden ersehne. Ich schrieb mir die Nummer des Mediums auf, vielleicht würde ich einmal etwas von Jan wissen wollen. Aber ich habe es nie gewollt. Im Gegenteil, ich rief meinen Freund, den Theologen an und bat ihn, am nächsten Tag für Jans Seelenfrieden eine Messe zu lesen. Ich zitterte noch lange nach dieser Sache, aber mein Freund, der Theologe, meinte sogleich, daß dies nicht ernst zu nehmen sei, sondern wohl ein grausamer Scherz, wie er hier manchmal gespielt wird, um von den Betroffenen in ihrem Schmerz Geld zu erpressen. So wie man bügelfreie Totenhemden anbietet, um auch den Tod noch zu einem lukrativen Geschäft für die Lebenden zu machen. Die Frage, die unbeantwortet blieb, war, wieso Jans Tod schon bekannt war; ich hatte ihn noch nicht bekannt gemacht, und Jan war fünfhundert Meilen von mir entfernt gestorben – – –

## Therese und immer wieder der Schmerz um die Abtreibung

Lotte ist seit einer Woche auf der Insel Neuland. Der Schnee liegt meterhoch. Ein toter Vogel im Schnee. Hellbraune Brust, schwarzweiße Flügel, zartgrüner Hinterhals. Schlapp liegen die Füße. Beim Gehen Erinnerungsströme an früher. Sie ein Mädchen. Auf einen Berg hinauf, Spiegelberg. Nah der Jugendherberge. Sommernächtliche Stunde. Jugendliche Gelüste. Noch-nicht-Gelüste. Zartes Sich-rühren der Sinne. Noch kindlich. Mädchen, junge Männer gehen auf den Berg und nähern sich einander. Kaum wissen sie ihre Körperlinien. Ein scheuer junger Mann, seine schwarzumrandete Brille ist erkennbar im Dämmerlicht der Nacht, geht mit den Händen, Fingerspitzen die Umrisse ihrer Kleidung nach. Hellblaues duftiges Perlonkleid, von der Mutter genäht, umhüllt einen schlummernden Körper.
Nachher im Zug inmitten der Klassenkameraden. In unheilvoller Verliebtheit, neben einem der Klassenkameraden, sein Name ist Erhard. In dem getäuschten Glauben, er sei in sie verliebt. In der Zuversicht, die große schöne Rivalin, die schon eine Frau ist, Grete, die einzige Frau in der Klasse, überwinden zu können, die, die von allen Jungen geliebt wird. Sie sitzt neben Erhard im sausenden Zug und schmeichelt sich an ihn und ist so berauscht in einem Traum, im Halbschlaf, der die Umwelt verschleiert, und sie merkt den Spott und das Wissen der anderen nicht, und das Über-der-Sache-Stehen von Erhard merkt sie nicht. Und am nächsten Tag in der Schule, aus allen Himmeln stürzend, ist sie erschüttert, daß Erhard sie keines Blickes würdigt und Grete wie immer die schöne, die einzig geliebte Frau ist in der Klasse, von allen begehrt. Grete ist nicht nur schön, sie ist auch klug und interessant. Sie hat große schöngeformte Brüste mit großen braunen Warzenhöfen, und sie ist wundervoll braun nach den Sommerferien, und ihr schwarzes Haar möchte man anfassen. Sie sieht streng aus, und manchmal trägt sie eine Brille zum Lesen. Im Sommer hat sie ein blaugeblümtes Kleid an mit tiefem Ausschnitt, und sie trägt die Brüste ohne BH und fragt Lotte, ob der lose Busen unter dem Kleid gut aussehe oder ob sie lieber doch wieder einen BH tragen solle, und Lotte sagt: nein, du kannst so gehen, du siehst schön aus . . . Dann die Zeit, die noch keinen

Ekel kannte. Lotte und Johannes tranken ihre Küsse, buchstäblich, denn sie küßten sich so sehr, daß der eine den Speichel des anderen trank, und es ekelte sie nicht. Dann kam aus der Umgebung die Schuld wie ein Fieber zugeflogen und befiel Johannes und Lotte. Sie saßen in Lottes Mädchenzimmer, und Lotte wurde auf seinen Schoß gezogen, und alles war naß an ihnen, und die Mutter rief von unten, Johannes möchte doch endlich gehen, es sei Mitternacht. Abends gingen sie manchmal in den Regen hinaus und klammerten sich unter einem großen Schirm aneinander ... Der Bruder hatte sie manchmal geschlagen, weil sie ihn gereizt hatte, wie er sagte. Als Kinder waren sie gegeneinander mit Messern losgegangen, wenn die Eltern fort waren. Mit dreizehn, vierzehn oder früher schlugen sie sich abends, wenn die Eltern fort waren, in den Betten einmal so, daß Lottes kleine Schwester ohnmächtig wurde ... Wenn doch das Geschlechtsleben sich frei entwickeln könnte, wenn die frühen Triebe wachsen. Warum werfen sie Säcke darauf, als sei es Winter, sie ersticken, sie zerbrechen alles. So strömte es in ihrem Kopf. Aber es war ihr, als dächte sie über eine Andere nach. Ihre Wirtsleute waren freundlich. Abends kamen manchmal Telefonanrufe von Johannes. Die Wirtsleute hatten alle Hände voll zu tun. Die wenigen Einwohner der Insel mußten zusehen, während des Eises und des Schnees das Leben auf der Insel zu sichern. Ein Hubschrauber brachte vom Festland Nahrungsmittel und Heizmaterial und transportierte einen Kranken. Einmal, an einem klaren Tag, gingen die Pferdekutschen übers eisverkrustete Watt. An den Rändern der Insel lagen die Schneeverwehungen wie schöne Schwäne. Eisschollen trieben am Rand des Meeres. Lotte sprach mit den Wirtsleuten. Ihre ruhigen, wirklichkeitsnahen Ansichten beruhigten sie. Sie hörte ihnen gern zu und saß abends in ihrer Wohnstube zum Fernsehen ... Aber ihr Selbstgespräch quälte sich weiter Bahn in ihrem armen Kopf. Innerlich fand sie keine Ruhe. Die Bäuerin war bei Lottes Ankunft gerade von einem langwierigen Krankenhausaufenthalt zurückgekehrt. Lotte sprach sie auf die Operation an. Die Bauersfrau, die müde wirkte und ein bißchen schwach, sprach von einer Totaloperation, aber Lotte spürte, daß sie nicht gern davon sprechen wollte. Die Kinder der Wirtsleute veranstalteten Wettrinken und Wettessen ... Es gibt kein Verständnis für den anderen, dachte Lotte. Wie der Mensch, der geboren hat, den nicht versteht, der nicht geboren hat, versteht der, der nicht geboren hat, den nicht, der ein Kind geboren hat und aufzieht, versteht einer einen anderen nicht, der anders liebt. Lotte dachte, sie müßte nun ganz allein leben. Sie könnte sich auf niemand mehr stützen, nicht auf einen Mann, nicht auf eine Frau. Man kann sich auf niemand verlassen, dachte sie. Aber dann sah sie die Wirtsleute vor sich, in ihrem innigen Miteinandersein ... Als nähme sie immerzu vorausdenkend vorweg, was ihr begegnen werde, dachte sie: zu diesem irren Anderssein, eine Frau zu sein, dann auch noch ein zusätzliches Anderssein: eine Frau zu lieben? Sie möchte einmal etwas sein, was nicht herausfällt, auf das sie nicht dauernd gestoßen wird. Der Wunsch ist in ihr maßlos, einmal angenommen zu werden, selbstverständlich angenommen sein. Kurz vor ihrer Abreise nach Neuland hatte sie zwei lesbische Frauen getroffen. Vorher so aufgeregt. Sie schminkte sich vor dem Spiegel. Sie denkt: ich bin in letzter Zeit immer lieber mit Frauen zusammen. Sie mag die beiden Frauen. Ihre Befangenheit verliert sich schnell. Die Frauen gaben zu, daß sie ein Doppelleben führen. Malina sagte, sie habe das Verbot, ihre Freundin in der Öffentlichkeit zu küssen, verinnerlicht; erst wenn die Tür hinter ihr geschlossen sei, könne sie sich wieder frei geben; ihrer Freundin sei es immer noch peinlich, wenn sie sie in der eigenen Wohnung, in Gegenwart von Gästen, küsse oder umarme. Schon der Begriff Homosexualität sei eigentlich falsch, denn im Zentrum stehe doch nicht die Sexualität. Schon in dem Wort schwul sei etwas falsch. Schwul, schwül. Drückend heiß, feuchtwarm, die Luft. Durch dumpfe Sinnlichkeit erregend. Schwüle Düfte im Treibhaus. Berauschende, beklemmende Düfte. Schwelen, brennen, sengen, rösten. Als brenne die Homosexuelle immer lichterloh. Als brenne in ihr immer der Trieb. Lesbisch, lesbisch und ein bißchen schwul ... Aber warum sollte es unter den Homosexuellen nicht auch wie unter allen Menschen begierigere und weniger begierige geben? Malina sagt, kürzlich habe sie einen früheren Klassenkameraden wiedergetroffen, und da sie ihm vertraute, habe sie ihm von ihrer Freundin erzählt, und er habe einen ganzen Abend sehr aufgeklärt mit ihr gesprochen, und als sie sich spät trennten, habe er gesagt: nur einmal muß ich mit dir schlafen, dann bist du geheilt ... Malina sagt, es gebe ein Karnevalslied – sie sei im letzten Jahr auf der Straße gegangen, und an ihr vorbei sangen die Narren: lesbisch, lesbisch und ein bißchen schwul ... *Die Uner-*

*schrockenheit, zu sein und zu lieben, ist unter Menschen selten wie ein Diamant zwischen Kieseln.* Lotte geht durch den Schnee, und das Kinderlied, das die Kinder aus dem Kindergarten mitbrachten, zieht durch ihren Sinn: *Winter ade! Scheiden tut weh. Gerne vergeß ich dein,/ kannst immer ferne sein. Winter ade! . . . Winter kommt mit Schnee und Eis über Land und Teich,/ macht aus Flocken schnell und weiß Bettchen warm und weich . . .* Die schwarzen Männer haben die Mama weggetragen. Sie sieht ihr *Schneebett.* Sie wird sich hinlegen und einfach nur liegen dürfen. Das letzte Jahr vor ihren Sinnen. Ein merkwürdiges Jahr. Das Jahr 1975. Verbrannte Wälder. Stürme und Tote zu Anfang des Jahres. Schneematsch ist widerlich, denkt sie. Wie schmutzige Wäsche waschen in der ganzen Stadt. Schnee ein phantastisches Element, denkt sie, er ist leicht verderblich, leicht auflösbar, schmelzend, tauend. *Denn es muß geschieden sein . . . gib mir deine Hand . . .* Wann haben Sie zum erstenmal bemerkt, daß sie das eigene Geschlecht lieben? Ich habe es überhaupt nicht bemerkt. Ich weiß noch heute nicht, wer ich bin. Ich küsse dich ins Leben, hört sie ihren Sohn sagen. *Es gibt Menschen, deren Wunsch ist es, früh zu sterben.* Um Seuchen vorzubeugen, wurde angeordnet, die Toten sofort zu beerdigen, sagt der Nachrichtensprecher. Ihre piekenden Augen, hört sie den Fotografen, der ihre Kinder fotografierte, sagen. Wie die Tulpen sich so hinstrecken, sich hinneigen zu ihrem Ende, denkt sie. *Ich will aber nicht allein sein. Ich dachte, daß Sie gerade das wollten.* Frieda, die Glücksgöttin, kommt ihr in den Sinn. Abschied an einem Flughafen. Die Wolfs-Frieda am Flughafen. Die schmale, zarte Frieda im Wolfspelz am Flughafen. Hennarotes Haar, mandelförmige Augen, wie Hella. Du erinnerst mich an Hella. Du fühlst dich ja an wie eine Flaumfeder. Ich umarme dich. Und jetzt kann ich verstehen, daß du schwach bist. Frieda, du schöne Wolfsgöttin. Du Schöne. Frieda war eines Tages von einer ihr bekannten Frau, verheiratet und älter als sie, überredet worden, mit ihr nach Hamburg zu fahren. Dort wohnten sie zusammen. Und sie wollte mit mir schlafen, sagt Frieda. Ja, wie gab sie das denn zu verstehen?, fragt Lotte. Ach, sagt Frieda. Ja, wie denn? Sie saß auf dem Bett herum in ihrem Negligé, sie war von einer Gier, die mich ekelte. Was für eine Gier?, sagt Lotte. Sie stellte das Radio und die Platten auf volle Lautstärke, hatte dauernd zehn Leute um sich herum, rauchte eine Zigarette nach der anderen, sagt Frieda. Wenn sie auf dem Bett saß, sah ich ihr weißes Fleisch, sagt Frieda. Ist Fleisch nicht immer weiß?, fragt Lotte. Nein, sagt Frieda, mein Fleisch ist gelblich, ich mag kein weißes Fleisch, sie war so dick und geil. Und was tat sie mit dir?, fragt Lotte. Sie streichelte mich und küßte mich, sagt Frieda. Aber wenn du es nicht wolltest, warum hast du es dir denn gefallen lassen?, fragt Lotte. Sie ekelte mich an, sagt Frieda. Du hast es dir gefallen lassen?, sagt Lotte. Nein, ich habe sie gebeten, mir ein Zimmer für mich allein zu besorgen ... Lotte mit ihren Kindern vor dem Dom. Es stürmt und regnet stark. Ein gischtiger Regen wie am Meer. Lotte sucht Schutz. Wie ist ihr Körper ihr so fremd, so weit entfernt von ihr, so unverbunden unter ihr, entfernen könnt' sie ihn, entleiben könnt' sie sich. So fühlt sie ihren Körper unter sich, als wacht sie auf in einem fremden Land und nicht in ihm, in ihrem eigenen Körper. Im Nachthemd sitzt sie da auf einem Bettrand und ist sich fremd. Sie sieht eine junge Selbstmörderin auf einem Bild und kriegt eine Sehnsucht, auch so jung und früh zu sterben. Sterbensmüd ist sie. Die Jugend nachholen. Torschlußpanik. Angst vor dem Niemandsland. Niemandsland der Kindheit, weil sie erst anfing, Kindheit zu leben, als Kindheit zu Ende war. Niemandsland der Jugend, weil sie erst anfing, Jugend zu leben, als Jugend zu Ende war. Jugend war verschleppte Kindheit. Sie ging in Lokale, in denen Achtzehn- bis Zwanzigjährige ihre Jugend vertanzen. Ja, sie war wie all jene – kinderliebenden – Frauen, die niemals in der Kindheit, in der Jugend die Zeit zu fassen gekriegt hatten. Als gingen sie auf Luft, nicht auf einem Erdboden. Wie all jene – kinderliebenden – Frauen, die halb oder ganz zugrunde gingen an der Ermüdung, die es kostete, alles nachholen zu wollen. O diese Lebensgier. Die sich nicht stillen läßt. Das Bild der Mutter. Die Mutter baut einen Schneemann mit Lottes Kindern. Und als sie aus dem Fenster nach dem Schneemann schauten, war sein Hut abgefallen. *Bomben auf das Eis. Flucht auf dem Haff. Im eisigen Winter 1946 der Verlust der Heimat. Seitdem ist die Welt nicht zur Ruhe gekommen.*

Die Erinnerung an Therese. Therese und Lotte auf dem Worpsweder Friedhof, am Grabmal einer sterbenden Mutter, das kaum zu sehen, weil es mit Schnee bedeckt ist, und es schneit und schneit und schneit. Sie kann nicht aus ihrer Haut. Sie kann nicht in ihre Haut. Ihre Haut im Schnee. Der Schnee umhüllt sie. Hüllt sie ein, ganz, *die Haut*. Brennt, sticht, streichelt *die Haut*.

Metaphysik der Jahreszeiten. Melancholische Zeiten des Jahres. Jede Jahreszeit hat ihre eigene Melancholie des Abschieds. *Bin ich vor Kummer bis ans Herz vereist* ... Im Traum mit ihrem Bruder liebesumschlungen im Bett. Die klaren, zarten, durchsichtigen Glieder der Körper nebeneinander. Aber während sie miteinander schlafen, vermeidet der Bruder, sein Glied in ihre Scheide zu tun, wie es doch üblich ist, das Glied liegt neben ihr, als sei es so das Gewöhnliche. Sie bekommt ein Kind, das – sie weiß es allein – Kind ihres Bruders ist. Sie weiß, daß sie es nicht austragen darf. Der Bruder ließ sie grüßen. Die Eltern hatten die Kinder übers Wochenende zu sich geholt und dann zurückgebracht. Lotte lag mit Fieber im Bett. Die Eltern richteten Grüße vom Bruder aus ... Sie hatte gewöhnlich Angst vor Neuem – und sehnte sich doch danach. Sie wünschte sich jemand, der sie in Neues einführte. Sie besaß kein Auto – das Auto erschien ihr unerreichbar, wie es unerreichbar schien, den Führerschein zu machen; ihr Vater war durch die praktische Prüfung dreimal durchgefallen. Sie fuhr gern mit dem Taxi; selten erlaubte sie es sich. Man brauchte nur anzurufen; man setzte sich gegen Abend zu einem fremden Fahrer in ein Taxi, schloß die Augen, gab das Fahrtziel an, ein Ziel, an dem man vielleicht noch nie gewesen war, es ging durch unbekannte Straßen, man schloß die Augen, lehnte sich ins Polster zurück, ließ sich ganz fallen, hatte sogar das falsche Sicherheitsgefühl, hier in diesem Taxi könne einem nichts passieren, kein Unfall, als sei der Taxifahrer »der gute Hirte« – »Fürchte dich nicht! – dir wird nichts mangeln« – Sie liebte den Nebel sehr. Im Nebel ein Gefühl, eingeschlossen zu sein; kein Gefängnis, nein, aber das gute Gefühl, begrenzt zu werden, als umfange der Nebel einen, ein dichtes Element, das sich auflösen, das zerfließen und entschwinden kann. Geschützt fühlte sie sich im Nebel. Man brauchte die klaren und die heißen Tage, an denen alles durchdrungen war von Sonnenlicht – »die Sonne bringt es an den Tag« – aber die verhüllten Jahreszeiten waren die besten. Die Stürme in den Dunkelheiten der Tage, an denen es gar nicht hell wurde und das künstliche Licht in den Stuben nicht ausging. Die Stürme wie Schutzwälle um sie, sie fühlte sich geborgen in der Bewegung der Stürme ... *Das ist das Schlimmste, was es überhaupt gibt: jemand geht weg und kommt nicht wieder* ... Die Frau, die ich lieben will, dachte sie. Thereses Traum kam ihr in den Sinn: sie liege in einem großen Raum nachts im Dunkeln in einem der auseinanderstehenden Betten; Lotte auf der anderen Seite des Zimmers in dem zweiten Bett; und ein Mann stände auf von Lottes Bett, und als er fort ist, klage Lotte und rufe, wie leer sie zurückbleibe, und dieses Klagen, dieses Rufen geht so stark zu Therese herüber, daß es sie hochzieht und hochreißt, sie könne sich nicht wehren gegen den Impuls, zu Lotte hinüberzugehen, sich zu Lotte niederzubeugen, und da liege Lotte nackt, und Therese küsse Lottes nackte, linke Brust, die Brustwarzen, aber kaum habe sie Lotte berührt und geküßt, sage sie zu ihr, sie solle erst gehn und den Speichel und den Geruch des Mannes sich von der Brust waschen ... *Zwei Frauen.* Nein, nicht so – Es könnte ganz anders sein. Eine große Scheu. Ich glaube, das Verhältnis zwischen zwei Frauen entwickelt sich sehr, sehr langsam, sagt Therese, über Jahre hinweg. Wie langsam Therese auftaute, wenn sie an einem Samstagmorgen in Lottes Wohnung ankommt. Zuerst ein heißer Tee. Mach mir einen heißen Tee, Lotte. Lotte, das »Hausmütterchen«, bindet sich eine bis auf den Boden reichende Schürze um, bereitet eine Obsttorte für Therese, eine Linsensuppe mit Mettendchen, eine Pizza. Sie lassen die Kinder im Kinderzimmer spielen und setzen sich in Lottes »Wohnstube«, Thereses Skizzen vor sich ausgebreitet ... Deine Abtreibung vor zwölf Jahren war ja wohl eine freiwillige Abtreibung, sagt Lotte. Therese widerspricht. Lotte träumt in dieser Nacht, große, volle, weiße Brüste senkten sich in ihren Schoß, aufgeblühte Brustwarzen berührten die Blüte ihres Geschlechts. Lotte hat immer noch Sehnsucht nach einer Hochzeit. Noch einmal Hochzeit machen. Die Scheidung von Johannes liegt hinter ihr. Aber sie träumt wieder von einer Hochzeit, einer »richtigen«, im Brautkleid, Hochzeit als Fest, sagt sie. Sehnsucht nach den Wonnen der Gewöhnlichkeit? Und dann die Einsicht: ich könnte es einfach nicht mehr ertragen, mit einem Ehemann unter gleichem Dach zu leben, Badezimmer, Toilette, Küche, Kinderzimmer, Bett mit ihm zu teilen. Die ständige Gegenwart eines Menschen, den ich lieben muß, kann ich einfach nicht ertragen. Was ist das für eine Krankheit, nichts mehr fühlen zu können, wenn ich weiß, es wird erwartet, daß ich fühle? Wenn er »Liebste« sagt, soll ich »Liebster« sagen. Dann sehe ich mich aber wie von außen, und das erwartete Wort kommt nicht über meine Lippen. Wenn sie es sich eingesteht, war sie doch oft auch froh, wenn Jochen wegging, wenn sie wieder allein war. Nur mit ihrer entsetzlichen Abhängigkeit kam sie nicht zurecht. Da war die Freiheit. Da war der Freiheitsdrang. Und da war die Abhängigkeit. Das Hängen an den Telefonen der Abhängigkeit. Die Angst vor dem Abschied. Die Angst vor der Trennung. Die Angst vor dem Tod. *Daß jemand starb, das war am Ende nur eine jener hundert Arten, unter denen einer verschwindet oder sich davonstiehlt.* Was ist das für ein Verlangen, einen Menschen zu lieben, ihn aber nicht zu kennen, nichts von ihm zu wissen, keine Vorgeschichte, keine Meinungen, keine Charakterzüge? Ihn in einem leeren Zimmer in der Dunkelheit zu treffen? Aber schon beim leichtesten Wort würde ich mir ein Bild machen, das mich hemmen könnte. So wenn Therese mir freimütig erzählt, daß sie den leichtesten Tropfen Urin an ihres Mannes Körper nicht ertragen kann. So hemmt mich dieser Gedanke, sie zu lieben. Denn was erst wird sie an mir entdecken, was sie vielleicht anekelt. Nichts fürchte ich so, wie abhängig zu werden von einem Menschen, ihm zu verfallen. Lotte ging daran zugrunde, daß sie die feste Bindung suchte und innerlich das Gegenteil wollte. In einem einzigen Menschen suchte sie beides: die Fähigkeit zur Freiheit und die Fähigkeit zur Bindung, und fand nie beides in einem. Sie trainierte das Sterben, indem sie sich verlassen ließ. Sie schrie nach Sicherheit, und dann starb ihr Gefühl, wenn sie sich sicher geliebt wußte. Der Liebe des anderen unsicher: das spornte sie für einige Monate an, brachte ihre Gefühle zum Blühen. Manchmal dachte sie: wenn ich ein Mann wäre, würde ich mir eher erlauben, einfach zu kommen und einfach wegzugehen, wie ich es will. Sie wußte noch nicht, wer sie war. Wenn sie endlich gewußt hätte: ich bin lesbisch, hätte sie sich ja endlich definieren können. Sie hatte ihren Lebensfaden noch nicht gefunden. Sie fand den Lebenssinn nicht (als könnte man ihn ein- für allemal finden!). Jetzt war sie also allein und mußte sich hüten, sich wieder in eine neue Abhängigkeit zu stürzen. Aber doch immer noch die Hoffnung auf den liebenden Mann! Sie sah den jungen Leiter der Bank an und dachte: solch ein Mann. Der sagte: ich träume nie. Er machte einen sicheren, soliden Eindruck. Als sehe er immer die Wirklichkeit. Oder sie warf einen Blick auf den Schlosser, der die Schlösser ihrer Türen in Ordnung brachte. Sichere, handfeste, realitätsnahe Männer. Wo ist der liebende Mann, wo sollte sie ihn suchen? Warum verlor sie sich an einen Schriftsteller, an einen Desperado, an einen Abenteurer, an einen

»Terroristen aus dem Schwarzwald«, an einen, der nicht lieben konnte? Sie wußte es nicht. Nahm sie das Chaos der Zeit in sich auf, wie die Marquise von O. in der Geschichte, von der Jochen ihr erzählt und aus der er ihr vorgelesen hatte? Oder verlor sie sich an diese unfähigen Männer, weil sie sich, gegen ihre Angst, an ihre homosexuelle Identität heranwagen mußte? Sie wußte es nicht. Sie hatte nun all diese Behauptungen aufgeschnappt: über die Schönheit der Liebe zwischen Frauen. So die Behauptung, zwei Frauen verstünden sich sofort harmonisch, weil sie ja einander vertraut wären. Aber war Therese, die Frau, ihr letztlich nicht ebenso fremd wie ein Mann? Denn sie war sich selbst fremd. Sie war sich noch nicht vertraut, liebte noch nicht das eigene Geschlecht. *Ich: das ist ein Anderer.* Ehe sie noch eine Frau geliebt hat, spricht sie zuerst vom Selbstmord einer Frau, die eine Frau liebt. Das ist auch so ein Klischee, sagt ihr ein Freund, der einen Mann liebt. Als begingen immer die Homosexuellen die Selbstmorde und als begingen sie sie nur, weil sie homosexuell sind. Selbstmord eines Homosexuellen, sagt der Freund: das Schreckliche ist, es nicht zu tun; die Tragik liegt doch darin: im Bett zu liegen. Und der Freund widerspricht sich, aber er muß ja mit dem Widerspruch leben ... Aber konnte sie denn ohne den Mann existieren? Es ist schon eine ungeheure Entscheidung: für das Glück mit einem Mann *oder* für das Glück mit einer Frau, dachte sie. Liebte sie denn nicht die Spiele des Flirtens? Liebte sie nicht diese Spannung zwischen den verschiedenen Geschlechtern, an die sie gewöhnt war? Liebte sie denn nicht die Spiele der Verführung; das Gefühl, begehrt zu werden von einem Mann? Als gäbe erst dieses Begehren ihr Recht zu leben. Die Spiele der Gefallsucht? Die Wonnen des Opfers? Konnte sie denn auf alle diese gewöhnten Wonnen der Gewöhnlichkeit auf einmal verzichten? Ertrug sie die Leere, die vor ihr liegen würde wie ein stilles Schneeland? Ertrug sie sich selber mit sich allein? Sie prüfte sich. Sie sah im Fernsehen das attraktive Gesicht eines jungen Politikers, in Nahaufnahme, und sie spürte, wie sie auf dieses Gesicht reagierte. Sie »verliebte« sich in ein Gesicht eines Filmhelden. Aber was bedeutete das? War es wahr, daß Frauen zärtlicher, liebevoller sind? War es wahr, daß sie in ihrem innersten Charakter gegen den Krieg und gegen die Gewalt immun waren? War es wahr, daß Frauen nicht gewalttätig waren? Wenn dies so war, warum aber hatten sie, die Hälfte der Menschheit, denn nicht längst die Menschheit vor der Gewalt gerettet? Ja, es gab etwas, was Frauen einem nicht antun konnten: sie konnten einen nicht schwängern, sie konnten einen nicht zu einer Schwangerschaft erpressen und einen dann in eine Abtreibungsklinik führen, das konnten sie nicht. Frauen konnten nicht zeugen, sie übten die Gewalt des Zeugens nicht aus ... Diese Mordlust, die er oft empfinde, wenn er in seine Freundin eindringe, sagte ein Freund zu Lotte, eine richtige Tötungslust ... Lotte saß mit ihren Wirtsleuten beim Fernsehen, dann sagte sie Gutenacht und ging eine Treppe hoch zu ihrem Zimmer und legte sich ins Bett, aber sie konnte nicht schlafen, und die Erinnerungen kreisten in ihr wie immer. An diesem Abend lief das Gespräch mit Therese über Thereses Abtreibung noch einmal wie ein Film vor ihren Augen ab ... Therese und Lotte hatten in Lottes Wohnzimmer gesessen ... Die Kinder schliefen. Therese saß zurückgelehnt auf dem Sofa und begann zu erzählen. Lotte war vom Tag erschöpft; sie konnte nicht mehr sitzen, legte sich auf den Teppich. Das Licht hatte sie auf Thereses Wunsch hin gelöscht, die Zwischentür zu ihrem Arbeitszimmer, in dem ihre Hebammenbücher standen, war geöffnet, dort brannte Licht. Lotte lag auf dem Teppich und hielt die Ellbogen über die Augen. Sie wäre am liebsten ins Bett gegangen und sofort eingeschlafen. Aber sie spürte Thereses Gesprächigkeit und riß sich zusammen. Wann erzählte Therese denn schon! Therese fragte zwischendurch, ob sie aufhören solle. Lotte sagt: ich bin todmüde, aber wann kommt der Moment schon wieder, daß du so frei erzählst? Lotte lag dumpf und schwer mit geschlossenen Augen in dem halbdunklen, nur vom Licht des Nebenzimmers schwach erhellten Zimmer. Es war alles wie ein dunkler Traum. Therese hatte im September vor zwölf Jahren abgetrieben. Therese sagte: was heißt »freiwillige Abtreibung«?

Ich war nicht bei meiner Mutter aufgewachsen, sagte Therese. Mein Vater war im Krieg geblieben. Ich kam zur Welt, da war mein Vater schon tot. Die Mutter gab mich ins Sauerland zu den Verwandten des Vaters, dort wuchs ich auf. Später mußte ich in ein Internat. Als ich aus dem Internat entlassen war, wohnte ich bei meiner Mutter in Düsseldorf, die in einer »Onkelehe« lebte. Die Wohnung bestand aus zwei kleinen Zimmern. Es kümmerte sich niemand um mich. Ich war sehr groß als Mädchen. Ich bemühte mich oft, krumm zu gehen, um kleiner zu erscheinen.

Ich zog die Schultern herunter und den Kopf, denn man sagte mir, große Mädchen bekämen keinen Mann ab. Die Wohnung war so klein. Ich erinnere mich, daß mein Stiefvater oft Hautekzeme hatte, und dann saß er nackt in der einen Stube, und meine Mutter kratzte ihm mit einem Messer die Verkrustungen von den Ekzemen. Die »Eltern« schickten mich mit meiner Stiefschwester abends weg, die ging mit ihren Freunden in Lokale, und ich störte nur, aber sie mußte mich mitnehmen, und so saß ich oft bis Mitternacht in Lokalen herum. Die einzige Sorge meiner Mutter war: hoffentlich erwischt dich die Polizei nicht einmal dort! Meine Mutter hat mir die Jugend geraubt. Welche Bitterkeit kommt in mir hoch, wenn ich von meiner Jugend erzähle. Konrad war damals mein Freund. Die Mutter lieh uns tausend Mark für die Abtreibung. Zuerst war es noch ungewiß, ob ich schwanger war. Es geschah öfter, daß meine Periode um Wochen später kam. Ein Froschtest in der Apotheke war zuerst negativ. Als ich dann wußte, daß ich schwanger war, war es für mich und Konrad keine Frage, daß wir dieses Kind nicht kriegen konnten. Ich lief zu allen möglichen Ärzten, manche beschimpften mich, andere warfen mich hinaus. Damals sprach man kaum über Abtreibung. Ich erinnere mich noch, wie ich zu einer Ärztin ging, von der ich sicher wußte, daß sie Abtreibungen machte. Konrad wartete im Auto draußen. Ich ging hinauf. Die Sprechstundenhilfe begrüßte mich, ich erkannte, daß sie eine frühere Klassenkameradin von mir war. Ich sagte, ich müßte mit der Ärztin allein sprechen. Wann war denn Ihre letzte Periode?, fragte die Ärztin. Als sie merkte, was ich wollte, warf sie mich hinaus. Paul, ein Rumäne, den wir kannten, gab mir eine Telefonnummer in Rumänien. Ich rief dort an, und ein Termin wurde vereinbart. Ich fuhr nach Rumänien. Konrad brachte mich zum Zug. Ich weiß noch, wie ich hoffte, der Zug würde nicht losfahren oder ich würde ohnmächtig werden, bevor ich einsteigen konnte, oder alles wäre nur ein Traum. Zwei Tage fuhr ich bis Bukarest. In Wien mußte ich umsteigen, dort lief ich herum, um einen Paß durch Ungarn und für Rumänien zu besorgen. In diesem Zug bis Wien kotzte ich ununterbrochen. Ich hielt mit beiden Händen ein Handtuch vor dem Mund. Ich erbrach ununterbrochen Galle. Zuletzt warf ich das Handtuch aus dem Zug. In Bukarest wohnte ich bei Pauls Mutter. Diese Frau war sehr freundlich zu mir. Ich ging mit ihr in die Klinik. Der Arzt fragte mich, in welchem

Monat ich sei. Ich log: im zweiten. Niemals, sagte er, Sie sind mindestens im vierten. Er setzte mir eine Quellwurzel ein. Am nächsten Tag sollte ich wiederkommen. Ich ging an diesem nächsten Morgen mit Pauls Mutter in die Abtreibungsklinik. Wir saßen vor diesem weißen Haus und warteten. Ich erinnere mich, daß eine Frau aus der Klinik trat, eine Zigeunerin in langen bunten Kleidern, sie schimpfte laut. Sie schimpft über die Männer, sagte Pauls Mutter. Die Zigeunerin nahm aus der rechten Tasche ihres bunten Gewandes einen Maiskolben, aus der linken Tasche Salz, das sie auf den Maiskolben streute, und biß hinein in diesen gelben Maiskolben, sie schimpfte und schimpfte, während sie kräftig in den Maiskolben biß, man müsse sie alle umbringen, diese Nichtsnutze, die Männer. Ich ging hinein. Der Arzt, der mich empfing – der gleiche, der mir am Vortag die Quellwurzel eingesetzt hatte –, sagte: seien Sie nicht so ängstlich, ich habe schon tausend Abtreibungen gemacht; er sagte, um mich zu beruhigen: das Narkosemittel ist von Bayer, er wiederholte mehrmals: das Narkosemittel ist von Bayer. Als ich erwachte, war ich wie besoffen von der Narkose. Ich lag auf einer Liege im gleichen Raum, in dem auch abgetrieben worden war, mit immer noch bloßem Unterleib. Blut quoll zwischen den Beinen. In meinem Narkosetran sah ich neben mir, wie der Arzt gerade einer anderen Frau das Kind abtrieb. Ich begriff nicht, setzte mich auf und schaute. Man merkte, daß ich wach war. Der Arzt rief: was ich denn das für eine Sauerei? Die Schwestern stellten eine spanische Wand auf. Man legte mir Watte zwischen die Beine und brachte mich hinaus.

Ich lag noch nahezu eine Woche in der Wohnung von Pauls Mutter. Ich ging zur Nachuntersuchung. In der gleichen Nacht nach dem Abbruch rief meine Mutter, rief Konrad an, ob alles in Ordnung sei. Bei meiner Abfahrt hatte ich noch zu Konrad gesagt: wenn ich sterbe, will ich in Deutschland begraben werden.

Pauls Mutter war sehr freundlich, ja liebevoll.

Nach einer Woche flog ich zurück. Auf der Hinfahrt hatte ich einen Sack voller westdeutscher Medikamente geschmuggelt, die Paul mir mitgegeben hatte. Nun auf der Rückfahrt mußte ich Diamanten mitnehmen, die Pauls Mutter mir in den Büstenhalter einnähte.

An dem Abend, an dem ich in Düsseldorf zurück war, war meine

Mutter auf einer Feier. Meine Mutter kannte die Zeit meiner Ankunft. Ihre ganze Sorge aber war, nicht zu unrechter Zeit die Feier zu verlassen, damit sie nicht gefragt würde und nicht auffiele.
Das von der Mutter geliehene Geld für die Abtreibung zahlte Konrad fast auf Heller und Pfennig im Laufe der nächsten Zeit zurück. In einem Gespräch später mit meiner Mutter sagte ich ihr: weißt du denn nicht, was das bedeutet? – weißt du nicht, daß meine Abtreibung für mich war, als hättest du mich abgetrieben?
Meine Mutter sagte: sag sowas nicht, Kind.
Ich hatte erst Wochen später Weinkrämpfe.
Nach dem Abbruch konnte ich wieder Zigaretten rauchen, ich konnte den Rauch wieder ertragen, ich konnte wieder Kaffee trinken und den Kaffeegeruch ertragen. In der Zeit meiner Schwangerschaft war ich vor den Gerüchen des Kaffees und der Zigaretten geflüchtet, weil sie mir Übelkeit verursachten.
Paul sagte zu mir: jetzt hast du wieder klare Augen . . . – – –
Lotte war nun – es war Mitternacht geworden – wieder hellwach, lag aber immer noch auf dem Rücken am Boden, die Arme über den Augen. Therese sagte, jetzt solle sie erzählen! Lotte sagte: ich kann nicht, es ist zu nah! Aber dann ließ sie sich doch mitreißen und begann mit ein paar Brocken. Jemand davon erzählen, dem man wirklich vertraute! Wem vertraute sie denn, wenn nicht Therese! Hatte Therese schon jemals eine Offenheit ausgenutzt? Nein. – Jochen hatte sie nach dem Abbruch und nach dem Abschied auf dem Spielplatz nicht mehr erreicht, denn Lotte ging eine Woche lang nicht ans Telefon. Jochen hatte Therese angerufen und sich beschwert: es war nicht so schlimm, hatte Jochen gesagt, und auf den Einwand Thereses, daß Lotte sicher nicht ans Telefon ginge, weil es ihr schlecht gehe, sagte Jochen: ach, eine Abtreibung ist auch nicht das, was sie früher mal war, das ist doch heute alles nicht mehr so schlimm . . . *In den Propagandabildern scheint der Abschied ein Fest . . .*
In den Raum, in dem sie nach der Abtreibung gelegen hat, plötzlich befreit von ihrer grenzenlosen, erstickenden Übelkeit, und nun belastet von einem Abbruch, einer Fehlgeburt, einer Totgeburt, einer toten Frühgeburt – abgebrochene Steine für Selbstmörder, Symbol für das abgebrochene Leben –, in den Raum, in dem sie nach der Abtreibung gelegen hat, hat Jochen

nur kurz hineingeschaut, und er sagte: hier sieht es aus wie in einer Sauna ... Ja, sagt Lotte, ich hätte nicht mit diesem Schwein hinfahren sollen. Ich hätte mit jener Frau aus der Frauenbewegung hinfahren sollen, die mir die Adresse der holländischen Klinik gab, dieser Frau aus der Frauenbewegung hätte ich vertrauen können, sie liebte Kinder und verstand alles – O wie weh es mir tut, daß ich diesen Schuft bat, mich nach Holland zu fahren, in der dummen Hoffnung, er werde im letzten Moment sagen: ich adoptiere das Kind, du kannst es austragen, oder: komm wir gehen zum Rechtsanwalt, und ich lege verbindlich meine Pflichten gegenüber diesem Kind nieder, oder: ich lasse mich scheiden, und wir heiraten, damit du nicht mit deinem vierten Kind erleben mußt, was du schon mit deinem ersten erlittest, und damit du nicht mit drei Kindern wieder allein auf der Welt dastehst. Ja, und hätte er dies alles versprochen, hätte ich es ihm denn glauben können? Und nichts von dem versprach er, geschweige denn bekräftigte er in Handlungen. Er stahl sich noch eine Nacht vor der Abtreibung. In einem chinesischen Himmelbett, das gut zu einem Mord geeignet gewesen wäre – »Mädchen ertränken verboten«, fiel mir ein – Du machst es nicht, sagte er. Du gehst morgen früh da nicht hin, sagte er immer wieder treuherzig. Was ging ihn dieses Kind an? Er versuchte, erotisch in Schwung zu kommen, zog, als alles schnell vorbei war, seinen karierten Schlafanzug an und schlief ein ... Am nächsten Morgen im Vorzimmer der Klinik nur Paare, die meist schweigend nebeneinander saßen, die Männer blätterten in Illustrierten. Bis zum letzten Moment erwartete sie, er werde ein erlösendes Wort sagen. Sie begriff wohl einfach nicht: wie er monatelang fast jeden Tag gefragt hatte: bist du immer noch nicht schwanger? Und einmal, in Thereses Wohnung, mitten in der Liebe, hatte er sie mit wollustgesättigter Stimme gefragt: willst du, daß ich dich schwängere? Wie jener kinderreiche Mann, den Lotte gekannt hatte, der Sterilisation mit Kastration verwechselte, verwechselte der Mann Jochen Potenz und die Fähigkeit zu zeugen. Jetzt also hatte er sich seine Fähigkeit zu zeugen, seine Potenzfähigkeit bestätigt, jetzt konnte abgetrieben werden. Das Kind wollte er nicht, brauchte er nicht. Er hatte sich nur bestätigen wollen: das kann ich noch, mein Sperma ist noch lebendig. Mehr wollte er nicht ... Da saß ich nun in dieser Abtreibungsklinik, sagt Lotte, und ich lehnte mich an diesen weichen Mann an, ich war immer noch willenlos. War ich denn immer noch meine Mutter, die ohne »Papa« nicht auskam? Anlehnung statt Auflehnung. Ich fragte mich, was verband mich mit diesem Mann. Dieser Mann, der auf die Vierzig zugeht, band an meine Lebensangst seine Todesangst. Das war unsere Bindung. Seine Altersangst, seine Impotenzangst band er an meine Schwangerschaft. *Kinder: die Wiedergeburt der Toten.* Und das Ende: in der Abtreibungsklinik. Es muß geschieden sein . . . Abtreibung: Töten. Denn ein Fötus ist eine Frucht. Ist ein werdender Mensch. Aber zu töten ist manchmal notwendig und unausweichlich. Abtreibung: die moderne, saubere Form von Kindstötung. Schnell und hygienisch. Früher gab es die Tragödien der Maria Magdalena, der Rose Bernd. Heute gäbe es keine Medea mehr, nicht wahr, weil Medea erst gar keine Kinder bekommen hätte. Heute gibt es die Fahrt nach Holland. Und da saß man nun in einem Warteraum wie beim Zahnarzt, beim Friseur, nicht wahr? Nur die Freunde und Ehemänner der Betroffenen waren ein bißchen peinlich berührt, das merkte man. Aber was machte das. Jochen sagte: hier sieht es aus wie in einer Sauna . . . Es geht darum zu verstehen, sagte Therese. Es geht nicht darum zu bestrafen oder zu verurteilen, sagte Therese, es geht darum zu verstehen. Eine Freundin habe gesagt, sie sei wie erlöst gewesen nach dem Abbruch. Weinkrämpfe erst acht Wochen später. Weinkrämpfe – Nicht zugeben, daß Abtreibung ein Leid ist . . .

Lotte legte eine Eisdecke des Vergessens um sich. Aber sie konnte doch nicht vergessen. Der Verlust bedrängte sie. Sie las immer wieder im »Lenz«, suchte mit Lenz das tote Kind in Fouday. Die Geschichte hatte nun eine Beziehung zu ihrem Leben bekommen. Denn sie war mit Jochen in Fouday gewesen, sie hatten das Grab des toten Kindes gesucht, das Lenz nicht hatte erwecken können. Aber sie hatten es nicht gefunden. Aus der Kirche in Fouday hatte Lotte ein Gesangbuch mitgenommen, *Paroisse Protestante de Fouday (Basrhin)* stand vorn geschrieben. Sie trug jene Zeilen mit sich herum: *Lenz schauderte, wie er die kalten Glieder berührte und die halbgeöffneten gläsernen Augen sah. Das Kind kam ihm verlassen vor, und er sich so allein und einsam; er warf sich über die Leiche nieder; der Tod erschreckte ihn, ein heftiger Schmerz faßte ihn an, diese Züge, dieses stille Gesicht sollte verwesen, er warf sich nieder, er betete mit allem Jammer der Verzweiflung, wie er schwach und unglücklich sey, daß Gott ein Zeichen an ihm thue, und das Kind beleben möge; dann sank er ganz in sich und wühlte all seinen Willen auf einen Punkt, so saß er lange starr. Dann erhob er sich und faßte die Hände des Kindes und sprach laut und fest: »Stehe auf und wandle!« Aber die Wände hallten ihm nüchtern den Ton nach, daß es zu spotten schien, und die Leiche blieb kalt ...*

Warum denn war es ihr so schwer, dies zu ertragen? Die einen sagten: das ist doch noch kein Kind. Das ist eine Art Blinddarmoperation. Ein Stückchen Fleisch wird aus dir entfernt, mehr nicht. Aber sie, sie wußte doch, dreimal hatte sie es erlebt, daß es ein Kind war in ihr. Sie wußte, was geschah, wenn es herauskam, dieses gewachsene Kind, sie wußte, daß es winzig war, und es hätten ja auch Leute sagen können: auch ein Säugling ist noch kein Mensch. Aber davor schreckten sie zurück: allgemeiner Kindsmord, das wäre gegen alle Aufklärung. Aber dies aufs Sichtbare eingestellte Zeitalter, dieses auf die Perfektion, auf das Fertigsein eingestellte Zeitalter konnte sich mit ruhigem Gewissen sagen: das ist noch kein Kind, ist erst Fleisch und Gewebe ... Sie hatte die Säuglinge in den Armen gehalten, gestillt, gespürt, diese winzigen kleinen Tiere. Sie zuckte nur zusammen, wenn jemand spottete über die gegen die Abtreibung Eingestellten: dann müßte ja schon die Vernichtung jedes Spermatozoons eine Tötung sein ... Am Abend beim Einschlafen und in den Momenten der Müdigkeit am Tag war die Erinnerung an das Herausziehen da, ein Gefühl, als zerre man ihr das Gehirn, die Gedärme, das Herz heraus. Konnte sie sich denn nicht von diesem Grausen vor jenen schmerzvollen fünfzehn Minuten befreien? Jenny, die gelähmte Frau, sagte: ich war nach meiner Abtreibung wie erlöst, ich hatte nur das Gefühl: ich bin es los, es ist weg ... Auch Therese hatte mehrmals das Wort *wegmachen* gebraucht. Wenn da nichts wäre, brauchte man auch nichts wegzumachen. Was für ein Wort. Warum dieses Wort. *Wegmachen.*

*Mutter, jetzt hab ich das Fieber im Leib, Mutter, das Fieber, und dazu noch das tote Kind* ... Das Fieber, das seelische Fieber. Mutter, jetzt hab ich das Fieber im Leib. Und die Mutter sagt: siehst du, so einfach ist das nicht, du solltest das den anderen sagen, daß es nicht so einfach ist, wie es dargestellt wird ...

Lottes Gedanken wichen wieder ab, zu der Vorstellung vom

Schönen, zu Therese, zu der Liebe zu einer Frau. Sie lagen morgens in dem breiten Holzbett, zwei schöne Schläferinnen, und alles wurde schon wieder versachlicht ins Mütterlich-Sorgende. Therese nahm Lottes Kopf an die volle, weiche Brust, der rote Morgenmantel Lottes, den Therese trug, stand offen. Die Kinder hüpften im Bett herum und wurden eifersüchtig. Um zehn wollte jemand kommen. Lotte war froh, einen Grund zum Aufstehen zu haben. Das Gefühl, mit ihrer Mutter im Bett zu liegen. Aber Therese war doch nicht ihre Mutter, wie kam sie darauf! Ein bißchen hinfällig schon erschien ihr der Körper von Therese in seinen scheuen, schüchternen, flüchtigen, wie probierenden Bewegungen. Denn es gab ja keine allgemeinen Anweisungen für die Frauenliebe. Weich das Gesicht von Therese wie das Gesicht der fünfzigjährigen Mutter, weichlich zum Tode hin, sich auflösendes Fleisch. Wenn sie sich vor dem alternden Fleisch ihres eigenen Geschlechts ekelte – was wollte sie denn vom Mann verlangen, der den Wunsch hat, seine eigene beginnende Verwesung mit den Blumendüften weiblicher Schönheit zu verdecken? Therese erzählte an diesem Morgen, wie sie vor Jahren einmal die verschiedenen Stadien des Aufblühens und Verblühens roter Tulpen fotografiert habe, und sie versprach, für Lotte diese Fotos herauszusuchen. Mein Gott, Therese, wie alt siehst du aus! Du bist doch kaum zweiunddreißig Jahre, Therese. Mir graut vor dir, Therese. Früh gealtert erscheinst du mir, ja verbraucht. Wie kann ich das sagen? *Meine Mutter hat mir meine Jugend geraubt.* Ich fragte die Blumenhändlerin, sagt Lotte zu Therese, ob sie viele Blumen wegwerfen müsse oder ob sie die nicht verkauften Blumen an den Großhändler zurückgeben könne. Für Grabkränze, so die Blumenhändlerin, gebrauche sie die aufgeblühten, die halb verblühten, die aufgerissenen Blumen. Nur am Tag des Begräbnisses, so die Blumenhändlerin, sagt Lotte, sind diese Blumen wichtig, und dann dürfen sie nicht mehr knospig sein, denn dann sieht man nichts. In Lottes Küche werden die roten Tulpen in Thereses Glasschale schwarz. Reste eines Weißkohlsalates verfärben sich. Ein Brotstück im Herd ist schimmelig geworden. Therese ist früh gealtert. Warum nur, warum? Und Lotte im dreißigsten Jahr – Ich fühle, die Jahre werden rasen, wenn ich ihnen nicht Einhalt gebiete. Und dann wirst du bald so alt sein wie meine Mutter, Therese. Meine Mutter kommt mir ja jünger vor als du, Therese. Was macht dich so müd, Therese? Was ließ dich so altern? Warum fliehst du immer so schnell, wenn du mich besuchst: kaum hältst du es einen halben Tag, einen Tag bei mir aus. Vielleicht ist bei dir nichts Heimat für mich, sagt Therese. Aber du hast auch schon andere Sätze gesagt, sagt Lotte ... Und dann ist Therese wieder fort.

Am nächsten Tag ruft ein Freund an, dem sie einige Tage vor seiner Rückkehr von einer Reise eine Karte geschrieben hatte. Er hatte sie vorgefunden zu Haus, diese Karte mit den etwas dummen Entschuldigungen für dumme Anspielungen auf seine Homosexualität, mit denen sie ihn an einem Abend in der Gastwirtschaft gequält hatte (»du bist ja gar kein richtiger Mann«). Er rief sie an, und sie erfuhr zum erstenmal, daß es ihm lieber wäre, nicht das zu sein, was er war: ein Liebender des eigenen Geschlechts. Ich habe geglaubt, du seist leichtlebig, du bekenntest dich zu deiner Homosexualität, sagt Lotte. Ja, sagt der Freund, früher habe ich verleugnet, heute bekenne ich. Seine Albernheit verdekke wohl nur seine Melancholie? Ja, sagt der Freund. Das Tragische sei, daß man ständig auf seine Andersartigkeit hingewiesen und gestoßen werde, sozusagen mit der Nase werde man ständig darauf gestoßen wie auf ein Verbrechen. Als ein Fremder müsse man sich fühlen, weil man sich nie selbstverständlich fühlen dürfe. Daß ich nicht selbstverständlich sein darf: eine Frau, ein Mann, homosexuell, das ist eigentlich schon alles, sagt der Freund. Selbstverständlich sein dürfen: ohne Sonderetikett, das ist die Freiheit. Auch ihm sage man ständig, es müsse wohl erst die Richtige kommen ... Wenn erst die Richtige, wenn erst der Richtige kommen wird! Der Freund sagt: sie behandeln einen wie einen Kranken. Ich nicht, ich behandle dich nicht so, sagt Lotte. Ich mag dich sehr, sagt Lotte. Weil ich kein Mann bin?, scherzt der Freund. Ich werde dich vergewaltigen, scherzt der Freund. Natürlich gefällt es mir, sagt Lotte, daß ich mit dir reden kann, ohne daß du gierige Augen bekommst. Er ist gekränkt: du fühlst dich wohl wie die Mutter eines Sohnes. Lotte schimpft, er drehe ihr ja jedes Wort im Mund herum. Sie verabreden sich für Weiberfasnacht. Er versucht ein letztes Mal, zynisch zu sein: sie solle sich Hosen, er werde sich ein Röckchen anziehen. Sie sagt: ich fühle mich nicht so wohl in Hosen. Sie wußte, daß er als Mädchen geboren werden sollte. Die Mutter hatte ein Mädchen gewünscht. Er hatte erfahren, daß sie ein Junge hatte sein sollen. Die Mutter hatte einen Jungen gewünscht. Sie verabschiedeten sich freundlich. Es hatte ihn gestört, daß sie ihm auf ihrer Karte so unverblümt von einem Buch über »Homosexualität und Selbstmord« geschrieben hatte, als sei diese Verbindung, wie eine Krankheit, von selbst gegeben. Ich will nicht, daß meine Neigung wie eine Krankheit eingeordnet und benannt wird, sagte er ... Lotte wurde müder; sie schlief nachts nicht, lag bis zwei, drei Uhr, manchmal bis vier Uhr morgens wach, grübelnd – am späten Nachmittag, nach der Arbeit, schlief sie oft eine Viertelstunde mit bleiernen Gliedern, gestört von den Rufen der Kinder, den hungrigen. Sie konnte ihrer Arbeit kaum noch nachgehen. In dieser Situation hatte sie dann auch Urlaub beantragt und war nach Neuland gefahren. Und hatte die Kinder zu Therese gebracht ...

Es war schwer und schlimm für sie, zu erkennen und anzunehmen, daß durch diesen Abbruch ein Stück Vitalität verlorengegangen war, daß ein Stück Altern in ihr Leben getreten war, daß eine vorher unbekannte Anfälligkeit zurückgeblieben war. Plötzlich, seit diesem 14. Juli, hatte sie jede vier Wochen eine Infektion, eine Grippe; sie litt an Mattigkeit, an Zuständen von Erloschenheit, die sie vorher nicht gekannt hatte. Sie hatte ja vorher schon langsam selbst geglaubt, daß Abtreibung auch nicht schlimmer war als eine Blinddarmoperation. Nein, sie hatte es nicht geglaubt, wie all diese Behauptungen über irgendetwas, die in der Öffentlichkeit kursierten. Denn die wirklichen Erfahrungen waren die wirklichen Erfahrungen. Und die Meinungen über die wirklichen Erfahrungen waren die Meinungen ... Ein Akt der Auflehnung, ein Akt der Befreiung. Man riß sich ja nicht das Kind aus dem Leib. Man riß sich den Mann aus dem Leib. Diesen Pascha mit seiner Krise in der Lebensmitte. Diesen Todesangst-Mann. Dieses große Kind, das Mutter und Dienerin suchte, man kann es ihm nicht sein. Die Handlungen der Auflehnung sind düster und schmerzhaft. *Das Schlimmste, sagte er, waren die Frauen mit toten Babys. Man konnte die Frauen nicht dazu bringen, ihre toten Babys herzugeben. Sie würden Babys bei sich haben, die sechs Tage lang tot waren. Würden sie nicht hergeben. Nichts, was man in der Sache tun konnte. Mußte sie ihnen schließlich wegnehmen ...* »Ich melde mich wieder« – sie saß im Zug, sah zum Fenster hinaus, ohne auf die Gegend zu achten, grübelte – »ich melde mich wieder«, der Satz von Jochen am Telefon kam ihr nicht aus dem Sinn, dieses trocken gleichgültige

»ich melde mich wieder« am Telefon, und als sie schwanger war, meldete er sich gar nicht mehr. Sie sah hinaus, legte ihre Beine auf den gegenüberliegenden Sitz, und ein Stück Erinnerung kam ihr deutlich und schmerzhaft in den Sinn: sie lief mit ihm in einem Wald – es war Hochsommer –, Lupinenfelder hochgelb am Rand des Waldes, gelber Ginster überall an den Wegen. Sie suchten eine Stelle, vielmehr suchte sie. Er zögerte schon. Als er im Auto gesagt hatte: es gibt Geschichten, in denen haben die Mädchen und Frauen lange Röcke an, unter denen nichts ist, hatte sie sich übermütig Hose und Strümpfe ausgezogen, bis zum Bauchnabel nackt unter dem Rock war sie nun. An einer Ampel hielt er und legte ihr die rechte Hand auf das Haar zwischen den Beinen. Es war früher Nachmittag und die Sonne brannte. Ihr Haar zwischen den Beinen leuchtete schwarz-rötlich. Er hatte Verlangen. Dann gingen sie Hand in Hand in den Wald. Die Hündin folgte ihnen. Sie war immer noch übermütig, zuversichtlich, leicht, sicher. Dann zog sie ihn, da er zu zögern anfing, in den Wald durchs Unterholz, Herbstblätter lagen dort noch, das Laub raschelte, Nadeln stachen ihren nackten nackten Körper. Ein Brautbett aus Heidekraut. Wie warm es hier war. Sie zog ihn an sich, zog ihn, den plötzlich Widerstrebenden, zum Liegen. Er begann, von seinem Vater zu erzählen. Sein Körper blieb still, sein Glied fühlte sich in ihrer Hand an wie das Glied eines kleinen Jungen, den die Mutter badet. Ihre Euphorie, ihr Übermut hielten noch an. Sie sagte ihm zärtliche Worte, verlangende Sätze, berührte ihn, streichelte ihn, aber alles war im Angesicht des Versagens schon leicht zweckmäßig geworden. Er lenkte sich ab, indem er sich umsah, horchte, als hoffe er, gestört zu werden. Und dann tatsächlich hörten sie einen Traktor, sahen durch die Lücken der Baumstämme auf einem Feld einen arbeitenden Bauern. Ihr Leib, ihre Sinne brannten. Er war kalt wie ein Toter. Die Sonne glitzerte durch die Lücken der Baumstämme. Ihre Lust, ihr Übermut, ihre Freude sackten zusammen, und traurig, zurückgeschlagen ging sie, die Hand in der Hand des Frigiden, wie eine dumme, kleine Sünderin an den Ginsterbüschen entlang zurück zum Auto. *Halten Sie es für möglich, daß ein ungeborenes Kind daran sterben kann, daß man es nicht so herbeisehnt, wie man sollte: an zu wenig Liebe gewissermaßen?* Daß dieser Mann überhaupt ein Kind hat zeugen können, ist ihr rätselhaft. Hinein in die Frau, flutsch aus, und daraus soll ein Kind entstehen? Ja, das gibt es. Die Natur kümmert sich nicht um die Lust, sie interessiert sich allein für die Sicherung der Fortpflanzung. Sie fährt Neuland entgegen. Plötzlich fallen ihr die einsamen Toten ein. Die pastösen Leichen in dem amerikanischen »funeral home«. Werden denn alle Selbstmörder seziert? Grundsätzlich könnte es mir doch gleich sein, was mit meiner Leiche nach einem Selbstmord passiert. Meine Leiche wird doch gefühllos sein. Aber man soll nicht an ihr herumfummeln und herumschnippeln, auch nicht nach dem Tod, kann man denn die Toten nicht in Ruhe lassen, diese Aasgeier, die Lebenden, können die Toten nicht in Ruhe lassen ... Da saß sie nun in diesem Zug, sollte für drei Wochen allein sein und sich wiederfinden. Sie hatte in der letzten Zeit so wenig mit anderen Menschen gesprochen. Manchmal war sie menschenscheu. Sie war auf eine selbstverständliche, nicht verkrampfte Art schüchtern. Nur manchmal sammelte sich der Zunder ihres Schweigens so dicht in ihr, daß sie plötzlich in einem Redefeuer entbrannte und dann einem Freund Dinge erzählte in einem nicht aufzuhaltenden Fluß, ohne sich unterbrechen zu lassen, daß es ihr danach leid tat und sie sich ausgenutzt fühlte, als hätten die anderen sie mit List zum Reden gebracht ... Meistens war es aber so – und noch zwei Tage vor ihrer Abreise nach Neuland war es passiert –, daß irgendeine Bekannte, irgendein Bekannter sie anrief und von ihrem, von seinem Leiden sprach, klagte, und Lotte mußte halbe Stunden, viele Stunden lang zuhören, während sie noch in der Schürze und in der Küche der Abendbrottisch noch nicht abgeräumt war und die Kinder halb ausgezogen in den Betten herumtobten und sich zankten und schrien. Sie wurde als Beichtmutter ausgenutzt, oder sie blieb für sich. Es muß an mir liegen, sagte sie ... Das Bild des Mannes in ihren Sinnen, während die Landschaften vor dem Zugfenster schleierhaft an ihr vorbeiflogen: der Mann über ihrem Rücken, sie kniend, den Kopf auf das Kopfende eines Bettes geneigt, er von hinten in sie dringend, wollüstig stöhnend, sie still, konzentriert, ihren Leib öffnend, er im Moment des Eindringens erschlaffend, sein Glied weich werdend wie das eines Säuglings, und sie im Rausch: komm, komm, flehend, bettelnd, fiebernd, und dann wieder der Abbruch, das Niedersacken der lodernden Empfindungen, und sie fragte sich, warum sie Johannes, der sie lieben konnte, verlassen hatte ... Würde nicht das Gewohnte, würde nicht die Erziehung so stark sein, daß sie sich immer nach einem Mann sehnen würde? Warum war sie nicht bei Johannes geblieben, der sie liebte? Warum suchte sie Jochen, den unfähigen Mann, den weichlichen Mann? Was suchte sie in ihm? Suchte sie bei ihm ihre angstvoll versteckte, angstvoll zurückgedrängte Homosexualität? Und er? *Ihr verängstigten, versagenden Männer in den besten Jahren. Schleicht in euren Gedanken und Erinnerungen um junge Bräute rum, ihr alle! Zum Kotzen . . .* Braut hatte er sie genannt. Die junge Braut suchte er. Promiskuität, sie sah das Wort im Wörterbuch nach: Ungeregelter Geschlechtsverkehr ohne gegenseitige Bindung auf längere Zeit. Ja, dieser sich dem zweiten Lebensteil nähernde Mann suchte sich Bräute, um sich seiner selbst zu versichern. Zu spät aber hatte sie es erkannt, daß sie nur eine Blutzufuhr für ihn sein sollte. Einen Zipfel der Jugend wollte er in ihr fassen. Aber sie wühlte und bohrte in ihm, sie verstand seine Todesangst, seine Altersangst besser, als es ihm lieb sein konnte, denn er vergaß sie nicht in ihrer Gegenwart. Er floh vor ihr . . . Oder war Liebe nur das: aufeinanderfolgende Irrtümer, Stationen *am Wege*?; Hoffnungen in Heimatlosigkeiten?; Entflammen-Verlöschen?; der Weg allen Fleisches? Sie saß im Zug und merkte plötzlich, daß ihr Versuch, diesen Mann in sich auszulöschen, nicht gelang. Sie betrachtete ihn streng, nannte ihn innerlich einen Schürzenjäger, einen Heiratsschwindler, einen Bigamisten, und dies nicht, um sich durch Beschimpfung von ihm distanzieren zu können, denn all diese Wörter trafen ja auf ihn zu, sie nannte ihn einen, der die *Frauenliebe* an jeder Ecke einzuheimsen versuchte – Die Frauenliebe? Die Frauenliebe? – In ihr dämmerte eine Einsicht. *Frauenliebe.* O ja, da waren diese männlichen Menschen, die glaubten, die Frauenliebe für sich gepachtet zu haben. Und mußte erst dieser unfähige Egoist kommen, um ihr den Weg zur *Frauenliebe* zu zeigen? – Sie war dumm gewesen, eine dumme Verliebte, die nichts sah, nichts hörte, denn wie hatte sie es hinnehmen können, daß er sie nachts mit dem Kosenamen seiner Frau anredete? Daß er um Mitternacht, grad aus ihren Armen gelöst, seine Frau anrief und mit heuchlerischer Stimme sagte, daß er bald zurückkommen werde. Ihr Hereinfallen auf diesen Mann: nichts Besonderes, die Allerweltsgeschichte. Don Juan der Gewöhnlichkeit. *Gibt ein Weib, sagt Baal, euch alles her/ laßt es fahren, denn sie hat nicht mehr!* Ja, so sah Jochen die Frauen . . . Ihre Mutter hatte sie gewarnt. Der hat keine guten Hände. Diese wabbligen, kleinen

Hände. Daß er eine elektrisierende Stimme hatte, mußte auch sie zugeben, sie erwähnte es von selbst. Aber die Stimme ist doch nicht alles, sagte sie wegwerfend. Seine Stimme zog ihren Honig aus seinem Narzißmus, mit dem er sich selbst einschmierte. Und sie, die dumme Verliebte, hatte die Schuld bei sich selbst gesucht, dabei hatte sein Körper zwei Frauen einfach nicht verkraftet, sein Körper streikte, sonst nichts, für einen Harem war er nicht geeignet. Er lebte mit seinen Wünschen auf großem Fuß. Seine Wünsche gingen über seine Verhältnisse. Aber sie hatte ihn in ihrem Liebeswahn zu ihrem Gott gemacht. Und das hatte ihm gefallen. Er sagte: ich möchte am liebsten alle Frauen auf der Welt lieben ... Sie begriff ja alles erst viel später, zu spät. *Ganz gewiß ist der mehr oder weniger hektische Ausbruch in eine Vielzahl von Affairen mit sehr viel jüngeren Frauen die international am weitesten verbreitete Methode, der Angst vor dem Alter aktiv zu begegnen* ... Sie dachte an Johannes, der verlassen war und litt. Johannes war arbeitslos geworden. Sie dachte: wie findet Johannes, den ich verlassen habe, seine Würde wieder? Und wie finde ich meine Würde wieder? Man hat mir da unten etwas herausgezerrt wie einen riesigen Zahn, und innen ist alles locker und wund. Neun Leben hat die Katze, und immer lebt sie noch. Neunmal kann man der Katze das Rückgrat brechen, und immer lebt sie noch. Doch dann beim zehntenmal ... Therese würde sich nie von ihrem Mann trennen. Ihr Mann gab ihr die Sicherheit, die man bei einem Vater hatte. Lotte dachte an Therese, aber sie dachte auch an den Ekel vor einer ständigen Gemeinsamkeit zweier Körper, an den Ekel vor jahrzehntelang aufeinanderfolgenden Vereinigungen mit *einem* Menschen, wie konnte man dies aushalten? Sie kam mit dem Bild von der Liebe, das man ihr zur Anschauung und Nachahmung gegeben hatte, nicht zurecht. Zum erstenmal im Leben empfand sie ihren armen, wunden Körper als für sich seiend. Mein Körper ist nicht für einen Mann auf der Welt. Therese, dachte sie, ist eine verheiratete Frau, die nach der langen heimatlosen Kindheit bei Großeltern, Verwandten, in Internaten und Lokalen endlich ein Nest gefunden hat an der Seite eines ruhigen, fleißigen, zuverlässigen Mannes. Wie sie allerdings verkraftet, daß dieser Mann auch der Mann ist, der sie abtreiben ließ, weiß ich nicht. Das ist doch etwas anderes, sagt Therese: ich habe es damals einfach als meine Entscheidung betrachtet ... Eine ältere Frau kam in Lottes Abteil, sie schätzte

sie auf fünfzig, erfuhr später, daß sie sechzig Jahre alt, sechs fast erwachsene Kinder habe und Bundestagsabgeordnete sei. Sie geriet mit der Frau in ein Gespräch. Und da alles in ihr um dieses eine Erlebnis kreiste, waren sie bald, ohne daß sie es gewollt hatte, in einem Gespräch über die Abtreibungsfrage. Die Abgeordnete sprach am meisten, Lotte hörte zu, stellte ab und zu eine kurze Frage ... Sie fragen mich danach, wie ich als Bundestagsabgeordnete gedacht und reagiert habe, als es um den Paragraphen 218 ging, sagte die Abgeordnete. Wenn ich mir das jetzt überlege, so scheint mir schon viel Zeit seither vergangen zu sein. Vielleicht kommt mir das aber auch nur so vor, weil durch das höchstangreifbare und nach meiner Überzeugung unbillige Bundesverfassungsgerichtsurteil im vorigen Jahr ein politischer Aufschwung, wie er nur selten in solcher Kraft entsteht und zum Ziel führt, mit einem Schlage ad absurdum geführt wurde. Die Kraft war jedenfalls weg, die Argumentation wurde nur noch innerhalb des neu gebildeten Ausschusses geführt, und die letzte Bundestagsdebatte, die nun den Kompromiß zur Abstimmung stellte, brachte natürlich keine neuen Argumente und blieb farblos.
Damals, vor vier, fünf Jahren, als die Diskussion um die Reform dieses Paragraphen begann, sagte die Abgeordnete, ist in meinen Augen etwas Einmaliges geschehen. Für mich war es nicht so wichtig, daß Frauen sich öffentlich bekannten, die abgetrieben hatten, das sagte mir nicht einmal sehr zu; was mich stark berührte, war das Engagement vieler Frauen. Überall diskutierten sie, klärten sie auf und machten auf das Problem aufmerksam. In kurzer Zeit wurden mehrere Gruppen größer und größer, und die Unterschriftenlisten zeigten die Namen vieler älterer und alter Frauen und ebenso vieler Männer. Zum erstenmal war es Frauen gelungen, ein gesellschaftliches Problem so zu politisieren, daß geradezu eine Volksbewegung daraus wurde. Und diese Volksbewegung beeinflußte die Politiker, sie ließ ihnen nicht den Ausweg, die Sache mit irgendeiner kleinen Geste beiseite zu schieben. Die Politiker setzten die Gesetzesmaschinerie in Gang und engagierten sich selbst mehr und mehr. Ja, den Frauen gelang es, die ganze Bevölkerung aufmerksam zu machen. Kirchen und Verbände schalteten sich leidenschaftlich ein. Für mich ist das ein Beispiel, was Frauen, wenn sie solidarisch handeln, fertig bringen, und ich wünschte, dies bliebe nicht der einzige Anlaß ...
Warum aber hat ein solch »negativer« Anlaß eine Volksbewegung

ausgelöst, wie Sie sagen?, fragte Lotte. Ist eine solche Volksbewegung aus »negativem« Anlaß nicht nur in einer Atmosphäre der Kinderfeindlichkeit möglich?, fragte Lotte ... Ich habe mich von Anfang an auf die Seite derjenigen gestellt, ja, ich brauchte es mir nicht zu überlegen, ich stand einfach auf der Seite der »Fristenregelung«, sagte die Bundestagsabgeordnete. Natürlich, ich weiß, daß Abtreibung nicht eine Lösung des Problems sein kann. Eine wirkliche Lösung gibt es eben nicht ... *Die Kinderfrage, die du stellst, gehört zu den schwierigsten und ist wahrscheinlich überhaupt unlösbar. Sie gehört sogar wesentlich zu meinen Verzweiflungsanfällen. Sie ist weder zu lösen noch zu vernachlässigen. Was für eine Peitsche ist aus dieser höchsten Ermächtigung gedreht worden!* ... Aber in meinen Augen, sagte die Abgeordnete, ist die Fristenlösung die fairste Möglichkeit, mit dem Problem fertig zu werden. Ich will sagen, warum.

Niemand sollte einer Frau befehlen dürfen, gebären zu müssen. Es ist ihr ureigenstes Leben, über das kein anderer das Recht hat zu bestimmen ... Aber dann, sagte Lotte, müßte auch jeder Selbstmörder über seinen Körper bestimmen können, weil es sein ureigenstes Leben ist ... Die Abgeordnete stockte, aber dann fuhr sie fort: Die Frau selbst muß ihr Kind wollen, niemand kann ihr befehlen, es wollen zu sollen. Der normale Fall ist, daß eine Frau ihr Kind will. Tritt aber ein außerordentlicher Fall ein, in dem sie es nicht will, so muß sie selbst entscheiden dürfen. Männer sollten sich schämen, hier in der Gestalt des Richters, des Arztes oder Geistlichen befehlen zu wollen, zeigen sie doch mit dieser Haltung recht eigentlich, wie sehr ihnen Ehrfurcht und Einsicht mangelt. Sie haben kein Recht, davon auszugehen, daß Frauen grundsätzlich zu töricht und zu verantwortungslos sind, um »richtig« entscheiden zu können ... Aber, wagte Lotte einzuwenden – und sie formulierte nur ihre Zweifel an den glatten und eingehenden Argumentationen der Abgeordneten –: die Männer ... sind sie denn nicht Beteiligte?, Sie tun so, als seien die Frauen allein Erzeuger der Kinder ... Das dürfen Sie doch nicht vergessen, daß die Männer Mitschöpfer der Kinder sind. Sprechen Sie bitte einmal von der Verantwortlichkeit, die sich daraus ableitet! Und die Männer, die später einer von ihnen geschwängerten Frau sagen können: hier hast du tausend Mark, treib ab, entziehen sich ihrer Verantwortlichkeit ... Denken Sie an die 100 000 Abtreibungen, die in jedem Jahr geschehen, sagte die

Abgeordnete. Wir wollen, daß die Abtreibungen zurückgehen. Wir sind Politiker, sagte die Abgeordnete, wir müssen die Realität sehen, nicht das Ideal ... Ich bin sicher, sagte die Abgeordnete, daß eine Beratung, die von vornherein außerhalb der Strafdrohung steht, bei einer ganzen Anzahl von Frauen den Schock, in den sie durch eine ungewollte Schwangerschaft geraten sind, lösen kann und daß es möglich sein wird, daß diese Frauen ihre Schwangerschaft annehmen. Solange sie mit ihrer Last hilflos allein und unberaten bleiben mußten, blieb ihnen oft gar kein anderer Weg als die heimliche Abtreibung. Aus dieser Not sollte die Fristenregelung die Frauen lösen ... Aber wenn es 100 000 heimliche Tötungen in einem Land gibt, können Sie doch nicht die Tötung plötzlich legalisieren wollen; Sie müssen sich doch als Politiker fragen, warum 100 000 Menschen, die keine Verbrecher sind, töten. Sie sprechen von »Not«, aber warum lindern Sie nicht die Not? Warum geben Sie nicht ein zehnfach so hohes Kindergeld? Warum führen Sie nicht einen Mutterlohn ein? Warum führen Sie nicht in den Schulen die gesetzliche Verpflichtung ein, Jungen und Mädchen gleichberechtigt und gleichverpflichtet zu »Müttern« zu erziehen? Warum führen Sie nicht Gesetze ein, die es keinem Mann mehr erlauben, sich eine Dienstmagd und eine Mutter »seiner« Kinder zu halten? ... Das wäre eine Revolution, sagte die Abgeordnete. Wir können keine Revolution machen, wir können nur eine Reform machen ... Und die Abgeordnete fuhr fort in ihren langen Ausführungen: Jedes Kind hat das Recht auf Zuneigung und Liebe, sagte sie. Wenn ihm die nicht gegeben werden kann, wäre es besser, es würde nicht geboren ... Ja, unterbrach Lotte, sehen Sie, meine Mutter liebte mich im Grunde ihrer Seele nicht, denn sie wollte kein Mädchen, sondern einen Jungen; also wäre es doch besser gewesen, sie hätte mich abgetrieben; vielleicht wird es in Zukunft dahin kommen, daß Eltern sehr frühzeitig das Geschlecht des Fötus feststellen können, und wenn es nicht das »richtige«, das von ihnen favorisierte Geschlecht ist, was in der Mutter heranreift, beantragen sie die Erlaubnis zum Schwangerschaftsabbruch ... Seien Sie doch nicht unsachlich, sagte die Abgeordnete, und fuhr in ihren Ausführungen fort: Von den Männern im Talar, die mit ihren moralischen, ethischen und richterlichen Gesetzen das Geborenwerden erzwingen wollen, kümmert sich nachher keiner um das Geborene. Im Gegenteil, sie sind später sehr schnell bei der Hand, diejenigen, die sich nicht sozialisieren konnten, zu verurteilen. Deswegen klang mir das Geschrei nach dem Schutz des Ungeborenen oft grell und häßlich in den Ohren. Ich fand, es war Lüge, wenn gerade die katholische Kirche mit Wort und makabren Bildern, mit diktierten Briefen aus Schulklassen und Altersheimen und vielen anderen unlauteren Mitteln für den Schutz des ungeborenen Lebens plädierte, hat sie doch in all den Jahrhunderten die ledige Mutter und das uneheliche Kind verteufelt und aus der Gesellschaft ausgeschlossen ... Aber sie können doch nicht, wandte Lotte ein, der katholischen Kirche etwas vorwerfen, was die ganze Gesellschaft trifft: die ganze Gesellschaft hat doch, und dies bis heute im Bewußtsein, die uneheliche Mutter ausgeschlossen ... Warum beschuldigen Sie die katholische Kirche der unlauteren Methoden, ohne begreifen zu wollen, daß sie aus tieferen Gründen die Abtreibung ablehnt; Sie als Atheistin – und ich als Atheistin –, sagte Lotte, wir können uns da nicht hineindenken; für die Christen hat Gott das Leben gemacht, und der Mensch darf es nicht auslöschen ... Nun, sagte die Abgeordnete, ich habe immer wieder so argumentiert, wie Sie es eben gehört haben. Ich gehe nicht von Prinzipien aus, nicht von Utopien, nicht von hohen Werten, sondern ich sehe die Realität ... Ich habe immer versucht, klarzumachen, daß die Frau als selbständiger Mensch das Recht hat, letztlich selbst zu entscheiden, so wie das Kind ein Recht hat, angenommen zu werden. Ich habe das in vielen Veranstaltungen gesagt, ich habe an Podiumsdiskussionen teilgenommen; ich habe Zeitungsartikel geschrieben, ich habe mich in Rundfunkinterviews geäußert und habe auf der Straße mit den Bürgern diskutiert. Die Angesprochenen waren sehr aufgeschlossen. Und es gab oft heftige und leidenschaftliche Auseinandersetzungen. Manchmal wogte der Saal sozusagen von beiden Seiten gegeneinander. Ich hatte den Vorteil der Glaubwürdigkeit für mich: immerhin wußte ich, wovon ich sprach, denn ich hatte selbst sechs Kinder geboren. Ich weiß, daß man eigentlich erst im vierten Monat, wenn man die ersten Bewegungen des wachsenden Kindes im Leib spürt, ein ganz unmittelbares Verhältnis zu dem kleinen werdenden Menschen findet; in den ersten Wochen, in denen man lediglich weiß: man ist schwanger, ist eine Abtreibung noch möglich, weil kein persönliches Verhältnis besteht; das Wissen um ein noch nicht Spürbares, noch nicht Realisiertes hat noch kein Verhältnis aufgebaut. Ich brauchte nicht viel davon zu sagen, aber gegenüber den Aussagen der Männer, vor allem der katholischen Priester, die die bewegendsten Töne anschlugen, um doch wie die Blinden von der Farbe zu reden, hatte ich es meist nicht schwer ... Lotte widersprach: Ich habe es anders erlebt, ich habe schon bei der zweiten Schwangerschaft sehr früh ein persönliches Verhältnis zu dem werdenden Kind gehabt, denn ich hatte ja den ganzen Vorgang schon einmal erlebt, ich hatte ja Phantasie und Vorstellungskraft, ich spürte doch nicht erst etwas, als die ersten Kindsbewegungen zu spüren waren ... Ihre Argumentation, sagte Lotte, überzeugt mich an dieser Stelle nicht, und das läßt mich zweifeln. So vieles übergehen auch Sie, sagte Lotte, und ich kann Ihnen auch nicht mehr vertrauen als den anderen, die sich gegen eine Liberalisierung des Gesetzes aussprechen. Die genauen Motive der Befürworter und der Gegner kennt niemand, sagte Lotte. Aber alle behaupten sie, die Sache der Frauen und die Sache des Lebens zu vertreten ... Haben Sie denn selbst auch einmal die Erfahrung einer Abtreibung machen müssen?, fragte Lotte die Abgeordnete. Denn Sie sagen, daß Sie Mutter von sechs Kindern sind und daß dies Sie in Ihren Argumentationen glaubwürdig macht. Aber dann müßten Sie, wenn Sie von der Erfahrung ausgehen und sie als Beweis Ihrer Glaubwürdigkeit nehmen, auch eine Abtreibung erlebt haben, um ganz glaubwürdig zu sein. Nein, sagte die Abgeordnete, ich habe nicht abgetrieben, aber im Kopf haben wir doch alle schon -zigmal abgetrieben ... Lotte sagte nichts. Sie verstummte, wenn sie diesen Satz hörte ... Sie wissen ja sicher, sagte die Abgeordnete, daß sich in meiner eigenen Fraktion, die sich in ihrer großen Mehrheit für die Fristenregelung ausgesprochen hatte, eine kleine Gruppe solcher gebildet hatte, die einen eigenen Gesetzentwurf mit vier Indikationen eingebracht hatte. Das schwächte natürlich unsere Position. Als ich einmal mit dem Wortführer dieser Gruppe sprach, der ein ehrenwerter Jurist ist, zeigte er blankes Unverständnis für das, was ich sagte. Er begriff nicht, warum ich meinte, der betroffenen Frau müsse die Entscheidung überlassen bleiben. Wieso, sagte er, die Frauen bleiben ja auch nach unserem Entwurf straflos, und was wollt ihr denn mehr. Ich konnte ihm die Sache aus meiner Sicht nicht klarmachen ... Im Verlaufe des öffentlichen Meinungskampfes hat ein bekannter Kardinal dann einmal einen Offenen Brief geschrieben, daß man Abgeordnete, die zum Töten aufrufen, nie mehr wählen dürfe. Das hat mich so empört, daß ich einen Offenen Brief an ihn zurückgeschrieben habe. Ich habe ihm gesagt, daß er den Einfluß auf seine Gläubigen mißbraucht und daß ich das Verbreiten von Lügen (»Töten«) als eines Kirchenfürsten denkbar unwürdig empfinde und manches andere mehr. Der hohe geistliche Herr ließ mir durch einen Kanzlisten einen sehr häßlichen Brief wiederschreiben, und in allen Kirchenblättern fanden sich mißverständliche Auszüge meines Briefes, verbunden mit Hetz- und Schimpftiraden ... Natürlich bekam ich wie alle meine Kollegen eine Flut von Drucksachen und Briefen; ich erwähnte schon die diktierten Postkarten. Da schrieb eine dritte Klasse einer katholischen Volksschule: Ach bitte, bitte, lassen Sie doch unsere kleinen Geschwisterchen leben; da schrieben alte Leute aus dem Altersheim: ich bete für Sie, daß Sie nicht zur Mörderin werden und ihr Gewissen schwer belasten. Was muß man den Kindern und den Alten vorerzählt haben! Oder was hat man ihnen einfach diktiert, und wie hat man sie mißbraucht! ... Ich gebe Ihnen recht, sagte Lotte, dies sind unlautere Methoden, um eine Auffassung durchzusetzen; aber mich erschreckt, daß Sie dieses in unserer Kultur so lange geltende Argument, man dürfe ungeborenes Leben nicht *töten*, jetzt so ohne weiteres vom Tisch weisen; ich zum Beispiel kann mich, trotz aller Aufgeklärtheit und Vorherrschaft des Verstandes, nicht einfach von dieser Voraussetzung unserer Kultur, ungeborenes Leben sei Leben und dürfe nicht vernichtet werden, trennen ... Aber niemand, der für die Fristenregelung gestimmt hat, wollte damit Töten, rief die Abgeordnete aus. Im Gegenteil: wir waren und sind der Meinung, daß dieses Gesetz die beste, die ordentlichste und ehrlichste Waffe gewesen wäre, ungeborenes Leben zu schützen. Und so haben wir auch immer argumentiert ... Ich bekam, sagte die Abgeordnete, vor allem nach dem Briefwechsel mit dem Kardinal und nach Fernsehauftritten bergeweise Post. Es ist nicht vorstellbar, was in diesen Briefen für Schmutz, für Gemeinheiten und Drohungen ausgesprochen wurden. Die Menschen, die das ungeborene Leben zu schützen vorgaben, sprachen mir und meinen Kollegen gegenüber unverhüllte Morddrohungen aus. An diesem jahrelangen Kampf um eine vernünftige Lösung dieses schwierigen Problems habe ich wieder mit Entsetzen erlebt, wie einfach es ist, Mitmenschen zu verhetzen, und wie die Verhetzenden, die angeblich Gewalt verhüten wollen, wenigstens zum Schreibtischgewalttäter werden ... Zuletzt, sagte die Abgeordnete, will ich Ihnen sagen, daß ich die Entscheidung zu einer Abtreibung in jedem Fall als eine sehr schwierige persönliche ansehe. Selbst wenn die betroffene Frau mit ihrem Mann oder ihrem Freund oder wenn das junge Mädchen mit ihren Eltern darüber sprechen kann – sie selbst muß wissen, was sie tut ... Ich bin überzeugt, daß der Mensch nur reift, wenn er Entscheidungen treffen muß. Es ist verderblich und tödlich für die Persönlichkeit des Einzelnen, wenn Instanzen über ihn entscheiden. Ich bewundere Sie, sagte Lotte, weil Sie Politikerin sind und sich von Widersprüchen nicht ablenken lassen, aber ich entdecke soviele Widersprüche in dem, was Sie sagen. Sehen Sie, was geschieht denn, wenn eine Frau ein Kind will, es aber nicht kriegen kann, weil der Mann sie verläßt oder sie hintergangen hat?, Sie sagen: sie selbst muß wissen, was sie tut. Ist das nicht ein rückschrittlicher Glaube, die Frau allein sei letztlich für alles verantwortlich, das heißt, könne auch über alles bestimmen, was in ihrem Leib vorsichgeht, weil *sie* das Kind austrägt? Es müßte ein Gesetz geben, das den Mann nicht noch mächtiger macht, als er schon ist. Nun auch mächtig, oder mächtiger als früher, der Frau die Abtreibung zu »empfehlen«. Die Abgeordnete schien über diese Problematik noch nicht nachgedacht zu haben ... Sie fügte nur hinzu: man darf bei der Erörterung der Frage natürlich auch nicht verschweigen, daß Abtreibung immerhin ein ernster Eingriff in den Körper ist. Und das muß bei der Beratung der Schwangeren deutlich ausgesprochen werden. Auch muß man daran denken, daß die Schwangere später, wenn sie ein Kind haben möchte, vielleicht keines mehr bekommen wird. Abtreibung ist eben nicht eine Angelegenheit wie eine Blinddarmoperation. Das Trauma nach einer Abtreibung kann sehr groß sein, ja, das glaube ich. Ja, ich finde das auch schrecklich, wenn Busse nach Holland gekarrt werden ... Aber ich möchte noch ein Wort zur Parlamentsdiskussion sagen, die sich damals abgespielt hat, als es noch um die Fristenregelung ging: sie war oft kontrovers und widersinnig wie die Diskussion, die in der Öffentlichkeit geführt wurde. Mir kommt es immer ganz widersinnig vor, wenn ein Gesetzentwurf, der den Menschen dienen soll, der ihre Würde bewahren helfen soll, der ihnen Freiheit zur Entscheidung geben soll, mit viel Pathos, mit falschen Tönen und falschen Argumenten zu Boden gezwungen werden soll. Das ist leider nicht das Aufeinandertreffen unterschiedlicher politischer Meinungen und das scharfe Florettfechten mit Argument und Gegenargument; das ist ein widersinniges Ringen darum, den Gegner zu verletzen, zu verwunden und bloßzustellen, seine Argumente als Unmoral und Heuchelei darzustellen ... Aber Sie stellen doch die Gegner Ihrer Meinung auch bloß und zitieren nur die hilflosen Vertreter dieser Meinung, sagte Lotte ... Aber, sagte die Abgeordnete, Sie sprechen die ganze Zeit so, als hätten Sie alles erlebt, worüber Sie sprechen. Lotte wich aus, sagte, ihre engste Freundin habe abtreiben müssen ... Sie sagte nicht, wie weh ihr der Anblick von Plakaten mit dem durchgestrichenen § 218, an einem Baum unter ihrer Wohnung hing eines, noch wochenlang nach der Abtreibung getan hatte ...

Auch dieses vergangene Gespräch mit der Bundestagsabgeordneten im Zug lief wie ein Film oft vor ihrer Erinnerung ab. Sie suchte nach der Wahrheit, was konnte denn hier die Wahrheit sein? ...

Sie hatte nun auch ihre Arbeit nicht mehr. Obwohl sie das Freisein von der Arbeit beruhigte, fühlte sie sich auch leer. Kann man denn nur in der Arbeit leben und aufgehen? Ich versuchte, mich in die *Liebe* zu stürzen, und in der *Liebe* wollte ich alles finden. *Durch Menschennähe läuft ein Trennungsstrich ... Wer diese Linie je berührt, wird toll./ Die sie verletzen, überkommt die Trauer* ... War dies ihr Verbrechen, jenen *Trennungsstrich* überschritten zu haben? Sie hatte das Anerbieten, jenen Trennungsstrich zu überschreiten, willenlos angenommen ...

Man spürt ganz andere Konturen in den Händen. Eine ganz andere Hautstruktur, hörte sie eine Frau über die homosexuelle Liebe sagen ... *Einstellung und Haltung gegenüber lesbischer Liebe: In fast allen Gesellschaften steht man der lesbischen Liebe relativ gleichgültig gegenüber; selbst in Gesellschaften mit Homosexualität-Gesetzen wird weibliche Homosexualität nur sehr selten bestraft* ... Die Frau sagte, als Mädchen habe sie stundenlang mit ihrer Freundin im Gras gelegen, und sie hatten einander stundenlang mit Grashalmen gestreichelt ... Als Jugendliche hatte sie Abscheu empfunden, wenn auf einer Hochzeit oder auf einer anderen Festlichkeit plötzlich zwei ältere Frauen miteinander tanzten ...

Die Erde ist übervoll, übervölkert, weil niemand mehr sterben will, dachte sie. Die Erde wird erstickungsvoll werden, weil alle

an der Krankheit leiden, nicht sterben zu können. Manchmal entdecke ich auch in mir die wahnwitzige Vorstellung, daß ich ewig weiter dasein könnte; wenn Winter gewesen wäre, würde Frühjahr kommen, und dies immer wieder, und ich würde nie sterben ...
Ihr Freund, der Arzt, hatte ihr den »Selbstmordatlas« mitgebracht, genauer: den »Atlas der gerichtlichen Medizin«. Der Arzt blätterte das Buch, ein dickes Buch von 823 Seiten durch, Lotte saß am Küchentisch neben ihm und sah nur aus der Entfernung in das Buch hinein.
*Sichere Zeichen des Todes.*
*Besondere Leichenveränderungen.*
*Erstickung und Strangulation.*
*Ertrinken und Tod im Wasser.*
*Verbrennungs- und Elektrotod ...*
O welche Arten des Todes *Todesarten* gab es! Lotte konnte, während der Arzt das Kapitel »Transvestitismus« durchblätterte, nur die Augen abwenden. Das zu sehen, kann ich nicht ertragen. Das können die allerwenigsten Menschen ertragen, sagte der Arzt. Jemand erzählte mir einmal, sagte Lotte, von einem Zwitter, einer Mann-Frau, einem Frau-Mann; es war eine Beschäftigungstherapeutin, die mir von dem Zwitter erzählte, sie sagte, die Zwitterin gehe zum Beispiel auf eine Gruppe im Flur der psychiatrischen Station sitzender Männer zu, dort sitzt keine einzige Frau, und die Zwitterin haut die an, sagt die Beschäftigungstherapeutin, mit Worten und Bewegungen haut die die Sitzenden an, und die geben's zurück; und man wisse, sagt die Beschäftigungstherapeutin, wenn man die Zwitterin länger beobachte, zuletzt selber nicht mehr, was und wer man sei, Mann oder Frau ...
Drei Tage lang lag der »Atlas der gerichtlichen Medizin« in meinem Wohnzimmer, ich traute mich nicht allein an die Bilder. Mit meinem Freund, dem Arzt, hatte ich noch besprochen, wie denn die Gerichtsmediziner überhaupt den ungewöhnlichen tagtäglichen Umgang mit Leichen und Verwesung ertragen könnten. Und der Arzt, ihr Freund, erzählte ihr von einem Gerichtsmediziner, der seine ganze Wohnung voller echter Gemälde – echter Cézannes zum Beispiel – hängen habe; die Wohnung dieses Gerichtsmediziners, so mein Freund, der Arzt, gleiche einem Ausstellungsraum, einem Museum – das Schöne, das Gegengewicht zum Tod, sagte mein Freund, der Arzt ...

*Das Schöne* – An einem der letzten Wochenenden vor ihrer Abreise nach Neuland ist sie abends zu einem Frauenfest eingeladen. Es findet statt in der Wohnung dreier Frauen am Stadtmarkt. Die drei Räume der Wohnung, die Küche und der Flur sind voll von sitzenden, tanzenden, redenden Frauen. Laute, mitreißende Musik erklingt. Frauen fordern Frauen zum Tanz auf. Sie fühlt sich wohl unter diesen Frauen, unter »nur Frauen«. Es ist alles so selbstverständlich. Die anderen können sich nicht vorstellen, daß Spannung nicht nur zwischen gegengeschlechtlichen Polen herrscht, hört sie eine Frau sagen. Sie denkt an Thereses Ausruf: Lotte, ich glaube nicht, daß du lesbisch bist! Und dann, nach einer Weile des Nachdenkens, hatte Therese hinzugefügt: was weiß ich denn über mein Verhältnis zu Frauen ...; man müßte einmal Klarheit gewinnen ...; man hat nie Klarheit gewonnen, weil man nie gewagt hat, diese Möglichkeit zuende zu denken ...; man wird vom Mann abgelenkt ...; ich denke oft, was bedeutet es, daß unsere ganze Gesellschaft nur aus Männlichem besteht ... Lotte hört ein Lied: *Wir sind die homosexuellen Frauen* ... Lotte kauft sich eine Schallplatte mit diesem Lied. Am nächsten Abend spielt sie das Lied immer wieder; am übernächsten Tag sagen ihre Kinder plötzlich »die sexuelle Frau« und »die homosexuellen Fraun«; Lotte hat Angst, sie könnten die Wörter auch im Kindergarten sagen ... Auf dem Frauenfest hatte sie einmal eine große Lust zu tanzen, aber sie war noch zu scheu, um einfach eine andere Frau zum Tanzen zu bitten. Dieser erste Eindruck, als sie die Treppe hinaufgegangen war: die Frauen, die vor ihr hinaufgingen, erschienen ihr »burschikos«: als ginge ihr ihr Bruder voran. Aber dann sieht sie schon bald genauer hin und erkennt, daß manchmal der erste Blick der Blick der Vorurteile ist. Aber dann kommt sie sich schon bald vor wie eine Schwarze, die lange unter Weißen gelebt hat (oder umgekehrt). Als hätte sie dies jahrzehntelang gekannt, wird ihr der Anblick der Zärtlichkeiten zwischen den Frauen bald selbstverständlich, vertraut, als wäre die Welt nicht mehr in Ordnung, wenn plötzlich dieser Anblick wieder fehlte. Sie sitzt aber da und stellt neugierige und naive Fragen, die Fragen eines forschenden Kindes: wie ist es, wenn ihr euch liebt? Entbehrt ihr nichts? Entbehrt ihr nicht, daß einer in euch eindringt? Es muß doch nicht einer und etwas in dir dringewesen sein, sagen die Frauen. Es hängt von der Geschicklichkeit deiner Freundin ab, ob du etwas entbehrst, sagen die

Frauen. Was ist die Liebe? Die Liebe ist *die Berührung zweier Hautoberflächen.* Die Liebe ist der *Austausch zweier Phantasien,* sagen die Frauen. Und dann sind da auch Frauen, die noch mitten in einer Entwicklung sind; Frauen, die noch mönchisch mit dem Mann in einer Wohnung leben, aber schon eine Frau lieben; Frauen, die sich erst langsam von der gewohnten Stütze Männlichkeit ablösen. Lotte hatte sich ein Bild gemacht von den Lesbierinnen; sie erwartete erotische Wundertiere mit fließendem schimmernden Haar, mit sich wölbenden Formen, umgeben von glitzernden, weichen Katzen; aber diese Frauen sind wie andere Frauen: *Frauen,* anders, verschieden, individuell, wie Neugeborene einander verschieden. Sie kann sich nicht mehr das Bild der Vorurteile machen. Noch nie ist das Verlangen in ihr so deutlich gewesen: beide Geschlechter zu erkennen, aber mehr noch: das eigene Geschlecht zu spüren, sich des eigenen Geschlechts zu vergewissern; zu wissen: wer ist sie, diese andere Frau, diese *Frau?* ... Im »Leichenatlas« sah sie, daß ein toter Mensch nicht nur von Würmern gefressen werden kann (man redet immer nur von Würmern), nein, auch von Ameisen, Maden, Katzen und Füchsen. Die aufgeblähten Leiber, die todesschwangeren Leichenleiber, denen die Leichenhände austrocknen, die Totenflecke in der Haut sich einnisten – Wie Leiber auseinandergehen, wie Frauenleiber, schwangere oder nichtschwangere, aufgehen und auseinandergehen – Schwangerschaftsflecke, Totenflecke – Ich kann nicht fortschreiten von den Tulpen, die wenige Tage brauchen, um zu sterben – Die Vorstellung vom Sterben kommt ihr immer dazwischen. Sie klammert sich an die Vorstellung von der Liebe, aber die Vorstellung vom Sterben kommt immer dazwischen – Zum erstenmal im Leben fühlte sie sich durch und durch politisch, denn sie ahnte, daß sie endlich das Glück finden könnte, bei sich selbst anzukommen. Die Hälfte der Menschheit Frauen, versuchte sie sich zu vergegenwärtigen. Die Bewegung der Frauen als die wichtigste revolutionäre Bewegung der Gegenwart. Keine Bewegung, die nur Gruppeninteressen vertrat, wie ein Buchhändlerverband oder eine Ärztevereinigung, sondern eine Bewegung, die von der Befreiung Aller handelte. Die Hälfte der Menschheit Frauen, die Hälfte des Himmels für uns. Zum erstenmal ahnte sie, daß das eigene Geschlecht bedeutsam ist. Female is beautiful. Female child, das ist ein Mädchen. Immer war es noch in ihr drin: *Die Söhne sind größer denn ihre Mütter.*

Aber schon war sie auf dem Weg, es zu ändern, die Tochter, die abseits stand und der Mutter zusah, wie sie liebend den Sohn umfing, ging den Weg, sich anzunehmen ... Sie fuhlte sich zugehörig auf dem Frauenfest, streckte ihre Fühler aus nach Gesichtern, nach Gesten, Gerüchen. So viele Frauen!, staunte sie innerlich. Sie fühlte sich an diesem Abend nicht mehr so eingeschlossen in ihre Arbeit, in ihre Sehnsucht nach den Kindern, in ihren Gram um den Schwangerschaftsabbruch. Es schien plötzlich wieder Zukunftsaussichten zu geben. Plötzlich muß sie an Johannes denken, wie er im Flur steht und ausruft: du interessierst dich nicht für meine männliche Welt, du verstehst meine männliche Welt nicht ... Sie hatte nur die Achseln gezuckt und gesagt: ich wundere mich, daß du diesen Begriff »männliche Welt« zum erstenmal gebrauchst. Und dann warf er ihr vor, sie habe ihn im Laufe des Zusammenlebens zur Frau gemacht!, er sei gar kein richtiger Mann mehr!, nun nach der Trennung versuche er, wieder härter zu werden, sonst könne er im Leben und im Beruf nicht bestehen ... Ein richtiger Mann! Was ist ein richtiger Mann? O wie zuwider mir diese festen Einteilungen sind! Ein richtiger Mann! Eine richtige Frau! Welch ein Wahnsinn! ... Sie denkt an ihren Vater, der einmal, als er die Kinder zum Wochenende abholte, erzählt hatte, die Mutter habe ihn eigenhändig zu Weiberfasnacht in die Wirtschaft zum Feiern gefahren, mit dem Satz: du mußt auch mal etwas anderes sehen!; der Vater bei der Weiberfasnacht, der Vater zu Karneval als Braut verkleidet ... Eine richtige Frau! Ein richtiger Mann! Sagt, was ist das? ... Sie dachte an ihre kranke Wehmut nach einem Sohn. Ist ein Sohn mehr wert als eine Tochter? Dachte an den Aberglauben der Kinder und Vorfahren, wenn Kinder zwei Zuckerstücke aufs Fensterbrett legten, würde der Mutter ein Sohn geboren werden. Manchmal dachte sie: ich müßte sterben, damit mein Bruder leben kann. Wie oft hatte sie diesen Traum geträumt: sie kommt ins Haus der Mutter, einen abgerissenen Koffer in der Hand, tritt in die Tür, die Mutter sagt: was willst du hier? –, und sie tritt ohne ein Wort in die Wohnstube und sieht dort auf dem Bord des Wohnzimmerschrankes ein Bild ihres Bruders stehen und sieht groß an der Wand ein anderes Bild ihres Bruders hängen, das Bild eines zarten, ungefähr zwölfjährigen Knaben mit sanften braunen Augen und zartroten Lippen, und sie tritt ins Schlafzimmer der Mutter und sieht in der Mitte über dem Ehebett ein Bild hängen, das eine Mutter mit einem etwa einjährigen Kind auf dem Schoß zeigt, und das Kind ist ein männliches Kind, und sie tritt auf den Flur zurück und fragt die Mutter: wo ist mein Bild? Aber die Mutter antwortet nicht, unwirsch sagt sie: ich habe immer alle meine Kinder gleich geliebt . . . Dann ist sie auf einem zweiten Frauenfest. Wieder fühlt sie sich wohl, obwohl die meisten anwesenden Frauen ihr fremd sind. Eine mädchenhafte Frau fordert sie zum Tanz auf. Es ist ihr fremd mit einer Frau zu tanzen. Sie hält Distanz, aber dann der zweite Tanz ist anders: sie selbst bittet eine Frau zum Tanz, und wie selbstverständlich umfassen sie sich enger, sie fühlt das Verlangen, ihr Gesicht an das Gesicht der anderen fallen zu lassen. Es ist eine Frau, die jungenhaft ist und zugleich sehr weiblich. Sogleich kommen sie in ein Gespräch; Lotte fragt die Frau, ob sie auch ein Junge sein sollte; die Frau sagt, sie sei die zweite Tochter im Elternhaus und habe ein Sohn sein sollen. Und dann fragt Lotte sie, wie denn ein Verhältnis zwischen Frauen beginne, und die Frau beschreibt ihr den Beginn ihrer letzten Liebe: Gespräche, Fernsehabende, erste Berührungen, dann eines Abends die Lust, weiter zu gehen, aber ihre Freundin scheute sich, sie zu küssen, weil sie Zwiebeln gegessen habe; dann ein paar Tage später übernachtete ihre Freundin bei ihr, und dann kam »das andere« von allein – »es ist einfach da«, sagt die Frau zu Lotte. Aber diese Freundin habe sie nie befriedigen können; die habe sich so aufgebäumt und war so schnell befriedigt, »aber bei mir lief nichts, und ich habe es ihr auch gesagt«. Da erschrak Lotte, daß diese Frau ihr etwas erzählte, was sie kannte, aus der Beziehung zwischen Mann und Frau: daß einer sich aufbäumt und der andere zurückbleibt. Und da fand sie sich nicht mehr zurecht. Die Wirklichkeit ist anders, dachte sie, als die Meinung über die Wirklichkeit. Vielleicht muß ich einsehen, daß es Formen von Liebe gibt, daß es Liebe gibt und daß alle Klassifikationen von Übel sind, auch die neuen: Frauen seien von selber harmonisch, verständen sich sofort, da sie ja gleich seien – als ginge die Liebe leicht! Die Liebe zwischen Frauen ist doch keine phantastische Oase in der Wüste Wirklichkeit! Überall der Einbruch der rohen Realität – Eine ältere Frau wurde aggressiv, als Lotte auf dem Frauenfest ihren Traum einer Kinderzeugung zwischen zwei Frauen aussprach . . . Lotte geht in der würzigen, klaren Schneeluft und denkt, daß sie sich vielleicht gar nicht vor dem andersartigen Körper des Mannes fürchtet, sondern vor Berührungen, vor Gefühlen überhaupt. Ja, ich weiß, ich hasse etwas in mir, an mir, das will ich kaputt machen. Aber was will ich nur in mir kaputt machen? Ich weiß, daß meine Mutter unglücklich war, ein Mädchen zu sein. Aber welch Rauhreif von Sprachlosigkeit um meine Mutter! . . . Ein Mann kann sich in eine Frau verlieben, weil sie dieselbe Nasenspitze oder Nackenlinie hat wie seine Mutter. Warum soll sich eine Frau nicht in eine Frau verlieben, die dieselbe Nasenspitze und Nackenlinie hat wie ihre Mutter oder ihr Bruder, was ist daran krankhaft? Mutters weiße Haut. Eine Eigenschaft des Schnees ist ausreichend, ihn zur Mutter zu machen . . . Sie sah zwei Frauen ins Schlafzimmer gehen, und als sie später ihren Mantel aus dem Schlafzimmer der Gastgeberinnen holen wollte, war das Doppelbett, auf dessen Decke ihr Mantel gelegen hatte, aufgeschlagen und vollständig zerwühlt, ihr Mantel in die Ecke gelegt; die beiden Frauen standen im Badezimmer schmusend und küssend, glücklich aussehend, berauscht, rosig, brennend. Aber Lotte verstört, erschrocken, sie hat das nie gesehen, nie geahnt, das gibt es, diese Liebe gibt es, das ist die Wirklichkeit, eine Wirklichkeit inmitten all der Wirklichkeiten – *Bin ich eine Frau oder etwas Dimorphes? Bin ich nicht ganz eine Frau, was bin ich überhaupt?* Sie mußte an Jochen denken und dachte plötzlich, es ist nicht die Enttäuschung mit Jochen, die mich in die Arme der Frauen treibt; dachte plötzlich: die Enttäuschung mit Jochen ist nur die große Auslösung für das Erwachen meines Blicks auf die Frauen. Es ist etwas anderes, was mich zu den Frauen treibt. Das Gefühl, dimorph zu sein. Das Gefühl, beide Geschlechter in sich zu tragen. Die Forscherneugier eines Kindes, das wissen will: was ist das, Geschlecht? Und Jochen wurde in ihr kleiner, und sie las die Stelle in einem Buch, das er ihr geschenkt hatte: *Sonst machen die meisten Männer aber die Frauen unglücklich, und eine Gegenseitigkeit ist nicht da, denn wir haben es mit dem natürlichen Unglück, dem unabwendbaren, das von der Krankheit der Männer kommt, zu tun, deretwegen die Frauen soviel nachdenken müssen und kaum, angelernt, wieder umlernen müssen, denn wenn man über jemand immerzu nachdenken muß und für ihn Gefühle erzeugen muß, dann wird man regelrecht unglücklich. Das Unglück verdoppelt, verdreifacht, verhundertfacht sich mit der Zeit obendrein. Jemand, der dem Unglück ausweichen möchte, bräuchte nur nach ein paar Tagen jedes Mal Schluß zu machen. Es ist unmöglich, unglücklich zu sein, jemandem nachzuweinen, wenn er einen nicht schon gründlich unglücklich gemacht hat. Niemand weint dem jüngsten oder schönsten Mann, dem besten Mann oder dem klügsten Mann schon nach wenigen Stunden nach. Aber ein halbes Jahr, mit einem ausgemachten Schwätzer, einem notorischen Dummkopf verbracht, mit einem widerwärtigen, von den seltsamsten Gewohnheiten beherrschten Schwächling, das hat schon recht starke und vernünftige Frauen ins Wanken gebracht, in den Selbstmord getrieben . . .* In einer Frauenzeitung fand sie eine Notiz über die Möglichkeit des Schwangerschaftsabbruchs in Wien: »Der Eingriff wird bis zum dritten Monat mit der Absaugmethode bei Vollnarkose durchgeführt.« Hätte es mir geholfen, wenn mir der Fötus in Vollnarkose abgesaugt worden wäre?, denkt sie. Die Ärzte in der holländischen Klinik sagten, sie geben keine Narkose, damit die Frau in Zukunft vernünftiger Empfängnisverhütung macht und nicht nach drei Monaten zum zweitenmal kommt. Oder wäre ich, wenn mir Vollnarkose gegeben worden wäre, jetzt noch mehr belastet, wie ein Hinterbliebener, der den Tod seines Lieben überhaupt nicht miterlebt hat; wie ein Kind, das verreist in die Ferien und als es zurückkehrt, den Vater nicht mehr antrifft, weil der in Abwesenheit des Kindes inzwischen gestorben, weggetragen worden ist; wie eine Frau, die ihren Mann inmitten der Liebe innerhalb weniger Sekunden durch den Tod verliert? – – Gedankenstriche, nichts als Gedankenstriche. Ich weiß nur, es ist eine Streitfrage der verschiedenen Parteien: ist Abtreiben Töten oder nicht Töten?; aber es ist keine Streitfrage: die Erfahrung der Abtreibung ist eine Erfahrung des Todes . . . Sie dachte an Johannes, der regelmäßig einmal in der Woche seine Kinder besuchen kam; sie dachte an den lächerlichen Penis, aus dem nur ein paar lächerliche Tropfen rinnen mußten, damit ein Kind den Leib der Frau besetzte, das dann womöglich wieder ausgesaugt werden mußte, weil der Mann es nicht wollte. Alles was sie wünschte: den Abschied vom Mann, den Abschied von der Abhängigkeit – warum machten Männer sie abhängig? Sie wollte nicht mehr für einen anderen handeln, wollte nicht mehr wie an Schnüren leben. Aber da saß ihre Mutter am Tisch und sagte: Kind, wie schaffst du das allein?, und zeigte auf den leeren Stuhl, auf dem Johannes gesessen hatte; wenn ich denke, ich hätte ohne Vater auskommen sollen!, sagte die Mutter . . . Abschied von der Abhängigkeit.

Wann werde ich jemals herausfinden, warum ich abhängig werde von einem Mann. Nein, es ist nicht Penisneid, Penisneid, so etwas gibt es ja überhaupt nicht. Meine Mutter hat mir meine Identität geraubt. Meine Mutter hat immer geglaubt, Jungens sind mehr wert. Die Mutter meiner Mutter hat immer geglaubt, Männer sind mehr wert, weil ihr Mann gesagt hat, Söhne sind mehr wert, weil die Umgebung gesagt hat, Söhne sind mehr wert ... Sie versuchte, ihre Müdigkeit zu überwinden. Sie dachte: es ist vielleicht nur das Ende des Winterschlafs. Sie machte Pläne, sich das Haar stark schwarz färben zu lassen, dieses Haar, das etwas dunkelfahl geworden war. Nach der Abtreibung bei einem Mittagessen auf der Terrasse eines holländischen Lokals – Jochen protzte zum letztenmal mit seinem Geld, das ihm erlaubte, üppige Mittagessen zu achtzig Mark auszugeben – hatte sie neben diesem Mann gesessen, den sie anfangs für rettend und stark und vital gehalten hatte, in starker Mittagssonne hatte sie wie ein betäubtes Lamm da gesessen, ein Lächeln auf dem Gesicht, irgendwie in Trance, alles war lauter und intensiver, was um sie herum vorging, sie sah alles wie im Traum, und er hatte sie lächelnd angesehen, als kämen sie gerade vom Standesamt und hatte gesagt: dein Haar ist so fahl ... Sie ließ sich das Haar, zum erstenmal im Leben, stärker färben, ein fettes, gesättigtes Schwarz, das ihr Gesicht noch blasser machte, wie das Gesicht von Therese blasser und verbrauchter geworden war, nachdem sie ihr gefärbtes Blond wieder in ihr ergrautes, natürliches Haar hatte zurückverwandeln lassen ... Sie wollte zu einem Kosmetikkurs gehen, was nicht im Widerspruch stand zu ihrem Unwillen, jemals wieder einem Mann gefallen zu wollen. Sie dachte, sie müßte sich jetzt ein bißchen pflegen, so würde sie vielleicht ein Stück Lebensfreude zurückgewinnen. Aber dann rief sie sich zurück: war sie denn dabei, die Allerweltsratschläge gegen die Depression befolgen zu wollen? Du nimmst alles so schwer, sagte die Mutter. *Das Lächeln des Schnees ist weiß.* Was andere in sich hineinschluckten, schnitt in sie ein. Sie sprach gern mit anderen über Selbstmord, nicht über ihren, aber über das Thema, als wäre es ein angenehmes Thema, so wie andere gern über Urlaub sprechen. Sie hatte Zustände: ging auf den Balkon, weil sie auf jemand wartete, um zu schauen, ob er käme, und während sie hinuntersah, dachte sie: einfach nur hinunterspringen, das gab ihr einen Moment lang Ruhe und Frieden. Die dunklen Tage, dachte sie, dieser verdammte Winter. *Das Lächeln des Schnees ist weiß.* Dann trat ein Zustand entsetzlicher Langeweile ein. Auch die Arbeit konnte nicht darüber hinwegtäuschen. Sie war wie immer überarbeitet, aber es war eine solche Öde in ihr, eine solche Interesselosigkeit, eine solche Langeweile, daß sie erschrak. Nur Therese und die Mutter wußten von ihrer Abtreibung. Johannes wußte nur die Tatsache, aber nichts Näheres. Manchmal kam ihr die irrsinnige Idee, alle müßten tot sein, die von der Abtreibung wußten. Als handele es sich wirklich um ein Verbrechen, für das es keine Mitwisser geben dürfte. Ich schäme mich so, dachte sie manchmal. Und da ihr keiner einredete, daß sie sich schämen und daß sie sich schuldig fühlen müßte, wußte sie, das Gefühl kam aus ihr, es war da, es war nicht eingebildet, es war eine Wirklichkeit, die sie zu bewältigen hätte . . . Sie hätte es nicht fertiggebracht, öffentlich zu »bekennen«: ich habe abgetrieben. Vielleicht ekelte sie sich auch nur so vor dieser Art des öffentlichen Bekenntnisses, weil sie wußte, daß Jochen damals unter den Selbstanklägern gewesen, obwohl er damals noch an keiner Abtreibung beteiligt gewesen war; der Mann, der sie monatelang gefragt hatte, ob sie immer noch nicht schwanger sei und enttäuscht gewesen war, wenn »ihre Tage« kamen, und der Mann, der ihr praktisch verboten hatte, »die Pille« zu nehmen, weil er jede Art von Empfängnisverhütung als störend empfunden und darin einen Affront gesehen hätte, als hieße sie: du liebst mich nicht!, du willst von mir kein Kind! (»du nimmst mich nicht an!«, hatte er einmal gesagt, als sie sich verschlossen hatte, weil sie wußte, an diesem Tag war sie besonders empfänglich); dieser Mann also war damals bei den *progressiven* Bekennern gewesen: *Ich habe abgetrieben.* Dieser Spieler, dieser verantwortungslose Spieler. Sie grämte sich, daß sie gegen ihren Willen soviel Denk- und Erinnerungszeit mit den Gedanken an diesen Spieler verbrachte. Aber die Gedanken fixierten sich oft . . . Und dann kam der Tag, da sie glaubte: jetzt ist es vorbei! So wie man gesundet nach einer langen Krankheit und eines Morgens aufwacht und die Mattigkeit weichen fühlt und die Strahlen der Sonne wieder empfindet und weiß, morgen vielleicht werde ich aufstehen, und die Welt mit neuen Augen sieht, nach all der trüben Zeit der Krankheit. Und sie dachte: jetzt fühle ich nichts mehr, so wie ich nach einigen Monaten das wunde Zahnfleisch an der Stelle, an der der dreiwurzlige Zahn gezogen worden war, nicht mehr gefühlt habe. Sie betrachtete das imaginäre Bild des Mannes jetzt nur noch wie ein totes Baby in einem Laboratoriumsgefäß, hatte aber doch Angst, daß sie mit einem Gewaltstreich vielleicht nur alles in sich zurückgedrängt hätte, und irgendwann würde alles wieder aufbrechen. Damit wäre nichts geheilt . . . Sie fing an, die Zimmer voller Blumen zu stellen. Durch ihren Mann, der zwischendurch trotz seiner Arbeitslosigkeit immer wieder in Gärtnereien aushalf, bekam sie Unmengen Blumen, wenn sie wollte. Sie ging dann einfach abends in die Gärtnerei und holte sich diese Blumen, die sie für wenig Geld bekam . . . Rote und weiße Tulpen, deren blättrige Mäuler sich mit der Zeit öffneten und die später schwarz wurden und herunterfielen, kamen ihr in den Sinn, aber Tulpen gab es noch nicht . . . Tief innen in ihr lauerte eine Lebensfreude, die grenzenlos war. Eine Sucht nach Jugend war in ihr, als müßte sie noch dreimal auf die Welt kommen, um sie erfüllen zu können. Ein Ausbruch der Lebensfreude war es ja gewesen: diese Hingabe an den Mann Jochen: ein Ausströmen der hellen Quellen in ihr. Und dann so zurückgeschlagen – Der Aufbruch endete in einem Abbruch. Alles kam so unerwartet. Sie so zugewendet, so ohne Taktik, so rein in allen Gefühlen. Aber in der Liebe galt wie überall *Vertrauen ist gut, Kontrolle ist besser.* Sie hatte in ein schönes Antlitz gesehen, und dann waren durch die reine Haut dieses Antlitzes die abgründigen Fratzen geschienen . . . Ihr Übermut war niedergeschlagen, ihre Lust zu tanzen, ihre Lust zuzuhören, ihre Lust, die Kinder zu streicheln und ihnen beim Spiel zuzusehen. Sie fragte sich oft, warum sie so litt. Ihr Leiden widersprach doch allen Ideologien, die über die Abtreibung verbreitet wurden. War denn der Embryo oder der Fötus ein lästiges, krankes Organ, einfach wie eine kranke Niere, ein Gallenstein, ein fauler Zahn, vereiterte Mandeln? Eine Operation faßte man ja auch nicht als Tötung auf. Ein kleiner Eingriff, sagte man. Man sprach nicht von Tötung, wenn der Chirurg einen Magen oder eine Gebärmutter entfernte. Waren Embryo und Fötus lästige Stücke Fleisch, einfach nur Blut und Gewebe?, oder waren sie »werdende Menschen«, eine Präexistenz von Persönlichkeit, eine Vorform des Menschen, an der ich hängen kann, wie ich an einem Menschen hänge? Daß sie sich all diese Fragen stellte, zeigte ihr, daß die Fragen in ihr lebendig waren. Und wahrscheinlich waren die gestellten Fragen immer noch nur die aufgetaute Eisschicht von der Eisschicht der Fragen, die noch aufzutauen wäre. Wo begann das Leben, wo endete es? *Mein Bauch gehört mir,* sie wendete den Satz und verstand ihn nicht. Er war ihr geheimnisvoll, dann wieder brutal, dann wieder ganz unverständlich. *Mein Leib gehört mir.* Das war ein mächtiges Gefühl, ja. Dieses Gefühl, daß der Leib ganz einem allein gehörte, daß kein anderer darüber irgendetwas zu bestimmen hätte. Niemand kann mich von meinem Selbstmordvorhaben abhalten, aber mit Gewalt hinderte man sie, zu sterben. Müßte nicht auch der Selbstmord freigegeben werden, wenn die Abtreibung ganz freigegeben würde? Sie wußte nicht, wieviel Frauen wirklich in höchster sozialer Not abtrieben (weil der Mann sie verließ; weil sie schon drei Kinder hatten oder weil sie schon fünf Kinder hatten; weil sie arm waren . . .), und wieviel Frauen in höchster psychischer Not abtrieben: weil sie vor Todesangst umkamen, weil sie in ihrer Todesangst sich wehrten, ein von einem plötzlich fremd erscheinenden Menschen ihnen in den Leib geimpften Keim in diesem ihren Leib heranzuzüchten . . . Sie, die bis zu ihrer eigenen Erfahrung alle öffentlichen Diskussionen über den Schwangerschaftsabbruch nur von weitem und kühl interessiert verfolgt hatte: sie hatte nicht erwartet, daß dies sie jemals selbst angehen und treffen würde. Sie – eine Hebamme, die dem Leben zugetan war, die Leben entband – sie hatte abgetrieben? Sie hätte ja nur gelacht, wenn ihr einer damals gesagt hätte: eines Tages wirst du dich auf den Beifahrersitz setzen und den Shellatlas aufschlagen, um den Weg nach Holland zu suchen. Holländische Tomaten, holländische Gurken, holländische Fahrräder. Sie wollte sich, einen Monat nach der Abtreibung, ein Fahrrad kaufen, und überall gab es nur holländische Fahrräder, Qualitätsfahrräder, speichengeschützt, sagte die Händlerin. Sie fürchtete, sich zu übergeben, als die Händlerin weitschweifige Ausführungen über holländische Qualität zu machen begann, sagte kurz, sie wolle es sich noch einmal überlegen und verließ den Laden . . . Sie versuchte, die Zipfel des Guten aus dem Unglück zu fassen zu kriegen; sie dachte an jene schöne Frau aus der Frauenbewegung, die ihr die Adresse gegeben, sie beraten, mit ihr alles abgewägt, ihr angeboten hatte, sie hinzufahren, sie dachte an das schöne Kind jener Frau und an die Ernsthaftigkeit der Frau, an ihre ernste Teilnahme . . . Den Beginn des Lebens in sich auslöschen oder sich selbst auslöschen, was ist der Unterschied? Gab es Frauen, die – indem sie abtrieben – sich eigentlich selbst auslöschen wollten? Noch nicht sein oder nicht mehr sein – Der Selbstmörder möchte etwas in sich kaputt machen, hatte die Ärztin gesagt. *Ich habe eine Leiche im Keller,* hatte einmal eine Frau zu ihr gesagt, die zweimal abgetrieben hatte – eine Frau, die sich als »links« bezeichnete, eine Atheistin ... Früher hatte sie Angst gehabt vor der Frauenbewegung, aber die Erfahrung des Abbruchs veranlaßte sie, neu nachzudenken; zum erstenmal im Leben war sie nun zu Frauenfesten gegangen, tanzte im Kreis Hand in Hand, mit vielen Frauen nach einem Lied *Frauen gemeinsam sind stark,* zu dessen Schluß sich zur Kreismitte alle Frauen zusammenfanden –; stell dir vor: vierhundert Frauen, sagte sie zu Therese, tanzen nach diesem Lied, du kannst dir nicht vorstellen, wie du zum erstenmal fühlen kannst, was das bedeutet *Frauen gemeinsam sind stark* –; denk dir, sagte Lotte zu Therese, daß die Frauen so sein könnten wie früher die aufständischen Weber: *Altdeutschland sie weben dein Leichentuch* ... Aber hier in Neuland war sie allein; keine Frauen, die tanzten und einander stärkten; sie sprach mit den Leuten, aber sie konnte sich nicht aus ihren Leiden befreien. *Brustspuren im Schnee* sah sie vor sich. Ihre Brustspitzen im Schnee. Sie träumte von ihren Eltern. Zum erstenmal diesen Traum: in einer Wohnung, im Souterrain; zwei Räume; sie kehrt in die Wohnung zurück; ihre Kinder halten sich in einem der Räume auf; in der danebenliegenden Küche sieht sie ihre Eltern, die offenbar in ihrer Abwesenheit zu Besuch gekommen sind; sie sieht ihre Eltern, als sie die Küche betritt, tot und starr am Boden ausgestreckt auf dem Fußboden neben dem Gasherd liegen, mit starren Augen und bewegungslosen Gesichtern. Sie kann nicht glauben, daß die Eltern tot sind; die Wohnung erscheint ihr plötzlich ganz fremd; der Gasherd mit abgebrochenen Knöpfen, als hätte sie ihn nie gesehen. Arglos haben die lieben Eltern Pfannen und Töpfe auf den Herd gesetzt, um sich etwas zu kochen, und das Gas war nicht wohltätig, hat nicht ihre Speisen gekocht, sondern ist ausgeströmt, ohne daß sie es bemerkten, hat sie bewußtlos gemacht, sie sind hingesunken, erstickt, vergiftet. Sie läuft in höchster Panik zu den Nachbarn und bittet sie, die Polizei zu holen; vielleicht können meine Eltern noch gerettet werden, ruft sie. Vielleicht schlafen sie nur und sind gar nicht tot, ruft sie. Die anfänglich ungläubigen und interesselosen Nachbarn bequemen sich mit der Zeit, die Polizei herbeizurufen. Die Polizisten kommen in die Wohnung, gehen in die Gasküche, die sie inzwischen verschlossen hatte, in der Angst, die Kinder nebenan könnten sich in die Küche verirren und das gleiche Schicksal erleiden wie die Eltern. Sie geht nicht mit den Polizisten in die Küche. Die Polizisten rufen nach ihr, sie aber sagt: ich möchte meine Eltern nicht so sehen. Die Polizisten halten sich die Nasen zu; die Eltern seien schon in Verwesung übergegangen, rufen sie. *Portalsfiguren* meiner Kindheit, die Eltern. Aber die Eltern leben noch, und sie hat Angst, daß sie eines Tages sterben werden. Wenn meine Eltern gestorben sind, sagt sie, dann weiß ich, daß die Hälfte meines Lebens vorüber ist. Dann sind die gestorben, die mich gezeugt und geboren haben. Ich habe Angst vor dem Tag, an dem meine Mutter stirbt, und Angst vor dem Tag, an dem mein Vater stirbt. Ich habe Angst, daß die, die mich zeugten, sterblich sind. Dann weiß ich immer sicherer: ich bin auch sterblich. Ja, ich weiß es schon jetzt, daß ich sterblich bin. Aber ich kann es ja immer noch nicht glauben. Man will nicht glauben, daß man sterblich ist. Solange Jugend in einem blüht, ist man ungläubig. Man glaubt in Wirklichkeit nicht, daß man sterblich ist. Man glaubt, man selber ist vielleicht eine Ausnahme. Aber es kommt auf jeden zu ... *Sie wissen wie ich über Mord an uns selbst denke: Wie Sie! Ich mag es nicht, daß die Unglückseligen, die Menschen, bis auf die Hefen leiden ... Es ist und bleibt ein Muth ...* Selbstmord im Schnee. Was bedeutet der Schnee? Eine Eigenschaft des Schnees genügt, um ihn zur Mutter zu machen. Das Jahr der Schwangerschaft mit mir sei ein kaltes Jahr gewesen, ein kalter Winter vor meiner Geburt. Wie war die Landschaft damals, als du mich in deinem Leibe trugst? Gab es Schneestürme?, Stürme?, Schneeverwehungen?, war tiefer Schnee?, hast du Schnee schaufeln müssen, Mutter, mit deinem schwangeren Leib? *Die Kälte ist der scharfsinnigste Naturzustand ... Man kann einen erfrorenen Menschen wie ein Stück altes Brot auseinanderbrechen ...* Brustspuren im Schnee. Dunkelheit. Sehr kalt. Sie lief immer im Kreis. Da mußte das Wasser sein. Aber sie erkannte nichts mehr. Es schneite dichter. Ihr war warm. Sie fror nicht. Denn sie ging und bewegte sich. Sie wurde so angenehm müde. Wie erschossen müde. Sie setzte sich in den Schnee. Hörte noch das Meer leise rauschen in der Ferne. Wurde eingelullt von diesem Meerrauschen. Ein Fläschchen Wasser hatte sie in der Manteltasche, und in der anderen Manteltasche Tabletten. Sie hatte fast keine Kraft mehr, die zu nehmen. Sie mußte an eine junge Schauspielerin denken, von der ihr ein Freund erzählt hatte. Man hatte sie gefunden, nach drei Wochen, im Englischen Garten in München, nachdem die dicke Schneedecke geschmolzen war. Sie lag unter Birken, unter weißen Wolken mit einer Haut aus schwärenden Blättern. Sie wollte sicherlich nicht so und nach so langer Zeit aufgefunden werden. In jener Nacht, als sie die Schlaftabletten in dieser Wiese nahm, hatten heftige Schneefälle eingesetzt, wohl erst nachdem sie eingeschlafen war. Diese Frau hatte ein Todesverlangen seit der Kindheit: sie lebte als Mädchen mit Selbstmorddrohungen der Mutter, die mit der Pistole oft vor den herbeizitierten, aufgereihten Kindern Warnungen ausstieß; ihr Bruder tötete sich mit einer Dose Zyankali ... *Why have some victims of death from cold undressed?* Sie mußte an eine andere Selbstmörderin denken, die sich in ihrem Zimmer verbarrikadiert, alle Türöffnungen verstopft und den Gasherd angedreht hatte; jene Frau war ein Fluchtkind gewesen aus dem Osten, beschäftigt in einer pharmazeutischen Fabrik; jene Frau hatte geweint, als es soweit war; jene Frau hatte ein Tonband besprochen, das der Nachwelt hinterlassen war; jene Frau hatte gesagt: wenn ich jetzt sterbe, kann ich eigentlich meinen Gummibaum auch zerhacken, wenn ich tot bin, braucht der auch nicht mehr zu leben ... Dieser zerhackte Gummibaum ... Sie hatte einmal ein Bild gesehen in einer wissenschaftlichen Zeitschrift, ein Bild von einer im Schnee liegenden Frau: im Hintergrund der Wald im tiefen Schnee, und in einer Lichtung die fast nackte Frau, die alle Kleider von sich gerissen hatte; denn es wurde einem warm im Schnee. Es wurde einem, als habe man Drogen genommen. Man merkte keine Kälte mehr. Endlich merkte man keine Kälte mehr, obwohl doch außen alles kalt war. *A sometimes confusing finding is that persons exposed to cold lie naked in the snow with their clothes orderly arranged beside them. In the course of congelation a physical change occurs, so that the individual does not feel the cold and imagines himself to be in bed ... It is usual that people exposed to cold undress on account of a feeling of burning heat in their skin ...* Die Hände sanken ihr nieder. Sie hatte keine Kraft mehr, alle Tabletten zu nehmen. Die Wasserflasche fiel in den Schnee. Die Müdigkeit legte sich über sie. Sie sank in die Weichheit des Schnees. Sie glaubte, sie läge in einem wohligen Bett. Ihr war so heiß. Sie glaubte, hohes Fieber zu haben. Sie riß sich den Mantel herunter. Versuchte, die Kleider vom Körper zu kriegen. Warum war es so heiß. Wie in einer Sauna. Weiche Schneeflocken leckten sich die Zungen in ihrem Gesicht. Dann war sie fast nackt. Es war so heiß. Der Drang, sich auszuziehen und in das weiche warme Schneebad zu sinken, war so groß. Es war eine Achselkuhle, in die sie sich legte. Sie schmiegte sich an. Sie sah weiche wollige Berge. Schimmernde Schleier senkten sich über ihre Augen. O wie müde war sie. Wie glitt alles von ihr. Wie sank sie zurück. Wie vergaß sie alles. Ließ alles weit weit hinter sich. Ging woanders hin. Begann neu. Alles war so froh in ihr. Dies hatte sie nie erlebt. Sie fühlte sich vollkommen. Sie brauchte niemanden. Sie hatte alles. So lag sie da, auf dem Bauch, hatte das eine Bein angezogen, wie ein Kind, das endlich einschläft. Ihre Brustspitzen im Schnee. Schnee fiel über sie, deckte sie zu, berührte sie weich, wärmte sie. Kälte wärmte sie. Großes weiches weißes Tier Schnee. Schneekönigin Mutter umarmte sie. Mutter Schneekönigin umfing sie. Dann war das Bewußtsein weg. Sie war im Schlaf. Sie litt nicht mehr. Sie würde so liegen, bis man sie holte und in die Leichenkammer brachte. Sie würde nichts mehr fühlen. Nichts mehr leiden. Nicht mehr erinnern müssen. Das Meer rauschte in der Ferne. Der Schnee fiel, rieselndes Element. Bräutlicher Schnee fiel, und dann sah sie aus wie ein Schneepaket. Die Insel war still. Die Leute schliefen. Sie war ganz mit sich und bei sich. Lag da so vor dem Meer und in dem Schnee und hatte alles hinter sich . . .

Und dann welches Erschrecken. Man rettete sie. Man holte sie zurück. Man weckte sie wieder auf zu diesem brutalen Leben. Man riß sie wie zu einer zweiten Geburt wieder ins Helle, ins Kalte, das nicht wärmte. Sie hatte nicht alles bedacht. Das Wichtigste hatte sie nicht bedacht: die Insel war klein, und man konnte sie leicht finden. Die Tabletten hatte sie nicht ganz genommen. Aber fast war es dennoch zu spät. Ein Hubschrauber flog sie aufs Festland. Sie merkte noch nichts. Sie glaubte, endlich angelangt zu sein, wo wir alle hinwollen. Man zerrte an ihrem Körper herum, daß er wieder zum Leben käme. Man fühlte sich verpflichtet, sie zu retten. Sie schwebte zwischen Tod und Leben, und als sie das erste Vage wahrnahm, war es ihr wie ein Alptraum, wieder dasein zu müssen. Ich träume nur, daß ich noch lebe, dachte sie. Ich bin sicher schon im Reich der Toten und träume jetzt solche Träume. Aber es war wahr, sie wurde zurückgezerrt zu den Lebenden. Sie wehrte sich, sie schrie, nicht wie einmal: Jochen gib mir die Hand, das war nicht mehr in ihrem Gedächtnis, nein, sie schrie: ich will sterben, eine ganze Nacht lang: ich will sterben, sie beschimpfte alle, die sich um sie bemühten, man gab ihr Infusionen, Spritzen, man »stellte sie ruhig«, sie fühlte sich entsetzlicher als je, ihr Körper war zerschunden, blau und rot und trocken und juckend und voller Blasen. Sie wollte, sobald es möglich wäre, wieder einen Versuch tun, sich aus dem Leben zu bringen. Sie verstand nicht, warum man sie »retten« wollte. Die andern kamen ihr vor wie Aasgeier. So lag sie viele Tage dort im Krankenhaus. Ihre Wirtsleute besuchten sie. Man hatte ihre Familie benachrichtigt. Johannes kam an ihr Bett, sie reagierte nicht. Therese kam, sie reagierte nur schwach. Die Mutter kam, sie schwieg. Sie sprach kein Wort. Sie war froh, wenn alle wieder fort waren. Sie wollte sie nicht . . . Sie brachte mehrere Wochen in diesem Krankenhaus zu. Sie haßte die Leute, die sich um ihre »Rettung« bemühten. Sie verachtete sie, weil sie sich einbildeten, ein gutes Werk zu tun. Sie reagierte auf nichts. Manche der Pflegekräfte verachteten auch sie, das merkte sie. Für manche war Selbstmord immer noch eine Sünde. *Kein Geistlicher hat ihn begleitet . . .* Mehrere Male kam der Krankenhauspfarrer zu ihr, versuchte ein Gespräch anzuknüpfen. Sie reagierte nicht. Es war ein sensibler Mann. Er drängte sich nicht auf. Sie hatte ein anderes Bild im Kopf. Das drängte sich vor den Anblick all der Retter, die sie ins Leben zerren wollten. Es war ein Foto, das die Wirtsleute in Neuland ihr einmal gezeigt hatten. Wie werden denn die Leute von Neuland begraben?, hatte sie gefragt. Und man hatte ihr das Foto gezeigt. Ein Trauerzug mit Pferden. Ein Sarg auf einem Wagen. Mitten im Watt wird das Pferdegespann von der Insel von einem Pferdegespann des Festlandes abgelöst. Sie hatte geglaubt, so auch würde sie, über das Meer, zur Ruhe gebracht werden. Sie dachte an den toten Vogel im Schnee, an die Eiderente. Ihr Gefieder von Öl verklebt, war sie gestorben. Der Bauer hatte gesagt: die Eiderente baut ein Nest, das innen weich ist von Daunenflaum, den sie sich aus der Brust rupft. Sie sah die Sonne auf der Insel vor sich, kälteleichenfleckenrot, über dem Meer die Sonne, die verschwand hinter diesigem Nebel. Der stolze Satz der Mutter hallte in ihrem Gehirn: *Nie in meinem ganzen Leben habe ich an Selbstmord gedacht. Das ist eine große Sünde. Nie im Leben und im Tod hat man dann je wieder eine Chance . . .* Der Brief der Mutter über den Schnee kam ihr in den Sinn. Und sie erinnerte sich an das Einschlafen im Schnee wie an ein Liebeserlebnis. Ich mochte Schnee und Eis immer so gern, hatte die Mutter geschrieben. Immer habe ich mich auf den ersten Schnee gefreut. Der fiel dann meistens in großen Flocken und blieb noch nicht liegen, weil die Erde noch zu warm war, und dann ging der Schnee in Matsch über und es wurde alles naß. Aber als ich dann größer wurde, freute ich mich mehr über den klaren Frost ohne Schnee, weil dann auf den Teichen und Wasseransammlungen auf den Wiesen das blanke Eis war, und darauf konnte man so gut Schlittschuh laufen, das war dann eine schöne, aber sehr kalte Freude. Über Schnee habe ich mich am meisten gefreut, wenn er auf den Bäumen liegenblieb, also noch nicht vom Wind heruntergeweht war; diese Bilder habe ich so gerne gemocht und wollte sie am liebsten festhalten auf einer Fotografie oder einfach so in der Erinnerung. Einmal ging ich die Straße zwischen meinem Geburtsdorf und dem Nachbardorf zu Fuß. Ich mußte durch einen Wald mit Tannen, auf denen der Schnee ganz schwer lag. Ich dachte: dieses Bild vergesse ich nie. Die Straße, auf der nur ab und zu ein Pferdeschlitten fuhr, ging mitten durch diesen Wald, und links und rechts waren die Bäume so wunderschön mit Schnee bedeckt; ringsherum Stille, auch Windstille. Nur einmal war mir der Schnee ganz unangenehm, als ich ein Kind war, ich kann mich erinnern: es war ein kalter Februartag, schon seit Tagen schneite es. Wir Kinder und Eltern waren fertig angezogen und feingemacht und warteten auf die Abfahrt zu unseren Großeltern einige Dörfer weiter. Wir wollten mit dem Pferdeschlitten fahren, wie es üblich war, die Großeltern hatten Goldene Hochzeit, und seit Tagen freuten wir uns schon auf diese Feier. Aber der Weg zu den Großeltern war ein Hohlweg, und Vater sagte: dieser Weg ist bestimmt ganz zugeschneit. Im Hohlweg kann der Schnee manchmal gewiß drei Meter hoch liegen, und dann bleiben wir im Schnee stecken und kommen nicht weiter und müssen alle erfrieren, sagte Vater. Ich weiß noch, daß ich immerzu wartete, daß Vater doch noch losführe. Aber er wagte es nicht, und wir mußten doch zur Goldenen Hochzeit fahren. Unsere Mutter hatte den Kuchen gebacken für die Feier mit den Großeltern, und den mußten wir doch hinbringen. Da habe ich gedacht: der Schnee ist doch nicht immer schön. Den Winter 1946/1947 habe ich deutlich in Erinnerung. Er war kalt und schneereich.

Stärker erinnere ich mich an die Erzählung meines Vaters. Er hat sie oft erzählt, als ich ein Kind war. Und ich konnte sie eigentlich nie so recht glauben, denn mein Vater war ein Jäger und Bauer, und er kannte die Gegend und die Landschaft wie seine eigene Westentasche. Er war einmal zur Jagd, erzählte er, und er wollte gerade nach Haus gehen, und er geht und geht, und auf einmal ist er wieder an derselben Stelle, von der aus er losgegangen war. Er konnte es nicht begreifen, es war Winter und ein großes Schneetreiben, und er konnte nicht weit sehen, wohl keine Hand vor Augen, aber er kannte sich doch aus, nach seiner Berechnung hätte er jetzt zu Haus sein müssen, und er ist im Kreis herumgegangen. Er sei so müde gewesen, sagt er, daß er sich am liebsten schlafen gelegt hätte, aber jeder Mensch weiß ja, daß man sich im Winter bei Eis und Schnee nicht hinsetzen dürfe, und wenn man noch so müde ist!, also hat er sich zusammengenommen und ist wieder los gegangen, und dann wohl in eine andere Richtung. Ja, die Füße haben einen eigenen Rhythmus, der eine Schritt ist etwas länger als der andere, und man geht automatisch im Kreis herum. Und ich fragte ihn, wie er dann doch nach Haus gekommen sei, und er sagte: man muß eben ganz genau aufpassen, sonst kommt immer wieder – und wenn es die ganze Nacht ist – dieselbe Stelle, von der man losgegangen ist . . . Und Lotte sieht ihren Großvater im Schneetreiben herumgehen, im Kreis, im Kreis . . . Aber aufwachen muß sie. Man zerrt sie zum Leben. Der Schnee ist geschmolzen. Ich will nicht gestorben werden, hatte die Selbstmörderin gesagt. Den Gummibaum wollte sie zerhacken, wie Mütter ihre Kinder vorher töten, ehe sie sich töten, weil – wenn sie sterben – auch die, die zu ihnen gehören, nicht mehr leben sollen . . . Und der Krankenhauspfarrer läßt nicht locker, besucht sie immer wieder. Kommt jetzt nur noch in ihr Zimmer, setzt sich hin und bleibt einfach da. Zuletzt ist es ihr wohl, wenn er da ist. Er drängt sich nicht auf. Dann einmal erzählt er von seiner Diabetes und daß er oft Angst habe zu sterben. Und dann am letzten Tag ihres Aufenthalts in dem Krankenhaus spricht sie mit dem Krankenhauspfarrer. Fragt ihn, wie er über eine Frau denke, die ihr Kind abtreibt. Ob er eine Abtreibung auch für eine Tötung hält. Auf eine allgemeine Diskussion lasse er sich nicht ein, sagt der Krankenhauspfarrer. Wenn eine Frau sich depressiv und schuldig fühlte nach einer Abtreibung, so könnte ihr dieses Bewußtsein von außen, durch religiöse Erziehung oder das Urteil der Umwelt, eingezwungen worden sein; oder ihr Schuldgefühl könnte auch einer wirklichen inneren Wirklichkeit entsprechen – er würde im Gespräch mit einer solchen Frau herauszufinden versuchen, was dies für eine Wirklichkeit sei. Es gebe ja Menschen, so der Krankenhauspfarrer, die nach einer Amputation, nach einer Operation, nach einer Totaloperation schwere Depressionen bekämen ... Erzählen Sie mir von den Sterbenden, bittet Lotte. Wer nicht verstehen kann, daß ein großer Abschied wie Sterben und wie eine Todeserfahrung ist, sagt der Krankenhauspfarrer, der hat noch keinen echten Abschied erlebt. Einen Todesschrei gebe es sicherlich, sagt der Krankenhauspfarrer, obwohl er direkt einen Schrei noch nicht gehört habe, aber die Todesstunde sei ja in den meisten Fällen nicht *eine* Stunde, nicht *ein* Schrei, sondern könne wochenlang, monatelang dauern; die Todesstunde könne schon lang vor der eigentlichen »Todesstunde« liegen, zum Beispiel, wenn ein Ring von Einsamkeit und Schweigen sich um den Sterbenden schließe, bevor er gestorben sei ... Lotte fragt, ob er mit stinkenden, sich auflösenden, entstellten Kranken noch sprechen könne, ohne sich zu ekeln. Es sei eine freudige Erfahrung, so der Krankenhauspfarrer, zu erleben, daß in nächster Nähe des Todes noch Sprechen, noch Verstehen möglich seien, daß man einen Menschen noch annehmen, ihm noch Du sagen könne ...

Die Rückfahrt läßt sie über sich ergehen. Von den Wirtsleuten, die sie noch am letzten Tag besucht und ihr ihre Sachen gebracht haben, hat sie sich verabschiedet. Sie haben ihr nichts vorgeworfen, es war, als verstünden sie besser als andere. Einige Tage lang ist sie allein in ihrer Wohnung. Therese will noch eine Woche lang die Kinder behalten, damit Lotte sich an die Arbeit wieder gewöhnen kann. Im Kreißsaal wissen sie nichts von Lottes Selbstmord, sondern wurden nur benachrichtigt, daß Lotte erkrankt wäre.

Die Kinder freuen sich unbändig, als sie die Mutter wiedersehen. Lotte verbringt das Wochenende mit den Kindern, wie in Trance, aber still, geduldig, spielt mit den Kindern, hört ihnen zu, antwortet, gibt hier einen Rat, hebt dort ein Spielzeug, das unter das Bett geworfen ist, wieder auf. Badet die Kinder, tröstet sie, wenn sie sich stoßen. Gibt ihnen zu essen, erzählt ihnen Geschichten abends zum Schlafengehen. Alles in ihr ist ein Sich-Sträuben gegen ihr ungewolltes Leben – wie zum zweitenmal ein ungewolltes Leben aushalten müssen, denkt sie ... Sie sitzt dort ruhig im dämmrigen Kinderzimmer und ihr fällt eine Geschichte ein, die sie den Kindern erzählt. Hannes sagt: gib mir die Hand, und ihr klingt der Satz von ferne bekannt. Und sie gibt ihm die Hand. Und Annemarie bittet: komm auch zu mir ans Bett, Mama, und sie streichelt die Tochter und nimmt ihren anderen Geruch wahr, wie den eines stämmigen Kalbes. Und sie erzählt die Geschichte den Kindern: Eines Tages war der Vater der kleinen Annemarie und des kleinen Hannes fortgegangen und kam nie wieder. Die Kinder bettelten nach ihm, aber die Mutter konnte den Vater ja auch nicht zurückzaubern. Die Kinder fragten, ob der Vater tot sei. Was ist tot?, fragte der kleine Hannes. Die Mutter sagte: wenn einer tot ist, ist er weg und kommt nie wieder. Da weinten die Kinder und dachten noch oft an den Vater. Aber der Vater kam nie wieder zurück. Die Mutter wollte den traurigen Kindern eine Freude machen und lud sie zu einer Wattwagenfahrt über das Watt ein. Die Mutter und die Kinder standen sehr früh am Morgen auf und stiegen in den Zug nach Cuxhaven. Am Bahnhof in Cuxhaven roch es stark nach Fischen. Sie fuhren mit einem Bus zum Strand und warteten auf den Bauern von der Insel Neuland, der sie durch das Watt auf die Insel fahren sollte. Herr Maurer kam mit dem Traktor angebraust, sie sahen den Traktor mit dem Anhänger schon von weitem. Herr Maurer gab der Mutter und den Kindern alte Decken und Mäntel zum Einmummeln, denn es war bitterkalt. Die Mutter und die Kinder blieben drei Tage auf der Insel. Der alte Bauer fuhr sie auf dem Kutschwagen zurück durchs Watt. Sie waren alle traurig, daß sie nicht auf der Insel bleiben konnten. Frau Maurer mummelte sie wieder alle in die Decken und Mäntel ein, und dann saßen der kleine Hannes und die kleine Annemarie links und rechts neben der Mutter hoch oben auf den Kutschsitzen, und vor ihnen auf dem anderen Sitz – der Wagen hatte zwei Sitzreihen – saßen noch andere Menschen von der Insel. Der Kutscher hatte eine Peitsche in der Hand, und dann trabten die braunen Pferde los. Die Kinder sahen sich nach dem Leuchtturm um. Sie fuhren über das Wattenmeer. Der kleine Hannes fragte: Mama, wer hat das Meer ausgetrunken? Und die Mutter sagte: die Ebbe hat das Meer ausgetrunken. Und es kamen ihnen andere Kutschen entgegen, und die Menschen grüßten den alten Kutscher. Die hohen gelben Wattwagen leuchteten in der hellen Luft.

Die Muscheln auf dem Wattboden knirschten unter den Kutschrädern, die braunen Pferde waren ruhig, und wenn sie wild wurden, gab ihnen der alte Kutscher einen leisen Streich mit der Peitsche. Die braunen Pferde hatten Scheuklappen vor den Augen. Die Möwen quirrten über den Köpfen der Kinder, eine gischtige Luft fuhr in ihre Augen. Der kleine Hannes machte die Augen zu, die Mutter band ihm noch zusätzlich ihren Schal bis unter die Nase. Die Kälte machte den kleinen Hannes schläfrig, die gleichmäßig sausende dahingleitende Kutsche auf dem weichen Meerboden ruckelte ihn in den Schlaf, und die Mutter stützte seinen Kopf an ihrer Schulter und hielt die Hand von Annemarie, und der Kutschwagen sank weich ein, und das Fahren auf dem unebenen Watt war ein Traum. Nur hatte die Mutter Angst, daß die Kinder zu stark abkühlen könnten. Sie fuhren durch kleine Teiche, die der Kutscher Prile nannte. Manchmal waren die Prile sehr tief. Und Annemarie sagte: jetzt fahren wir durch das Meer. Aber das Meer hatte sich ja zurückgezogen und war viel tiefer, wenn Flut war. Und sie fuhren eine Stunde. Und die Mutter begreift nicht, wie man plötzlich so glücklich sein kann. Beine, Füße und Hände werden ihr mit der Zeit so kalt, daß sie schmerzen. Die Wangen glühen vor Kälte, und sie fühlt, daß man glühen kann, wenn man erfriert. Und die braunen Pferde sind geduldig, und die Möwen schrien mit schneidenden Schreien, und der kleine Hannes wachte wieder auf und blinzelte in die glasklare Luft. Und die Bewohner von der Insel, die vor ihnen saßen und zur Stadt wollten, um Brot und Gemüse zu kaufen, erzählten sich etwas und sprachen vom Schnee und wie es ist, wenn Schnee auf der Insel ist und der Wattwagen im Schneetreiben fährt. Und dann ist Schnee in meine Augen gekommen, sagt der kleine Hannes. Denn es hat zu schneien angefangen. Die Flocken fliegen in die Gesichter des kleinen Hannes und der kleinen Annemarie. Der Traktor hat uns ganz kalt gemacht, sagt der kleine Hannes. Dann waren unsere Füße ganz kalt, sagt der kleine Hannes. Der Traktor mit dem Anhänger war auf der Hinfahrt viel schneller gefahren als der Kutschwagen auf der Rückfahrt, und die Mutter und die Kinder hatten auf dem Anhänger des Traktors viel ungeschützter gesessen, der Wind und die Kälte hatten viel stärker in ihre Gesichter geschnitten. Aber jetzt hielten die Pferde den Wind ab, und die Sitze auf dem Kutschwagen waren enger, und die Mutter und die

Kinder konnten sich ganz nah zusammendrängen und wärmten einander . . . Lotte küßte ihre Kinder, die vor den letzten Sätzen eingeschlafen waren, und sie legte sich auch hin, denn am nächsten Tag war ein Werktag, und sie würde die Kinder zum erstenmal wieder morgens in den Kindergarten bringen, um dann zur Arbeit zu gehen, und sie würde sie abends wieder abholen, und sie würde ihr Leben neu beginnen müssen – –

Morgens erwacht sie und hört noch im Dämmer des Halbschlafs das durchdringende Geräusch eines schreienden Säuglings, sehr, sehr lange. Aus dem gegenüberliegenden Haus?, oder über mir? Noch lange, als sie schon im Badezimmer vor dem Spiegel steht, das Schreien des Säuglings, dies lallende, rhythmische, einsame, monologische Schreien – –

Dann der schöne Eindruck der Kindergärtnerin. Eine große grüne Gießkanne füllend, steht die Kindergärtnerin an einem Blumenbeet, umringt von den Kindern, die Blumen und Sträucher gießend, die von ihr und den Kindern gepflanzt wurden. Die Kindergärtnerin ist eine schöne Frau, die sich müht um die Kinder, eine Kinderliebende. Manchmal abends kommt Lotte mit ihr ins Gespräch. Sie sagt: manche denken, eine Kindergärtnerin ist eine, die Klötzchen aufeinandertürmt; obwohl das Verständnis für Kinder sicherlich sehr gewachsen ist, wird für die meisten immer noch das Leben der Kinder erst dann wichtig, wenn sie in der Schule Leistungen erbringen müssen; was vorher ist, ist für sie dann nur Zeitvertreib und Spielerei. Die Kindergärtnerin ist eine kluge Frau. Ihr Gesicht ist klar. Sie hat alle Sinne für die Kinder, die ihr anvertraut sind. Sie bemerkt die kleinsten Vorkommnisse. Das Gesicht der Kindergärtnerin zu sehen, ist für Lotte eine Beruhigung, ein Aufatmen. Lotte geht langsamen Schrittes mit den Kindern durch die spätnachmittäglichen Straßen zurück. Sie sehnt sich plötzlich nach Sommer, nach dem Schweigen der Lindenbäume und nach den Vögeln, die ihr silbernes Gefieder schütteln im italienisch blauen Himmel über dem Dom – – – Über ihrem Alleinsein schwebt die Einsicht: *Der Mann ist ein Kind, das sich vor der Vaterschaft fürchtet; der Mann ist ein Kind und kein Vater* – – –

## Sonja oder das Glück

»Über den Bodensee der Sexualität kommt man nur, wenn er zugefroren ist und der Reiter nicht weiß, daß das Feld eigentlich eine Eisdecke ist.«
Kurt Tucholsky

Liebe: »Denn während andere Begriffe es zufrieden sind, abstrakt zu bleiben, will diesen einen nichts anderes befriedigen, als Fleisch und Blut zu werden.«
Virginia Woolf: *Orlando*

Sich-Öffnen als eine Bedingung zum Glück. Sie wollte Offenheit, aber wurde sie ihr denn nicht zum Verhängnis? Die Männer flohen vor ihr und ihrer Offenheit und ihrer Lust, erkennen zu wollen. Da sitzt ein schönes Weib mit schwarzem Haar, sagte die Ärztin, und die Männer sehen Sie, sagte die Ärztin, aber die Männer wissen nicht, daß das nicht alles ist, sagte die Ärztin. *Sonja.* Ihr weicher Name zerfließt auf der Zunge. *Sonja.* Sie trägt gern Männerschuhe. Sie trägt fast ausschließlich Hosen. Sie schminkt sich nicht, hat kurzes Haar. Jetzt weiß ich nicht einmal, welche Augenfarbe sie hat. Ihre Lippen sind unregelmäßig; die obere Lippe ist fast halb so schmal wie die untere. Sie ist eine Arbeitertochter und studiert. Sie spielt Volleyball. Sie trainiert »die Jungs«. Ganz zuerst verliebte sie sich in ihre Sportlehrerin. Ihr schrieb sie noch im letzten Jahr von einer Nordseeinsel, wo sie in einer Pension arbeitete. Sie versteckt sich und hat recht damit. Sie soll sich weder rechtfertigen noch sich bekennen müssen. Sie soll nicht abgestempelt werden. Sonja und Lotte gehen ins Kino; als das Kino aus ist und das Licht angeht, bleiben sie noch sitzen, und die Menge geht gegen ihre Gesichter dem Ausgang zu. Und ein Paar, Mann und Frau, zu ihnen hingedreht, aus der Reihe vor ihnen, Lotte hört das Wort »lesbisch«, bezieht es aber nicht auf sich, Sonja sagt: warte, bis wir draußen sind, dann sag ich dir was. Und dann draußen: die Frau sagte zu dem Mann: guck mal, zwei Lesbierinnen! Und Lotte, zornig, erzürnt, sucht nach den beiden mit Blicken auf die noch vor dem Kino stehenden Menschengruppen, aber das Paar ist nicht mehr da.

Das muß man sich einmal vorstellen: zeigen die auf uns, wie man auf Juden oder Schwarze gezeigt hat, weil sie anders waren. Ich hätte dem Mann eine Ohrfeige gegeben, sagt Lotte, ich hätte ihn zur Rede gestellt ... Was haben sie getan? Sie haben sich nur einmal flüchtig die Hände gestreichelt. Zuerst hatten sie sachlich und vereinzelt nebeneinander gesessen. Im Lokal vorher, als sie noch hatten warten müssen auf den Beginn des Films, hatte Lotte gesagt, vor ihrer Zwiebelsuppe, sie möchte jetzt Sonja vor allen Leuten küssen und sehen, was dann passiert. Und Sonja, erschrocken: nein, nein, nein. Und Lotte sagt: ich sage das ja nur so, ich werde dich nicht küssen vor all diesen Leuten. Und Lotte hatte, als der Film eine Viertelstunde gelaufen war, mit den Händen über Augen und Wangen gestrichen, und Sonja hatte gefragt: bist du müde?, hatte dann Lottes Hand genommen ... Lotte muß sich erst an ihren neuen Zustand gewöhnen. Nach der ersten Nacht – *die erste Nacht mit einer Frau,* wie oft hatte sie das gehört, und nun? – hatte sie am nächsten Morgen, einem Sonntag, und nach der zweiten Nacht, am Morgen des Werktages, Gefühle wie: verworfen bin ich, was habe ich getan? Aber diese Gedanken kamen erst, als sie durchs Treppenhaus ging. Sie erwartete vom Gesicht jedes Menschen, der ihr begegnete, eine Aggression, eine Neugier, eine Verurteilung, eine Denunziation. Wie schwer ist es überhaupt, daß wir uns finden können, finden konnten. Wie sehr erinnere ich mich an die Begegnung mit einer jungen Frau, einem Mädchen, im Bus, ich sah das Mädchen ein Buch lesen, ich sah den Titel und fragte sie nach dem Autor, dessen Namen ich nicht erkennen konnte, und ich glaube, ich fragte sie unvermittelt, ob wir uns einmal treffen könnten, das Mädchen floh vor mir, mit einem ängstlichen, gleichsam anzüglichen Blick, damals wußte ich nicht einmal, daß es so etwas gibt wie lesbische Liebe. Unter deiner Verkleidung, Sonja, enthüllst du eine weibliche Gestalt; die Sprödigkeit deiner Jungenkleidung verhüllt Knospenbrüste, voll und fest. Du hast noch kein Kind geboren, sagst du, und du willst und du wirst auch keines gebären, sagst du. Dein Geschlecht innen ist mädchenhaft, ich finde mich zuerst gar nicht zurecht. Da hast du gesessen neben mir, und ich habe beim Gespräch auf die Stelle zwischen beiden Hosenbeinen gestarrt, an der beim Mann eine knollige Erhebung sich abzeichnet. Und ich habe nach dieser knolligen Erhebung gesucht. Ich mußte mich umgewöhnen. Es war zuerst, als wäre da eine leere Stelle zwischen deinen Beinen. Ich mußte innen suchen und kennenlernen, was ich bisher außen sich aufrichtend zu sehen gewohnt war ... Wir haben vor den Schaufensterauslagen von Geschäften gestanden, vor Herrenbekleidungs- und Damenbekleidungsgeschäften. Ich habe auf die duftigen Sachen geschaut, du auf die spröden, die zweckmäßigen, die »männlichen« Sachen ... Obwohl wir uns als zwei Frauen unseres Geschlechts lieben, so empfinden wir doch nicht immer gleich. Wir sind zwei verschiedene Menschen, obwohl wir gleichen Geschlechts sind ... Alle romantischen Gefühle sind plötzlich ausgeleert, wenn der Orgasmus vorbei ist; der Gefühlszustand ist gleichsam ein blutleeres Gehirn. Ich muß dieses Gefühl, diesen Körperzustand akzeptieren; ich muß leben lernen, ja, ich glaube, daß man leben lernen kann. Der Selbstmord findet in den Schlupfwinkeln der täglichen Tage mit ihren tausend Ereignissen zwischen Schwarz und Weiß statt. Man faßt es selber nicht, wie glücklich man plötzlich sein kann. Schneezungen über den ersten Wellen des Meeres, ein Anblick, der mich glücklich macht. Man kann glücklich sein, nur weil man etwas sieht. Die Sinne sind die Glücksorgane ... Nein, wir sind gleichen Geschlechts, aber wir empfinden nicht immer gleich. Lotte hat es gern, wenn sie mit ihren Brüsten Sonjas Brüste berühren, ihre Brüste an Sonjas Brüste pressen kann. Sonja findet in Lottes Geschlecht »die Stelle«, deren Berührung zu einem unwillkürlichen Zucken führt. Lotte kennt sich noch nicht aus in Sonjas Geschlecht. Sonjas Schamhaar ist kurz, fast struppig; Lotte möchte nicht fragen, sie will Sonja nicht verletzen, Sonja sagt, sie habe sich das Haar vor einigen Monaten abgeschnitten. Lotte erkennt, daß das Erlebnis mit Jochen sie auf das erste Erlebnis der Frauenliebe vorbereitete; mit Jochen, dessen Brustwarzen sie lange geküßt, dessen hügelige »Brüste« sie geliebt hatte; Jochen, dessen Glied, schon fast überflüssig, beim Hineingehen in Lottes Geschlecht sofort zusammengeschrumpft und weich geworden war. Das Erlebnis des Fehlenden damals war eine Vorbereitung für dieses neue und erste Erlebnis der lesbischen Liebe, das sie lehrte, daß nichts fehlt, wenn der Phallus fehlt. Es fehlte nichts! Sexuelles Leben war anders, als die allgemeine Erziehung sie gelehrt hatte: anders als »Vereinigung zwischen Mann und Frau«. Die Formen der Liebe waren vielfältig, reich und vieldeutig. Um zu leben, mußte man die Formen der Liebe annehmen. *Die Unerschrockenheit, zu sein und zu lieben, ist unter Menschen selten wie ein Diamant zwischen Kieseln.* Am Morgen nach der ersten Nacht mit Sonja hatte Sonja leichthin gesagt, ob Lotte jetzt wohl schwanger von ihr wäre. Nein, Lotte war nicht schwanger von Sonja. Und sie war wie erlöst: sie würde nie mehr an ihre Angst vor einer ungewollten Schwangerschaft denken müssen, wenn sie eine Frau liebte. Sie würde ihre Fähigkeit, fruchtbar zu sein, vollkommen behalten und würde dennoch keine Angst haben müssen. *Mediziner beobachten bei Frauen zunehmend einen Trend weg von der Pille. Viele Frauen leiden nach jahrelanger ständiger Einnahme der Antibabypille an Störungen der Eierstockfunktionen, die bis zur Sterilität gehen können.* Lotte mochte nicht jeden Tag eine Pille schlucken, ein Medikament gegen Empfängnis. Ihr Widerwille gegen eine tagtägliche Empfängnisverhütungsmedikamentation verstärkte sich noch nach der Abtreibung; es war ihr, als hätte der sie behandelnde Arzt in der holländischen Klinik ihr *danach* nicht eine Schachtel Eugynom mit Beschriftung in holländischer Sprache in die Hand gedrückt, sondern als hätte er ihr »die Homosexualität« in die Hand gedrückt, als hätte er ihr gesagt: bitte, werden Sie homosexuell. Sie haßte das Präservativ als Mittel, den Samen abzuschließen. Sie hatte Johannes gebeten, sich sterilisieren zu lassen, aber er lehnte die Sterilisation ab, und sie lehnte sie ja ebenso ab, denn sie war sicher, daß sie mit dem Gefühl *danach* nicht fertigwerden würde. Tief innerlich gehörte für sie zur Liebe die Möglichkeit, ein Kind zu zeugen. Und auch Johannes würde mit dem Gefühl *danach* nicht fertigwerden – und er wollte ja außerdem noch ein Kind später, wie er sagte. Wer kannte die entsetzliche Angst der Frauen, wieder schwanger zu sein; das entsetzliche Warten auf »die Tage«; und wer konnte die entsetzliche Gleichgültigkeit oder den entsetzlichen Gleichmut der Männer begreifen, die nichts von dieser Angst wußten, nur sagten: nimm die Pille, oder – wenn es schon zu spät war: hier hast du Geld, laß es dir wegmachen. Wer konnte mit der entsetzlichen Verantwortungslosigkeit und dem entsetzlichen Unbeteiligtsein der Männer fertigwerden! . . .

*Sonja.* Wie oft war aber in den ersten Tagen des Zusammenseins mit Sonja immer noch der Gedanke an Selbstmord gegenwärtig. Die Angst, nun das mit Sonja Begonnene vielleicht in der Zukunft oder ein ganzes Leben lang leben zu müssen, dieses neue andere Leben, für das es nur heimliche Vorbilder gab. Am zweiten Tag, einem Sonntag, waren Lottes Eltern gekommen; es war gegen sieben, und Sonja kam kurze Zeit später, sie war gegen Mittag fortgegangen. Sonja plötzlich in der Tür, und die Eltern in der Wohnung, aber sie wußten ja nichts. Meine Eltern!, dachte Lotte. Daß ich meine Kinder nicht taufen ließ, war für sie sehr schlimm, daß ich sie nichts von meiner standesamtlichen Trauung wissen ließ, daß ich mich nicht kirchlich trauen ließ, war für sie ein Verzicht auf Teilnahme an meinem Leben, daß sie eine Beziehung zu einer Frau begann, würde sie der Mutter niemals sagen. Jemand hatte ihr erzählt, daß – nachdem sie eine Frau geliebt und der Mutter von ihrer neuen Art zu leben erzählt hatte – sie die Mutter oft ein ganzes Jahr nicht sehe und zurückhaltender ihr gegenüber geworden sei, weil sie fürchte, die Mutter könnte sich in Gefahr sehen, von der Tochter verführt zu werden – »die macht das jetzt mit Frauen: vielleicht will sie es auch mit mir . . .« Weit fortgehen. Dieser Fluchtimpuls. Nach Paris. Lotte und Sonja träumten davon, nach Paris zu gehen. Lotte würde dort weiter als Hebamme arbeiten. Sonja würde dort weiterstudieren. Weit fort gehen von den Eltern, weit fort. Nach Australien am besten. Weit fort von den *Portalsfiguren* . . . Du Verführerin, sagte Lotte zu Sonja. Du warst die Verführerin, weil du eine Frau suchtest. Nachdem sie im Frauenzentrum Stunden, bis zwei Uhr nachts, sich unterhalten und geküßt, Seite an Seite, Arm in Arm dort gesessen hatten, gingen sie gemeinsam, es hatte überraschend leicht geschneit, die nächtlichen Straßen waren schleierhaft mit Schnee überzogen, zu Fuß zu Lottes Wohnung. Dort wollte Lotte sich, als sie heißen Tee getrunken hatten, von Sonja verabschieden, sie zurück in ihr Studentenzimmer bringen oder ein Taxi anrufen. Aber als Lotte dies vorschlug, wurde Sonjas Gesicht flehentlich, unglücklich. Sie wollte bleiben, neben Lotte schlafen. Aber es war Unsinn zu glauben, daß sie ruhig nebeneinander einschlafen würden, wie Geschwister. Nach all den Küssen, nach dem Tanz vor zwei Wochen. Ein bißchen Erpressung war vielleicht dabei. Aber verglichen mit den Tricks mancher Männer war dies bißchen »Verführung« harmlos . . . Lotte wollte sich nicht wieder in eine Beziehung treiben lassen, die mehr eine Drogenabhängigkeit als eine Menschenbeziehung war, auch von einer Frau nicht. Sie wollte *allein* sein und allein sein können. Sie wollte Abschied nehmen von dem gefährlichen Verlangen, von einem anderen Menschen den Lebenssinn *gelie-*

*fert* zu bekommen. Sie wollte Abschied nehmen von dem gefährlichen Verlangen, sich zu binden und gebunden zu werden ... Sonja weinte am dritten Abend ihres Zusammenseins, es war schon gegen zwei Uhr nachts, am Morgen würde Lotte sehr früh aufstehen müssen. Sonja weinte aus Angst, die Beziehung werde wieder ganz schnell kaputt gehen; Lotte werde sie, wie andere Frauen vorher, links liegen lassen, werde erklären, daß sie nicht mehr interessiert sei, daß alles ein Irrtum sei usw. Tatsächlich fühlte Lotte an diesem dritten Abend wenig, war kühl, zurückhaltend. Es war ihr unmöglich, unaufhörlich Gefühle für einen andern zu zeigen. Lotte tröstete Sonja, sie werde sie nicht »links liegen lassen«. Ich hasse alles, was zu Ende geht, sagte Lotte. Ich möchte einmal, daß unsere Freundschaft dauert, auch wenn die Sexualität nicht mehr dauert ... Lotte sagt Sonja ihre Zweifel. Ihre Zweifel verschweigt sie nie. Sie ist voller Zweifel ... Sie bezweifelt sich selbst. Wer ist sie? Wie wirkt sie auf andere Menschen? Bin ich denn immer noch die Mutter, die andere anzieht mit ihrem Geborgenheitsversprechen und Mutterverhalten, andere, die gegeben haben wollen; aber ich möchte doch andere anziehen, die mütterlich sind und geben können, aber das gelingt mir nicht. Sofort hat sie Sonja die Wohnung geöffnet, was für ein Mensch ist sie, so leichtgläubig, so wenig verschlossen, wenn ich von jemand noch nichts Böses erfuhr und er mir seine Liebe erklärt. Abschied von der Abhängigkeit. Aber dann der Wunsch: ich möchte mich ganz einnisten in ihr, mich auflösen, verschmelzen, eins werden, einschlafen. *Mother let us die together.* Das Gesprächeführen, das im-Lokal-Sitzen, das Kinogehen, alles dies ist mir dann zuwider, das Zusammen-Essen ist mir zuwider, ja ist das Schlimmste, jede Minute, die man nichts zu sprechen weiß, ist wie eine halbe Stunde. Allein die Nacht liebe ich, am Tag würde ich Sonja am liebsten nicht sehen, da möchte ich nur *Leute* sehen, mit denen ich rede und arbeite, aber deren verfluchte Sexualität und Liebe sich nicht mit meiner trifft. Warum der Trieb, sie zur Ausschließlichen zu machen? Therese wird nichts mehr, Johannes wird zweitrangig, Jenny wird zweitrangig – ist Liebe denn immer noch eine Krankheit, die mich befällt? Ich möchte Liebe nicht in Rationen, aber dann könnte ich Liebe zum Beruf machen. Die Liebende. Lebensbeschäftigung. Nein. Ich bin eine Trinkerin der Liebe. Ich muß aufhören, eine Trinkerin zu sein. Ich muß eine Entwöhnungskur machen, aber wie ... Diese Frau ist so sinnlich. Wie hungert mich nach Sinnlichem. Es ist unbegreiflich, sie ist verlangend, voller Begierde, geöffnet, zu Küssen bereit, fließend, als wolle sie ihren Körper verflüssigen, eine Quelle von Honig – »ich mach' hier eine ganze Überschwemmung« –, nichts ist trocken und schuldbeladen und verkrampft an ihr; ihr Venushügel ist flach und schmal, das Innere ihres Geschlechts ist immer noch ein Labyrinth für mich. Und in diesen ersten Tagen und Wochen: niemand kann sagen, wie befreit ich mich fühle von der Angst vor dem Kinderkriegen. Nein, sich sterilisieren zu lassen, wäre etwas ganz anderes, ich würde es nicht aushalten. Ich bin Mutter und ich will es sein, ich bin mütterlich, ich liebe die lebenden und die ungeborenen Kinder, die Kinder sind kein »Alibi« für eine homosexuelle Frau (ich denke an Malina, die einen Selbstmordversuch machte mit zwanzig, als sie erkannte, daß sie homosexuell war) ... Ich komm' vorbei – wie schwer ich die Sprache nehme, Sonjas Satz klingt salopp, ich will immer etwas Bedeutungsschweres und muß doch lernen, leicht zu leben, ich will ständige, bedeutungsschwere Liebesbeteuerungen, und ich muß doch lernen, aus mir zu leben ... Wir sind ja heute richtig ekzessiv, sagt Sonja – Viele Lesbierinnen haben Katzen ... Wie sind die Formen der Frauen schön! Ich sehe auch immer mehr, daß die Zuneigung zwischen Frauen eine große politische Bedeutung haben könnte! Die Zuneigung zwischen den Frauen – eine platonische, eine erotische, eine sexuelle Zuneigung, Zuneigung in all ihren Formen – würde bedeuten: ein Miteinanderleiden, ein Sich-Zuneigen, eine Solidarität (ein schweres Wort, schwer auf der Zunge); vielleicht würde es weniger Kindsmörderinnen geben, weniger Trinksüchtige, weniger Einsame, wenn diese Zuneigung zwischen den Frauen wirklich würde ... Da hast du dir aber einen schönen Jungen ausgesucht, sagt Johannes, als er einmal Sonja begegnet und spürt, daß zwischen Lotte und Sonja etwas ist, das er nicht fassen kann. Fehlte noch, daß er gesagt hätte, wir schnallen uns einen künstlichen Penis um, diese Männer können sich nicht vorstellen, daß eine Frau eine Frau lieben kann (platonisch, erotisch, sexuell); wenn eine Frau eine Frau liebt, muß die entweder vermännlicht oder ein halber Mann sein, sonst verstehen sie es nicht, daß eine Frau eine Frau einem Mann vorziehen kann. Aber Lotte weiß, daß Johannes unglücklich ist und immer noch hofft, sie zurückzugewinnen und wieder mit ihr leben zu können . . . Sonja hat es gern, wenn ihr Geschlecht und Lottes Geschlecht aufeinanderliegen. Fehlt dir nichts, Sonja? Nein, mir fehlt nichts!, Sonja lacht Lotte aus, was soll mir fehlen? Therese sagt: ein ganz tiefes, vertrautes Verhältnis habe ich zu dir; jetzt plötzlich, wie Therese von Lottes Liebe zu Sonja erfährt, sagt Therese: ein ganz tiefes, vertrautes Verhältnis habe ich zu dir!; ich bin zu keinem anderen so vertraut wie zu dir; als du mir sagtest, daß du eine Beziehung zu Sonja hast, bin ich ganz verstört gewesen, gestern habe ich den ganzen Tag Galle gebrochen; ich habe den spontanen Wunsch, eine Brust zu berühren; ich hatte einmal Elisabeths Brust berührt, in den letzten Tagen habe ich mich daran erinnert; an die eine Bewegung habe ich gedacht; ich will nicht sagen, daß ich keinen Mann mehr sehen möchte . . .; ich muß dir sagen, daß ich letztesmal unheimlich gern deine Brüste angefaßt hätte und mich nicht getraut habe; Sehnsucht nach deinem Körper, Lotte! (Lotte denkt, was ist das schon: meine Brüste!, Sonja sagt: deine Brüste sind klein) . . . Therese berichtet, wie sie sich zu Karneval »verkleidete«: sie habe ein weißes Männerhemd angezogen, darüber eine dunkle Männerweste vom Nachbarn, wie ein Mann sie unter seinem Anzug trägt, dazu eine Jeans-Hose und zwei verschiedene Socken; der Gastgeber des Karnevalsfestes habe gesagt: haben Sie nicht Angst, daß eine Lesbierin auf Sie fliegt?; sie sei ja sowieso ein herber Typ – vielleicht hat man eben doch eine gewisse Ausstrahlung, sagt Therese, als Lotte von dem Erlebnis im Kino berichtet . . . Manchmal war es Lotte unangenehm, wenn das Geschlecht Sonjas in der Erregung anschwoll; das Innere des Geschlechts war so unklar, so fremd, so unbekannt; Lottes Inneres war klarer, auch außen klarere und hügeligere Formen. Wieder muß Lotte sich rechtfertigen für ihre butterweichen Brüste, sie sagt: vom verunglückten Stillen. Sie sieht die Schlagersängerinnen im Fernsehen mit ihren tollen Brüsten, sie hat Minderwertigkeitskomplexe, jeder hat irgendwelche Minderwertigkeitskomplexe . . . Verschmelzungsphantasien, Phantasien zu schmelzen, im Schmelzenden zu liegen, zu ruhen, zu vergehen, vor Liebe vergehen, sie kann die Phantasien nicht einfach abspalten, sie in die Nacht verbannen und dann wieder zur Tagesordnung übergehen . . . Volksliedstrophen gehen ihr durch den Sinn. Sie singt sie, wie ihre Mutter in der Küche immer Volkslieder gesungen hat.

*Es fiel ein Reif in der Frühlingsnacht.*
*Er fiel auf die zarten Blaublümelein,*
*sie sind verwelket, verdorret.*

*»Ade, mein Schatz, ich scheide, ade mein*
*Schätzelein!« »Wann kommst du*
*aber wieder, Herzallerliebster mein?«*

*»Wenn's schneiet rote Rosen und regnet*
*kühlen Wein. Ade, mein Schatz, ich scheide,*
*ade, mein Schätzelein!«*

*»Es schneit ja keine Rosen und regnet*
*keinen Wein, so kommst du auch nicht*
*wieder, Herzallerliebster mein!«*

Ich hasse Männerkörper, sagt Sonja. Die gleiche Erfahrung. Widerwillen gegen das Sperma auf dem Bettuch. Widerwillen gegen das spritzende Organ des Mannes. Es ist nicht für uns, dieses Organ. Es nützt dem Mann. Wir brauchen es nicht. Es ist unnütz, daß es jedesmal Sperma aus sich herausspritzt, das uns befruchten *kann.*
Warum spritzt es nicht nur einmal im Monat befruchtendes Sperma aus sich heraus, das würde doch genügen. Wie verschwendet es sich, dieses Organ, sinnlose Konstruktion. Destruktives Naturorgan. Manche trinken's noch, sagt Sonja und schüttelt sich.
Lotte und Sonja gehen die Straßen zum Spielplatz mit den Kindern, die Mittagssonne steht fahl am Himmel, die Luft ist matt und lind. Auf dem Rückweg vom Spielplatz lösen sie ihre Hände voneinander. Ich möchte dich küssen, und es geht nicht, sagt Sonja . . .
Die Erinnerung an das gemeinsame Bad am Vorabend. Ich mache dir ein warmes Bad. Was soll ich hineintun? Eukalyptus, Fichtennadel, Melisse. Was du hast. Und dann, Lotte ist noch in der Küche beschäftigt, lugt Sonja durch die offenstehende Küchentür: willst du nicht auch kommen? Und Lotte, unwillig: die Badewanne ist doch viel zu klein für zwei, und: ich habe Scheu, du hast ja gesagt, ich hätte kleine Brüste, und Sonja: aber ich mag doch kleine Brüste! – immer dieses Vergleichen: du hast festere,

schönere Brüste, ich habe volleres Haar, was soll dies Vergleichen? – Lotte zieht sich im Badezimmer zögernd aus; sie liegen beinverschlungen in der Wanne im warmheißen Wasser; der Schaum schmilzt und gibt die Konturen der Körper frei; die Augen geschlossen; rauschbereit. Das Haus wird zu mitternächtlicher Stunde lebendig; die Geräusche werden wie in hohlen Wänden doppeldeutig; Pendeluhren gehen, Klosettspülungen; Räuspern, Husten, Türenklappern; da aus der Tiefe des Hauses, mit dem Schlaf seiner Bewohner erfüllt, dringt ein plötzliches, sekundenlanges, heftiges, den beiden Frauen in der Badewanne hörbares Stöhnen, stöhnendes, lustschreiendes Aufbäumen herauf, wie ein Todesseufzer, ein Todesschrei, einer Frau; und Lotte weiß, es ist das junge Ehepaar in der Wohnung unter ihnen; Lotte lauscht und wartet, daß etwas folgt, so kurz kann doch das nicht sein, so animalisch kurz wie das Schreien der Katzen vor meinem Fenster im Hebammenschülerinnenwohnheim – – – Trauer, Wehmut, Abschiedsstimmung ... Sonja hat blaugrüne Augen, dunkle Pupillen, blaugrüne Iris; sie trägt einen braunen Cordmantel, eine blaue Cordjacke, Cord, schönen weichen schmiegsamen Cord. Soll man den Kampf Lottes um ihre sexuelle Biographie als einen Kampf um das Leben sehen? Sie kämpfte um die Wiederbelebung ihrer Haut, ihrer Körperflächen und Körperhöhlungen. Der Lebensabbruch, der Schwangerschaftsabbruch, der Abbruch der Liebe: Formen des Scheiterns. Immer wieder setzte sie neu den Beginn – über Jahre hinweg immer wieder ein neuer Anfang ... Lotte und Sonja in der wunderbar warmen engen Badewanne. Lotte wäscht Sonja das Haar. Rückwärts in Lottes Schoß an Lottes Brust gelehnt, sitzt Sonja und beugt ihren Kopf nach hinten, und Lotte kann das leise laue Wasser der Dusche über Sonjas Haar fließen lassen, Shampoon hineinmassieren, während Sonja die fließende Dusche unter Wasser hält, damit das laut plätschernde Auffließen des Duschstrahls nicht zu hören ist; zuletzt hat meine Mutter mir so die Haare gewaschen, sagt Sonja. Lotte schmiert Sonja eine Honigmaske in die Gesichtshaut. Honig, Honig, denkt sie, als sie mit ihren Händen das Innere von Sonjas Geschlecht erforscht, streichelt, Honigseim quillt im Geschlecht, Lotte denkt: dieses Quellen ist stark wie das Quellen des klebrigen Spermas beim Mann; aber das Vergleichen wird sie sich noch abgewöhnen – – – Schließlich hat sie es so gelernt: Liebe ist Vereinigung, Verschmelzung von Mann und

Frau; der Mann dringt mit seinem Glied in die Scheide der Frau ein usw. Die Klitoris von Sonja fühlt sich wie ein Penisstumpf an, denkt sie, aber das Vergleichen wird sie sich noch abgewöhnen ... Die Vergänglichkeit; die leere, weiße Badewanne; ihr Blick auf die leere weiße Badewanne gerichtet am nächsten Morgen, während sie vor dem Spiegel steht und sich kämmt: darin haben wir gestern, heutnacht gebadet!, ein leerer Saal jetzt ist die Badewanne, in dem gestern eine Hochzeit gefeiert wurde ... Die Sätze der Selbstmörderin scheinen Vergangenheit geworden zu sein: *Ich kann nicht mehr, weil ich nie mehr lieben kann. Die Routine des Aufbäumens nützt nicht nur nicht mehr, sie entfernt mich auch immer mehr von dem, dem ich mich nähern müßte* ... Die dumpfe Angst vor dem Ende, vor dem Abschied, vor dem Abebben; das geheime Erwarten des Endes; die Angst, unfähig zu sein, eine Beziehung glückhaft und lange zu gestalten; ich falle in einen Menschen hinein und falle wieder heraus – – Wenn es das wäre: streicheln! Streicheln kann sie stundenlang; aber was, wenn die Haut der Geliebten nicht Feuer fängt? Die Hautoberfläche schwelt, aber nichts brennt, kein Feuer – – Kann die Mutter plötzlich ins Zimmer kommen? Welch ein Wahnsinn, wenn doch alles flackert, Sinn und Gefühl; aber da ist etwas Störendes, nicht einmal eine Scham, keine Scheu, keine Reue, keine Schuld – nein, eine zarte Freiheit, ein Sich-in-die-Augen-sehen-Können, wenn sie nackt beieinander liegen und das Wort Orgasmus fällt –, kein Verdunkeln und Dumpfwerden der Augen; aber da ist irgendetwas Störendes – – Wir suchen etwas, was wir nicht finden; Liebe ist stark wie der Tod. Kann die Mutter plötzlich ins Zimmer kommen? Noch nicht lange ist es her, als ich zu Haus bei den Eltern war, sagt Sonja, und die Eltern waren fortgegangen, ich war in dem Glauben, sie würden erst abends zurückkehren, ich lag an diesem Nachmittag auf dem Sofa in der Wohnstube und glaubte allein zu sein, ich öffnete meine Hose, und da plötzlich stand meine Mutter im Zimmer, mit einem Tablett Kuchen in der Hand, ich nahm die Hand aus der Hose, und sie sagte nur: ich wollte dir Kuchen geben, und legte zwei Stücke auf den Tisch und verließ das Zimmer, und ich machte meine Hose dann zu, und ich konnte ihr den ganzen Tag nicht mehr in die Augen sehen. – Bist du denn rot geworden? fragt Lotte. Nein ich werde nicht rot, sagt Sonja, aber ich kriege Hitzeausbrüche vor Angst, und seit diesem Erlebnis war ich so geschockt, ich konnte mich seitdem nur noch erregen, wenn ich perverse Bücher las oder irgendwelche blöden Illustrierten ansah. Sonja steigt wieder das Weinen in die Augen und in die Stimme. Wie oft hat sie in dieser ersten Woche, die wir uns kennen, im Bett neben mir liegend, schon um sich geweint. Aber wieviel wird mir klar, wenn ich ihr zuhöre. Ich sehe meine Kinder an ihren kleinen Geschlechtsorganen spielen, und ich habe immer gedacht: das halte ich nicht aus; warum nur halten die Eltern diesen Anblick nicht aus; ich habe mir gedacht, ich werde es übersehen, gar nicht hinsehen; aber nun glaube ich, ich werde annehmen können, daß meine Kinder schon geschlechtliche Menschen sind – – – Welcher Überwindungen es bedarf, welcher überraschenden Leidenschaft und seelischen Angeregtheit, damit ich die Körpersäfte und Körperausflüsse der Geliebten beim Lieben lieben kann, sie anfassen, berühren, bejahen. Ich muß gegen eine ganze Kindheit fühlen. Gegen eine ganze, eine asexuelle Kindheit. Aber was nützte es, wenn ich tatsächlich in der Euphorie der Berührungsfreude so weit gelangte, den triefenden Schoß der Geliebten küssen zu können, wenn ich dann doch am Morgen, nüchtern, Ekel empfinden müßte in der Erinnerung daran, daß ich zu weit gegangen bin? Lotte fragt, was für einen Sinn hat das alles? Was für einen Sinn hat die Sinnlichkeit? Sich erregen, sich auflösen. Ja, den anderen treffen – den Lebenssinn finden – die Nüchternheit des Alleinseins verlassen für die Dauer eines gemeinsamen Schlafs? – – Mit Ferse und Fuß den nassen Schoß der Geliebten streicheln, verschlungen ineinander wie Baumzweige. Am Lebensstrom saugen, indem ich die andere Frau treffe an der Grenze zwischen Ich und Du. Ich habe die heimliche, die irrwitzige Hoffnung, in der Liebe alle Begrenzungen, Trennungen aufheben zu können, aber das ist eine kindhafte Sehnsucht, ich weiß ... Ich liebe und habe das Bewußtsein des Sterbenmüssens, des nicht so fernen Todes, habe den Tod immer vor Augen – wie konkret ist der Tod! – Bei einem Menschen bleiben können! Dableiben können! So wie man heute die Kleider bei jeder neuen Mode verschleißt oder gar wegwirft, so werfen manche Menschen weg, immer im Trab der Hoffnung auf Neues, in der Hoffnung auf endliche Überwindung der stumpfsinnigen Blockierungen, rennen gegen die Blöcke an, die in der Kindheit in sie gesenkt wurden. Kann denn die Mutter ins Zimmer kommen? Jedes Geräusch läßt dich aufhorchen. Ein Kind weint im Nebenzimmer, unter uns fällt etwas zu Boden, ein Geräusch genügt, den Lauf der Liebe zu hemmen. Ich nehme Henry Millers Roman »Sexus« nach Jahren wieder einmal in die Hand, und nachdem ich einige Seiten dieses offenen, schutzlosen Buches gelesen habe, bekomme ich einen Brechreiz, bei diesem Lobgesang auf den Phallus . . . Viele Sportlerinnen sind lesbisch, sagt Sonja. Ihre elfenbeinerne Haut, ihre milchglasdurchsichtig leuchtende Haut, ihr mädchenhaftzarter und dennoch stämmiger, kräftiger Körper, ihr zarter, hauchiger Gesichtsausdruck; – eine Frau, eine Frau, verkleidet in knabenhaften Kleidern, in Herrenschuhen (aber bedeutet das mehr und weniger als das langgewachsene Haar der jungen Männer?); sie ist zart in ihrer Nacktheit, und doch dieser etwas unbeholfene Körper in seinem Bau, dieser eckig gehende, salopp gehende Körper. Immer wieder mußte Lotte ihre Vorstellung von Schönheit revidieren, die zu sehr beeinflußt war von den Bildern der Schönheit, die man um sie herum verbreitete, in Illustrierten, auf Reklametafeln, aus den Mündern und Blicken der Menschen. Eros ist Schönheit – ein Zipfel des Glücks, ein Zipfel der Göttin Eros. Sie stellte sich dieses Geschöpf Sonja vor, wie es im gelblich-honigfarbenen Sand liegen, vom Meer umrauscht, von der Sonne umglänzt, wie die zarte blasse Haut sich bräunen würde, diese wundervollen Brüste – – – Du hast eine schöne Stimme, sagt Sonja. Einen Wettlauf mit dem Tod lief man, wenn man liebte. Denn was konnte ein einzelner Mensch, und immer wieder ein einzelner Mensch ausrichten, er half ihr Stück für Stück ihren erstarrten, schlafenden Körper zu wecken, und sie half dem andern – diesen auftauenden Körper, der in mehreren Eisschichten eingefroren war . . . Sonja kaut Fingernägel. Sonja schneidet sich die Fingernägel ganz kurz. Sonja trägt Kontaktlinsen. Lotte sagt: dann sehe ich dich am Wochenende ja drei Tage nicht, und Sonja sagt: aber wir sehen uns ja am Dienstag danach. Eine kühle Äußerung springt für mich aus hundert leidenschaftlichen Äußerungen heraus, denkt Lotte, wie kränkbar ich bin! Welche Angst, immer wieder welche Angst vor Liebesverlust – – – Die Selbstverständlichkeit, mit der ich mich verliebt habe, sie sich verliebt hat! Ohne Verlegenheiten, ohne Schamhaftigkeiten. Ich werde jenen Tag nicht vergessen, an dem sie im Frauenzentrum auf mich zukam, von einem Spiel, die Sportlerin, außer Atem, sie kam auf mich zu, und wir fielen uns in die Arme, überrascht, und wir ließen uns bis zwei Uhr nachts nicht mehr los; ich hatte an der »Theke« gestanden und in dem Berichtsordner über Abtreibungsberatungen geblättert und gelesen, als Sonja in die Tür kam – – Sonja liest »Ein Schritt nach Gomorrha« am Küchentisch, Sonja lacht: die schreibt gut, sagt Sonja, »ein kleines System von Zärtlichkeiten«, das ist gut geschrieben, sagt Sonja. *Du hast mein Herz belebt, meine Schwester Braut.* Das sind also meine Nächte mit einer Frau: ein *großes* System von Zärtlichkeiten. Eine Nacht von zehn bis vier Uhr morgens. Ich fand das Küssen wieder. Fand, warum man Freßgelüste hat, denn die Mundhöhle braucht die Küsse der Geliebten. Küsse: die Zunge, tief schlängelt sie über Gaumen, Zahnreihe, in die Mundhöhle, es ist ein wunderbares gemeinsames Liebkosen und Saugen, das Spüren eines kosenden Gefühls. Küssen, zwei sich reibende Nasen, zwei einander erforschende Zungen . . . Lotte fühlt Widerwillen in sich aufkommen gegen die dauernde Beziehung; sie möchte sich zurückziehen, wieder in das asexuelle Schneckenhaus ihrer Kindheit und Jugend, und dennoch: nie ist sie mit einem Mann so sicher, so froh gewesen. Aber die Auseinandersetzungen nehmen manchmal ähnliche Grundtöne an wie die zurückliegenden mit den männlichen Menschen; der Mann hatte von ihr erwartet, daß sie schreie: erst wenn du so schreist wie du bei der Geburt deines Sohnes geschrien hast . . . Und nun Sonja, die fordert, daß die »richtige Stelle« gefunden werden sollte. Sind wir denn Sexualathleten? Liebkosen: liebend miteinander sprechen, in den Nächten, einfach voll Lust und Lebensfreude nebeneinander, aneinandergeschmiegt liegen, Worte liebkosen den anderen, einfache Berührungen, ein Zuhören, ein Wort, das genaues Verständnis signalisiert – das ist Liebe, Frauenliebe – – Die Zehen werden zu Fingern, die Beine zu Händen, die Zunge wird zu einer Handfläche, zu einer Fingerspitze, zu einem Mund, die Zunge streichelt den Hals, die Brüste, den Rücken – – Die Brustwarzen morgens dann im hellichten Tag geöffnet wie aufblühende Tulpen – – – Am meisten leidet Lotte unter den immer wieder hereinbrechenden Sprachlosigkeiten. Nicht sprechen können, es ist einfach nichts da, die Seele, die Zunge, der Kopf, alles still, tot – – Es ist schön und notwendig, daß wir, Lotte und Sonja, uns die Liebe zeigen, aber die Liebe ist schmerzlich. Der Körper in Aufwühlung ist keine angenehme Sache. Jeder kämpft seinen einsamen Kampf um seine Sinnlichkeit. Der Körper in Aufwühlung ist keine angenehme Sache, obwohl wir das Angenehme suchen und finden, als Beigeschmack des Bitteren: das Leben als Beigeschmack des Todes. Die Lust, die Liebe ist immer der Tod. Das Empfinden von Reife, Zeitvergehen, Vergänglichkeit. Ich brauche ein Stundenglas, schrieb die Selbstmörderin. Aber Lotte ist glücklich über jeden Tag, der andeutungsweise leicht, vielleicht fast glücklich ist. In ihr sitzt immer noch die Traurigkeit fest; Traurigkeit über die asexuelle Kindheit, die in ihr ruht wie ein Eisblock und nicht schmilzt; in ihr setzt sich die Traurigkeit fest, der Zweifel, die Sicherheit fast, auch diese Liebe zu Sonja könnte nicht dauern – wieder der alte Rhythmus wird herrschen: himmelhochjauchzendes Verliebtsein, dann Liebe, dann Brüche, dann Abschied – – Sonja trinkt gern Milch, »weiße Milch«, wie das Kind sagt, Sonja ißt gern Honig. Sie benutzt O.B.s, das Rückholbändchen gerät Lotte zwischen die Finger, als sie Sonja streichelt, man sieht und riecht und fühlt kein Blut, wenn Sonja die O.B.s in ihrer Scheide hat . . . Der ganze Körper ist durchpulst. Freude, ja Freude. Ein schöneres Wort. Freude schöner als Lust. Wolluscht, Jochens Wort Wolluscht. Freude, ja Freude. Ebbe und Flut. »Du hast wohl trainiert?« Ich habe die »richtige Stelle« gefunden. Daß die Freude ausbricht am ganzen Körper, daß das Lächeln ausbricht am ganzen Körper! Daß die Haut duftet und sich öffnet. Daß Hände und Haut immer weiterstreicheln. Daß da kein Abbruch ist. Daß da keine Scham, kein Bereuen ist. Daß da kein schlechter Nachgeschmack ist. Daß da keine Sinnlosigkeit ist und daß die Frage nach der Sinnlosigkeit gar nicht mehr gestellt werden muß: das ist die körperliche Liebe . . . Hast du denn nicht das Gefühl, daß »diese Sache« sinnlos ist?, Lotte zu Therese. Erkennst du denn deinen Mann wirklich? *Erkennst* du ihn, oder ist die Liebe immer nur eine Wiederholung der immer gleichen oder variierten körperlichen Reaktionen? Nein, sagt Therese, ich erkenne ihn nachts, wie ich ihn am Tag nicht erkenne. Das Niederdrückende ist oft nur, daß das nächtlich Geschehene und Erkannte nicht hinüber gerettet werden kann ins Hellicht des Tages . . . *Der Mensch, der nachts aufsteht und leise zu einem anderen geht, ist wie ein Schatzgräber, der das große Glück, das notwendig ist, ergraben will am Kreuzweg des Geschlechts* . . . Wieder strebte sie nach zwei Seiten eines Kreuzwegs, wollte beide Wege kennen. Wollte an den Strom des männlichen Lebens und wollte an den Strom des weiblichen Lebens. Sie erkannte, daß Mann und Frau nur künstlich zu Feinden gemacht worden waren; Mann und Frau waren nun einmal zu gegensätzlichen Menschen geworden; der Mann übte Macht und Gewalt aus über die Frau; der Mann Jochen, Don Juan und Schmarotzer, hatte sich in ihr eingenistet, sie hatte ihn aus sich herausgesaugt und war zurückgeblieben mit blutender Seele. Aber jetzt war da wieder die Sehnsucht, einen anderen Mann zu kennen. Wo war dieser andere? wo? Sie suchte Menschen, Androgyne, obwohl sie die praktischen Erscheinungsformen des Zwischenreichs, wie den Transsexuellen, den Transvestiten, nicht ertragen konnte. Sie suchte Freiheit. Sie suchte sich ... Thereses Traum: in der Küche legt ein Mann seinen Kopf auf die heiße Kochplatte, und Therese schneidet auf der Kochplatte des Mannes Hals durch und steckt dann die wie zu einem Krokodilsleder eingeschrumpften beiden Teile – Kopf und Körper – des Mannes in die Tasche ... Erfährt auch zwischen zwei Frauen nach wenigen Wochen die körperliche Liebe eine immer weiter fortschreitende Verengung?, fixieren auch sie sich immer mehr auf ihren Unterleib, nicht auf das ganze *Geschlecht*: die ganze Hautoberfläche, die Ohren, das Haar, das Gesicht, die Hände, die Füße, den Bauchnabel, das Gesäß, die Brüste ...; werden auch zwischen zwei Frauen die wundervollen Gegenden des menschlichen Körpers nur zu Nebenwegen des »Vorspiels«; finden sie immer wieder, was sie beim Mann gehaßt haben – die Abfolge von »Vorspiel«, »Höhepunkt«, »Nachspiel«? Erfüllt sich ihre Sehnsucht nicht, daß alle Gegenden des Körpers gleichrangig, gleichwertig, gleich nach Liebkosung verlangend und Liebkosung gebend sein möchten? Wurde ihnen in der Kindheit der Unterleib abgebunden wie eine Wunde? Und jetzt finden sie den Zusammenhang nicht mit dem übrigen Leib. Zwei Teile, der Leib? Lotte ist erschöpft, fürchtet den Schlaf, gleitet so weg und hat sich nicht mehr. Es sind die Stunden im Zug, in denen sie irgendeiner Verabredung entgegenfährt und so zwischen Schauen und Niedersinken bleiern wird und den Schlaf herbeisehnt, aber nicht schlafen kann. Wozu waren denn ihre drei Lieben zu drei Männern gut? Um für die Frau gut zu werden, sagte sie trotzig. Alles hätte viel früher beginnen können – – Gilt für sie: beide Wege müssen gegangen werden? Aber ein Mensch kann sich doch nicht zerreißen. Auch nicht zwischen zwei Geschlechtern. Am Kreuzweg des Geschlechts. Errettet sie das Aneinanderschmiegen zweier Frauenkörper vor dem Trauma der Abtreibung? Sie äußert neue Lebenskräfte. Die Stumpfheit in ihr scheint zu schwinden. Aber die Trauer ist in ihr und bleibt. Immer noch fühlt sie sich, beim Wiedersehen mit Sonja, so abgeschlossen, daß ihr ist, als wäre sie nicht da. Diese innere Einsamkeit, diese grenzenlose innere Einsamkeit, die immer wieder hervorbricht. Die Stillstandszustände. Bis eine Hand mich anrührt und die Haut aufblättert, aufbrennt, aufreißt, aufschält. Zustände der Abgeschlossenheit und Öffnung wechseln einander ab ... Sie steht im Badezimmer um Mitternacht, kleidet sich aus, sieht flüchtig im runden Spiegel ein Stück von sich. Immer hat sie nur ein Stück von sich. Sie kann sich nicht ganz fühlen. Sie sieht ihre Formen üppiger werden, eine Frucht ist ihr Leib, die zu lange klein und grün gewesen ist. Sie riecht einen reifen Duft von der Frucht ausgehend, Geruch nach üppigen reifen Aprikosen im Sommer. Bin ich erst am Schluß der Entwicklung meiner Sinne, wird bald alles umbrechen und in Verwesung und Trockenheit übergehen, warum habe ich keine Geduld. *Erfüllungsstunde* der Sinne, ich muß warten können. Warum giere ich danach, auf der Stelle so weit zu sein? Ich laß mich noch ein bißchen unreif, grün, klein ... Sonja ist viele Jahre jünger – sieben Jahr jünger bist du, Sonja. Und Lotte sitzt dort im Wohnzimmer wie eine Ältere, schwer und müde und breit und gelassen, von weitem rostrotem Mantel umgeben, im Sessel sitzt sie, eine ausruhende Kutscherin. Lottes Tochter zieht eines Abends Sonjas Nachthemd an, das Sonja im Kinderzimmer liegengelassen hat. *Du warst in abgelebten Zeiten meine Schwester oder meine Frau* – – Meine liebe Frau, sagt Sonja zu Lotte, meine Frau ... Die Freiheit sucht Lotte. Die Freiheit, mit der Geliebten, mit dem geliebten Menschen. Nicht die Unfreiheit, lieben zu *müssen*, Gefühle zeigen zu *müssen*, mit ihr schlafen zu *müssen* – – Um zwei Uhr nachts, nah dem Schlaf, mit schweren, betäubten Lidern, die sie sich mit ihren Händen zuhält, weil sie nicht mehr die geringste Menge Licht vertragen kann, nur noch von Schlaf beschwert sein will, um zwei Uhr nachts: Sonja bringt Lotte zum Bett im Kinderzimmer, denn das Bett, in dem sie lagen, ist zu schmal für den gemeinsamen Schlaf, aber nicht für die gemeinsame Liebe, Sonja liegt noch einmal wenige Zeit neben Lotte, um Abschied zu nehmen, *gliederlösender Eros treibt wieder mich um/ unzähmbar, ein wildes Tier*, so hieß es doch, ja! Gliederlösender Eros hat meinen Körper matt gemacht, wohltätige Ruhe der gelösten Haut. Aphrodisische

Wirkung der Wörter. Sie liegt gelöst und durchwärmt im breiten Bett, ihr Sohn neben ihr, da im Fastschlaf des Gelöstseins ein Schatten von einem Traum: ein verschrumpelter Phallus, der von einem Körper abgefallen ist, liegt ihr zu Füßen, in einem Packen alten Papiers findet sie ihn wieder und hebt ihn auf, eine Mumie, eine zur rechten Zeit abgefallene Nabelschnur – – – die Hand von Sonja wird verwandelt wie im Märchen, in dem alles verwandelt wird. Eine Hand wird gliederreich, streichelt, daß die Glieder der Gestreichelten sich lösen ... Thereses Traum enthüllt, daß auch sie auf der Suche nach den Frauen ist, am Kreuzweg des Geschlechts, am Kreuzweg der Geschlechter: Therese wurde wach am Morgen und konnte nur noch ganz wenige Bruchstücke des Traums erinnern, ein Bild von hellen und tiefblauen Farben; das Bild einer Insel, zu der sie aufgebrochen ist, auf der Suche nach Frauen und Frauengruppen; und sie suchte jemand, der ihr von den Frauen alles sagen könnte; und sie fand den denkbar Ungeeignetsten, einen Mann, der war wie ein Mönch, in weiße Tücher gehüllt, wie aus einem buddhistischen Kloster; vor ihm begann sie, Karate zu machen, in einer Verteidigungs- und Angriffsstellung; und während sie das Bein in die Luft warf, spürte sie ihren Körper weich und unverspannt, ein schönes Gefühl, weil sie ihren Körper so beherrschte, und es herrschte eine merkwürdige erotische Anziehung zwischen dem Mann und ihr, und die Frauen, zu dem der Mönch der Mittler war, kamen und besuchten Therese; und auf dem Tisch lag ein Zettel, darauf stand etwas Geheimnisvolles über Frauen, aber Therese wünschte, der Mönch sollte den Zettel wegtun ... Der Mann als der, der vor den Frauen schützt? Die Angst vor der Homosexualität ist die Angst vor den Maulkörben und Handschellen, die uns die Umgebung anlegen will, wenn wir anders sind als sie ... Neugier hin zu den Spuren beider Wege. Mann. Frau. Lotte denkt an die Liebe zum Mann. Welche Angst und Zurückhaltung nötig sind, die Wände sind hellhörig, und man fürchtet, im Glashaus zu liegen; in diesen Wohnungen sind nahezu Lust und Freudenschrei nicht möglich; dauernd dieses »Pst«, aus Angst, die Witwe nebenan, die Vogelscheuche zwei Wohnungen darunter möchte etwas hören; das Forschen in den Gesichtern der Nachbarn, der Kindergärtnerinnen, ob sie vielleicht etwas wissen und schon verurteilen und verabscheuen. Man hört ja jedes Nasenschneuzen, jedes Husten, was sind das für Wohnungen; die Phantasie taucht auf von einem einsam gelegenen Haus, fortfahren würde man von den hellhörigen Wänden, weit fort von der Hausgemeinschaft, deren Klatschbase das Privatleben der Hausbewohner erschnüffelt. Dem Frauenzentrum hat der Vermieter gekündigt, denn in den Räumen hielten sich auch die homosexuellen Frauen auf, und der Vermieter sagte, die ganze Straße gerate in Verruf, als sei's eine Hurenstraße. Die Frage, ob diese Liebe zwischen zwei Frauen vielleicht nichts anderes als eine glückliche, weniger einsame Selbstbefriedigung sei, stellte Lotte mitten in der Nacht, nachdem sie den ganzen Abend diese Frage an Sonja nicht zu richten gewagt hatte, und sie verletzte Sonja mit dieser Frage, denn die Frage erübrigte sich, und die Behauptung hatte sie irgendwo aufgeschnappt, in einem Buch, in einem Artikel. Denn war eine von ihnen einsam oder auf sich konzentriert und nicht auf die Geliebte? Das Ausmaß der Einsamkeit zwischen Mann und Frau, wie sehr er in sie eindrang, konnte um ein Vielfaches größer sein; wie oft drang der, der eindrang, niemals in den Leib, in das Geschlecht, in die Seele der Geliebten ein! Die Klassifizierungen (Sexualität, Heterosexualität, Homosexualität, Selbstbefriedigung) schienen nur geschaffen, die Menschen, in ihrer Freiheit zu lieben, zu gängeln ... Oft aber kam Sonja ihr wie eine schleimige Schnecke vor (so wie Johannes ihr oft wie ein schleimiger Frosch vorgekommen war), deren Schleimspuren mich beflecken; ich sehe die Formen der Liebe im Fernsehen, in den Illustrierten, draußen vor meinen Augen, und immer ist es nur eine Form, die ich sehe: Mann und Frau, wo sind denn die anderen Formen, die zwischen Mann und Mann, die zwischen Frau und Frau? Lotte hatte durch die Liebe zu Sonja nun selbst ein Wissen von den möglichen Gesten und Bewegungen und Gesichtszügen, um eine andere Frau, irgendeine Frau, die sie zu erkennen sich wünschte, zu sich hinzuziehen, der Gedanke an andere Frauen erregte ihre Phantasie, wenn sie neben Sonja lag. Daß Sonja so jung war, erschreckte sie manchmal; dieses junge Gesicht, wie das Gesicht einer Schwester, ach du warst in abgelebten Zeiten meine Schwester oder meine Frau – – –

Morgens im dunklen Flur, die Rolläden in den Schlafräumen sind noch nicht hochgelassen, Sonja im langen Hemd vor Lotte stehend, nach Ausdünstungen der Nacht riechend. Dann morgens in eine Decke gehüllt in der Küche am Tisch frierend und

übernächtigt und müde und gähnend, die von Unausgeschlafenheit verzerrten Gesichtszüge abgezeichnet, aufgerissenen Gesichts. Lotte träumt von einer Belebung ihrer Haut, der Haut Sonjas, von einer ungeahnten Belebung, Erwärmung. Der Gedanke an den Tod im Schnee, der ihr nicht gelungen ist, wird manchmal stark. Trotz all des neuversuchten und neugelebten Glücks. Sie empfindet plötzlich nicht mehr den Widerwillen gegen das Wort »schwul«, den sie früher empfunden hat. Schweinkram, sagen die Leute zu ihrer Neigung, sagt Malina lachend, aber da gibt es ja nichts zu lachen, es ist ein Galgenlachen. Sonja gibt ein Glucksen von sich, eine Art Grunzen, das Lotte nicht ertragen kann, wie sie das von einem vorbeigleitenden Kuß herrührende Schmatzen oder das von dem Aufeinanderbewegen der Oberschenkel oder der Bäuche (zwischen denen die Luft entweicht) herrührende Klatschen, sie wie an verbotene Lust erinnernd, nicht ertragen kann. Jener Ort, an dem sie die ersten Küsse, Zungenküsse ausgetauscht hatten, würde also bald aufgelöst sein, im Juni war die Kündigungsfrist. Sonjas seidiges Gesicht zwischen Lottes Handhöhlen. – – Wäre das Sperma nichts als eine kaum ekelerregende Flüssigkeit, wenn ich es unvorbelastet vom Ekel der Angst ansehen würde? Aber wie kann ich das jetzt noch? Ich möchte es gern so selbstverständlich betrachten wie Schweiß, Tränen, Urin. Aber der Mann selbst wünscht, daß es als Besonderes gesehen werde. Das Sperma kann erzeugen – geschlechtsfortzeugendes Sperma, es bestimmt, ob eine weibliche oder männliche Gestalt sich formen wird. Ich weiß, ich sollte es unvorbelastet ansehen. Und ich habe das auch immer getan. Aber jetzt bin ich eine Verwundete ...
Sonja erzählte, ihre Schwester sei überraschend in ihr Zimmer gekommen; es klopfte und Sonja lag auf dem Bett und hörte die Frauenplatte, sie sprang auf und schaltete den Plattenspieler aus, denn gerade begann das Lied »Wir sind die homosexuellen Frauen«, die Schwester fragte, wer diese Frau auf den Bildern an der Wand sei, Sonja sagte: eine Hebamme, die eine Freundin von mir entbunden hat. Die Schwester griff nach Büchern aus dem Bücherschrank, zum gleichen Thema von Sonja übereinander gestapelt: »Die Freundinnen« und »Quell der Einsamkeit«, die Schwester wollte die Bücher ausleihen; sie wird etwas ahnen, sagt Sonja, wenn sie die Bücher liest; wie froh hat sich meine Schwester über meinen Bekannten Erik geäußert, wie schön, daß du

endlich einen netten Mann kennengelernt hast ... Ihre erste »Geliebte«, ihre Sportlehrerin, eine kleine Person, blond, von kräftiger Gestalt, mit großen Brüsten (ich mag keine großen Brüste, sagt Sonja), die Lehrerin fünfundzwanzig Jahre alt, Sonja zehn Jahre jünger; das Einanderansehen, das Einanderstreicheln, das war der erste Ausdruck des Verliebtseins. Seit jener Zeit ist Sonja Volleyballspielerin; aus der Mannschaft (»Frauschaft«) der Sportlehrerin herausgetreten, tritt sie für immer in sie ein, wirft diese erste Liebe nie ab (kann man überhaupt Abschied nehmen von der ersten Liebe?). Eines Tages auf der Rückfahrt von einem Spiel in Holland sitzt sie im Bus hinter der Sportlehrerin, vor ihr in der Sitzreihe der Sportlehrerin ist ein Platz frei, die Sportlehrerin fragt sie, ob sie zu ihr kommen möchte, Sonja setzt sich rechts neben die Sportlehrerin, wird sehr müde und versucht zu schlafen, kann es aber nicht; die Sportlehrerin sagt ihr, sie kann den Kopf auf ihren Schoß legen, Sonja tut es; sie liegt, den Kopf auf dem Schoß der kräftigen Sportlehrerin gebettet, mit geschlossenen Augen, sie fahren durch die Nacht von Holland nach Deutschland zurück; Sonja, das Gesicht zu den Knien der Sportlehrerin, beginnt mit der Rechten die Beine der Sportlehrerin leise zu streicheln, die Lehrerin läßt sie gewähren – – – Ein andermal wirft ihr ein Junge auf dem Weg zur Schule seine Schultasche voll in die Speichen ihres Rads, sie knallt hin, ist überall verletzt und abgeschrabbt und schmutzig, kommt in die Schule und geht erst einmal in den Raum, in dem sich die Sportlehrer gewöhnlich umziehen, steht dort wie ein Häufchen Elend; die Sportlehrerin tritt herein, hilft ihr, verarztet sie, gibt ihr frisches Zeug zum Anziehen, streichelt ihr Gesicht, sie streichelt das Gesicht der Sportlehrerin – –

Lotte trifft nachts ihren Mann; ein Verlangen, den Mann nicht ganz zu verlieren, hat sie gepackt. Sie fühlt sich ja noch lange nicht sicher in sich selbst, um ohne den Gedanken an einen Mann auszukommen. Aber sie kann nicht zwei Menschen zu gleicher Zeit lieben, das ist es. Die Hände des Mannes sind um eine Spur ungelenker und strenger als Sonjas Hände. Die Zunge des Mannes, seine Lippen können ihr Geschlecht nicht zärtlicher erregen als Sonjas weiche wissende Hände; ein ganzer Liebessee ist dein Schoß, sagt der Mann Johannes, als er geht. Lotte hat den gliederreichen Phallus zwischen den Händen gespürt; ein fremdes, ein anderes Organ; sie spürt so deutlich die Entfernung

zwischen dem Mann und ihr, nie hat sie das Anderssein so deutlich gespürt. Sie denkt an Ausdrucksformen seines Gesichts, an die Weichheit seiner Gesichtszüge nach der Liebe, an ein aufgelöstes Gesicht dieses Mannes; das andere Ufer, aber niemand kann an zwei Ufern leben, auf zwei Hochzeiten tanzen; die Haut des Mannes ist strenger, körniger, seine Lippen sind muskelreicher. Während der Mann ihr Geschlecht küßt und sich festsaugt, hat sie eine Phantasie, daß sein Glied in die Öffnung ihres Gesäßes eindringen möchte, dort, wo es kein Kind erzeugen und der Samen sich unfruchtbar verspritzen kann; sie muß an die Worte eines homosexuellen Mannes denken, der ganze Körper des Mannes habe Kuhlen und Öffnungen überall, die Scheide sei doch nicht das einzige, in das man eindringen könne . . .
Mit den Rissen leben können. Nicht abstürzen. Doppelleben. In zwei Welten leben können. Nennt man das androgyn? Ich liebe die Frauen, aber der Abschied vom Mann ist lang. Ich kann noch nicht selbst Nägel in die Wand schlagen, aber ich lasse es nicht mehr vom Mann tun. Ich bin stark. Ich lebe. Der Wunsch niederzusinken ist in jedem. Ich trug einmal das männliche Geschlecht embryonal in mir . . .
Ich traue mir zu viel zu. Ich kann nicht zwei Menschen auf einmal lieben. Dann plötzlich der Zweifel an der Liebe zu Sonja: ich sehe keine Zukunft in einem Liebesverhältnis zwischen zwei Frauen, sage ich, es gibt einfach keine Zukunft, man weiß nicht, was wird, alles ist ungeklärt, eine ganze Psychoanalyse der eigenen Person schwelt unter dem Boden, auf dem man steht und liegt. Ich fühle mich zwischen zwei Welten stehend, wie in einer Spalte, dies ist kaum auszuhalten. Vielleicht brechen die Beziehungen, zum Mann oder zur Frau, immer wieder ab, weil man das starke Bewußtsein, Geschlecht zu sein, nicht dauernd und ohne Unterbrechung ertragen kann. Manchmal glaube ich, wenn ich mit Sonja zusammen bin, mir fehlt nichts, mir fehlt kein Mann, ich kann eine Frau sein; dann wieder komme ich mir leer vor, als würde mir etwas fehlen und müßte mir von einem starken Mann gegeben werden. Wie werde ich ganz, wie verliere ich das Gefühl, nicht ganz Frau zu sein? Die Liebe zu einer Frau ist wirklich so vollständig dem widersprechend, was man gelernt hat. Meine Selbstmordphantasien verblassen, ich werde ruhiger, meine Rastlosigkeit nimmt ab; wie habe ich jemals in einem Bett neben einem Mann liegen können, der seinen gestreiften Schlaf-

anzug nach seiner Befriedigung anzog und dann einschlief; wie habe ich jemals diese Nachtstunden ertragen können, da ich wach und aufgereizt wie im Fieber von vierzig Grad neben dem Mann im blaugestreiften Schlafanzug lag; und morgens dann das Ins-Badezimmer-Laufen, um den Mund mit kaltem Wasser auszuspülen, die Zunge vom schlechten Geschmack der Nacht zu reinigen, damit ihm, dem Herrn, ein möglichst reiner Atem entgegenwehte, wenn er erwachte. Phallokratie, hatte die Ärztin gesagt, wie finden Sie das Wort? Natürlich, Johannes, ihr Mann, war anders zu ihr gewesen; er akzeptierte sie, mit Schlafgeruch und Schlafgeschmack im Mund. Aber mit Sonja alles noch viel selbstverständlicher: keine Zustände des Abbruchs, des Ekels, des schlechten Nachgeschmacks, der Reue mehr. Das weiche Gesicht morgens im Badezimmerspiegel. Das Haar ist weicher geworden, die Haut ist weicher. Die Freude daran, daß Sonjas Haut heiß wird, daß ihr der Schweiß am ganzen Körper ausbricht, daß ihr die Flut im Geschlecht ausbricht, daß ihre Brüste sich noch mehr aufrichten, daß ihr Gesicht traumwandlerisch wird im schimmernd nachtdunklen Zimmer; daß ich empfinden kann!, ich kann fühlen!, ich kann sie streicheln, ich empfinde!
Sonja ist traurig, daß ihr die Leute auf einem Empfang für Sportlerinnen sagen, sie sehe maskulin aus und kleide sich maskulin. Und ich sage ihr: du mußt doch diese Reaktion annehmen, da du sie herausforderst, auch herausfordern willst!, sie liegen doch nicht mit dir im Bett und können nicht wissen, wie weiblich du bist. Die Mutter sagt zu Sonja: du siehst wieder aus wie ein Junge, kannst du dir denn nicht mal einen Rock kaufen?, und sie diplomatisch: ja, ich guck' mal, und wenn ich keinen finde, kaufe ich mir einen Samtanzug für die Silberhochzeit. Die Mutter hat ihr zweihundert Mark für ein Kleid gegeben, das sie sich für die Silberhochzeit der Eltern kaufen soll. Zu Anfang hatte ich Sehnsucht nach dem Mann Johannes, wenn ich bei Sonja lag, denkt Lotte, und ich hatte Sehnsucht nach der Frau Sonja, wenn ich bei Johannes lag; ich spürte, ich müßte beide lieben, diesen Mann, diese Frau, diese Menschen, die auf meine Liebe vertrauten; ich müßte beide lieben, denkt sie, als müßte ich in meiner Gestalt beide Geschlechter versöhnen und vereinen. Zu Anfang hatte ich Sehnsucht nach dem gerade Abwesenden, wie ein Mann Sehnsucht nach seiner Geliebten hat, wenn er bei der Ehefrau ist, und Sehnsucht nach der Ehefrau, wenn er bei der Geliebten ist ...

Sonja steht im Badezimmer, als Lotte nachsieht, ob sie immer noch im Bad liegt; warmhäutig nackt, das Handtuch um die Schultern, steht sie da und trocknet sich ihr Haar, ist gerade dabei, sich den Körper einzureiben; Lotte nimmt ihr die Körpermilch aus der Hand und verreibt sie, sich bückend herab zu Sonjas kräftigen festen Beinen, höher hinauf auf Schenkel, Brust, Rücken, es ist, als sei sie auf einer Wanderung, einer Reise über ein Land: über die Haut Sonjas, die kräftig ist und fest wie die Annemaries, faßbare Haut, und unmerklich wieder ist der Mann verlöscht, das Leben mit einem Mann erscheint als untergetauchte Stadt, entschwunden, langsam verschwebt. Lotte zitterte noch einmal, das letztemal, denkt sie und hofft sie, am ganzen Körper zitterte sie, als sie auf einem Flugplatz den Hinterkopf und den Rücken eines Mannes sah, der Jochen ähnlich schien, aber als der Mann sich umdrehte, war es nicht Jochen – Sie zitterte am ganzen Leib, ihre Hände zitterten – Aber dann, so schien es ihr, war mit einemmal alles vorbei, er war tot in ihr, Jochen war tot ... Die Bewegungen von Sonjas Händen auf ihrer Haut, ihren Brüsten erzeugen Schauer, die ihr über den Leib fließen in leisen gewaltlosen Wellen. Sonja äußert sich wütend über das Buch *Psychologie der lesbischen Liebe* von Charlotte Wolff. *Die erotische Liebe mit ihrer breiten Skala an Gefühlen und Empfindungen wird stärker, wenn das Sexualobjekt schwierig zu erreichen ist. Wie glücklich körperliche Beziehungen zwischen homosexuellen Frauen auch sein mögen, es bleibt vollkommene Vereinigung unmöglich ...* Lotte weiß jetzt, daß dies falsch ist. Was soll das heißen? Natürlich ist vollkommene Vereinigung möglich, so vollkommen wie eine Vereinigung zwischen Mann und Frau. Und was hieß auch »Vereinigung«? *Durch Menschennähe läuft ein Trennungsstrich*, immer. Aber was für eine armselige Unwissenheit und Geistlosigkeit war es, den Phallus für den Garanten der Vereinigung zu halten! Was für ein Kult des Phallus!
Lotte forscht in der Vergangenheit Sonjas, nicht um die »Ursachen ihrer Homosexualität« zu finden – – *Die Rothaarigen sind von Natur aus rothaarig. Wir sind von Natur aus schwul. Rothaarigkeit ist ebenso natürlich wie Homosexualität. Die Rothaarigen sind eine Minderheit. Wir Schwulen auch. Rothaarigkeit kann man sich nicht abgewöhnen. Homosexualität ebenso nicht. Man kann niemand zur Rothaarigkeit verführen. Ebensowenig wie zur Homosexualität ...* – Lotte forscht in der Vergangenheit

Sonjas, um etwas von Sonja zu wissen. Sonjas Lebensgeschichte ist voller Widersprüche und Leiden, wie die der meisten Menschen. Sonjas Schwester ist einmal fast vergewaltigt worden; abends mit dem Fahrrad im Dunkeln, vom Fahrrad gerissen, von einem Kerl; geschrien, und der Mann floh, Sonjas Schwester stand mit zerrissenen Kleidern völlig verstört vor der Wohnungstür, Sonja öffnete ihr – – Sonja erlebte später die Abtreibung ihrer Schwester – – Hat der Mann uns denn nur dies zu »schenken«: Abtreibungen, Vergewaltigungen, Kriege? Ja, er hat viel von dieser Art »Geschenken« gemacht – – Lotte fühlt gern die Brüste Sonjas in ihren Handkuhlen; sie fühlt gern die weiche weiche Haut Sonjas, der Hände, des Gesichts, die weiche Haut der Lippen; es war einem, als versänke die Hand in einem Berg von frischen Rosenblättern, so weich. Sie mußte an die Lenorreklame denken, wie Frauen beweisen mußten, daß sie mit Lenor die Wäsche weich machen können, und dabei waren die Frauen doch selber von solcher innigen Weichheit, und wußten es nicht . . . Sie ist so friedlich-ruhig nach diesen Nächten mit Sonja. Sie geht einige Male zu dem Mann Johannes, aber eigentlich mehr aus Angst als aus Lust, aus Angst, der Mann Johannes werde ihr vollkommen verloren gehen, aber was will sie denn, sie kann doch nicht alle, nicht alles halten, nicht alle lieben, nicht alles lieben – – In den Nächten mit Sonja keine Wehmut, keine Scham, kein Ekel, keine Hochspannung, die sich nicht auflöst; zum erstenmal kann Lotte einen Menschen noch an seinem Geschlecht streicheln, wenn ihre eigene Erregung sich schon aufgelöst hat . . . Zwischendurch fürchtet sie, daß alles Verlangen wieder abhanden kommen könne, sich verflüchtigen würde aus ihrem Leib. Das Leben einer Nonne . . . Die Beziehung zwischen zwei Frauen schaffte keine krankhafte Abhängigkeit; sie schaffte ein so klares Bewußtsein des eigenen Seins; es war eine Fahrt ins offene Meer des eigenen Seins . . . Sonja streichelte mit ihren weichen fließenden Händen Lottes Brüste, küßte lange und ohne Hast, wie zwecklos, ja zwecklos, wirklich zwecklos, Lottes Brüste, saugte an Lottes Brüsten, nicht wie an den Brüsten einer Mutter, sondern an den Brüsten einer Geliebten; das Küssen der Brustwarzen, die sich öffnen wie Blumen, wie Blüten in der Wärme von Sonnenstrahlen, erzeugt in Lotte Zärtlichkeit, quellende verlangende Gefühle, *Vibrationen,* macht alles warm in ihrem Körper, durchfließt den Leib wie warmes Blut – die glückliche

erste Woche mit ihrer Tochter an ihrer Brust schwebte ihr vor der Erinnerung – Manchmal war sie im Begriff, Sonja zurückzuweisen, sie erschien ihr wie ein schneckenschleimiges, sie verführendes Tier, das sie von sich abnehmen und fortwerfen müßte, um rein zu bleiben; es war die alte, die »katholische« Angst vor dem Geschlecht, die wie eine schleimige Schnecke in ihr war und nur immer wieder schrittweise sich verlieren konnte – Wieder beunruhigte es sie, daß sie ebenso stark Sehnsucht nach Johannes hatte, wenn sie mit Sonja zusammenwar, und nach Sonja, wenn sie mit Johannes zusammenwar; es war ihr, als müßte sie sich aus beiden zusammensetzen und wäre dann erst ganz – Auch war es, als mache die Liebe zu Sonja sie freier für die Liebe zu Johannes, und die Liebe zu Johannes für die Liebe zu Sonja. Nichts fürchtete sie so wie wieder in eine krankhafte *Bindung* und Abhängigkeit zu geraten. – Du bist eine hübsche Frau, sagte Sonja. – Schwer waren immer noch die kleinen Abschiede, von Sonja, oder von jedem andern Menschen, mit dem sie auch nur einige Stunden gern zusammengewesen war; Abschiede von Sonja an irgendeiner Bushaltestelle, ein flüchtiger Kuß, eine Umarmung im dunklen Flur, ein Tschüß!; Abschiede: ein ziehender, wehmütiger Schmerz im Hals, in der Magengrube, in der Brust; und dann langsam sich nur gewöhnen können, wieder für sich sein zu müssen – Ihr erster Kuß von einem Jungen, harter, fordernder Kuß, sagt Sonja. Ich habe nachgedacht über meine Erlebnisse in der Kindheit und Jugend, sagt Sonja: meine Schwester ist eine Zeitlang manchmal ganze Nächte nicht nach Haus gekommen, meine Mutter war mit den Nerven fertig, ich schwor mir, meiner Mutter nie diese Sorgen zu machen – –
Lotte spürt die Frau wie eine fußlose, handlose, fast knochenlose, skelettlose Schlange – die Frau, dieser Inbegriff von Weichheit, die Frau: der Schnee, die Schneekönigin – –
Ich hasse die Abtreibung – Auseinandersetzung zwischen Sonja und Lotte in der Küche. Sonja geht leichthin über das Problem der Abtreibung hinweg, mit Sätzen wie: »sie war ja mitten in der Ausbildung« – »nach vier Tagen kam sie aus London zurück und führte ihr normales Leben weiter, ohne irgendwelche seelischen Störungen zu zeigen« – Zuerst hatte die Mutter ihr die Abtreibung der Schwester verheimlichen wollen; in der Schule mußte sie die Schwester entschuldigen, die Lehrerin argwöhnte, die Schwester wolle sich nur vor einer bevorstehenden Klassenarbeit

drücken, Sonja sagte: dann gehen Sie doch im Vinzenzhospital sie besuchen; die Mutter zu Haus: das hättest du nicht sagen dürfen, Erika ist gar nicht im Vinzenzhospital – Von *ihrer* Abtreibung sagt Lotte Sonja nichts; und doch war ihr, als habe sie Sonja mehr anvertraut als einem anderen, dem sie ihre Abtreibung bekannt hätte – Aber sie wird depressiv, ihr Gesicht verschließt sich, sie ist dem Weinen nah und kann nicht mehr reden, wäscht stumm das Geschirr ab, nachdem Sonja ihre hingeworfenen Sätze geäußert hat, die klangen wie Jochens Satz »hier sieht es ja aus wie in einer Sauna« in Lottes Ohren. Schließlich erklärt Lotte Sonja, daß ihr erstes Kind zur Adoption weggegeben worden ist, daß sie nun mit zwei Kindern allein sei, von einem weichlichen Mann im Stich gelassen, daß zu Anfang ihrer ersten Schwangerschaft der Mann sie habe überreden wollen zu einer Abtreibung, daß Abtreibung ihr wunder Punkt sei usw. Sonja sagt: ich will kein Kind, das mußt du verstehen. Aber schließlich sagt sie: ich habe etwas gelernt, und ihr Gesicht verweint, geht sie fort – Sonja ist es anfänglich schwer gefallen, Lottes Kinder anzunehmen. Sie war anfangs wie eine alte Frau, die es nicht aushalten kann, daß Kinder herumlaufen, schreien und spielen – – *Ich will kein Kind,* sagt Sonja, *das mußt du verstehen* . . . Ich bin von der Liebe gesättigt, jetzt brauche ich kein Frühstück mehr zu essen, sagt Sonja am Morgen . . . Wärme schwelt über den ganzen Leib. Die Haut brennt. Lauer Regen fließt um meine Glieder . . . Während Lotte Sonja berührt, fallen ihr einmal Sätze ein aus Charlotte Wolffs Buch über die lesbische Liebe: die Finger seien »Penisersatz« – Sonja sagt: die Dame spinnt, die kann sich nicht vorstellen, daß der Penis nicht der Mittelpunkt der Welt ist; ist denn die Frau ein Penisersatz?, ist die Frau ein Mannersatz? Die Ärztin erzählt: mitten in Mexiko im Urwald eine alte Skulptur, ein Mann mit einem Phallus bis zu den Knien, Fruchtbarkeitsmythos, sagt die Ärztin – Und fehlt dir wirklich nichts?: der Phallus in dir, eine Schlange, voll und hart und gleitend, zuckend in dir und mit einer warmen Feuchtigkeit dich erfüllend – ja, und wo ist die Hand, die mich streichelt?, sagt Sonja – auch der Mann kann zärtliche Hände haben, sagt Lotte, er kann dich zugleich streicheln, während sein Glied sich in dir bewegt – fehlt dir nichts? – aber diese Männer finden ja doch nie die richtige Stelle mit ihren ungeduldigen Händen, sagt Sonja – quäle ich dich Sonja, mit meinen Selbstzweifeln, mit meinem Zweifel an meiner

Homosexualität?, ja, ich quäle dich – ich messe dich immer noch mit Maßstäben, die dich nicht messen können, Sonja – *Es wäre vielleicht besser, ich würde die Frauenliebe auch wirklich im Leben kennenlernen, aber so etwas kann man nicht einfach nur so ausprobieren; es ist schwierig, denn ich lebe ja mit meinem Mann zusammen; es ist wie mit Kindern, man kann nicht einfach ein halbes Jahr »Kinder ausprobieren« und sie dann wieder in die Schublade legen. Ich sprach mit einer Frau – dieses Mädchen hatte zwei Abtreibungen hinter sich – über die Frauenliebe; sie sagte, wenn sie nicht ihren jetzigen Freund kennengelernt hätte, hätte sie sich auch den Frauen zugewandt; diese männliche Sexualität hätte sie nicht mehr mitgemacht; ihr jetziger Freund wäre ganz anders als die anderen Männer – vielleicht gibt es wirklich zwei Arten von Liebe, die zwischen Mann und Frau* u n d *auch zwischen zwei Frauen möglich ist* – – Ja, zwei Arten von Liebe gibt es – Lotte hat noch nie so wenig gemangelt wie jetzt, da sie Sonja liebt. Zu erkennen, daß die Frau für sich existieren kann!, für sich!, für sich! – Daß ihr Geschlecht ohne jeden Mangel ist. Daß sie ohne jede Ergänzung existieren kann. Daß Liebe etwas ist, was die Geschlechter Mann und Frau überschreitet – –

Diese ewige Angsteinflößung, sagt Sonja, meine Mutter hat immer gesagt: sieh bloß zu, daß du kein Kind kriegst; wenn ich ausging, jedesmal, sagte sie: paß' bloß auf, Kind – Aber dann mit neunzehn begann sie eine Beziehung zu einem Mann, nahm die Pille und merkte: das ist nicht, was ich suche. Es genügen ja einige Spritzer, sagt Sonja, und schon bist du schwanger. Die Angst vor der Homosexualität ist die Angst vor der Liebe ohne Rechtfertigung durch ein Kind. Sonja hatte keinen Bruder. Lotte hatte einen Bruder, aber sie sah ihn nie nackt, vielleicht, als er klitzeklein war. Sonja ging noch als Elfjährige ins Bett der Mutter, ins Bett der Schwester ging sie, nie ins Bett des Vaters; schon sein Geruch war mir unangenehm, sagt Sonja; hat dein Vater sich nicht gewaschen?, doch, sagt Sonja, aber ich mochte seinen Geruch nicht; nie habe ich den Vater nackt gesehen, sagt Sonja, nur einmal lag er in kurzer Sommerhose auf dem Sofa und schlief, und ich kam vorbei und sah etwas zwischen seinen Beinen hervorschauen, du kannst dir nicht vorstellen, wie erschrocken ich war, das verfolgte mich lange; als ich mit neunzehn zum erstenmal einen nackten Mann sah, erschrak ich, daß plötzlich dieses Glied nach oben geht – – Lotte sitzt im Bus und fühlt plötzlich im Gesicht stark, nicht weil sie ihr Gesicht im Spiegel des Fahrers sieht, ihr Gesicht unter der rostroten Mütze, fühlt plötzlich dieses flüchtig im Fahrerspiegel aufscheinende Gesicht, das das ihre zu sein scheint, wie ein männliches Gesicht, obwohl es objektiv und nach außen äußerst weiblich ist, sie fühlt plötzlich in sich ein anderes Gesicht, was hinter dem objektiven durchscheint, aufscheint, sie fühlt es hervortreten, als sei das erste durchsichtig geworden, sie fühlt das objektive Gesicht plötzlich »durchzogen von männlichen Gesichtszügen«, strenge, harte Gesichtszüge – – Sie lag neben Sonja und las; Sonja horchte auf, als Lotte ihr sagte, sie lese gerade eine Geschichte, die in einer schwülen, treibhausartigen Atmosphäre erwachender, verdrängter Sinnlichkeit spiele und daß darin Jungen einen Kameraden quälen – – – Sonja las einige Seiten mit, und Lotte stieß auf eine Stelle, die sie den Atem anhalten ließ: *In seiner Haut, rings um den ganzen Körper herum, erwachte dabei ein Gefühl, das plötzlich zu einem Erinnerungsbilde wurde. Als er ganz klein war, – ja, ja, da war's, – als er noch Kleidchen trug und noch nicht zur Schule ging, hatte er Zeiten, da in ihm eine ganz unaussprechliche Sehnsucht war, ein Mäderl zu sein. Und auch diese Sehnsucht saß nicht im Kopfe, – o nein, – auch nicht im Herzen, – sie kitzelte im ganzen Körper und jagte rings unter der Haut umher . . . Heute spürte er zum ersten Male wieder etwas Ähnliches. Wieder nur so rings unter der Haut umher. Etwas, das Körper und Seele zugleich zu sein schien. Ein Jagen und Hasten, das sich tausendfältig, wie mit samtenen Fühlfäden von Schmetterlingen an seinem Körper stieß.* Sonjas eckiger »männlicher« Gang. Die sehnigen Hände von Johannes. Ihr knabenhafter, mädchenhafter Körper. Ihr zu kindhafter Körper für eine erwachsene Seele. Ich liege und schaue an meinem liegenden Körper herunter: das Schamhaar wird durchsichtig, das kräuselige Tanggewächs, unter ihm durchschimmernd die Hügelung meines Geschlechts. Warum denke ich immer an Abschied und Tod, wenn mir die Liebe so nah ist? Karens zehnjähriger Bruder wurde, als Karen neun war, vom Blitz erschlagen auf einem Feld; die Kameraden machten sich noch lustig über ihn, als der Blitz ihn schon getroffen hatte: steh' doch auf, du Jammerlappen, sagten sie zu ihm; er starb, auf dem Feld liegend, in zwanzig Minuten; Karen sah den Bruder einen Tag später, schwarz geworden; der Vater, an dem Tag des Todes auf einer Reise, machte der Mutter jahrelang Vorwürfe, daß sie den Bruder an dem Tag des Gewitters um sechs Uhr noch hatte hinausgehen lassen; Karen lebte mit ihrer Freundin, einer Ärztin, dreißig Jahre lang, bis diese an Darmkrebs innerhalb von drei Monaten starb; Karen ging während der Krankheit der Freundin jeden Tag ins Krankenhaus; die Todesstunde, sagt Karen: ein Hineingreifen, ein Hineinkrallen der Hand in einen neben dem Krankenbett stehenden Tulpen- und Rosenstrauß, ein Zusammenquetschen der Blumenköpfe, und dann ein Loslassen, das war der Todesaugenblick, sagt Karen. Kurz danach, sagt Karen, nach diesem Tod meiner Freundin, die ich dreißig Jahre lang geliebt hatte, zog ich in eine andere Stadt, da starb meine Schwester, im fünfzigsten Lebensjahr, sie war etwas jünger als ich; sie erhängte sich im Keller an einem Bord, nicht an der Decke, damit sie nicht unästhetisch, mit heraushängender Zunge gefunden würde, sondern ins Liegen fiele während des Sterbens und in schräger Haltung ersticke, ohne heraushängende Zunge, blühenden Gesichts, und so geschah es denn auch; Karen schloß sich ein, nach all diesen Toden, und lebte zwei Jahre lang fast nur von Wasser und Brot; davon zeugt ihr papieren-ledernes, ihr ausgetrocknetes Gesicht, in dem die Falten gleichsam unzüchtig eingebügelt sind, ein zuerst verlebt erscheinendes, gleichsam entstelltes Gesicht, als handle es sich nicht um das echte, sondern um ein Ersatzgesicht, eine Plastik, von einem Chirurgen nach einem Unfall angebracht; ihr Haar, das blonde, unbeweglich starre Haar, eine Perücke oder das eigene Haar?; ihre Beherrschtheit, aus der sie ausbricht mit einem Händezittern oder mit plötzlich zuckend-eckigen Gesichts- und Kopfbewegungen; sie ist klug und von der Vergangenheit gezeichnet; je näher ich auf sie zugehe, denkt Lotte, je weniger »häßlich« erscheint sie mir, in der Welt der plastic people erscheint jedes gezeichnete, offenliegende Gesicht »häßlich«. Zu Sonja sagt Karen, als Lotte für einige Minuten den Raum, in dem das Frauenfest gefeiert wird, verläßt: Lotte habe sich in den letzten Wochen verändert, ihre Gesichtszüge seien weicher geworden, ihr ganzes Gesicht klarer, sie ruhiger, aufmerksamer ...

Lotte und Sonja in einem Jugendgottesdienst; einige Bänke vor ihnen zwei Frauen mit einem kleinen Mädchen; Lotte kann den Blick nicht abwenden von diesen Frauen; zwei Frauen, zwischen denen ein Strom fließt; die eine sportlich, in Hosen, von zarter, fließender Gesichtsformung, mit blondem kurzen Haar, in dun-

kelblauer Kleidung; die andere noch weicher, dunkelbraunes weiches Haar, im Nacken mit einer Spange gehalten, in einem Bogen aus der Mitte der Stirn nach beiden Seiten zum Nacken hin schwingendes Haar; sie hält eine schwarze Puppe im Arm, groß wie ein halbjähriges Kind, anfänglich glaubt Lotte, es sei ein lebendiges Kind – – Der Leib Sonjas: Schnee, vergängliches weißes Fleisch. Lotte wieder zerrissen zwischen zwei Welten, der männlichen und weiblichen. Wie soll sie in ihrer Person beide Welten vereinigen? Sogar die junge Buchhändlerin, Bekannte von Johannes, hat bemerkt, daß Lotte entspannt, fröhlicher, verändert ist. Wie kann sie diesen Ansturm sinnlicher Empfindungen ertragen? Muß sie nicht das Aufgebrochene wieder verschließen, zurückdrängen ins alte Dunkel, aus dem es jedes Frühjahr oder jedes zweite Frühjahr hervorbricht? Ist es nicht das Unglück der kühlen Nordländer – und seien sie auch so jähzornig wie Johannes –, daß ihr Gefühlsleben gleichsam von einer gläsernen Haut umspannt wird, die milchglasartig das Brodelnde, das Leiden, die Leidenschaftlichkeit, das Vitale unter sich einkapselt, aus welcher Einschnürung dann die Lust am Foltern entsteht . . .
Das Aufhören der Hörigkeit. Einmal sich befreien, aber wozu? Das Entsetzen packt Lotte, als sie erfährt, daß Sonja stundenlang Bücher las, um sich zu erregen, Sonja weint, als sie davon spricht; das Entsetzen über die gezüchtete Unfähigkeit des Menschen zu lieben; der Zorn Lottes, daß Sonja fixiert ist auf »das Eine« – »ich habe mir die Frauenliebe anders vorgestellt« – das Wort Orgasmus ist nach wie vor fremd und hart; die Mythologisierung des Orgasmus macht die Menschen krank, als sei er das Klassenziel; eine Auseinandersetzung, und Sonjas Gesicht im Treppenhaus, morgens, übernächtigtes Gesicht, weiche Gesichtszüge, unscharf, Traueraugen – – Das Bett gehört Lotte für fünf Tage seit langem wieder allein, Sonja ist verreist; sie schaut Sonjas Bild auf einem Foto an; Sonja kommt ihr verschlossen, wieder zugeschlossen, abgetrennt von ihr vor, ist Sonja denn irgendein Mädchen, das mir begegnete, ein immer wieder ins Fremde zurücktretender Mensch auf dem Weg zum Aufbrechen, zur Entwicklung der Sinnlichkeit? Ich hasse Männerkörper doch gar nicht, denkt Lotte, warum soll ich sie hassen, ich hasse nur einen bestimmten Männerkörper, den von Jochen. Sie haben eine eigene, fremde Schönheit, eine Einfachheit der Form – – Die Lust, im Sommer einem Mann nachzuschauen, die Lust zu sehen, Männerkörper

oder Frauenkörper, wer macht denn den krampfhaften Unterschied? Den künstlichen, krampfhaften, den Herrschaftsunterschied zwischen »maskulin« und »feminin«, ja.
Kuschelig – das Lieblingswort Sonjas, so wie Thereses Lieblingswort das Wort üppig ist – – Das Verlangen nach einer mörderischen Sinnlichkeit und die Angst davor – – Lottes Mutter ruft an, die Großmutter, Mutter des Vaters, habe am Abend ihres achtzigsten Geburtstages einen Schlaganfall erlitten; sie war kurz vor dem Ableben, sagt die Mutter; um acht Uhr abends ging sie zu Bett, dann plötzlich begann sie zu rufen, zu stöhnen, zu schreien; die Ärztin wurde gerufen, sie sagte, die Großmutter müsse ins Krankenhaus; die Großmutter sagte: ich will nicht ins Krankenhaus, ich will hier sterben. Lotte geht mit Sonja in den Film »Tod in Venedig« und muß oft an die Großmutter denken. Hoffentlich treffe ich die Großmutter noch lebend an; hoffentlich kann ich ihr noch einmal die Zärtlichkeit ausdrücken, die ich für sie empfinde, bei ihrer Beerdigung nutzt ihr nichts mehr irgend etwas. In dem Film spielt Tadzio die Melodie »Für Elise«, die Sonja Lotte auf einer Spieluhr schenkte. Auf dem Filmplakat sah Lotte Tadzios und Sonjas große Ähnlichkeit; dieses Schlaksige, Mädchenhafte; die Wellenform und der Schnitt des Haares; gewisse stockende Bewegungen des knabenhaft-kindlichen, gleichsam androgynen Körpers, der Ausdruck der Lippen, der Gang; Lotte ist tief berührt von Aschenbach, der gefährliche Nähe hat zu einem Sexualverbrecher, in manchen Momenten, etwas Triebhaftes ist an ihm; und dann das vollkommen schöne Narzißtische des Tadzio; Sonja sagt: in Momenten, in denen nur das Augenspiel von Aschenbachs Augen im Bild ist: das sind Blicke, an denen man »sie« erkennt – – Lotte sieht den Unrat in Venedig, die Cholera, wie die Ablagerungen des unverwirklichten Eros – – Der Weg geht über die Sinne, sonst nirgends. Auch er geht zum Tod, aber vor dem Tod ist die Liebe, die Sinnlichkeit – – Die unverwirklichte Sinnlichkeit ist der Tod vor dem Tod – – Sie sehen gemeinsam den Film »Tod in Venedig«, einen Vorfilm über das Balzverhalten von Birkwild und Auervögeln, auf der Leinwand ein Nest mit kuscheligen kleinen Auervögeln, groß auf der Leinwand, Sonja flüstert nur das Wort kuschelig, Lotte, zurückflüsternd: so kuschelig wie du, ein Mann in der Reihe vor ihnen dreht sich zu ihnen um – –
Lotte auf der Fahrt zu ihrer kranken Großmutter. Sonja ist

fortgegangen, Lotte fühlt sich ein wenig elend, als sei sie schwanger in den ersten Monaten, sie spürt ihren Unterleib, ihre Scheide und die Gebärmutter unangenehm. Sie denkt an Sonja, Sonja hat sich in ihrem Gang eingerichtet, denkt sie, als sie auf dem Bahnsteig einen schlenkernd gehenden Jugendlichen sieht. Wir fahren der Sonne entgegen, sagt ein Kind und reißt eine Schachtel Kekse auf. Eine Hure muß viele lieben, die sie nicht liebt, denkt Lotte, warum soll ich nicht zwei Menschen lieben können, die ich liebe? Zwischendurch sehnte sie sich stark nach der Stimme der Selbstmörderin vom Tonband, die sie bei dem Gerichtsmediziner gehört hatte. Als Kind ist Sonja ins Bett ihrer Mutter gegangen und hat ihren Kopf zwischen die Beine der Mutter in die Schoßkuhle der Mutter, die auf dem Rücken lag, gebettet. Wie oft hatte Lotte jetzt schon zu lieben begonnen (jetzt zum viertenmal in ihrem Leben), und immer war ihr der Anfang des Liebens, war ihr das Wissen, das Sehen und die Erinnerung wieder verloren gegangen. Um den Anfang des Aprils hatte sie die Knospen der Kastanienbäume vor dem Fenster gesehen, die bald aufbrechen würden, und sie gedachte der lachsfarbenen Baumkronenpracht vor einem Jahr im Mai, des Blicks aus dem Fenster der Wohnung auf die rosene Fülle der Blüten, die wie Pfingstrosenblüten waren. *Weltwissen,* das Wort Weltwissen geisterte in ihrem Kopf. Sie liebte und suchte Weltwissen. Sie suchte einen Reichtum von Empfindungen und scheiterte doch immer wieder an ihrem eigenen Verlangen, sich zu binden und gebunden zu werden. Sie liebte einen Menschen aus Fleisch und Blut, trank und schmeckte und fühlte ihn eine lange Zeit lang und konnte ihn riechen, und schmeckte die Gegend, aus der dieser Mensch stammte, als liebe sie die Gegend selbst. Lehrjahre der Liebe. Blicke liebte sie. Blicken zu begegnen, aus denen Hinwendung und Wärme blinkte, im Bus oder von einem Menschen auf einem Bahnsteig, während der Zug hielt und sie aus dem Fenster sah. Das Fahren durch eine Landschaft, aprilfeuchte Wiesen, feuchtgrüne verhaltene Farben, schwachrote Hofdächer, schwachschwarzes Erdreich großzügiger Felder, Wasserpfützen, Wasserlachen unter Baumstämmen, dichtgedrängte dünne Baumstämme. Sie dachte an ihre Unfähigkeit, die Menschen reden zu lassen, sie zum Sprechen zu bringen, ihnen eine Atmosphäre zu vermitteln, so mit ihnen zusammenzusein, daß sie erzählen konnten in einem Fluß und nicht sofort wieder stockten, als sei das Pensum erle-

digt. Sie dachte, es ist meine Unfähigkeit, wenn Sonja am Tisch sitzt und schweigt und das gemeinsame Essen aufregungslos und blaß ist und Lotte wünschte, es läge ein Buch neben ihrem Teller aufgeschlagen und sie könnte darin lesen ...
*Schreiben bedeutet immer eine Kälte wenn man vom Leben etwas schreibt,* denkt sie, als sie der Großmutter eine Karte schreibt nach ihrem Besuch. Ich kann nicht mehr schlafen, hatte die Großmutter gesagt. Wann gehst du denn?, hatte die Großmutter gefragt. Es ist genauso schwer das Lieben zu erleben wie das Sterben zu erleben. Nur ist uns das Lieben mit der Lust versüßt. Das Lieben ist ein versüßtes Sterben. Das Lächeln der Großmutter. Ich frage sie: kannst du noch gut sehen? Sie sagt: ich kann noch gut sehen. Du kannst ja noch lächeln, sage ich. Sie hat ein kindlich-liebes, sanftes, zartes Lächeln. Auf ihrem linken Handrücken ein violetter Fleck in der Größe einer Kinderfaust, dorthinein haben sie Spritzen gejagt. Ich wurde so oft ohnmächtig, sagt die Großmutter, ich habe ihnen gesagt: ihr hättet mich doch auch liegen lassen können. Ich möchte gern sterben, sagt die Großmutter. Hast du denn keine Angst vor dem Sterben?, frage ich. Ich habe immer darum gebetet, daß ich nicht soviel aushalten muß, sagt sie. Sie erzählt, daß sie und Großvater sich auf dem Friedhof eine gemeinsame Grabstätte kauften, die kostete fünfhundert Mark, und dreihundert Mark für die Pflege. Sie sagt: es ist schön, auf dem Friedhof zu liegen und im Himmel zu sein. Es kommt zaghaft. Vor ihr steht die schwere Stunde sehr nah und in nächster Nähe. Sie sagt: wann gehst du? Ich bin kaum eine halbe Stunde bei ihr. Die Sprache der Sterbenden lernen. Aber es ist, als nütze die Sprache am Sterbebett nichts mehr, als gälte es eine andere, eine Fremdsprache zu lernen. Ihr greiser Körper, zart und zerbrechlich aus dem weißen Krankenhaushemd hervorsehend. Ihr hinscheidender, schwindender Körper. Ihre ausgemergelten Arme. Wie gern möchte ich sie liebhaben, bei ihr sein, in der Nähe, auf Rufweite. Sie ruft die Schwester um eine Vase, für den Strauß von Elli, der einjährigen Enkelin, den ihr ihr Sohn mitgebracht hat. Sie will der Schwester erzählen: von der Enkelin. Die Schwester hört nicht hin. Sie geht hinaus, weiß nichts von Elli, der einjährigen Enkelin und was die Enkelin für die sterbenskranke Großmutter bedeutet. Bürgerinitiativen müßten gegründet werden, von außen müßten die sorgenden Menschen in die Krankenhäuser gehen und mit den Sterbenden zusammen-

sein, und all das erfüllen, was das Fachpersonal nicht erfüllen kann oder will. Für alles gibt es heute Bürgerinitiativen, nur für die Sterbenden noch nicht. Ich sehe die Großmutter und denke an die vielen Hochzeiten, Beerdigungen, Taufen, Geburtstage, auf denen meine Großmutter herumgelaufen ist. Einen Zipfel des wirklichen Lebens möchte ich so gern zu fassen kriegen und möchte die Großmutter berühren und möchte ihren greisen Körper sehen. Ein Bild in meinem Sinn: ich sehe ein junges Paar, ich sehe ihm nach, wie es auf der Straße eingehakt geht, ich sehe das lange Haar des Mannes bis zu den Schultern, und ich kann kaum unterscheiden, wer der Mann und wer die Frau ist, und ich sehe sie eingehakt gehen, und die Zeit wird mir bewußt, da ist meine sterbende Großmutter, da ist dieses eingehakte, von Todesangst nicht unruhige Paar, wie für immer zusammengehakt, aber einmal wird sie der Tod trennen, die Trennung, der Abschied wird sie trennen. Tränenüberströmte Augen an den Augen der Greisin. Ein Büchlein über Ikebana mit bunten Abbildungen brachte ich der Großmutter mit. Sie buchstabiert das fremde Wort und fragt: was ist das? Und legt das Büchlein weg. Friedhofsblumen überall. Auf dem Tischchen neben der Großmutter die Fülle der weißen und roten Tulpen, die ich ihr schickte. Der Strauß von Elli, der Enkelin, in weißer Krause ist schon ein wenig müde. Die Tränen, die aus den Augen der Greisin quellen. Jemand hat gesagt: es ist eine Gnade zu sterben. Auf die Frage, ob sie sich über mein Kommen freut, sagt die Großmutter, sie habe schon auf jeden Schritt gehorcht, Stunden vor meinem Kommen. Wie kann man schon jemand beim Sterben helfen? Deswegen bleibt man nun, um dann am Schluß diese Rechnung zu kriegen, denke ich. Deswegen rackert man sich ab, um am Schluß Haut und Knochen zu werden? Tag und Nacht gehen ineinander über für die kranke Greisin, sie kann nicht mehr richtig schlafen, der letzte Schlaf wartet auf sie. Wenn alle Lebensfunktionen gering sind, sind auch Schlaf- und Ausruhbedürfnis gering. Deswegen schläft die Großmutter nicht ohne Schlaftabletten. Sie ist schön. Die Schönheit der sterbenden Greisin. Hast du sie noch gestreichelt? Ja. Solche zarten Hände. Solche hinfälligen durchsichtigen Hände. Die Hände. Der Leib eines Säuglings vor mir. Das männlich-strenge Gesicht, schmal, aus dem die Knochen treten. Die hervorscheinende Totenmaske des Gesichts. Gerade beginne ich sie kennenzulernen, und nun will sie schon bald für immer fortgehen. Immer ist es so: man beginnt einen Menschen gerade kennenzulernen und schon geht er fort. Die Tränen, die ich und du um dich weinen, liebe Greisin, weinen wir, weil wir alle weinen müssen über den Tod, die Tränen, liebe Greisin, lösen den Lidschatten mir von den Lidern, den das feuchte Wetter auf dem Weg zum Krankenhaus mir schon abzuwaschen begann. Man hat leider auch das Gegenteil: daß die Menschen sich festhalten am letzten Stückchen Leben wie die Kletten, sagt die Ärztin. Die Großmutter ist bereit loszulassen. Ihr Ehering soll bleiben an ihrer Hand, sagt sie, es ist nicht der echte, den echten nahmen ihr die Polen auf der Flucht aus Pommern, an der linken Hand trägt sie einen Ring mit einem Ametyst, einen fliederblauen Ametyst, den soll Lotte haben, hat sie zum Großvater gesagt. Auf dem Weg zum Krankenhaus hatte ich, unweit des Krankenhauses, am Wege ausgestellte Grabsteine eines Steinmetzen gesehen – o Stein, der du übrigbleibst, unverwüstlicher Stein, dachte ich. Ist Großvater traurig allein ohne dich?, fragte ich die Großmutter. Er hat ja so viele andere, sagte sie. Ich mußte an die Worte des Gerichtsmediziners denken: ich gehe nicht gern zu Beerdigungen, hatte er gesagt, das ganze Getue vor geschlossenen Särgen ist abstoßend und langweilig, hatte er gesagt, ich sehe ja in die Särge hinein, auch wenn sie geschlossen sind, sehe ich in die Särge hinein. Sie sah die ganze Zeit so anders aus, hatte die Mutter zu Lotte gesagt, sie sah so weiß aus. Sie war verändert; sonst hatte sie sich nie bedankt, obwohl ich an ihren Geburtstagen immer alles für sie getan habe, hat noch geklagt und war beleidigt und mürrisch, aber an diesem achtzigsten Geburtstag bedankte sie sich und war so freudig; und die Mutter sagte: es ist schwer, ihre schmierigen Schlüpfer zu ertragen, ihr Auf-den-Topf-Gehen, ihr Kindhaftwerden – – Lotte fährt zurück, verläßt die Großmutter und weiß nicht, ob sie sie noch einmal wiedersehen wird. Diese Abschiedsszenen auf den Bahnhöfen sind ihr ein Graus, und trotzdem sieht sie neugierig den Augenblick des Abschiednehmens, den Augenblick des Wiedersehens. Wieder geht sie auf den Zentralfriedhof der Stadt. Zum erstenmal geht sie in die Leichenhalle, ein Freund, der sich auf dem Friedhof auskennt, zeigt ihr die Leichenhalle. Wie ein großes Hotelzimmer ist die Leichenhalle. In der Mitte eine Bank, auf der gerade ein Nelkenstrauß mit Karte liegt, zu beiden Seiten der Wände der Halle braungetäfelte Türen, wie Kühlschrankkabinen, darin sollen die Toten sein, die Türen, an denen kleine Schilder wie in einem Büro mit Namen und Beerdigungstermin sind, sind geschlossen, aber der Freund hat plötzlich eine offene Tür gefunden, öffnet sie und fragt, ob Lotte auch einmal hineinschauen möchte, Lotte ruht erst auf der Bank in der Mitte aus, wendet sich ab, wird albern, als sei sie im Sexualkundeunterricht der Schule, faßt sich und tritt vor die Kabine, beim Öffnen der Tür ist das Licht angegangen, wie beim Öffnen des Kühlschranks ein Lämpchen angeht, und sie sieht die aufgebahrte Leiche einer älteren Dame mit Mäusemund und dunklen Härchen über der Oberlippe, sieht ein mehlweißes-bläuliches Gesicht. Die Gestorbene ist zugedeckt mit einer weiten weißen seidigen Decke, liegt dort wie eine alte Braut, Braut des Todes, der Sarg ist schwarz, wie Eichenholz ist das Holz stark und kräftig, der Sarg sieht aus wie eine hohe Wiege und zugleich wie ein altertümliches hohes stabiles Bett – – es ist immer die gleiche banale Empfindung: das Gesicht der Leiche scheint sich zu bewegen, aber es ist starr, so etwas Starres muß sich doch bewegen, jedes Gesicht, auch wenn es still ist, bewegt sich ja, vibriert, aber dieses Gesicht nie mehr, ist einsam, umgeben von grünen Bäumen und Pflanzen und Blumen, umschmiegt von einer Brautdecke – – Und Lotte geht über den Friedhof, zu dem früheren Anatomiefriedhof, dann zu den Kindergräbern nah der Mauer, hinter der die Kinderklinik ist; ein freies Stück vor der Mauer für künftige tote Kinder; die kleinen, klitzekleinen Gräber der Kinder, soviele ohne Grabstein, ohne Namen, namenlose tote Kinder, magere kleine namenlose Gräber, nur Sand und Erde. Ein Stück Erde, ein Stück Sand für den kleinen Anfangsrest, ein Kind. Noch ein Stück, und der Freund zeigt ihr eine Stelle der Mauer, an der er früher als Junge hinübergeklettert ist, um über den Friedhof einkaufen zu gehen auf die andere Seite des Friedhofs. Und Lotte klettert auch einmal auf die Mauer und erblickt einen kleinen privaten Kinderspielplatz direkt an der Mauer. Alles ist hier um diese Friedhofsmauern versammelt: eine Frauenklinik, eine Kinderklinik, eine Zahnklinik, eine Anatomie, ein Kinderspielplatz, alles, einfach alles. Erdbeeren essen mit dir, Sonja, den Tod überwinden mit dir, Sonja, Erdbeeren essen mit dir, Sonja, am Rhein entlanggehend, auf der Steinmauer sitzend, du mir im Angesicht; oder Erdbeeren essen mit dir Sonja, in Erdbeerfeldern, wie denen des Vaters meiner Jugendfreundin Hella, am Morgen eines warmen Tages, da die Erdbeeren kühl unter kühl-tauigem grünen Erdbeerpflanzenblattwerk ruhen und selbst von Tautropfen benetzt sind und frisch und voll schmecken im Mund, nicht wabbelig sind wie nach vielen Berührungen pflückender Hände, nicht gedrückt in großen Körben, nicht verpackt von Gemüsehändlerhänden, gewaschen unter Wasserleitungen – – erdbeeressend so in den kühlen Feldern mit dir, Sonja, wenn die Pflückerinnen und Pflücker noch nicht gekommen sind; die Erdbeeren abbeißend vom Stielstern, dem grünen Stern, deine Hände deine Wunderhände aus Schnee rot vom Erdbeersaft und riechend nach dem erdigen Obst; und du, Sonja, bewegst die Hände nicht penibel und tupfst dir nicht Hand und Mund penibel mit einem Tuch ab wie Aschenbach im »Tod in Venedig« – –

Warum denn fürchten die andern panisch den totalen Eros, wenn sie erfahren, daß ihre Arbeitskollegin lesbisch ist? Sind es ihre geheimen Wünsche, die sie ängstlich machen vor dieser andern Frau, die sie berühren könnte? Lottes Arbeitskollegen wußten nichts; die Furcht vor dem Entdecktwerden war groß, als handle es sich um ein Verbrechen. Sonjas Freundin, Sportlerfreundin, hatte Erwartungen und Reaktionen verändert, nachdem sie von Sonjas Neigung erfahren hatte. Nun schaut sie sehr intensiv, sagt Sonja, wenn ich mich ausziehe oder umziehe, als könne ich jeden Moment auf sie stürzen.

Es ist ein altes Erbe, sagt Lotte, daß wir das Ziel am höchsten betonen; das Ziel, das uns orgiastische Lust bringt, denn sie versüßte uns die Aufgabe der Fortpflanzung, auf die wir fixiert waren, da wir die leere Erde bevölkern mußten – – aber jetzt! jetzt! – jetzt kommt doch die Zeit, da wir unseren *ganzen* Körper wiederentdecken dürfen, denn die Aufgabe der Fortpflanzung ist längst nicht mehr die einzige große Aufgabe, die uns die Liebe gibt – – oder hat uns das industrielle Zeitalter verstümmelt, die knochenharte Arbeit unserer Vorfahren in der Fabrik und auf dem Land? – Was weiß ich denn von der Sexualität der Bauern in Pommern, aus dem die Mutter, der Vater, die Großmutter stammen? Was weiß denn Sonja von der Sexualität der Arbeiter im Ruhrgebiet, von denen sie herkommt? Sonjas Hände mit den langen feinen flattrigen Fingern, o ja mit den weichen Fingern aus Schneeflocken, die alles erhitzen, was sie berühren – – Niemand kann sich von jemand trennen. Jemand kann sich von niemand trennen. Niemand kann sich von niemand trennen. Sonja fürchtet sich vor Spinnen; Lotte fürchtet sich vor Raupen und Schnecken. Wenn ich gewußt hätte, was in ihr vorging. Die Ungleichzeitigkeit der Gefühle, der Euphorien. Sie wollte zur Verlobungsfeier ihres Trainers und blieb dann doch in Maries Wohnung, nachdem sie um elf ihren Trainer, der sie abholen wollte, nicht erreichen konnte, da er im Keller feierte; sie geriet in eine zärtliche Stimmung, geriet in Erinnerungsfreude, fragte Lotte, bei welchem Lied der Frauenplatte sie damals zusammen den ersten und bei welchem Lied den zweiten Tanz getanzt hätten, der erste war ein schneller, der zweite ein langsamer Tanz, und wir umfingen uns beim zweiten Tanz, und Lotte, daran erinnert sie sich, hatte ein unwillkürliches Verlangen, ihre Wange auf Sonjas Schulter und an Sonjas Gesicht zu legen -- aber nun, heute, da sie in Maries Wohnung als einzige tanzen, während etwa zwanzig Frauen dasitzen und sich unterhalten und herüberschauen zu ihnen, kann Lotte sich nicht froh fühlen beim Tanzen mit einer Frau, die Vernünftigkeit des gemachten Ich beherrscht sie, ihre Brüste erscheinen ihr beim Tanzen zu flach, als fehle ein aufragender wogender Busen zwischen ihnen, als dürfe sie nicht mit einer Gleichen tanzen -- Maries Wohnung: ein Flügel steht darin, Bilder an den Wänden, kleine gerahmte Kinderporträts, Elternporträts auf Ecktischen, auf dem Klavier Schalen mit vielen verschiedenfarbigen Tulpen, die sich in der Wärme weit geöffnet haben, ein Zimmer unter dem Dach im vierten Stock, Marie in Hosen wie alle, etwas streng, kurzhaarig, müde im Gesicht, rauft in ihrem dunklen Haar und sagt, sie müsse unter die Dusche - warum?, sie fühle sich schmutzig, unwohl, und später sieht Lotte sie durch einen Spalt der Küchentür mit wuscheligem nassen Haar am Küchentisch sitzen -- Frauen! - Die Ungleichzeitigkeit der Gefühle; Lotte schämt sich an diesem Abend, daß sie sich nicht erinnern kann, bei welchem Lied auf der Frauenplatte sie damals den ersten und bei welchem Lied sie den zweiten Tanz zusammen getanzt haben, sie kann sich nicht erinnern -- Die Zeit wird klumpig wie eine Fleischmasse, tot wie ein Stück aus einem Tier, schlaff und kräuselig wie vergehende Tulpenköpfe; und ich habe nichts als die Worte, die zurückbleiben, nicht einmal Gerüche bleiben, etwa der des winzigen Veilchenstraußes vom Markt, nein nur Worte. Worte bleiben von den Menschen, die ich liebte. Ich liebe einen Menschen, und zwei Tage später ist mir, als hätte ich nie jemand erlaubt, meinen Körper zu berühren und zu erregen. Die Gerüche und Berührungen verflüchtigen sich rasch von meinem Körper, wie sich ein Parfum aus den Achselhöhlen, aus dem Nabel, aus den Kniekehlen, von den Stellen hinter den Ohren, von den Ohrläppchen, von den Pulsadern, von der Stirnmitte, vom Haaransatz, aus dem Nacken, wohin man es getupft hat, bis zum nächsten Morgen fast vollständig verflüchtigt hat. Sonja, meine Angst drängt auch dich schon wieder in die Flüchtigkeit zurück. Ich sehe dich. Dein Schlafgeruch aus deinem Mund stört mich nicht. Die im Zimmer liegende Schlafausdünstung deines Körpers am Morgen stört mich nicht. Aber, Sonja, ich muß dir sagen: ich kann nicht sagen, wer ich bin; ich weiß nicht, wie mein wahres Ich sein wird; du mußt dich entscheiden, sagen die Frauen, aber ich kann mich nur für eines entscheiden: für die Ehrlichkeit und für die Suche – Nach dem Gespräch mit dem Geistlichen ängstigte sie sich plötzlich, sie könnte noch einmal im Leben in die ausweglose Situation kommen und noch ein zweitesmal abtreiben müssen; die Schachteln Eugynom, die der besorgte Doktor ihr gegeben hatte, lagen im Schrank; es war eine Wahnvorstellung: aufeinanderfolgende Selbstabtreibungsversuche. Wie der Zwang, tausendmal am Tag zu telefonieren, und niemand ist da, er ist nicht da, *er* ist nicht erreichbar, er, er, er, das Nichts vor mir, die Zustände der Wehmut – die Hörigkeit, die Abhängigkeit – *Lieben heißt allein sein* – – Das Zeugenwollen ist eine Wiederholung; das Kokettieren mit dem Kindbekommen: Fruchtbarsein und Abhängigkeit. Vor lauter Sehnsucht nach Sonja sieht sie schon schwarze Käfer an der Wand. Glück. Das Elend der Welt nicht noch vermehren. Mit aller Kraft das Glück suchen, auf dem Grund der Düsternis. Die düstern bleichen Gesichter der Menschen vor ihr – die zerquälten, müden Glückssucher-Gesichter – die Gesichter, die irgendwo eine weiche Wange suchen, eine Flaumfedernzärtlichkeit, eine Stille, eine Liebe, eine Erlösung. Die ganze Menschheit, die ganze Menschenwelt wartete wie Dornröschen auf die Erlösung vom Dornenwald. Glück. Annemarie reißt sich einen Riß quer übers Knie mit messerscharfen Rosendornen. Lotte sitzt zwischen den Frauen und ist erfüllt von einem starken Mitgefühl für diese Frauen, die neben ihr sind in Hosen, mit Bürstenhaarschnitt, traurig, blaß, überarbeitet – – Frauenliebe ist eine Befreiung, und darum wird sie gehaßt; jeder, der sich losmacht, wird gehaßt, weil er die bedroht, die sich nicht befreien wollen oder können. Aber wie das keimhafte Bewußtsein einer lesbischen Frau bewahren? Lotte war es fast unmöglich, dieses Bewußtsein, das sich umrißhaft abzeichnete, zu bewahren. Sie war zu beeinflußbar, zu empfänglich für jede kleinste Verletzung, für jeden kleinsten Rosendorn der Gemeinschaft, sie war durch alles zerstörbar, immer noch hautlos preisgegeben.

## Lieben heißt allein sein

*Was hast du mit dem Geschenk des Geschlechts getan?* Franz Kafka

*Liebe ist, daß du mir das Messer bist, mit dem ich in mir wühle.* Schwer ist für jeden, den zu finden, den er immer lieben, den er lieben könnte. Oder ist die Sehnsucht nach dem lebenslangen Zusammenleben mit *einem* geliebten Menschen nichts als eine Unterwerfung unter die falsche Erziehung? Oder ist die Sehnsucht nach dem lebenslangen Zusammenleben nichts als eine materielle Notwendigkeit; zum Beispiel heiratete Lotte auch darum vor dem Standesamt, weil Johannes und sie arm genug waren, um auf das Wohngeld des Staates angewiesen zu sein. Aber man sucht doch einen Beruf, zu dem man berufen ist; und man will *einen* Menschen finden, den man immer lieben kann – und das in dieser Zeit?

*Der Weg zur Liebe führt immer durch Schmutz und Elend. Die Verachtung des Weges könnte aber leicht zum Verlust des Zieles führen. Man muß daher die verschiedenen Wegerscheinungen demütig hinnehmen. Nur so kommt man an das Ziel heran – vielleicht.*

Lotte, die Sinn-Sucherin, die Sucherin der Sinne, der Sinnlichkeit. Die Hebamme, die anderen zum Leben Helfende. Endlich hat sie in sich das Zentrum, den Eros gespürt. Die Möglichkeiten in ihr hat sie gespürt, das Verborgene, die Quellen. Sie, die Mutter; die Mütterliche; die Liebende. Sie, die endlich sich in den Spiegeln findet. Sie, die litt. Sie, die bald die Hälfte des Lebens hinter sich und Angst hat vor dem Tod und dem Sterben. Sie, die zum Sterben noch gar nicht reif genug, nicht weit genug ist (aber kann man zum Sterben reif werden?) Sterben zu lernen, ja, dies war ein Ziel. Die große Aufgabe, Glück zu leben, stellte sich im Angesicht des erkannten Todes. Vor dem Sterben mußte das Glück liegen, welchen Sinn hatte sonst dieses Existieren?

Ich habe eine schrecklich entsetzliche Angst vor dem Tod, sagt sie. Obwohl ich immer an den Selbstmord denke, obwohl ich Selbstmord begangen habe und er mir nicht gelungen ist, obwohl ich eine lebende Selbstmörderin bin, habe ich eine schlimme Angst vor dem Tod. Vielleicht ist meine Vertrautheit mit dem

Selbstmord Ausdruck meiner großen Todesangst. Ich habe die Stimme der Selbstmörderin auf dem Tonband gehört: ich fürchte das Gestorbenwerden, hat sie gesagt, ehe das Gas sie erstickte. Es ist im dreißigsten Jahr, und der Tod winkt mir von ganz weitem. Vielleicht habe ich schon die Hälfte des Lebens hinter mir. Ich denke, daß schon allein dieses immerwährende Denken an den Tod ein Ausdruck von Schwäche, einerseits ein Ausdruck von Schwäche ist; als ich noch den Anfang meines Lebens lebte, dachte ich kaum bewußt an den Tod; ich lebte gleichsam noch mitten im Leben; ich lebte im Tod wie ein Schwimmer, der schwimmen kann, aber es nicht weiß; ich war noch nicht zum Bewußtsein meiner selbst und zur Todesanschauung gekommen. Jetzt traure ich, daß ich den paradiesischen Zustand meines Todesunwissens verlassen mußte. Sie sieht vergrößerte Bilder menschlicher Embryonen im dritten und vierten Monat, und sie sieht, von »nur Blut und Gewebe« kann keine Rede sein, das ist einfach Beschwichtigung und Lüge; es sind Umrisse und Formen des Menschen erkennbar. Abtreibung ist vielleicht nicht Tötung, und niemand kann eine Frau, die abtreibt, weil sie sonst physisch oder psychisch sterben müßte, als Mörderin bezeichnen; aber man muß es sagen, daß Abtreibung mit Tod zu tun hat (vielleicht nicht mit Tötung, aber mit Tod); Abtreibung ist in gewisser Weise eine frühe Form von Sterbehilfe: man bewahrt jemand vor dem Leben; wie man jemand vor einem qualvollen Tod bewahrt, so bewahrt man jemand vor einem glücklosen Leben ... Das Aufwachen aus dem Unglück, das Wieder-zum-Leben-Auftauchen; der Blick auf in der Sonne schimmernde Hausdächer; die Freude, frühmorgendliche Luft zu riechen; die Freude, einfach dazusein. Ich glaube, Geduld gehört zur Glück-Suche, sagt sie, und eine ungeheure Gelassenheit; eine Herzensweite, aufzunehmen, hinzuhorchen, erfahren zu wollen. Glück zu wollen! Dasein wollen! Das Wort Glück. Ich schmecke es auf der Zunge, und es ist wie ein fremdes, unbekanntes Gericht. *Es war ein Wort zum Lachen und zum Weinen, ein Wort voll Urzauber und Sinnlichkeit.*

Welche Angst aber vor der Sinnlichkeit, vor dem Anstürmen der Sinne! Wie gern möchte ich mich in ein Nonnendasein zurückziehen. *Wenn aber der frevelhafte Eros in den Jahreszeiten die Oberhand gewinnt, dann verdirbt er vieles und richtet großen Schaden an.* Aus allen Augen, aus allen Poren das Verlangen,

Glück zu leben. Ich spüre, sagt sie, daß ich endlich angekommen bin an einem Wendepunkt, da ich all meine auf mich gerichtete Empfindungsfähigkeit den anderen zugute kommen lassen kann. Ich strebe zu den andern hin, ich beginne, Liebende zu werden. Das Ende der Hörigkeit, wenn auch nicht das Ende aller Angst. Aus ihrem Leid um die Abtreibung wuchs, wie aus einem Misthaufen ein leuchtendgelber Kürbis, die kleine Frucht Glückshoffnung: und wuchs. Ja, die Einzelheiten des Glücks suchen. Es gibt Menschen, für die ist der Selbstmord das Glück und es gibt kein anderes für sie; vielleicht gehöre ich zu ihnen; aber ich will erst den anderen Weg zu gehen versuchen. *Von so vielen Seiten her stimmt man darin überein, daß Eros einer der ältesten Götter sei.* Daß jemand das Mundgeflecht ihres Geschlechts küssen kann; Mundgeflecht ihres Geschlechts, das sie mit ihrem Gesichtssinn, entfernt und weit unten zwischen dem Fleisch ihrer Beine ahnt; daß jemand es küsse, das weiche Mundgeflecht, das hügelige, innen labyrinthische Mundgeflecht umschmeichle mit Händen und Haut; daß jemand das Mundgeflecht ihres Geschlechts umspüle mit Haut und mit Händen wie Wasser, es liebkose, berühre, verwandle in rosige, glühende, eislose Seele. *Da er (der Eros) nun aber mit seinen Füßen wie mit seinem ganzen Sein nur das Weichste von dem Weichsten berührt, so muß er notwendig zart sein. Denn im Häßlichen waltet Eros nicht. Er befreit uns von der Entfremdung und erfüllt uns mit Vertraulichkeit.* Ich habe ihr einen, nein zwei »Liebesflecke« geküßt; ich wollte sie erregen und habe zu lange an einer Stelle die Haut des Halses gesaugt mit meinen Lippen. Ich denke nach: was ist das, erotische Erfüllung? Ein erotisches Leben. Schwer ist es für jeden, den zu finden, den er immer lieben könnte. *Soviele aber von den Weibern ein Schnittstück von einem Weibe sind, die richten ihren Sinn nur wenig auf die Männer, sondern wenden sich weit mehr den Frauen zu, und die mit Weibern buhlenden Weiber stammen von dieser Art. Und so führt die Begierde und das Streben nach dem Ganzen den Namen Liebe.* Nein, ich weiß noch nicht, wer ich bin. Nein, ich kann ja nicht so einfach nachsingen: außer Männern haben wir nichts zu verlieren. *Sonja.* Ich schenke ihr, die sich nicht schminkt und kein Parfum benutzt, ein Parfum: Shalimar, ein Vanilleduft, und sie freut sich (sie schenkt mir fast jeden Tag etwas); ich schenke ihr ein Tagebuch aus einem chinesischen Laden und schreibe in der Mitte zwei Blätter voll, das linke Blatt

mit dem Wort »Liebe«, das rechte mit dem Wort »Arbeit«. Für die Grenzenlosigkeit des Lustverlangens ist der Körper der Geliebten fast wie ein Hindernis. Sie sagt, ihre Brüste seien zu spitz, sie möchte kleinere, rundere Brüste; ich sage: deine Brüste sind schön. Es fällt mir schwer, zu begreifen, was Sport für sie bedeutet; sie sitzt ganze Abende und Nächte am Fernsehschirm und sieht sich Fußballspiele an (ich werde an meinen Vater, an meinen Bruder erinnert); es ist, als würde ich nochmals im Zug nach Worpswede, mit Therese, jenen Jungen an einer weißen Weste *stricken* sehen, ohne aufzuschaun (als sei's ein Weltwunder, daß ein Junge strickt). Glück, was ist Glück? Vor einem offenen Fenster sitzen dürfen, in einem weichen Sessel einsinken, ein Buch in der Hand halten dürfen; rosenförmige Kastanienblütenknospen vor Augen, die das Fenster ausfüllen, in den Sinnen die Liebe die Liebe; die Spiegelung des Luftstroms auf einem Sonnenstreifen am Fußboden beobachten; sich der fließenden Frühjahrswärme, Frühjahrsahnung, wie eine Genesende, hingeben. Die Freuden des Frühjahrs; das Aufbrechen der Natur, die Farben, die Luft. Die Geburt, das Leben, das Hervorbrechen des Lebens, die Zukunftshoffnung, das Überwinden des Todes in jeder Geburt; das Sehenkönnen, die Wörter und das Sprechen; das Kennenlernen anderer Menschen, ihre Nähe, das Mitleiden mit ihnen. Homosexualität ist ein Gesundungszeichen. Ich fühle mich psychisch gesünder als früher. Es ist ein Prozeß. Vorübergehende Phase einer Entwicklung? Wer weiß es? (Jedenfalls nicht so: »das wächst sich aus!« – »das machte jede mal durch!« – »ich möchte nichts davon hören, du bleibst trotzdem meine Tochter!« – »jetzt müssen wir dich hassen, obwohl du unsere Tochter bist, weil du zu denen gehörst!«) Jede Frau, die eine Neigung zum eigenen Geschlecht in sich spürt, muß sich mit dem negativen Bildnis der lesbischen Frau in der öffentlichen Meinung auseinandersetzen. Wer weiß, ob man etwas, was man geworden ist oder von Geburt an war, für immer bleibt? (Kommunist, Christ, Vegetarier, verheiratet usw.) Krank? Was krank ist, bestimmen immer nur die andern . . .
Lotte sucht immer noch das Gespräch mit den Geistlichen, obwohl sie nicht mehr Mitglied der Kirche ist. Das Gespräch mit dem Geistlichen wirft sie nieder. Er verfocht einen hohen ethischen Standpunkt gegen die Abtreibung. Es ist ja ihr eigener Standpunkt, der aber von der Wirklichkeit niedergeworfen

wurde. Der Einbruch der rohen Realität. Der Geistliche sagt, das Aufrechterhalten eines hohen ethischen Standpunktes habe auch etwas Utopisches in sich. Lotte trug dem Geistlichen konstruierte Fälle vor, denen immer ihr eigener »Fall« zugrunde lag; und er war betroffen von der Verstrickung, die in der Wirklichkeit möglich ist. Der Geistliche zitiert Angriffe gegen sich während einer großen Veranstaltung mit Frauenrechtlerinnen, da man ihm, der als einziger die Abtreibung total abgelehnt, zugerufen hatte: sollen wir den Pfaffen rausschmeißen? Er zitiert das römische Sprichwort: du magst die Natur mit der Forke austreiben, sie kehrt dennoch sofort zurück; er ist bekümmert, als ich mit den Fingern auf den Ordner weise, den mir die Bundestagsabgeordnete schickte, mit Pamphleten von katholischen Schulkindern: »Sie töten unsere kleinen Brüder und Schwestern«; er versteht, daß die Frauenrechtlerinnen ihm entgegenhielten: die Kirche segnet Kanonen und diffamiert uneheliche Mütter; er sagt: es ist wahr, der Einsatz der Kirche für das Leben muß total sein, nicht an der bequemsten Stelle und nicht selektiv! – – Ist Abtreibung Tötung? Es ist Tötung, sagt der Geistliche. Aber warum hat man trotzdem nicht dasselbe Empfinden, wie wenn man einen Menschen tötet? Der Bomberpilot über Vietnam, sagt der Geistliche, sieht nicht, was unten passiert. Die Tötung eines Menschen, sagt der Geistliche, ist psychologisch etwas anderes als die Tötung eines Embryos. Warum gibt es Frauen, die zweimal und dreimal abtreiben?, frage ich den Geistlichen. Und er sagt: die schlimmste Krankheit, die dem Menschen zustoßen kann, ist: nicht angenommen zu sein, sagte Mutter Theresa aus Calcutta immer; und vielleicht seien jene Frauen, die zweimal, dreimal abtreiben, nicht angenommen worden in ihrer Kindheit, und wiederholen, sagt der Geistliche, in einer Art Wiederholungszwang das Erlittene. *Abtreiben als ethische Ausfallserscheinung*, sagt der Geistliche ... Ein Mangel an Phantasie, Abtreibung und Tod getrennt zu sehen ... An allen Kiosken groß, als Reklame für eine Zeitschrift, Simone de Beauvoirs Mutterschaftshaßsätze: sie beglückwünsche sich jeden Tag, kein Kind zu haben; sie rate jeder Frau, kein Kind zu kriegen. *Vier Abtreibungen bei drei Frauen, die ich geliebt habe ...* Mit Mitgefühl, aber letztlich ekelhaft, schreiben die Männer über die Abtreibungen, die sie den Frauen zufügten. Was haben sie damit zu schaffen. Es geschieht nicht an ihrem Leib. Sie sind Zuschauer der Folgen

ihrer Handlungen. Voyeure sind sie des Leidens der Frauen. *Die Frauen leiden: Lieben heißt allein sein.*
Und Lotte träumt Träume von Schuldbewußtsein; als raube ihre Liebe zu Sonja dem Mann Johannes, *dem* Mann, was ihm zusteht. Ein Raum wie eine Umkleidekabine in der Badeanstalt; die Wände der Badezelle unten und oben offen; sie steht dort, an die nackte Sonja gelehnt, im Düster-Halbdunkel der Badekabine; vor der Umkleidekabine erscheint ein Mann und sieht über die Wand nach Sonja und Lotte, läuft ein paar Schritte fort, wirft seine Kleidung auf den Boden, macht sich nur am Unterleib nackt, läuft zurück; und Lotte und Sonja rufen, um ihn fortzuscheuchen, rufen auch nach der Polizei, denn sie fühlen sich gestört und belästigt; aber ehe Leute zu Hilfe kommen, ist der Mann schon fort; und als Lotte aus der Badekabine kommt, sieht sie unter dem vor der Badekabine stehenden Tisch eine weißliche Spermalache – – Therese sagt: ich träume, seit ich denken kann, in meinen Wollustträumen nachts nur von Frauen; und ich wache dann auf und spüre, wie alles gerade abklingt. Sonja schenkt Lotte ein Buch »Die Kunst des Liebens«, und Lotte liest *Die homosexuelle Abweichung ist ein Versagen in der Erreichung dieser polarisierten Vereinigung, und aus diesem Grunde leidet der Homosexuelle unter der Qual niemals gelöster Getrenntheit; es ist jedoch ein Versagen, das er mit dem durchschnittlichen Heterosexuellen, der nicht lieben kann, gemeinsam hat.* All diese Verurteilungen der homosexuellen Menschen!, wie können sie die nur aushalten!, denkt Lotte. Entweder sie ziehen sich zurück in ein Doppelleben der Verheimlichung, oder sie gehen in die Verteidigung und in den Angriff und bekennen sich und geben sich offen und aufreizend zu erkennen; sie wehren sich, versuchen sich zu behaupten, so oder so, und sie werden es schaffen, sich zu behaupten. Denn die Freiheit des Menschen zu lieben, wie er zu lieben fähig ist, wird uns eine der kostbarsten Freiheiten sein, so wichtig wie die Freiheit des Geistes, der Kunst, der politischen Betätigung – – –
Therese hat etwas Undurchsichtiges an sich; einen Tag, nachdem sie zusammen im Botanischen Garten gewesen sind, ruft sie an: ich habe ein Ziehen im Rücken, den Rücken hinunter, wie sonst nur, wenn ich mich in einen Mann verliebe; aber du willst mich ja nicht, sagt Therese – – Im Botanischen Garten, auf der Bank vor dem Weiher hatte sie gesagt: ich bin sicher, daß wir einmal,

irgendwann miteinander schlafen werden (miteinander schlafen: ein erträglicher Ausdruck für die Liebe – make love, sagen die Engländer, faire l'amour die Franzosen; miteinander schlafen, ein Ausdruck für einen wohligen, wollüstigen Zustand in einem weichen Nest mit Kuhlen und Falten). Jemand hatte den Begriff »lesbischer Geschlechtsverkehr« gebraucht; Lotte war zusammengezuckt, aber zugleich erfreut gewesen, mit welcher Selbstverständlichkeit die Gleichwertigkeit zu dem anderen *Geschlechtsverkehr* betont worden war. – –
Das Verlangen der Pubertierenden, das ganze Leben mit der Erotik zu erfullen; aber was ist mit der Arbeit?, mußt du arbeiten, vergeht dir zu oft die Lust; die Lust ist vergänglich wie der Kußfleck am Hals der Geliebten. Man kann kaum nach der Auflösung die Gefühle benennen, von denen man gerade noch angerührt und durchwühlt war ... Lottes Hände, den Pony von Sonjas Haar zurück- und hochstreichend: sie will Sonjas Gesicht ganz, will die Stirn sehen; Sonja will die Stirn nicht freigeben, nimmt Lottes Hände fort von ihrem Pony, ihrem Haar; sie hat über der Stirn eine Narbe: dem Mädchen Sonja hat ein Schulkamerad einmal einen Kaugummi ins Gesicht geschossen. Lieben heißt doch jedesmal wieder etwas mehr über den Abschied und über den Großen Abschied, den Tod erfahren, denkt Lotte.
Therese erzählt von der Freundin, die nach zwei Abtreibungen nun, ein Jahr nach der zweiten Abtreibung, ein Kind erwartet, bewußt von ihr und ihrem Mann gewollt (da sie es sich jetzt endlich finanziell leisten zu können glauben), und diese Freundin möchte das Kind bei dem Arzt kriegen, der ihr zweimal die Abtreibung gemacht hat, sie sagt, so Therese: dieser Arzt kennt meinen Körper – –
Sonjas klebriger Körper – – Sonjas klebriger Körper, wie mit Honig eingeschmiert. Der Schweiß strömt über ihren Körper, macht ihn naß und glitschig und klebrig. Was bedeutet das Phallische für dich?, sagt Therese, was gibt es dir? Therese sagt, sie sei in einer ungeheuren Aufbruchsituation; Lotte sagt: meine Zuneigung zu einer Frau – und dennoch: warum beginne ich zu weinen, beim Anblick eines Hochzeitspaares; ist es Sentimentalität?; Therese: sie glaube auch nicht, ohne den Mann, die Hälfte der Menschheit, auskommen zu können; sie liest über die erotische Bedeutung des Haars vor; Baudelaires Gedicht »La chevelure«; das Haar: Symbolzeichen des erotischen Schicksals; Haar

wie Weintrauben; laß' es mich berühren, dein Haar, sagt Therese; die wogenden Wellen des Haars begleiten die körperliche Liebe.

Immer wenn Lotte Sonjas Geschlecht innen ganz oben berührt, muß sie an Innereien von Tieren denken, an Leber oder Nieren, die wabbelig und glitschig vor ihren Augen liegen. Zweifel kommen. Ist es Zweifel an ihrer Fähigkeit, ihr Geschlecht zu lieben? Oder eher Zweifel an der Fähigkeit, *einen* Menschen immer und lange lieben zu können, ob Mann oder Frau? Die Vorstellung ist mir unmöglich, sagt sie, wie Ines mit ihrer Freundin, dreißig Jahre mit einer Frau, mit einem Menschen leben zu können. Immer hatte ich den Traum von Philemon und Baucis, jenen alten Traum. Und im Keller fand ich vor einiger Zeit ein altes Schulheft, eine Übersetzung von Ovids Philemon und Baucis in schulmädchenhafter Schrift.

Gemeinsam ins violette Heidekraut gehen, sagt Therese, als gingen wir in das Haar der anderen. Jochen ging in Scharbeutz herum, wo wir einmal gemeinsam mit den Kindern gewesen waren; schon als wir uns noch kennen, geht er Reliquien anschauen: die Orte, an denen er mit mir war. – – Die Leere im Gehirn – – Dann wieder das Sprechenkönnen. Die laue, kühle Luft. Die Kastanienbäume in der Stadt: die Blätter haben sich enthüllt, die Blüten sind noch zu. Die Hoffnung, von der Geliebten, von Sonja lernen zu können. Sie wird mich lehren, mit einem Tonband umzugehen; sie wird mir zeigen, was Fußball ist; sie wird mich schachspielen lehren, und Kartenspielen; sie hat Zugang zu beiden »Welten«: zur männlichen, zur weiblichen.

Lieben, was ist das? Disharmonien auflösen können, ehe sich eine Härte zwischen uns einrichtet. Wir wollen uns nicht verletzen wie Menschen in einer über die Ufer getretenen Ehe. Tisch und Bett. Trennung von Tisch und Bett. Wir teilen Tisch und Bett.

Therese erzählt, daß langsam wieder die Erinnerungen an Kindheitserfahrungen mit dem eigenen Geschlecht aufscheinen; ausgegraben werden die Erinnerungen an die blauen Flecke an den Brüsten (diesen »Erbschen« damals) und am Hals, die die Mädchen sich drückten, beim Tasten nacheinander. Vergessen war alles. Versunkene Kindheitsstadt. Vergessen für Lotte die Briefe Hellas. Wir suchen nach den Frauen, und in den Zeitungen steht, die *Frauenliebe* sei eine »falsche Liebe«. Im Traum das Verschlossene Haus: ich wandere mit vielen Frauen durch eine nächtliche

Gegend, und ich habe viele Schlüssel in der Hand, und ich sage den Frauen, daß ich ein Haus weiß, das werde ich aufschließen mit den Schlüsseln; wir finden das Haus, und das Haus hat Türen mit Schlössern, und noch überdimensionale Knöpfe in der Höhe der Schlösser, auf die man drücken kann, aber sie öffnen das Haus nicht; und ich probiere mit den Schlüsseln, das Haus zu öffnen; die Türen lassen sich nicht öffnen; ein Philosoph tritt unter uns in das nächtliche Dunkel, und wir fragen ihn, ob er die Tür öffnen könne; er aber sagt uns, gewaltig und vital auf der Treppe des Hauses stehend: das Haus ist doch offen!, es hilft uns nicht, das Haus ist verschlossen, all unsere Schlüssel sind nutzlos ... Sinnlichkeit bringt Leiden, aber bringt der Verzicht auf die Sinnlichkeit nicht noch mehr Leiden? Der Leib ist der Ursprung des Leidens. Aber bringt der Verzicht auf den Leib nicht viel größeres Leiden? Im Ostergottesdienst sagte der Priester im Dom über Christus: sein Leib hat die Verwesung nicht geschaut. Ist homosexuelle Liebe gegenseitige Selbstbefriedigung? Homosexuelle Liebe ist nicht fortzeugend; ist sie schon deshalb wie Selbstbefriedigung? Denkt man nur, weil man so erzogen ist, daß ausschließlich Eindringen des Mannes in die Frau Liebe, daß aber homosexuelle Liebe Selbstbefriedigung ist?
In der Liebe die *Welt* erfahren, *Weltwissen* finden. Ich möchte mit dir nicht nur vorwärtsgehen in die Zukunft; ich möchte mit dir auch zurückgehen in die Vergangenheit. Ich gewöhne mich schwer an Sonjas Saloppheit; aber dann mag ich sie wieder, weil die Saloppheit das Festliche, Zärtliche bricht, damit es nicht zu feierlich wird. »Viel Spaß« – zu meinem Wochenendausflug. Ihr Bauchnabel, dein Murmelloch, sage ich. Als Kind hatte sie einen Nabelbruch. Ich berühre ihren Hals, die Halskuhle im Nacken, und sie sagt: das ist eine erogene Zone. Alles ist eine erogene Zone, sage ich. Die erogenste Zone ist die Phantasie, sage ich. Die Seele ist die wichtigste erogene Zone, sage ich. Ich bin gern mit ihr in einem Zimmer zusammen; jeder liest ein Buch, oder wir sehen fern. Ich sitze gern mit ihr in der Sonne oder in einem hellen Zimmer. Beim Essen zu zweit Momente der Befangenheit. Dann bin ich froh, wenn mir etwas zum Sprechen einfällt, ich sie nach ihrem Vater fragen kann und sie mir sagt, daß er Former auf einer Eisenhütte ist und die SPD wählt. Und daß ihre Mutter immer müde ist und oft krank war und jetzt auf einem Auge blind ist wegen Grünem Star und der Grüne Star auf das zweite

Auge übergreift und sie zu allen möglichen Ärzten laufen muß – –

Ein Ostersonntagnachmittag ohne Sonja – – *Die Erde ist an manchen Stellen so schön, daß man sie an sich pressen möchte* – – der Ostersonntagnachmittag mit Johannes, der für mich ein altes Fahrrad von seiner alten Nachbarin geborgt hat (die Kinder sind bei den Großeltern). Und wir fuhren hinaus aufs Land, ich sah zum erstenmal in diesem Jahr grüne Feldflächen: eine grüne Farbe wie frischangestrichen, wie unberührt und glänzend; der weite Himmel über mir, der weit ist, weil die Felder weit und leer sind und weil die Höfe einzeln liegen; wir fuhren, und nach zwei Stunden ließen wir die Räder stehen und gingen zu Fuß und aßen, auf einem Holzstoß sitzend, unser Brot; Johannes pflückte an einem Hof in einer feuchten Wiese einen dicken Strauß Sumpfdotterblumen für mich, die er für Butterblumen hielt, und ich lachte ihn aus, den »Naturmann«. Der nicht einmal wisse, was Butterblumen sind; dann auf der Heimfahrt saßen wir wieder vom Fahrrad ab, und er pflückte zwei Sträuße Anemonen und Schlüsselblumen, die Blumen meiner Kindheitserinnerungen; ich lehnte am Fahrrad, halb auf dem Gepäckträger sitzend; er hatte eine Plastiktüte, in der unsere Butterbrote gewesen waren, an einem Bach innen naß gemacht, und dorthinein legten wir die Blumen; ich machte ein Loch oben in die Tüte und hängte sie an den Griff meines Fahrrads, und wir fuhren zurück – – Ich spüre nur ahnungsweise, wie die Farben der Landschaft meinen Augen und Sinnen wohltun; die Ansichten des Wachsenden und Blühenden beleben meine Sinne. Ich weiß nicht, warum ich wehmütig bin. Ich sehe diese Landschaft und sehe in Gedanken den Sommer, den Herbst, den Winter. Ich sehe den Tod herbeischleichen an mich. Ich sehe, wie ich alles nicht festhalten kann. Und ich frage Johannes, ob er in der Schule »Faust« gelesen habe, er sagt: ja, aber er weiß auch nicht mehr, in welcher Szene Fausts Satz: o Augenblick, verweile doch, du bist so schön, steht. Johannes und Lotte sehen Bauern in sonntäglicher Kleidung ihre Felder begehen; eine Ahnung der Vergangenheit durchfließt ihre Sinne und die alte Sehnsucht, diese Leute möchten ihre Freunde sein. Dort der Bauer mit seinem rotblonden Sohn, sagt Johannes, den sah ich neulich schon. Sie schauen in ein Tal, in dem ein Bauer und Gärtner seine Treibhäuser mitten in einem Feld hat;

über den Treibhäusern flimmert die Luft des Nachmittags; Johannes erzählt, daß er einen Mediziner in Frankfurt kenne, der Menschen berät, die eine Geschlechtsumwandlung wünschen. Lotte freut sich über die Freude von Johannes, den sie umarmt; Johannes hat eine gerötete Brust bekommen, und seine Hände und sein Gesicht sind viel weicher geworden. Er hat schwarzes Haar auf der Brust, es düstert aus dem offenen gelben Hemd. Im Fahren, sich oft im Abstand nicht verstehend, weil der Wind zwischen ihnen die Worte wegtrug, sprachen sie vom Vater, von Vater und Tochter; der Traum war ihr wieder eingefallen, wie ihr Vater im Traum ihr zwischen die Schenkel in das blutende Geschlecht gegriffen hatte. Und ihr war eingefallen die Verfolgung durch den Vater und die Mutter an jenem Nachmittag, da sie als Siebzehnjährige mit drei jungen Männern, Freunden Hellas, in das Dorfkino gegangen und nachher noch mit einem dieser Männer, einem blonden hellhäutigen, wie erfahren aussehenden jungen Mann im Wald spazieren gegangen war, und dieser junge Mann sie zweimal über eine Pfütze auf einem Waldweg getragen und auf ihr Haar gezeigt hatte: wie leuchtet dein schwarzes Haar bläulich-rötlich in der blendenden Sonne!, und er hatte ihr in die Augen gesehen und ihre dunklen, fast nachtschwarzen Augen bewundert; froh in dieser Bewunderung sich aufhaltend, wehrte sie seine Umarmung ab, und wußte nicht, was geschah, als sie, mit dem jungen Mann aus dem Wald herauskommend, die Eltern an einer Kreuzung aus dem Auto steigen sah, mit bösen Gesichtern, sie hätten sie schon seit zwei Stunden gesucht, das Kino sei doch längst aus, und zu Hause stieß dann der Vater das Wort »Hure« gegen sie aus; ein Wort, dessen Sinn sie noch nicht kannte. Und von den Partys, auf denen es Momente verbotener Lust gab, wenn es schummrig wurde in den Ecken, da die Jungens unter die Röcke der Mädchen griffen; von den Partys holte ihr Vater sie zornentbrannt ab, wenn sie die aufgetragene Rückkehrzeit versäumt hatte und um Mitternacht immer noch nicht aufgebrochen war – – Ich hasse Männerkörper nicht, dachte sie, als sie mit Johannes durch den Osterfeiertag fuhr; aber so vertraut sie mir sein können, so fremd werden sie immer wieder, und das Fremde glaubt man ja zu hassen, und man merkt nicht, wie etwas an dem Fremden zu sich hinzieht, und daß man es wegen dieser Anziehung hassen will. Bin ich denn ein Tier, dachte sie, dessen Sinne gegen Ende des Winters und im Frühjahr ausbrechen, bis ich wieder den Winterschlaf meiner Sinne schlafen muß, wenn der Sommer reif wird und in Verwesung übergeht, der Herbst naht und der Winter kommen wird? Sie liest »Die Versuchung der stillen Veronika« und träumt daraufhin nachts von einem großen Schäferhund, der in ihr Haus eindringen will; also ist die Sinnlichkeit doch ein Tier, das in mein Haus einbrechen will, und ich will es nicht; ich versuche, die Tür des Hauses, die zweiteilige Tür, in der Mitte einzupflocken, um dann die Tür, die zwei Schlösser in beiden Teilen hat, zuzuschließen, es gelingt mir nicht ... *Johannes, Jochen, Sonja* – bevölkern wie anonyme Phantasien meine Träume, mein Leben; sind sie Fragmente meines Bildes von der Mutter, vom Vater, vom Bruder, von der Schwester? Ich weiß, daß ich mich von den frühen, ersten Bildern dieser Verwandten, mit denen ich aufgewachsen bin und lange lebte, befreien kann. Aber ich weiß auch, daß der Geliebte, daß die Geliebte leicht zum Verwandten wird, weil der Verwandte (Vater, Mutter, Bruder, Schwester) nicht einmal im Traum der Geliebte sein durfte, unberührbar, unanschaubar war. Habe ich immer den Mann gesucht?, aber habe ich immer den Vater im Mann gesucht, den Mann als Vater? Ja, ein Mann, der keine Fähigkeit hat, Vater zu sein, mütterlich und väterlich zu sein, ist für mich ein amputierter Mann; immer enttäuschte der Mann: *Der Mann ist ein Kind, das sich vor der Vaterschaft fürchtet; der Mann ist ein Kind und kein Vater. Aber Kinder fürchtet sogar Baal.* Das ist der Einbruch der rohen Realität: die schmerzliche Einsicht, der Mann ist kein Väterlicher. Ich sehe einen Mann, vielleicht vierzig Jahre alt oder fünfunddreißig, mit seiner Tochter, vielleicht sechs Jahre alt, auf dem Spielplatz; der Spielplatz ist fast leer, nur Hannes und Annemarie spielen im Sand; und der Vater, den ich sehe, steht im Sand des Spielplatzes, der gerade »renoviert« wird – die »Skelette« der Stangen und Geräte schauen aus dem Erdboden, da die obere Sandschicht abgetragen wurde, der Sand wird erneuert –; er steht im Sand vor seiner knienden, im Sand wühlenden Tochter; dieser Vater im versunkenen Spiel mit seiner Tochter, ich hatte das nie gesehen; ein Vater auf dem Spielplatz, ich hatte das nie gesehen. Ja, an jenem Abend, nach der Rückkehr aus Holland, es dunkelte, und Jochen und ich, wir verabschiedeten uns auf einem Spielplatz, und Jochen turnte mit Hannes an einer Stange, und ich saß auf der Bank, müde, und sah hin zu Jochen, es war mir unbegreiflich, wie er dort mit Hannes turnen konnte, lachend, es dunkelte, und ich sah ihn, wie aufeinanderfolgende Negative, die vor meinen Augen sich reihen, über der Stange hängen, es dunkelte, der Sand des Spielplatzes rieselte, als würde er sich bewegen wie Meereswogen – – Johannes zeigte mir die roten Milane, die am Himmel kreisten. Johannes und Sonja – ich stürze mich in den Vergessenstaumel. Ich begreife, warum ich Johannes noch manchmal sehe und liebe, warum ich Sonja liebe. Ich bin wie eine amputierte Frau. Amputierte Mütterlichkeit, das Wort fällt mir ein. Ich will mich heilen von meiner Hörigkeit. Ich will frei werden und fähig, für mich zu existieren.

Meine Angst, verlassen zu werden, ist meine größte Angst, so groß wie Todesangst. Es gibt Männer, die Frauen zerstören. Mein Unglück liegt darin, daß ich den Irrtum der falsch erzogenen Frau beging, mich zum Opfer machen zu lassen, mich wählen zu lassen; jemand, der sich in mich verliebte, spiegelte mich, und ich nahm ihn an, weil er mich existent machte durch seine Wahl; aber jetzt, nach all den Leiden, bin ich so weit, aus dieser Rolle des Opfers herauskommen zu können. Ich gehe meine ersten Schritte, wie eine chinesische Frau, deren Füße eingebunden waren; ich weiß nicht, ob meine Füße schon sehr verkrüppelt sind, ob sie nur halb so groß und halb so stark sind, wie sie sein könnten, wenn sie nicht eingebunden worden wären, ich weiß es nicht, aber ich weiß, daß ich gehen kann, daß ich anfange zu gehen. Ich sehe mich in Diskotheken stehen und sitzen, und ich sehe mich dort warten, daß mich einer erwählt, einer auffordert; ich sehe die Blicke der Wählenden, das Wort Damenwahl kommt mir wie ein Spottwort in den Sinn; und ich sehe mich aufstehen und gehen und sehe mich, wie ich anfange, selber zu wählen – –

Sonja trägt nachts statt eines Nachthemds Lottes weinroten Bademantel, den sie sich übers Gesicht zieht und sich ganz darin einmummelt; sie sagt, um zu schlafen, braucht sie entweder ein Kissen oder etwas anderes, mit dem sie ihr Gesicht zudecken kann, wie ein Kind, das einen Bettzipfel im Mund zum Einschlafen braucht – –

Es ist Lotte, als hätte sie nun zwei Mütter (im Kreidekreis steht sie), indem sie mütterlich und liebend zu zwei Menschen, zu Johannes, zu Sonja, zu gleicher Zeit ist. Verlassen zu werden ist die größte Angst. Verläßt mich einer, so habe ich noch den anderen. Ich bin immer noch jenes Kind im Kinderheim, das volle Schüsseln um sich türmte, um seine Angst, verhungern zu müssen, zu stillen. – –

Gleichsam traumhaft eine vorgestellte Heftigkeit von Eindringen: etwas Rillenförmiges, längliches Lebendiges dringt ein; seine Hand an meinem Geschlecht – – Sie sagt im Gespräch mit Johannes Wörter nach, die Sonja gehören: sieht sie etwas Aufregendes, so ruft Sonja »scharf!« oder »Spitze!«, Lotte ahmt Sonjas saloppes »Pferdeschnauben« mit den Lippen nach, es ist wie ein zum Pferdeschnauben gewordenes herausgestoßenes P! trotziger Jugendtage – – Lotte hatte zu Johannes über die kriegslüsternen, harten Männer geschimpft, die voll Härte seien und Aggressivität, und Johannes war ausgebrochen: und diese Frauen!, hatte er ausgerufen, die den Kriegsmännern die Kartoffeln kochen und sich ihnen einmal hingeben und einmal nicht! – –

Wie merkwürdig es ist: Sonja sagt ihr am Telefon, ihre Schwester wolle vier Kinder haben. Erst später fällt ihr ein, daß diese Schwester ja ihr erstes Kind abgetrieben hat. Wegen Abtreibung exkommuniziert, steht in einer Zeitung, der Zustand der Exkommunikation kann durch eine gültige Beichte wieder aufgehoben werden. Habe jemand die Frau zur Abtreibung gezwungen, so sei nicht sie, sondern jene Person, die die Frau gezwungen habe, exkommuniziert. Das Gebot Gottes »Du sollst nicht töten« sei einer der hohen Werte, die von der Kirche verteidigt werden müßten ... Wo aber wird Jochen seine Beichte ablegen? Sonjas Brüste, aus deren lachsrosigen Höfen Brustwarzen wie reife Himbeeren sprießen – – Mein Unterleib aber ist mir manchmal wie ein häßliches Tier, das ich wegjagen möchte – – Therese: es tut mir einfach weh, wenn er so in mich hineinstößt, so stark und hart, daß er innen meine Gebärmutter trifft, er findet das gerade gut! – –

Sie denkt an Sonja und glaubt, etwas von Mutter ist in ihren Gebärden. Sonja gegenüber, wie Johannes gegenüber, wie Jochen gegenüber, dem sie das Salz brachte am Tisch; auch Sonja will die Speisen, wie Jochen, immer stark gesalzen haben; etwas von Mutterschaft ist in meinem Blick; stelle ich mir selber Fallen, indem ich den anderen Mütterlichkeit verspreche? – »Ich habe dich für eine starke, feste, sehr starke Frau gehalten, ich dachte von dir zu lernen, von dir zu nehmen, ohne geben zu müssen«, hatte Jochen gesagt. – –

Sonjas Schwester will vier Kinder; sie trieb ab (»sie war ja noch in der Ausbildung, was sollte sie tun!«), jetzt will sie vier Kinder. Lotte trifft eine lange Zeit nach ihrer Abtreibung Malina, eine homosexuelle Frau, die gern ein Kind möchte, aber von einer Geliebten kann eine Frau kein Kind bekommen; Lotte und Malina sprechen über das Kindergebären und über das Kinderadoptieren; werde ich eines Tages ein Kind adoptieren?, um meine »Schuld« gutzumachen? Vielleicht wird es das Nichts, diese leere Stelle, an der in meinen Gedanken das zersaugte Blutgewebe meines Embryos liegt, ausfüllen – –

Ich konnte dir ja ein Kind schenken, sagt Lotte zu Malina – ich hätte dir mein Kind, das angefangene ausgesaugte, schenken können – (aber das sagt sie nicht laut), ich könnte dir ein Kind austragen, und wenn es geboren wird, gehört es dir; Malina lacht und sagt: ja!; aber Lotte denkt nur: warum traf ich Malina nicht ein halbes Jahr früher; damals als sie Jochens Ehefrau angefleht hat, sich für eine Adoption des von ihrem Mann gezeugten Kindes zu entscheiden (aber keine Antwort von der Ehefrau); ach, Malina, hätte ich dich damals gekannt! *Wir haben alle im Kopf schon zigmal abgetrieben,* sagte die bekannte Frauenrechtlerin, und wie höhnisch klang der Satz im Kopf einer Frau, die *wirklich* abgetrieben hatte. Der Drang zur Abtreibung kommt mir vor wie der Trieb zum Selbstmord. Im Bus höre ich eine Frau sagen: meine Hündin hat eine Fehlgeburt gehabt und ist noch ein bißchen aggressiv und traurig – – In einem Film hört sie die Wörter *Abtreibungskundin* und *Abtreibergeräte* – – Ja, worum geht es denn eigentlich? Abtreibung, Freigabe der Abtreibung. Mein Bauch gehört mir – – Abtreibung als Mittel zur Befreiung der Frau – – Selbstbestimmung der Frau, auch über ihren eigenen Körper, sagen die Frauen. Und ich?, und ich?, denkt Lotte. Was wäre mit mir geschehen, wenn ich dieses Kind ausgetragen hätte? Ich hätte meinen Beruf aufgeben müssen. Ich hätte von der Sozialhilfe leben müssen. Ja, ich hätte nicht zum Hebammenkongreß nach Amerika fahren können. Ich sah bedroht, was ich mir mühsam als Fragment meiner Selbstverwirklichung aufgebaut hatte. Es hätte niemand gegeben, der mich unterstützt hätte. Gute Worte hätten mir nicht genutzt. Selbstverwirklichung gegen das Leben eines Kindes. Ich bekenne, denkt Lotte, daß ich mich retten wollte, und das Leben des Kindes ist dabei verloren gegangen . . .

Der schwarze Gärtner Tod; der Tote ist eine Hülse, ein formloses Fleisch; wenn das tote Kind weggetragen wird, wird es ganz weggenommen. Wem gehört die Leiche. Niemand kann die Leiche mehr lieben, sie wird weggenommen, muß ins Gras hinunter. Ich träume von der Angst, daß mir jemand ein Kind wegnimmt. Ich gehe in eine Arztsprechstunde, einen Kinderwagen schiebend; ich frage die Sprechstundenhilfe, ob der Säugling in meinem Kinderwagen gesund ist. Ich wage nicht, in den Wagen zu sehen. Wie ich in den Wagen sehe, sehe ich, mein Kind hat einen Schweinskopf und liegt mit geschlossenen Augen. Ich habe meinen Namen geändert, damit die anderen nicht wissen, wer ich bin. Jetzt weiß ich selbst meinen Namen nicht mehr. Der Säugling im Kinderwagen schlägt die Augen auf und sieht plötzlich menschlich aus. Die Sprechstundenhilfe schreibt mir die Adresse eines Frauenarztes auf, zu dem ich gehen soll, ich müsse erst zwei Stunden mit dem Zug hinfahren, würde aber von einem Treffpunkt abgeholt. Mein totes Kind, meinem eigenen Weiterleben zum Opfer gebracht. Der Tod ist ein Meister aus Deutschland. Die Blutflut ist die Flut des Todes. Ja, ich fürchtete, mein Kind werde mißgebildet sein, aber hätte es die Augen aufschlagen dürfen, wäre es kein Schweinskopf mit Rüssel mehr gewesen. Der sich einschleichende Leichtsinn abzutreiben. Die Frauen sagen: keine Frau treibt leichtsinnig ab. Vor einigen Jahren noch hätte ich nicht an die Möglichkeit gedacht. Die moralische Lockerung. *In Fouday blickt starr das Kind*, da fällt mir diese Zeile wieder in die Augen. Der Besuch mit Jochen auf dem Friedhof in Fouday. Das verlorene »Lenz«-reclam-Heftchen in Fouday. Das Suchen nach einem Kindergrab in Marienthal, zwei Monate vorher ... Nachts träume ich, neben einem toten Kind zu liegen. Hier ist ein Kind vergraben, sagt Hannes über ein Kindergrab auf dem Zentralfriedhof, das nichts ist als ein Hügel ohne Grabkreuz, ohne Blumen, ohne Namen, nur ein aufgeworfener Hügel. Scherbenstücke auf dem Kinderspielplatz; immer wieder buddeln die Kinder neue Scherbenstücke aus dem Sand und werfen sie in die Mülleimer, zum Glück verletzen sie sich nicht; aber ich, ich bin in diesen Scherbenstücken, ich Verletzte, Zerrissene, ich zusammengeflickter Mensch, aus glitzernden Scherbenstücken ist mein Herz, und weint um ein Kind. Sie kann Jochen, den Schriftsteller, doppelt schwer vergessen, überall klingt sein Name, seine Bücher stehen in den Schaufenstern. Wieder die Todesträume, die das

Glück durchwirken mit schwarzen Mustern. Ich träumte, ein Mann rettet sich vor dem Ertrinken in einem überschwemmten Gebiet, indem er die Gebeine eines Ertrunkenen vom Fleisch befreit und die bloßgelegten Gebeine als lange Stöcke benutzt, um sich über Wasser zu halten. Ich selbst, die ich auch vom Ertrinken bedroht bin und mich ekle, in dem kloakeartigen schwarzen Todeswasser zu schwimmen, in dem ich dauernd mit fleischigen Toten zusammenzustoßen drohe, ekle mich zu sehr, es dem Mann, der sich rettet, nachzutun. Ja, ich trieb den Mann ab, der mich betrog. Ihn mußte ich töten. Ihn. Sonja fragt: hast du die Pille genommen, als du mit Jochen lebtest?, Lotte sagt: nein, er wollte es nicht (sie erzählt Sonja nichts von dem Schwangerschaftsabbruch); Sonja sagt: da hast du Glück gehabt, daß du kein Kind bekommen hast; mit einem dritten Kind wärst du ja verrückt geworden!, sagt Sonja – –
Ich muß eine verlorene Jugend suchen. Ich muß suchen nach den Ursprüngen des Ekels vor dem Geschlecht. Denn ich habe ja auch das Geschlecht abtreiben wollen. Alles wegmachen wollen. Den Unterleib auslöschen wollen. Liebe, was ist Liebe? »Sexus« von Henry Miller las ich nur zur Hälfte. Es ist in manchen Passagen ganz groß, aber in anderen einfach nur geil und automatisch. Aber wie kann man über die Liebe schreiben? Die zerquälte Sinnlichkeit in meinen Zügen, wenn ich mir im Spiegel gegenübertrete, über den ganzen Leib gebreitet: meine zerquälte Sinnlichkeit. Meine Sinne in einem Käfig gefangen. *Ich weiß nicht, was das ist: Die Sprache der Sinne.* Nie werde ich an das Bild von der Freiheit der Sinne heranreichen, die ich mir vorstelle. Wahrscheinlich ist das protestantische Verleugnen der Sinnlichkeit noch schlimmer als das katholische. Ich bin aus der Kirche ausgetreten, aber was nutzt es. Der Protestantismus ist in mir wie eine Impfung, wie der Katholizismus in Jochen war. Die Seidenbluse mit den großen blauen Punkten, die ich trug, ich Siebzehnjährige, als wir allein waren, Johannes und ich, oben in meinem Zimmer; diese Bluse hatte einen leichten Ausschnitt zwischen den Brüsten – *deiner Brüste Zwillingsglühen in meinem Munde* – eine große Schleife zwischen den Brüsten, und Johannes faßte nach ihnen wie nach verbotenen Früchten unter dieser von der Mutter genähten Bluse – – Und dann diese jahrelange Angst: bekomme ich ein Kind? Therese liest Lotte vor: *Er ging nicht oft zum Tanz. Er hielt nicht viel von den Mädchen. Er mußte immer*

*an die Fruchtbarkeit denken, die sein Dasein im Elternhaus so dürftig gemacht hatte ...*
Sonja erzählt, sie habe bis ins fünfzehnte Lebensjahr mit ihrer um drei Jahre älteren Schwester in einem Zimmer geschlafen; nein, nicht in einem Bett; zuerst hatten wir zwei Betten nebeneinander, später übereinander, aber meine Schwester, sagt Sonja, fror oft, und dann bat sie mich, ich solle sie wärmen, und dann kroch ich zu ihr ins Bett und wärmte sie; meine Schwester, sagt Sonja, sagte auch, daß sie mich gern anfasse, ich hätte eine weiche Haut, eine Haut wie ein Baby, sagte sie; nein, wir waren nicht nackt, sie hatte immer ein Nachthemd an und ich eine Hose – –
Du müdes Auge, würde ich dich jetzt nennen, wenn du eine Indianerin wärst. Meine Lotte-Frau. Meine Liebste. Ich liebe dich. Sonja sagt: die anderen Frauen, die mir oft ihre Zuneigung ausdrücken, als wüßten sie, daß »dies« auch in ihnen ist – – Sonja sagt: ich wuchs auf unter Frauen, mein Vater war ja nur Gefangener seiner Arbeit, seiner Abwesenheit – – Niemand hat uns gezeigt, was die Welt des Mannes ist – – Gibt es eine Welt des Mannes? Sonja sagt: ein Narzißmus in der homosexuellen Beziehung, sie suche das Gleiche, das Ähnliche. Sie habe sich ganz in der anderen. Sie brauche nicht das Fremde, die »Ergänzung« – –
Oft hatte sie nun das Empfinden, sie würde auseinandergerissen. Sie liebte nachmittags Sonja, und am Abend fuhr sie mit dem Bus zu Johannes, lag in der Nacht in seinem Bett. Ich hatte am andern Morgen, als ich zu Sonja, die bei den Kindern geblieben war, zurückkehrte, das Bewußtsein, als seien sie beide, Sonja und Johannes, die Hälften einer Kugel, die ich bin; als ginge ich jeweils zu einem Teil, zu einer Hälfte von mir selber, als versuchte ich, mich selber zu einem ganzen Körper zusammenzusetzen, indem ich sie beide, Sonja und Johannes, in diesem Frühjahr zu gleicher Zeit berühre. Ich traf die junge Ärztin wieder, ich erkannte sie zuerst nicht, die Ärztin, die mir den Magen ausgepumpt, als Jochen mich ins Krankenhaus geschleppt hatte. Und die junge Ärztin öffnete mir wieder die Augen über Jochen; sagte, er hätte nur uninteressiert herumgestanden, ich hätte mich furchtbar gewehrt, und die Schwestern hätten mich ein wenig verachtet, weil ich unter meinem weiten Rock nackt gewesen bin und weil ich immerzu schrie: ich will keinen Schlauch im Mund, ich will dich im Mund!; sagte, Jochen habe sich mit der hingeworfenen Bemerkung distanziert: die Frau ist durchgedreht!, und

als sie ihn aufgefordert habe, sich an mein Bett zu setzen und meine Hände zu nehmen, als ich immer Jochen, gib mir die Hand! Jochen gib mir die Hand! rief, sei er ängstlich und widerwillig auf mein Bett zugegangen, in dem ich lag in Trance, im Schlaf, aber immer wieder schreiend, rufend, man gab mir Valium, aber ich schrie, ich schrie, mit erhobenen Händen, ängstlich ausgestreckt und jederzeit bereit sich zurückzuziehen; eine Frau hätte sich doch ganz anders verhalten, sagt die junge Ärztin, ohne von Sonja zu wissen, eine Frau hätte Ihren Kopf in die Hände genommen, sagt die junge Ärztin zu Lotte; man war kurz davor, Sie nach Marienthal in die Nervenheilanstalt zu bringen, sagt die junge Ärztin, und dort kommt man nicht so schnell wieder heraus.

Diese männliche Welt, durchwachsen von der Gewalttätigkeit einer falschen Erziehung, ist eine falsche Welt – nicht die *Frauenliebe* ist *»falsche Liebe«* –. Wer lehrte uns, zu durchschauen, nicht mehr täuschbar zu sein? Sonja sagt, »feminine Männer« mag sie, Männer ohne »dies ekelhafte Rollenverhalten« (mit »feminin« meint sie nicht Hüftschwung und Po-Gewackel, das ist ja nicht »feminin«) . . . Lotte erfährt, daß es in Frauengruppen zu der Entscheidung gekommen sei, männliche Kinder von Frauen aus den Zusammenkünften auszuschließen. Es ist eine Rache, eine Konsequenz – wie die Frauen Männer von ihren Zusammenkünften ausschließen, sie sagen: was will der *Typ* hier, jeder Mann ist für sie der *Typ* –, eine Umkehrung früherer Gewalttaten: früher die Bevorzugung der männlichen Kinder, der Hoferben, der Stammhalter (bis heute noch reicht dieser Strang, der die Mädchen strangulierte) – Identitätstragödien, Unmöglichkeiten sich selbst anzuerkennen, ein Trauma des Ungeliebtseins –, und nun die Frauen, die nur weibliche Kinder zu ihren Zusammenkünften zulassen; Zeichen zuerst auf der Brust der Töchter, nun auf der Brust der Söhne – –

Die leichte Ekelschwelle, die ich überwinden muß, jedesmal, wenn ich Johannes oder Sonja berühren muß. Die leichte Ekelschwelle, wenn ich in das Geschlecht fasse. Als würde ich rohe Eier essen müssen oder als müßte ich ein Tier ausnehmen. Als ich ein Mädchen war, hat mein Vater mich einmal in der Küche zwingen wollen, ein Huhn auszunehmen, er sagte, das müßte ich können für die Zukunft, aber ich ekelte mich so sehr. Sonja sagt: schon allein ästhetisch finde ich eine Frau schöner, die Ausdünstungen des Mannes sind mir zuwider. Lotte fühlt sich von der Weichheit des fraulichen Körpers angezogen und vom strengen Geruch aus den Achselhöhlen des Mannes Johannes. Es sind die gleichen Ekelschwellen zu überwinden: ob sie den gliederreichen Phallus des Mannes Johannes oder die glitschige Scheide der Frau Sonja anrührt. Und kaum bin ich eine Zeitlang nach der Berührung wieder aufrecht gegangen im nüchternen Alltag, in nüchterner Arbeit beschäftigt, ich *Protestantische*, so ist mir, als sei ich nie berührt worden, als hätte ich nie berührt, als sei ich der Sinne meines Geschlechts beraubt, als sei ich von Pergamentpapier eingefaßt und unberührbar. *Als ich am Morgen wegging, hast du mein Gesicht angesehen, als hättest du Angst, es gleich zu vergessen,* so hatte ein Mann ihr einmal geschrieben; die Eindrücke der Sinne waren flüchtige Zeichen im Sand. Die Todesangst vor dem Abschied und die eigene Angst vor der eigenen Vergeßlichkeit und Treulosigkeit *aus den Augen aus dem Sinn* waren eins. Und ja, weiß ich denn nicht, woher diese Heimatlosigkeit der Sinne stammt? Ließ mich meine Mutter fallen nach der Geburt? Sie gebar mich, doch widerstrebend ließ sie mich bei sich, da ich nicht war, was sie gewünscht: ein Sohn, und sie nicht war, was ihre Mutter gewünscht hatte: ein Sohn, sie ließ mich fallen, war anwesend und doch nicht, dieser leere graue Sack, ein weißer Fleck, eine Hülle, wo eine Person sein sollte – die schlimmste Krankheit, die einem Menschen zustoßen kann, ist: nicht angenommen zu sein, habe Mutter Theresa aus Calcutta gesagt, so der Geistliche –, ich umarme eine Menschenhülle, die leer ist, abwesend war sie in der Nähe, meine Mutter. Man erlebt eine Trennung wieder, wenn man selber Trennungen zufügt und sich zufügt. Die Selbstmörderin wollte ihre kleinen Kinder verlassen. – –

Ihr träumt, sie wäre in Amerika in einem Hotel-Doppelzimmer, und überraschend käme Jochen, und sie läge nackt neben Jochen im Doppelbett, und an seinem Körper rühre sich wieder nichts, und sie streichelt ihm mit dem Finger in den Rillen um die Brustwarzen, und da hebt sich sein Glied, er selbst ist überrascht, und immer ist sie in Versuchung, ihm zu sagen: du *mußt* ja nicht dein Glied aufrichten, du *darfst* ruhig homosexuell sein (sie müßte sagen: lesbisch, Männer können »lesbisch« sein: Männer, die eigentlich Frauen sind oder insgeheim sein wollen und Frauen lieben), aber ich spreche kein Wort, und er nimmt ein weißes

Taschentuch, aus Angst, das Hotelbettuch könnte verunreinigt werden – –

Sonja träumte von zwei Tieren in Lottes Küche: von einer sanften Maus, die Lottes Sohn in der Hand hielte und streichelte, und von einem zweiten, einem pelzigen, riesigen Tier, mit langen Zähnen unten und oben im Gebiß, und Sonja wollte das pelzige Tier aus der Küche, aus der Wohnung treiben, aber Lotte wollte das Tier nicht herauslassen – – Das Riesen-Riesen pelzige schwarze Tier. Ein pelziges schwarzes Tier, du Tier der Sinnlichkeit, groß wie ein Elefant, besuchte mich; es hatte große glitzernde Augen, die waren kohlrabenschwarz. Es schaute mich mit seinen Brikettaugen an, und ich sah sein pelziges glänzendes Fell, es war schornsteinfegerschwarz und so weich und fleischig, daß ein Mensch einsinken und untertauchen konnte darin. Das Tier streckte seine Tatzen nach mir aus, die waren auch weich, sogar die Krallen schienen ungefährlich. Das Tier tat honigsüß und schmeichelte mir, wie der Tod, der mich hinwegführen will. Es brummte zärtlich: ich will dich umarmen und anrühren. Und dann knurrte es auch: ich will dich nie mehr loslassen, und es klang wie von fern wie das mit zusammengebissenen Zähnen hervorgestoßene »Ich krieg' dich doch noch« des alten Mannes, der ihr auf der Lichtung des Waldes aufgelauert hatte, als sie ein Mädchen war und im Wald ging. Das Tier wollte mich küssen. Ich wollte aber nicht, denn es war mir sehr fremd; ich will nicht berührt werden, Tier, sagte ich. Aber das Tier streckte seine Tatzen nach mir aus, und ich wurde schon ganz müde, als hätte jemand mir einen Schlaftrunk gegeben, und ich werde gleich niedersinken, denn das Tier sprach so einschläfernd mit mir. Gleich werde ich in das weiche Fell sinken und einschlafen. Ich will nicht geküßt werden, Tier, rief ich wieder. Und das Tier stand dunkel über mir und rief immer näher: ich will dich nie mehr loslassen. Ich wollte weglaufen, aber ich konnte nicht. Es wurde dunkel, und die Brikettaugen des Tieres leuchteten. Ich flüsterte: Tier, ich will nicht berührt werden . . . Ein Weh, ein Schmerz, daß ich leiblich bin!, daß ich fleischlich bin!, daß mein Leib Körperglieder hat!, daß ich eine Anatomie habe: vergängliche Glieder, daß ich abbreche nach dem Verebben der Lust zwischen dir und mir, daß ich offen bin, aufgerissen, wie geschlachtet und offen daliegend mit meinen glitschenden Innereien. Ich fahre im Bus und schaue aus dem Busfenster und sehe greise Frauen auf den Bürgersteigen gehen und forsche in ihren Gesichtern, folge den Einkerbungen und Linien ihrer greisen, geprägten Gesichter, und sehe ihre Hinfälligkeit, und sehe die alte Dame aufgebahrt im Leichenschauhaus als Bild neben den gehenden Körpern der Greisinnen auf den Bürgersteigen, und stelle mir die greisen gehenden Körper still liegend im Leichenschauhaus vor, heute oder morgen können sie bewegungslos werden, und schaudere, vor dem Vergehen der Zeit, vor dem Abschied, der einmal, nicht nur den Greisinnen, bevorsteht. Lebensgier und Angst, alles versäumt zu haben. Die Zeit verläuft mir in den Händen wie rieselnder Sand. Der blöde Zuckersand, ruft Annemarie auf dem Spielplatz, sie versucht ein Loch zu graben mit den Händen in dem Zuckersand des Sandkastens, aber der Sand rieselt immer wieder über ihre grabenden und buddelnden Hände. Du bist doch hier auf einem Sandspielplatz, dann kannst du doch nicht erwarten, daß der Sand dir gehorcht, sage ich. Hannes legt sich bäuchlings in den rieselnden Sand. Das Leben ist ein riesiger Spielplatz, ein Sisyphos-Spielplatz. Rieselnder Sand gehorcht dir nicht, und du hast Angst, die Zeit unverwirklicht verlebt zu haben. Therese, wie Emma Bovary, Therese ging zum Friseur, in einem Alptraum verließ sie den Friseur mit stark blond gefärbten Haaren, wasserstoffblond, sagt Therese, mit einem leichten Stich ins Gelbliche, dem wasserstoffblond gefärbten Haar meiner Mutter ähnlich, sagt Therese, und sie ging vom Friseur fort mit dem panischen Gedanken: was wird Lotte sagen?, eine panische Angst, als ich wach wurde, sagt Therese; vor Jahren, als sie ihr Studium abgebrochen hatte, war sie zum Friseur gegangen, um ihr falsches Blond, das sie kleidete wie eine Maske, wieder herausfärben zu lassen; eine Verwandlung hatte stattfinden sollen, ein endliches Aufbrechen zu sich selber, und jetzt nach Jahren langt sie, in einem Alptraum, wieder an bei dem gleichen unverwirklichten Leben, Emma Bovary. Alptraum, daß sie vielleicht den traurig-tragischen Lebenslauf jener Bildhauerin haben wird, die Künstlerin war und ihr Leben lang hat sein wollen und fünf Kinder gebar und aufzog und Mutter wurde und keine Kraft, zu wenig Kraft behielt für das Andere: Plastiken entstanden in den Zwischenzeiten, *ja vielen von ihnen sind um solcher Kinder willen schon Heiligtümer errichtet worden, wegen seiner leiblichen Kinder aber noch keinem,* Torsi von Frauenkörpern und Frauenköpfen, Spaltungen, sterbendes Leben, von ihr

geformt, deren Künstlertum von fünf Kindern aufgesogen wurde ... In dem Ordner der Bundestagsabgeordneten entdeckte ich den Brief eines Gegners der Abtreibung, er schrieb: »eine Rabenmutter, die gegen ihre Kinder war, weil sie sich seit Jahren von den Kindern an der Ausübung des Künstlerberufs gehindert fühlte, also die Karriere ging vor der Liebe zu den Kindern«, der Herr beklagte die »Rabenmütter«, die »grausamen Mütter«, die »Peinigerinnen« ihrer Kinder -- Der Protest der Frauen gegen diese »Rabenmütter!«-Schreier, da die Frauen plötzlich nur noch an sich selber denken und nicht an die Kinder, an die immer sie, aber nicht ihre Erzeuger denken sollten. Die Erde bevölkert von Millionen von Kindermördern, väterlichen Kindermördern, aber wir hören nur von den mütterlichen Kindermörderinnen --
Abtreibung eine vorzeitige Kindstötung, ja, Politikerinnen sagten, wenn die Mütter, die ihre Kinder töteten oder quälten, hätten abtreiben können, dann ... Warum scheut man sich, festzustellen, daß Abtreibung eine vorzeitige Kindstötung, eine frühzeitig, prophylaktisch verhinderte Kindstötung ist, warum scheut man sich, das festzustellen?: weil man den Tod leugnet in allem, aber es gibt viele Tötungsformen auf anderen Stufen als der handgreiflichen Ermordung eines Menschen, es gibt viele Todesformen vor dem Tod -- Selbstmord, manchmal wieder ein vertrauter Gedanke, wie an Geliebtes, das mir gut tun wird. Hätte ich zu Werthers Zeiten gelebt, ich wäre wahrscheinlich auch von der Lektüre zum Selbstmord verführt worden. Ich war mit meinen Kindern beim Friseur, es gab dort nur junge Frauen, sie standen alle um meine Tochter herum, ich dachte: nur Frauen, und dachte, daß es mir angenehm ist: nur Frauen um mich zu haben. In einer Zeitschrift sah ich ein Foto, auf dem ein nackter Mann einem Bildhauer Modell sitzt, dieser junge Mann hatte eine weiche und zugleich strenge Gestalt, eine alabasterhafte Haut, ein »feminines« und dennoch männliches Gesicht; ich wunderte mich, daß ich das Foto gern ansah. Ich mußte an Sonjas Ausspruch denken, der Körper des Mannes sei für sie unästhetisch; das Gebammel da vorn, hatte sie gesagt. Die üppigen, fast überbordenden, schwellend-aufspringenden, wie Himbeerknospen, fast schwulstigen Lippen einer Frau --
Sonja wurde eines Abends in der Kneipe beim Bier von ihren Sportlerfreunden nach dem Training in eine Diskussion über eine Fernsehsendung verwickelt, in der mehrere homosexuelle Män-

ner, teils unkenntlich gemacht durch Brillen, teils frei auftretend, dem Publikum vorgestellt worden waren; und Sonja, unter ihren Sportskameraden und -kameradinnen, die von ihrer Neigung zu Frauen nichts wissen, bemühte sich, nicht zu emotional zu werden, um nicht aufzufallen; mußte zuhören, wie die Sportkameraden sensationslüstern sich gegenseitig zuriefen: habt ihr schon einmal zwei lesbische Frauen in der Stadt gesehen?, das sieht man denen sofort an, sagten sie, die gehen Arm in Arm, und die werfen sich besondere Blicke zu; Sonja konnte sich nicht hindern, in diesem Augenblick zu widersprechen: sie gehe mit ihrer Schwester auch Arm in Arm durch die Stadt (so verleugnete sie sich); aber die Sportskameraden und Sportskameradinnen bestanden darauf: man könne zwei lesbische Frauen sofort erkennen – –

Wenn ich bei dir liege, Sonja, ist es, als schlügen mich zarte Flügel tausender seidiger Schmetterlinge am ganzen Leib, an ganzer Hautoberfläche Hautinnenfläche. Dein seidiges Gesicht, Sonja, deine seidige Haut, Sonja. Und dennoch: ich fürchte auch bei dir, Sonja, nichts so wie die Wiederholung (immer wieder: den Tod fürchte ich), in einem Moment sehne ich mich nach dir, und dann wieder ist es mir widerwärtig zu denken: sie kommt gleich, und sie erhebt den Anspruch mich zu berühren. Die Berührungsselige, die Berührungsunselige, ich. Immer dieser gelinde Ekel. Ich *Protestantische.* Die Empfindung, sobald eine Liebe dauert, tritt Nötigung ein: jemand erhebt den Anspruch, mich zu berühren. Lotte wäscht sich die Ohren, bevor Sonja kommt, damit sie innen frisch sind für Sonjas Zunge. Johannes hatte sich nicht rasiert, die strengen Bartstoppeln kratzten an meinen Lippen und Wangen. – –

Auf die Rolling Stones müssen die Zuhörer und Zuschauer mindestens eine halbe Stunde warten, nachdem die Rockband, die das Publikum vorbereiten soll, aufgehört hat. Dann sieht die am Boden stehende und sitzende Masse der Menschen – schwach angeleuchtet vom Licht auf der Bühne – aus wie ein anonymes wogendes Kornfeld von Menschen. Die Rolling Stones erscheinen im Dunkeln und werden dann beleuchtet; sie erscheinen wie Blitz und Donner, sind Leute, die Naturkräfte ersetzen; Techniker für die Ekstase. Mick Jagger die Erotik selber: Kind und Knabe und Mädchen; androgyn, alterslos. Jugendlich, als werde er nie altern; nach und nach zieht er Jacke und Hemd aus; sein bloßer makelloser Oberkörper erinnert an Tadzios Körper im »Tod in Venedig«; wieder sieht Lotte die Ähnlichkeit zwischen Mick Jagger und Sonja, wie zwischen Tadzio und Sonja. Mick Jaggers Show, seine Bewegungen sind nicht hurenhaft, obwohl er sich darbietet, sondern narzißtisch verspielt, kokett-kindlich; flanierend, clownesk, komödiantisch; er springt auf Klavier und Tische, hat die saloppen Bewegungen Sonjas, alles eingeübt und doch wie zum erstenmal getan und eben erst erdacht. Er spielt mit Zunge und Lippen, ist nie auf einer Stelle, hat nie den Mund geschlossen; zwei Finger im Mund, als wolle er die Lippen befeuchten; eine orale Geste ans Publikum, als wolle er geküßt werden, als werde er sie alle küssen, aber der Kontakt zum Publikum ist platonisch-erotisch-aufgeladen wie der zwischen Tadzio und Aschenbach im »Tod in Venedig«, seine Körperversprechungen sind Traumfabrik; sein bloßer Oberkörper ist ohne Haar, er scheint fast geschlechtslos; die Bewegungen seines Pos beim Tanzen sind anmutig erotisch, sein Haar wirft er wie halblanges Moos; seine Lippen sind breit und groß; er buhlt um die Liebe des Publikums, er ist Löwenbändiger, Schlangenbeschwörer, Johannes der Täufer; aus dem Dunklen erschienen, am Schluß das Publikum taufend, indem er einen Eimer mit richtigem Wasser in die Menge schüttet; sich selber mit Wasser übergießend; mit nassem Haar, nassem Oberkörper und kaum nasser Hose steht er vor dem Publikum; der Schöne, er zieht das Mikrophon zu sich heran, wie man eine Geliebte zu sich hinbiegt; er wirft das Mikrophon, das er in der Hand hält, zu Boden; er wendet sich im Duett einem anderen Stone zu, Gesicht an Gesicht; er geht so nah ans Publikum auf der vorderen Plattform, daß man meint, gleich werde das junge Mädchen, dem die Begeisterung das Gesicht verklärt, ihm die Füße küssen. Ebenfalls in der ersten Reihe ein junger schöner Mann mit kurzem Haar und weichem Gesicht, die Augen versunken auf Mick Jagger konzentriert, den Mund offen, die Spitze der Zunge im rechten Mundwinkel stehend. Aber hinter Sonja ein anderer junger Mann, der nicht bruchlos begeistert ist, er sagt: der muß doch verrückt sein, der sieht aus wie ein Fleischer usw. Lotte spürt, wie sie mitgenommen wird in die Anbetung der Jugend, spürt die Anziehungskraft eines Lebenswillens, der nicht über das Zeitalter der Jugend hinauswill. Die laute Musik, die Sinnendroge. Die Bewegungen und Gebärden Mick Jaggers sind tatsächlich die eines Irren, der Fratzen schneidet, aber komödiantisch. Sonja und Lotte sehen sich die Menge an, und das Rätselraten beginnt, wer Mann, wer Frau ist; alle tragen Hosen und unauffällige, zweckmäßige Kleidung, Sonja meint: aus purer Bequemlichkeit, Sonja sagt auch: die Jungen wollen immer weicher sein, die Mädchen machen sich härter. Sonja sagt: meine Mutter hat mir jahrelang gesagt: geh doch vernünftig, du gehst wie ein Junge, dann bin ich absichtlich gegangen »wie ein Junge«, sagt Sonja, und jetzt ist dieser Gang mein Gang. Die Menge wird auch so sterben, wie sie hier die Musik hört, denkt Lotte, sie wird so geboren: an Apparaten, an Schnüren, und so wird sie sterben, wie sie den Rolling Stones zuhört, inmitten von Apparaturen, im großen Lärm der Maschinen, an Schnüren hängend, wie in einer drönenden Fabrik, auf irgendeiner Intensivstation. Abends gegen zwölf, Lotte liegt neben Sonja, ist Lotte in Mick Jagger verliebt, in das Idol, das sie hautnah gesehen hat, durch ein ausgeliehenes Opernglas. Mick Jagger, der Schöne, ruft ins Mikrophon: I like this town. Er atmet, stöhnt, seufzt ins Mikrophon. Zum erstenmal begriff sie, daß man sich in ein Bild verlieben kann. Seine Luftsprünge, sein Schrei ins Mikrophon, seine silbernen Armreifen, sein Schweiß im Gesicht. Sonja sagt: das habe ich auch noch nicht erlebt, kaum ist der verschwunden von der Bildfläche, dann beugst du dich herüber und versuchst ihn zu sehen. Hypnotiseur. Die wirklichen Menschen werden vor dem Idol unwirkliche. In der zweiten Vorstellung in derselben Nacht sollen die Rolling Stones bis halb drei nachts gespielt haben, als Zugabe am Schluß »I can't get no satisfaction« – – Lotte sieht weiche Männer und spürt, daß sie immer nach weichen Männern gesucht hat, nach dem *Ganzen – und so führt die Begierde und das Streben nach dem Ganzen den Namen Liebe –*, nach einem Menschen, der beides in sich vereint: männlich, weiblich. Und ich habe ihn nicht gefunden.

Ich darf die Homosexualität nicht zu einer Ideologie machen. Mit welcher Unruhe gehe ich von Sonja fort, morgens um sechs Uhr, zum Bus, der mich zum Bahnhof bringt. Mit welcher Unruhe gehe ich zu Johannes. Wenn ich nicht bei Johannes bin, muß ich denken, daß ich Sonja etwas gebe, was ihm zusteht. Nachts, wenn ich neben Sonja liege, das Bild von Johannes vor meinen Sinnen, wie er leidend neben meinem Bett steht wie ein Geist. Und ich sage zu Sonja: ich hätte dir widerstehen müssen, ich möchte dies alles lossein. Johannes: Ich habe jedenfalls über die nichtverbrachte Nacht mit dir ziemlich geweint, solche Sätze, immer wieder solche Sätze. Sie sagt: ich möchte ein Kind von dir, Lotte, weil sie ja weiß, Lotte kann kein Kind zeugen, und Sonja fühlt sich vollkommen und selbständig ohne Kind. Manchmal tut mir allein das pure Wahrnehmen der Dinge und Menschen weh. Warum soll ich mich töten, wenn ich das Glück erfahren könnte, die ganze Wirklichkeit erfahren zu dürfen? Das Hinausgehen in die Wirklichkeit beider Geschlechter, das Hinausgehen in die Wirklichkeit wie in eine ungeheure Weite. Das Annehmen des Geschlechts öffnet die Augen für die ungeheure Weite der Wirklichkeit. Kann ein Mensch sich denn so verändern? Nun fühle ich einen Mangel, wenn ich mich zu Johannes legen soll, an seine busenlose Brust. Ich schwebe zwischen zwei Menschen hin und her, wie jener Mann, der mit zwei Frauen an zwei verschiedenen Orten lebt: drei Tage fest bei der einen, vier Tage fest bei der andern, er ist unehelich gewesen und hat zwei Mütter gehabt: eine leibliche, eine Pflegemutter – – Die Kinder sagen in Gegenwart von Johannes »meine liebe Frau« zu Lotte, wie Sonja. Sie sagen, als sie am Tisch sitzen und Wiesenschaumkraut in Bechern anordnen: ich schenke der Sonja nachher auch eine Blume. Und Lotte muß über die kindlichen Aussprüche, die für Johannes immer die Existenz Sonjas heraufbeschwören, hinwegschweigen und rasch ablenken – –

Suche ich Ausflüchte und Begründungen? Bin ich wie jener Mann, der zwei Geliebte hat und sich rechtfertigen will? Habe ich all die Konfliktsituationen zwischen zwei Zuständen, zwischen zwei Männern, zwischen zwei Menschen immer nur gesucht und gefunden, aus Langeweile, weil ich die Leere, die tödliche Langeweile in mir fürchtete, wie Lenz, der sagt: manche verlieben sich aus Langeweile, alles aus Langeweile? Dann sage ich mir: warum unterscheide ich zwischen Mann und Frau, nur der *Mensch* ist wichtig!, nicht Mann, nicht Frau, aber höhnisch klingt es mir in den Ohren: nur der *Mensch* ist wichtig ... Vielleicht ist das wirklich Entscheidende nicht die Homosexualität, sondern das Dazwischensein zwischen zwei Geschlechtern, zwischen zwei Menschen; entweder ich stehe zwischen zwei Müttern oder zwischen zwei Männern oder zwischen Mann und Frau, immer stehe ich in einem Spalt dazwischen, liege in einem Prokrustesbett, einer zieht am Kopf, einer an den Füßen – –

Ich sehe in der Klarsichttasche von Johannes' Portemonnaie ein Bild von mir, das vor acht, neun Jahren gemacht worden ist: Lotte bis zu den nackten Schultern unter der Bettdecke in einem Studentenzimmer, ein ernstes, nacktes Gesicht der Geliebten, der Liebsten von Johannes – er liebt mich also wirklich, er kann einen Menschen lieben!, denke ich. Eine unwiderstehliche Fähigkeit: einen Menschen als einzigen lieben zu können – – Nicht kontinuierlich lieben zu können, nicht einen einzigen Menschen immer lieben zu können, entspricht einem Mangel an Form. Diese formlose Zeit ... Diese zerspaltene, auseinandergerissene Zeit ... Lotte kehrt nach einem Wochenende nach Haus zurück, sie war mit den Kindern bei Johannes. Sie findet sich schwer zurecht. Nun wieder eine junge Frau, die gestreichelt werden will. Eine andere Haut; Brüste, andere Hände, ein anderes Gesicht, ein anderer Stimmklang, ein anderer Kuß – sie findet sich fast nicht zurecht. Es ist, als hätte sie eine Fähigkeit, eine Person rasch durch eine andere zu ersetzen, und als hätte sie diese Fähigkeit wieder nicht. Ich werde mit einer Person vertraut. Ich muß fortgehen, und nach einem Tag, nach zwei Tagen hat die Vertrautheit sich verflüchtigt, wie Kußrosen am Hals sich verflüchtigen. Sonja dann wie eine Fremde. Johannes ein andermal ein Fremder. Es ist mir, als hätte ich erlebt als Kind, was jene Frau in dem Film »Ein kalter Tag im Park« erlebte: sie steht im dunklen Schlafzimmer, in dessen Bett sie den Jungen, den sie liebt, schlafend glaubt und erzählt ihm lange etwas, und als sie das Licht anmacht und die Decke des Bettes hochhebt, liegt nicht der Junge, den sie liebt, darunter, sondern ein Stoffbär und eine Puppe grinsen ihr entgegen; da wo ein Mensch war, Puppen. Sie spielte nicht mit Puppen in ihrer Kindheit. Sie haßte Puppen. Ich konnte nicht mit Puppen spielen. Ich fürchtete mich vor Puppen, ich warf sie an die Wand. Später rissen meine eigenen Kinder meiner aufbewahrten Kindheitspuppe die Arme aus. Als ich dreizehn war, fand ich die von meiner Mutter aufbewahrte Kindheitspuppe, mit der ich nie gespielt hatte, in einem dunklen Keller. *Sie konnte nie mit ihren Puppen spielen, da sie Angst vor Puppen hatte. Eine Puppe habe einmal den Kopf verloren, und das habe sie sehr erschreckt.* Puppen sind tote Menschen, aus denen Geist und Seele entflohen sind und wieder hineingespielt werden müssen. Das konnte ich nicht. Denn die fortgehenden Menschen kehrten auch nicht zurück. Puppen sind abwesende

Menschen. Puppen sind Menschen, die ein Kind nicht lieben. Puppen sind kleine traurige Leichen, die man nicht küssen kann. Ich werde mit einer Person vertraut. Ich verliere diesen Menschen. Ich hebe die Decke hoch, unter der er lag und finde einen Stoffbären und eine Puppe, ich schreie. Einmal bei *einem* Menschen bleiben können! – –
Sonja wird in meinen Augen immer weiblicher: sie ist mädchenhaft, zart, weich, selbständig, nachgiebig, aber für sich und bestimmt, sie ist sie selbst, und ich erstaune immer mehr über ihre traurigen Erzählungen: nun wieder im Zug zu ihren Eltern, an deren Silberhochzeit sie teilnehmen mußte, ein Ausländer, der sie, als sie ausstieg, erstaunt ansah und sagte: Ach, Sie sind ja überhaupt kein Mann, ich dachte, Sie sind ein Mann! Und ein andermal, ein paar Tage vorher, auf dem Fahrrad an einer Kreuzung, sprach Sonja eine frühere Klassenkameradin an, die schon hundert Meter vorher an ihr vorbeigefahren war, ohne sie zu erkennen, wieder der Satz: und ich dachte die ganze Zeit, das wär ein Junge – – Und ein Mann, der ungeduldig geworden war vor einer Telefonzelle, als Sonja aus der Zelle kam, sagte er: Ein Weib hätte nicht länger tratschen können! – –
Der so irrlichternde Eros, muß sie denken, wenn ihr das Ziehen in den Gliedern bewußt wird, das Mick Jaggers Bild gilt – – Sie denkt an die Großmutter, die immer noch im Krankenhaus liegt und sehr schwach ist, und sie denkt an Abschiede. Abschiede in irgendeiner Bauernwirtschaft; Gansbraten mit Rotkohl; und während Stunden, die Jochen und ich versitzen, vertrinke ich viele Gläser voll schäumenden Malzbiers, die ich mir wegen des süßen weichen Schaums bringen lasse, da bin ich noch nicht schwanger von ihm – – In einer Todesanzeige der Satz (für einen Jungverstorbenen) *Trennung ist unser Los, Wiedersehen unsere Hoffnung* – –
Und die blühenden Bäume in diesen aufdringlichen Frühjahrsmonaten freuen mich plötzlich nicht mehr, ich empfinde etwas wie Neid, Unterlegenheit. Das Grün überall, es muß schlimm sein, im Mai zu sterben, denke ich. Ich sah Sonja, wie sie nackt kniend im Bett saß mit geöffnetem Schoß. Sie hat keine großen Schamlippen; das Innere ihres Geschlechts ist fast freigelegt, sie sagt: es ist normal; bei mir ist es anders: die großen Schamlippen schließen das Innere des Geschlechts ganz ein, es hängt nichts; ich sage zu Sonja: vielleicht bist du doch ein Junge, und ich

wiederhole mehrmals, sie solle zum Frauenarzt gehen, wo sie noch nie gewesen ist; ich weiß, daß ich grausam bin, sie ist sehr getroffen, ich quäle sie mit meinen Selbstzweifeln *Bin ich eine Frau oder etwas Dimorphes? Bin ich nicht ganz eine Frau, was bin ich überhaupt?*, sie sagt, dem Weinen nah, daß alle Frauen, die sie kannte, so ausgesehen hätten zwischen den Beinen – –
Am 6. Mai erfährt Lotte, daß die Reform des Paragraphen 218 in sieben Wochen in Kraft treten wird. – –
Ist es wahr, wenn ich sage: auf die Männer kann man nicht bauen? Sind sie nicht wirklich gewesen, als ich sie liebte? Sie verwandelten sich in böse Tiere. Sie entpuppten sich. – –
Im Schlafzimmer morgens um halb sieben zwei nackte Frauen, obwohl Lotte eilig ist, nackt vor dem Bett stehend, sich umarmend; dieses Hilflosigkeitsgefühl, die Schwierigkeit umzudenken, immer wieder: eine Frau, eine Frau in meinem Arm, gleich groß, mir in solchen Moment fast ganz ähnlich. Dann wieder der Gedanke, das ist nicht Homosexualität. Die Gegenwehr gegen die Begriffe und die Einordnungen. Dieses junge Mädchen (obwohl bald 22 Jahre alt), dieses immer hautheiße, lebensvolle Mädchen mit dem weiblich-jungenhaft-stämmigen Körper. Ich denke an Jochen, an seinen kalten Körper, an seine fast kochendheißen Bäder morgens, die ihn erwärmen sollten. Sonjas immer hautheißer Körper, als schiene immerzu eine wärmende Sonne auf ihre Haut. Der strenge Geruch aus dem roten Bademantel, aus ihrem Mund, aus ihrer Haut am Morgen. Dann wieder die Furcht: es ist Mai, der Frühling wird sich vollenden, dann wird die Lust am Geschlecht, die jedes Frühjahr hervorbricht, wieder erlöschen. Ich suche irgend etwas, ich weiß nicht, was es ist. Sonja faßt gern ihre eigenen Brustwarzen an und streicht über sie, einfach so, in meiner Gegenwart – – Hebamme ist diejenige, die mit äußerst sinnlichen Vorgängen zu tun hat und die sich zugleich für die Sinnlichkeit wie für eine Schuld andauernd rechtfertigen kann, denn sie hilft Menschen zur Welt bringen: eine Sinngebung, eine Rechtfertigung der Sinnlichkeit – – Hatte nicht auch Lotte, indem sie Mutter wurde, sich für ihre Sinnlichkeit gerechtfertigt? Werthers Lotte ging nicht mit Werther, sondern brachte ihrem Ehemann viele Söhne zur Welt. Lotte hatte ihrer Sinnlichkeit entweichen wollen, indem sie sich auf den Kinderwunsch konzentrierte, oder sie hatte im Kinderkriegen eine höhere Form von Sinnlichkeit leben wollen, da sie die »niedere«

Form von Sinnlichkeit um der Erzeugung von gegenseitiger Wollust abgelehnt hatte. Endlich aber gelingen ihr Einbrüche, stückweise, schrittweise, die protestantischen Gedanken und ihren Unterleib zu trennen, und im Unterleib quellen süße Honigquellen. Wenn doch Kopf und Unterleib sich versöhnen könnten! Kein *Unterleib* mehr, kein *Oberleib* mehr – – Ihr Kopf an meinem Schoß, ihr Atem in der lauen Luft des Zimmers, das Fenster steht offen, kühl über mein Geschlecht hinwehend – – Mein sonnenloser Körper in dieser Jahreszeit, im heißen Mai; am 8. Mai, dem Muttertag, erblühen die Kastanienblüten vor den Fenstern. Sonja sagt (wie Jochen): ich rieche das gern: den Geruch des Geschlechts an ihren und meinen Fingern – – Ihr Kopf an meinem Schoß – – Mein sonnenloser Körper – – Ein Bild von Sonja: Sonja in den Dünen, kniend, ein Handtuch um den Bauch gehüllt, läßt sich von ihrer Schwester Sonnenschutzcreme einreiben im Rücken, Sonja braun und glänzend vor Lebenssattheit, die Augen zusammenkneifend, lächelnd, Sonja mit praller Haut in der Sonne in den Dünen vor dem Meer, Sonja, die sonnengesättigte, die lebensvolle Sonja – – Ein verwischter Mond am plötzlich stürmischen Maihimmel. Der 11. Mai. Ulrike Meinhof hat sich selbst getötet. – – Immer wieder verliere ich die Nähe, verschließe mich, schließe mich, schließe mich in meine Haut ein, ich *Protestantische,* kenne niemand mehr – – Die Liebe, die weiche Sonja, die Liebe, das Mädchen, das in der Sonne lag und lernte, und die Haut maiwarm und hellbraun, den Rücken reibe ich ihr ein, der rotgebrannt ist, mit einem weißen Streifen. Sie findet mein Schamhaar schön und mein Geschlecht innen; so klar, sagt sie, und zum einzigen Mal küßt sie mein Geschlecht innen, ich lasse es zu. Ich frage sie: ekelt es dich nicht, auch danach nicht?, ich werde das nicht können. Sie ist immer wieder die Fremde für mich. Die Schuld, daß ich ihr die Liebe gebe, die Johannes zusteht. Nun mit Sonja an den Emsquellen. Warum Schuld? – – *Effi war nicht für Aufgewärmtheiten; Frisches war es, wonach sie sich sehnte, Wechsel der Dinge* – – Lotte sagt zu Therese: ich möchte jemand lieben, der beides ist: Mann und Frau, einen Mann mit Brüsten (sinnbildlich). Nein, sagt Therese, einen Mann mit Scheide (sinnbildlich) könnte ich mir vorstellen; ich habe mich immer daran gestört, sagt Therese, daß beim Mann unten alles so zu ist, so verschlossen; daß der Mann keine Scheide hat, es ist, als sei bei ihm alles auf Angriff angelegt, auf Außen-

welt. – – Therese nach ihrer Abtreibung: sie kann sich noch erinnern, daß sie ihre Pflegemutter danach besuchte und daß die Pflegemutter noch ein sehr kleines Kind hatte und daß sie, Therese, dieses kleine Kind nicht ansehen konnte und immer auf die Toilette lief, wenn das Kind vor ihr krabbelte, um zu weinen – – Meine Mutter war einmal eine junge Mutter, denkt Lotte, als ich klein war. Es ist lange her. Meine Mutter war eine ganz andere Mutter, als ich klein war. Und der Vater war ein ganz anderer Vater, als ich klein war. Ich kann niemals wirklich wissen, wie der Vater, wie die Mutter mich berührten und umarmten und behandelten, als ich klein war. Ich weiß nicht, warum ich keine sicher aufeinanderfolgenden Gefühle empfinden kann. Ich weiß nicht, wie meine junge Mutter zu mir war. Habe ich nicht oft das Argument gehört, es würde nicht soviel Kindsmorde geben, wenn alle unerwünschten Kinder erst gar nicht geboren oder abgetrieben worden wären. Daraus muß ich folgern, daß ich selbst auch hätte abgetrieben werden müssen. Meine junge Mutter hat versäumt mich abzutreiben. Ich habe mein Kind abgetrieben. Ich habe meine eigene versäumte Abtreibung nachzuholen versucht. Ich sehe ein Bild von Therese vor mir, das am Tag nach ihrer Abtreibung fotografiert wurde. So ernst ihr schön geformter Mund, so starr ihre Augen, in ihnen leichter Vorwurf, ein bißchen Lebensekel, ihr ein bißchen aufgeschwemmtes Gesicht, voller Abwehr – blaß ist sie, mit breiten schwarzen Augenbrauen. Das Foto, aufgenommen am Tag nach der Abtreibung. – –
Lotte saß in einer Geburtstagsgesellschaft, und ihr gegenüber zwei Frauen, die begannen, einander zu streicheln, eine das Knie der anderen, sie küßten einander lange; Lotte sah immer wieder zu den beiden Frauen hin; ihr Blick wurde hingezogen, sie hätte sich die Augen reiben können, als sehe sie einen Traum; und sie hätte protestiert, wenn ihr jemand in diesem Moment gesagt hätte: diese zwei Frauen: das bist du auch! Sie hätte es nicht geglaubt. Ihr eigenes Handeln der letzten Monate kommt ihr immer wieder wie die Verwirklichung eines unerlaubten Traums vor, den sie auch vor sich selber nur als Traum erleben kann. Glaubst du nicht, daß du schon früher hättest merken müssen, daß du homosexuell bist, wenn du es wirklich wärst?, sagt Therese, zweifelnd. Glaubst du denn nicht, daß es Tausende gibt, die ihr Lebenlang einen unterirdischen Kampf gegen ihr wirkliches Sein führen? Wer sagt mir denn, wer ich bin? Kann ich

willentlich entscheiden, wer ich sein will, ob ich die bin, die Johannes liebt, oder die, die Sonja liebt? – – Sonjas Mutter wünschte sich, wie Lottes Mutter, während der ganzen Schwangerschaft einen Jungen, sie war auch während der ganzen Schwangerschaft überzeugt, daß sie einen Jungen bekommen werde; denn wenn man ein Mädchen erwartet, hat man Hunger auf Süßigkeiten während der Schwangerschaft, sagte sie, und wenn man einen Jungen erwartet, hat man Hunger auf Scharfes, sagte sie, und da sie während der ganzen Zeit der Schwangerschaft Hunger auf saure Gurken und auf Scharfes hatte und nicht auf Süßigkeiten, war sie vollkommen überzeugt, daß sie einen Jungen zur Welt bringen würde – – *Der Schmerz ist groß zu fühlen: Ich habe die Mutter, die ich wünschte und brauchte, nicht gehabt, aber der Schmerz eröffnet mir die Möglichkeit, im Kontakt mit Freundinnen die mütterliche Zuwendung zu erfahren. Meine nahe, leibliche Mutter ist mir inzwischen sehr fremd, und auf sie richten sich keine Hoffnungen mehr. Hier und jetzt in der Kommunikation mit Frauen, die ich liebe, erfahre ich ein Stück von dem, was mir als Kind nicht gegeben wurde. Die Nähe, der runde Körper, erotische Zuwendung in der Sprache und mit dem ganzen fraulichen, mütterlichen Körper, und Teile meiner Sehnsüchte werden Wirklichkeit* – – Du riechst nach Zuckerwatte, sagt Sonja. Sonja sagt: du riechst immer gut. Sonja sagt: du bist gewaltig. Sonjas schöne, schwere, spitze Brüste. Ihre harten Brustwarzen in meinen Handkuhlen. Sonja, ein wälziges, ein pelziges Tier. Ihre wieselflinken Flatterhände lassen mich nicht los; fallen – Vögel – in mich ein, vögeln mich (»vögeln« kann man doch nur für die Liebe mit einem Mann sagen, sagst du), nein, sag' ich, deine Hände – Vögel – fallen in mich ein, deine Flatterhände vögeln mich – – Dann steht Johannes vor der Tür und sagt: du kannst einfach nicht ertragen, daß es mich gibt, solche Wahnsinnssätze. Ich komme nicht ohne den Mann Johannes aus, doch ich komme nicht mit ihm aus; ich wehre mich gegen ihn mit Leibeskräften, als verkörperte er das gesamte männliche Prinzip der bäuerlichen Vorvergangenheit, in der nur Söhne zählten. Vielleicht ist alles kein privates Problem, sondern ... Aber Johannes läßt mich nicht aussprechen, er sagt: warum sprichst du immer von der Vergangenheit? Ich hänge an dem Mann Johannes und komme nicht von ihm los. – – Und dann denkt sie: es kann doch auch eine Form des Erlebens sein, einfach keine Berührung zu wollen. Eine merkwürdige Erfahrung: zum erstenmal ist ihr die Menstruation lästig, seitdem sie mit Sonja zusammen ist und immer zwei Tage, nachdem Sonjas Blutung zuende ist, ihre Menstruation bekommt; und irgendwie ist ihr das Bluten, das eigene und das Sonjas, lästig, als störe und hindere es die Liebe zwischen ihr und Sonja. Es ist nicht nur das heraushängende Rückholbändchen der O.B.s, das sie zwischen Sonjas Beinen trifft; es ist auch der Gedanke an die Überflüssigkeit des Blutens und Nicht-Mehr-Blutens zwischen zwei Frauen -- Und sie denkt, wenn sie an das Nicht-Mehr-Bluten denkt, daß dieser Vater, daß Jochen nicht wert gewesen wäre, ein Kind von ihr ausgetragen zu sehen. Die Entwicklung der Sinnlichkeit, denkt sie, die Fähigkeit zum Glück, das sind die Ziele; aber wieviel Steine und Blöcke liegen vor diesen Zielen -- Es geht nicht darum, ob ich zuerst eine Frau liebe oder einen Mann, ob ich nur eine Frau liebe, oder nur einen Mann; es geht nur darum: fühle ich?, lebe ich? *Ich verlange in allem – Leben, Möglichkeit des Daseins, und dann ist's gut ...* Die Liebe zu ihren Kindern scheint stärker geworden, nachdem sie versucht hatte, die Kinder zu verlassen; nach der »Todgeburt« ihres vierten Kindes, nach der Trennung von Jochen. Im Verhältnis zu den Kindern entwikkelt sie tagtäglich ein handfestes Verhältnis zur Welt. Eines Morgens trifft sie Hermann und seine Tochter auf dem Spielplatz, dem kleinen häßlichen, auf dem der Mann Jochen am Abend nach der Abtreibung noch mit Hannes herumgeturnt ist. Hermann erzählt, er habe auf dem Weg zur Arbeit vor einem halben Jahr eines Morgens in seiner Straße ein lichterloh brennendes Haus und viele Feuerwehrwagen und Feuerwehrleute davor gesehen, und er habe noch lange gestanden und geschaut; das lichterloh brennende Haus am Morgen, eine merkwürdige Sache; dann später habe er von seinem Freund erfahren, Mann jener Frau, die seit einer Abtreibung öfter Depressionen hat und trinkt, daß eine junge Frau namens Evelyn dieses Haus in Brand gesteckt, und daß jene junge Frau namens Evelyn das Haus drei Tage nach einer Abtreibung in Brand gesteckt habe, und diese junge Frau namens Evelyn soll daraufhin nach Marienthal gebracht worden sein, aber Hermann weiß nicht, ob sie noch dort ist (»da kommt so schnell keiner mehr heraus!«); und wieder beginnt Hermann, von Den Haag zu erzählen, nur diesmal fügt er noch hinzu, daß dort am laufenden Band Unmengen von

Frauen abgesaugt worden wären; die Formalitäten und Vorbereitungen seien schlimm, vorher seien auf einer Bank die Kosten einzuzahlen gewesen, und der Bon mußte dann vorgelegt werden in der Abtreibungsklinik (jemand hatte gesagt: dieses Haus sieht aus wie eine gräßliche Abtreibungsklinik, und ein anderer hatte geantwortet: eine Abtreibungsklinik sieht nicht verkommen und gräßlich aus, sondern ordentlich und kalt). Ein Haus in Brand stecken: lichterlohe Anklage.

Tagträumerische Empfindungen: ich schaue aus dem Zugfenster und sehe Leute auf dem Bahnsteig stehen und gehen, es fallen mir die flachen Oberkörper der Männer auf, und ich vermisse etwas. Denn ich habe mich auf die Konturen der Frau eingestellt, mit der ich heute nacht mein Bett teilte. Wir waren Kinder und zeichneten mit unseren Körpern Adler im Schnee. Manchmal fühle ich mich, als würde ein anderer Körper durch meinen Körper hindurchscheinen. Du bist nicht, was du sein solltest! Das also ist der berühmte »Penisneid«, der nicht existiert: die Qual des Mädchens, das schon im Mutterleib einen Kampf mit dem anderen Körper, einen Kampf mit dem Bruder, der sie sein soll, mit ihrem anderen, gewünschten Ich, das nicht existieren wird, führt. Und die Qual der Mutter des Mädchens, die nicht dadurch aufgehoben wird, daß sie als Zweitgeborenen einen Sohn zur Welt bringt; die Qual reicht weiter zurück in geschichtliche Vergangenheiten, in deutsche Bauernvergangenheiten, in Bewußtseinsvergangenheiten; auch Sonjas Vater und Mutter, Arbeiter im Ruhrgebiet, schleppen sie mit sich, diese Bewußtseinsvergangenheiten, nur heute heißt es nicht mehr »Hoferbe«, sondern »Stammhalter«. Ja, ich muß mich entscheiden, ob ich einen Mann oder eine Frau liebe. Wenn ich mich nicht entscheide, quäle ich die andern, verrate ich sie. Aber wie kann ich den Riß heilen, der durch mich geht, seit ich im Mutterleib war? Ich sehe in den Spiegel und erkenne meinen ungeborenen Bruder, der ich sein sollte, darin als mein Spiegelbild. Ich das ist eine andere. – –

Verschiedene Stellungen der Körper rufen verschiedene Körperempfindungen und andere Kombinationen und Konstellationen gemeinsamer Körperverschlingungen hervor. Ich liege mit meinem Po in Sonjas Schoßkuhle; Sonjas Brüste an meiner Schulter, zwischen meinen Schulterblättern, sie hält ihre Hände um meine Brüste, ihr Gesicht in meiner Nackenkuhle – – – Oder Sonja liegt zwischen meinen weitgeöffneten Beinen, nicht auf mir, sondern wie in der Mitte von mir, ihr Gesicht zwischen meinen Brüsten – – Die Vielfalt des psychischen Erlebens ist verschieden – – Sie sagt »Spitze!«, wenn die Liebe schön war; sie drückt ihre Lust aus, indem sie stöhnt und atmet und seufzt; Lotte stöhnt nicht und seufzt nicht, atmet nur, wie man atmet, wenn man sehr weit läuft oder körperlich schwer arbeitet; Lotte lacht in der Lust, ein leichtes, glückliches Lachen, das von selbst aus der Kehle steigt; sie erlebt es jetzt öfter, daß kein bitterer Nachgeschmack zurückbleibt (oder ist da immer ein bitterer Nachgeschmack an der Grenzstelle zwischen Animalität und Erleben?) Ein Verlöschen der Lust im Unterleib und ein Übergang zu anderen Zärtlichkeiten und zu Worten und zum Schlaf, jede für sich. Liebe ist der *Austausch zweier Phantasien.* Physische Phantasie, Liebenkönnen ist eine Kunst. Verletzungen, ja, Wunden und Verletzungen, nach ihnen bohrte und suchte ich immer; Sonjas Traum stieß mich wieder auf meine alten Fragen. Sonja träumte von einem Mann, der mit einem Axthieb mitten durch die Stirn erschlagen worden war; sie machte mit anderen Frauen Beinübungen im Traum, und zwar mit dem rechten Bein, dessen Ferse gespalten war, das Aussehen einer Scheide hatte, und aus dieser »Scheide« in Sonjas Ferse floß Sperma; sie und die Frauen versuchten durch die »Übungen« – das Bein erhob sich nahezu selbsttätig wie ein aufgeblasener Luftballon, wie ein Phallus – das Herausspritzen des Spermas aus der Fersenscheide zu lernen; aber dann krochen plötzlich Ameisen aus der Ferse, die gespalten war und wie eine Scheide. – – Warum träumte Sonja vom Mord an einem Mann? Warum träumte sie, daß einem Mann der Kopf mit einer Axt zerspalten würde? Und dann war der andere Traum ja fast wie die Umkehrung des Schöpfungsmythos: die Frau aus der Rippe des Mannes geschaffen; denn in ihrem Traum versucht Sonja, aus sich einen Mann zu erschaffen – – Versuch einer Geschlechtsumwandlung – – Oder ist ihr Traum genau wie der Schöpfungsmythos: Qual der männlichen Phantasie. Alles was ist, soll aus dem Mann gekommen sein und Mann werden und Mann sein. Das also ist der berühmte »Penisneid«: die Sucht auf etwas, was höher geschätzt wird als man selber. – –

Merkwürdig ist, denkt Lotte, daß vor ungefähr einem Jahr ich kurz vor der Abtreibung all die Verteidiger der Baader-Meinhof-Leute in Stuttgart-Stammheim gesehen, sogar mit Jochen und einem dieser Verteidiger zu Abend gegessen habe, und während dieses üppigen Abendessens (Jochen, der Fleisch-Wollüstling) wurde mir übel, zum erstenmal wurde mir übel, und ich begann zu ahnen, daß ich schwanger war, aber ich hatte den Schwangerschaftstest noch nicht machen lassen, sondern trug ein paar Tage lang in meiner Tasche ein Fläschchen mit Morgen-Urin durch Stuttgart-Stammheim; einmal ging ich sogar damit in eine Apotheke in der Straße, die auf die »Festung« hinführte, in der das Verfahren gegen Ulrike Meinhof stattfand, aber in dieser Apotheke hatte man nicht den Schwangerschaftstest, der eine Feststellung zu einem solch frühen Zeitpunkt erlaubte; und später hielt Jochen mich davon ab, in eine andere Apotheke zu gehen, zögerte es hinaus, weil er wußte, daß er sich das Kind gewünscht hatte, aber schon wußte, daß er es nicht mehr wollte, daß er mich nicht mehr wollte. Es ist merkwürdig, daß nach ungefähr einem Jahr sich die Ereignisse vom letzten Jahr wieder so unmittelbar aufdrängen, daß ich sie nicht loswerden kann: durch die Artikel über Ulrike Meinhofs Selbstmord, durch die Filme über Terrorismus, durch die Interviews im Fernsehen mit den Rechtsanwälten, denen ich damals – schon schwanger – gegenübersaß mit meiner ekelhaften Übelkeit – – Und ich erinnere mich schmerzhaft, daß Jochen und ich auf dem Stuttgarter Flughafen auf die Flugzeuge warteten, die uns in verschiedene Richtungen bringen würden, und mit einem dieser Rechtsanwälte sprachen, über die Abtreibung, und der Rechtsanwalt leichthin sagte, Abtreibung sei nötig, wegen des Selbstbestimmungsrechtes der Frauen usw., und Jochen lächelnd dabeisaß, und mir wurde es schmerzlich zumute, wehmütig, krank im Herzen. Der Name »Desperado« fällt mir ein für Jochen. Der Terrorist aus dem Schwarzwald fällt mir ein. Die geheime Übereinstimmung von Jochen mit Ulrike Meinhof und ihren Genossen (wie sie beide Eltern früh durch einen schrecklichen Tod verlor, verlor Jochen seinen Vater früh durch einen scheußlichen Tod; der Tod macht krank) –, aber er schrieb nur über sie, er saß nicht auf der Anklagebank, er hielt sich heraus, er fühlte sentimental mit ihr, als wäre er selber sie, und war auf diesem Wege seines halbherzigen Wesens, das sich woanders austobte, mitschuldig, sein Terrorismus tobte sich in den Betten aus: er schoß nicht Menschen tot, um den Tod zu geben, wie er ihm gegeben worden war, als der Vater ihn als ein Verwesender verließ; er schoß nicht Menschen tot wie sie, die den scheußlichen Tod handfest vergegenwärtigen wollte durch eigene Tat; er gab den Tod anderen anders: indem er Geliebte verließ am laufenden Band, wie am Band des Todes, indem er einem Kind den Tod gab, indem er einer Frau die Abtreibung gab – – Und sie sieht wieder das Grab seines Vaters vor sich, braunen Stein, Namen, Stille, und die qualvolle Hoffnung, am Grab seines Vaters des Rätsels Lösung finden zu können. Ja, und da endeten auch alle Gründe: am Grab des Vaters. Sterben des Vaters: nie begriffener Angriff. Angriff des Todes, Einbruch des Todes. – –

Werde ich nun sein wie Jochen zu mir war?, fragt sie sich. Warum spielen die Kinder Totschießspiele? Weil sie verlassen werden und sich vergewissern müssen, daß jemand, wenn er fortgeht, tot ist. Es ist Windstille, ich fühle mich ruhig und wohl, in Erwartung noch vieler neuer umstürzender Geschehnisse. Der Satz eines jungen Homosexuellen erstaunte mich: als ich zum erstenmal mit einem Mann geschlafen hatte, sagte er, spürte ich, daß auch dies nicht die Erfüllung war, die ich erwartet hatte. Und noch immer, nach einer längerandauernden Liebe zu einem Freund, sagte der junge Homosexuelle, ich fand nicht die Erfüllung, die ich gesucht hatte (vielleicht findet man diese Erfüllung, nach der wir lechzen, nur im Tod; man hat die wehmütigen Stimmungen gern, die mit dem Denken an den Tod verbunden sind, es ist, als würde man elektrisierende Rock-Musik hören; und Tod ist vielleicht die letzte mögliche Steigerung von Sinnlichkeit, und gleichzeitig ihr völliges Abstürzen ins Nichts; kein Fall wird mehr empfunden werden). Vielleicht gibt jener Satz eine Erklärung: *Das Nachspiel der Liebe ist nur dann ein Fall, wenn der Höhepunkt erzwungen und nicht empfangen wurde.* Als Fall empfinde er, sagt der junge Homosexuelle, das Abschwellen der Erregung immer, als Fall von ganz oben, als Fall ins Leere, als Abbruch – – Und Lotte denkt: ich habe mich verändert; mein Geschlecht verhält sich in seinen Erregungen nicht mehr wie ein stumpfes Messer, sondern in den Händen der Geliebten vielfältig schneidend, in seinen Erregungen blitzend und vibrierend *Liebe ist, daß du mir das Messer bist, mit dem ich in mir wühle.* Der junge Homosexuelle erzählt, wie er mit seinem Bruder im »Dorian Gray« getanzt habe. Mit deinem Bruder? Ja, mein Bruder weiß von meinem Leben. Lottes Furcht und Ekel vor dem Abbruch, dem Ende. Aber wenn es gut ist, dann ist mir, als ob mein Geschlecht, das du berührst, Sonja, ich ganz wäre. Du rührst meine Seele, Sonja, du rührst in meinem Geschlecht; rühren?, sagst du, man rührt einen Kuchenteig; man sagt vermählen, sage ich, und man mahlt Mehl, warum soll ich nicht sagen: du rührst in meinem Geschlecht. Ein Strömen wie heiße flimmernde Luft im Sommer über mich hin. Ein Strömen wie heiße Luft in der Sauna, den Körper durchflutend, überflutend. Sonja ist stark, und Sonja ist unsicher (die gewöhnliche Krankheit: sich selber unwert fühlen): ich habe Komplexe, sagt Sonja, wegen meiner abgekauten Fingernägel; manchmal traue ich mich nicht, ein Glas anzufassen, um zu trinken, oder ich traue mich nicht zu rauchen; manchmal habe ich Komplexe wegen meiner Nase, die von meinem Vater ist, vor allem, wenn ich Schnupfen habe; dann schäme ich mich meiner Pickel, ab und zu bekomme ich Pickel im Ohr oder Mitesser, deshalb meine Haare darüber; außerdem schäme ich mich oft meiner Oberschenkel, die zu muskulös sind, jedesmal beim Sport diese Überwindung; meine Mutter und meine Schwester sagten mir immer, ich hätte zu starke Oberschenkel und eine häßliche Nase – – Sonjas Unsicherheit; sie ist ihres Geschlechts unsicher *Bin ich eine Frau oder etwas Dimorphes? Bin ich nicht ganz eine Frau, was bin ich überhaupt?* Sie sieht sich ihr Geschlecht im Spiegel an, sagt sie, und sie empfinde es als häßlich; deines ist schön und ebenmäßig, sagt sie zu Lotte. Sie gehe nicht zum Frauenarzt, weil sie sich ihres häßlichen Geschlechts schäme; einmal fällt das Wort »amputierter Penis« (Penisneid!, wenn ich das schon höre!, sagt Lotte) – – Liebe zu einem Mann, Liebe zu einer Frau – – Der Phallus ist zu einer Bedeutung aufgeplustert worden: die Erde sollte bevölkert werden (machet euch die Erde untertan!), nun ist die Erde bevölkert, Geburt ist herrlich, aber doch nicht alle müssen gebären, zum erstenmal in der Geschichte könnten alle frei lieben, wie sie zu lieben fähig sind! – – Die Ärztin sagt, die italienischen Männer seien besonders phallisch, aber Muttersöhnchen, die knien, wenn sie der Mutter nahn. Sonja hat nachts im Traum ihr Geschlecht als Bild gesehen. Wenn alle zusammensitzen und sehen, daß sie nicht allein sind, sagt der junge Homosexuelle. Da sitzen vierzig homosexuelle Männer und vier Frauen und sprechen drei Tage miteinander und sehen, daß sie nicht allein sind. Und Lotte sieht sich in neue Zeiten der Einsicht versetzt. Was war mit ihr noch vor einem halben Jahr, als sie von dieser Wirklichkeit nichts wußte? Wie froh ist sie, den Hafen ihrer Vorurteile und ihres

Nichtwissens verlassen zu haben. Als sie morgens zu dem Treffen der Homosexuellen geht, begegnet ihr ein Mann mit einem Hund, der auf ein Haar Jochens Hund ähnlich ist, ein Stich, immer wieder die Erinnerungen, das Wiedererkennen, noch immer ist Jochen nicht tot. Ein Mann in der Gruppe sagt, als er sein Sexualleben mit Männern angefangen und sehr viele Beziehungen schon zwei Jahre lang gehabt habe, hätte er immer noch verleugnet, was er tat; wenn jemand ihn daraufhin ansprach, habe er entrüstet gesagt: ich? homosexuell?, das ist ja wohl eine Unverschämtheit; erst nach diesen zwei Jahren sei er fähig gewesen, vor sich selber einzugestehen, was er tat, was er war. – – Die Hitze, die Hitzeglocke über der Stadt, die Erinnerung an Jochens Hündin, die hinten im Auto hechelte wie eine Gebärende kurz vor der Entbindung – – Ich habe wieder das Verlangen, wie in den Jahren davor, mich in die Wohnung zurückzuziehen, bei herabgelassenen Rolladen, die Luft steht still, trotz offener Fensterflügel, die Kinder spielen, und die Gerüche und Geschmacksempfindungen der vorjährigen Junimonate, das Übelkeits-Erstickungsgefühl, das Todesangstgefühl vom Vorjahr wird lebendig – – Der feine Unterschied zwischen den Begriffen »Abtreibung« und »Schwangerschaftsabbruch«, sagt jemand. – –

Ich liebe Sonja, und ich kann doch nicht bei ihr bleiben. Ich bin die Ruhlose, Gehetzte geworden, als hätte Jochen mit mir Gehirnwäsche gemacht. Ich möchte mich in Sonja begraben, ich möchte bei ihr bleiben. Aber ich kann nicht bleiben. Ich liege in ihren Armen, aber ich zweifle dann wieder an dieser Welt. Ich quäle Sonja. Ich gebe ihr Liebe, und ich quäle sie. Ich liege an ihr und erinnere mich an das utopische Glück des Stillens, und ich denke, die unbewußte Angst vor dem Stillen, die Sucht abzustillen, das Fortschubsen des Säuglings von der fließenden Brust der Mutter, ist die unbewußte Angst der Frauen vor dem Freiheitsdrang ihrer Erotik, ist die unbewußte Angst vor der Frauenliebe (sie wollen sich nicht fühlen, und wenn man eine Frau liebt, fühlt man, indem man sie fühlt, sich selber so stark wie nie); wüßten Frauen, was das Stillen ist, würden Frauen sich das Stillen nicht verbieten, ausreden lassen, würden Frauen auf das Stillen nicht verzichten; wüßten Frauen, was das Stillen eines Kindes ist, wüßten Frauen vom Empfindungsreichtum ihrer Brüste; wüßten Frauen von den Wollustwellen, die Berührungen der Brüste über den Körper schicken, würden Frauen Frauen lieben. Du brauchst mich nur mit den Fingerspitzen berühren, Sonja, *Kommunikation* (Verbindung), der Tod wie weggeweht und doch ganz da, wie aufgehoben und horchend in uns; das warme Quellen, Kribbeln in den Beinen; das Pressen, Drücken, Eindringenwollen und Sehnsucht, daß du eindringst (mit Phallus hat das nichts zu tun, der gleiche Irrtum wie die Behauptung, wenn man Brüste liebe, suche man einen »Muttersatz« – als könne man die Mutter ersetzen). Wir sitzen mit den Kindern am Küchentisch und essen gläserne Kirschen. Die Kinder suchen Zwillingskirschen aus der Schüssel. Ich mag keine Zwillinge, sagt Sonja, als Lotte sagt: Zwillinge hätte ich auch haben wollen, ihre Schwester und sie, sagt Sonja, seien von der Mutter wie Zwillinge behandelt worden, immer die gleiche Kleidung usw. – Im Lokal streitet sich Lotte mit jemand, der sagt, Homosexualität akzeptiere er (o danke!, wie großmütig!), aber er finde es pervers, daß Homosexuelle heiraten wollen (Homosexuelle vor dem Traualtar!, sagt er spöttisch) – – Die Bildung des Geschlechtslebens; von rückwärts möchten wir wieder ins Paradies kommen; nicht Marionette, nicht Gott sein können, das ist unsere Qual; irgendwo dazwischen leben wir; versuchen, die Bewußtheit zu vergessen; versuchen, Kopf und Unterleib zu trennen und doch auch wieder nicht zu trennen; versuchen, beides – Kopf und Geschlecht – zusammenzubringen, zu versöhnen – – Sie als Hebamme kommt ihrem Traum nah; sie berührt Frauen, hilft ihnen, ist ihnen in Solidarität nahe. Jemand sagt: erkennen, und dann erkannten sie sich, und sie ward schwanger, aber jemand sagt: wenn man sich zu gut kennt (in einer Beziehung, nach sieben Jahren), dann wird man rücksichtslos gegeneinander; was ist das für ein Kennen, Erkennen, das einen rücksichtslos macht?, wird man verwandt, wenn man sich zu gut kennt?: wird man Bruder, Schwester, Vater, Mutter (und zu denen war man ja auch nicht gerade rücksichtsvoll und liebevoll im Zusammenleben)? – – Du hast noch ganz kranke Augen, sagt Sonja zu Lotte. Warum ist es mir unangenehm, den Begriff »Orgasmus« auszusprechen und zu hören? Vielleicht, weil in diesem hart klingenden Wort etwas anklingt von Schnelligkeit und Vergewaltigung, von Automatismus –, es erinnert mich an Szenen, wie die Vergewaltigungsszene in »Von Angesicht zu Angesicht«: kurzes automatisches Stöhnen, Entleerung zwischen die auseinandergerissenen Beine einer überwältigten Frau – – Lotte, in der Nacht vor einer Reise zu einem

Fortbildungskurs, von höllischen Ohrenschmerzen überfallen, erstickt fast an einem Schnupfen, der sich nicht lösen will, kann kaum atmen, weil es im Hals schmerzt und brennt, wird von Husten geschüttelt und friert und brennt abwechselnd (wie oft war sie in diesem Jahr schon krank, hatte hohes Fieber und ist trotzdem zur Arbeit gegangen), läuft verzweifelt in die Küche, sucht ein Medikament, findet nur Tropfen gegen Halsschmerzen, findet noch kalten Kamillentee, den sie erwärmt, mit dem gurgelt sie, mit dem tränkt sie Wattebäusche und tupft sie in die Ohren, die höllischen Schmerzen hören nicht auf; sie verflucht den Körper und, zurückgekehrt ins Bett, sagt sie der inzwischen wachgewordenen Sonja, sie freue sich auf das Sterben, weil dann endlich die Seele aus diesem verfluchten Körper entfliehen könne und Ruhe haben werde. Sonja fragt, ob sie ihr Kamillenumschläge auf die Ohren legen solle; Lotte ist nah am Weinen, so sehr pocht und sticht es in den Ohren; Sonja geht in die Küche, und Lotte hört sie dort hantieren. Es dauert eine ganze Zeitlang, bis sie zurückkommt, sie fragt, wo die Waschlappen und Handtücher sind, dann kommt sie mit einem Topf voll kochenden Kamilleabsuds und tränkt, über dem Bett kniend, zwei Lappen und legt sie auf Lottes Ohren und legt ein trockenes Handtuch darüber um den Kopf herum, und Lotte spürt Erleichterung, schön heiß ist es an den Ohren; jede paar Minuten legt Sonja neu getränkte Lappen auf, bis der Absud in dem Topf nur noch warm ist, Sonja erhitzt ihn noch einmal -- Lotte kriegt keine Luft, Sonja legt ihr einen in eiskaltes Wasser getränkten Lappen um die Kehle und ein trockenes Tuch um den Hals herum; schließlich beruhigt Lotte sich und Sonja kann wieder schlafen gehen. Lotte legt die Bettdeckenzipfel auf ihre Ohren und rollt sich in die Bettdecke ein und schläft, bis der Wecker schrillt. Diesmal bringt Sonja die Kinder in den Kindergarten. Als sie zurückkehrt, legt sie sich noch für eine halbe Stunde zu Lotte ins Bett. Und Lotte versucht lustig und gesund zu sein. Sie muß zu dem Fortbildungskurs und kann sich nicht auskurieren. Sonja sagt: wenn ich dich festhalten könnte, würde ich dafür sorgen, daß du im Bett liegen bleibst, bei 40 Grad Fieber. Lotte schimpft noch einmal, wie schon in der Nacht, über den verfluchten Körper. Der alte Gedanke taucht wieder auf, sie sagt: meine Seele sollte eben doch in einem Jungenkörper sein, ich habe den falschen Körper. Dann haben wir zwei falsche Körper, sagt Sonja. Zwei falsche Körper, das gibt schon wieder einen richtigen, sagt Lotte. Wo hast du gelernt, einen Kranken so gut zu pflegen?, fragt Lotte. Was ist das für ein Rezept, das du heute nacht angewandt hast? Sonja sagt: ich weiß nicht; meine Mutter hat es so bei mir gemacht, als ich klein war und sehr oft Ohrenschmerzen hatte. Und woher hat es deine Mutter? Ich weiß nicht, sagt Sonja. Aber du mußt es doch wissen, sagt Lotte. Vielleicht von meinem Großvater, sagt Sonja. Was war der von Beruf?, fragt Lotte. Ich weiß nicht, sagt Sonja. Das mußt du doch wissen, sagt Lotte. Er hatte jedenfalls Schweine, eine Kuh und ein bißchen Land, ich bin ja bei meinen Großeltern als Kind viele Jahre gewesen, da meine Mutter sehr lange in Krankenhäusern war; ich weiß nur, sagt Sonja, daß er einen großen Bauernhof gehabt hatte in Ostpreußen. Hatte er noch mehr Kinder außer deiner Mutter?, fragt Lotte; ja, zwei Mädchen und einen Sohn. War der Junge der letzte?, fragt Lotte. Nein, sagt Sonja, er war der Mittlere, aber der Sohn ist heute der kränkste, er hat die Schwindsucht und wird wohl bald sterben – – War das Lieben, wenn man alles über den Geliebten in Erfahrung bringen wollte?, seine Kindheit, seine Gegenwart, seine Jugend, Szenen seines Erlebens?, nannte man diesen Forschungstrieb Liebe? – –

Auf ihrem Fortbildungskurs lernt Lotte einen Sexualwissenschaftler kennen. Sie fragt ihn, welche Wörter er benutzt, um den Beischlaf zwischen Frauen zu benennen. Er sagt, das Wort »Orgasmus« könne man sicher dann sagen, wenn man den Vorgang meine, der hölzern und hart und aufbäumend und plötzlich sei; wenn man aber ein Wort suche für etwas, das man wünsche, ersehne, so gebe es kein Wort, keinen Begriff, so könne man nur in vielen Sätzen umschreiben – Sie geht mit dem Sexualwissenschaftler in einer Mittagspause über den Friedhof der Stadt, und sie kommen an Kindergräbern vorbei, und sie sieht auf den Grabsteinen der Kindergräber die üblichen Zeichen für Geburt, für den Todestermin; es liegen Säuglinge dort unten, sieht sie, die wurden geboren und starben am gleichen Tag und wurden begraben. Das trockene Rauschen von Baumkronen über dem Friedhof, und sie sprechen über Transsexuelle, wie verachtet diese Menschen von der Gesellschaft seien, und der Sexualwissenschaftler sagt, auch er habe Jahre gebraucht, um sich wissenschaftlich und praktisch den Problemen dieser Menschen zuwenden zu können, weil die Konfrontation mit den Transsexuellen

soviele Ängste in einem erwecke, daß man den Gedanken an sie, geschweige denn das direkte Gegenübertreten, kaum aushalte, man fürchte, nicht mehr zu wissen, wer man ist – – *Warum ist mein Vater auch meine Mutter?* Muß ich mich also für immer mit meinem Zwischendasein abfinden, oder werde ich jemals finden, wer ich bin? Werde ich mich jemals definieren können? Werde ich jemals wissen, wen ich lieben kann, einen Mann, eine Frau? Werde ich mich jemals entscheiden können? Oder werde ich immer hin- und hergleiten zwischen dem Weiblichen und dem Männlichen? Gibt es diese engen Grenzen zwischen dem Weiblichen und dem Männlichen überhaupt nicht? – –
Lotte möchte sich wieder zurückziehen, möchte allein sein, möchte wieder von niemand berührt werden. Sie sieht den Flieder in der hohen grauen Vase, die Sonja ihr zum Geburtstag schenkte, aber sie sieht ihn in der Erinnerung, denn er ist längst verwelkt; sie sieht leergetanzte Kirmesplätze, hohl und leerverlassen am nächsten Morgen; sie spürt, von Grausen angerührt, das Vergehen. Sie sucht die Liebe als die höchste Steigerung des Lebens; süchtig ist sie, wie drogensüchtig, nach immer hohem Reiz, nach dem Beginn einer neuen Liebe, die alles wieder in niegesehene Farben taucht, die sie fähig macht, zu sehen, zu lesen, sich durchpulst zu fühlen von Feuer. Aber *es ist schon längst mit Grund und Bedeutung ausgesprochen: Auf dem Gipfel der Zustände hält man sich nicht lange.* Und deshalb immer wieder ein neues leidenschaftliches Aufbegehren, Lieben – – Oder ist es dies: *Was Sie brauchen, ist nicht die Frau* (den Mann), *sondern ein Instrument, um sich selbst zu befreien. Sie sehnen sich nach einem abenteuerlichen Leben, Sie wollen ihre Ketten zerbrechen . . . Niemand vermag Sie lange zu halten: Ihr Blick schweift immer schon über den Gegenstand Ihrer Liebe hinaus, auf der Suche nach etwas, das Sie nie finden werden. Sie werden den Blick nach innen richten müssen, wenn Sie sich je von Ihrer Qual befreien wollen . . . Ihre sexuelle Virilität ist nur ein Zeichen einer größeren, noch ungenutzten Kraft . . .* Sie findet einfach kein Bild einer Person, das sie halten kann über längere Zeit, sie findet nur Bruchstücke, sie liebt einen Menschen und hört, was er sagt, macht sich ein torsohaftes Bild aus den gehörten Sätzen, gleitet immer wieder ab; neue Strömungen erfassen sie, ihre Empfindungen ändern sich, wie das Wetter, so radikal. Und sie denkt dem Satz nach *lieben heißt allein sein.* Sie deutet ihn: nie kann man

zum Zwilling, zum siamesischen Zwilling werden, der man vielleicht gern sein möchte, um endlich alle Trennungen aufzuheben; *so habe ich oft gesagt, daß alles Unglück der Menschen einem entstammt, nämlich daß sie unfähig sind, in Ruhe allein in ihrem Zimmer bleiben zu können.* Was also heißt es, allein sein zu können? Hat sie denn nicht im letzten halben Jahr endlich unter Schmerzen gelernt, allein sein zu können? Ist sie nicht froh, allein in ihrem Bett aufzuwachen? Hat sie nicht endlich die grausigen Schmerzen überwunden, morgens in einem Bett aufzuwachen und den Geliebten neben sich verloren zu fühlen und in Schwermut darüber schon am frühen Morgen zu verfallen? Hat sie nicht endlich ihren Schritt in die praktische Wirklichkeit ganz fest gesetzt? Fühlt sie sich nicht froh, wenn sie um sechs Uhr früh in der Küche steht und den Kindern, die sie in den Kindergarten bringen wird, das Frühstück zubereitet und die Butterbrote für den Kindergarten schmiert und die Birnen abwäscht für den Kindergarten? Ihre praktischen Tätigkeiten stärken ihre Fähigkeiten, allein sein zu können. Jeder selbständige Schritt erfüllt sie mit Stolz, wie ein Kind stolz ist, das zum erstenmal für die Mutter einkauft und das Eingekaufte der Mutter auf den Tisch legt. Sie ist froh, den Fahrradsitz für das Kind am Fahrrad selbst anbringen zu können, denn dies kostet Geduld und etwas Kraft, früher hätte sie ihren Mann gerufen: hilf mir. Sie ist ja wie eine Gelähmte gewesen, die die ersten Schritte geht. Und lieben? Kann ich lieben? Jemand sagt: mir hat man schon gesagt, ich könne wahrscheinlich überhaupt nicht lieben. Sie denkt: ich darf mich nicht mehr täuschen, ich darf nicht das Verliebtsein in meine eigene Leidenschaft für Lieben halten. Aber sie weiß auch: immer noch treten die *Portalfiguren* der Kindheit: Vater, Mutter, Bruder, Schwester zwischen sie und den geliebten Menschen – – Sie sucht den Vater, den Bruder – – Und Jochen ist immer noch nicht tot in ihr. – – Aber was war die Liebe für sie? Verband sie nicht mit der Liebe die Hoffnung, in größere Wirklichkeiten, in fremde Wirklichkeiten einzudringen? In der Schule hatte die Deutschlehrerin sich einmal mokiert über Goethe, als sie den »Werther« durchgenommen hatten, daß der Goethe ja wohl ein bißchen zuviele Frauen gehabt hätte. Aber nun begriff sie, es gab Menschen, für die war Lieben ein Zugang zur Wirklichkeit. Der eine hing nur über staubigen Akten in Kellern und fand die Erkenntnisse, die er suchte. Der andere ging auf die Jagd. Der

Dritte schrieb ein Buch. Der Vierte suchte die Wirklichkeit in der Liebe usw. Oder fand sie jetzt Rechtfertigungen ihrer neuerwachten Angst vor der Frauenliebe? Sie dachte an das Leiden der homosexuellen Frauen, die immer wieder verlassen werden, einander immer wieder verlassen, weil von der Außenwelt kein bestätigendes Bild auf ihre Gesichter geworfen wird; sie sind allein, ohne Filme, ohne Zureden und Aufmunterungen: ihr macht es gut, so wie ihr es macht. Und war sie nicht auch angewiesen auf die Gesten der Außenwelt: du machst es gut? Konnte sie dies allein, da sie doch alles durchdachte, bemerkte, fühlte und anzweifelte: leben mit einer Frau, eine Frau lieben ihr Lebenlang? Fluchtbewegungen von Sonja weg, die sie liebte. Aber auch vor Johannes war sie in den Ehebruch geflüchtet, immer war sie geflüchtet.

# Wohnungen gegen den Tod

Sie mußte es sich eingestehen: sie suchte wieder einen neuen Zugang zur Welt des Mannes; wieder, wie zum erstenmal bewußt, machte sie die ersten Schritte, als sei ihre Biographie noch ein weißes, unbeschriebenes Blatt, als habe sie noch nicht dreimal geboren, noch nie einen Mann geliebt, als sei sie nie verlassen worden –; ihr Sohn, den sie morgens um halb sieben weckte, zeigte Erektionen beim ersten taumeligen Aufwachen, sie sah es mit Erstaunen, aber es war wirklich, bei einem Kind die ersten Andeutungen eines Mannes; ein neues Befreunden mit der Vorstellung vom Mann, wie zum erstenmal; zur Welt gehörten doch beide: dieser männliche Körper, dieser weibliche Körper. Eine Qual war nur, daß man beide Welten so entsetzlich trennte, als könnten in einer Person nicht beide Welten existieren.

Ihr Sohn steht vor ihr, umarmt sie und zieht ihr das lange schwarze Haar zu beiden Seiten über das Gesicht, wie jener Mann, von dem sie ihr erstes Kind mit achtzehn geboren hatte, das zur Adoption gegeben war. Sie träumt, sie sitze im Zug nach Köln, liege im Schlafwagenabteil auf der mittleren Liege und versuche einzuschlafen, sie liege wach, die Liege ist unbequem, uneben, sie liege dort in der Nacht, in der Dunkelheit, in dem rumpelnden, ruckelnden, sausenden Zug, der vorbeisaust an Bahnhöfen, deren Lichter durch die Ritzen der Abteilfenstervorhänge blitzen, und plötzlich sehe sie das Gesicht jenes ersten Mannes klar vor sich, ein Gesicht, das sie jahrelang nicht mehr gesehen hat, dort ist es, das Gesicht, in der Dunkelheit über ihr schwebend, plastisch wie eine Maske, deren Konturen sich scharf aus der Dunkelheit abzeichnen, in diesem rumpelnden, ruckelnden, sausenden Zug. Und sie träumt, am nächsten Tag sei jener Mann plötzlich leibhaftig da, vor ihrer Wohnungstür, in ihrer Küche, mit einem kaputten, pockennarbigen Gesicht, aber mit dem gleichen kindhaft-alten-männlichen Körper, etwas linkisch, etwas hilflos. Und sie träumt, jener erste Mann sei freundlich zu ihr, als ob er nicht jahrelang weg gewesen wäre, er umarme sie, gehe mit ihr und den Kindern zum Spielplatz, dem gleichen, häßlichen, kleinen Spielplatz, auf dem Jochen nach der Abtreibung mit den Kindern herumgeturnt ist; und auf dem Weg zum

Spielplatz sagt Hannes, der seine Gießkanne und seinen Spieleimer trägt, er möchte Wasser, und, scharfäugig, sieht jener Mann sofort in einer Garage im Vorbeigehen, vor der ein junger Mann ein Auto repariert, einen Wasserhahn, und fragt, ob er für das Kind etwas Wasser haben dürfe; alles kam wieder hoch, und sie sprechen über seine Theorie der sozialisierbaren Liebe; es gibt Tausende von Menschen zum Lieben, sagt er; er sprach gegen die Fixierung auf *einen* Menschen; dann müßtest du ja all diese möglichen Menschen lieben!, ja, sagt er, das möchte ich auch. Und sie träumt, sie sitze wieder im Zug, gegen Morgen, nach einer schon sehr langen Reise, mit zitternden Gliedern, im losen Sommerkleid, denn in der Hundshitze, die herrschte, als sie losgefahren war, hatte sie keinen Mantel, keine Jacke, nichts mitgenommen; und nun legte sie sich, gegen Morgen, in diesem Zug auf ausgezogene Sitze, krümmte die Glieder zusammen, rollte sich ein, sich zu wärmen; ein junger Schaffner kommt ins Abteil, sie mußte noch einen Zuschlag lösen, er fragt sie, woher sie komme, er spricht sie an auf ihre Müdigkeit, er sagt, er werde sie rechtzeitig wecken, sie solle ruhig noch schlafen; sie sprechen über die Mutter, er hat sich plötzlich ihr gegenüber gesetzt, sie ist in der Trance der Müdigkeit, hört ihm zu; er sagt, er habe, seit er sechs ist, keine Eltern, sei im Heim aufgewachsen, sein Vater im Krieg geblieben, zwei Monate vor seiner Geburt; seine Mutter an Krebs gestorben, als er sechs war, er ein Nachzügler, seine Mutter sei mit 47 Jahren gestorben; als sie 41 Jahre alt war, sei er geboren worden; die Geschwister seien zwanzig Jahre älter als er; er kam ins Heim, immer ein Mensch zweiter Klasse, sagt er, weil ich keine Eltern hatte; als er in ein Jugendheim kam, wohnte er nah St. Pauli, und es hätte alles passieren können, sagt er, ich verstehe, wie Menschen zu Verbrechern werden können, sagt er, meine Geschwister halfen mir damals sehr, sagt er, sonst hätte ich es vielleicht nicht geschafft, sondern wäre abgeglitten in die Kriminalität – – Haltlosigkeit, Unfähigkeit sich zu binden; das Hin und Her der Sinnlichkeit, was ist das? Zuerst Verlangen nach den ersten frischen Erdbeeren, nach den ersten taufrischen Kirschen, nach den ersten wie ungekannten pflaumenweichen Aprikosen. Erste Liebe. Das erstemal der Geschmack ein Mysterium; dann die Wiederholung, der Ekel; die vollen Erdbeerkörbe im Gemüsegeschäft entzücken nicht mehr, eher ein erdiger Verwesungsgeruch geht von ihnen aus in der Hitze des weitfortgeschrit-

tenen Sommers; die Kirschen reizen nicht mehr den Gaumen, der Gaumen hat von ihnen genug dieses Jahr; Prinzip des Wechsels, Prinzip der Abstumpfung; Prinzip des Gesättigtseins, Prinzip des Revoltierens gegen die Wiederholung, die wie ein Tod empfunden wird; ich habe genug! (Und Liebe als geistiges Prinzip?, Liebe in der Ehe?, Liebe als Form?) Süchtig nach Sinnlichkeit, süchtige Sinne.
Lotte schreibt an ihre Mutter: wie hast du es fertiggebracht, immer mit einem Mann zusammenzubleiben und diese Scheiß-Sexualität immer mit einem einzigen Mann auszuhalten?; ich würde mir am liebsten manchmal die Geschlechtsorgane herausschneiden, dann hätte man einfach Ruhe; ich kann mich an niemand mehr binden, nachdem Jochen mich verließ, und trotzdem verliebe ich mich!, aber die Mutter antwortet nicht. Sie träumt von der Insel Neuland, die im Traum eine kahle Insel ist ohne Bäume (wie in Wirklichkeit), ein eingegrenztes Land, wie eine eingeschrumpfte Bewußtseinslandschaft. Sie denkt, die Liebe ist nur das Messer, mit dem die innere Einsamkeit zutage gefördert wird. Die phasenweise erlebte Nähe, Wärme, Liebe läßt später nur die Einsamkeit um so stärker hervortreten, die Einsamkeit in mir, denkt sie. Sie geht auf der Straße und sieht eine Reklame: eine Bestattung auf hoher See löst viele Probleme. Welche?, denkt sie. Sie sieht das Wort »Seebestattungsreederei« auf dem Plakat. Sie sieht einen Film über geprügelte Frauen, muß an Jochen und Johannes denken, denkt: ich war doch immer die Betrogene. Jemand, der sie nach Jahren wiedersieht, faßt ihr unters Kinn, sagt: Sie haben sich verändert!, als ich Sie das letztemal sah, waren Sie ein Kind, jetzt sind Sie eine Frau!, Ihr Gesicht ist so geschliffen!, was ist es, das Schicksal? Bekannte hat man viele, aber Freunde hat man keine, sagt jemand. Lotte erinnert sich an die Gespräche mit Therese – über Sexualität, über die Männer, über Prostitution, über Promiskuität, über Polygamie, über Abtreibung, über ihre Identitätsfindung. Die Eltern holen die Kinder zum Wochenende ab; sie bleibt ziemlich heillos in der leeren Wohnung zurück; in solchen Momenten spürt man einen Vorgeschmack von Sterben: einmal wird alles aufhören, was eben noch um einen herumrauschte, einen berührte, Lärm machte und Leben verbreitete. Sie denkt den Kindern nach, denkt an ihre Erschrockenheit vor diesen ihr oft wie frischgezeugte Wesen erscheinenden Kindern. Sie denkt, was kommen wird, wie

für sie, auch für die Kinder: Pubertät, ein Fremdwort, Pubertät ist: Träume von Wegelagerern, die mich an engen, waldreichen, einsamen Wegen, Wegkreuzungen überfallen haben, Träume von Pferden; ein alter Arzt, der mich unsittlich berührt; neben dem Vater schlafen im sehr dunklen Schlafzimmer; das erstemal mit Johannes; Strohmietenerinnerungen -- Und Lottes Auseinandersetzung mit Jochen, der sie verließ, ist noch nicht zu Ende. Alleinleben, o die große Anstrengung, allein zu existieren, was ist dieses Selbständigwerden des Menschen? Bin denn auch ich eine »wahre Mutter«? *Wenn er mir von ihrer rechtschaffenen Mutter erzählt: wie sie auf ihrem Todbette Lotten ihr Haus und ihre Kinder übergeben und ihm Lotten anbefohlen habe, wie seit der Zeit ein ganz anderer Geist Lotten belebt habe, wie sie, in der Sorge für ihre Wirtschaft und in dem Ernste, eine wahre Mutter geworden, wie kein Augenblick ihrer Zeit ohne tätige Liebe, ohne Arbeit verstrichen, und dennoch ihre Munterkeit, ihr leichter Sinn sie nie dabei verlassen habe.* -- O ja, so möchte sie sein. Verstümmelte Mütterlichkeit. Die Abtreibung. Welche Verirrung, Abtreibung als Selbstbestimmungsrecht der Frau zu proklamieren. Aber *ich habe abgetrieben!,* möchte sie schrein. Und nur die lebenden Kinder können sie trösten, nur die lebenden Kinder! Wie Honig riechen die Blumen, sagt Hannes über die Blumen, die Lotte mitgebracht hat. Über die roten Rosen im lachsfarbenen Topf. Sie träumt von Jochen, von seiner Unfähigkeit. Im Traum begleitet sie Jochen bei literarischen Recherchen, in einer Stadt zu einer Militärdienststelle; sie steht mit Jochen an einem Schalter, urplötzlich stopft Jochen, der arroganten, selbstsicheren Gesichts am Schalter steht, sich einen auf dem Schaltertisch – hinter dem Militär steht und sich gerade abwendet – einen links neben ihm liegenden grauen Rucksack mit geheimen Akten in seine Tasche; im Nebenraum wird er dann zusammengeschlagen, denn man hat seinen Diebstahl bemerkt, er wird zum Krüppel geschlagen, weil er Geheimnisse gestohlen hat, Lotte geht rasch fort; Lotte kriecht, selbst verstümmelt, auf einem weiten Rasen in der Stadt auf allen Vieren weiter und will endlich nach Haus zurückkehren; ein junger Mann am Straßenrand, der aussieht wie Johannes, bietet ihr seine Hilfe an, sie lehnt ab; Jochen kommt ihr von weitem entgegengekrochen, als Krüppel, mit einem Beinstumpf, dann aufstehend und an Krücken humpelnd -- Es könnte ja sein, daß Lotte in Wahrheit eine Frau lieben kann, aber daß sie von ihrer Erziehung nicht loskommt, die sie an das männliche Geschlecht bindet, eine Erziehung ist eben nicht nur ein Außenanstrich, sondern ein Durchtränktwerden bis in die innersten Organe. Wie verschwommen das Bild vom Vater ist! Sie kann das Bild des Vaters nicht zusammenfügen, nicht ganz machen. Sie träumt vom Vater. Aus dem Ausfluß der Badewanne steigt im Traum etwas herauf, das wie die Hagelschnur im Ei-Weiß aussieht oder wie eine abgerissene Nabelschnur; dieses Etwas, das aus dem Ausfluß der Badewanne steigt im Traum, fängt an zu sprechen, als sei es ein Rest von einem Menschen; und sagt, man könne einen Offizier nicht so einfach zerstören. Mein Vater, der Bauernsohn und Arbeiter, sollte einmal Offizier werden, das wäre ein sozialer Aufstieg gewesen und hätte auch die Anerkennung seiner Braut, meiner Mutter, gefunden, denn die jungen Bauern- und Arbeitermädchen fanden die Offiziere schnittig und hübsch und eindrucksvoll; aber mein Vater wollte nicht Offizier werden, sondern blieb einfacher Soldat, und überlebte, wo er als Offizier vielleicht nicht überlebt hätte; Lotte ist entsetzlich erschrocken, daß jemand, der gestorben ist, in einem Rest von ihm plötzlich sprechen kann!, aber dann versinkt im Traum die Erscheinung aus dem Ausfluß der Badewanne wieder im Ausfluß. Und im Aufwachen denkt sie daran, daß ihr Vater sie einmal fragte, als sie Ei-Weiß und Ei-Gelb trennte und er ihr zusah, und sie das Ei-Weiß in den Spülstein fließen ließ, warum sie das Ei-Weiß wegwerfe. Und ich dachte, ich hätte ihm sagen können: Vater, du bist doch nie da, wenn ich Ei-Weiß und Ei-Gelb für eine Suppe trenne, und du trinkst ja rohe Eier, aber wenn du nicht da bist, werfe ich das Ei-Weiß fort, denn es ist zu glitschig, und ich brauche für die Suppe nur das Ei-Gelb. Und sie träumt, daß sie seit der Erscheinung aus dem Ausfluß der Badewanne immer in der Angst lebt, sie könnte wieder aus dem Ausguß steigen und anfangen zu sprechen wie ihr Vater, eine Spinne mit knackendem Geräusch könnte aus dem Ausguß steigen, eine zerrissene Nabelschnur oder eine Hagelschnur des Ei-Weißes – – Warum nur war Sonja schon als Kind der Geruch des Körpers des Vaters unangenehm? Die Entfremdung vom Vater, vom Körper des Vaters. O wie erinnert sie sich an die Erzählungen der Verwandten, sie habe als Kind den Vater zurückgewiesen; wenn der Vater nach Haus kam mit einer Tüte schwarzen Spitzkuchens in der Hand für sie, und sie auf den Arm heben wollte, schrie sie, und stieß

den Vater zurück, warum nur, warum? Was wollte dieser fremde Mann, der immer abwesend war? Der fremde Vater, der die Hebamme zu ihrer Geburt geholt hatte. Der fremde Bruder (aber auch die fremde Schwester, die vielleicht die fremdeste war, weil sie immer die Stillste gewesen war, die Zurückgezogenste).
Sie kann sich an die Zeit nicht erinnern. Sie blutete zum erstenmal. Ihre Brüste wuchsen. Sie merkte es nicht. Sie hatte kein Bewußtsein von ihrem Körper, der wie Luft war unter ihr. Alles ging so hin. Nahm seinen Lauf. So lebte sie hin. Die Jugend verflog wie ein Hauch. Sie und ihr Bruder zankten sich. Sie kannte den Körper des Bruders nicht. Ihr Bruder kannte ihren Körper nicht. Sie sah ihren Bruder sonntags mit schwerfälligem Leib im Bett ruhen bis Mittag. Sie sah ihn verquält. Er war verschlossen für sie. Es gab Bruder und Schwester nicht. Sie fühlte Mitleiden. Er hatte Alpträume, kam nachts mit seinen weißen Bettdecken die Stufen der Treppe heruntergetaumelt. Sie hörte Erzählungen, daß Zwölfjährige mit fleckigen Gesichtern aus ihren Zimmern oder von den Toiletten kämen. Die Mutter sprach mit ihr im »Eheschlafzimmer«, eines Morgens, zwischen Tür und Angel, während des Bettenmachens, bei offenen Fenstern, durch die Sonnenluft strömte, über die erste Menstruation. Jetzt wirst du das auch bald kriegen, Lotte. Das Fremdwort »Menstruation« sagte die Mutter nicht, sie sagte: die Tage, deine Tage, ganz selten auch: die Periode. In der Waschküche lag die schmutzige Wäsche. Einmal waren dort mit Blut getränkte Stoffbinden liegengeblieben. Die Mutter war sparsam mit den Stoffbinden, denn es kostete Mühe sie zu waschen, sie mußten extra eingeweicht werden. Später war die Mutter sparsam mit den Wegwerfbinden, denn die waren teuer, und die Mutter sah auf jeden Pfennig. Lotte ließ eine verschmutzte Stoffbinde im Badezimmer unter dem Waschbecken liegen. Im Wohnzimmer fragte der Bruder die Mutter, wer »die Sauerei« im Badezimmer liegengelassen habe. Der Bruder sagte: das finde ich auch nicht gerade hygienisch. Sie war erstaunt über seinen Ekel, fühlte sich angegriffen. Sie haßte es, wenn eine Binde solange benutzt wurde, bis sie nach verstocktem Blut und Verwesung zu riechen begann. Der Geruch des verwesenden Bluts ließ sie an die Plazenta denken, die bei ihrer Geburt zurückgeblieben war. Damals wünschte sie sich noch viel Blut, das Blut sollte nicht sickern wie bei einer vertrockneten Frau, die dem Sterben nah ist. Eine

sterbende Frau hat keine Menstruation mehr, dachte sie. Und natürlich, auch eine Frau, die ein Kind erwartet, hat keine Menstruation mehr, und eine Frau, die die Menstruation hat, erwartet kein Kind; irgendwie war diese Vorstellung von einer Frau, die kein Kind erwartet, beruhigend, es war die Vorstellung, ich werde nicht geboren ... Die Zeit verging. Sie blutete zum erstenmal, es waren nur ein paar Tropfen, es war Sommer, sie trug eine blaue Hose, sie lief aus ihrem Zimmer die Treppe hinunter und zeigte der in der Wohnküche an der Nähmaschine arbeitenden Mutter den schwachen Blutfleck (unter den Klassen kameradinnen wurde ja schon seit langem ein Wettbewerb ausgetragen, wer die Menstruation als erste, wer sie hatte oder noch nicht hatte, wer sie als letzte hatte). Nachts zusammengekrümmt unter der Federbettdecke, im Halbschlaf des Einschlafens neugierig den eigenen Körper berührend, wie ein fremdes, furchtbar weit entferntes Land, als sei es ein anderer. Ich, das ist eine andere. Mein Körper? Mein Körper? Sie schämte sich zuerst, daß ihr das Haar wuchs an ihrem Geschlecht. Was hatte dort an dieser fremden Stelle Haar zu suchen, das auf dem Kopf wuchs. Da wuchs Haar, wo es glatt und haarlos gewesen war all die langen Jahre. Und dann freute sie sich auch und hatte seltsame Vorstellungen, sich das Haar dort unten abzuschneiden, damit es schneller wüchse; es würde üppig, dick und kraus und lockig werden, wie die Wolle der Schafe, wie an der Mutter Leib, sie hatte es einmal gesehen, flüchtig, an der Mutter Leib das wollige Kraushaar. Sie schämte sich ein bißchen, wenn sie vor den Augen und Ohren fremder Leute in einer Apotheke Camelia verlangen mußte. Sie krümmte sich vor Schmerz, der Arzt sagte: wenn Sie erst einmal geboren haben, werden Sie nicht mehr solche Schmerzen haben. Sie wartete an »den Tagen« auf Zärtlichkeit, aber sie krümmte sich allein auf irgendeinem Sofa. Von der Ferienarbeit mußte sie nach Haus gehen, die Schmerzen waren zu stark. »Bereuen Sie dreihundertfünfundsechzigmal im Jahr, eine Frau zu sein?« Die Zärtlichkeit geschah nicht. Nichts war weicher als sonst. Der Tag schritt voran. Hitze machte ihren Kopf diesignebelig. Sie sah Tabletten in Mädchentaschen, »gegen Menstruationsbeschwerden«. Sie krümmte sich und verkroch sich in ihr Bett. Die Geräusche waren lauter und leiser als sonst. Ihre Stimme war leiser und matter, sie spürte eine Art leichter Wehen im Becken, so stellte sie sich leichte Wehen vor. Ihr Leib blühte nicht. Die Blutflut war nicht die Flut der Liebe. Lange schlaksige Schüler liefen an ihr vorüber. Sie wartete, daß die Zeit verginge. Wenn ich erst siebzehn bin!, hoffte sie. Die Brüste knospen, und der Bruder höhnte: du mit deinem Atombusen! Der Bruder machte sich lustig: deine Scheide da unten, dein zweiter Mund, sagte er. Brüderchen und Schwesterchen, das gab es nur im Märchen . . .

Und Therese im Internat, als sie ein Mädchen war, trug ihre schmutzige Wäsche zum Dachboden hinauf, und auf dem Rückweg ging sie zur Toilette und entdeckte ein dünnes Rinnsal Blut in der Hose. Sie sagt: ich empfand Stolz und das Gefühl, eine Frau zu sein. Jetzt bin ich eine Frau, dachte sie. Die Nonnen im Internat haben natürlich nichts begriffen, sagt Therese, die peitschten sich vielleicht dafür, daß sie noch eine Menstruation kriegten, sagt Therese. Und dann auch die Ablehnung der Mutter, sagt Therese, breite Blutränder waren in meinen Hosen trotz der Binden, denn ich blutete jedesmal sehr stark, und dann schickte ich der Mutter ein Paket mit diesen Blutränder-Hosen nach Haus zum Waschen. Und später hörte sie, wie die Mutter sich bei einer Nachbarin beschwerte: Therese hat jetzt auch die Tage, ich muß mich abends noch hinstellen und diese Unmengen von Hosen mit den verkrusteten Bluträndern waschen. Gehen Sie mal auf die Bühne und haben Sie die Menstruation und singen Sie, die Menstruation kriegen Sie prinzipiell bei Premieren, hörte Lotte eine Schauspielerin sagen, das ist etwas, worauf ich mit Hurra verzichte, das war der schönste Moment meines Lebens, als das aufgehört hat, ich fand das immer so grauenhaft, sagte die Schauspielerin . . . Eine große Mattigkeit befiel sie. Sie verwechselte sich mit ihrem Bruder. Manchmal wünschte sie, ihr Bruder zu sein, dessen Bild groß und schön in der Wohnstube der Mutter hing. Der Bruder war anders. Der Park war nah. Sie sah die Hunde im Park trainieren. Sie hörte ein Kind sagen: die Bäume tanzen im Wind. Sie fühlte: die Trennungen sind lang. Blutstürze sind unvermeidbar, Blutübertragungen unmöglich. Nein, es war nicht nur Freude, das Blut zu sehen, obwohl es kein Todesblut war. Es war ein bißchen grauslich, gespenstisch. Blut des Lebens, ja. Aber doch Blut, das wegrann. Immer die alte frühe Vorstellung vom Mutterkuchen, einmal zu mir gehörend, als ich im Mutterleib war. Und die Erzählung von jenem Mann, der zu spät in den Kreißsaal kam, als sein Kind schon längst geboren war, und gerade in dem Moment trat er in den Kreißsaal, da die Plazenta sich löste und herauskam, und als er diese Plazenta sah, die ihre Schuldigkeit getan hatte und nur noch ein Gehäuse war, *blutiges Gewebe,* war der Mann so überrascht und entsetzt, dachte vielleicht einen Moment lang, dies wäre sein Kind, und überrascht, als sei's der Tod, der mit blutigen Geweben ins Zimmer getreten sein könnte, fiel er in Ohnmacht vor Schrekken ... Und dann die Angst jener Frau, die zwölf war oder dreizehn, als die Nationalsozialisten Bluthunde auf menstruierende Frauen in Konzentrationslagern hetzten (also nichts von »Muttermythos« der Nationalsozialisten, sie hatten nur einen Mutterhaß, einen Frauenhaß, sonst nichts). Niemand erklärte diesem Mädchen etwas, sie verstand nur den Schrecken. Nach der Flucht aus Danzig im Lager in Kopenhagen, in einem vollkommen eingeschlossenen Lager, ihre erste Menstruation. Und während sie kauerte mit dem Blut zwischen den Beinen, erinnerte sie sich der aufgeschnappten nächtlichen Erzählungen ihres aus dem Konzentrationslager entkommenen Bruders von den Bluthunden, die auf menstruierende Frauen gehetzt würden. Und in dem Lager in Kopenhagen meinte man Wichtigeres zu tun zu haben, als sich um ein banales Ereignis kümmern zu müssen, das dem Mädchen tiefe Angst einflößte. Würden jetzt die Bluthunde auch auf sie gehetzt werden? ... Was hat sie denn da zwischen den Beinen?, fragte der Bruder abends im Kinderschlafzimmer. Komm mal her, ich will dir was erzählen, sagte die Mutter. Aber der Bruder, zwischen Neugier und Desinteresse, wich schon wieder vor seiner Frage zurück und sagte: ich will nichts hören. Wenn sie das Alter haben, kriegen sie alle vier Wochen eine Blutung, sagte die Mutter ... Wenn du »die Tage« kriegst, schläfst du dann mit Vater?, fragte Lotte. Die Mutter rief: ih! Und noch einmal: ih! Warum wollen viele Frauen heute die Menstruation abschaffen?, warum ist sie ihnen lästig?, fragte Lotte die Mutter. Das kann ich dir nicht erklären, sagte die Mutter, ich habe mich immer gefreut, wenn ich die Tage hatte, sagte die Mutter, in der Hauptsache habe ich mich gefreut, daß ich kein Kind kriege. Das Ausbleiben der Tage hieß Kinderkriegen. Wenn plötzlich alles stumm bleibt und kein Blut kommt und jedes leise Ziehen im Becken hoffnungsvoll als Ankündigung der doch noch kommenden Blutung genommen wird ... Ich bin mir immer so gesund vorgekommen, wenn ich die Tage hatte, sagt die

Mutter, es war so selbstverständlich, so verläßlich, ein Anhaltspunkt, der mich mit meinem Körper vertraut machte. Die Mutter sagt: warum sollte ein Mann sich vor der Frau ekeln, wenn sie blutet, nein, aber miteinanderschlafen während dieser Zeit: nein. Therese sagt: das ist doch nicht schlimm, du brauchst nur ein großes weiches Handtuch auf das Laken zu legen. Und Lotte erinnert sich an Jochen: ich wasche mein Blut von dir ab und ließe es doch gern an dir, daß es bleibt bis morgen früh, das bestimmte ih! der Mutter verblaßte. The blood flood is the flood of love, rätselhafter Vers. Die Mutter erzählte, daß sie, als sie Lottes Schwester, das dritte Kind erwartete, auch erwog, dieses Kind abzutreiben. Erwogen, was heißt erwogen? Du tatest es noch nicht. Ich tat es. Mutter. Wie fühle ich mich verstümmelt, daß ich das tun konnte, Mutter.

Es ist schön, es zu fühlen, das Männliche. Jetzt habe ich mich durch den Haß gegen Jochen hindurchgekämpft wie durch einen sehr bitteren Brei. Ich habe mich getrennt vom Mann. Ich bin seiner Herrschsucht entwichen. Ich bin allein. Nun werden meine Augen wieder frei für die Wirklichkeit, für die große Suche nach dem Mann. Für das Rätsel des Männlichen. Ich bin allein. Ich stehe auf eigenen Füßen, ich schwanke, aber ich stehe auf eigenen Füßen. Ich bin eine Mutter geworden, durch alle Bitterkeit hindurch. Und nun, nach diesem langen Kampf, fallen die Systematisierungen aus meinem Kopf heraus, ich entdecke die männlichen Menschen neu. *Muß es Männer geben? Nein,* höre ich sagen. Aber ich kann nicht zustimmen. Ich sehne mich nach beiden Welten. Ich möchte in beiden Welten zu Hause sein (wenn es überhaupt zwei säuberlich getrennte Welten sind). Durch meine Gesichtshaut scheinen männliche und weibliche Schichten. Ich möchte Empfindungsweisen kennenlernen, in denen beides ist und der Zugang zu beidem: zur männlichen, zur weiblichen Welt, zum männlichen, zum weiblichen Körper.

Der Sexualforscher sagt, es gibt kaum bisexuelle Menschen. Aber was sollen diese Einordnungen?

Georg hat sanfte Arme und trotzdem muskulöse und trotzdem männliche Arme. Georg gießt mir Wein in den Ausschnitt zwischen die Brüste. Er macht seine Hände feucht und streicht mir mit den weinfeuchten Händen über mein Gesicht. Feuchtigkeit, sagt er. Er küßt mein Knie und möchte meine Schuhe von den Füßen lösen. Er sagt, seine Füße seien erotisch ungeheuer empfindlich (ich denke an Sonjas Ausdruck »Handerotik«). Als ich ihn verlasse, bin ich irgendwie in Trance. Es gebe nur sehr selten das, was man als *Ekstase* bezeichnen kann, sagt der Sexualwissenschaftler. Sie wissen nicht, wie ärmlich das Sexualleben der meisten Menschen ist, hatte die Ärztin gesagt. Der Sexualwissenschaftler denkt über Begriffe und Sprache nach. Er sagt, in neueren Vorlesungen habe er wieder das alte Wort *Beischlaf* benutzt; niemand, weder von den »Rechten« noch von den »Linken«, habe protestiert. Die Begriffe »Koitus« und »Geschlechtsverkehr« finde er scheußlich (obwohl er sie doch in seinen Aufsätzen immer benutzt). Lotte fragt ihn, wie er über die Bücher Henry Millers, insbesondere über das Buch »Sexus« denke; der Sexualwissenschaftler sagt, sie erschienen ihm »rüde«. Er sagt, auch »Klitoris« und »Kitzler« seien entsetzliche Wörter; Lotte ist freudig überrascht über die sprachliche Empfindsamkeit des Sexualwissenschaftlers; Lotte sagt: Sie müssen neue Wörter erfinden, er sagt: tun Sie es. – – Ihre Haut brannte lichterloh und überall. Alle Fragen enden nicht bei den Einteilungen, denkt sie: ob Homosexualität oder nicht, sondern bei der einen Frage: wie frei können wir leben, lieben – in diesem Land, in dieser Welt? Die Freiheit zu lieben. Freie Liebe. Freie Liebe ist nicht terroristische Liebe in allen Betten (die Liebe Jochens). Freie Liebe ist der Versuch, einen Menschen zu lieben, bei einem Menschen zu bleiben. Wann aber werde ich bei einem Menschen bleiben können? Georg sagt: Geliebte verschleißen sich für mich immer sehr schnell, so daß ich es noch nie länger als ein paar Monate aushielt; vielleicht bin ich zu sehr Perfektionist, und wenn ich die ersten Fehler gefunden habe, fängt es schon an aufzuhören; in einem Wort: ich bin unfähig zu lieben. Wie groß ist die Freiheit in diesem Land, zu lieben, wie man zu lieben fähig ist? Auch das ist ein Prüfstein für Demokratie, auch das. Wie frei, wie frei sind die Menschen, zu lieben, zu lieben? Ich sehe im gegenüberliegenden Haus einen Vogelkäfig im Fenster, verharre lange an der Fensterscheibe und starre auf den Käfig und denke: immer noch sind wir in solchen Käfigen und binden uns selber noch zusätzlich fest. Sonja sagt: Ich will frei sein, ich will nicht abhängig sein; vielleicht ist das Lesbischsein so ein Freiseinwollen – und doch jemand zu haben. Georg berührte ihre Beine und fragte: warum rasierst du dir die Haare an den Beinen? Sie sagte: ich rasiere mir doch nicht die Haare dort, sie sind nur sehr hell und zart. Seine

Zunge ein straffes Segel zwischen ihren Lippen, in ihrer Mundhöhle, an ihrem Gaumensegel. Seine Brustwarzen auf leichten Brusthügeln, länglich sich aufrichtende spitze Stifte. Du bist natürlich, sagt er, du bewegst dich, die anderen Frauen sind so steif. Die Vorstellung eines nicht vergewaltigenden männlichen Gliedes, das in diese meine feuchte, überfließende Mulde sich eintauchen kann, umhüllt wird, sich bewegen kann in fließenden, scheuen, sanft-kräftigen Bewegungen, und unsere Flüssigkeiten vermischen sich zu glitschiger Feuchtigkeit, und kein Ekel mehr, kein Ekel mehr. Der Haß gegen die herrschsüchtigen Mitglieder des männlichen Geschlechts, gegen die Mörder der Frauen unter den Männern hat sich versachlicht, richtet sich nur noch auf die, die wirklich Unglück zugefügt haben, auf Jochen. Leben. Zugang zu beiden Welten. *Ich verlange in allem – Leben, Möglichkeit des Daseins, und dann ist's gut . . .* Georg ist einundzwanzig Jahre alt. Georg sagt Lotte, ihre Schrift sei komisch und kindlich. Lotte will geliebt sein und dennoch des Mannes nicht sicher sein. Eine bestimmte Art von Männern wirkt auf sie: aus ihnen spricht die gleiche hervorströmende Sinnlichkeit, sie haben die gleichen Rundungen wie Frauen fast, sie haben die gleichen Verletzungen, diese Todesangst-Männer, die gleiche Todesangst, von der sie durchtränkt sind wie von einem starken Duft, der sie anzieht, wie Blüten die Bienen, und sie kann nicht anders als hinfliegen, die Anziehung ist so stark, sie möchte niedersinken und liegenbleiben im warmen weichen Bett des liegenden Paars, des Rausches, der Umarmung; es ist, als würde sie Männer trinken wollen wie Luft, wie Georg seinen Wein trinkt, der Trinker. Mein Freund Bacchus, sagt Georg; ich brauche die Liebe, wie du deinen Freund Bacchus brauchst, Georg, zum Atmen. Georgs Todesangst. Bin ich denn eine Bohrerin nach Todesangst? Georg erzählt von seinem langjährigen Jugendfreund Michael, der vor zwei Jahren im Alter von vierundzwanzig Jahren an Krebs starb, und immer magerer und gelber geworden sei. Sie kehrt wieder zur Erinnerung an jenes Chaos der Gefühle, an jene Anarchie der Liebe, an jenes Grauen des Dazwischenseins zurück, das sie mit Jochen gekostet hat. Nun stehe ich zwischen den Geschlechtern, denkt sie. Ich renne gegen die Barrieren, die Barrikaden der Rationalität an, gegen diese Maske der Alltagsgesichter, gegen diese Grabmauern der Erziehungsfolterungen um sie alle, um ihre katholischen Körper, die vor Lust zu schrein vorgeben, aber da ist keine Ekstase, keine göttliche Freude, die Ekstase der wirklichen Offenheit nicht; ich weiß, daß die Liebe den Menschen göttlich macht, *was hast du mit dem Geschenk des Geschlechtes getan?*, sie warfen es weg oder züchtigten es oder schlossen es ein in stinkenden Käfigen und sind im Unrat, aber die Freude, die göttliche Ekstase, die den Menschen aus einem toten Fleisch zu einem Lebenden macht, sie fehlt, fehlt. Wie hungert mich nach der Nähe, aber vielleicht findet man sie wirklich nur im Mutterleib, im Mutterleib des Todes, ich bin also wieder beim alten Traum, und ich beneide mein Kind, daß es dringeblieben ist im Mutterleib des Todes, mein angefangenes Kind, nein, es ist herausgerissen, herausgesaugt worden, ist nie aufgewacht zur Geburt, ist vernichtet worden, wie man im Tod zu Nichts wird, und es ist das Beste so, geboren zu sein, ist wenn man lieben will, eine Qual, eine unendliche. So dachte Lotte. Georg hat nur einen Hoden. Lotte denkt an ihren Bruder, der nur eine Niere hat. Lotte verzweifelt an der Liebe. Sieht mit Entsetzen, daß die Liebe oft nur benutzt wird, um die Folgen des Fortschritts zu ertragen. Fleischlichkeit, um die Knochenhärte des Fortschrittslebens ertragen zu können. Arme mißbrauchte Liebe. Armes mißbrauchtes Zusammenliegen zweier junger nackter Körper, die einander fassen und halten, bis sie wieder aufrecht gehen müssen im nüchternen Alltag. Die Fremdheit in der Begegnung. Das neue, erste Ertasten eines fremden jungen Körpers, der warm ist, eine heiße Quelle. Erkennen? Aber kennen ist vielleicht nicht gut? Vor den schweren Träumen nach dem Abschied ängstigt sie sich. Vorgeschmack des Todes ist der Abschied von einem Menschen, mit dem man in fiebernder Umarmung lag. Nun hat sie monatelang über Frauenliebe nachgedacht. Und sie sagt: die eine Freiheit ist allein: durchbrechen zu können zu einer sexuellen Identität. Der Kreuzweg des Geschlechts müßte zu einem Weg des Glücks werden. Ich habe meine Angst gerechtfertigt, denkt sie, vor dem männlichen Glied, das mich unterjochte und mir Kinder in meinen Körper stieß, und ein Mann wurde der Mörder der Liebe und eines beginnenden Kindes, fuhr mit zur Aussaugung eines angefangenen Kindes und half mir nicht. Da begann ich mich zu ängstigen vor den Körperteilen dieses Mannes, die dies alles tun könnten, ich begann sie abzulehnen, und weiter wird dies für viele eine Notwendigkeit sein. Vergesse ich jetzt meine Angst? Ich habe

Georg getroffen. Und er, der ganze Mensch, zog mich an, und es war selbstverständlich, daß er ein Glied hat und kleine Brustwarzen und andere Arme und anders ist als ich und daß er die Hände nahm, um mein Geschlecht zu streicheln (diese etwas ungeschickten, sich im Geschlecht der Frauen nicht auskennenden Hände der Männer), und daß er sein Geschlecht in mein Geschlecht senken und stoßen kann, und daß seine Berührung ist wie eine lange Berührung innen, eine Wohnung gegen den Tod, weil alles brennt, innen und außen, und warm ist. Süchtig bin ich nach diesem ekstatischen Zustand, ich könnte eine wahre Trinkerin sein.
Und Georgs Sorge um Lotte ist gegenwärtig, er sieht sie an, er sieht, wie sie zwischen den Kindern und dem Beruf herumflattert. Seine Angst vor dem Tod bekennt er. Lotte freut sich über seine Jugend. Sie hat Angst vor dem dreißigsten Jahr. Er hat Angst vor dem Verlust seiner Zähne. Er sagt, er sei zweimal impotent gewesen. Er kann lang in ihr bleiben, aber dann fehlt eine Kraft: wieder nur ein etwas krampfhaftes Ausströmen des Samens, sie kennt es zu gut von Jochen. Auch Georg ist einer dieser Männer, die von Frau zu Frau gehen, weil sie die vollkommene Ekstase nicht finden, weil ihnen am Ende etwas fehlt. Sein Schuldbewußtsein, seine Schuldgefühle. Die katholische Erziehung, sagt er. Den Katholizismus kannst du nicht austreiben, sagt Lotte, der ist drin in dir wie die Poren in der Haut. Es hat ihn jemand verlassen, sein Freund, der vierundzwanzig Jahre alt war. Er trinkt Wein und gibt ihr Schlucke mit seinem Mund, Weinküsse. Er sprüht ihr mit seinem Mund Wein über die Brüste und ins Gesicht. Sein Leib ist feucht, gleitend geworden vom Schweiß der Liebe. Im Schweiße seines Angesichts liegt er über ihr und unter ihr und neben ihr und ist mit ihr verschlungen in den Stellungen knorrigster Bäume. Er raucht, Lotte lehnt das Rauchen ab, aber sein Rauchen nimmt sie hin, nimmt sie fast an. Die Aschereste in einem Cremedosendeckel, der Geruch der Zigaretten an seinen Händen, in seinem Mund. Er will Mathematik studieren, Don Juan und die Mathematik. Jetzt leistet er noch Ersatzdienst. Er sagt: mach' mir keinen Fleck, und sie sagt: nein, und: bist du immer noch so bewußt? Und sie erinnert sich an Jochen, kurz vor der Einlieferung ins Krankenhaus: mach' mir keinen Fleck, hatte Jochen auch gesagt. Dieser Kordon von kalter Bewußtheit, der uns umgarnt, uns Nordische, ein Todesgärtner

hält den Garten unseres Körpers steril, daß er nicht vordringen kann zur Ekstase. – –
Ihr Großvater soll sterben, sie kocht ihm eine Suppe im Traum. Sie füllt ihm die Suppe in einen Teller und setzt sich neben ihn, daß er esse. Da bemerkt sie, daß ihr »Großvater« noch sehr jung ist, ein junger Mann. Sie sieht auch, er wird sich wieder erholen, er wird sicherlich nicht sterben, während sie doch gedacht hatte, er werde nach diesem »Linsengericht«, das sie ihm bereitete, sterben. Diese entsetzliche Trauer und Traurigkeit am nächsten Morgen. Georg abwesend, fort. Sein Hemd (sein »Lieblingshemd«) ließ er ihr, es hängt im Schrank. Ich habe mich einmal über Kafka und seine Felice aufgeregt. Aber nun bin ich selber so geworden: Georg kommt im Traum in mein Elternhaus und will mich heiraten, ich aber kann mich nicht einmal entschließen, mich mit Georg zu verloben, die ganze Liebe Georgs wurde irgendwie wertlos, als er mich plötzlich überraschend annahm und mich haben wollte. Ich mußte denken: irgend etwas war nicht in Ordnung, wenn mich einer will. Ich fühlte mich nur ganz bei mir, wenn mich einer nicht wollte. Die Hochzeitsgesellschaft entfernt sich bald. Immer ist es so: die Hochzeitsgesellschaft entfernt sich. Im Traum Georg in einem großen Bett meines Arbeitszimmers mit den vielen Hebammenbüchern, Georg nackt und wach im Bett liegend, auf aufgestütztem Arm, leger; es klingelt und meine Eltern und Verwandten stehen als Hochzeitsgesellschaft vor der Tür; ich zögere, sie hereinzulassen, weil ja dieser nackte junge Mann in meiner Wohnung ist; dann bitte ich die Eltern und Verwandten in die Küche, dann sitzen sie an einem riesigen, runden Tisch im Wohnzimmer, und mein Onkel trinkt viel und auch die andern trinken maßlos, bis sie alle bitter und mürrisch und ernst in den Gesichtern werden; die Kinder toben im Bett herum, in dem Georg liegt; die Hochzeitsgesellschaft entfernt sich bald – – Immer wieder von vorn beginnen, mit einem fremden Menschen, die erste Vollkommenheit der ersten Liebe, der ersten Berührungen immer wieder kosten wollen, bis wieder feste Strukturen, die die Liebe zerstören, sich einschleichen und man das unwiderstehliche Verlangen spürt, fortzugehen. Georg: Und wenn ich die ersten Fehler gefunden habe, fängt es schon an aufzuhören. Oder regrediere ich nur in die Angst vor der Frauenliebe? Sie stellt, als Georg gegangen ist, die Frauenplatte an. Drei blutige Tage, Blutbett drei Tage lang. Er sagt, seine

Freundin, die ihm vor drei Tagen einen Abschiedsbrief schrieb, habe nicht die Pille nehmen wollen; Lotte sagt: jede Frau, die anfängt, ihren Körper zu schätzen, wehrt sich gegen dieses Medikament. Er sagt, sie hätten nur miteinander schlafen können zur Zeit ihrer Tage oder zwei, drei Tage davor und danach. Lotte sagt: dann kennst du die »Blutliebe« ja schon; ich habe nur zweimal mit Jochen im Blut geschlafen. Blutbett, Bluthochzeit, Blutbraut. Solche Verletzungen. Eine entsetzliche Angst hat sie vor Brüchen, vor Liebesverlust, und doch sucht sie ihn, weil nur in seiner Nähe sie sich wirklich fühlt. Er nennt sie »Nekrologin«. Nach dem Abschiedsschmerz kommt die Lebensfreude über sie, als sie Rockmusik hört und sich das Tanzen vorstellt. Sie geht an der Bahnhofsstraße entlang zum Arzt und sieht an einem Caféhaustisch draußen einen Soldaten das Buch »Die Kunst des Liebens« lesen. Georg hatte erzählt, daß Annemarie auf dem Bürgersteigpflaster mit Kreide ihre »Muschi« gemalt habe, sie habe mehrmals laut ausgerufen: ich male meine Muschi. Er schenkt ihr sein Lieblingshemd, blau mit weißgelben Streifen, und nach dem Abschied zieht sie es den ganzen Tag an. Der Mann mit dem gelben Hemd ist fort, sagen die Kinder. Lotte fragt den Arzt: was bedeutet es, wenn ein Mann nur einen funktionsfähigen Hoden hat? Der eine Hoden ist verhärtet und funktionsunfähig geworden nach einer Harnröhrenentzündung, die wohl irgendwie verschleppt wurde. – – Süchtig nach Männern, verspeisen möchte sie sie, immer wieder bricht das Verbotene durch, der Wunsch nach dem Durchdrungenwerden, nach dem Gewärmtwerden innen. Wer kann einen schon innen berühren? Sie sucht das Geschlecht des Mannes, dieses betörende Geschlecht. – – Georg sagt, sie soll den Tisch nicht sofort abräumen, das ist in Frankreich so schön, sagt er, daß sie dort so lang und in Ruhe essen. Ja, sagt sie, selbst die Weinbauern, bei denen ich einmal arbeitete, aßen stundenlang mittags. Aber wer hat dies stundenlange Essen auszubaden?, denkt sie. Die Frauen, die alles richten – – Er verläßt sie am Samstag nach Fronleichnam, zu Fronleichnam vor einem Jahr brachte Jochen sie ins Krankenhaus, fährt zu seiner Mutter in seinen Heimatort in die Eifel, wo Jochen auch aufgewachsen ist. Seine Mutter wäscht ihm noch die Wäsche. Das Bild von Johannes steht in der Küche über dem Schrank, als sei Johannes tot. Sie sagt Georg: warum hörst du nicht auf zu rauchen? Er hat schwarz-graue Zähne mit vielen

Plomben darin. Er sagt: du hörst ja auch nicht mit den Männern auf, die dich kaputt machen.
Sie träumt nachts, daß eine junge und eine alte *Frau* sie mitnehmen wollen zum Haus einer dritten *Frau*; auf dem Weg dahin sagte die junge Frau, Lottes Haar wäre sicher gefärbt; sie gab keine Antwort, legte sich aber rücklings auf den Bürgersteig und entblößte ihr Schamhaar schweigend, um zu zeigen, daß es die gleiche Farbe habe wie das Haupthaar. Sie ging weiter mit den beiden Frauen, und sie gelangten an jenes Haus, in dem die dritte *Frau* wohnte, zu der die zwei Frauen sie führen wollten. Vor der Haustür floh sie, lief weg. Sie kam in ein unwegsames Gelände, vor ihr stacheldrahtumzogene riesige Wiesen, sumpfig und schmutzig, voller unbekannter Tiere, hoch unter Wasser, *der Weg zur Liebe führt immer durch Schmutz und Elend. Die Verachtung des Weges könnte aber leicht zum Verlust des Zieles führen. Man muß daher die verschiedenen Wegerscheinungen demütig hinnehmen. Nur so kommt man an das Ziel heran – vielleicht*, da stand sie also vor den verschlossenen Wiesen, durch die sie hindurch mußte wie sie war: barfüßig –, eine Kutsche hielt vor ihr an den Wiesen, eine ältere Frau entstieg der Kutsche und bot ihr an, sie mitzunehmen; Sie können nicht dort hindurch, sagte die Frau, barfuß und ohne hohe, kräftige Stiefel, sagte die Frau – – Ja, ich sehe es nicht ein, ich stürze mich immer wieder in das selbstmörderische Elend, ich will einfach nicht wahrhaben, daß ich noch nicht stark *genug* bin, daß mir die hohen kräftigen Stiefel noch fehlen, um durch das Dickicht der sumpfigen schmutzigen Wiesen der Männerliebe zu gehen. Aber ich bin wie ein kleines Kind, schutzlos und unvorsichtig, voll kindlicher Vergessenskraft, ich gehe hinein in die Männerliebe. Sie wollte an den Strom des männlichen Lebens. Ihr Weg zum Mann. Aber den Mann sucht doch sie sich aus?, nicht er sucht sie aus? Immer noch ist in ihr diese alte, angezüchtete Hilflosigkeit, als sei sie Opfer, das erwählt werden muß. – –
Georg in der Telefonzelle. Er ruft mich an, seine Freundin sei zurückgekehrt. Er habe sich geekelt, als sie versuchte, ihn anzufassen. Aber Lotte kennt das ja: man faßt den andern trotzdem an, obwohl man aus den Armen eines andern kommt, man weint dabei, die Tränen brechen über das Gesicht aus, aber man läßt sich trotzdem anfassen, man nimmt es hin, daß man sich nicht entscheiden kann. Gibt es für die Frau im Verhältnis zum Mann,

auch wie für den Mann die Trennung zwischen der Frau als Mutter und Hure, die Trennung zwischen dem Mann als Vater und Don Juan? Georg steht in der Telefonzelle, und er braucht Feuer und fragt: hast du Feuer?, und Lotte sagt: ja, und sie kann ihm kein Feuer geben, und ein Passant gibt ihm Feuer. Und er sagt: grad ging eine Nutte vorbei, und Lotte sagt: woran siehst du das? Und er: an ihrem Gang, an ihren Bewegungen. Und er erzählt, er habe einmal in Paris zwei besoffene Nutten gesehen; die eine der beiden sei plötzlich stehengeblieben und habe mit langausgestrecktem Arm mit Fingern auf die etwas hinter ihr zurückgebliebene Kollegin gezeigt und laut und hysterisch geschrien: C'est une putain!, das ist eine Hure!, immer wieder: c'est une putain; und Lotte wirft ein: Selbsthaß! Ja, sagt Georg –, ich wäre gern mit den beiden mitgegangen, um mit ihnen zu reden. Die Mutter und die Hure. Der Vater und Don Juan. Georg sagt, sein Gesicht spiegele sich im Glas der Telefonzelle und er sehe jetzt Hannes ähnlich. Er möchte sich neben Lotte legen, sagt er, neben ihr schlafen möchte er, sie berühren, er habe kein Verlangen, mit ihr zu schlafen. – – Und Georg liest ihr das Gespräch zwischen Baal und Johannes in Baals Dachkammer vor, nachdem er ihr vorher erzählte, daß er sich fürchte vor dem Moment, in dem die Frau nur noch ein Klumpen Fleisch für ihn, unter ihm, neben ihm, über ihm sei –, ein Klumpen zusammengesunkenes Fleisch – – Er liest ihr vor:
*Johannes. Ich habe eine Geliebte, die ist das unschuldigste Weib, das es gibt, aber im Schlaf sah ich sie einmal, wie sie von einem Machandelbaum beschlafen wurde. Das heißt: Auf dem Machandelbaum lag ihr weißer Leib ausgestreckt, und die knorrigen Äste umklammerten ihn. Seitdem kann ich nicht mehr schlafen . . .*
Georg erzählt, in einem Kloster in Frankreich habe er einem Pater einen Pullover gestohlen, in der Bar eines Klosters, einen hellblauen Pullover, er trägt ihn jetzt. Im Kloster eine Bar. In der Mutter die Hure suchen. Die Hure ist die Geliebte, die Sexuelle, die Verlangende. Die Mutter ist die Liebliche, die Zärtliche. Wann endlich werden sich beide in einer Gestalt vereinen? Vater und Don Juan in einer Gestalt? Freiheit und Bindung in einem? Aber ist Liebe überhaupt möglich? Kann ein Mensch für einen andern eine Welt, ein leuchtendes weites Stück Welt sein? Georg sagt: vielleicht habe ich noch nie eine Frau geliebt. Er sagt: wenn ich dich nicht mehr liebe, werden wir nur Freunde werden. Ich

liebe Sie, gnädige Frau, sagt Georg. Ich wünschte, du wärst hier, sagt Georg. Ich habe Lust, dir etwas zu machen, mit den Händen, die ich erst so spät entdeckt habe, sagt Georg (mit den Händen hat er ihr schon zwei Becher gebrannt). Das ist das erstemal, daß ich einem Mädchen, er verbessert sich: einer Frau – soviel zu sagen habe am Telefon. Lotte denkt: das sind Sätze, wie ich sie oft hörte von Jochen. Wie oft denkt sie in diesen Tagen mit Georg, seit Fronleichnam ist sie mit Georg zusammen, an den Fronleichnamstag ein Jahr zuvor, als Jochen sie ins Krankenhaus brachte; wieder denkt sie an Selbstmord, an Tod, an gemeinsamen Tod, der Selbstmordgedanke ist wieder da, nachdem er doch so lange zurückgetreten war und Sonja ihr Ruhe gegeben und sie etwas Lebensfreude gelehrt hat. Sie fühlt sich manchmal wirklich wie ein Fleischklumpen, wie ein geschlachtetes Tier, wie eine Leiche, die sich in Verwesung aufbläht. Und sie liegt, als Georg fort ist, neben Sonja und legt zögernd ihre Hand in die Hände Sonjas. Und sie sagt, daß sie das Ende der Liebe nicht ertragen kann, wenn sich alles aufbäumt und abebbt und zu Ende ist. Und Sonja sagt: aber das ist doch das Normale, daß das plötzlich abbricht und Schluß ist und alles abebbt. Das fast gesichtslose Verlieben in fremde Menschen, um den Ekel vor dem schneidenden Schnitt der abebbenden Lust zu verlieren? Wie unfähig fühlte sie sich, mit den Nägeln ihrer Finger die Hautfläche seines Körpers zum Brennen und Blühen zu bringen. Sie denkt an den Ausdruck *Sex-Flush* in einem Aufsatz des Sexualwissenschaftlers und an die gerötete Brust von Georg, an seinen Schweiß, an sein Außer-Sich-Sein –, seine Augen könnten die eines Sterbenden sein – – Es gelingt ihr nicht, alle Liebe auf eine Person zu vereinen. Immer wieder spalten sich die Gefühle ab wie hingeworfene Stäbe eines Mikadospiels. Es ist ein Abenteuer, in einen fremden, anziehenden Menschen einzudringen. Sie möchte unter seine Haut, in sein Gehirn, in seinen Leib, in seine Eingeweide. *Ja, was man so kennen heißt. Du hast dunkle Augen und lockiges Haar und einen feinen Teint und sagst immer zu mir: Lieb Georg. Aber* er deutet ihr auf Stirn und Augen *da da, was liegt hinter dem? Geh, wir haben grobe Sinne. Einander kennen? Wir müßten uns die Schädeldecken aufbrechen und die Gedanken einander aus den Hirnfasern zerren.*

Lieb Georg, du hast dunkle große Augen, dunkel-helles Braun, Augen, die mich wie hypnotisiert anstarren können. Und doch bleibst du für mich unfaßlich. Ich berühre dich, lieb Georg, ich öffne mein Geschlecht für dich, ziehe mit eigenen Händen die Lippen meines Geschlechts für dich weit offen, daß du dich ganz einnisten, daß du wohnen kannst in mir – Ich eine Wohnung gegen den Tod, du wohnst mir bei, Beischlaf – – Und dann Ende. Immer dies von baldiger Trennung bedrohte Lieben. Die Mutter sagt: was habe ich neulich irgendwo gelesen?, jedes Ende einer Liebe ist wie Tod. Du kannst doch nicht zehnmal im Leben sterben, sagt die Mutter. Sonja hat nach langen Gesprächen über ihre Unzufriedenheit mit dem Studium das Studium von einem Tag zum andern abgebrochen, will eine Ausbildung als Masseuse in einer andern Stadt, im Ruhrgebiet, beginnen. Sie hat ihre Mutter gutgelaunt angetroffen. Als sie dann sagte: ich habe mit dem Studium aufgehört, wurde ihr Gesichtsausdruck ganz anders, sagt Sonja. Dann aber sagte die Mutter: du mußt dich in den Krankenhäusern erkundigen. Dann sei ihre Schwester noch gekommen, die medizinisch-technische Assistentin, und habe sich riesig über ihren Entschluß gefreut. Und mit der Schwester ist sie dann zu einem Masseur gefahren, der ihr aber abgeraten hat, mit den Worten: wenn ich zu wählen hätte, dann würde ich nicht Arbeiten mit den Händen machen (als sei nur ein Akademiker etwas wert, sagt Sonja, das Wichtigste ist doch, daß mir die Arbeit Freude macht). Der Masseur sagte auch noch: das geht unheimlich auf die Gelenke, meine Gelenke sind schon ganz kaputt. Dann sei sie mit ihrer Schwester zu einer Masseuse in einer Badeabteilung gegangen, die habe dann von ihrem Beruf geschwärmt. Die Mutter habe sie aufgefordert, zu warten, bis der Vater von der Arbeit käme, aber Sonja mußte fort. Vor ihrer Rückfahrt habe sie noch ein Gespräch mit ihrer Mutter geführt über ihre Gesundheit. Zum erstenmal habe sie von der Mutter erfahren, daß die Schwierigkeiten mit ihrer Blase angefangen haben, als sie vier und die Mutter ein Dreivierteljahr im Krankenhaus war und Sonja bei einer Tante, bei der sie ein paarmal, bevor sie einschlief, zur Toilette mußte und nachts ebenfalls mehrmals, so wie ein den Eltern bekanntes fremdes Kind immer wieder mußte, und dann nur ein paar Tropfen in die Toilette machte, oder wenn jemand kam, gar nicht konnte; die Mutter habe ihr gesagt, sie solle zum Nervenarzt gehen, vielleicht könne der auch eine Aufklärung ihres Fingernagelkauens finden. Sonja richtig euphorisch nach dem Gespräch mit der Mutter – – Die Masseuse, die Streichelnde – – Eine Wohnung gegen den Tod. Liebe eine Wohnung gegen den Tod. Ich habe heute eine alte Frau besucht, sagt Lotte, die mir alte Möbel verkaufen wollte, aus einer Wohnung, die sie auflöste, der Wohnung ihrer Schwiegermutter, die mit neunundsiebzig Jahren nach Marienthal gebracht worden war auf die Station derjenigen Alten, die am meisten abgebaut haben, für 2100 Mark im Monat – – Die riesige Wohnung, eine Todeswohnung; die meisten Möbel und Bücher waren schon verkauft, sagt Lotte, nur noch das Schäbigste war übrig, sie zeigte mir die Schlafräume der Abwesenden, alles stank nach Urin; erzählte, wie die alte Frau alles unter sich gelassen hätte, schlimmer als ein Säugling, sagte sie; da lagen nun die Bettwäsche der alten Frau, ihre Schlüpfer überall eingepackt in Klarsichttüten; wie eine Tote war die alte Frau anwesend, entrechtet nun in einer Altenanstalt für Geisteskranke, und die Geier räumen das Haus aus, dachte Lotte, arme Alte, war denn niemand da, der dich bis zum Tode pflegte? Nun liegst du in einem Zimmer, darin drei Betten nebeneinander stehen, zwischen ihnen Nachttische – schmuckloses Zimmer. Sie konnte ja das ganze Haus in Brand stecken, sie war nicht mehr zurechnungsfähig, sagt die Frau, die mich führt, sie ließ das Gas an und öffnete die Haustür nicht mehr. Eine Todeswohnung – – Wenn erst gestorben wird, wird die Liebe abwesend sein, denkt Lotte. Ich habe von einer Sterbenden gehört, die in der letzten Stunde nach Geschlechtsliebe verlangte, man schlug ihr den Wunsch zu lieben in der Todesstunde ab, unter den Bedingungen des Klinikbetriebes . . . Das ist gut so, sagt eine Nonnenschwester, schließlich heißt Sterben Sich-Verabschieden, auch von der Liebe und von den Sinnen . . . Sich verabschieden. Ich habe Georg gekannt, und ich habe ihm einen Abschiedsbrief geschrieben. Denn seine Sätze am Telefon, die den Sätzen Jochens so sehr ähnlich waren, jagten mir Grauen ein. Er, der Einundzwanzigjährige, klagte, sein linkes Bein schmerze so stark; ein Raucherbein, sagte er, was ist das?, fragte ich, und er: das Bein wird schwarz, die Arterien verengen sich, und dann wird das Bein amputiert. Hör auf zu rauchen, sage ich. Ich kann nicht, sagt er. Ich will weiter rauchen und mein Bein behalten, sagt er. Ich habe Angst wie ein Schwein vorm Schlachthaus, sagt er. Ich sage ihm, daß ich heute einen einbeinigen Mann mit seinem Beinstumpf gesehen habe, wie er in sein Auto stieg. Er sagt: es gibt keine glückliche Liebe. Er sagt: man kann nur lieben, wenn man selbst nicht geliebt wird. *War diese Angst vor dem Geliebtwerden, die aus den frühesten Leiden seiner Kindheit stammte und ihn nie verließ, eine Warnung, der er folgen mußte bis zuletzt, oder kam es darauf an, wie von einem ältesten Irrthum, von ihr geheilt zu sein?* Er sagt: all die Mädchen, die mich aufopferungsvoll geliebt haben, die habe ich nicht geliebt. Ich rufe ihm zu: Liebe ist keine unglückliche Liebe, kein Tod, kein Verfall, keine Krankheit, sondern von allem das Gegenteil. Sie will nicht, daß dieser Mensch – wieder einer, der sich nicht entscheiden kann, der nur liebt, wo er nicht geliebt wird – sich in sie einnistet wie ein Tumor. Ich will eine warme, glühende, freundliche Liebe, nicht ein zerrissenes Verhältnis, ich will Vertrauen, vollkommenes Akzeptieren der Sexualität, ruft sie ihm zu. Und ich glaube, ich bin jetzt soweit, das alles zu leben. Ich werde den Menschen finden, mit dem ich dies leben kann. Mein Körper verfault, sagt er. Er suhlt sich in diesem Gedanken: mein Körper verfault. Ich fühle es, sagt er. Auch er, der Einundzwanzigjährige, lebt in tiefer Depression. Kaum schaut man hinter die Kulissen der schönsten Jugendlichkeit, entdeckt man nichts als Unsicherheit und Angst, was ist das? Er identifiziert sich mit seinem Freund, der mit vierundzwanzig Jahren an Krebs starb vor seinen Augen. Er aber flüchtete vor dem Tod des Freundes, sah den Körper des langjährigen Freundes von weitem gelber und immer verschwindender werden. Ich hab' dich lieb, immer noch, sagt er, solche Abschiedssätze, Todessätze. Wer einmal einen Menschen fortgehen sieht in den Tod, der kann vielleicht nie mehr glauben, daß etwas beginnt und dauern kann. Geht es nicht auch mir so?, denkt Lotte. Erwarte ich denn nicht immer schon, kaum hat etwas begonnen, das Ende? Die unglückliche Liebe verheilt wie eine große Wunde, langsam und schwer und schmerzhaft, in Jahren. Lang braucht die Erinnerung, um über einem schmerzenden Gedenken an einen verlorenen Menschen heilende, betäubende Schichten abzulagern. Täglich gehe ich durch die Straßen an Gebäuden vorbei, die mich an mein Zusammensein mit Jochen erinnern, an Orten, an denen ich mich aufhielt mit Jochen, und immer schleierhafter sehe ich Jochen vor diesen Gebäuden, an diesen Orten, wie in einem Nebel seine verwischte Gestalt, und mein Herz wird aus Eis, wenn ich an ihn denken muß im Angesicht der Orte und Gebäude. Wie war ich erschrocken, als Georg mir, bevor noch irgend etwas geschehen

war, sein Lieblingshemd schenkte wie einen Fetisch, wie den Nachlaß eines Toten, wie ein vorzeitiges Abschiedsgeschenk; auch Jochen hatte mir solche Abschiedsgeschenke, Reliquiengeschenke gemacht, später warf ich sie alle in den Müll, denkend an den riesigen Platz hinterm Friedhof, worauf in hohen Stößen zerfallende Kränze und Blumen verbleichende künstliche Blumen lagern, Kränze wie abgeblätterte Autoreifen.
Lieb Georg, ich lasse dich. Ich kann dich nicht fassen, trotz aller Verschlingungen unserer Körper. Sterben mußt du selber lernen, kannst nicht andere sterben lassen, damit du deine Todesangst verlierst, wie es die Baader-Meinhof-Leute machen. Und ich kann nicht deine Angst heilen, kein ganzer Mann zu sein. Das wäre mein alter Irrtum, daß sich Geliebte heilen können. Sie sehnt sich nach dem unabhängigen Mann, der sich nicht gängeln läßt von einer Frau, vielleicht hat sie den immer treuen, anhänglichen Mann (ihren Vater?) als lächerlich und schwach und ohnmächtig empfunden? Begegnet sie einem unabhängigen Mann, spürt sie doppelt deutlich ihre eigene Existenz, ihre eigene Beschränkung, spürt, wie weit entfernt sie noch vom Selbst-Existieren-Können ist. Ein Dichter hat einmal behauptet, »die Frau« führe kein geistiges Leben, aber nur ein geistiger Mensch lasse Freiheit und gewähre Abstand. Diese Behauptung hat mich sehr zornig gemacht, aber dann habe ich gedacht, daß es viele Menschen gibt, die keinen Abstand gewähren, weil sie kein geistiges Leben führen, und ich habe mich gefragt, ob ich zu diesen Menschen gehöre. – – Den andern aufzureißen, das wünsche ich, darum suche ich die Liebe. Als könne mir die Liebe alle andern Bemühungen und Anstrengungen um die Erlangung von *Weltwissen* ersparen. – Zerstört hat die Begegnung mit Georg Lottes gerade im Keim sich entwickelndes homosexuelles Bewußtsein. Sie fühlt sich nun abgerissen von Sonja, auch nach dem Abschied von Georg. Georg hat unzuverlässige, kurze, wabbelige Hände, würde die Mutter sagen. Die Sehnsucht spürt sie, einmal mit einem Mann die Liebe zu erfahren, der reif für ein Kind wäre. Sie denkt nach über die unaufhörlichen Abbrüche seit der Trennung von Jochen. Keine Bindung an eine frühe Person, denkt sie, so keine Bindung später, denkt sie, ein schnelles Vergessen, denkt sie, aus den Augen, aus dem Sinn, denkt sie, kindliche Vergessenskraft der in der Kindheit Vergessenen und Ungeliebten. Sonja, ich liebe es, wenn du kommst, mit mir ißt, mit mir

sprichst. Sonja, ich liebe deine Gegenwart. Sonja, ich liebe dich als einen Menschen, als eine Frau, die mir viel bedeutet. Das Sexuelle, Sonja, ist zuerst euphorisch, übersteigert, es verflüchtigt sich dann wieder, wie der Geruch der reifen Früchte im Herbst, beginnt vielleicht wieder neu bei einem andern, ohne meinen Einfluß, Sonja, so ist es. Und ich will diesen Zustand, der mir selber Lust *und* unendliche Qualen bereitet, leben können, muß ihn leben, Sonja. Auch ich bin ein »Gott«, der Engel und Teufel zugleich ist. Ich habe Höllen in mir, Kälte und Eis – sowie Liebe und Zärtlichkeit. Ich liebe deine Gegenwart, deine Art dazusein, Sonja, einfach die Präsenz deines Körpers, Sonja. Die Lieben, die wechselnden – Alle Bruchstücke sind Bruchstücke *einer* Person, die ich suche. *Der Don Juan sucht immer die Vollkommenheit, also etwas, was es auf Erden nicht gibt.* Jetzt suche also auch ich, Sonja, meine große Liebe stückerlweise zusammen, Sonja. Man begreift es nicht, Sonja, daß man einen Menschen verlieren kann, wie ich Jochen und das Kind verlor, man begreift es nicht. Ein Mensch stirbt, und man begreift es nicht. Nie wieder kann man an Dauer glauben, wenn einem ein Mensch fortgegangen ist, Sonja. – – Sonja studiert doch weiter. Der Vater, der Arbeiter, die Mutter, die Hausfrau, sehen ihre Zukunftshoffnungen betrogen, wenn Sonja nicht weiterstudiert und etwas Besseres wird als sie – – Sonja träumte, sie solle mit einem Mann schlafen, sie tat es nicht, ging aus dem Zimmer, und hatte ein sehr großes Schuldgefühl. Sonja erzählt mir, wie als Sechsjährige sie ihr um einige Jahre älterer Cousin »verführt« hat; er setzte sie in der Wohnung seiner Mutter auf seinen Schoß, vor den Spiegel einer Friseurkommode im Schlafzimmer, und griff ihr zwischen die Beine, er fragte sie, wie sie »seins zwischen den Beinen« denn nennen würde, sie antwortete ihm, sie wisse es nicht, er sagte: meine Spinne; Sonjas Spinnenphobie. Man müßte einmal einen Katalog von Angstsituationen in der Kindheit aufstellen, die eine Frau zur Angst vor der Frauenliebe konditioniert haben, denkt Lotte. – – Überall diese Todesangstmänner, denkt sie; sie ziehen mich an, weil ich immer noch nicht fähig bin, mit einem Menschen zu leben, ohne die Sucht nach Symbiose, Zwillingsdasein, Abhängigkeit. Mein Wiesenkraut-Schamhaar. Erotische Erfahrung. Und wenn es so wäre, daß die Ekstase, die wir ersehnen, in dieser Welt des zwanzigsten Jahrhunderts unmöglich geworden wäre? Glaube ich denn, ich hätte den Schlüssel zur erotischen Erfahrung gefunden? Es werden sich immer neue Ringe bilden, Jahresringe erotischer Erfahrung. Der Jahrestag der Abtreibung steht vor ihr, und sie hat das Gefühl, das Trauerjahr um das tote Kind ist vorüber, oder täuscht sie sich?, hat sie nur alles gut versenkt in sich, in monatelanger heftiger verschüttender Arbeit?, und wird es irgendwann, sich wieder gegen sie richtend, herauskommen?, hinter gebrochenen Dämmen hervorstürzen?, in Träumen von toten Kindern, in krankhaften Verliebtheiten?, in Depressionen? *Einen grauenhaften Fund machten am Wochenende spielende Kinder in einem Waldstück bei München. Sie fanden nach Mitteilung der Polizei die Leiche eines offenbar neugeborenen Säuglings im Laub. Die Kindesleiche war unbekleidet, Hinweise auf seine Herkunft fand die Polizei nicht.* Und Lotte trifft eine Frau, die erzählt ihr, sie sei von einem Bauernhof, dreihundert Morgen groß, enteignet durch fortschreitende Kollektivierung, seit 1200 bestand dieser Hof, sie habe zwei Schwestern, nur zwei Schwestern, die Eltern hatten, das kennen wir inzwischen ja, einen Sohn gewünscht, der Name sollte ja weitergeführt werden, der seit 1200 auf dem Hof bestand, die Mutter aber hatte eine Fehlgeburt, sie hob Hafer und die erste Frucht ging dabei verloren, es war ein Junge, soviel konnte man erkennen, aber er war tot, das wurde den drei Schwestern immer vorgehalten, daß sie keine Söhne waren, und die Mutter fühlte sich ihr Lebenlang unfähig, sie hatte den Sohn verloren, war unfähig, einen Sohn zur Welt zu bringen, aber Sie müssen doch sehr neurotisch sein angesichts dieser Vorgeschichte, sagte Lotte, man kann sich zusammenreißen, sagte die Frau, mein Leben lang habe ich Selbstbeherrschung geübt, das ist alles. Ja, so fühle ich mich, wie diese Frau, die ist wie ein Zwilling, deren Bruder gestorben und die kaum lebensfähig ist. Und immer noch nicht bin ich fähig, mit einem Mann zu leben ohne die Sucht nach Symbiose, Verkettung und Abhängigkeit. Deshalb gerate ich an Menschen, die mich hinhalten, die mir entfliehen, ausweichen – –

Alleinleben, unabgestützt – – Die große Anstrengung, allein zu existieren – – Was ist dieses Selbständigwerden des Menschen? Ich muß wieder an die Tötungslust des Mannes denken. Ein Mann sagte mir, er empfinde oft auch Tötungslust, wenn er eine Frau »durchbohre«, in sie eindringe – das Wort »stoßen«! Jemand sagt, er hat vier Töchter, ihm selber mache es nichts aus, aber seine Arbeitskollegen hänselten ihn öfters und fragen, ob er

vorbei »gezielt« habe (also keinen Sohn zeugen heißt: vorbei zielen). In der Erregung wiederholte Georg meinen Namen immerzu: Lotte, Lotte, Lotte, fast schwerzüngig, langgezogen ausgesprochen, ausgerufen, voll Erstaunen – – Ich liebe die Männer, sagt Lotte zu Sonja, wie weit ist es zu diesem Satz. Wo in der Welt können noch Abenteuer erlebt werden, wenn nicht in der Liebe. Ich liebe die Frauen. Ich liebe die Männer. Sie kann sich nicht einordnen. Sie denkt an das Gespräch mit dem Sexualwissenschaftler, über Transsexuelle, die mit Selbstmord drohen, wenn man ihnen nicht hilft und sie nicht in das von ihnen ersehnte Geschlecht umwandelt, die sich Penis und Brust abschneiden, unerträgliche Schicksale – –
Sie denkt an ihr Muttersein, fragt: habe ich den zweiten Schritt vor dem ersten getan, habe ich erst Kinder bekommen, ehe ich den Durchbruch zur vollkommenen erotischen Erfahrung erlebte? Nein, sagt sie, es sind nicht Hormone, die mir fehlen, nicht deshalb bin ich lebensunfähig, es ist der Mensch, der – nach Platons Vorstellung – früher einmal zu mir gehörte: das Gegenstück meiner Vollständigkeit, *soviele aber von den Weibern ein Schnittstück von einem Weibe sind, die richten ihren Sinn nur wenig auf die Männer, sondern wenden sich weit mehr den Frauen zu, und die mit Weibern buhlenden Weiber stammen von dieser Art . . . Und so führt die Begierde und das Streben nach dem Ganzen den Namen Liebe . . .* Meine bessere Hälfte, meine andere Hälfte, sagen die Menschen, dieser Sprachgebrauch ist die bewußtlose, banalisierte Rede über unseren Zustand, wir sind Schnittstücke, aber ich weiß nicht, noch nicht, zu wem ich gehöre . . . Bin ich ein Schnittstück von einem Mann, einer Frau? Ich bin auf der Suche – und werde aufblühen, ich bis dahin *lebende* Selbstmörderin, wenn ich gefunden habe – – Ich werde finden. Ich werde leben. Wir werden finden. Wir werden leben. *Die Unerschrockenheit, zu sein und zu lieben, ist unter Menschen selten wie ein Diamant zwischen Kieseln,* dies wird sich ändern. Alles wird sich ändern. Und wir werden leben. – –
Sie geht zu einer Frauenärztin; aber die Frauenärztin, obwohl sie selbst lesbisch sein soll, rät ihr, die Pille zu nehmen – – Lotte ist zwiespältig – – Die Frauenärztin sagt, beides sei möglich: eine Liebe zur Frau und eine Liebe zum Mann – – Sie habe aber eher den Eindruck (nach einer fünfminütigen Erzählung), daß ich einen Mann suche, der mir entspreche (vielleicht suche ich einen

Menschen?) – – Eine sensible Frau wie Sie, sagt die Frauenärztin, begeht auf der Suche nach einem Mann viele Irrtümer und Fehler, sagt die Frauenärztin – – Sie möchte der Frauenärztin widersprechen – – Wie können Sie so rasch alles über mich wissen, nachdem ich Ihnen nur fünf Minuten etwas von mir erzählt habe? Aber sie hält still und saugt jedes Wort in sich auf wie eine Zärtlichkeit, ist ja schon zufrieden, daß die Ärztin ihr überhaupt fünf Minuten Geduld schenkt (in diesen Zeiten!) – – Sie sagt: warum hat Jochen mich verlassen?, bin ich zu häßlich?, ist mein Körper nicht anziehend genug? – – Im Gegenteil, sagt die Frauenärztin – – Es könnte eher umgekehrt sein, Sie setzen Ihre Wahl zu niedrig an – – Die Männer reagieren auf Sie, sehen ein schönes, schwarzhaariges Weib und wissen nicht, was alles in Ihnen ist – – Sie sagt, das väterliche Element sei für die Kinder auch wichtig, eine Frau, die Kinder hat, könne schwerer lesbisch leben als eine kinderlose – – Sie sagt: gut, daß dieser Georg dazwischen kam, sonst hätten Sie sich zu sehr an die Frauengemeinschaft gewöhnt (dieses schöne Wort hört Lotte zum erstenmal!) – – Frauen verwöhnen sich zu sehr, sagt die Frauenärztin – – Und dann sind Sie verdorben für eine Beziehung zum Mann – – Lotte nimmt alles geduldig hin, obwohl sie die Widersprüche in den Reden der Frauenärztin empfindet. Ihr Gesicht beim Zuhören ist freundlich und sanft, ihr Herz zwiespältig – – Solche Gespräche entscheiden vielleicht über eine Zukunft – – Wer bin ich? Wer werde ich sein? – – Lotte fragt die Frauenärztin, ob die Pille gesundheitlich nicht sehr bedenklich sei – – Die Frauenärztin sagt: im Vergleich zu dem Schweren, was Sie erlebt haben, ist dieses gesundheitliche Risiko nichts (Lotte hat zum erstenmal nach einem Jahr einer Ärztin von der Abtreibung erzählt, weil sie dieser Ärztin, die lesbisch sein soll, sofort vertraute, einer lesbischen Ärztin hatte sie sofort vertraut) – – Sie hat immer noch die Entzündung, die sie seit der Abtreibung mit sich herumschleppt – – Wieder sieht sie auf der Straße einen jungen, mageren Vogel, Fötus-Vogel, aus dem Nest gefallen, tot, aber aussehend wie aus dem Leib der Vogelmutter gefallen. Abgestorbene Reste werden entfernt durch Vaginaltabletten. Sie geht mit ihren Kindern über den Zentralfriedhof. Sie sieht die Frauenklinik am Zentralfriedhof, und dann gehen sie zu den Kindergräbern. Eine lange Reihe Kindergräber, einige darunter ohne Grabkreuz, ohne Namen, ohne Blumen, ohne Pflanzen, nur aufgeworfene Erdhügel, wie Maulwurfshaufen, Hannes sagt: hier ist auch ein Kind vergraben. Hannes faßt die Glühlämpchen auf den Gräbern an, in denen Kerzen stecken. Du mußt mal zu Allerseelen auf den Friedhof gehen, dann brennen die Gräber, sagt Sonja. Die Ausbildung eines homosexuellen Bewußtseins, wie schwer! Sie denkt an Sonjas wunderschöne Liebesbriefe. Solche zärtlichen, ruhigen Liebesbriefe wie tiefe Gewässer, oder wie ruhig brennendes Feuer, in das ich schaue. Gibt ihr die Aussage der Frauenärztin die erleichternde Rechtfertigung zu sagen: ich bin ja gar nicht homosexuell? (Sie weiß es nicht, sie weiß nur: wie groß ist die Angst, zu sein und zu lieben, wie man zu lieben fähig ist). Sie liebt Sonja – – Aber was ist das, Lieben? *Als Kind hatte Charlotte alles lieben wollen und von allem geliebt sein, von dem Wasserwirbel vor einem Fels, vom heißen Sand, dem griffigen Holz, dem Habichtschrei – ein Stern war ihr unter die Haut gegangen und ein Baum, den sie umarmte, hatte sie schwindlig gemacht* – – Ist ihre Erziehung auf den Mann hin zu tief in sie eingegraben? Sonja kommt fast jeden Tag, aber in den Nächten ist sie wieder allein. Ihr Bett wieder entvölkert. Welche tiefe Solidarität empfindet sie mit den Frauen, die Frauen lieben. Sonja sagt: du fliehst vor mir, warum fliehst du vor mir? Vielleicht spürst du dich zu stark, fühlst dich unvollständig?, sagt Sonja. Ja, ich sitze, die gelähmte Jenny im Rollstuhl neben mir, auf der Bank des Spielplatzes, und ich spüre plötzlich, daß ich mich amputiert fühle, unvollständig, als Hälfte meines ungeborenen Bruders, wie der Rest eines siamesischen Zwillingspaars – – Ich denke an den Maler van Gogh, der sich ein Ohr abschnitt und der einen Vorgänger hatte, einen Bruder, der auf das Jahr genau vor ihm starb, von der Mutter über alles geliebt und nie vergessen – – Es ist immer wieder erschreckend, wie wenig sie sich selber achtet; sie sieht es daran, daß sie einen Menschen mag, aber kaum sagt ein anderer, daß dieser Mensch, den sie mag, ein langweiliger, ein dummer, ein banaler, kurz ein wertloser Mensch sei, schon schwankt sie dann und zweifelt an ihrem Gefühl – – Ihr schwankendes eigenes Wertgefühl macht sie anfällig für alle Beeinflussungen von außen – – Sie ist dann manchmal wie ein Blatt im Wind – – Gleich mach ich dir meinen Kopf rauf, dann bist du der Hannes, sagt Hannes. Erst langsam bekommt sie ein Gefühl für den eigenen Wert. In der Gemeinschaft mit Sonja gewinnt sie umrißhafte Vorstellungen vom eigenen Körper, vom eigenen Sein. Ich liebe Sonjas Gegenwart. Ich liebe die Präsenz ihres schönen Körpers, der alles ist: Mann und Frau, ganz Frau, Mädchen, Kind. Nur eine Frau, die sich nicht wert fühlt, kann »sich wegwerfen« – und war ich denn nicht im Begriff, mich »wegzuwerfen«, wie man sagt, als ich mich zu Füßen Jochens warf? Im dreißigsten Jahr bin ich, und nach all dem, was ich erfuhr, ruft es in mir immer noch: ich lebe – – Meine Begierde zu leben ist maßlos. Sie erinnert sich plötzlich eines herrlichen Bildes. Therese und sie vor vier Jahren im hitzigsten Sommer, gemeinsam bestiegen sie einen Berg, nackt waren sie beide, und kein Mensch weit und breit, nur die steile Anhöhe, die Bäume, die Sonne auf ihren Körpern, das stundenlange gemeinsame Gehen, die gemeinsame Erschöpfung, die gemeinsame Ermattung, das gemeinsame nicht-mehr-Können, das gemeinsame Ankommen auf der Alm, sie setzten sich auf Baumstümpfe in der Lichtung, Therese tupfte sich mit Tempotaschentüchern manchmal zwischen den Beinen, denn es tropfte ihr zwischen den Beinen, wie sie sagte, hatte sie von der Hitze und der Anstrengung und weil es ihr nicht gut ging, Ausfluß, und sie saßen dort in der Helligkeit der Lichtung, nackt und triefend, und Therese erzählte von einem flüchtigen Erlebnis mit einer Frau, die Sonne bleichte die Lichtung und ihre Körper, weißliches Licht über ihren Reden – – Ja, was für eine Bergbesteigung war dies: das Ankommen bei den Frauen – – O ich weiß, wie wichtig die Frauen für mein Leben sind – – Und immer noch spüre ich dies nur ahnungsweise, so deutlich, aber ahnungsweise, kann es immer noch nicht rückhaltlos in Worte fassen – – Was mir die Frauen bedeuten – – Therese, Sonja – – Nach dem Abschied von Georg berührt sie zum erstenmal nach vier Wochen Sonja. Sie sitzend, Sonja zu ihrer Rechten stehend, Sonja streichelt ihr Haar, seine ganze Länge hinunter streicheln ihre strahlenden Finger, bis zu den Haarspitzen, und ich spüre dies Streicheln bis in die Fußwurzeln, Haarwurzeln, Wurzeln – –

Der Atem der Kinder im Nebenzimmer – – Nicht von irgendeinem popligen (Sonjas Wort) Landdoktor, nicht von irgendeinem schmierigen, geldgierigen Kerl war ihr abgetrieben worden, nicht von einer Todesengelmacherin, nicht mit der Stricknadel – – Nein, alles hygienisch, rasch, und umgeben von Ärzten und Pflegepersonal, die betonten, sie wollten den Frauen helfen, die bei der Abfahrt Pillenschachteln mitgaben und zu erkennen gaben, daß sie nicht wünschten, daß man wiederkehre – – Alles so moralisch und hygienisch begründet – – und doch: da war die Kraft nicht mehr in ihr wie vorher. Oft fühlte sie ihre Gebärmutter seitdem, als hätte sie schon eine Senkung. Da fraß etwas an ihr, sie wußte nicht, was es war. Die größere Anfälligkeit seitdem, wie eine alte Frau plötzlich mußte sie den Unterleib warm halten, da er bei der geringsten Verkühlung und Nachlässigkeit reagierte – – es war nicht mehr wie vorher – – wie sollte sie leben? Hatte sie nicht aus dem Leiden heraus zum erstenmal die Möglichkeit des Glücks erkannt, wie jemand im Sterben plötzlich, wie von einem hohen Berg aus, die Möglichkeit des Lebens erkennt?

Ja, sie hatte doch endlich den Anfang der Kette, der Kette der Alpträume und Alperfahrungen gefunden! Der tote Bruder hing an ihr und erstickte sie. Aber es fehlten ihr noch entscheidende Bilder. Das Wissen nützte ihr noch nichts. Zu wissen, ich sollte ein Sohn sein, nutzte noch nichts. Sie mußte alle Bilder suchen, die zu diesem Wissen hinführten. Die Bilder waren das Entscheidende. Die Bilder mußten »Blut werden«. Sie beschloß, sich mehr denn je an ihre Träume zu halten. Vielleicht würde sie in den Traumtrümmern der Nächte eines Tages die Trümmer aller Kindheitserfahrungen wiederfinden, die ihr noch unzugänglich, aber dann irgendwann die Lösung der Rätsel sein könnten. Sie mußte ihre Träume zu Ende zu träumen wagen – – Dieser zentrale Traum vom toten Kind, was war dieser Traum? *Wenn jemand beispielsweise einen Traum vom Fallen hat und den Traum einfach abdreht oder aufwacht, so muß er lernen weiter zu fallen, immer weiter – bis sich in nachfolgenden Träumen ein Gefühl offenbart für die Bedeutung des Fallens für ihn selbst, und wie es ist, wenn er fällt und woraus er fällt.* Sie müßte also den Traum vom toten Kind endlich zu Ende träumen. Sie selbst im Traum ein totes Kind. Ein totes Kind aus ihr kommend. Warum, warum. Noch immer steckt sie in einem engen grauen Sack, dessen Stoff dick und grobkörnig ist, und auf der Brust ist es ihr eng, denn sie kommt, wie aus einem Todesgeburtskanal, nicht heraus – – Sonja sagt, sie begegne öfter einem Zwitter, einer Zwitterin, der/die hinter dem Sportinstitut wohne, einmal sei er/sie stark geschminkt und angezogen »wie eine Frau«, am nächsten Tag ungeschminkt und angezogen »wie ein Mann« – – Sie konnte sich noch nicht entscheiden für ein Geschlecht. Immer noch nicht, im dreißigsten Jahr, wußte sie, wer sie war. Aber würde sie jemals schwarz auf weiß nach Hause tragen: das bin ich? Sie konnte sich ja noch gar nicht für *einen* Menschen entscheiden (ob Mann oder Frau), konnte sich ja gar nicht entscheiden, *einen* Menschen jetzt immer zu lieben, ehe sie nicht selbständig war – – Alles Unglück, auch in der Liebe, rührte nur daher, daß man nicht friedlich in einem Raum sitzen konnte, daß man nichts war für sich, *lieben heißt allein sein – – Wenn wir uns selbst fehlen, fehlt uns doch alles* . . . Der tote Bruder muß sterben. Mein Leib soll blühen – – Du weißt ja, daß ich Jungens lieber mag, sagt die Mutter – – Aber der Konflikt ist längst über die Mutter hinausgewachsen, er ist in mir. Ich lebe mein Ungeliebtsein. Ich muß mein Ungeliebtsein gebären wie eine Totgeburt. *Und wenn das Kreißbett da ist, so gebären wir unsres Todes tote Fehlgeburt.* In einem Auto, an einem Autospiegel, sehe ich ein Maskottchen baumeln, es ist kein Püppchen, kein Tier, sondern ein Skelett, ein Tod. Mein Maskottchen ist ein Tod. Ein Maskottchen ist ein Anhänger, ein Püppchen oder ähnliches, ein angeblich glückbringender Talisman. Mein Maskottchen ist der Tod. Ich muß meinen eigenen Tod gebären. – – Vielleicht würde sie sich einmal selbst töten müssen, und es würde gelingen. Aber sie fürchtete sich nicht mehr davor. – – *Wohnungen gegen den Tod.* Nicht mehr ist sie passiv und wartet, geliebt zu werden. Sie versucht zu lieben. Der Bann ist gebrochen. Sie kann lieben. Sie beginnt zu lieben. Sie empfindet zum erstenmal bewußt den Geschmack nichtbesitzender Liebe. Ein Mann aus früheren Zeiten besucht sie. Sie hatten sich zwei Jahre nicht gesehen und gesprochen. Er kam von weither. Er war ihr vertraut. Sie fragt ihn, ob er Angst vor dem Tod habe. Er sagt, daß er keine Todesangst hat und noch nie einen Toten sah. Er sagt, das weiße Hemd, das er trägt, und die Socken, sind Sachen seines verstorbenen Großvaters, die Initialen des Verstorbenen auf dem Hemd in Höhe der Brust eingestickt. Er ist gebräunt, er hat straffes, jugendliches Fleisch, vielleicht braucht er nicht an den Tod zu denken. Als der Großvater starb, war er gerade nicht da. Lotte erinnert sich, daß sie seinen Eltern begegnete, als sie im Trauerzug gingen, wie Hänsel und Gretel im tiefsten Walde. Und warum ist sie dann traurig, daß er geht? Es war doch nichts anderes vorgesehen. Er ist gebunden. Er ist ungebunden. Ein Freak bist du, was ist das überhaupt: Freak? Nein, sagt er, das bin ich nicht. Und er erzählte von einem Mädchen, mit dem er einfach nur geschlafen habe, sie wohnte über dem Jugendzentrum, in dem er Ersatzdienst leistete, und er sagte: ich wußte nicht, wie ich weggehen sollte, wir konnten uns nicht in die Augen sehen. Lotte ist traurig, daß er geht. Aber erlebt sie denn noch etwas anderes als Abschied, seit dem Juli 1975? Er wollte trampen, und sie wünschte ihm, daß er jemand fände, der ihn bis in seine Stadt mitnehmen werde. Sie wollte ihm einen Gedichtband mitgeben, von Pablo Neruda, darin ein Gedicht »Regen«, von dem Therese geschwärmt hatte. Ich werde ihn dir schicken, sagte sie. Ihr fiel der Bericht über seine Geburt ein, den ihr seine Mutter einmal in einem Brief gegeben hatte. Ich will mit dir in die Vergangenheit und Gegenwart gehen, hätte sie ihm sagen mögen. Und sie sagte es, ohne es auszusprechen: Liebe ist, mit einem Geliebten in Vergangenheit und Gegenwart gehen. Liebe ist eine lange Wanderung. *Der Weg zur Liebe führt immer durch Schmutz und Elend. Die Verachtung des Weges könnte aber leicht zum Verlust des Zieles führen. Man muß daher die verschiedenen Wegerscheinungen demütig hinnehmen. Nur so kommt man an das Ziel heran – vielleicht.* Sie machte das Bett, kurz bevor er ging, und hielt sich zurück, sofort das Laken zu wechseln, das Laken mit dem kürbisgroßen hellgelben Fleck. Sein Samen in ihrer Hand, glitschig; der Ekel, die Ekelschwelle einmal wieder überwunden. Immer wieder das gleiche Erstaunen vor ihrer Geburt. Aus dieser quallenartigen Substanz soll ich entstanden sein? *Es ist mir immer schon furchtbar schwer gefallen, mir Leute zusammen im Bett vorzustellen.* Es war wie mit einer Frau gewesen, als er ins Zimmer gekommen war und sie schon schlief, und sie antippte, und sie sofort erwachte, er hatte noch Sportsendungen im Fernsehen angeschaut, zuerst dachte sie, es ist eine Frau, es ist Sonja, Schmerz und Freude durchfuhr sie.

Davids Haut ist die Haut eines Menschen zwischen Kind- und Mannsein. Der Flaum auf seinem Kinn und seiner Oberlippe, früher hell und zart, ist schwarz und kräftiger geworden. Sein Haar kurzgeschnitten, kräftig und sehr dunkel, leuchtend, ein bißchen lockig, eine Spur von Locken. Seine Stirn leicht gehöhlt. Seine Brustwarzen kleine dunkle Erhebungen mit Höfen auf leichten Grabhügeln. Sein Körper straff und jung. Sie liebt das Jungsein, die Jugend. Ihr Wunsch, früh zu sterben, wird wieder lebendig, wie sie diesen jungen Körper anrührt. Er ist 21 Jahre alt. Sie ist im dreißigsten Jahr. Seine Ungebundenheit und ihre Sehnsucht nach Ungebundenheit. Sie probiert, sich ungebunden zu geben. Aber sie kann nicht hindern, daß sie sich bindet. Sie nimmt alle Worte des andern auf, seine Gesten, seine Bewegungen, seine Gesichtssprache, seinen Geruch, den Geschmack seines Mundes. Jedes Wort des andern gräbt sich in ihr Gehirn, sie kann nicht unverbunden bleiben. Sie ist müde, als er gegangen ist. Tschüß, David, wir wissen nicht, wann wir uns wiedersehen. Du bist jung und scheust jede Verantwortung. Sage ich zu dir: schreibe mir bitte einen Brief, ist dies für dich schon fast eine Erpressung. Sie war froh, daß er ging, und doch war sie traurig. Er sagte: ich hab' dich lieb. Und sie dachte: hatten wir nicht gestern noch über den subtilen Unterschied zwischen »lieben« und »liebhaben« gesprochen? Lieben, hatten wir gesagt, kann man vielleicht nur einen oder eine, aber liebhaben kann man viele Menschen. Abends wechselte sie das Laken, prüfend den Geruch des kürbisgelben Fleckes. Lieben ist eine Fähigkeit, die mir niemand mehr nehmen kann, dachte sie. Und so schlief sie ruhig ein – –

Dieser Reiz des ersten Kennenlernens, noch stehen keine Verletzungen zwischen uns. O diese Angst, verletzt zu werden. O diese Angst, verstümmelt zu werden. Flüchte ich nun? Schliddere ich dahin in den Folgen der Abtreibung? So enttäuscht werden von einem Menschen, ist das auszuhalten? Wie begreift man es? Nun also kann ich nur noch lieben in einer Situation der Fremdheit, des Noch-Nicht-Kennens, der Zwischentöne zwischen Fremdheit, Aussicht des Abschieds und Vertrautheit? Einen Menschen finden, mit dem ich leben könnte ohne gegenseitige Verletzungen, mit dem es nach und während der Liebe unerschöpflich viel zu sprechen und zu erleben gibt, mit dem ich ein psychisches, geistiges Leben führe – – Immer noch läßt sie sich wählen, aber sie lernt mühsam, den Abschied auszuhalten. Sie versucht, sich von der Sucht nach Bindung entwöhnen zu lassen. David hat es nicht nötig, sich unfähig zu fühlen. Er fühlt sich im Vollbesitz seiner Kräfte; sein Körper reagiert, wie er vor zwei Jahren noch nicht reagiert hat; da sickerte es noch aus seinem Glied wie aus einem Kinderglied. Sicher, stark, kräftig ist alles an ihm, als habe er ein jahrelanges, abenteuerreiches Sexualleben in der Fülle mit einer Frau geführt – – Der Zustand der Freiheit, der Ungebundenheit, denkt Lotte, ist doch die beste Voraussetzung, um lieben zu können. Die Ehebrecherin konnte lieben, die Ehefrau nicht mehr. David sah aus wie ein Dichter, denn sein schwarzes Haar hatte die Formen von Lorbeerbaumblättern, sein weißes, schimmerndes Hemd kleidete ihn festlich. Am Abend in der Kneipe, als sie besprachen, daß sie Freundschaft miteinander wünschten, fühlte sie sich plötzlich wie eine Witwe, fühlte in all der Hektik der Arbeit, aus der sie herausfiel für die Zeit dieses halbstündigen Gaststättenbesuchs (lange konnte sie ja nicht fortbleiben, denn die Kinder schliefen allein), plötzlich eine riesengroße innere Einsamkeit in sich zittern – – Was ist Freiheit?, dachte sie. Wenn ich doch einmal definieren könnte, was Freiheit bedeutet in der Liebe? Ein Empfinden für den Freiheitsdurst des andern bekommen!, heißt anfangen zu lieben. Wie leicht verletzlich das Freiheitsgefühl des andern ist. Aber ich hänge doch an einem Menschen! Bin ich anhänglich? – – Der Wunsch zu berühren, obwohl sie doch dauernd Menschen berührt, ist immer wieder stark und neu. Niedersinken wollen in der Fremdheit eines neuen Augenblicks. Vergessen suchen und sich ganz in den Augenblick einschließen. Als gäbe es nur diesen Menschen jetzt auf der Welt. In solchen Momenten möchtest du die Zeit anhalten. Möchtest du den Augenblick unverweslich machen. Seine mit süßem, hellen Flaum bedeckten Arme. Weiße Flaumhaare auf gebräuntem Bernsteinrücken. Sie unterhielt sich in der Gaststätte mit ihm über ihren Ekel darüber, daß Männer nach der Liebe Zigaretten rauchen, er sagte: sie retten sich ins Nüchterne, aus der Ekstase heraus, vielleicht sind sie auch einfach nur kaputt und greifen zum Aufputschmittel Zigarette. Sie breitet ihre Schenkel auseinander, legt sich aber gleich wieder in eine andere Stellung, weil sie immer noch denkt: was könnte er denken. Von vollkommener Öffnung kann keine Rede sein. Da sind immer noch Reste von Panzern, Stacheln, Schneckenhäusern, die schnell übergestülpt werden können über die Weichteile der Seele und des Geschlechts. Wie setzt man sich doch einem Menschen aus, wenn man ihn liebt mit der ganzen Weichheit seines Geschlechts! Er zeigt ihr seine Fingerkuppen, vom Gitarrespiel hart und verhornt; Einritzungen, kreisförmige dunkle Einkerbungen in seinen Fingerkuppen. Dein Körper ist fester als damals, sagt er (damals hatte sie gerade die Geburt ihres Sohnes hinter sich). Tröstend ist es, daß sie sich schon einmal gesehen, gekannt und geliebt haben, denn es ist eine Hoffnung, daß vielleicht doch *Dauer* möglich ist, wenn Wiedersehen und Wiederlieben möglich sind. Aber wo ist die Dauer? Wo ist die Dauer der Liebe?

Vielleicht ist die vollkommene Überraschung notwendig, um lieben zu können?, denkt sie, die vollkommene Erwartungslosigkeit (er rief aus heiterem Himmel an, nach zwei Jahren, ohne Begründung, sie hat keine Lust ihn zu sehen, sagt aber trotzdem nicht »nein«, weil sie denkt, er braucht vielleicht ihre Hilfe) – – Das Heimliche, das Überraschende setzt den Ekel, die Widerstände außer Kraft – – *Wir müssen unseren Kopf verlieren, um in unsere Körper einzudringen.* Aber können wir unseren Kopf denn noch verlieren? *Es gibt eine Zeit für den Verstand, eine Zeit den Verstand aufzugeben und eine Zeit ihn zurückzugewinnen.* Oder gibt es nur noch eine Zeit für den Verstand? Nehmen die Menschen Rauschgift, um die Kopfherrschaft, die Kopfüberherrschaft davonzujagen? – – Stürzt sie sich in einen Vergessenstaumel? Oder sucht sie die *Freiheit* in der Liebe? Sonja, dann Georg, dann David. Sie ahnt eine Freiheitsvorstellung, aber noch kann sie selber sie nicht verwirklichen. Sie ist wie eine Trinkerin, die jederzeit wieder zu trinken anfangen kann. Sie ist süchtig nach besitzender Liebe. Ist die besitzende Liebe keine Liebe? Aber muß ich denn nicht einen Menschen besitzen, der mich immer liebt? Was wird sein, wenn ich alt bin? Aber ich kann nicht mehr lieben, wenn ich besitze, und ich kann nicht besitzen, wo ich besitzen will, den ich liebe. Ich muß mich der Sucht nach besitzender Liebe entwöhnen, um überleben zu können. Als sie David liebte, hatte sie das starke Empfinden, die einzig mögliche Liebe in Freiheit sei die nichtpossessive Liebe. Aber der Moment des Abschieds ist schwer. *Weh aber denen die nicht scheiden können* – – Sie trennt sich schwer von seinem traumhaft lebensgesättigten Körper, von seiner Gegenwart, seinem Anblick – – Und ist doch froh, wieder allein sein zu können. Nur der Übergang ist schwer und schwankend, voll Trauer. Die Ränder zwischen diesem körperhaften Verquicktsein und dem Alleinsein sind voller Trauer. Am nächsten Tag ist sie allein, nicht einsam; der Tag ist ein anderer, es regnet, und sie wacht um sechs Uhr früh im schwarzen Zimmer auf, zieht die Rolladen hoch, und denkt, beim prüfenden Hinaussehen aus den Fenstern, an die Hitze in den Wochen davor und an die Veränderlichkeit des Wetters, es regnet, ist ein wenig düster draußen, schöner, schwermütiger Tag – – Sie muß an die kleine Geschichte von Daphnis und Chloë denken, an die Szene, da eine erfahrene Frau Daphnis die Liebe zeigt, damit er Chloë lieben lernt. Ein bißchen ausgeraubt fühlt sie sich. Soll sie denn immer nur geben, nie nehmen dürfen? Aber er hat ihr doch gegeben, oder nicht? Er kann sie immer noch streicheln, faßt sie immer noch an, an allen Körperstellen, auch wenn seine Erregung schon verebbt ist – – Paß auf, gleich kommt es – – Ja, laß es doch kommen – – Winzige Sätze, Wortfragmente, die ihr im Gedächtnis hallen, wenn der Stuhl, auf dem er saß, leer ist – –

An die Trennung von ihrer Mutter muß sie denken. An die vielen Trennungen von geliebten Menschen. In der Kindheit winzige Trennungen. In jeder Trennung steckt ein Keim von Wahnsinn. Soviele Trennungen im letzten Jahr: von Johannes, von Jochen, von meinem Kind. Zuviel. Zuviel. Ich versuchte mich zu töten, um die Trennung zu üben. Er nahm ihre Hand von seinem glitschigen Glied, wie sie soeben seine Hand aus ihrem fließenden Geschlecht genommen hatte. – – Dieser Trieb, andere gesund machen zu wollen, und dabei meine ich doch immer auch meine eigene Krankheit. Er kann sich nicht binden, möchte alles im Un-verbindlichen lassen. Ich kann mich doch auch nicht mehr binden, seit mich das Abschiedsgefühl durchtränkt hat. Vielleicht ist die ganze Qual nur Qual einer Erkenntnis, die ich einfach nicht annehmen will: *Es ist eine hoffnungslos abgeschmackte Lehre, zu glauben, daß die Liebe alles auf der Welt sei, eine Lehre, die den Frauen von Generation zu Generation eingebleut wird, und die uns so grausam hemmt. Wir müssen uns dieses Irrtums entledigen – und dann kommt für uns die Gelegenheit zu Glück und Freiheit.* Aber werde ich mich jemals dieses Irrtums entledigen können, jemals? Es ist eine alte Trauer, die hervorbricht aus alten Tiefen, seit ich Johannes verließ und mich den nichtfaßbaren Männern zuwandte. *Ich kann es nicht länger ertragen; es tötet meine Seele, wirklich; jedesmal empfinde ich es tiefer, denn jedesmal bricht die alte Wunde wieder auf, das Messer dringt noch tiefer in mein Fleisch und ich erleide die Qualen aufs neue.* Nun werde ich wie Jochen, wie Georg, wie David. Werde wie eine, die einen Tod ertrug und nicht mehr bleiben kann. Sehe nur ein Gesicht und bin hin. Und es sind immer die gleichen Todesangstmänner, denen ich in die schillernden Netze geh. Magnete sind sie und ziehen mich aus mir heraus, so daß ich dalieg ohne Gerüst. *Heimsuchungen des Eros . . . Inmitten allgemeiner Öde und Zersetzung schien nichts von wirklichem Belang, es sei denn das lustvolle Mysterium der eigenen physischen Exi-*

*stenz, das libidinöse Mirakel unseres irdischen Daseins.* – – Ich Don Juanin, ich schlage die Erinnerung an den einen mit der Berührung des nächsten Fremden tot. Lotte stürzt sich jeden Samstag in das Tanzen. Geht in die Diskothek, in der junge Leute sind. Stürzt sich in das Jugendlichsein, das sie mehr durchlitt als durchlebte. Von einem unerträglichen Gefühl gepackt, alles versäumt zu haben, tanzt sie wie eine Wilde, schmiegt sich an Fremde. Sie tanzt wie wild gegen die Vergänglichkeit der Zeit. Sie schlägt den Tod tot. Nicht mehr nach Trennung sehnt sie sich, sondern nach erotischer Verwirklichung von Dauer. Das Vergehen der Zeit ist ihr unerträglich. Die Abschiede sind so unerträglich, daß sie rauschgiftsüchtig werden könnte. Fiebernder vibrierender Menschen voll scheint ihr die Diskothek.
Gegen Morgen ist es auf den Straßen ruhig. Bis fünf Uhr hat sie mit dem Fremden getanzt. Soll ich dich bringen? Und er bringt sie nach Haus. Schweigend. Die Straßen leer, als wären sie allein auf der Welt. Vor einem Tag ist David gegangen, und jetzt tötet sie ihre Qual über den Abschied, indem sie in die nächste Berührung geht. Sein Atem, ihr Gesicht berührend im Tanzen. Dieser fremde gute Atem, Kinderatem. Während des Tanzens an seinem Gesicht – Bilder und Gedanken an die alte Dame im Leichenschauhaus steigen auf, während sie seinen Atem über ihr Gesicht mit den geschlossenen Augen wehen spürt. Seine lebensvolle Haut, sein kräftiges Fleisch – nur Blut und Gewebe, o nein – nein, handfestes Leben, lebensgesättigtes Fleisch, o wie gierig nach Leben ist sie im dreißigsten Jahr. Als müßte sie sich beweisen, daß nach einer »Fehlgeburt« noch Leben möglich ist. Der Fremde schätzt sie auf zwanzig Jahre. Sie verrät ihm überstürzt, daß sie mit zwei Kindern lebt und einmal verheiratet war. Er arbeitet im Arbeitsamt. Dreimal geht er zum Disque-Jockey hin, um eine Platte zu wünschen. Sweet Home Alabama. Zuletzt geht sie hin, weil der Disque-Jockey die Platte nicht auflegt. Aber der Disque-Jockey sagt, die Platte sei schon dreimal gelaufen, er ist hart, sie sagt: ich gebe auch einen aus, aber er wendet sich ab und legt irgendeine Platte auf. Sie ist Faust oder Don Juan oder etwas dazwischen. Sie ist wie Jochen, nur wird sie niemals eine moderne Gretchentragödie sprich Abtreibungstragödie auslösen können, dies Elend kann nur ein Mann einer Frau antun. Wie Jochen von der Kinnstütze seines toten Vaters, so kommt sie von der Kinnstütze Jochens, der sie im Stich ließ, nicht los. Wie ein

Kind, das sein geliebtes Tier durch den Tod verlor, weint sie immer wieder die gleichen Tränen, wenn sie jemand, wenn jemand sie läßt, verläßt, empfindet die gleiche schmerzliche Trauer, die gleichen ziehenden Schmerzen in der Brust – – Don Juan zieht in den Krieg. Sie denkt daran, sich zur Sterbehelferin umzuschulen. Vielleicht, wenn sie am Sterben anderer teilnähme, wie Don Juan am Sterben anderer im Krieg, würde sie geheilt von der Krankheit Jochens. Aber Don Juan gelangt am Ende ans Grab seiner toten Braut, die er, in dem er sie verließ, zu Irrsinn und Tod trieb. Zum überschneiten Grab seiner Braut. Und war ich nicht mit Jochen am überschneiten Grabmal einer sterbenden Mutter? – – Und ich gelange immer wieder an das Grabmal der sterbenden Mutter, schneeüberhangen – – *und so, vor allem, ist die Liebe – ein unbestimmtes, vergängliches, flüchtiges Etwas. Und der Pessimismus starrt mich an, finster und schrecklich* – – Er spielt Volleyball, wie Sonja, er trinkt kein Bier, um keinen dicken Bauch zu kriegen. *Lieben,* um zu erkennen, um die Wirklichkeit hinter dem Schleier der geschlossenen Körper zu greifen – – *Berührungen* – – Warum verliebst du dich in junge Männer?, fragt Sonja. Sonja leidet. Diese Jungen wollen sich doch nicht binden, sagt Sonja. Meine unglückliche Liebe zu Menschen, die sich nicht binden wollen. Ich habe ihn aufgefordert, er saß neben Sonja. Dieser irre Zustand beim Tanzen. *Tanzen muß man sie sehen! Siehst du, sie ist so mit ganzem Herzen und mit ganzer Seele dabei, ihr ganzer Körper eine Harmonie, so sorglos, so unbefangen, als wenn das eigentlich alles wäre, als wenn sie sonst nichts dächte, nichts empfände . . .* Dieser irre Zustand – – Ekstase – nur das Gesicht fällt immer noch störrisch heraus, aus ihm springt immer noch die zu große Bewußtheit, die doch aufgehen soll in den Bewegungen – – *mein Körper ist so befangen* – – das Gesicht denkt immer noch, die Lippen sind spröde und trocken, die Augenlider denkend: ob mich einer anschaut?, ich bin nicht bei mir, nicht in mir. *Wir müssen unseren Kopf verlieren, um in unsere Körper einzudringen.* Kannst du Schach spielen?, frage ich ihn, wie ich es einmal Sonja gefragt habe. Er sagt: ja, aber nicht gut. Was für Platten hast du zu Haus?, ich sage es ihm. Kannst du schwimmen?, er sagt: ja. Es kam ein Schlager, darin verstand ich das Wort »magic mama« – – Der Traum, der Saal der Diskothek hätte sich langsam, Stunde um Stunde, geleert, bis wir, Christian und ich, allein noch in der den Raum ausfüllenden, keine Unterhaltung zulassenden Musik getanzt hätten, damit du endlich nicht mehr sagen kannst: es ist mir zu eng zum Tanzen ... Läßt sie nun auch Leichen auf ihrem Weg, Liebesleichen, wie Baal, Menschen wie Johannes und Sonja, die sie lieben, und sie versucht sie zu verlassen; kann sie es nicht ertragen, geliebt zu sein? Den Schmerz, den Kindheitsschmerz immer wieder aufsuchen, das ist es, wie ein Mörder den Tatort wieder aufsucht. *War diese Angst vor dem Geliebtwerden, die aus den frühesten Leiden seiner Kindheit stammte und ihn nie verließ, eine Warnung, der er folgen mußte bis zuletzt, oder kam es darauf an, wie von einem ältesten Irrthum, von ihr geheilt zu sein?* O wie verletze ich Sonja -- Auch ihr Kindheitsschmerz ist der Schmerz, nicht geliebt worden zu sein -- Fürchte dich nicht, denn ich habe dich erlöst, ich habe dich bei deinem Namen genannt, ihr Konfirmationsspruch, Gott hatte sie angenommen, aber sie glaubte nicht mehr, und es war niemand mehr da, der sie annahm, und sie suchte diesen Zustand, fallengelassen zu sein, wie einen Suchtzustand, und fühlte sich bei sich, wenn sie ungeliebt war -- O Sonja, wie verletze ich dich -- Sonja, bohre nicht in deinem Schmerz -- einmal verließ dich die Mutter, weil du kein Junge warst -- ich aber verlasse dich doch jetzt nicht, weil du eine Frau bist -- ich kann nicht bleiben, Sonja -- Alles in ihr lodert auf, wenn sie einen Menschen sie lieben machen will, er aber noch unfaßbar ist. Dann sitzt sie in der leeren Wohnung, Platten hörend, wie eine Halbwüchsige, die einmal auf den ersten Freund wartete und sich gleich das Leben nehmen wollte, als der nicht kam -- In der Diskothek der Gedanke an Selbstmord wieder sehr stark, wie ein Sich-Hinaus-Wagen -- die Sicherheit, daß ich einmal im Selbstmord enden werde -- ich möchte mir selber den Abschied geben, denkt sie -- Ich fürchte das Gestorbenwerden. Das Verlassenwerden, das Ungeliebtsein -- Der Gedanke, jederzeit ein Mittel in der Hand, in der Wohnung zu haben, mit dem ich mich auslöschen kann -- Christian sieht Mick Jagger ähnlich. Christian sieht Sonja ähnlich. *Aber ich liebte sein Gesicht. Er hatte das Gesicht, das ich liebe. Man mag für mancherlei Gesichter Zärtlichkeit empfinden, wenn man lange genug lebt und ein empfindendes Herz hat. Aber es gibt nur ein Gesicht, das man liebt. Es ist immer dasselbe, man erkennt es unter Tausenden.* Sie geht durch die Stadt und glaubt plötzlich in einem jungen Mann ihren Bruder zu erkennen. Sie bleibt stehen und sieht den vor

einem Schaufenster stehenden jungen Mann prüfend an, sieht ihm ins Gesicht, er sieht tatsächlich ihrem Bruder sehr ähnlich, aber es ist nicht ihr Bruder – – Das traumweiche Gesicht ihres Bruders vor ihren Augen – – Die große *Portalfigur* meiner Kindheit, mein Bruder – – Sonja geht weinend aus der Diskothek. Welche Qual bereite ich Sonja. Die kindhaft-schwellenden Schmoll-Lippen, Himbeerlippen, Raupenmund-Lippen von Christian – – Oder will ich mich retten vor Sonja? Will ich mir beweisen, daß ich doch »normal« bin? Halte ich es nicht aus, unabgestützt zu leben? Sonja stützt mich ja mehr, als ein Mann mich je stützte. Warum fliehe ich Sonja?
Nicht kontinuierlich lieben zu können entspringt einem Mangel an Form, denkt sie, als sie morgens zum Kindergarten geht – – Diese formlose Zeit – – Diese sprunghafte, zersprungene, zerspaltene, formlose Zeit – – Und keine Anweisungen für die Liebe zu Sonja – – Sehnsucht nach Christians jungem, festen Körper, wie ein heilloser Durst zu berühren, innen und außen berührt zu werden – – Aber vergesse ich denn, daß ich schon auf einem andern Weg bin? – – Sie fährt mit dem Fahrrad durch die Stadt, ein Kind auf dem Sitz vor dem Lenker zwischen ihren Beinen, das andere auf dem Rücksitz. Eine Mutter. Eine wahre Mutter? – Eingerahmt von zwei Kindern, fährt sie mit schwerer Last durch die Stadt. Das Fahrrad schwankt ein bißchen. Sie sitzt, die gelähmte Jenny neben sich, auf dem Spielplatz. Ich bin eine wahre Trinkerin, denkt sie. Diese Abhängigkeit, denkt sie, dieser Schmerz, wenn er geht. Andere trinken, sind süchtig nach Drogen oder Zigaretten, ich aber bin eine wahre Trinkerin von Menschen. Warum kann ich mich nicht in meiner Arbeit verankern. Nur die Arbeit gibt mir die Form zurück. Aber seitdem ich nach Zwolle gefahren wurde, um mein Kind absaugen zu lassen, kann mir die Arbeit keinen Halt geben. Die Hebammentagebücher hat sie wieder aufgegeben. Sie hoffte, daß sie sich nach jedem Abschied augenblicklich aus ihrer Schwermut in die Arbeit stürzen könnte, um das eklige Todesgefühl des Abschieds in sich transzendieren zu können. Aber dies gelingt immer weniger. – – Nachts ist sie wieder schlaflos und wünscht ein Auto herbei, mit dem sie stundenlang über leere Autobahnen fahren kann – – Von all den Bewegungen hat sie Muskelkater im Bauch. Wie unterschiedlich die beiden Menschen sind: Christian der Tagmensch, Christian der Nachtmensch im Dunkel der Umarmung. Am Tag

durchaus im Gespräch ein bißchen angestrengt, ein bißchen eckige Bewegungen des Kopfes, verspannte Gesichtsmuskeln – – Im Dunkel der Umarmung aber weich und fließend die kräftigen Glieder, das schöne Gesicht, das kraftvolle, körnige, kurze Haar – – Das Schönste aber: das Bild in mir, wie er im Dunkel der Diskothek saß und ich ihn aufforderte, blau leuchtete er mir entgegen, ein weiches verschwommenes Gesicht schimmerte, ich erkannte nur Konturen eines Gesichts – – Sein Wuschelkopf mit dem Riedgrashaar, dem trockenen Mooshaar – – Das Gesicht mit den paar Pubertätspickeln am Kinn – – Ihn ansehen, ihn ansehen – – Seine jungfräulichen Hüften umschlingen – – Mannkind, er. Er küßt mich mit dem Lächeln seiner fleischigen Lippen. Aber wie diese Jungen immer so leicht gehen können! *Es ist Morgen. Ich liege in dem leeren Bett – dem riesigen Bett – wie ein Feld so groß und kalt und ungeschützt – – und dann war er weg. Das ist ein schrecklicher Augenblick für eine Frau* – – Zerfließe ich denn immer noch wie eine Zuckerfrau im Regen? Du bist doch nicht aus Zucker, sagt sie zu ihrem Sohn, wenn er zimperlich ist. Aber sie ist aus Zucker, löst sich in der Wärme auf und findet sich nicht mehr zusammen – –

Es ist eine ungeheure Entscheidung: für das Glück mit einer Frau oder für das Glück mit einem Mann – – Ich war mit den Frauen zusammen. Sonja und ich fuhren zur Versammlung der Frauen. Ich sagte, daß ich mein Verhältnis zu den Frauen suchen müsse. Ich wüßte noch nicht, wer ich sei. Warum nur fiel mir immer wieder zuerst auf, daß einige unter diesen Frauen »häßlich« oder »männlich« waren? Warum hatten sie alle Hosen an? Keine einzige, außer mir, trug einen Rock. Hatten sie sich abgesprochen, oder war es Zufall, oder Protest? Bürstenhaarschnitt, und sie fanden das noch schön. Ich hatte Angst vor ihnen, weil ich fremd war. Dann aber, nachdem ich ihnen erzählt hatte von mir, wurde mir heimatlicher. Eine Frau sagte, sie wolle nicht dreißig Jahre für ein Kind verantwortlich sein. Das Wort Selbstverwirklichung der Frau fiel. Wir gingen alle in ein Lokal, und dort standen viele, offenbar homosexuelle Männer um die Theke herum, und die vielen Frauen saßen dichtgedrängt an den Tischen mit langen Bänken. Die mich am meisten angegriffen hatte, umarmte mich. Sie gingen noch zum Tanz in ein anderes Lokal, dort war alles laut, hitzig, heiß, ein Propeller machte etwas Luft, ich tanzte einfach mit im Getümmel der jugendlichen Tänzer, eine Musik folgte der andern ohne Unterbrechung. Ich hatte die Frauen beim Wiedersehen und beim Abschied sich umarmen sehen, sie küßten sich auf die Wangen, zuerst berührte mich der Anblick dieser sich so oft küssenden Frauen seltsam, mußten sie sich denn andauernd küssen?, aber dann in der Tanzhöhle begriff ich, was das war: etwas Warmes, eine Gruppenwärme, eine Versicherung, eine ganz natürliche Geste mit einem Anflug von Künstlichkeit: du bist angenommen, geliebt, gemocht. Wohlig ließ es sich sein in der Tanzhöhle, der Schweiß klebte die Kleidung an den Körper, rann in Strömen unter der Kleidung. Matter wurden die Glieder, aber ich tanzte stundenlang ohne Unterbrechung, bald allein, bald lose mit andern Frauen, bald mit Sonja. Ich hatte mit den Frauen um Auffassungen gekämpft, dabei hatte ich nur das eine Verlangen: bei ihnen aufgenommen zu sein. Ich wollte mich ihnen öffnen, ihnen alles erklären, eine von ihnen sein. Wie konnte denn ein Pfarrer mir etwas sagen, außer dem Krankenhauspfarrer hatte doch keiner etwas zu sagen gewußt. Diese Frauen aber konnten mich aufnehmen, und durch sie würde ich vielleicht eines Tages verstehen, was Jochen mir zugefügt hatte. Würde eines Tages verstehen, daß Abtreibung der verzweifelte Versuch gewesen war, mich von den makabren, perversen männlichen Begleitern zu befreien, die nur Karikaturen des Männlichen, aber nicht das Männliche waren – – Sie wollte an den Strom des männlichen Lebens, immer noch. An den Strom des weiblichen Lebens wollte sie. Und dann war der Damm gebrochen, und die Frauen küßten mich, umarmten mich, als ich ging, ich fühlte mich wie erlöst, jetzt fühlte ich mich erlöst. Am nächsten Morgen hatte ich vom Tanzen Muskelkater, aber zum erstenmal die Hoffnung, daß ich mit vielen Frauen gut sein konnte. Ja, ich gehöre zu beiden Welten (die ja immer ineinander übergehen, nie säuberlich getrennte Welten sind), bin Wanderin zwischen beiden Geschlechtern – – Die Abtreibung war für mich, auf einem düsteren Umweg, ein notwendiger Abbruch, eine notwendige Trennung, um die Trennung zwischen Mutter und Liebender gewaltsam zu finden, wie der Selbstmord ein verzweifelter Umweg ist, um das Leben zu finden. – – Ich wollte Wärme und Zärtlichkeit, eine junge schöne Haut fühlen, eine Haut gegen den Tod, eine Haut gegen die Abtreibung, eine Haut gegen die Vorstellung von toten Kindern – – Wie sehnte sie sich nach Bindung und lief doch vor ihr davon. Bindung hieß die Aussicht von

Trennung und Abschied – – Warum gehen die Menschen, die ich liebe, immer so schnell wieder fort? Um sechs klingelte der Wecker, er ging sehr schnell, kämmte sich nicht, aß nichts, es war entsetzlich, er sagte nur, er werde mir schreiben – – Drei Wochen fährt er in Urlaub, dies war sein letzter Arbeitstag – – Warum bleibt niemand? Kann ich nicht leben? Heiraten wolle er doch nicht, sagt Christian. Er ist neunzehn und sagt: ich will nie Kinder. Die Welt sei düster, die Computer und der Lärm und die Vergiftung, er verweist auf ein Buch von Theo Löbsack. Ich bin beschämt, wie wenig ich immer weiß von der Freiheit der andern, wie sehr ich den Respekt vor dem Fremden und Fremdbleibenden noch lernen muß. Er ist neunzehn, ist nicht schwach, sondern sehr bestimmt. Er trat schon mit vierzehn aus der katholischen Kirche aus. O wie gut bei dir zu sein, hämmert ein Schlager, aber Christian ist fort. Er hat drei Brüder, der Vater arbeitet als Verkäufer, die Mutter dreimal in der Woche nachmittags als Verkäuferin. Vier Söhne. Ich muß an meine Mutter denken, deren Eltern nur vier Töchter hatten. Wie sehne ich mich nach der jugendlichen Liebe. Wie sehr habe ich das Gefühl, mein Leben versäumt zu haben. Christian pflanzt Palmen im Garten und Melonen, er mag Pflanzen, Tiere nicht so sehr, wieder muß ich an meinen Bruder denken, den Eichhörnchenfänger, der Tiere liebt und fängt und beobachtet. Pflanzen sind still, sagt Christian. Er leidet unter dem Lärm, wenn er das Fenster während der Arbeit im Arbeitsamt öffnet. Er malt »surrealistische« Bilder und schwärmt von einem Bild Dalis mit weichen Uhren. Ein neuer Tag, ein neues Leben, hämmert ein Schlager. Am besten ist es nur nach vorn zu sehn, ein Schlager. Vorgeschmack des Todes: solche Wärme mit einem fast Fremden, und dann abrupter Abschied. Er hat kein Interesse am Sport, nur an dem, den er selber ausübt. Solche Lebensgier in mir. Tote Geliebte um mich herum. Mein Abschiedsschmerz, Abtreibungsschmerz betäubt, betäubt. Mit dem zweiten kann ich mich von dem ersten unabhängig machen. Er sagt, er träume oft. Er ist nicht ehrgeizig. Er versucht lange meine Brosche im Ausschnitt zu öffnen. Er arbeitete zwei Jahre in einer Studentenkinderkrippe. Ich zeige ihm eine Zeichnung von Hannes: mit grünen Strichen eine große Strichelmutter, und ein Strichelmännchen daneben in den Mantel der Mutter gehüllt, beide mit Strichelstrichen verbunden, Christian sagt, die Fäden seien Haare, aber ich sage, das sind die Verbindungsfäden zwischen Hannes und mir -- Der leere glasige Aschenbecher auf dem Spülstein am nächsten Tag. Ist denn Liebe immer nur Abschied und Vorgeschmack des Todes? Beim Öffnen des Abfalleimers neben dem Spülstein ein scharfer Geruch von eintagealter Zigarettenasche gemischt mit Küchenabfällen, Aschereste von Christian. Das leere Schlafzimmer wie ein leerer Hochzeitssaal, leergetrunkene Weingläser, die gespült werden -- Sonja sagt: diese unzuverlässigen Männer, die sich nicht an dich binden wollen, sind wie die todbringende Krankheit, die du dir wünscht, sie zerstören dich langsam aber sicher, Stück für Stück -- Und dennoch: *Die seltsame körperliche Sympathie, die zwischen zwei Menschen auftritt und manchmal so stark ist, daß eine einzige Berührung viele geheime und gefährliche Erregungen hervorzubringen vermag, erwachte bei dieser flüchtigen Annäherung in beiden* -- Ich sehe zwei Tische vor mir in einem Terrassenrestaurant, links der Tisch trägt die frischen, von der Kellnerin noch nicht ausgetragenen Eisbecher in all ihrer Pracht, die Kuchenteller, die Kaffees, die ungetrunken duften und ihren heißen Atem verdunsten, der andere Tisch trägt die schmutzigen Reste, die grauen Tassen mit Rändern innen, voller Zigarettenstummel die Teller, mit ihren wirren Kuchenresten, die Eisbecher mit ihren Rest-Rinnsalen wie Schneematsch im Tauwetter -- Er sagt, er hätte auch gern mit mir in der Diskothek getanzt, bis alles leer gewesen wäre, aber er hätte die müde Freundin seines Freundes um fünf Uhr endlich nach Haus bringen müssen -- Er beschämte mich in der Nacht, als er sagte: das ist doch kein Leistungswettbewerb -- Er hatte Angst, die Liebe als Leistungsanforderung zu erfahren -- Meine Wehmut, die ich am Morgen zurückbleibe. Welch ein Zurückgehen in dunkelste Zeiten, dies gegenseitige Ineinandertauchen -- Wie kann ich Geduld lernen, eine Beziehung wachsen zu lassen, die Unfreiheit eines Lieben nicht zu vermehren, sondern die Freiheit? Endlich den Blick ganz frei zu haben auf diesen Menschen, den ich lieben werde. Honigmann, küß mich doch noch einmal, hämmert ein Schlager -- Wie diese Szenen der gemeinsamen Nacht dann tagelang vor meinen Sinnen ablaufen wie ein Film, wie Erinnerungen an einen Toten, der längst begraben ist -- Die Stille der Nacht. Die Nacht im Wohnzimmer, in der Wohnung eingeschlossen wie ein fremdes Tier. Eine Kerze beginnt niederzubrennen. Stundenlang aufrecht: Gespräche, Musikhören. Nach Mitternacht, als die Kerze anfängt zu verlöschen, das Niedersinken des Gesichts auf seinen Arm auf der Sofalehne neben mir, das Schließen der Augen, Gesprächspausen, Aufstehen, den Wecker stellen, zur Toilette gehen, das Gesicht waschen, ausziehen im Badezimmer. Im Schlafzimmer liegt er noch angezogen über dem Bett, welche Gedanken mögen ihm durch den Kopf gehen? Er zieht sich aus, er liegt neben mir, ich fühle, daß er seine Hose noch anhat, ich frage, ob er zu Hause einen Schlafanzug trägt, er sagt: es ist verschieden, er fragt, ob ich immer ein Nachthemd trage, ich sage: es ist verschieden. Wir umarmen einander, ich bitte ihn, ganz nackt zu sein, er bittet mich, nackt zu sein. Er weiß nichts von Jochen. Ich muß sterben lernen, eh ich lieben lerne, eh ich dem Geliebten die Freiheit eigenen Lebens lasse. Wie macht dies das Leben schal und schmachvoll, wenn wir Liebe zum Besitzmittel machen – so schmachvoll, wie wenn Kinder zum Kitten oder zur Erzeugung oder zur Bewahrung von Besitz mißbraucht werden – – Hoferben – – Liebe als Besitz, nein, nein, nein – – *O daß ich einmal nicht weinte/ wenn der Geliebte mich läßt/ und lächelnder hielte das göttliche/ Wort das er zurückließ* – – Mein selbstmörderisches Verlangen, ein Zwilling zu sein, den Geliebten zum siamesischen Zwilling machen zu wollen. Ein Zwilling ist eines von zwei zur gleichen Zeit im Mutterleib entwickelten und kurz nacheinander geborenen Kindern oder Tieren. Ein Zwilling sein heißt doppelt sein. Siamesische Zwillinge sind zusammengewachsene Zwillinge, nach dem ersten, allgemein bekannt gewordenen Fall solcher Zwillinge in Siam, Thailand. Hat nicht auch die Heldin der »Glasglocke«, Esther, sich mit Zwillingsforschung beschäftigt? *Ach ich hielt dich:/ wie ein Kind in winzigen Fäustchen/ krampfhaft umklammert die Blumen hält/ und alle verliert* – – – Vielleicht suche ich gar nicht die Liebe, sondern die Trennung. *Weh aber denen die nicht scheiden können* – – Weh mir – – Ich muß an meinen Kaninchenfuttersucher-Bruder denken, wie er der Herrschaft der Mutter und der Regelmäßigkeit auswich und nach der Schule an den Straßenrändern stundenlang herumträumte und umherschweifte und Kaninchenfutter pflückte und Schläge bekam, wenn er zurückkehrte – – Ich halte dein Freiheitsgebaren nicht aus, Christian, das ist der Tod der Liebe – – Um zwei Uhr nachts – die Liebe war so schnell vorbeigegangen – schrie das Kind im Nebenzimmer und kam in die Tür, ich brachte es zurück in sein Bett, aber kaum hatte ich mich hingelegt, schrie es wieder, und noch einmal schrie es, als ich endlich hoffte, es wäre eingeschlafen, da sagtest du, Christian, hol es doch hier ins Bett, und ich ging hin und holte das Kind, und es schlief gleich ein neben uns – – das schien mir ein Symbol für mein Leben – – ich die Mutter, aber immer noch nicht befreite Liebende – – an die leere Stelle das Kind – – Wie seltsam ist es, daß nur ein paar Tropfen Sperma ein Kind erzeugen können, das im Leib der Frau heranwächst, es muß dazu nicht notwendig wollüstige Erfahrung dabei sein, man kann also Mutter werden und die Wollust der Liebe überspringen, den zweiten Schritt vor dem ersten tun (das Leben ist nicht so ordentlich, daß immer die ersten Schritte vor den zweiten getan werden). – – *Denn das ist Schuld, wenn irgendeines Schuld ist:/ Die Freiheit eines Lieben nicht vermehren/ um alle Freiheit, die man in sich aufbringt./ Wir haben, wo wir lieben, ja nur dies:/ einander lassen; denn daß wir uns halten,/ das fällt uns leicht und ist nicht erst zu lernen* . . . Therese sagt: du hast eine ungeheure Sehnsucht nach einer festen Verbindung, nach Wärme, nach Vertrautheit. Du mußt vorsichtig sein, daß du dich nicht wieder, wie bei Jochen, total verausgabst in deinen Gefühlen. Warum liebe ich diesen jungen Mann, die Jugend, die Verkörperung der Jugend? Du hast Sehnsucht nach Unverdorbenem, nach Nichtkrankhaftem (deshalb warst du ja so erschrocken, daß du von dem einundzwanzigjährigen Georg die gleichen Todesreden hörtest wie von Jochen). Du mußt lernen, die Zeit als wichtigen Faktor zu erkennen, sagt Therese. Du mußt die Vorstellung ertragen können, daß jemand dich ganz vergessen könnte! Aber gerade das kann ich nicht ertragen, sagt Lotte, daß jemand, der mich innen und außen berührt hat, mich vergessen kann. Als fühlte ich mich erst wirklich, wenn ich mich in das Gedächtnis der andern einniste und sie mit mir durchtränke. Du wirst doch mit der Zeit erkennen, wie groß seine Zuneigung ist, sagt Therese. Du mußt die Geduld aufbringen dafür, daß eine Liebe sich nicht unbedingt nach deinen Vorstellungen und Wünschen abspielt, sagt Therese (er liebt dich auf seine Weise, aber du möchtest auf deine Weise geliebt sein). Du willst immer alles sofort haben, willst, daß alle Gedanken des andern bei dir sind. Liebe ist aber doch eine Sache, die von Zweien getragen wird, sagt Therese. Du mußt den Begriff, den der andre von Liebe hat, auf dich zukommen lassen, du willst sofort *deinen* Begriff von Liebe verwirklichen; du wirst immer wieder Schiffbruch erleiden, wenn du immer nur deine Vorstellung gewaltsam und drängend verwirklichen willst. Du kannst Schweigen nicht ertragen, willst, daß der andre dir andauernd versichert, wie er dich liebt, du bist zu sehr eingestellt auf Formulierungen, Sprache ist aber nicht dazu da, um dir Sicherheit zu geben. Meine possessiven Arme, mein Gott, denkt Lotte. Therese sagt: du hast eine ungeheure Sehnsucht nach einer festen Verbindung, nach Wärme, nach Vertrautheit – – Du kannst dich nicht hineinversetzen, daß ein andrer nicht alles formuliert, was er fühlt; wenn er am Morgen nach der Nacht der Liebe sagt: ich komm vorbei, nimm es doch wörtlich. Dieser Neunzehnjährige, sagt Therese, steht an der Schwelle zum Leben, du darfst ihn nicht mit deinen Leidenserfahrungen der letzten zehn Jahre messen; du sprichst von seinem In-Sich-Ruhen, vielleicht ist das auch etwas Unfertiges, wie seine kindliche Schrift. Du mußt warten lernen, sagt Therese. Es ist schwer, daß sich zwei in völliger Freiheit treffen. Vielleicht geht es wirklich nicht, daß man die Nächte immer miteinander teilt. Vielleicht braucht man nicht nur Tage, sondern Nächte für sich allein. Lottes Sehnsucht nach aufeinanderfolgenden Nächten voller Liebe mit diesem jungen Menschen. Ob aber nicht der Zwang zur Arbeit (zu der man am nächsten Morgen um sechs Uhr aufstehen muß, und die Uhren bleiben immer hart, werden in der Wirklichkeit nie weich) den Versuch, ekstatisch in der Liebe zu leben, von vornherein zum Scheitern verurteilt? – – Therese war in Wien, um in den Museen zu arbeiten, sie ist, sagt sie, zum erstenmal wieder an der ungarischen und rumänischen Botschaft vorübergegangen – – In Wien hatte sie damals, auf dem Weg zur Abtreibungsklinik, einen ganzen Tag, von sieben Uhr früh bis fünf Uhr nachmittags verbracht, um die Visa (ein Transitvisum durch Ungarn und ein Visum für Rumänien) von den Botschaften zu holen – – Und es kam alles wieder hoch, als ich vorüberging an den Botschaftsgebäuden, sagt Therese – – Die Wahnvorstellung kommt mir jetzt öfter, sagt Lotte, daß ich eines Tages gezwungen wäre, zum zweitenmal abzutreiben – – Und diese Wahnvorstellung, diese Zwangsvorstellung, sagt Lotte, verbindet sich unwillkürlich mit der Erinnerung an jene junge Frau, die mehrmals versucht hatte, sich zu töten, bis ihr nach der dritten »Rettung« ein Arm amputiert werden mußte – – Selbstverstümmlung, weil ich mich einfach nicht annehmen kann – – Teile von mir zerstört – – Sich entleiben, um zu sich selbst

zu kommen – – Gefühle, in einem falschen Körper zu sein – –
Dieses Zusammenstücken eines Bildes von einer Existenz. Sie sehnte sich nach Schönheit, nach Form, wußte nicht, ob Schönheit und Form möglich sein würden in einer zerstückelten Welt. Ein zerstückeltes Kind als Sinnbild für die zerstückelte Welt, für unsere zerstückelten Sinne, unsere zerstückelten Hoffnungen, zerstückelten Erfahrungen – – Zusammenstücken torsohafter Lebens- und Liebesversuche geschah hier. Sie mußte die Form suchen, um über das Zusammenstücken – das der erste Schritt zu sich selbst war – hinauszukommen – – Sich ganz fest in der Arbeit verankern – – Ein großes Gedächtnis werden – – Eine Liebende werden, das war das Ziel, die einzige Möglichkeit zu überleben – – Das eklige Todesgefühl transzendieren, wie war das möglich? Wenn die Liebe nicht unvergänglich war, die Form würde unvergänglich sein. Konnte sie Christians Gesicht zeichnen? Nein, sie konnte nicht zeichnen, nicht einmal Strichelmenschen wie Hannes und Annemarie. Sie lernte Orte, sie lernte Welt kennen in den Geliebten. Wahre Marslandschaften, Mondlandschaften waren die Körperlandschaften der Geliebten. *Aber hier in den Wäldern von Roussainville umherirren und keine Dörflerin zum Umarmen haben, bedeutete, daß ich den verborgenen Schatz, die innewohnende Schönheit dieser Wälder nicht kannte. Dies Mädchen ... war für mich ... ihrer Natur nach so beschaffen, daß man durch sie der auf dem Grunde verborgenen Essenz des Landes näher kommen konnte als auf irgendeinem anderen Weg* ... Und indem man so liebt, *denkt man noch nicht an sich selbst, man will vielmehr aus sich heraus* ... Aber hieß diese Vorstellung von Lieben denn nicht, daß sie bei einem Menschen überhaupt nie würde bleiben können? Sie braucht immer zwei Tage, um sich von einem Geliebten, der sie ließ, zu trennen; nach zweitägigem Zusammensein, braucht sie zwei Tage, um zu sich zurückzukehren, wie eine erfrorene Leiche, die vierundzwanzig Stunden durchgefroren ist, vierundzwanzig Stunden braucht, um im Gerichtsmedizinischen Institut aufzutauen – – War es der Mensch, den sie liebte, oder war es nur ein Bild von einem Menschen, ein Bild von einem Gesicht, das sie zu lieben begann – – Ein Bild von Weichheit, von Wärme, von Zurückgehen in alte, ältere, dunklere Zeiten? Verflüchtigte sich deshalb die Liebe zu *einem* Menschen wieder, weil das *Bild*, das sie suchte,

unbeständig war, irrlichterte? Was könnte sie tun, um sich all der unausgesprochenen äußeren und inneren Wirklichkeiten, die sie umdrohten, durch Formung zu vergewissern? Ich glaube, ich stürze mich deshalb so possessiv auf den Geliebten, und er erscheint mir nach zweitägigem Zusammensein wie ein jahrelang Geliebter, weil ich meinen eigenen Gefühlen nicht traue, ich habe Angst vor dem Sterben, vor dem Sterben *meiner* Gefühle. Geduld haben, sich dem Geheimnis eines Menschen zu nähern, es nicht gewalttätig durch gewaltsames Andrängen an seine Person zu verschütten. Seine Freundin, mit der er zwei Jahre »ging«, hat ihn verlassen, warum? Jeden hat irgendjemand verlassen. *Ich bin niemals direkt mit dem Tod in Verbindung gekommen, habe keinen Menschen direkt durch den Tod verloren, sondern hatte ihn schon vorher verloren und es daher nicht mit dem Tod in Verbindung gebracht* – – Wenn wir unser geknebeltes Bewußtsein zerreißen könnten! Mann und Kind in einem war er, neben mir liegend, in der Liebe nach der Liebe in der Nacht, sein trockenes Haar raschelnde Blätter in meinen Händen. Nicht die Karikatur eines Kindes wie Jochen war er. In ihm war Kindsein und Männlichkeit, nicht die Karikatur von Kindseinwollen in Form von Verantwortungslosigkeit, wie bei Jochen. Die Angstlosigkeit vor dem Kinderkriegen, wie bei der Frauenliebe, fehlte. Noch nie hatte ich über LSD, über »bewußtseinserweiternde Drogen« nachgedacht. Zum erstenmal spürte ich das Verlangen, etwas Künstliches zu Hilfe zu nehmen, um mich von den letzten Resten eines geknebelten Bewußtseins zu befreien, mit ihm gemeinsam. Ich wollte ihn nackt sehen und mich nackt von ihm ansehen lassen, ohne dieses dauernd in Resten lauernde selbstprüfende Bewußtsein im Hinterkopf. Ich las Cooper, wie vor vielen Jahren, als der Prozeß begann, damals den »Tod der Familie«, heute »Von der Notwendigkeit der Freiheit«. Manchmal glaube ich, daß auf dem Weg zu einer Selbstwerdung noch unendliche Einsamkeit und Qual bevorsteht, dann wieder glaube ich, daß alles, was geschehen wird, mich nicht mehr wirklich bedrohen kann, daß sogar ein möglicher Selbstmord ein wahrer Schritt auf dem Weg zur Selbstwerdung sein kann. Ich fürchte mich nicht mehr vor der Selbsttötung. Ich muß einmal meine Träume ganz zu Ende leben, zu Ende denken, zum Beispiel den Traum vom toten Kind und den Traum, im vollkommenen warmen Dunkel zu sein, von glühender Kälte fallender weicher Schneefälle umgeben. Das Jahr meiner Geburt, die Zeit vor meiner Geburt möchte ich wiedererleben. Die Liebe gibt mir ein Stück und stößt mich immer wieder aus, ich aber will im Dunkel bleiben; und wenn diese irrsinnige unerfüllte Sehnsucht einmal erfüllt werden soll, muß ich erst einmal die *Sehnsucht* leben. – – Christian rudert gern, aber er hat aufgehört zu rudern, weil das Rudern zum Leistungssport wurde – – Nur ein Mann, der nicht Leistungsfanatiker, der nicht ehrgeizig ist, kann lieben. Christian geht fort, schreibt Karten aus Südfrankreich, und ich schmecke den Geschmack des Abschieds auf der Zunge wie einen lange und von Kindheit an vertrauten Geschmack, den ich nie verlieren werde. Der einzig verläßliche Geschmack ist der Geschmack des Abschieds auf der Zunge und in allen Poren – – Ich bin sterblich, ich lebe nur einmal – – Dieses Wissen, unmerklich verdeutlicht es sich stärker, wie eine Schrift an der Wand. Vielleicht suche ich gar nicht die Liebe, sondern die Trennung – –

## Bittere Mandeln oder die Folgen der Arbeitslosigkeit und die Folgen der Abtreibung

»Das hatte eine traurige Erziehung vollbracht: nur schluchzend und blutenden Herzens und verdrossen und einsam ließ sie uns die strahlende Gelassenheit der Wollust ahnen ...«

André Gide

»Dies Mädchen ... war für mich ... ihrer Natur nach so beschaffen, daß man durch sie der auf dem Grunde verborgenen Essenz des Landes näher kommen konnte als auf irgendeinem anderen Weg.«
»... man denkt noch nicht an sich selbst, man will vielmehr aus sich heraus.«

Marcel Proust

Sie sucht ihre große Liebe stückerlweise zusammen. Jetzt hab' ich einen Abgang gehabt heißt für Lenz: jetzt hab' ich eine Ejakulation gehabt. Seine Zärtlichkeit ist wie eine Rückversicherung, eine Antwort, eine Beschwichtigung. Sein Vater, der Schreiner ist in einer Fabrik, hatte die Schwester von Lenz hinausgeworfen. Lenz sagt: dann ging sie auf den Strich und verunglückte tödlich während einer Autofahrt mit ihrem Zuhälter. Bei der Beerdigung der Schwester weinten er und sein Vater sehr. Lenz nimmt Shit. Shit ist ein Ausdruck für Haschisch. Haschisch ist eine Umstiegsdroge. Im letzten Jahr nahm er fast jeden Tag LSD. Er trinkt. Er hat Autos geknackt und ist schwarz gefahren. Er hat vier Wochen Jugendarrest abgesessen. Seine Schwester ist beim Umzug *umgebettet* worden. Meine Schwester sah mir ähnlich, sagt Lenz. War sie schön?, fragt Lotte, nein, sagt Lenz. Er ist Geselle, er hat eine Lehre als Installateur gemacht, war aber ein Jahr lang arbeitslos, er bekam keine Stelle nach der Beendigung seiner Lehre. In jener Zeit fing er an Drogen zu nehmen. Heute arbeitet er in einer Drahtfabrik. Der Lärm, der Gestank, sagt er, abends bin ich immer ganz fertig. Er haßt die Arbeit, er macht soviel wie möglich blau. Lotte kommt näher an die Wirklichkeit. Er aber flüchtet in die Unwirklichkeit, er nimmt Drogen. Sein alter Herr (sein Vater), über sechzig Jahre alt, sei scheußlich zu ihm, empfange ihn nur mit drohenden Bemerkungen, wenn er überhaupt rede. Seine Mutter war über vierzig, als sie ihn gebar. Meine alte Dame liebt mich, aber sie ist mit den Nerven runter, sagt er, ich habe schon zuviel Scheiß gebaut. Er ist stark in ihr, das erste, was er fragt nach der langen Zeit der Liebe: nimmst du die Pille? Sie sagt: nein, und er: und was ist jetzt? – Ich habe doch die Tage, sagt sie, und er ist beruhigt. Seine spitzen Beckenknochen hineindrückend in ihre Beckenregion, seine Beinkrämpfe kurz vor dem Abbrechen. Ist da nicht etwas von Scheitern in jeder Liebe, weil ich immer noch liebe, wie eine Frau, deren Liebster starb, aber sie kann ihn nicht vergessen, wenn sie neben dem andren liegt, immer liegt ein Gestorbener neben dem lebenden Liebsten, ja? Schmerz der Abtreibung, Folgen der Abtreibung, was ist das? Ihr ganzes Leben könnte sie auch nennen: Tagebuch einer Entziehung. Vielleicht hilft Lenz ihr, ihr Leben zu begreifen. In ihm spiegelt sie sich, wie er sich in ihr. Seine Sucht: Rauchen, Trinken, Haschisch, LSD. Ein Prozeß wegen Körperverletzung im Trunk steht ihm bevor. Ihre Sucht: Beziehungen, Menschen. Wie heißt die Fabrik, in der er arbeitet? *Etwas lieben zu können – welche Erlösung!* Im Kindergarten die Wanne mit Sand gefüllt; im Sand ein Häschen; ein streichelndes Kind davor hockend, ich streichelte auch das Häschen, und ich fragte das Kind, wer das Häschen zu Haus füttere; das Kind sagte: meine Mutter, ich – und mein Papa; das streichelnde Kind und das fellweiche Häschen im Sand. Die Kühle, die zwischen den Lieben über die Lippen der Menschen kommt, aber bei dir nicht, Lenz. Sie geht in ihre Jugend zurück, die sie nicht lebte. Lenz geht fort mit seinen Freunden, nimmt zwei Äpfel aus ihrer Küche mit. Sie legt sich hin und hört Bill Withers Live und liest »Klein und Wagner«, sie muß an die Stelle über üble Laune im »Werther« denken, und daß sie so oft üble Laune hat, und daß diese üble Laune schon mit Werthers Selbstmord zusammenhängt. Nachts träumt sie von Johannes, er habe Selbstmord begangen; in einem anderen Traum, Johannes stünde plötzlich mitten in der Nacht in ihrer Wohnung, mit einem Ultimatum in der Hand, wenn sie sich nicht innerhalb der nächsten drei Tage entscheide zu ihm zurückzukehren, werde er sie umbringen. Ich bin so glücklich, sagt Lenz, das habe ich noch nie erlebt. So habe ich die Liebe noch nie gemacht (von hinten). Faire l'amour, ein sehr schöner Ausdruck, die Liebe machen. Liebe, ein zitternd-gefühlvolles Wort, und machen, ein nüchternes, praktisches Wort. Erinnerung an Sonja in der Badewanne. Erinnerung an die Bootsfahrt mit Sonja. Lenz in der Badewanne. Sein unmäßiges Verlangen, Unbekanntes zu erleben, Die Liebe macht wahnsinnig. Es ist, als ob ich vor der Todesstunde noch einmal alles fühlen, schmecken, sehen dürfte. Immer die Stunde des Abschieds drohend nah. Morgen abend um sechs Uhr wird sie ihn sehen. Ich habe nicht genügend hingeschaut, aber er schlief heutmorgen, sein schlafendes Gesicht im fast rabenschwarzdunklen Zimmer möchte ich mir vergegenwärtigen. Jede Ehe, denke ich, ist ein Versuch, die vergängliche Liebe dauern zu machen. Immer wieder unternehmen wir diesen Versuch. Auch ich werde ihn wieder unternehmen. *Es war so warm und köstlich, in die Arme des Andern geschmiegt zu liegen, beim Licht der winzigen Lampe.* Gegen Morgen in der Badewanne zeigte er seine Handflächen, die runzlig geworden waren vom warmen Wasser, beim Schein der Kerze sahen sie aus wie die eines gerade geborenen Kindes, ich sagte: das geht sehr schnell weg. Der Unfall seiner Schwester. Der schwere Unfall seiner Schwester. Sie sucht ihn kennenzulernen und schwebt in der Gefahr ihn einzukreisen, indem sie ihn sich bekannt macht. Aber wenn ich ihn kennengelernt habe, muß ich wieder fremd mit ihm werden. Denn niemals ist jemand bekannt, das ist eine Täuschung. Leichenschauhaus, Krankenhaus. Auf der Bahre die tote Schwester. Mehrere Tage bewußtlos hatte sie gelegen im Krankenhaus. Da sie verstoßen war von den Eltern, erfuhren die Eltern, Lenz und seine Brüder erst nach mehreren Tagen vom Sterben der Schwester. Lenz holt Zigaretten – »ich wollte mir doch den Geschmack von Freiheit und Abenteuer holen«, hält meine Hand auf sein Herz: wie rasend es klopft! Die Eltern warfen die Schwester hinaus, weil sie nächtelang nicht nach Hause kam. Der vollkommen aufgelöste Pfirsich unter den andern Pfirsichen, ein richtiger Verwesungssaft troff heraus aus der blauen Schachtel. Wo ist seine Schwester begraben? Ich werde hingehen und ihr Grab besuchen. Ich dürfte eigentlich überhaupt nicht lieben, denkt sie, weil ich mich in der Liebe vollkommen entäußere, entrücke. Es ist ein selbstmörderisches Wagnis zu lieben. Kaum kann ich unter messerstichartigen Qualen zu meinem Ich zurückkehren. Liebesakt, liegender Akt. Stückweise nur kann sie sich wieder eine Haut ankleiden. Eine satte Liebende, liegt sie, traumschwer und Visionen sehend, halluzinativ, und wehrt sich mit jeder Faser, wieder allein zu sein, abgeschnitten von der warmen Haut, vom warmen Erdreich des Körpers des andren. Ich kann nicht mehr an seiner Haut angeschlossen sein, sondern bin wieder vereinzelt. *Es ist Morgen. Ich liege in dem leeren Bett – dem riesigen Bett – wie ein Feld so groß und kalt und ungeschützt ...* Die Frage ist doch nicht, denkt sie: was kann mir der andre sein?, sondern: kann ich dem andern etwas sein? Vielleicht kann ich ihm nichts sein, denkt sie, weil ich ihm zuviel bin, mit all meinen bis auf den Grund getriebenen Fragen und Zweifeln, mit meinem maßlosen Wunsch nach Selbstkennen und Kennen des andren. Mit meiner maßlosen Schneesehnsucht. *Ich schmiegte mich dicht an ihren warmen, süßen Leib, glücklicher als je zuvor, glücklicher, als ich es mir jemals hätte träumen lassen – die Vergangenheit wieder einmal begraben. Ich klammerte mich an sie mit dem Wunsch, dieses Dunkel möge ewig dauern.* Dieses Dunkel möge ewig dauern. Das ist es. Ihre Schneesehnsucht. Ihre Todessehnsucht. Der Tod ist der Mutterleib der Nacht. Mutterleibssehnsucht, Sucht. Sie ist, auf andere Art als Lenz, süchtig. Lenz raucht hemmungslos vormittags schon seine Haschischpfeifen, eine nach der anderen, raucht Zigaretten ununterbrochen, trinkt ununterbrochen, schlägt im Rausch seine Zimmereinrichtung auseinander. Ich will nie heiraten, ich will keine Verantwortung tragen, sagt er. Kaum schlafe ich noch. Sie sitzt die Nächte durch und schaut Lenz beim Trinken zu. Er will sie zum Trinken und Shitrauchen überreden. Ich trank eine Flasche Wein aus. Ich schwankte, aber das Bewußtsein war stärker als zuvor, ich beobachtete mich und sah mir zu, wie eine zweite Person von mir schwankte ich. Ich habe zuviel Schwermut in mir, die kommt hoch nach einer durchwachten, durchliebten Nacht. Die exzessive Nacht und ihr melancholischer Nachgeschmack. Lieben – und dann wollte er plötzlich in die Badewanne. Ich lasse Wasser einlaufen, und mein nüchternes Bewußtsein sieht mir bei allem zu. Ich sage ihm zuviel, er sei süchtig. Er sieht Klimbim im Fernsehen, und ich möchte Rosmersholm sehen, er sagt: das ist Müll. Seine Sprache ist anders. Sein Gang zum Brunnen, wo Rauschgifte gehandelt werden. Die Mutter bereitet ihm Kohlrouladen und Eisbein mit Hackfleisch. Er kann sich nicht einmal selbst eine Zwiebel schneiden. Die Schuld der Mütter: sie machen ihre Söhne zu zukünftigen Ausbeutern der Frauen. Mein *Körper* ist so befangen. In den frühen Morgenstunden ist das Bett körpergroß naß, und sie sagte ihm, er solle ein Handtuch aus dem Schrank holen. Er sagte, er könne doch nicht in ihrem Schrank herumwühlen. Das erstaunte sie, und sie sagte ihm, wenn er in ihrem Körper wühle, könne er doch erst recht in ihrem Schrank wühlen. Sie ging die Straße entlang, um Wein zu kaufen, und von einem Gerüst winkten ihr zwei junge Männer zu, sie dachte an ihre Mutter, die ein paar Tage, nachdem sie frisch verheiratet war, von jungen Männern angerufen worden war, sie hatten ihr nachgepfiffen, und sie hatte gedacht: nun ist also dieser Zeitabschnitt auch vorbei, nun bist du verheiratet – – Sein Vater hat zehn Brüder, kommt aus dem Osten, aus Ostpreußen – – Er sagt Wörter, die ich nicht kenne: schofel, astrein – – Er redet in der Drogenfachsprache – – *Mein Leben wird natürlich damit enden, daß ich Selbstmord begehe* – – Mit aller Macht will sie einen Zustand erreichen, wo sie diejenige ist, die leichten Herzens den Abschied geben kann, wenn sie will, nicht die, der immer der Abschied gegeben *wird*. Das Kampffeld der Leidenschaft ist der Körper. Auch den Durst, den man sich nicht eingestehen will, will man löschen. *Orgasmus ist die totale Erfahrung der Transsexualität ... Man wird im Zustand des Liebemachens nicht nur zu beiden Geschlechtern, sondern zu allen Altern und allen Generationen* ... In dieser verödeten, geheimnislos gewordnen Welt sucht man die Liebe als das große Geheimnis. Doch das kann nicht gut gehen. *Überall mache ich nach einiger Zeit eine ähnliche Erfahrung. Es ist nicht ein Mann oder eine Frau – es ist die ganze Oktave des Sex*, die ich suche. Im Frauenzentrum ist jetzt ein Maklerbüro – – Sonja und ich gingen heut dort vorbei, und der Schaltertisch des Maklers starrte lächerlich aus der Ecke, aus der gleichen Ecke des Raumes, wo ich einmal vor Monaten gestanden, in den Abtreibungsprotokollen gelesen hatte und in Sonjas Arme gefallen war – – – Eine bräunliche Kastanie starrt ihr entgegen, und die ersten Anzeichen des vergehenden Sommers, des kommenden Herbstes mehren sich. Immer vergeht alles, und es ist ein Schmerz, der mich staunen macht. Lenz hat sich wieder drei Tage krank schreiben lassen, liegt in ihrem schönen Bett und schläft bis Mittag. Seit zwei Wochen versäumt sie öfter die Arbeit, ruft im Krankenhaus an und läßt sich entschuldigen. Ich weiß nicht, wie lange das noch weitergehen soll. Ich ging zur Drogenberatung, und man sagte mir: sehen Sie zu, daß nicht auch Sie noch den Arbeitsplatz verlieren. Sie legt sich neben ihn und ist immer angespannt – – Ist es Schuldgefühl gegenüber Johannes, gegenüber Sonja? Immer in der Phantasie irgendwelche Wächter, die weggescheucht werden müssen. *Das hatte eine traurige Erziehung vollbracht: Nur schluchzend und blutenden Herzens und verdrossen und einsam ließ sie uns die strahlende Gelassenheit der Wollust ahnen . . .* Die Wärme seines schmalen, fast magersüchtigen Körpers. Diese lebensgesättigte Haut. Er tief im Schlaf, sie wagt kaum zu atmen. Selbstverständliche Gesten der Zärtlichkeit. Im Schlaf eine Hand auf ihrem Haar. Berührung ist eine Wohnung gegen den Tod. Eine wahnsinnige Todesangst. Und für das Kind ist Todesangst die Angst, daß einer weggeht – – die erste, ursprünglichste Angst. Abends kommt er nicht, am nächsten Morgen muß er wieder arbeiten. Er sagt: einfach so einschlafen kann er nicht, neben einer nackten Frau. Sie lag neben ihm im dunklen Zimmer, draußen die Laute des Tages, und schlief nicht, mit geschlossenen Augen, und fühlte ihn, fühlte seinen warmen Schlaf, öffnete die Augen einen Spalt weit und sah sein männlich-kindliches Gesicht, und hatte vor Augen die alte Dame im Leichenschauhaus des Zentralfriedhofs, unter ihrer Brautbettdecke starr und still. Sein Atem wehte im Rhythmus seines Schlafs über ihre Stirn. Er lag eng in ihrer Nähe im Schlaf. Er kam auf die Idee, Blaubeerpfannkuchen zu essen. Sie kaufte Mehl, Eier, Blaubeeren hatte sie noch. Er aß hungrig und langsam den ersten Pfannkuchen. Er trank Milch. Der rauschende Regen am Nachmittag. Die Verdunkelung des hellen Tags. Er im Regen stehend. Sie erinnerte sich an den Film »Ein kalter Tag im Park«. Ich – nach dem Abschied am Mittag – barfuß gehend, in Sonjas Arm, unter einem Schirm, über das Pflaster der Stadt gehend, die Schuhe in der Hand. Er ruft an, seine Mutter scheint immer die gleichen Sätze zu sagen: du wirst schon wieder mit mir reden, wenn du beim Bund bist. Beim Bund wird er noch stärker ins Saufen hineingeraten (wenn das überhaupt möglich ist). Seine Mutter scheint immer die gleichen Sätze zu sagen: ich bin froh, wenn du endlich weg bist. Aber etwas Konsequentes tut sie nicht. Wahrscheinlich hat sie Angst, ihn – den letzten Sohn – zu verlieren. Sein Vater war Melker, bevor er Schreiner wurde. Seine Eltern sind aus Ostpreußen oder Pommern, er weiß es nicht einmal genau. Nachts kam er, der wie ein Wild ist, spät vom Tanzen, er hatte zehn Coca-Cola getrunken und zehn Flaschen Bier, wenn er sagt: zehn, dann sind es mehr gewesen, und er liebte, und dann konnte er trotzdem nicht

schlafen. Nach der Liebe wollte er eine Zigarette, aber es war keine da, er fragte, ob er Obst essen dürfe, und sie sagte, es wären Birnen und Pfirsiche in der Küche. Die Fähigkeit, Liebe auszulösen, ist noch längst nicht die Fähigkeit zu lieben. Was ist das, Lieben? Die größte Schwierigkeit ist vielleicht nicht, Gefühle zu haben, sondern sie zu *bewahren.* Seitdem ich mit dir gehe, bin ich irgendwie verändert, sagt er, an der Haustür stehend um Mitternacht. Träum von mir, sagt er, und er geht wieder. Wenn ich breit bin, geh ich morgen nicht zur Arbeit – – Das viele Denken nützt gar nichts und gibt ihr keine Antwort, wer sie ist. Ich muß warten, bis mir mein Körper unmißverständlich eine Antwort gibt. Lenz sieht ein Foto von ihr und Sonja, die Gesichter nah zusammen, in der gemeinsamen Nähe verschwimmend ineinander (das Foto ist verwackelt), die Gesichter aneinander geschmiegt, er sagt: wer ist das?, ist das dein Bruder? *Ich glaube, daß ich schon lange gewußt habe, daß das Leben für mich vorbei ist, aber ich habe es nie klar erkannt oder zugegeben, bis mein Bruder starb. Ja, obwohl er in einem Wäldchen in Frankreich begraben liegt, und obwohl ich noch immer aufrecht umhergehe, die Sonne fühle und den Wind, der vom Meer kommt, bin ich doch so tot wie er ... »Erinnerst du dich, Katie?« Ich hörte seine Stimme in den Bäumen und Ulmen, in den Düften, in Licht und Schatten ...* Ja, wie sehr muß sie an das Wort ihrer Mutter denken, sie und ihr Bruder hätten zu gleicher Zeit einen Unfall gehabt: sie die Abtreibung (Jochen, ihr Unfall), und er den Sturz vom Baum, der ihn fast sterben ließ. – – Stay – my lips are burning – – Stay with me tonight. Lenz und sie in der Badewanne, in der sie einmal Sonja in den Armen hielt. Am nächsten Tag Sonja allein darin badend. Ihr schöner voller Körper. Ich versuche den Zustand – to be in love – aufrechtzuerhalten, aber es wird doch nicht gelingen. Sie muß jetzt oft an Jochen denken, der sagte: du befreist mich nicht aus der Befangenheit meines Körpers. Heißt Lieben denn den anderen befreien? – –
Diese Erklärungen, sagt Lenz. Erklärungen will er nicht hören. Er will einfach *sein.* Interviews mit Rock-Sängerinnen schaltet er sofort ab, er will nicht die Reden über die Musik hören, er will die Musik *hören.* Und ich?, denkt Lotte. Michaels Rallye-Fahren um den Felix-See herum. Halsbrecherisches Fahren, nur um etwas zu erleben. Sie muß viel an Rita Büttner denken. Vielleicht bin ich geschmissen, sagt Lenz, dann geh' ich morgen sofort zum

Arbeitsamt und komme danach zu dir. Ihre sonnenarme, weiße Haut im Bikini. Wie oft kommt sie sich ganz einfach *falsch* vor. Als sei ihr ganzer Körper irgendwie *falsch*. Wie kann man nur Hebamme sein!, sagt Lenz, als sie ins Schlafzimmer gehen. Er erzählt vom Knast. Vier Wochen kein Shit und keine Musik. Er in der Ecke, heulend. Ich habe mich voll Sonne gesogen, heute nachmittag, ich bin geschwommen im Felix-See. Zuletzt das Gelände um den Baggersee ganz leer. Die Sonne nah vor dem Untergehen. Er mich umarmend. Ich die Füße im Schlamm. Er mit seinen kaum bewachsenen Achselhöhlen. Am Samstag hat er sich total vollgesoffen, hat mehrere »Pfeifen« geraucht – – *Wenngleich vor jeder Droge gewarnt werden muß, so scheint dem Haschisch gegenüber noch besondere Vorsicht geboten, weil es unberechenbare und zum Teil gewalttätige Reaktionen erzeugt.* Erst am Sonntag verstand ich, warum er das Zeug nimmt, warum er trinkt. Das Gericht hatte ihm die Anklage wegen Körperverletzung zugeschickt, eine Vorladung. Seine Reaktion war panisch: er rauchte und rauchte und rauchte und trank und trank und trank – – Ihren gekochten Mais ißt er nicht. Lenz ist der richtige Umgang für sie. Mehr als Ärzte und Hebammen. Aber sie steht dazwischen, ist nicht Fisch noch Fleisch. War das nicht immer der Inbegriff des Lebens für mich: mit andern schwimmengehen, ohne sich seines häßlichen und falschen Körpers schämen zu müssen? Er stellt sich oft vor, wie es ist, tot zu sein. Wenn du eine Linse (LSD) drin hast, dann kannst du dir das Totsein direkt vorstellen, sagt er. Er wollte immer jung sterben. Zum erstenmal treffe ich einen Menschen, der so direkt seinem Todeswunsch Ausdruck gibt. Ich sehe mich wie in einem Spiegel. Von Angesicht zu Angesicht. Wenn es doch keine Arbeit gäbe!, sagt er, morgen früh muß er wieder arbeiten. Er zeichnet mir seine Gesellenstücke auf. *Davon* versteht sie noch wenig. Seine praktische Phantasie. Sie liest »Die Potenz der Frau«, darin steht, es sei nicht nötig, daß der Mann die Frau mit der Hand stimuliere, es gebe überhaupt nichts, was wie nach einer Anweisung notwendig wäre. Das Einzige ist diese geheimnisvolle Übereinstimmung und Anziehung zwischen Zweien. Nach der Liebe: du machst mich fertig, du kannst einen fertig machen. Er raucht und ißt Birnen und spricht. Es tut mir wohl, daß ein Mensch nach der Liebe mit mir sprechen will. In seinem Verlangen, Rauschgifte zu nehmen, ist ein unheimlich positiver Kern, aber sie hat Angst um ihn.

Wenn er doch diese Rauschzustände weniger, seltener anwenden würde, so daß nicht sie ihn, sondern er sie beherrschte! Wenn er nicht hineinschliddern würde in immer größere Abhängigkeiten. Er hat letztlich auch überlegt, ob er spritzen, Heroin ausprobieren solle. Reiner Zufall, daß er es noch nicht getan hat. Sein Verlangen nach Selbstzerstörung. Ihn zerstörte das Jahr Arbeitslosigkeit. Sinnlos: ein Mensch quält sich durch eine Lehre, ängstigt sich vor der Gesellenprüfung, besteht sie, und wird nicht gebraucht. Ein Jahr Arbeitslosigkeit. Die Drogen ersetzten die Arbeit, wie soll er es rückgängig machen. Meine Abtreibung, denkt Lotte, war der Versuch, mich von Jochen zu befreien, mich zu befreien von den makabren Bildern der Männlichkeit. Ich wollte mich befreien von Menschen, die mich beherrschen, aber nicht lieben. Diese eklige Angewohnheit von mir, mich der Liebe dauernd versichern zu wollen – Liebst du mich? Liebst du mich? Als könnte es nicht genügen, daß er aus heiterem Himmel von selbst sagt: du bist töfte – – astrein!, so wie Sonja »Spitze!« sagt – – noch mit keiner Frau habe ich so geliebt! – – Dieser Reichtum, der möglich ist. Er mit Hannes in der Küche – – jetzt komm' mal mit und laß die Lotte hier arbeiten, solche verständigen Sätze, dankbar bin ich nicht Verwöhnte für jeden verstehenden Satz. Er hebt Hannes in die Höhe. Er hat manchmal beim Abschied eine Art zu küssen . . . Ihr Bett ist ihm zu hart, sein Bett ist weich, sagt er, daß man einsinkt in eine Kuhle. Er spricht von den Arbeitslosen unter dem Torbogen. Bittere Mandeln. Immerzu erwischt er bittere Mandeln. Einmal nimmt sie aus seiner Hand eine von ihm ausgespuckte, zerkaute Mandel und probiert, sie ist tatsächlich bitter, und sie spuckt sie aus. Immer erwischt er bittere Mandeln. Einen Menschen lieben können! – wenn ich es könnte! Unter dem Torbogen in der Stadt stehen die Arbeitslosen und Jugendlichen, die jugendlichen Arbeitslosen, und trinken. Sein Freund Michael, LKW-Fahrer, fährt wahnsinnig schnell, winkt jeder Frau zu. Seine Mutter trinkt den ganzen Tag Kaffee, ist auch mit den Nerven runter, sagt er. Wenn sie eine ganze Kiste Pfirsiche kauft, ißt er gleich zehn Stück weg. Die Eltern sind Pilzfanatiker, sagt er abfällig, eine ganze Kühltruhe voller Pilze. Die Mutter hat zu Hause auch Mandeln und Nüsse, aber er soll davon nicht soviel essen. Er hat Narben auf dem Rücken. Sie muß an den Körper ihres so oft operierten Bruders denken. Mit zwei Monaten hatte er als Säugling Geschwüre, die mit dem Messer ausgestochen wurden. Sie faßt in die Narben seines Rückens, und sie fühlen sich an wie die Narbe an ihrem Oberschenkel von der Pockenimpfung. Sie will immer in die gegenseitige Ankettung hineinlaufen. Ihre Begierde, ein siamesischer Zwilling zu sein, hört nicht auf. Aber wie froh ist sie wiederum, wenn der andre ihr Freiheit läßt, damit sie sich bewegen kann. Niemand weiß, wie lange die Liebe zwischen Zweien dauern wird. Ich kann es kaum begreifen, daß da jemand ist, der mich, wenn er aus tiefstem Schlaf aufwacht, gleich zärtlich anfaßt, küßt, seine Hände irgendwo an mich legt, und dann weiterschläft – – Und daß sie diese Zärtlichkeit ertragen kann! Seine Narben hat er ihr gezeigt, und sie dachte, daß sie seinen Körper noch nie richtig angesehen habe. Beim Lieben immer die Dunkelheit. Sehen kann sie noch nicht. Lenz ißt gern Milchreis mit Zucker und Zimt, Michael ißt gern Kartoffelbrei mit Sauerkraut und Eisbein und Strammen Max. Wie hat meine junge Mutter nur für die Familie und viele Knechte auf dem Bauernhof kochen können?, habe ich mich gefragt, als ich für Michael und Lenz und die Kinder und mich etwas zu Essen zaubern mußte. Lenz träumt, verfolgt zu werden, und er kommt im Traum nicht von der Stelle, und die Verfolger kommen näher. Er träumt, etwas Schreckliches angestellt zu haben und ist dann beim Aufwachen erleichtert, daß er das Schreckliche gar nicht getan hat. Einmal war von Einsperren die Rede – – Wenn du mich einsperren würdest und ich nicht mehr an den Stoff käme! – – Und sie mußte wieder an den Film »Ein kalter Tag im Park« denken. Sie weiß nicht, ob sie ihm gewachsen ist, aber mit ihm zu sein ist Leben. Die zehn Jahre zwischen ihnen schaffen einen merkwürdigen Zwischenraum und Unterschied. Er ist, obwohl er nicht zehn Jahre älter, sondern zehn Jahre jünger ist als sie, um vieles reifer als Jochen es war. Eine Frau ohne Zucker habe ich noch nie gekannt, sagt er. Dieser Junge!, sagt sie, mit einem Wort Sonjas, denn Sonja rief oft »Junge!«, wenn Männer an ihr vorübergingen, aber Lenz mag es nicht, wenn sie Junge! zu ihm sagt. Warum ist mein Hals so trocken, wenn ich auf ihn warte? Immer noch Gretchen: nach ihm nur schau' ich zum Fenster hinaus, nach ihm nur geh' ich aus dem Haus. Wer erlöst mich aus dem bösen Zauber meiner Befangenheit? Bin ich immer noch wie der Frosch oder wie Dornröschen im Märchen? Er kommt von der Arbeit und trinkt gleich eine Flasche Bier nach der andern, bis sechs leere Flaschen vor ihm stehen. Ich könnte die ganze hemmende Erziehung verfluchen! In einer Art ist seine Sucht auch wieder eine Selbständigkeit, aber eine sehr traurige. Ich gehe noch an meiner grenzüberschreitenden Begierde zugrunde. Beide Welten will ich in mir vereinen. Beide Welten will ich kennen. Als ich Michael am Automotor hantieren sah, fühlte ich: die Beschränkung auf eine Welt (die weibliche oder die männliche) tut mir weh. In einem Film höre ich einen Mann über Kellnerinnen sagen: sie wissen, wie man mit Männern umgeht. Ich erinnere mich, daß ich, als ich Jochen zu verlieren drohte, einmal mit dem Gedanken spielte, Kellnerin zu werden. Wenn ein Mann eine Frau nackt sieht, denkt er, daß er sie kennt. Welch abgrundtiefe Mißverständnisse immer noch zwischen Mann und Frau. Als käme der eine vom Mars, der andre aus der Unterwelt. Jeder muß die Sprache des andern lernen. Den mach' ich kaputt, wenn der mir morgen die Kohlen nicht gibt, sagt Lenz über einen Arbeitskollegen, dem er Geld lieh. Das habe ich schon einmal von dem kinderreichen Andreas gehört: den mach' ich kaputt -- Wenn doch einmal die Liebe nicht zufällig, sondern notwendig wäre! Sie haben ihre Hoffnungen ausgetauscht. Und sie hoffen, daß ihre Hoffnungen leben werden. Du machst mich glücklich!, sagt er. Ich möchte einmal mir nicht den Blick auf einen Menschen verstellen, indem ich mich und mein Ich davor tu wie eine Palette, auf die ich mich mich mich male, ich will aus mir heraus, aus mir heraus. *Um jemanden kennenzulernen, mußt du zuhören können* -- Einen wahnsinnigen Willen, das festzuhalten -- diese Liebe in mir zu erzeugen, zu behalten, zu bewahren -- Ihn lieben zu können, nicht nur für eine Woche, vier Monate, sondern länger, länger -- Das wahnsinnige Verlangen nach *Dauer -- Und wenn du mich in meinem Bauch filmst, dann siehst du mich immer noch nicht*, sagt eine Frau zu ihrem Geliebten im Film. Sie sehnt sich nach einer dauernden Liebe, die das Abenteuer mit einschließt (unerfüllbarer Wunsch?) -- Abends wird er bei mir sein, ob aber nicht der Zwang zu dieser verdammten Maloche, wie er sagt, jeden Versuch zu lieben von vornherein zum Scheitern verurteilt? *Frauenliebe* ist nicht an ein Geschlecht gebunden, sondern ist eine Form der Liebe, die wir als Zukünftiges ersehnen. Vom Feld mochte er die frischen jungen Maiskolben, sie sind milchig, sagt er. Meine Leistung wird sein, denke ich, seine Sucht anzunehmen. Er brannte mir, schicker, mit seiner

Zigarettenglut das Haar an, Hannes trat auf die heruntergefallene Glut und schrie. Er sagte: ich komm' nie wieder, ich rauche nie mehr, ich brenne schon deinen Sohn an. Aber das sind Sätze, die nichts bedeuten. Ob Trinken und Kiffen nicht wie eine unheilbare Krankheit sind, die man nicht entbehren kann? Die Ärztin redet in ihrer Sprache, sie sagt, solche Trinker haben ganz starke Regressionsfähigkeiten, Fähigkeiten zu symbiotischen Beziehungen. Und du hast ja ein ausgesprochenes Faible für solche Art Fähigkeiten, sagt die Ärztin. Das sind die Leute, mit denen man gemeinsam Selbstmord machen kann, sagt die Ärztin. Lotte erzählt Lenz von der Selbstmordmöglichkeit im Schnee, aber nicht von ihrem wirklichen Selbstmordversuch, und er sagt: wann fahren wir dorthin, wo Schnee liegt? Verläßliche, menschliche Beziehungen sind mit solchen Menschen kaum möglich, sagt die Ärztin. Das sind Menschen, die immer mehr regredieren, bis sie tot sind. Wenn du mit ihm leben willst, sagt die Ärztin, mußt du einen Stein haben, auf den du zwischendurch steigen kannst. Sein Trinken und Süchtigsein ist wie ein Selbstheilungsversuch, sagt die Ärztin. Der Alkohol, sagt die Ärztin, ist wie eine Medizin, um über sonst unüberbrückbare Leidenszustände hinwegzukommen. Das ist die Neurose, die dir sehr verwandt ist, sagt die Ärztin. Ich sehe die Beziehung als eine Möglichkeit, das Suizidale ein Stückchen weiter bei dir selber zu bearbeiten, in dieser nahen Identifikation. Aber gib acht, sagt die Ärztin, solche psychischen Zustände sind wie ansteckende Krankheiten. Diese identifikatorischen Erlebnisse knabbern am Ich, sagt die Ärztin – – Nicht so, daß sie bibberte, sagt die Ärztin, bis ihr Freund käme. Aber ihre Liebe zu dem um siebzehn Jahre jüngeren Mann, sagt die fünfzigjährige Ärztin, sei für sie das letzte große Erlebnis als Frau. Sie sei erlebnisfähiger, vielleicht nach all dem Darben die Jahre dazwischen. Drei Jahre Witwe: sie glaubte schon, als Frau abgestorben und auf dem Mist zu sein. Das ist kein kleiner Junge, sagt die Ärztin; das ist keine Mutter-Sohn-Beziehung; natürlich sei in jeder Beziehung etwas von Mutter-Sohn-Verhältnis, wie in jeder Beziehung zwischen Mann und Frau. Er sei wie ein seltenes, scheues Wild, sagt die Ärztin: der hat was von einem wilden Tier. Die Vorstellung, er könnte jederzeit wegbleiben. Die Liebe angesichts des immer drohenden Abschieds intensiviere die Gefühle, sei aber sehr bedrohlich. Er hat nicht einmal seine Zahnbürste in meiner Wohnung, sagt die

Ärztin. Ich erlebe mit ihm Dinge, die ich nie erlebt habe. Es ist eine ganz geheime Beziehung, sagt die Ärztin. Wir unterhalten uns nicht viel, sagt die Ärztin, wir schweigen. Wenn mein Sohn kommt, dann reden die beiden. Die Dreierbeziehung ist der Tod der innigsten aller Beziehungen, sagt die Ärztin – – – Nur das behält Lotte aus der Erzählung der Ärztin als das Wichtigste: Er ist wie ein seltenes, scheues Wild, der hat was von einem wilden Tier – – – Und sie lehnt sich auf, als Frau immer freundlich und bereit sein zu müssen. Sie lehnt sich auf und denkt: die Männer, ob jung oder alt, sie haben doch alle die gleiche aussaugende Kraft, die gleiche ausbeuterische Kraft – – – Aber sie will in beiden Welten zu Hause sein. An den Strom des männlichen Lebens. An den Strom des weiblichen Lebens will sie. Er sieht sich nicht um, wenn er geht. Seine Gestalt von hinten. Sein Gang. Er winkt nicht. Keine sentimentalen, pathetischen Gesten. Einfach seine schlaksige, hohe Gestalt von hinten. Das Klappern seiner Stiefel auf der Straße. Sein Gang wie der Mick Jaggers. Sein wie immer tanzender Körper. Als gehe er in Woodstock herum. Und er hört ja auch, wo er kann, den ganzen Tag Musik, lebt in dieser Rock-Welt. In dieser Rausch-Welt. Ja, sie hat Angst vor dem Anblick seines Süchtigseins – wie vor dem Anblick einer Wunde, einer schwärenden Krankheit. Wegen dieses Mannes nimmt sie nun, zum erstenmal nach sieben Jahren, »die Pille« – – wegen diesem Mann?, wegen mir? Ihre Beine werden dick, sie fühlt sich ein bißchen aufgeschwemmt, sie kriegt krankhafte Freßgelüste, ihr Kopf ist ein bißchen schwer. Aber sie nimmt »die Pille«, und damit ist das ganze große Problem in die Sprachlosigkeit verbannt. Sie läßt sich nicht dabei zusehen, wie sie sie jeden Abend um sieben Uhr schluckt. Die Schachtel verbirgt sie in einem Schmuckkästchen im Toilettenschrank. Damit sie nicht noch einmal nach Zwolle fahren muß. Oder damit sie nicht vorher aus einem Fenster springen *muß*. Er wollte um halb sechs kommen – – sie wartet auf ihn – – – immer noch wartet sie. Gretchen. Was ist das für ein Knäuel in ihr, das sich nicht lösen will? Aus Angst, Müdigkeit, aus Liebe, aus Sucht? Aber er hat doch versprochen, um halb sechs zu kommen. Versprochen? Kann ein Süchtiger irgend etwas versprechen? Es muß einem tiefsten Schmerz der Kindheit entsprechen, daß sie sich immer Menschen aussucht, auf die sie nicht bauen kann. Weiß er, was eine Beziehung für sie bedeutet? Dasselbe, was die Glücksdrogen für *ihn* bedeuten. Ich sehe, ich bin nur »eifersüchtig« auf seine Drogen, weil ich *will*, daß *ich* seine einzige Sucht bin, das ist es. *Erste Abtreibungen bei Frauen aus Seveso.* Politik interessiert ihn nicht, das schmerzt sie. Er wird nicht wählen, sagt er, das schmerzt sie. *Arbeitslosigkeit trifft Frauen und Jugendliche immer stärker.* Er macht sich nichts aus den Erklärungen. Ihn hat die Sinnlosigkeit getroffen, und er erlitt sie. Und jetzt ist er so, wie er durch sie geworden ist. *Junge Leute trinken immer mehr Alkohol.* Ihn interessieren die Erklärungen nicht. Wenn er fortgeht, sagt er: bleib anständig. Er hat merkwürdige Vorstellungen von Frauen, als gingen sie zu einem andern, kaum verläßt er das Haus. Er kommt nicht und sie wartet auf ihn. Er wollte nach der Arbeit zur Sparkasse und dann zum Brunnen gehen, um Shit zu kaufen. Er sagte: wir werden zusammen Tee trinken. Sie liest, was Leonhard Cohen über Drogen schrieb: *Sie geben mir das Gefühl, unmittelbaren Kontakt mit meinem Körper zu haben . . . Ein Großteil der Information, die das Überleben steuert, wird durch den Gebrauch von Drogen blockiert – Der Lebensgeist schwindet, und man wird zu einem desintegrierten Wesen – –* Aber das sind schon Worte Eines, der mit seinem Nachdenken darübersteht, über dem, was geschieht. Mit Lenz geschieht es einfach. Er hat nicht die Distanz, den Schild des Nachdenkens zwischen sich und der Welt. – – Sie kommt in Konflikt mit ihrer Liebe zu den Kindern, denn die Liebe zu Lenz nimmt ihr alle Kraft. Lenz sind die Kinder fremd. Seine Ablehnung überträgt sich für Stunden auf sie. Dann kommen ihr die Kinder wie im Wege vor. Die große Feindschaft zwischen Mutter und Geliebter scheint ihr dann auf. Sie versteht Rita Büttner mehr und mehr – – Lenz säuft wieder die ganze Nacht durch in ihrer Wohnung. Er und seine Freunde besetzen ihr Wohnzimmer, verwandeln es in einen zigarettenstinkenden Alptraum. Morgens das Wohnzimmer wie eine Lache vor ihren Augen. Und gegen Morgen, wenn sie ihm lange genug zugeschaut hat und schon in den Rausch der Schlaflosigkeit gesunken ist, nimmt er sie in seine Arme, und der alte Wunsch in ihr wird wach und gegenwärtig, die Nächte selbstverständlich als ein sexuelles Leben zu verbringen mit einem Mann, den sie liebt, mit dem das Vertrauen und das Abenteuer grenzenlos wären – – Umarme mich! – sie legt die Arme zurück, aber er möchte ihre Umarmung um seinen Rücken spüren – – Ihn drücken und an sich pressen – – Sich wagen, sich zu bewegen – – Er fragt: tut es dir nicht weh? – – Sie sagt: nein. Er, staunend, poh bei den anderen . . . (sie klagten, als er in sie eindrang). Wenn man sich öffnet, sich dehnt für den Geliebten, kann nichts weh tun. Immer wieder erscheint ihr die körperliche Liebe als etwas, was sie noch nie getan hätte. Es gibt keine Anweisungen, kein System von festen Regeln. Nur die Frage: treffe ich ihn diesmal? Treffe ich ihn wieder? Im Moment des Geschehens die Selbstvergessenheit, keine Verkrampfung mehr. Kein Denken, ein Sein. Aber nachher, wenn er fort ist, kommen die Geister zurück. Dann muß sie die Emotion wiederbeleben, Poesie ist wiederbelebte Emotion. Leben und Erinnern sind wiederbelebte Emotionen. Sie möchte wissen, wie er erlebt, wenn er vollkommen betrunken ist. Sie möchte einmal für einen Tag *er* sein, um zu wissen, wie das ist, er zu sein und in seinem Körper zu sein. Sie wird es nie wissen. Der Wecker klingelt um sechs Uhr. Sie hat kaum eine Stunde geschlafen. Ich schaffe es nicht, ihn zu wecken, er will gar nicht »zur Maloche«. Dann gegen Mittag kommt Michael, der Urlaub hat, um ihn zum Arzt zu fahren. Er ist nicht krank, er hat nur durchgesoffen. Ein leichter Vorwurf, als er mit Erschrecken die Uhrzeit hört, als hätte sie die Pflicht gehabt, ihn doch um sechs zu wecken. Als hätten ihn sechs Pferde aus dem Bett gebracht! Ich hab' doch eine Fahne, ich bin so schicker! Er steht auf, wäscht sich, ißt zwei Käsebrote, die sie ihm schnell zubereitete. Das Wohnzimmer hatte sie, als sie um sieben Uhr aufstand, mit Absicht nicht aufgeräumt; er legte sofort eine Platte auf, und als er ging, küßte er sie und sagte: nun mußt du das Wohnzimmer allein saubermachen, sie sagte: das macht nichts. Auch er leidet an der »Krankheit«, immer Anderes, Neues erleben zu wollen. Das Neue, das ich mit der Frau erlebte, sagte er in der Nacht über die Beziehung mit seiner letzten Freundin – – und es tat ihr weh, wie eine Selbsterkenntnis – – das Neue, das ich mit der Frau erlebte – – sie schreckt vor ihrer eigenen Gier nach Neuem, Frischem zurück – – *Effi war nicht für Aufgewärmtheiten; Frisches war es, wonach sie sich sehnte, Wechsel der Dinge* – – Sie begehrt ihn. Sie möchte, daß er immer da ist. Er soll ihr seine Wärme geben, er soll ihr nah nah nah sein. Aber will sie, daß sie eines Sonntags als ein Ehepaar durch die Straßen der Stadt gehen? Will sie, daß sie eines Sonntags nach anderen Männergesichtern schaut, ihn als ihren Ehemann zur Seite? Oft denkt sie: was geht mich das an, dieses Trinken und dieses Süchtigsein? Sie saß wie eine Fremde in ihrer eigenen Wohnung, sah zu, wie Lenz unzärtlich mit ihren Platten und ihrem Plattenspieler umging. Sie saß an ihrem Tisch wie an einem fremden Tisch und wie eine Fremde in dieser Wohnung und sah ihm zu, wie er sich in den Trunk stürzte wie einen Abhang hinunter. Und sie konnte nichts tun, konnte nur ohnmächtig und schweigend dasitzen und ihm mit vielen vielen Lächeln antworten, weil er wünschte, daß sie lächelte. Als er die letzte »Pfeife« geraucht hatte, tanzte er vor dem Plattenspieler und rief aus: jetzt laßt uns ins »Dorian Gray« fahren, jetzt könnte ich stundenlang tanzen. Ja, die Begierde, diesen so zur Ohnmacht erzogenen Körper stunden- und tagelang zu bewegen, die kannte sie. Die Begierde zu tanzen ununterbrochen. Die Begierde, diesen armen gestillten Körper endlich zum Leben zu befreien. Gegen drei Uhr morgens dann – die Freunde waren gegangen – zog er sich die Stiefel aus, ging ins Badezimmer und stieg mit beiden Füßen in die Badewanne, hockte sich in die Badewanne, mit dem Gesicht zur Wand, die Hosenbeine hochgekrempelt – dieser schwankende junge Mensch! – bin ich schicker!, sagt er vor sich hin, und er nimmt die Brause in die Hand und dreht am Heißwasserhahn und am Kaltwasserhahn – – und lange läßt er den Strahl der Brause über seine schweißausdünstenden Füße laufen, die in den neuen engen Stiefeln keine Luft bekommen, und sie sitzt, vor seinem Rücken, auf dem weißen Deckel der Toilette und sieht seine Füße nicht, aber sieht ihn hockend vor sich, ist in seiner Nähe, es ist Nacht, die Freunde sind fort, wieder einmal ist, früher als sonst, das Ende der Nacht und des Trinkens gekommen, und morgen kann es weitergehen, sobald er aufsteht, die erste Zigarette und die erste Flasche. Er ausgelaugt, erschöpft, vollkommen ausgelaugt, ausgelaugt, aber er kann nicht neben einer nackten Frau einfach einschlafen. »Du machst mich glücklich!« Aber das Glück rettet ihn nicht. Sein dunkles, heiseres, aus selbstverständlicher Tiefe seiner Kehle aufsteigendes Rufen: Lotte!, Lotte!, Lotte! – in der Nacht gegen Morgen zu. Ruhig und sicher in der Liebe ruhend mit ihm, wartet sie ruhig auf seinen Satz: tu ihn rein, bitte – – oder: von hinten, ja? – – er sagt es wie ein sehr glückliches Kind, alles hat genau den richtigen Ton, nichts ist falsch. Aber dann – was ist dann – – Die Sorge um ihn erstickt sie. Gegen Morgen zu – – jetzt bis zum letzten Tropfen ausgelaugt – – seinen Körper quälte und folterte er den ganzen Tag – – dreht er durch – – – Beengungszustände, er kann nicht schlafen, er kann keine Berührung mehr ertragen – – er spricht von Selbstmordarten – – sie beruhigt ihn – – bis er in einen leichten Schlaf fällt, das Herz tut ihr weh, und sie könnte schreien und schreien über ihn und über die Millionen anderen Unglücklichen, die ihr aus seinem gekrümmten Schlaf entgegenscheinen – – Lenz hunderttausendfach – – Lenz Lenz – – kann dich die Liebe nicht erretten? – – Sie sieht die Haschischzigarette breit und dick wie einen aufgeblühten Penis in seiner Hand und von Hand zu Hand gehen in den Händen seiner Freunde – – Ihre Eifersucht auf seine Glücksdrogen wie auf fremde Geliebte neben ihr – – Seine Freunde und er sagen nicht: meine Freundin, sondern: meine Kaline – – o welch ein Goldmundleben, welch ein Leben voll Sinnlichkeit und Abschied, sie muß sich entscheiden – – Er ist nicht gekommen. Als Michael ihn zum Arzt abholte, sagte er beim Abschied: ich komm' heutabend vorbei, aber er kam nicht, und sie liegt, trotz ihrer Erschöpfung nach vielen durchwachten Nächten, wach und horcht auf seine Schritte oder seine Sprache. Immer noch Gretchen, nach ihm nur geh ich aus dem Haus, nach ihm nur schau ich zum Fenster hinaus. Sie weiß nicht, ob er wieder irgendwo versackt ist (weil der Arzt ihm vielleicht keine Arbeitsunfähigkeitsbescheinigung geschrieben hat und er mit Kündigung rechnen muß) oder ob er einfach um sieben ins Bett gesunken ist nach all den durchzechten Nächten. Er ist einer, auf den kann man nicht bauen. Sie müßte einmal einen ganztägigen Ausflug machen dürfen in die Vergangenheit des Geliebten – in die Kindheit des Geliebten – – Was geschah an dem Tag vor – sagen wir – vierzehn Jahren, als Lenz gut fünf Jahre alt war? Diesen Tag seiner Vergangenheit von morgens bis Mitternacht erleben dürfen – – und noch viele andere Tage – – Sie mußte denken, wie wird ein späterer Liebender ihrer jetzt kleinen Tochter, die nun fünf ist, sie kennen und kennenlernen können, wenn er nichts weiß von den Tagen ihrer Kindheit, von unserem Verhältnis jetzt, daß ich sie in diesen Tagen hasse und ablehne, was wird er von ihr wissen, wenn er von diesen Tagen nichts weiß – – von den Tagen der Liebe zwischen ihr und mir, von den Tagen des Hasses zwischen ihr und mir – – Wie sollen wir erfahren von den vergangenen Leben unserer Liebsten? Durch Träume? – – Wenn ich doch nur einen Ausflug machen dürfte in vergangene Tage der Kindheit meines Geliebten – – Wie hielt ihn die Mutter? Wie sprach die Mutter mit ihm? – – Aber die Mutter lebt – – und ich muß die Mutter kennen – – Diese Mutter, die ihn beschimpft, aber ihm dennoch jedes Brot zurecht macht, die ihm die Hosen wäscht und bügelt, die stundenlang über die bösen Söhne weint, über den Tisch den Kopf gebeugt. *Ohne Mutter kann man nicht leben. Ohne Mutter kann man nicht sterben.* Wer ist seine Mutter? Sie könnte hinfahren, sie besuchen, aber sie traut sich nicht – – Lenz kommt spät in der Nacht und weckt sie aus dem Schlaf. Wieder sitzt sie bis fünf Uhr früh in der Küche und schaut ihm beim Trinken zu. Hermann sagt, ein Trinker braucht ein Meer an Zuwendung, »*eine* Person kann das gar nicht geben« – – Ich sagte in der Nacht am Küchentisch, es wäre mir gleichgültig zu sterben. Dann spielte er tatsächlich mit dem Brotmesser und sagte, du mußt heutnacht sterben. Einmal zog er mich weg, ich solle mein Testament machen. Er habe mit seiner Schwester in einem Bett geschlafen, sagte er. Mit den Eltern und der Schwester in einem sehr breiten Bett. Der Vater schlug ihn, seit er vierzehn war und Mist gebaut habe. Er hasse den Vater, er hasse den ältesten Bruder. Immer nur die Bemerkungen: jetzt hast du wieder rote Augen, hast wieder Shit geraucht. Der Arzt schrieb ihn eine Woche krank – Grippe – dieser dumme Arzt! Er wird eine Woche lang trinken. Um fünf Uhr hatte er endlich das Verlangen zu schlafen. Er wollte sie lieben, dieser volltrunkene todmüde Mensch. Mitten in der Liebe schlief er ein, das hatte sie noch nie erlebt. Seine Hand an ihrem Geschlecht, ihre Hand an seinem Geschlecht – und plötzlich hörte sie seinen Schlafatem, war einen Moment verwirrt, aber dann froh – er lag auf ihrem Leib, ein unschuldiger Mensch, der endlich Ruhe gefunden hatte im Vergessen des Schlafs – – Aber wie lange – – Das Elend von Lenz – – schlecht ertragen kann sie den Anblick von vollkommener, innerer Einsamkeit, der sie im Anblick des einsam in der Küche trinkenden jungen Menschen trifft – – er sucht etwas und findet es nicht, und er sucht weiter in jedem Schluck und findet es nicht, und er sucht sich zu Tode – – Sein Wanken zur Toilette gegen fünf Uhr früh – – er wäscht sich die Füße in der Badewanne. Er fragte am Küchentisch, ob sie nicht mittrinken wolle – – Er sagte: Schlagen ist primitiv – – Jeden Tag flattern irgendwelche Briefe von Rechtsanwälten ins Haus – – Die Anklage wegen Körperverletzung – – ich werde nichts zahlen, sagt er, er möchte sich am liebsten die Augen zuhalten und glauben, wie ein Kind, nun sieht ihn keiner mehr, und all seine Vergehen sind ausgelöscht. Sie sagt ihm wieder, er könne doch eine Entziehungskur machen, anstatt am vierten Oktober zur Bundeswehr zu gehen. Er wehrte ab: *du* kannst ja zur Entziehung gehen, sagte er. Und erzählte von den vier Wochen Jugendarrest, fürchtet, eine Entziehung wäre ähnlich wie jene Zeit in der Gefängniszelle – – Aber wie soll man ihm Rauschgifte entziehen, wenn er doch anfing mit ihnen, weil er unter *Entziehungen* litt? Was bringt sie überhaupt mit Lenz zusammen? Die Vorherrschaft seiner non-verbalen Handlungs- und Ausdrucksweisen, würde die Ärztin sagen – – oder einfach nur ihre Sehnsucht nach einem sexuellen Leben? Sein Verlangen ist auf Drogen und Alkohol gerichtet, nicht auf die Frau – – Eine unglückliche Liebe – – Während sie nachts in der Küche sitzen, fragt sie ihn, der unaufhörlich trinkt, warum er die Welt beschissen findet und warum er sich nicht an der Luft freut oder am Tag, der beginnt, warum er sich an nichts freut und nur den Alkohol in sich hineingießt und den Shit in sich hineinsaugt; er sagt: ich weiß es auch nicht – – es sind die Folgen der Arbeitslosigkeit – – die so schlimm sind wie die Folgen der Abtreibung. Sie sieht im Fernsehen eine Sendung über arbeitslose Jugendliche, die Gleichgültigkeit dieser Jugendlichen tut ihr weh. Sie haben keinen Gedanken an die Zukunft – – ein Mädchen sagt: die härteste Zeit war das Jahr, wo ich arbeitslos war – – Jugendliche, die einmal auf der Straße liegen, kommen selten wieder hoch – – Wenn er einmal den Anschluß verpaßt hat – – wenn er einmal arbeitslos gewesen ist – – manche kriegen am Ende doch die Kurve, wenn es fast schon zu spät ist – – sie machen Blauschichten, sagt ein Chef – – sie landen auf der abschüssigen Bahn – – das sind die überschüssigen Kräfte, sie wissen nicht, wohin damit, sagt ein Vater – – Die Gesichter dieser arbeitslosen, gleichgültigen Jugendlichen vor Augen, denkt sie an Lenz, hört Bill Withers und alle Platten, die er mag und die sie mit ihm gehört hat, bei deren Anhören ihr ist, als sei er gegenwärtig, und wird fast wahnsinnig – – Er spricht über Liebe, mitten in der Nacht – – Vollkommen betrunken spricht er über Liebe – – habe ich dich glücklich gemacht? Bis jetzt habe ich dich erst einmal glücklich gemacht, stimmt es? Und ich soll ihm antworten. Das Umbringen-Wollen-Spiel nachts, in ihrem Magen wollte er buddeln, ihr Blut trinken, ihr Herz durchstechen, ihre Augen ausstechen und mit nach Haus nehmen – – Seine Alkoholiker-Eifersucht. Mittags um halb zwei stand er auf und fragte als erstes: habe ich heute nacht mit dir Geschlechtsverkehr gemacht?, gleich beim Aufwachen habe er sich diese Frage gestellt, und sie sagt ihm, daß er mittendrin eingeschlafen sei – – Zum erstenmal im Leben klingt das Wort »Geschlechtsverkehr« nicht wie eine Verletzung in ihren Ohren, wenn er es ausspricht. Seine Wut und Abwehr gegen Schwule macht sie krank – – Sie versucht, mit ihm darüber zu sprechen, daß Schwulsein eine natürliche Form der Liebe ist – – Er sagt: die Schwulen machen mich an – – Sie sagt ihm, das ist doch keine besondere Eigenschaft der Schwulen – – Ich sage ihm, ich werde einmal einen schwulen Freund einladen, er meint, den würde er zusammenschlagen – – Wenn er von Sonja wüßte, er würde sie verachten – – o welche Abgründe tun sich auf – – Er leiht sich, als er geht, dreißig Mark von ihr (zum erstenmal), seine »alte Dame« gibt ihm nichts, zwanzig Mark für Shit, zehn Mark für Rauchwaren – – Wenn sie es ihm nicht gibt, bekommt er es schon irgendwo, oder er macht Dummheiten, denkt sie – – *Das Ausweichen einer Person aus einer Konfliktsituation in eine Krankheit, den Selbstmord, die Süchtigkeit oder in strafbare Handlungen* – – O ja, Formulierungen und Erklärungen lassen sich viele finden – – Aber ein Mensch geht zugrunde und findet keinen Stein, auf dem er Fuß fassen kann – – Und die Liebe hilft ihm nicht? – – Das Wort *Stumpfsinnsalkoholismus* fällt ihr ein – – Ihre eigene Haltlosigkeit ist ihr deutlich vor Augen. Die Folgen der Arbeitslosigkeit und die Folgen der Abtreibung. Lotte war ja bindungsfähig gewesen, die Bindungsfähigkeit wurde gebrochen, durch die Abtreibung und durch das Verlassenwerden vom Mann Jochen, den Abschied – – Und Lenz war arbeitsfähig gewesen, bevor er arbeitslos wurde – – Was bedeutet es, einen Menschen zu lieben? Was bedeutet es, den Egoismus hinter sich zu lassen? Sie liest in einem Buch über Alkoholismus, daß die Zahl der Letztgeborenen und Nachkömmlinge unter den Alkoholikern einen hohen Prozentsatz ausmacht – – Nimmt die Herzenswärme zu für jemand oder die Herzenskälte, wenn ich ihn so nach allen Richtungen erkenne? – – Liebe: ein Gang zu den Abgründen, ein Gang in eine andere Wirklichkeit? – –

Zum erstenmal hütet Lenz ihre Kinder, denn sie muß zu einem Prozeß, den die homosexuellen Frauen der Stadt um die Genehmigung eines Informationsstandes führen. Sie kocht Gulasch für

Lenz, und er kommt mit den Kindern zurück. Sie hat die Gesichter der Richter noch vor Augen, die vierzig Zuschauerinnen auf den Publikumsstühlen fixierten mit kaum verborgener Neugier. Sie liest noch immer in den Gesichtern der ältlichen Richter, die sie kaum verhohlen betrachten, glaubt ihre Gedanken lesen zu können: wie machen die das wohl? Diese etwas verklemmten, von Neugier zerfressenen, von Objektivität überlagerten Gesichter der Richter hat sie vor Augen. Nur ein junger Richter war anders, und bei ihm hatte sie sofort das Gefühl, er wäre schwul – – Nun sitzt sie in der Küche, hat Gulasch für Lenz gekocht, und die Gesichter der Richter gleiten vor ihren Augen vorüber, und die Gestalten der vierzig Frauen im Gerichtssaal – – Und Lenz kriegt einen Ausbruch – – nur die drei Stunden mit den beiden Kindern haben ihn schon fertig gemacht – – Annemarie lehnt er vollkommen ab, sie sei krank, müsse zum Psychiater, jaule und jammere die ganze Zeit – – sie sagt ihm, ja, sie sei etwas gestört. – – Auch Jochen nahm nur Hannes, ihren Sohn, an, die Tochter nahm niemand an – – Und die Erinnerung kommt wieder hoch – – Die Erinnerung an Jochens Hündin, die den Namen ihrer Tochter trug. Makaber, aber es war Wirklichkeit: Jochens Hündin trug den Namen von Lottes Tochter. Und sie war im Begriff gewesen, Annemarie aufzugeben, bei Johannes zurückzulassen, um bei Jochen zu bleiben, mit dem Sohn bei Jochen zu bleiben – – Wie konnte denn sie sich annehmen, wenn sie ihre Tochter nicht annahm – – *Daß du deine Tochter liebst und haßt zugleich, kann ich gut verstehen, weil du ja dich auch nicht annehmen kannst, du hattest mir ja gesagt, deine Tochter wäre dir ähnlich, du siehst deine Kindheit in ihr* – – Und nun kommt Lenz zurück, setzt sich an den Tisch, ißt das von mir zubereitete Gulasch und will meine Tochter nicht mehr anfassen, lehnt meine Tochter ab – – Und meine Tochter, das bin auch ich – – Er macht mir Vorwürfe, daß ich zwei Kinder habe – – »hättest du ja vorher wissen müssen« – – Sie weiß, daß sein Ausbruch zu verstehen ist als der eines Menschen, der keine Schwierigkeiten mehr ertragen kann – – Und Kinder sind Schwierigkeiten – – Sie bricht fast zusammen unter dieser Verneinung – – Wieder ein Mann, der Kinder ablehnt, denkt sie – – und die Enttäuschung höhlt ihre Sinne aus, und sie versucht, sie nicht zu glauben, die Enttäuschung –. Sie sieht Jochen auf dem Spielplatz vor sich, am Abend nach der

Abtreibung. Und Sehnsucht faßt sie nach Sonja. Sonja ist in Femø. Femø, welch ein fremdes, geheimnisvolles Wort. Aber sie ist nicht mitgefahren mit Sonja. Sie wollte bei Lenz bleiben. Warum ist sie nicht mit Sonja gefahren? Warum bin ich nicht nach Femø gefahren? Eine Gesellschaft von Assistenzärzten, Hebammen und Ärzten bei mir. Es klingelt, und Lenz kommt mit seinen Freunden. Aber kaum sieht er die ordentlich gekleideten Ärzte im Wohnzimmer, flieht er in die Küche und sagt: ich gehe gleich wieder, es ist, wie wenn er über Fernsehsendungen sagt: das ist Müll, so sind auch diese Leute im Wohnzimmer »Müll« für ihn, er kann nichts mit ihnen anfangen, findet sie langweilig, lehnt sie ab. Ich bin erschrocken. Und dann sitzt er mit seinen Freunden in der Küche. Die Proletarier in der Küche. Die Assistenzärzte im Wohnzimmer. Sie läuft einen Abend lang bis in die Nacht zwischen Küche und Wohnzimmer hin und her, ist mehr in der Küche als im Wohnzimmer, auf den Knien vor dem Küchentisch, fürchtet, daß Lenz geht, möchte, daß Lenz dableibt, die Hälfte der Weingläser, die sie besitzt, stehen für Lenz und seine Freunde auf dem Küchentisch. Zwischen Küche und Wohnzimmer, zwischen Mann und Frau, zwischen Jugend und Alter, zwischen Leben und Tod lebt sie dahin – – Um vier Uhr dann, als die Gesellschaft längst gegangen war, liebte Lenz sie sehr lange, und dann »flippte er wieder aus«: ich sterbe!, ich sterbe!, ich gehe zum Stadthaus und springe aus dem zwölften Stock, noch nie hatte sie das von einem andern gehört, das Gefühl, sich im Spiegel zu sehen, ein verzerrtes Gesicht, das bin ich? Er liegt neben ihr, bemitleidet sich selbst, wird schon wegen seiner verstopften Nase verrückt und kann seinen quälenden Husten nicht vertragen, er hält sie wach nach der Liebe, ich sterbe!, ich sterbe!, hole mir Schlaftabletten, die nehme ich alle, dann bin ich weg – – Es ist so genau, wenn er sagt: ich gehe zum Stadthaus und springe aus dem zwölften Stock. Niemand, der so etwas sagt, ist nicht bedroht. Immer noch gibt es Leute, die das für Koketterie halten oder für Wichtigtuerei, aber es ist der äußerste Ernst. Hermann sagt, vor zwei Jahren hat sich jemand aus dem zwölften Stock des Stadthauses gestürzt, es stand damals groß in der Zeitung, es gibt ja nicht viele Hochhäuser in der Stadt, sagt Hermann, im neuen Hochhausviertel stürzten sich auch schon ein paar Leute aus den höchsten Stockwerken, einmal mußte sogar die Feuerwehr die Häuserfassaden säubern, sagt

Hermann, warum?, frage ich, die blutigen Fleischstücke sind doch auf der Erde, nein, sagt Hermann, die sind eben zwischendurch während des Fallens schon hängengeblieben – – Gegen Morgen dann wie immer die erwachten Kinder wie Geister in ihrem Schlafzimmer. Sie steht auf und Lenz schläft weiter. Und während sie wie geistesabwesend die Kinder wäscht, anzieht, ihnen zu essen gibt, denkt sie, wiedererinnernd, jedes Wort, das Lenz sagte. Schon mit fünfzehn hatte er ein Mädchen in seinem Bett, am nächsten Morgen, als ihn die Mutter weckte, wunderte sie sich, sagt er, daß da plötzlich ein Mädchen in meinem Bett war, ich sagte ihr nur, eh ich zur Lehre ging: mach ihr einen Kaffee – – Es störte sie, daß Lenz sich irritiert fühlte durch das Aufeinanderschnalzen ihrer schweißstromnassen Körper in der Nacht – welch ein häßliches Geräusch, sagte er, sie verstand ihn nicht – – Am nächsten Tag – – nun hat er schon vier Nächte durchgetrunken, durchwacht – – Wieder steht er an der Tür, tat wieder nicht, was er sich vornahm: er hatte sich ausruhen, früh zu Bett gehen wollen. Er fuhr nach Haus und traf auf dem Weg Mitsäufer – – Nun stand er um Mitternacht wieder mit ihnen an ihrer Tür – – Zum erstenmal sagte sie: du kannst heute nicht mit ihnen hochkommen, und er, böse: du hast kein Verständnis!, sie schloß die Tür wieder zu – – Er macht sie wegen der Kinder fertig, als gehörten die Kinder nicht zu ihr – – und dann in der gleichen Nacht steht er wieder besoffen an ihrer Tür – – Ihr schmerzlicher Irrtum und Traum, den sie auch jetzt noch nicht aufgibt: daß die Liebe Weltwissen *und* Weltheilung, daß die Liebe allesheilend ist – – Aber kann die Liebe heilen, was Wirtschaft und Politik zerstörten? Kann die Liebe das große, dunkle, leere, riesengroße Loch ausfüllen, in das meine Mutter, die mich gebar, fiel, als sie ein Mädchen war und zu wenig war für die Ökonomie? Kann die Liebe Lenz heilen, der in ein schwarzes arbeitsloses Loch fiel und ein Jahr darin kriechen mußte und nun nicht wieder herauskommt? Kann die Liebe tote Kinder wieder lebendig machen? O mein gestorbenes Kind – – Einmal, als Lenz trank und trank und sie schon von diesem vierzehnstündigen Zusehen wie betrunken geworden war, sagte sie: ich habe eigentlich vier Kinder, eins ist gestorben, aber niemand nahm es richtig zur Kenntnis, sie dachten, ich mache Spaß oder ich spinne oder ich habe zuviel Wein getrunken. Im Wein ist Wahrheit, aber ich trank kaum zwei Gläser. Wieder der Einbruch der rohen Realität – – Liebe baut nicht auf luftigen Gebilden – – Sie hat zwei Kinder, und er, der Arbeiter Lenz, nimmt sie nicht einfach an – – Zwei Kinder aus früheren Verhältnissen – Kinder tragen die Vergangenheit und die Zukunft – – Sie wartet auf ihn, auf ihn ist kein Verlaß, er kommt zu keiner Verabredung, weiß am Tag danach nicht mehr, was er am Tag zuvor gesprochen hat. Sie wartet auf ihn und beginnt zu essen, er trinkt und sie beginnt zu essen, sich zu beruhigen, denn das Schlimmste auf Erden ist, verlassen zu werden, nicht angenommen und nicht geliebt zu sein. Ihr früheres Süßigkeiten-Fressen eine Mund-Sucht wie das Saufen von Lenz. Sie versucht mit allen Mitteln Lenz zu verstehen. Vielleicht will er nicht verstanden werden. Sie liest in seinem Gesicht, sie liest in Büchern, sie liest in seinen Händen, in seinem Körper, sie liest ihn, das Verstehen vergrößert sich, und ihr Leiden an ihm auch. Wenn du halb soviel nachdenken würdest, könntest du mich verstehen, sagt Lenz. Meine Art: nachzudenken, nach-zudenken. *Glücklich bin ich nur für Sekunden. Für die Sekunden, wo ich das Zeug ankommen merke,* liest sie in einem Fixer-Protokoll. Sie liest und kriegt eine schmerzliche Sehnsucht nach diesem unfaßlichen Menschen, sieht sein Weihnachts-, sein Wein-Seligkeitsgesicht vor sich, sieht ihn haschischbedrönt und volltrunken im Wohnzimmer sitzen. Er war furchtbar enttäuscht, daß der Tee mit dem Haschisch, den er einmal für sie kochte, sie nicht »antörnte«; es war zu wenig, oder sie wehrte sich innerlich zu sehr. Er will gern, daß sie mitmacht, aber was hätte er davon. *Aber einen Fixer kann man nicht durch Worte irgendwie umstimmen. Man braucht schon sehr viel Liebe und Geduld, wenn man das schaffen will.* Seine Freunde sagen, er ist nicht süchtig, aber Hermann, der selber zweieinhalb Jahre lang Säufer war und von der Sache etwas versteht, sagt, Lenz sei süchtig und sehr bedroht und sehr labil, es sei eine Frage der Zeit, wann er zu spritzen anfange und zu harten Drogen übergehe – – In der Zeitung am Morgen liest sie von einem Siebenundzwanzigjährigen, der an Kreislaufversagen starb, ein Süchtiger und Dealer, der nicht mehr loskam von der Heroin-Spritze, steht in der Zeitung, der Organismus sei vom Rauschgiftkonsum zu sehr geschwächt gewesen – – und sie hört das Rufen von Lenz gegen Morgen zu: ich sterbe!, ich sterbe! Sie verlangt von der Liebe eine Sinngebung für alle Sinnlosigkeiten der gegenwärtigen Welt, in die sie, kaum war der entsetzlichste Krieg zu Ende, hineingeworfen wurde – – Aber wie soll die Liebe heilen, was Politik und Wirtschaft zerstörten -- O Liebe, du heilender Geist, hülle die Leidenden ein -- Stunden nach der Verabredung ruft er an, ihr Bauch ist voll, sie sitzt in der Stube, ein Kind, das den Daumen lutscht, sie hört seine Stimme, und für diesen Moment ist sie erlöst, ist der Tod gestorben. Er sagt, wieder habe er die ganze Nacht durchgemacht, habe bis sechs Uhr abends geschlafen. Er fragt, ob er mit seinen Freunden heute abend eine Fête feiern dürfe bei ihr, sie sagt, ohne nachzudenken: ja, er sagt: astrein. Und sie sieht ihn wieder vor sich – Bilder, die ihre Sehnsucht nähren –, wie er gestern mittag, bevor er ging, suchend in ihrem Zimmer herumging und das Lexikon »Sex im Volksmund, der obszöne Wortschatz der Deutschen« in die Hand nahm, sich damit hinsetzte und darin blätterte, und dann las er die schlimmsten Wörter laut vor und amüsierte sich köstlich und fragte, ob er das Buch mitnehmen dürfe, sie sagte, er solle aufhören und lief vom Zimmer in die Küche und zurück, in Wahrheit freute sie sich über seine Unbefangenheit, mit der er die unmöglichsten sexuellen Wörter laut aussprach und nacheinander laut vorlas wie einen vollständig unschuldigen Text, nur konnte sie ihre Freude nicht ausdrücken, weil sie sich erst von seiner Unbefangenheit überzeugen mußte -- Erinnerungen, die ihre Sehnsucht, ihre Hoffnung auf ein endlich befreites sexuelles Leben nähren -- Sie erreicht Sonja in Femø nicht -- Man kann sich aneinander *bergen*, denkt sie -- Aber das Glück ist nicht dauerhaft -- Dauerhaft? Das wäre doch wie eine künstliche Blume. Aber sah ich nicht auch die künstlichen Blumen, die wächsernen, auf dem Abfallplatz des Friedhofs verbleichen? Die Blumen duften nur in der Blüte ihres Seins. Das Glück duftet nur in der Blüte seines Seins. Weinst du darüber, Lotte? Hältst du es nicht aus? Sie denkt an Sonjas schöne, straffe bergende Brüste. Sie fühlt Wehmut, wenn sie an Sonja denkt. Wie soll ich Sonja erklären, daß ich mich nach Bindung sehne, daß aber meine Bindungsfähigkeit gebrochen ist? Morgen früh werde ich den Dreck wegmachen müssen, den heutenacht die Berauschten verbreiten werden. *Ich finde am besten beim Fixen, daß es die Gefühle auslöscht, die Gefühle aufnimmt. Ich möchte keine Gefühle mehr haben. Die Gefühle, die ich habe, werden sowieso nie erwidert,* liest sie in einem Fixer-Protokoll. Aber könnte sie das nicht auch sagen? -- Die Nacht dann wieder, wie viele vorhergehende. Das Sitzen und

Sitzen. Das Versinken in vorsprachlichen Rauschzuständen. Die Erzählung von seinem Bruder, der eine reiche Frau heiratete und sich seitdem kaum noch zu Hause blicken läßt und nicht schreibt. Sie sitzt, die Hände im Schoß und hilflos am Sonntagmittag, er ist fort, und die Spuren der Nacht kleben an ihren Gesichtszügen, und sie schaudert, wie oft ist sie erschrocken in den letzten Jahren über die Begierde der Menschen auf Neues, auf neue Reize, auf Rausch und maßloses sinnliches Erleben – – wie oft dachte sie, besonders seit ihrem Ehebruch: ich begreife diese Begierde nicht, und doch begreife ich sie, und ich bin ihr ausgesetzt, aus den Quellen maßloser Todesangst wird sie gespeist. O wie ist seine Kraft ausgeglimmt, gegen Morgen zu. Ausgehöhlt, mein Geliebter, doch sein ausgehöhlter Leib liebt mich noch, ist wie eine Hülle, in die ich schlüpfe, und ich bin nicht mehr ich selbst, ich bin er, ich schlüpfe in seine Haut und finde nicht zurück. In der Sucht nach Jugend suchte sie seine Jugend und fand die Sucht. Dann sieht sie »Woodstock« und versucht wieder etwas von Lenz zu begreifen. Und sie begreift, die Musik ist wie ein Lebenswasser, in dem man schwimmt, sie begreift, daß er keine Erklärungen will, kein Nachdenken, nur ein Schwimmen in dieser Musik, im Rausch, in den Sinnen – – Auf dem Floß der Sinne gleitet er durch die reißenden Ströme der Zeit, aber das Floß wird zu klein sein – – Mit den Kindern nimmt sie Zuflucht in der Heide. Die rotviolette Heide nimmt sie auf, und sie denkt an Therese, die mit ihr in die Heide gehen wollte. Nun sitzt sie mit ihren Kindern im Sand zwischen den rotvioletten Heidebüschen, und ihr Kopf sinkt in den Sand, die Sonne streichelt ihre Müdigkeit, und ihre Augenlider flattern in den Schlaf, grüne saure Äpfel werden von ihren Zähnen zermalmt, und sie möchte tot sein, hier in der Heide, über den Ameisen, die durch den Sand laufen leichtfüßig und schwarz, wieder scheinen durch ihre Gesichtshaut männliche und weibliche Züge, und die Erinnerungen an Lenz schreiben sich in die Poren ihrer Gesichtshaut und ätzen sie, ätzen sie, ihr tut alles so weh, so weh – – Das Dasein tut weh, wem tut das Dasein so weh. Sie hört seine Sätze hallen in ihr, als hätte er sie in ihr gesagt. Ich habe mich rasiert, sagt er, und er hält ihr weiches Kinn und weiche Wangen hin. Jemand fragt, ob ihre Haarfarbe echt ist, und sie sagt, schon als Kind fragte man mich danach und ich antwortete immer, ich kann mich ja ausziehen, dann werden Sie sehen, daß ich unten die gleiche Haarfarbe habe wie oben, und Lenz sagt, das ist kein Beweis, weißt du, welche Farbe mein Haar unten hat?, fragt Lenz, sie zögert, die Frage kommt überraschend, um Zeit zum Nachdenken zu finden, sagt sie: es war doch immer dunkel, welche Farbe hat mein Haar?, sagt Lenz, sie sagt: mittelblond, und welche Farbe hat mein Haar unten?, sagt Lenz, ich weiß es nicht, sagt sie, und Lenz: schwarz – – Sie muß an die entsetzliche Tatsache denken, daß oft Frauen, deren Männer davongegangen sind, der Polizei nicht sagen können, welche Augenfarbe ihre Männer haben, mit denen sie zwanzig Jahre lebten – – Einmal kam Lenz von der Arbeit und hatte eine neue Hose an und sie merkte es nicht, und er sagte etwas von seiner Hose, und sie war erstaunt, und er sagte: du hast es noch gar nicht gemerkt, daß ich eine neue Hose habe, o wo hat sie denn ihre Augen? – – Gegen Morgen die Verzweiflung nach dem langen Tag des Trinkens und des Suchens, nach der langen Nacht des Trinkens, Tanzens, Sitzens, Suchens – – *Vielleicht kann man das Glück nicht suchen? Kommt es nicht einfach und verschwindet wieder? Kann man es halten? Kann man es überhaupt definieren? Das Glück ist immer nur kurz, meistens ist es abwesend, aber die Möglichkeit, zu wissen, daß es das Glück wenigstens in Momenten gibt, hält das Leben* – – Nach der Liebe, die das Letzte aus ihm brennt, seine Schlaflosigkeit, seine Beengungszustände (sie darf ihn nicht mehr berühren), sein moralischer Katzenjammer, seine Selbstbeschuldigungen, seine Selbstmordsätze: ich will jetzt zwanzig Schlaftabletten nehmen, ich sterbe!, ich sterbe! – und sie denkt: bin ich das?, ist er das?, bin das wirklich ich? Sie trägt sein Bild mit sich herum, ein Bild, da ist er vollständig schicker, mit einem Weinseligkeitsgesicht. O sein verwaschenes, verschwommenes Nachtgesicht, Rauschgesicht. Sie träumt von ihm, zum erstenmal träumt sie wieder, die Träume sind ihr vergangen, und nun träumt sie wieder. Wir gehen auf den Friedhof im Traum, auf den kleinen Friedhof, auf dem seine Schwester begraben ist, aber wir besuchen nicht das Grab seiner Schwester. Es beginnt zu schneien, und wir setzen uns in den Schnee und werden bewegungslos, halten einander nur die Hände und rücken näher aneinander, und der Schnee fließt haltlos über uns und deckt uns zu, zuletzt hören wir unsere Stimmen nur noch von ganz ferne, obwohl wir uns nah sind und unsere Hände halten. In einem andren Traum liegen wir mitten zwischen den Gräbern des verschneiten Friedhofs und lieben einander, die Zeit steht still, die Zeit dehnt sich in unendlicher Fülle und hört nie auf, und wir lieben einander, als könnten wir seine tote Schwester mit der Hitze unserer Körper wieder auferwecken, wir lieben einander immer noch, als die Dunkelheit herabsinkt, aber es bleibt hell, der Schneefall erleuchtet seidig den Friedhof, und vor meinen Augen schwebt der braune Grabstein des Grabs von Jochens Vater. – – Es ist traurig, ohne dich aufzuwachen, sagt er – – das sind die Sätze, nach denen sie gierig ist – – seine absichtslosen, aus dem Augenblick entstandenen Sätze, die keinen Anspruch erheben auf längere Dauer und Gültigkeit. Er hilft ihr diesmal beim Aufräumen der nachtverwüsteten Stube. Sie hat das leere, verwüstete Woodstockgelände vor Augen. Die Stätten der Feiern werden immer irgendwann wüst sein und leer. – – Und sie wacht morgens auf, er ist nicht neben ihr, und es ist hell vor den Fenstern vor Sonne. Und sie weiß, Abtreibung und Selbstmord sind düstere Erscheinungen in der Welt. Da gibt es ein winziges Blühen und Keimen in ihr, in ihrem Körper, der sich erheben will, ein Keimen und Blühen, das woanders hin will, weg von Selbstmord und Abtreibung. Jemand erzählt von einer Frau, die dreimal abtrieb. Mein winziges Blühen, es freut sich beim Aufwachen über die hereindrängende Sonne, es ist nicht apathisch. Es will essen und dasein und lieben. Nachts träumte ich, daß die Tochter der Hebamme meine Brüste begutachtete, sie zog die Haut der rechten Brust zusammen und meinte, da könnte man ein großes Stück wegschneiden, dann muß ich das operieren lassen, sagte ich (warum nicht gleich ganz abschneiden?, Geschlechtsumwandlung?) – – Ich kann soviel trinken wie ich will, sagt Lenz, ich werde nicht mehr schicker, ich werde immer nüchterner (natürlich ist er schicker, aber er empfindet es nicht mehr), ich muß mir bald was spritzen, muß härtere Sachen trinken, sagt Lenz – – Sie fährt mit dem Fahrrad durch die Stadt und schaut wie im Traum die Menschen an, die ihr begegnen, an einer Ampel wartet sie und sieht auf die Uhr der Kirche in der linken Seitenstraße und fürchtet, Lenz könnte ihr entgegenkommen, wünscht ein paar Minuten lang, Lenz und sie möchten sich vom Augenblick an wieder ganz fremd und unbekannt werden, wünscht also für Momente Rückkehr zum Zustand vor dem Tanz in der Diskothek – – Abends um neun kommt Lenz mit seinen Freunden. Sein Lebensinhalt ist das Umherschweifen und der Rausch geworden. Er sieht Fernsehen, aber es ist »Müll«, wie er sagt – – Er geht, ist zum erstenmal kühl – – Sie zweifelt, daß sie die starke Gebende ist, das ist Selbsttäuschung, das ist wie ein Kind, das Arzt spielt. Lenz in der Nacht vorher: ich heirate dich morgen, und sie fühlte sich schmerzlich erinnert an Jochens Spiel: ich heirate dich/ ich heirate dich nicht, als sie schon schwanger von ihm war – – Der Wunsch, all diesen Schmerz zu verlieren, indem ich lerne, mich überhaupt nicht mehr zu binden, wird stark, aber ich weiß, das wäre mein Tod. Eine Schallmauer aufrichten, niemand mehr in mein Inneres eindringen lassen, bindungslos werden. Was für Wünsche, Lotte – – Wünsche, emotional tot zu sein, wer kann sich das wünschen – – Ich muß an die Sätze der Fixerin denken – – *Die Gefühle, die ich habe, werden sowieso nie erwidert* – – Warum ist sie so hautlos in der Beziehung zu einem andern Menschen? Nein, die Stärke, sich aufzuopfern, die Stärke, heil zu bleiben, wenn sie sich in die Unheilheit des Geliebten stürzt – die hat sie nicht. Einige Wochen lang glaubte sie, sie ist stark: Ärztin und Liebende zugleich. Aber sie ist schwach. Sterbehelferin müßte sie sein, damit sie den Abschied lerne. Sie ist zu wehmütig geworden durch ihre Erlebnisse des Abschieds und der Abtreibung. Therese sagt: wie kannst du mit Lenz leben, du bist doch ein Mensch, der schon durch so ungeheuer viel Erfahrung gegangen ist. Und wie willst du die Jugend festhalten?, sagt Therese. Aber Lenz ist doch auch schon »durch so ungeheuer viel Erfahrung gegangen«, sagt Lotte. Aber er ist jung und möchte schweifen, ein Kaninchenfuttersucher. Ich kann nicht einfach dasein, wie unbefangen, als hätte ich noch endlos Zeit; ich kann nicht einfach nächtelang mit ihm und seinen Freunden sitzen und trinken, als gäbe es keine Hoffnungen und als werde mein Leben noch jahrhundertelang dauern. Sie sucht in der Liebe etwas, was nie in ihr zu finden sein wird, so wie Lenz im Trunk und Rausch etwas sucht, was nie in ihnen zu finden sein wird. Aber beide hängen wir an unseren Schnüren und schreien, wenn sie uns verlorenzugehen drohen. Die Verdammnis, alles abzubrechen – wann werde ich sie überwinden? *Jour kisses deep and warm* – – Lenz ist fort, und sie sieht ihre Gesichter im Spiegel: dieses unzufriedene Gesicht im Nachmittagslicht, denkt sie, mit dem schiefen Mund, das soll ich, das soll mein Gesicht sein?; im Spiegel glitzernd, im Nachmittagssonnenlicht, das soll mein Gesicht sein?; diese irren Augen, voller Unzufriedenheit, vom Glück – das ich doch noch vor Stunden zu empfinden glaubte – so vollkommen entleert, das sollen meine Augen sein?, pergamentene Augen in einer pergamentenen Gesichtshaut; das dichte Haar, gespiegelt im Glas des Schrankes im Nachmittagssonnenlicht, wie auf bräunlicher Fotografie, das soll mein Haar sein? Ich das ist eine Andere. Er gibt mir seine Jugend, denke ich – wenn es auch eine schon ein bißchen zerstörte, angefressene Jugend ist (wie hieß es doch im Gedicht: Jugend ist Trunkenheit ohne Rausch) –, aber ist er empfänglich und bedürftig dessen, was ich – eine Frau im dreißigsten Jahr – ihm zu geben habe? – das eben weiß sie nicht, und das macht ihre Unsicherheit aus. Und war es, wenn sie mit Jochen zusammen war, die Angst, nicht schön genug zu sein und nicht genügend große Brüste zu haben für seine Augen und Lippen, so ist es diesmal die Panik, zu alt zu sein, die sie traurig macht und lähmt. Kann sie sich denn nie annehmen als die, die sie ist? Die Wahrheit ist, daß ihre Todesangst so groß ist und daß ihre innere Angst und Unordnung auch nicht kleiner sind als die seinen, und sie kann sich nicht anmaßen, ihn halten und stärken zu können. Hermann erzählt, die Wirkungen von Shit und Alkohol heben sich gegenseitig auf – – Nach den Zeiten engster körperlicher Nähe, nach den Zeiten der Vereinigungen mit Lenz braucht sie Tage, um in ihren eignen Körper zurückzufinden. Die Liebe ist für sie, als ginge sie aus dem Gehäuse ihres eignen Körpers in das Gehäuse des Körpers des Andren, sie verliert sich und geht durch ihre Haut hindurch in die Haut des andern. Ist es ein Widerspruch, wenn ich dann wieder einen Menschen ganz leicht vergessen kann – nicht im Kopf (im Kopf kann man ja vieles halten), sondern in den Sinnen, ich kann ihn nicht in mir verankern; wenn meine Sinne ihn nicht mehr haben, geht er wie in Auflösung über. Wie ist es denn möglich, daß ich jemand schon zu verlieren glaube, wenn ich ihn drei Tage nicht sehe? Die Trümmer ihres Lebens sind nur zum Teil fortgeräumt. In ihr Stücke und Trümmer, wie in, wie aus ihrer Gebärmutter. Sie Trümmerfrau muß alle Trümmer forträumen. Mit ihrer Wehmut kann sie niemand lieben. Lenz will, daß sie ihn anlächelt. Die Welt ist ihm so dunkel, und in ihr sucht er das Lächeln, aber sie ist doch selbst voll Dunkelheit. Ja, jeder liebt mehr das unfaßliche Wild als das treue Haustier. Lenz ist ein unfaßliches Wild, ein un-berechenbarer Liebender. Lenz ist kein Vogel in ihrer Hand, Lenz ist ein wilder Vogel, der weit über ihr fliegt und manchmal in ihre nächste

Nähe kommt, sie berührt mit seinen Schwingen. Sie sitzt im Zug und sieht auf ihre nackten Beine, auf dem Sitz gegenüber hochgelegt, als wären es fremde Beine, weit entfernt von ihr, und erinnert sich, wie Lenz vor Tagen ihre Beine unter dem langen Rock berührte, und er sagte: du hast ja Haare, und sie verteidigte sich, sie würde sich ja, wenn er es wollte, sofort den hellen dichten Haarflaum von den Beinen entfernen. Als ruhte sie nicht in sich, sondern in ihm! Vollständig heißt die Zeile: *Die Frauen leiden: Lieben heißt allein sein,* das hatte sie vergessen. Sie hört die Platten, die er gern hört, die sie mit ihm hörte. In tagträumerischem Versunkensein sieht und wünscht sie sich als Don Juanin aus Verzweiflung, aber sie kann es nicht sein. *Die Frauen leiden –* – Weil sie nicht findet, was sie sucht, taumelt sie von einem Anfang zum andern, wartet das Ende, das sie erwartet, gar nicht mehr ab – – Warum, Lieber, bist du unfaßlich? Wenn er es bei einer Arbeit nicht aushalten kann, wird er es auch bei *einer* Frau nicht aushalten? Oder ist es wie eine sich selbsterfüllende Prophezeiung: sie glaubt nach der Abtreibung und dem Abschied von Jochen nicht mehr, daß eine Liebe dauert, erzeugt sie nun selber den Abschied? Seit Sonntag sah sie ihn nicht. Der Todestag seiner Schwester ist nah. Was erlebte der eigentlich, wenn der »eine Linse drin hatte«?, dachte sie in der Nacht.
Seine Sätze und Wörter schweben wie Lichtstreifen vor ihrem inneren Auge, sie ist sich fremd geworden, ist nicht mehr erfüllt von ihren Wörtern, sondern von seinen Wörtern. Er im Kerzenlicht des Wohnzimmers und erzählend, daß vor Monaten seine Freunde und er auf irgendeinem Friedhof gesoffen hätten, auch in dem Häuschen, »in dem der Totengräber sein Werkzeug« hat. Er sieht ihre Todesbücher – die dicken Atlanten des Gerichtsmediziners, mit den tausenden von abgebildeten Leichen. Sie sagt ihm, die kannst du nicht ohne Vorbereitung ansehen, diese Bilder. Aber er dringt darauf, die Bücher sofort ansehen zu dürfen. Dann ist sie beruhigt, daß er auch nicht mehr als drei Abbildungen ansehen kann, er legt das Buch fort. Der Anblick der aufgeschwemmten Leichen ist auch ihm zuviel. Er sagt, wir müssen diese Bilder einmal gemeinsam ansehen, ich sage: ja. *I need somebody to love* – – wie quälen mich diese Liedzeilen aus dem Radio – – Dann ruft er gegen acht Uhr morgens an. Er müßte zur Arbeit, nachdem er eine Woche lang krank feierte, aber er will nicht mehr arbeiten. Er ist in einer Telefonzelle am Bahnhof, er

will nicht zur Arbeit und legt es darauf an, daß man ihn in der Drahtfabrik entläßt – – Sie erzählt ihm von der Sendung über arbeitslose Jugendliche, er sagt: wer arbeiten will, der kriegt auch Arbeit – – Seine Mutter habe ihn heute morgen total angeschrien, habe ihn unwirsch und schimpfend geweckt. Seit eineinhalb Jahren geht das jetzt schon so: ich komm' abends nach Haus, und da steht der Koffer schon vor der Tür, sagt Lenz, aber ich habe dann gesagt: so geht's nicht, am Ersten ziehe ich aus, und am Ersten bin ich dann natürlich nicht ausgezogen. Die ganze Welt ist beschissen, sagt Lenz, ich will bis zum 4. Oktober, bis ich zum Bund komme, nicht mehr arbeiten, sagt Lenz. Ich darf ja nicht selber kündigen, sonst krieg' ich kein Arbeitslosengeld, sagt Lenz. Du kennst mich noch nicht richtig – –, nein, sie kennt ihn noch nicht richtig. Er hört ihr einmal wie gebannt zu, schweigend, und sie fragt warum, und er sagt: ich hab' gelauscht, was aus dem Hörer kam – – denn sie hatte ihm gesagt, daß die Wirkungen von Shit und Alkohol sich gegenseitig aufheben, ja, *das* interessiert ihn – – Er geht nicht zur Arbeit. Er würde sich am liebsten fallen lassen, in den Rausch, in den Tod, in das Müßigsein. Wenn du schon eine Woche gefaulenzt hast, sagt er. Wenn ich solche Begrüßung morgens schon kriege, habe ich schon keinen Lenz mehr. Am liebsten bin ich überhaupt nicht zu Hause, sagt er. Manchmal ist meine Mutter töfte – – Ich habe keinen Lenz, ich habe keine Lust – – das sind seine Sätze – – O bin ich verletzbar! – Sie fragt ihn, ob es ihm etwas ausmacht, daß sie fast zehn Jahre älter ist als er, und er sagt: ein bißchen – – aber damit findet man sich ab! – – sie ist verletzt! – – Die kotzen mich so an, er spricht von seinen Eltern, laß' sie mich doch rausschmeißen! Warum gehst du nicht zur Arbeit? Weil ich keine Lust habe!, sagt Lenz. – – Diese Brüche zwischen den Geschlechtern, zwischen den Altern, zwischen den Schichten und Klassen – überall diese Brüche, die machen sie wahnsinnig. Aber am wahnsinnigsten machen uns die Folgen der Abtreibung und die Folgen der Arbeitslosigkeit. Die Liebe kann nicht heilen, was Wirtschaft und Politik zerstören. Er müßte irgend etwas tun, von dem er so beansprucht ist, daß er ans Trinken gar nicht erst denkt, sagt Hermann, aber das ist ein Satz, der hört sich an wie der Satz des Seelenarztes zum lebenden Selbstmörder: machen Sie Waldspaziergänge. Sie kennt das ja nun schon: es gibt soviele Menschen auf der Welt, aber sie will diesen Einen, diesen Kaninchenfuttersucher, den Unerreichbaren, der nicht zu fassen ist. Das Schweifende an ihm -- Nicht Johannes, nicht Sonja, sondern die, auf die sie nicht bauen kann, sucht sie, es ist eine Krankheit -- *Ich weiß aber, ich könnte viele Menschen lieben,* sagt Jemand. -- Über die Toten nur findet sie Beziehungen zu den Lebenden. Mit Therese fuhr sie zu ihm. Sie wollten zum Felix-See gehen, um zu baden. Dann suchte sie die Straße, in der er wohnt. Aber sie irrte sich in der Hausnummer, und ein Mann trat aus der Tür, kannte keine Familie Jungeblodt, sie fühlte sich schon wie verrückt. Dann ging sie mit Therese auf den kleinen Friedhof, ganz in der Nähe der Straße, in der Lenz wohnen sollte. Sie begannen, das Grab seiner Schwester zu suchen. Sie gingen durch alle Reihen, Therese suchte auf der linken Seite, Lotte auf der rechten. Sie suchten alle Grabkreuze, Grabsteine mit den Augen ab, hoben, sich bückend, wildwucherndes Efeu von kaum sichtbaren Grabsteinen. Aber sie fanden den Namen seiner Schwester nirgends. Oft stand da auf den Grabsteinen: Mutter X, Vater Y, oder Großmutter X, sie hatte es nie gesehen auf anderen Friedhöfen. Ein Großgrundbesitzergrab sahen sie, auch namenlose, verwilderte, öde Gräber -- Aber das Grab der Schwester suchten sie in der Nachmittagshelle und fanden es nicht -- Sie sahen den Gärtner und Totengräber -- Lotte sprach ihn an und fragte ihn nach dem Grab von Brigitte Jungeblodt, er wußte gleich, wo es war, hinter der Horofichte, sagte er, sie aber bat ihn, sie hinzuführen, und er führte sie hin, er lächelte, und dann war der Name Brigitte Jungeblodt auf dem Grabstein, und am Kopfende des Grabes stand eine Vase mit Gladiolen, und da waren die Daten ihrer Geburt und ihres Todes: 23. 5. 1950 und 29. 8. 1969 -- Lenz ist am 29. 12. 1956 geboren, dachte sie, er war noch nicht dreizehn Jahre alt, als seine Schwester starb. In der Nähe des Grabs Birken, sie nimmt sich einen Zweig mit. Therese und Lotte verweilen lange vor dem Grab und sprechen über die Schwester, bis sie zuletzt leibhaftig wird. Der Totengräber sagt, die Gräber werden trockengehalten durch die Drainage, der Totengräber sagt, wenn man Leichen umbettet, sind sie oft fast noch heil, so heil wie Leichen eben sein können. Die Schwester wurde umgebettet. Der Totengräber, ein Mann von korpulenter Gestalt, braungebrannt und lebensvoll, arbeitet mit seinem jungen Sohn und einem zweiten Buben an einem Grab, das nachmittags um drei belegt worden ist, er arbeitet in der Nähe der freien Plätze, der Rasenplätze am Ende des Friedhofs, auf zukünftiges Sterben hin angelegt, auch die Drainage ist dort schon vorgesehen; der Totengräber weist auf die verschiedenen Grabsteine – Kalkstein, Granit, Marmor – – körperhafte Grabsteine sind mir am liebsten, sagt er einmal, er meint länglich hohe Grabsteine, Lotte fallen die Wörter Grabkörper, Körpergrab ein; er versucht, die Hinterbliebenen, die sich beraten lassen, in der Auswahl der Grabkreuze und Grabsteine zu beeinflussen, es liegt ihm an einer ästhetischen Gestaltung des Friedhofs. Zwölf Jahre ist er auf diesem Friedhof als Gärtner und Totengräber tätig; er spricht von Charon, und Lotte geht zu einem Grabstein hin, auf dem ein Boot abgebildet ist, das über einen dunklen Fluß gesteuert wird von einer Gestalt in langem Haar, die aussieht wie eine Frau, der Tod ist weiblich, fragte nicht Jochen, ob der Tod weiblich ist?, der Totengräber sagt: ach, das kann man doch nicht unterscheiden, ob Mann, ob Frau – – Solch lebensvollen Totengräber stellte sie sich nie vor; mehrere Stunden schaufelt er ein Grab aus, er meint, dabei wäre nicht viel zu sehen, nicht mehr als beim Ausheben eines Hausfundaments, aber sie wird hingehen und ihm stundenlang zusehen, wenn er ein Grab aushebt; nur wenn er auf dem alten Teil des Friedhofs ein Grab gräbt, sagt er, sieht man etwas, dann findet er auch Reste von Verstorbenen in der Erde – – Der Totengräber heißt Vennemann – – Therese und Lotte gehen vom Friedhof fort und fahren die Straße entlang durch den Stadtteil, und plötzlich sieht Lotte Lenz die Straße entlanggehen, neben ihm Michael, den LKW-Fahrer, sie steigt aus und begrüßt ihn – – Dann geht er mit ihr und Therese in den kommenden Abend hinein, in die nahen Baumberge. Es beginnt zu regnen und zu dunkeln, die Nebel hängen sich übers Land, Lenz trägt ein kariertes Hemd, er führt sie einen Weg durch den düster werdenden Wald, wie durch Schluchten zu den Steinbrüchen, wie zu seinen Schätzen, zu den Steinbrüchen, in denen er schon LSD-Trips erlebte, und die Steinbrüche sind dann von tausend Farben und Figuren belebt, sagt er. Es regnet stärker, und sie hängt ihre Jacke über ihr Haar, bietet sie mehrmals Lenz an, aber Lenz will sie nicht. Ihr langer Rock wird naß und schlackert um ihre Beine naß und schwer und feuchtkalt wie Laken auf der Leine. Sie sehen den Nebel über den Lichtungen, der erste Steinbruch, zu dem sie Lenz führt, ist wie eine große Nußschalenhöhle, eine Gebärmutter in Großformat. Urig, sagt

Lenz. Wildbewachsen, die gebrochenen Steine starren aus den Wänden. Überwachsen von dunkelnden Baumkronen liegt die Steinbruchhöhle still vor Lottes Sinnen, alles so dunkel und heimelig, wie gemacht zum Verstecken und für heimliche Abenteuer. Ein paar Schritte weiter der nächste Steinbruch, verzweigter und mit einer Feuerstelle. Die Steine sind aufgeschichtet – wie ein Grab, sagt Lenz. Die Steine sind heiß, sie halten die Hände darauf, und Lotte setzt sich auf einen durchwärmten Stein, sitzt wie auf einem Kachelofen, hält ihre Hände auf die heißen Steine, sieht durch die Ritzen zwischen den Steinbrocken Glut, es regnet auf den nassen klammen Rock über ihren Knien durch die den Steinbruch überwuchernden Baumkronen. Das Haar von Lenz ist naß. Es dunkelt, es regnet, Lenz sagt, hier haben wir Fêten gefeiert, die Musik hallte in den Steinbruchschluchten – – hier haben wir gezeltet, sagt Lenz – – Sie liebt ihn so in dieser Stunde, es dunkelt und sie gehen durch den dunkelgewordenen Wald zurück, sie sehen auf der Lichtung die Kühe von vorhin wieder, und Lenz sagt: die Kühe frieren nicht, die Körper der Kühe sind warm, du weißt nicht, wie die Körper der Kühe dampfen, nach einem Regen, wenn die Sonne wieder durchkommt, oder auch morgens, sagt Lenz – – sie liebt ihn, wie er das sagt – – es regnet, und der Totengräber wird naß werden beim Ausschaufeln der Gräber – – Sie sagt, manche haben Angst, durch den Wald zu gehen, sie glauben, der Wald frißt sie in sein dunkles Maul. Lenz sagt: als Kind hatte ich Angst, durch den Wald zu gehen, ein Nachbar hatte mir erzählt, im Wald gebe es Menschenfresser – – Es ist dunkel geworden, die Felder am Ausgang des Waldes sind leer, nur Stroh liegt auf ihnen, und Lenz verabschiedet sich mit fast brüderlichen Küssen – – Der Totengräber geht Lotte nicht aus dem Sinn – – Wieder schlich sich dieses Abschiedsgefühl, das mit dem Tode zusammenhing, in sie ein; wie ein Wissen darum, daß die Suche noch nicht zu Ende sei, daß sie einmal, wenn sie nicht mehr wie mit Absicht suchen würde, den Mann oder die Frau finden werde, mit dem oder mit der immer zu leben möglich sein würde. Sie sehnte sich, die Liebesbriefe Sonjas in die Hand zu nehmen und zu lesen, aber sie scheute sich davor, dachte nur oft mit Wehmut an den schutzbringenden Körper Sonjas. Sonja war immer noch in Femø. Und Femø, das war für Lotte ein geheimnisvolles Wort für den geheimnisvollen Zusammenhang vieler Frauen, die miteinander ihre Stärke entdeckten. Für dieses

Jahr war es zu spät, aber im nächsten Sommer wollte sie nach Femø gehen. Sie wußte nur nicht genau, ob die Frauen in Femø männliche Kinder zuließen, sie mußte sich erkundigen. Sie hatte Angst, ihre Kinder würden abgelehnt. Über ihr Muttersein mußte sie noch unendlich nachdenken. Oft, wenn ihr melancholischer Pessimismus sie packte, sah sie das Muttersein als eine Ankündigung von Tod, spürte ihre angewelkten Brüste in den Schalen des BHs; ich wurde Mutter, dachte sie dann, und ein Leben ist aus mir gekommen, und ein Stück Tod in mir zurückgeblieben; die Brüste, die sich rundeten und wölbten, angespannt, gespannt unter der gedehnten Haut wurden, wie vollreife Früchte aufgingen, überflossen von Milch, wurden wieder leer, wurden ein Stück welk unter der wieder gelockerten Haut – – das kann ich anerkennen oder beweinen, dachte sie, zurück aber vor die Zeit der Mutterschaft kann ich nicht; und das tut mir weh, denn die ungelebte Jugend in mir jammert und weint; sie ist eine von diesen Menschen, die den Tod, wenn er einmal an die Türschwelle tritt, anbetteln und anflehen werden: gib mir noch viel Zeit, Tod, mein ganzes Leben ist noch ungelebt, ich habe gerade erst begonnen, wie Kinder, die abends gegen neun die Mutter bedrängen, noch stundenlang spielen zu dürfen – – Von ihrer Abtreibung hatte sie Lenz nichts erzählt. Sie hatte Angst, er werde vor ihr noch mehr zurückschrecken, wenn sie das Ausmaß dieses Unglücks zeigte. Der Grund für sein tagelanges Schweigen und Fortbleiben kam zum Vorschein. Ich habe dich betrogen, sagte er, ich war schicker, und da habe ich mich vergriffen, als wir eine Fête feierten in Michaels LKW, aber ich liebe dich, sagte er, glaube es mir, bitte verzeih' mir. Ich war so schicker, ich wußte nichts mehr, sagte er. Lotte mußte an den Ausspruch eines Mannes denken: ich bumse gern und oft, mit verschiedenen Frauen, aber dann hatte er hinzugefügt: aber was kommt danach?, wie komme ich wieder weg?; die schlimmste Zeit, sagte jener Mann, ist die Zeit der Morgendämmerung – – Haschisch ist für Lenz die Große Grüne Schwester, die ihn an die Hand nimmt. Es ist Minnedienst für ihn, wenn er seine Geliebte Haschisch raucht. Er gibt sich dem Rausch hin, löst sich auf, schwebt fort, wird Gefangener des Rausches. – –

Lotte war nahe daran, ihre Arbeit als Hebamme aufzugeben; ihr Chef hatte sich mehrmals beschwert und sie ermahnt. In einem längeren Gespräch mit ihm versuchte sie, ihre Situation zu erklären. Sie verstand sich gut mit ihm, sie war immer eine zuverlässige Arbeiterin gewesen. Er war ein zugänglicher und ungewöhnlicher Mann, er maß nicht mit Spießbürgeraugen. Aber daß sie ihre Arbeit vernachlässigte, konnte er nicht dulden. Er bot ihr an, als Ausnahmeregelung, für ein halbes Jahr nur halbtags zu arbeiten. Sie sollte ihre Stellung nicht verlieren, aber nach einem halben Jahr würde sie wieder ganz gefordert. Sie nahm mit Freuden an, schickte nun die Kinder nur noch halbtags in den Kindergarten, nachmittags widmete sie sich aufmerksam den Kindern und fand ein neues Verhältnis zu ihren lebenden Kindern. Sie hatte oft daran gedacht, Kellnerin zu werden. Aber das war eine Fluchtphantasie. Sie hätte sich davon einen größeren Zugang zur Welt der Männer versprochen. In einem Film hatte sie einen Mann zu einer Kellnerin, die er liebte, sagen hören: die Kellnerinnen wissen, wie man mit Männern umgeht . . . Die Kellnerin sah die Männer weinselig, bierbetrunken, roh und angriffslustig, auch weinerlich und anlehnungsbedürftig. Die Kellnerin lernte zu verstehen, daß die Männer in ihr die Mutter und die Hure suchten. Sie suchten ein großes, weiches Kissen, auf das sie ihren müden Kopf legen könnten. Hinter der Fassade von Stärke und Herrschsucht schien, je weiter die Stunden fortschritten, in den Nächten das innere Muttersöhnchensein der Männer hervor. Sie lernte die verschiedensten Gebärden und Gesten der Männer unterscheiden, sie lernte die Sprache der männlichen Witze verstehen, lernte die wunderlichen Reden der weinseligen Männer über die Frauen kennen. Sie lernte zu verstehen – – und mußte an Jochen denken, für den sie immer bereitwillig das Salz zum Tisch geholt, sie, die doch jahrelang die befreite Frau herausgekehrt und für Johannes nicht die Hemden und die Socken gewaschen hatte – –, wie anzüglich die Beziehung Bedienen und Bedientwerden auf Liebesbeziehung hin gedacht war; ein junger Mann sagte: wie groß ist der Anteil des Kaffeehausgastes am Mann! Ein Ausruf des Erstaunens – – ja, das ist es, rief sie. Und sie mußte oft denken, wie Jochen sich in jenem Gasthauszimmer in Stuttgart-Stammheim an sie geschmiegt hatte; als sie, die Schwangere, seine Hilfe wollte, wollte er sich in ihren Leib legen wie ein Kind. So war ihre Phantasie, Kellnerin zu werden. Aber sie blieb Hebamme, und sie hatte ein halbes Jahr, um ihre Kraft für den Beruf wieder zu finden.

Vielleicht soll es so sein, dachte sie: man wird geboren und stirbt ungeliebt und geht unerkannt mit seinem Geheimnis ins Grab; wer erkennt einen schon? (das biblische Erkennen, dachte sie). Es blieben zurück von den Leidenschaften die geronnenen Erinnerungen in den Tagen danach: dachte sie an Lenz, so fühlte sie, als hätten sie in all den Wochen schon Einen gemeinsamen Atem bekommen; sein Atem mit meinem vermischt, dachte sie, unzertrennt sein Atem von meinem; Atemfahnen wie Rauch in schneeiger Luft, vereinigt zu einer kristallenen Atemzunge – – – Aber wenn ich allein bin, muß ich allein atmen können. Will ich denn immer noch in den Geliebten kriechen, als wollte ich in meinen Bruder kriechen, um selber mein Bruder zu sein? Ob ein Mann jemals das würgende Sehnen des Zurückgelassenen empfand? Verfiel sie immer wieder in das Rollenspiel des Wartens? Gibt ein Weib, sagt Baal, euch alles her, laßt es fahren, denn es hat nichts mehr? – – wie komme ich aus dieser Geschichte heraus? Habe ich jemals einen Mann besessen, wie der Mann mich zu besitzen glaubte? Gibt ein Weib, sagt Baal ...

Ihr Leben hellte sich auf, seit sie mehr mit den Kindern zusammen sein konnte. Was war das, ihr Muttersein? Es war ein großes Geheimnis. Eine Zeitlang hatte Lenz sie, fast wie Jochen, dazu gebracht, ihr Muttersein anzuzweifeln, als sei es ein Makel.

Sie möchte endlich ein sexuelles Leben ohne Ekel führen – welch ein Wunsch! Sie kämpfte um Lenz, wie eine Mutter um ihr Kind kämpfen kann. Aber sie wußte nie, ob sie nur einige Wochen oder einige Monate kämpfen konnte, oder ob sie Jahre und Jahrzehnte, wie es notwendig ist, den Kampf um einen Menschen fähig wäre auszuhalten.

Die Szene in dem Lokal in Greifswald fällt mir ein, wenn ich in der Nacht auf Lenz warte. Mit meinem Onkel, dem LPG-Bauern, und einer jungen Frau, einer Bauerntochter aus meinem Geburtsort, saß ich in einem überfüllten Lokal. Die DDR-Soldaten tanzten in ihren Uniformen, es wurde überall, in allen Räumen des Lokals, sogar auf den Balkonen, getanzt, aber mich rührte niemand an, mich forderte niemand auf, stundenlang saß ich auf meinem Stuhl am Gasthaustisch wie festgewurzelt, während an den Nebentischen die Frauen zum Tanz geholt wurden, auch meine Bekannte aus Diepholz wurde nur ein einziges Mal kurz zum Tanz geholt, es schien mehr aus Mitleid als aus wirklichem Interesse. Ich schob es auf mich, glaubte, ich wäre nicht schön genug, in Wahrheit aber sah und roch ja förmlich jeder, daß ich aus dem Westen zu Besuch war; man mußte es an meiner Handtasche, an meinem feinen, helltürkisfarbenen, bestickten Kleid merken. Man mied mich wie die Pest, ich schrieb es mir selber zu, dabei war es die Politik, die alles bestimmte – – –

Wie männlich doch das Gesicht einer Frau werden kann, wenn sie alt wird und sich dem Tode zuneigt. Das hagere Gesicht einer alten Dame im Bus. Dann sah ich sie von hinten: ihr kartoffelbraunes, fahles Kostüm, wie verstaubt, beulte leicht im Wind, ihr spitzer Schirm berührte den Boden, als sie in dem herbstlich erscheinenden Tag über den Bürgersteig ging und sich vom haltenden Bus entfernte, sie blieb vor einem Spanienbasar stehen, ich sah sie von hinten, vor tausend geflochtenen Schalen und Körben.

Ich kauf mir jetzt eine Bild-Zeitung, damit ich sehe, was in der Welt los ist, sagt Lenz.

Militärwagen fahren vorbei, und ich denke an Lenz, der bald zum Bund muß. Ich denke, wieviel mir doch verschlossen ist, weil ich eine Frau bin; nein, ich will nicht in den Krieg: der Krieg ist der Vater allen Elends, aber was geschieht unter den Soldaten, denke ich; ein Bereich des wirklichen Lebens, er ist mir verschlossen;

Michael ist LKW-Fahrer, Lenz kann mit ihm mitfahren, kann ich einen LKW fahren?

Das Gespräch mit Anne, Michael und Lenz über ein Leben nach dem Tod; sie glaubten alle fest an Wiederauferstehung, in anderen Leben und Körpern. Ich sage: mein Körper ist meine Seele, mein Körper: das bin ich; Lenz protestierte mit allen Gebärden.

Nein, das waren nicht »Jahresringe der erotischen Erfahrung«: diese verlorenen, vergangenen Lieben; das waren Versuche, eine Person zu werden, die in der Welt gehen kann und ein Gesicht hat. Alle Menschen, die ich liebte, sind lebendig: der Vater meines zur Adoption gegebenen Kindes, Johannes, Sonja, Georg, David, Christian.

Lenz sagte, seine letzte Geliebte habe immer kalte Füße gehabt. Er wollte mit mir den Felix-See durchschwimmen, aber ich traute es mir nicht zu, die lange Strecke schwimmen zu können; wie hilflos ich doch war zu leben. Dies war doch Leben: mit einem Geliebten im Wasser sich gemeinsam bewegen, um die Wette schwimmen zu können.
Die Kastanienblätter sind an ihren äußeren Rändern schon gezackt von ersten gelben Herbstflecken. Eine vollständig fahle, kleine, alte Dame ging unter meinem Fenster vorbei, mit einem fahl-weißen Haar und einem fahl-mehlweißen Gesicht. Bräunliche Kastanienschalen lugen aus dem Blätterwald des Kastanienbaumes vor meinem Fenster, wie pralle Früchte unter Erdbeerlaub. Herbst nähert sich an.

Wie ein Lamm kommt man sich vor, das geduldig an die Schlachtbank geht, wenn man dieses kleine rosa Kügelchen jeden Abend um sieben schluckt; zu Anfang stellte ich mir jeden Abend den Wecker, damit ich nicht vergäße, dieses Fremdkörperchen, die »Pille«, zu nehmen. Wenn mir elend war, dachte ich, jetzt da ich dieses Kügelchen nehme, bin ich erotisch vogelfrei, ich könnte mit jedem Mann, der mir gefällt, Liebe machen, wenn Körper und vor allem Bewußtsein und Seele mitspielen würden; aber das Merkwürdige ist: gebe ich mich einem Mann hin, so kann ich das nicht um der puren Lust willen; ich sinke ein wie in einen süßen Berg, wenn ich einen Mann in mich sinken lasse, und es entsteht ein fast religiöses Verlangen nach Dauer, nach Wiederholung. So sind es mehr kindlich-trotzige Befreiungsvorstellungen (als könnte man sich vom Verlangen nach Bindung befreien), wenn ich manchmal, seit ich das Kügelchen nehme, denke: nun will ich mich an niemand mehr binden, nun werde ich heute Liebe machen mit einem, den ich liebe, und morgen mit einem anderen, den ich liebe – – Man spürt etwas wie Abwesendes, wenn man dies Kügelchen nimmt und die Möglichkeit ausgeschlossen hat, ein Kind zu zeugen. Es ist ein anderes Bewußtsein, ein vollständig anderes Bewußtsein: man wird förmlich mit der Nase auf den andern und auf sich selbst gestoßen, man kann nicht an etwas Drittes denken, an ein Kind, durch dessen Zeugung man sich für alle genossene Lust rechtfertigen könnte. Das Dritte muß etwas anderes sein: wir geben unserer Kommunikation eine Gestalt in einem Kind, habe ich früher gesagt, nun formen wir, wenn wir Liebe machen, etwas anderes, kein Kind, aber wir formen etwas, indem wir unsere sterblichen Körper aneinander bewegen, ineinander tauchen; aber was ist es? Ein Kunstwerk, eine Zeichnung, ein Lauf im Zeitlupentempo ist Miteinanderschlafen; es werden Bewegungen und Gesten geschaffen, die an unseren Körpern Zeichen setzen – – –

*Fixer stirbt nach Heroin-Überdosis. Besondere Tragik: Ein Bruder des neuesten Rauschgift-Opfers hatte sich als 17jähriger 1972 zu Tode »gefixt«* . . . Mütterlich-liebende Gefühle für ihn; sein fahl honigblondes Haar an meiner Schulter, an meinem Gesicht. Seine unverhofften, plötzlichen Gesten der Zuneigung, inmitten seiner Bitterkeit und Unwirschheit. Ich ging mit ihm zu Fuß durch die Stadt, zur Drahtfabrik, ich mußte ungefähr eine halbe Stunde vor der Firma warten, bis er, mit der Kündigung, wieder heraus kam. Er war sehr elend, obwohl er es doch seit Wochen darauf angelegt hatte, entlassen zu werden; der Betriebsleiter hatte ihn nicht gerade mit Glacéhandschuhen angefaßt. Er sprach dann, als wir einige Straßen weitergingen, in Richtung Arbeitsamt, nur noch davon, daß er jetzt »eine Linse schmeißen« wolle. Dann saßen wir einige Stunden auf einer Bank in der Stadt, mit dem Blick auf Rasen und Bäume. Es ging hin und her; seine Stimmung schwankte wie das widersprüchlichste Wetter. Ich kam fast um vor Hunger, aber ich hörte ihm zu und versenkte mich in das, was er erzählte, in der Hoffnung, er werde nicht in den nächsten LSD-Rausch stürzen, aus Verzweiflung über die Kündigung. Wie schlimm es zu Haus wäre; das ewige Schimpfen seiner Mutter, seines Vaters. Das Mißtrauen: wenn etwas fehlt, verdächtigt seine Mutter sofort ihn, es gestohlen zu haben. Sie wirft ihn aus seinem eigenen Zimmer, wenn sie glaubt, daß er gerade Haschisch raucht, und schließt die Tür zu. Wir sprachen darüber, ob er zu mir ziehen kann. Die Mutter war früher Magd, der Vater Melker und Knecht. Ich erfahre es nebenbei. Ich fühlte so stark mit ihm mit, und als ich um fünf Uhr nachmittags zurückging, und wir uns verabschiedet hatten, kam es mir wie Verrat vor, daß ich über ihn in meinem Tagebuch schrieb, denn Schreiben bedeutet immer eine Distanz, eine Verwandlung, eine Kälte. Ich erinnere mich: wir tranken in einem Café Kaffee und Kakao, wechselten beim Bezahlen meinen letzten 100-Markschein, denn er wollte 25 Mark von mir leihen, um sich Haschisch kaufen zu können. Ich ließ ihn gewähren, obwohl ich mehr und mehr seine Rauschsucht haßte. Beim Arbeitsamt hatte man ihm keine Aussicht auf eine neue Arbeit gegeben. Er hatte nur eine Arbeitsbescheinigung mitgenommen, die seine alte Firma ausfüllen muß.

Sonja ist aus Femø zurück. Eine schöne Frau: bronzegebräunt wie eine Nuba-Frau. In hellgrauem Hosenanzug steht sie in meiner Tür. Sie fragt mich, ob sie bei mir baden dürfe. Sie zieht sich einen anderen Pullover an, und ihr BH-loser Oberkörper ist entblößt, ihre bronzenen Brüste glänzen.

In der Nacht suchte ich die Weichheit seiner immer warmen Haut im Traum. Ich träumte von einem Menschen, einem Weibmann in Gestalt eines Raubtiers, dem ich die Hand gab, in seine Raubtierhand. Das Raubtier saß wie auf einer Plattform auf einem großen freien Platz, und jemand war in der Nähe, der das Raubtier töten wollte, um aus seinem Fell einen unendlich weiten Mantel zu fertigen, ein anderes Raubtier war schon von ihm getötet worden, der Mantel von dessen Fell war halb fertig. Das Raubtier hatte gelbflammendes Fell, und sein Gesicht war wie ein Gesicht aus Mann und Weib gemischt.

Indem ich ihn zu verstehen versuche, versuche ich mein Bewußtsein vom Leben zu erweitern.

Wir gingen über die Promenade zurück, und an den Ententeichen sagte er, daß die Stadt doch töfte sei. Die Herbstblätter flogen wie Lebewesen vor unseren gehenden Füßen; ich sagte: du bist ein seltsamer Mensch, du verwandelst dich und schwankst in deinen Stimmungen, wie das Wetter sich von einer Minute zur andern vom Sturm zum Sonnigen, zum Gewitter oder zum Nebel verwandelt.

Immer trägt er ein silbriges Armband, auch bei Nacht, und ich habe es noch nicht bemerkt, was sehe ich denn? Auf dem rechten oberen Handgelenk hat er eine Narbe wie eine große Narbe von einer Pockenschutzimpfung, auch sie sah ich bisher nie; er sagt, er hat einmal fünf brennende Zigaretten auf dieser Stelle der Haut ausgedrückt, vor Jahren, als er vollkommen schicker war.

Ich brauche viel Abwechslung, sagt er. Und ich muß sofort denken: das ist ein Mensch, der ein Jahr lang arbeitslos war. Er sagt mir auch, daß er die Arbeit in der Drahtfabrik endlich nur angenommen hat, um seine »alte Dame« zufriedenzustellen.

Dieses ungeheure Bedürfnis nach Liebesbeweisen, sage ich zu meinen versammelten Ichs.
Erkennen (das biblische Erkennen) läßt mich lieben, spürte ich, als ich mit ihm, nach seiner Kündigung, auf der Bank in der Stadt saß, und er vornübergebeugt, während er erzählte, in den Ritzen der Steinplatten zu seinen Füßen schwarzen Sand mit Streichhölzern hervorstocherte, – obwohl ich einige Minuten etwas wie Überdruß und Weglaufenwollen gespürt hatte, aus dem Gefühl heraus, wenn er weitererzählen würde, wüßte ich zuviel von ihm, um ihn noch lieben zu können – – –

Zur Strafe (wofür?) hat er schon einmal auf dem Friedhof, wo seine Schwester liegt, arbeiten müssen.

Das Nichthaltenkönnen der Liebe zu *Einem* hängt zusammen mit Flucht und Heimatlosigkeit, mit immer-wieder-Herausgerissenwerden und Davongehen. O diese zerrissene Zeit, diese zerrissenen Arbeitsgänge.

Haschisch, das Harz der Hanfpflanze, als Genußmittel bei religiösen Festen und vor allem bei Bestattungen, als »göttlicher

Trost« der Hinterbliebenen – – – *Während weiche Drogen wie Haschisch den Konsumenten »nur« psychisch unfrei machen, führen harte Drogen wie Heroin unweigerlich zur körperlichen Abhängigkeit* – – – In der Schule war er gut, dann nach dem Tod seiner Schwester nur noch schlechte Zensuren, sagt Lenz. Er konnte nicht begreifen, daß sie plötzlich nie mehr da sein sollte. Seine Mutter erzählte ihm nie Genaueres; sie weiß alles, kennt auch jenen Mann, mit dem die Schwester in den Tod fuhr, wahrscheinlich ein Zuhälter, sagt Lenz, aber ich weiß es nicht, und der ist nicht zur Beerdigung gekommen – – – Ich rannte, mit ihm auf dem Weg zur Fabrik, auf dem Bürgersteig gehend, während ich ihm zuhörte, mit der linken Schläfe gegen einen Mast, ich war abwesend versunken in ihn. Seine Eltern reagierten, wie erwartet, auf die Nachricht von seiner Entlassung entsetzt, schimpften ihn Faulenzer, und heute abend soll er ihr Haus verlassen haben. Er aß erst, wie ich ihm geraten hatte, ehe er von seiner Entlassung erzählte, Gurkensalat und Würstchen, aber die Bratwürstchen waren versalzen, sagt er. Beim Abschied an der Promenade hatte er zu mir gesagt: herzliches Beileid zu mir – – Und ich habe Angst, daß das Band an irgendeiner Stelle wieder reißt. Ich stelle mich auf eine Zerreißprobe – – –

Auch die »Pille« ist ja eigentlich eine Droge, das spüre ich, eine Sexualdroge. Meine Brüste vergrößern sich, wie bei beginnender Schwangerschaft; ich spüre, das sind künstliche Hormone, die meinen Körper aufdunsen.

Ich sehe die Gesichter all meiner Geliebten wie strahlende Gesichter Toter vor mir.

Meine Fähigkeit zu leben – – – Ich sitze mit Annegret, der Fotografin, beim Essen. Ich esse Eintopf mit Hammelfleisch. Viel Hammelfleisch mit fetten Schichten an den Stückchen. Das meiste lege ich beiseite auf einen Teller, der zuletzt ziemlich hochgetürmt ist, ich lege eine Serviette über den Fleischhaufen, denn inzwischen hatte Annegret mir wieder über ihre Arbeit im Schlachthof erzählt, wie dort auch Hammel geschlachtet werden. Ihre Fotos aus dem Schlachthof sind wie Stilleben von Sterben und Tod des Fleisches, das der Mensch sich einverleibt und in das er den Griff ins volle Blut tut, um wie im zukünftigen eigenen

Tod, vorausschauend, zu baden. Sie zeichnet mit wenigen Worten den Eindruck der Schlachthausatmosphäre; manchmal sei es ihr wie ein Mysterienspiel erschienen, wie ein Orchester, wenn die schon abgeschnittenen, verschiedenen Tierköpfe immer noch geröchelt hätten, tausende von Tierköpfen – – – Und der Geruch!, der Geruch!, sagt Annegret – – – Annegret erzählt, während der Kellner mein Hammelfleisch abräumt, von ihrer Freundin, einer Chefsekretärin, die kürzlich ihr erstes Kind abgetrieben habe, obwohl sie es gern ausgetragen hätte, aber der Beruf habe das Opfer verlangt, sie sei von morgens bis abends in der Firma, und die Abende bis manchmal spät in die Nacht gehörten auch noch ihrem Chef – – –

Ich bin vom Bahnhof gekommen, aber er war nicht auf dem Bahnsteig, ich sah mich, als ich zur Bushaltestelle ging, umsonst nach seiner schmalen Gestalt um. Noch kurz vor dem Halten des Zuges war ich so mächtig gewesen, mir beides wünschen zu können: er möchte kommen, und er möchte nicht kommen; ich wußte, wenn er, wie die andern, jedesmal brav auf mich warten würde, würde ich mich sofort überlegen fühlen; nur ein freier Vogel, der mir immer wieder weit über den Kopf flog, aber nicht in der Hand saß, ließ meine Liebe frei. Ich liebe wohl nur die Verlorenen, die mir nicht sicher sind, die entgleiten – – –

LSD genommen mit Lenz und seinem Freund Wolfgang. Kerze wie ein Phallus. Die Flamme in dem »Phallus« zieht mich zu sich hin. Ich stehe in der Mitte des Zimmers und starre eine Stunde lang auf die Kerzenflamme. Todesängste. Ich sitze am Tisch und starre auf die Zeile in meinem Tagebuch »Wünsche mir jetzt, mich an niemand mehr zu binden«. Wie an den Grenzen des Wahnsinns Auseinandersetzung mit Lenz, der aus der Wohnung herauswill, und ich will ihm und Wolfgang den Schlüssel nicht geben. Ich sitze wie eine alte, steinalte Frau auf dem Stuhl. Die Halluzinationen laufen im Zeitlupentempo unendlich langsam, aber wiederum ohne Erinnerung an das Vorher unendlich rasch aufeinanderfolgend vor mir ab. Der Schock, nachdem ich anfänglich noch glaubte, ich könnte wie beim Genuß von Alkohol die Herrschaft des Bewußtseins über mich behalten, der Schock, wie ich merke, daß ich mir entgleite, daß ich »abfahre«, wie sie in der Drogensprache sagen. Durch Tanzen nach Bill Withers und

Tangerine Dream Musik und durch Starren in die Kerzenflamme und durch Schauen in einen Spiegel, der mein Gesicht vergrößert, und durch Spielen mit meinen Schattenformen an der Wand bin ich plötzlich, von einem Moment zum andern, ganz weg, während ich zu Anfang mich noch von Lenz hänseln lasse: die merkt wohl gar nichts. Ich drohe nicht mehr zu wissen, wer ich bin. Ich möchte jemand anrufen, der mir bestätigen soll, daß ich noch bin, aber Lenz und Wolfgang lassen mich nicht anrufen, denn sie fürchten, daß ich einen Arzt anrufe und daß dann auch bald die Polizei da ist. Die auf bewußtloser Stufe stattfindende Auseinandersetzung mit Lenz: Lenz sagt, ich sehe hier in diesen vier Wänden immer dasselbe, und ich antworte: ich war schon an sovielen Orten, ich will einmal dableiben, einmal hierbleiben. Seine Angst, im Knast zu sein, als ich den Schlüssel nicht herausrücke. Einmal ein Küssen, Lenz sagt, es war, als ob meine Zungenspitze in Flammen gestanden hätte. Ich war auf meinem Stuhl wie versteinert, saß dort wohl mehrere Stunden wie festgewachsen. Der Horror, allein gelassen zu sein, und ich mußte immer wieder das Holz des Tisches anfassen, um die letzte und einzige Versicherung zu haben, daß ich noch da sei. Ich hörte Stimmen nur von ganz fern, mir war eng. Dann, nach Stunden des Festgewurzeltseins, ging ich langsam, wie ein Kind die ersten Schritte tut, in die Küche, dort saß Lenz und aß etwas, ich sah das Brotmesser vor ihm liegen und floh wieder. Immer noch, als ich dann im Wohnzimmer saß, sah ich Wölbungen und Wellen im Teppich. Mein Puls verging fast, und viele Momente lang glaubte ich, mein Körper werde verlöschen. Gegen Morgen dann Spaziergang mit Lenz durch die Straßen meines Viertels bis hin zur Hundewiese, wo Jochen und ich am Tag nach der Abtreibung im nahenden Abend auch noch gegangen waren. Die wölbigen Baumkronen. Dann im nahenden Morgen in den Armen von Lenz. Er sagt: ich möchte in dich hineinkriechen. Ich denke an das Knistern in meinen Armen und an die Berührung dieses Knisterns mit der Luft. Lenz erzählt mir, ein Freund von ihm habe einmal LSD geschluckt, und dann vier oder fünf »Pillen« seinen Enten gegeben, die durch die Luft gesaust und tot zu Boden gefallen seien. Am nächsten Tag redet Lenz davon, daß er sich bald Heroin spritzen wird. Zweihundertmal, sagt er, habe er schon LSD genommen, zuerst mit achtzehn, immer nach der Berufsfachschule. Ich sage ihm: dies war das erste und einzigemal, daß ich LSD nahm, um dich verstehen zu können, ich werde es nie wieder nehmen. O Lotte, laß uns eine Pille einwerfen, sagt er, ich bin auf dem turkey. Mich ekelt seine schnoddrige Drogensprache an, und zugleich fühle ich ein unendliches Mitleiden mit ihm.

Ich möchte einmal in deiner Haut sein, sagt Lenz, als er in meinen Armen liegt. Ich liebe ihn für solche Sätze.

Narziß. Mein Gesicht an Sonjas Gesicht, wie eine gläserne Kirsche an die andere angewachsen.

Auf dem äußeren Fensterbrett des Kindergartenraumes, in dem Annemarie und Hannes sich aufhalten, Sonnenblumenköpfe, wie Schalen vollgespickt mit anthrazitfarbenen Stiften, mit Sonnenblumenkernen, und die Sonnenblumenkopfkörper sacken an den äußeren Rändern nach unten ab, wie die weichen Uhren auf Dalis Bild.

Er löst mich wirklich ein wenig aus der Befangenheit meines Körpers. Er beschreibt den Orgamus: poh!, das brennt und juckt, und dann ..., er liegt in meinem Arm und schwärmt vom Orgasmus. Er spricht im Schlaf, er lehnt die Wölbungen seines Rückens in meine Bauchhöhlung.

Düster-diesig ist der Tag, es ist Mittag, in allen Zimmern ist es dunkel. Er auf dem Fahrrad, vor der Haustür, er wartet auf das Ende des Regenfalls. Ich in die Haustürecke gelehnt, in seiner nächsten Nähe, beim Abschied seine kühlen Hände auf meinen Hüften. Nicht die Liebe, sondern die Ungewißheit geliebt zu sein zerstört das Leben, denke ich. In einem Film höre ich die Sätze: Du bist neugierig auf Männer, und diese Neugier ist etwas Heiliges, du wirst dich oft verlieben. Plötzlich fiel mir ein, daß Lenz und ich nie angezogen auf einem Bett lagen.

Er kommt gegen zwei Uhr nachts vollkommen betrunken nach Haus. Er will wieder LSD besorgen. Es ist ein ungeheurer Schmerz für mich, daß die Liebe seine Rauschmittel immer noch nicht verdrängte. Ein Stück Zahn fällt ihm heraus, liegt auf dem Brotbrett, er versucht es mit dem Messer durchzuschneiden. Er ist so hart, aber in meinem Körper bleibt er nicht, sagt Lenz.

Vielleicht muß ich Abschied nehmen von der Vorstellung, einen Menschen für alles, einen Menschen für immer, in einem Menschen alles zu finden.
Das Verlangen, immer wieder das Bekannte zu verlassen.

Nachts holte ich Lenz aus der Diskothek ab. Ich schob das Fahrrad mit der Rechten, mit der Linken faßte ich seine Hand. Er wankte durch die fast leeren Straßen. Ich kam mir fremd vor mit diesem volltrunkenen jungen Mann an der Seite.

Allagen, das Dorf im tiefen Sauerland, in dem er einen großen Teil seiner Kindheit lebte. Ich mußte an Johannes denken, als wir durchs tiefe Sauerland fuhren und das Dorf nicht fanden. Ich fragte Lenz, ob seine Schwester dort zuerst begraben sei, bevor sie beim Umzug umgebettet worden ist. Er sagte: laß mich damit in Ruhe.

Ich liebe dich, und du bist eine Haltung für mich, sagt Lenz, er meint: du bist ein Halt für mich. Aber immer noch sagt er: eigentlich müßte ich umsteigen, müßte ich jetzt spritzen, denn es wirkt nichts mehr.

Ich versuchte zu verstehen, was Mertens gesagt hatte: Ihnen fehlt die letzte Mütterlichkeit – – Der Kopf von Lenz auf meiner Schulter, während der Fahrt durchs tiefe Sauerland, Lenz schläft, und ich wage kaum mich zu rühren, damit er nicht erwacht.

Manchmal habe ich Haar von ihm oder von mir im Mund, es stört mich, während ich küsse, und ich nehme es aus meinem Mund. Er hilft mir, die Angst vor dem Geschlecht zu verlieren. Er hilft mir, den Ekel zu vertreiben. Wir können unter einer Decke liegen, manchmal zieht er zuviel Decke an sich, und ich liege halb bloß, aber unsere Körper sind beieinander, noch im Schlaf, in diesem *andern* Schlaf. Manchmal fühle ich meine große Angst, nicht dauernd lieben zu können, wie vergessen. Je mehr die Sinnlichkeit existieren kann, desto weniger Macht hat der Selbstmord.

Nach einer LSD-Nacht sieht er aus wie ein räudiger, kranker Wolf. »Abgefuckt«, das Wort würde auf ihn passen. Seine Sprache wird nach einer solchen Nacht immer verkommener, roher, automatischer, gleichförmiger. Er kommt mir lächerlich vor, auf seinen armen Körper als Hülle reduziert, wie entseelt, völlig entkleidet und bloßgelegt, ein Mann, der alle Achtung vor sich selbst verloren hat. Mertens sagte mir, ich müsse Lenz Mütterliche und Liebende sein, aber einmal werde er mich verlassen müssen, oder ich müßte ihn eines Tages gehen lassen. Mertens nahm ein Bild zu Hilfe: Lenz und ich über dem Abgrund, ich am Rand des Abgrunds, ich hielte Lenz an einem Seil, und nun gebe es drei Möglichkeiten: ich ziehe Lenz mit übermenschlicher (Mertens meint: mütterlicher) Kraft aus dem Abgrund, oder Lenz zieht mich mit hinein, oder ich lasse das Seil los – – – Mit fortschreitenden Jahren, sagt Mertens, werde sich das Verlangen nach einer Liebe, in der man sich vollkommen verliert, verlieren.

Lenz sitzt im Wohnzimmer und schneidet hundert Gramm Haschisch, die er von seinem letzten Lohn kaufte, in Stücke zum Verkaufen. Ich sage ihm: mit dir könnte man kein Kind haben, du würdest es verhungern lassen.

Dieser »Vorgang«, diese Handlung – Liebemachen –: unter dem Mikroskop meines Blicks, meiner Erinnerung – – O wie meine Brüste glühten, als er sie zum erstenmal wirklich berührte und küßte, brennende Eisflocken prickelten in meinen Brüsten. Die grenzenloseste Sehnsucht nach vollkommener Verzückung, ein gleichsam mystisches Verlangen, Verlangen nach psychedelischer Liebeserfahrung. Es gibt eines, das ich immer wieder bemerke an mir: ich nenne es das Nonnenhafte: das Geschlecht rollt sich immer wieder ein, bekommt Eishäute und Stacheln, zieht sich in verborgenste, zugeschüttetste Höhlungen zurück – – –

In zwei Tagen wird er vor Gericht stehen. Sein Freund Wolfgang sagte, ganz sicher werde er nicht mit einer Geldstrafe davonkommen. Ich beginne am Sinn der Gefängnisstrafe zu zweifeln, das Gefängnis wird ihn tiefer in alles hineinbringen.

Warum schlage ich mir seit Monaten die Nächte für ihn um die Ohren? Den andern lieben heißt auch: sinnlos Zeit haben für ihn. Ich sehe Lenz vor mir: ein schutzloser hautloser Vogel, der wankend herumirrt. Er ist ein Kind, das über eine schmale Brücke über einem reißenden Fluß geht. Nie habe ich so gespürt, daß ich aus mir heraus will, um den andern zu kennen, zu fassen. Ich gewöhne mich zu sehr an die Wärme und Nähe seines schönen jungen Körpers, ich gewöhne mich zu sehr an Nähe und Wärme überhaupt. Ich muß immer fähig sein, in den Frösten der Freiheit zu leben.

Ich warte auf ihn in der Nacht. Ich fürchte, daß er vor seiner Gerichtsverhandlung am nächsten Tag flieht. Habe ich denn jemals einen von denen, die ich liebte, errettet?, habe ich einen von ihnen jemals aus dem bösen Zauber seines Elends befreien können? Vielleicht könnte ich Lenz retten, wenn ich bei ihm bliebe, aber kann ich das?

Vielleicht bringt er sich wirklich einmal um, sagt Hermann über Lenz. Es ist eine Frage der Entwicklung, sagt Hermann, du müßtest ihm mit weitgesteckten Grenzen Zuneigung entgegenbringen können.

In der Nacht sein Schweiß strömend, seine Haut glatt und gleitend. Hermann sagt: wo die Seele in Schwingung gerät, vibriert der Körper leise mit. Ich kaufte ein Federkissen für ihn, und als ich es auspackte und ihm zeigte, nahm er es gleich in die Hände, legte es, noch stehend, an seinen Kopf, legte sich dann – wir standen in der Tür des Kinderzimmers –, das Kissen um den Hinterkopf geschmiegt, auf Annemaries Bett und schloß die Augen – –

Er sagt, er geht durch die Straßen, schaut die Frauen an, findet manche schön und denkt: mit der möchte ich gehen oder mit jener – –

Wir einigten uns, daß er in das frühere Zimmer von Johannes einziehen kann, und ich mußte an Kafkas Angst vor der Besiegelung von Verlobungen und Ehen denken, an die Angst vor schweren Schränken, die sich nie mehr aus der Wohnung tragen lassen, und ich sah vor mir, wie ich eines Tages den mit mir wohnenden Lenz würde herausjagen wollen, es aber nicht könnte; wie schwer war es gewesen, Johannes »wegzujagen« und das Alleinsein zu erkämpfen. Nun warte ich wieder stundenlang auf einen Menschen und sehe ihn schon zerstört, wankend in der Nacht, voll Angst vor der Gerichtsverhandlung.

Er zeigte mir die verschiedenen Narben oben an seinem linken Unterarm; eine sehr lange schmale rote Narbe, zwei kürzere in der Nähe des Handgelenks; während der vier Wochen Jugendarrest fügte er sich mit einem Messer selbst Wunden zu.

Um viertel nach zwölf war die Gerichtsverhandlung zu Ende. Lenz auf der Linken als Angeklagter; völlig verschlossen, mit fast zugeschlossenem Mund; eine entsetzliche Akustik im Saal – draußen ununterbrochenes Geräusch einer arbeitenden Maschine; die Aussagen des Richters, des Staatsanwalts, der Zeugen, des Angeklagten halb verschluckt wie in flimmernd-diesig-heißer Luft. Zwei schwere Einbrüche, Körperverletzung – – Der Staatsanwalt beantragte neun Monate ohne Bewährung, er schrieb Lenz ab; einige Wochen nach Abbüßung seines Jugendarrests hatte er am ersten Einbruch mitgewirkt; der Staatsanwalt hielt dies für ein Zeichen, daß Lenz sich nicht mehr ändern wolle, daß seine kriminelle Laufbahn begonnen habe, sein Abstieg besiegelt sei. Die Bewährung auf ein Jahr Gefängnis, die das Gericht dann doch gewährte, wurde ihm wohl nur gegeben, weil das Gericht hofft, daß die Bundeswehr, zu der er im Oktober gehen muß, ihn aufrichten und erziehen wird – – Während der Beratung des Gerichts, sagt Lenz, sei extra noch jemand zu ihm gekommen, zu fragen, wann er denn zur Bundeswehr müsse. In den Pausen der Verhandlung führte ich Gespräche mit dem Staatsanwalt, und als das Gericht den Staatsanwalt, nach Verkündigung des Urteils, fragte, ob er Revision einlegen werde, sagte der Staatsanwalt, daß er mit der Freundin von Lenz, mit seiner Fürsprecherin, gesprochen habe, und daß sich dadurch vieles in anderm Licht zeige, er werde keine Revision einlegen. Ich saß allein im Zuschauerraum. Einmal rief ich dazwischen, als der Staatsanwalt unaufhörlich anzweifelte, daß Lenz betrunken war, als er den jungen Mann, der im Zeugenstand saß, verletzt hatte. Aber Zwischenrufe waren nicht erlaubt, und Staatsanwalt und Richter wiesen mich zurecht, und der Staatsanwalt sagte schneidend: wer sind Sie überhaupt? Einmal hatte Lenz gesagt: ich habe die Einbrüche mit gemacht, weil ich damals Drogen genommen habe und Geld brauchte.

Aber der Saal verschluckte seine Worte, und das Gericht nahm sie nicht auf.

O daß er trinken muß! Er kann nichts fühlen, ohne zu trinken. Das Trinken und das Rauchen von Haschisch lösen ihn auf, lösen ihn.

Vielleicht schafft er es, mich dauerhaft aufzutauen. Ich liebe deine Brüste, mitten in der Liebe dieser Satz, wer hat ihn schon zu mir gesagt? Ob er mich wirklich aus der Befangenheit meines Körpers lösen kann? O daß er trinken muß, um zu fühlen, um sich lebendig fühlen zu können! Sein Freund Wolfgang sagt, er rauche Haschisch, nehme LSD, spritze manchmal auch Heroin zwischen die Zehen, trinke, weil alles so langweilig sei, so langweilig.

In der Lehre, wenn er Milch holte für die Gesellen, kaufte er oft Erdnüsse für sich, er sagt: ich bin fast erdnußsüchtig geworden. Er ging ins Badezimmer nach der Liebe und kam geschminkt zurück, er hatte sich die Augen mit Rot umrandet, sah aus wie maskiert, er spielte dann Dracula, ich mochte ihn so sehr. Im Sauerland, sagt er, schlug sein Vater oft seine Mutter, die Mutter nahm dann ihn, das kleine Kind, in ihren Schoß, lief übers Sägewerksgelände, ihn, das kleine Kind, als Schutz und Schild gegen den Vater gebrauchend. Er sagt: Annemarie hat genau den gleichen Körper wie du. Er habe das Mädchen nackt im Wohnzimmer gesehen, und als er sie so von hinten sah, habe er gedacht: genauso sieht Lotte aus, der gleiche Po, er kenne doch jetzt meinen Körper. Er sieht so viel, erst betrunken kann er sprechen und sagen, daß er die Bilder, die in der Wohnung hängen, zum Beispiel auch die von Therese gemalten, genau ansieht – –

Ich sage ihm, daß ich traurig bin, weil er einmal, als ich seinen Hals küßte, sagte: mach mir keinen Fleck, er aber sagt: ich möchte doch in Wirklichkeit, daß du mir Flecken machst.
Er sagt: mein Innerliches – – – Er sagt nicht: mein Inneres oder meine Seele, er sagt: mein Innerliches. Er sagt auch: ich will in dein Innerliches – – – Er sieht alles, er sagt, in der Diskothek hast du so viele Leute liebesvoll angesehen; diese Blicke, sagt er, und ich kann ihm nicht sagen, daß ich Angst habe, nie mehr einen Menschen dauerhaft lieben zu können, sondern vielleicht immer

nur der Liebe voll bin oder nicht; er sagt: liebesvolle Blicke, nicht: liebevolle Blicke.

In der Nacht sagt er mir: du gibst mir einen Halt, weißt du das?, wenn ich nicht bei dir sein könnte, hätte ich schon längst angefangen zu ballern – – – Am Morgen las ich von einer Babyleiche in der Zeitung, die auf einem Förderband gefunden wurde, und ich fragte mich, ob ich Lenz retten will, weil ich mein Kind weggemacht habe – – – *Auf dem Förderband einer Essener Müllverbrennungsanlage entdeckten Arbeiter die stark angekohlte Leiche eines weiblichen Säuglings – – – Die Kripo vermutet, daß das in einem Kessel teilweise verbrannte Baby kurz nach der Geburt von seiner eigenen Mutter weggeworfen worden ist – – –*

Er stand um fünf Uhr nachmittags auf und kam in die Küche und sagte, immer hätte er geträumt, daß er mir etwas erzählen wollte, und manchmal sei er in den Träumen aufgewacht und habe nach mir gesucht neben ihm, immer habe er mir etwas erzählen wollen. Er sagt: ich fühle mich manchmal wie meine Schwester. Alle in der Familie, sagt er, haben schwarzes Haar, nur meine Schwester hatte blondes Haar, und ich habe blondes Haar. Warum verletzt es mich so, daß er immer noch nicht mit seiner Drogensucht Schluß macht? Fühle ich mich nur dann vollständig, wenn ich einem Menschen vollständig ausreiche?, wenn er keinen andern Rausch braucht als mich, keine andre Lust als mich? Als er mir gestern nacht seinen liebevollen Satz: du hast schöne Brüste, hat dir das schon einer gesagt – deine Männer? – sagte, mußte ich an Sonja denken, und eine unendliche Wehmut erfaßte mich.

Ich kaufte ihm Erdnüsse, er aß sie und sagte: jetzt werde ich schon süchtig nach Erdnüssen. Wenn das deine einzige Sucht wäre!, sagte ich. Mundsüchtig bist du, sagte ich. Sein Freund Wolfgang verstand: mondsüchtig, ich sagte: mundsüchtig ist er, der Mund ist süchtig, dauernd etwas in sich aufzunehmen.

In einem Bahnhofscafé sah ich eine Runde kartenspielender, trinkender und rauchender Männer an einem Tisch, so ungehemmt, und in ihrer männlichen Häßlichkeit ruhend, aber ich kann mich ja nicht ins männliche Geschlecht umwandeln lassen, wie jene Ärztin sich in eine Frau umwandeln ließ und einmal ein

Mann war. Die Vorstellung aber, ein Mann zu sein, müßte ich einmal durchleben, wie ist es, eine Erektion, eine Ejakulation zu haben, seinen Bart wachsen zu fühlen usw.? Wie oft, wenn ich mit Lenz sprach, und ich nicht wußte, wie er seinen Körper in diesem Moment, da ich sprach, spürte, wie er dachte in den Geheimfächern seiner Seele und seines Körpers, hatte ich dieses brennende Verlangen, einmal nur für einen Tag ein Mann, er sein zu können, um die unendliche Entfernung zwischen unseren verschiedenen Körpern und Seelen einmal überwinden zu können – – –

So fragte ich mich in der letzten Zeit, ob ich überhaupt zu lieben fähig bin, ob ich nicht viel mehr begabt bin, kurz und stark aufzulodern, um dann wieder niederzubrennen und den Menschen zu verlassen, den ich gerade zu lieben begann. Meine unendliche, kindliche Vergessenskraft, mein Widerwille gegen Wiederholung und Abstumpfung der Sinne, mein Unverständnis für die Ehe – –

An einem Sonntag lasse ich ihn mit den Kindern allein, und als ich zurückkehre, erfahre ich, er hat LSD genommen, ich bin zu sehr enttäuscht und verfluche den Tag, da ich ihn kennenlernte, spreche mit mir selber, als er gegangen ist, und klage über mein Unglück mit den Männern. Nachts dann um vier kehrt er zurück, redet mit sich selber, mit seinem Spiegelbild: du blöder Segers, sagt er zu seinem Spiegelbild, du willst mir meine Frau wegnehmen, er ist betrunken und in zwei Personen gespalten. Dann am Küchentisch spricht er von Selbstmord, will das Gas öffnen, holt das Brotmesser aus der Schublade und spielt damit, es in seine Brust zu stoßen, er spricht vom Aufhängen, er sagt, ich bin ein armer Schlucker. Als ich, bevor er ging, das Badewasser hätte einlaufen lassen, habe er gedacht: ich möchte hineingehen und mich ertränken, solche Gedanken habe ich, weißt du das?, sagt er. Ich spiele doch nur mit dem Tod, sagt er. Er säuft so sinnlos, weil er sterben will.

Er sagt: ich liebe dich, ich brauche dich nur anzusehen. Er weint, ich sehe ihn zum erstenmal weinen, er weint um sich, er klagt um sich. Er sagt: manchmal fühle ich mich als Mann, manchmal als Junge. Er weint, ich muß an Jochen denken. Der blonde Schopf von Lenz auf dem Küchentisch. Meine Hände tröstend. Er sagt: ich verlasse dich morgen, ich muß meinen eigenen Weg gehen. Er sagt: wärst du nicht beim Gericht gewesen, hatte ich keine Bewährung gekriegt. Gestern dachte ich schon, ich schaffe es nicht mehr, mit ihm zu sein, aber nun da er mir wieder viel von sich erzählte, wird mir alles leichter, und ich denke: es wird weitergehen. Er sprach von der Beerdigung seiner Schwester in Waldersbach. Er habe die Mitschüler angelächelt. Als der Sarg heruntergelassen wurde, habe er geweint wie ein Schloßhund. Da wußte er: jetzt kommt sie nie mehr wieder – – –

Wir sprachen über Fremdgehen, gleichzeitig über Heiraten. Warum nur lieb ich diesen Abenteurer?, dachte ich.
Er ließ seine Haare ganz kurz schneiden für die Bundeswehr. Sein Aussehen erinnerte mich an das meines Bruders früher. Dieser rote schmale glänzende Mund. Er liegt im Bett und kann nicht schlafen, er betrachtet mein Gesicht nach der Liebe, rauchend, und sagt: ich sehe mein Gesicht in deinem. Ich sage ihm, daß ich früher oft Ekel empfand nach dem Geschlechtsverkehr, er fragt: bei mir auch?, ich sage: nein.

Wenn er nicht betrunken ist, bin ich befangener. Wer löst mich vollkommen aus der Befangenheit meines Körpers? Ich lese vom Ertrinken eines kleinen Kindes in der Zeitung und weine. Er sagte mir, er habe mit LSD und Shit angefangen, als er arbeitslos war, es sei immer so langweilig gewesen.

Im Traum mein Vater im Zimmer, die Mutter sei gestorben und er schwerkrank, ich solle sofort kommen, ich ungläubig. Ehe, was ist Ehe? Ein Wort, eine Chiffre für das Verlangen nach Dauer? Ich habe Angst, daß ich mich in der Ehe verhalten werde wie eine Frau, die in Paris wohnt und immer den Eiffelturm anschauen gehen will, aber sie verschiebt es immer, weil sie ja immer in Paris lebt und denkt: ich kann immer noch zum Eiffelturm gehen, und so geht es, daß sie bis zu ihrem Tode den Eiffelturm nicht sieht, nicht hinaufsteigt, denn sie dachte: ich wohne hier, und ich habe immer noch Zeit, und so geht es mit vielem. Das Gesicht ist nah dran an dem anderen Gesicht, wie an einer Glasscheibe, die beschlägt, man erblindet, davor habe ich Angst.

Sein fester Körper, seine warme feste Haut. Immer ist sein Körper warm, der Körper Jochens war kalt, und er mußte ihn durch fast kochendheiße Bäder erwärmen. Während wir Liebe machten, sprach ich mit mir selbst und wiederholte mir andauernd den Satz: Lotte, warum gibst du dich nicht hin, Lotte, gib dich doch hin.
Wir sahen zusammen im Fernsehen die »Szenen einer Ehe«. Am Tag darauf bekam ich eine Karte von Johannes. Georg schickt mir Walnüsse, die er selbst pflückte, feucht noch, mit dunkelnden Schalen, innen glitschig, brautweiß und weich die Kerne, bitter noch wie alles Unreife. Christian rief an und wollte mich zum Tanzen einladen. Die Menschen, die ich einmal liebte, gehen nie verloren.

Lenz sagt: du Raubkatze, und ich sage: solch einen Kosenamen hat noch nie ein Mensch zu mir gesagt.

Ich entreiße ihn der Drogenszene der Stadt. Ich fahre mit ihm eine Woche nach Italien. Eine schlimme schöne Woche. Lenz, der »turkey schiebt«. Seine kranke Nervosität. Er liebt meine Brüste, und ich lasse es mir gefallen. Ich rauche mit ihm nach der Liebe, liege nackt auf dem Bett, lasse meinen Körper vom einfallenden Sonnenlicht liebkosen und habe meine alte Hilflosigkeit verloren. Es ist, als befreie die italienische Atmosphäre uns, trotz aller Schwierigkeiten, aus einem Dornröschenleid. Wir schwimmen im Meer, und ich traue mich weit hinaus, ohne Angst. Einmal stoße ich beim Schwimmen an etwas Festes, es ist eine große im Wasser schwimmende Zeitung. Ich erschrecke so, daß ich schnell zum Ufer zurückschwimme. Sonne, Wind, Meer liebkosen mich. Umgeben von den italienischen Menschen, denke ich: geil nach der Zuwendung des andern zu sein, heißt noch nicht: lieben können, das heißt nur: Eroberungen machen wollen. *Lieben – lieben, das ist es. Lieben ist alles.* Aschene Reste von Zigaretten zerbröckeln im Sand des Strandes. Italienische Kinder liegen auf den Bürgersteigen der nahen Stadt. Eine Italienerin wiegt am Strand ihr Kind und singt. In der Dämmerung sitzen Italiener im Kreis und singen, ohne von Alkohol angeheitert zu sein. Lenz spielt mit Italienern Fußball, er, der die üblichen Vorurteile gegen die »Spaghettifresser« hat, wie irgendein »deutscher, junger Arbeiter«, aber er sagt: die sind doch ganz gut, die Italiener, nicht? »Da endlich begann sie zu leben«, trotz aller Schwierigkeiten mit dem zum erstenmal, seit ich ihn kenne, nuchternen Lenz, ich wurde diesen Satz nicht los: »da endlich begann sie zu leben, im dreißigsten Jahr«. Und ich sah das schon knittrige, papierene Fleisch einer vielleicht vierzigjährigen Frau, die am Strand vor mir hin ging, und ich dachte: wie schnell wird dieses Fleisch vergehen, und ich dachte: wie lang wird die Liebe dauern. Wenn sie einmal dauern könnte: bis daß der Tod uns scheidet, o dieses Verlangen nach Dauer!

Lenz sitzt im Restaurant und sagt: ich habe noch nie ein Hähnchen mit Messer und Gabel gegessen. Er spricht nicht von Meeresrauschen, aber von Meerrausch. Er lehrt mich den Ausdruck: einen übern Dorn ziehen, für: Liebemachen. Er sagt meinen Brüsten: gute Nacht, ihr zwei Schönen.
Ich lebende Selbstmörderin, denke ich, zeige ihm in Italien das Leben. Nie sah er das Meer, nie badete er im Meer.

Meine Todesträume kehren wieder.
Ich geh durch die Straße meiner Stadt, in der der Supermarkt ist, um meine Kinder auf einen Tisch des Geschäfts zum Schlafen zu legen. Dann plötzlich habe ich die Kinder verloren und finde sie nicht wieder. Ich irre durch die ganze Stadt den ganzen Tag, bis ich in »Sillendorf« lande, dort fahren Züge, ich steige ein. Ich geselle mich zu einem Ehepaar, es ist schwarzgekleidet. Der Mann hängt einen braunen Pullover von mir in einen Schrank, über einen weißen. Dann steht er über einem Feld mit Kreuzen und schaut sie an, als wären es Gewächse, aber es sieht aus wie auf einem Soldatenfriedhof. Auf einem Weg sehe ich ein Schild mit der Aufschrift »Krematorium«. Das schwarzgekleidete Ehepaar erschien mir zuerst wie Hermann und seine Frau, dann wie der Pfarrer aus Neuland mit seiner Frau – – –

Eine Woche war ich sein Alkohol, seine Droge. Aber nun bin ich kein Ersatz mehr, kein Gefäß für seinen Orgasmus, wie ich manchmal glaubte. Das Band zur Drogenwelt ist eingerissen. In Italien versuchte er in den ersten Tagen, Drogen zu bekommen. Er hatte Nervenzusammenbrüche. Seine psychische Abhängigkeit ist stärker als seine physische, und nun gibt es einen Riß in der Abhängigkeit. Ich zeigte ihm, es gibt Glücksgefühle außerhalb der Drogenwelt. Er hatte es lange vergessen. Ich wurde seine Droge, ja, er berührte mich unaufhörlich, verlangte unaufhörlich Küsse von mir. Sonst war er mittags erwacht und hatte nur noch einen Gedanken: wie komme ich zur nächsten Haschischpfeife, zum nächsten LSD-Trip? Nun aber waren es meine Küsse, die er unaufhörlich schmecken wollte. Es war der äußerste Moment, da ihn ein Mensch noch retten konnte vor dem Umsteigen auf harte Drogen. Ich habe es getan, bin nicht stolz darauf, sondern ich weiß, daß ich es für ihn und auch für mich getan habe. Ich fühle, was Lieben bewirken kann.

Kaum bin ich aus Rheindorf zurück, lese ich in einer Zeitung den Artikel »Mal richtig saufen« über die Bundeswehr, über einen Soldaten, der es bei der Bundeswehr nicht aushielt. Ich ängstige mich sofort um Lenz. Und denke, wie labil und beeinflußbar er ist und wie wenig Boden er unter den Füßen hat. Immer noch ist mir das Ausmaß seines seelischen Elends, der Grad seiner Haltlosigkeit, ist mir das Innenleben von Lenz nicht ganz bekannt; ich sehe immer Stufen, Stücke – aber ich sehe nie das Ganze auf einmal. Mein Gedächtnis, meine Erinnerung – sie müssen seine Person zusammenhalten – – – Ich sagte ihm, ich will mit einem Drogenberauschten nicht mehr schlafen; beim Abschied streichelte ich sein schönes Kind-Mann-Haar, seine schönen, weichen, männlichen, geformten Arme. Im Haschischrausch sind seine Bewegungen kräftiger, ist er in der Liebe noch stärker, aber ich will nicht, daß er künstliche Paradiese betritt, in denen er nach und nach zerstört wird. Ich will, daß er mit mir das irdische Paradies durchlebt.
Er streichelt mich mit den Händen an meinem Geschlecht, er dringt zugleich in mich ein, er kannte ja nicht einmal das Wort »Klitoris«, wozu auch; als er mir den Ausdruck »einen übern Dorn ziehen« erklärte, erzählte er mir von einem Buch eines Freundes, in dem nur Ausdrücke für »Geschlechtsverkehr machen« standen, und er und sein Freund hatten sich damals beim Lesen in dem Buch fast tot gelacht, sagt Lenz.
Er lachte in Italien sehr, als ich ihm sagte, ich hätte noch, bevor ich ihn kannte, das Wort »Geschlechtsverkehr« ekelhaft und unberührbar und unaussprechbar gefunden, es erinnere mich an »Straßenverkehr«, da lachte er furchtbar, als ich »Straßenverkehr« sagte.

Ich sauge an der Zigarette, diese Saugbewegung, ich muß ans Stillen denken.
Wie er meine Brüste liebt.
Er ist mit den Nerven herunter. Er muß sich regenerieren. Er schläft nur mit Schlaftabletten. Er kann mich dreimal lieben, und immer noch ist er nervös, nicht ruhig und besänftigt, das quält mich. Es sind die Zustände der Entziehung.

Ich packte ihm die Tasche, er brauchte zu den Soldaten nicht viel Kleidung mitzunehmen. Er schmierte sich selbst ein paar Brote, ich tat ihm Weintrauben, Mandeln und Mandarinen dazu.
In Rheindorf am Bahnhof der Sammeltransport nach Fürstenberg. Auf der Fahrt hin nach Rheindorf in Michaels Auto saß Hannes zwischen meinen Beinen, seinen Kopf an meiner Brust, meine Linke stützte ihn an der Stirn, damit er nicht vornüberfiele, er schlief, Schweißtropfen auf der Stirn, Lenz glaubte, er weine, und Lenz sagte: das ist ein Bild. Lenz saß vorn, ich mit den Kindern hinten im Auto. Lenz nahm oft meine Hand, streckte seine Hände zu mir nach hinten ins Auto, er küßte mich oft, indem er sich hinüberbeugte. Unter den wartenden Soldaten viele junge Männer, manche, die fast noch Kinder sind. Ein Vater hat seinen Sohn gebracht, begleitet von einem kleinen Bruder. Sonst außer mir nur eine junge Frau, die ihren Freund zum Sammeltransport begleitet. Einer ist schon besoffen, ich sage zu Lenz, er soll doch, wenn man ihn zum Saufen anstiften will, sagen, der Arzt habe ihm das Trinken verboten. Der Eindruck der jungen Gesichter. Die Unteroffiziere, die den Sammeltransport leiten, stehen in Gruppen auf dem Bahnsteig, die zukünftigen Soldaten sind eingestiegen – – Da stehen wir auf dem Bahnsteig, Lenz und ich, küssen uns noch einmal – – Das Männliche spüre ich, zu dem ich nicht hinkann – – Diese Welt ist verschlossen – – Die Unteroffiziere in der Gruppe sprechen vom Saufen und machen sich lustig über eine Geschichte von einem Antialkoholiker, Lenz und ich, uns umarmend, hören halb zu.

*In den Personen, die wir lieben, ruht, durch uns ihnen fest verhaftet, ein bestimmter Traum, den wir nicht immer herauskennen, den wir aber verfolgen – – –*
Junger Soldat, sagte ich auf dem Bahnsteig zu ihm. Er sagt manchmal: Lotte, oder manchmal: Raubkatze, oder manchmal:

Mutter Vorpahl zu mir. Eine Atmosphäre, eine Ahnung von Krieg schwebt auf dem Bahnsteig -- Männer unter sich, denke ich, Männer unter sich.

Er sagte, er sieht das Meer vor sich, wenn er die Augen schließt. Seit er die Drogen nahm, wird er bestimmte Erscheinungen nicht mehr los. Das Nervengift Alkohol hat ihn nervlich heruntergebracht, und die Drogen hinterließen Erscheinungen, die er nicht mehr los wird. Abends in Italien lag er schlaflos und wurde das Meer in all seinen Farben vor den Augen nicht los.

Jetzt werden wir wieder auseinandergerissen, sagte Lenz, als er ging, um Soldat zu sein.
Und ich erinnere mich an Italien. Ich erinnere mich, wie er im Flugzeug saß und mit Cognac gefüllte Bonbons entsetzt zurückwies, aus entsetzter Angst, er werde nur, wenn er ein einziges Bonbon esse, sofort unstillbaren Durst auf mehr Alkohol bekommen.
Er sammelte wie ein Junge, wie ein Kind, versunken Muscheln am Strand. Schöne Muscheln, wir trockneten sie auf dem Balkon unseres Zimmers. Sich vertiefen nennt er es -- Er kann sich vertiefen in den Geschlechtsverkehr, in das Muschelsammeln, in das Fußballspielen – – – Alles ist Sich-Vertiefen – – – Und er vergißt alles um sich herum – – –

Erst in Italien sagte er mir, daß seine Mutter tagsüber, bis viertel nach vier, in der holzverarbeitenden Industrie arbeitet und abends noch stundenlang putzen geht. Er scheint sich dessen zu schämen, weil er meint, die Mutter müsse nicht arbeiten gehen.

Als ich aufwachte – allein, dachte ich, einmal wird keine Berührung mehr sein. Und ich denke, wie tief es mich immer erschreckt, wenn Lenz an irgendeiner Autobahnausfahrt oder an irgendeiner Straßenkreuzung sagt: hier standen wir damals, als wir uns die Linse eingeworfen hatten. Ich erinnere mich, wie er sich an meinen, durch die Berührung seiner Hände sich aufrichtenden Brustwarzen freut. Ich erinnere mich an unser Sitzen auf Blöcken im Meer, an mein Verlangen, mit ihm gemeinsam stundenlang ins Wasser zu schauen. Endlich bin ich aus der Befangenheit meines Körpers gelöst, denke ich. Ich erinnere mich, wie ich Lenz in Italien das Haar wusch. Er wollte, daß ich ihm das Haar wasche. Ich sehe seinen zu einem schmalen Strich zusammengepreßten, lächelnden, hellrot glänzenden Mund, der ist wie der Mund meines Bruders auf dem Bild des Zwölfjährigen im Wohnzimmer meiner Mutter. Ich denke an die Sonne in Italien!

Ich könnte mich doch einmal in *einen* Menschen vertiefen – in Lenz! Ich könnte doch einmal denken, bei ihm zu bleiben.
Die Liebe ist stark wie der Tod und mächtig wie Wirtschaft und Politik.

Rosemarie besuchte mich, berichtete, daß sie am Montag eine Frau nach Holland fahren werde, die ihr erstes Kind abtreiben will und immer gegen Abtreibung war und gegen Abtreibung ist; diese Frau, sagt Rosemarie, ist 22 Jahre alt, lebt bei ihren Eltern, und der Vater des Kindes ist ein Schwarzer; sie, Rosemarie, wolle mit in die Klinik gehen, wolle bei dem Abbruch dabei sein; sie sagt, es könnte auch sein, daß die Frau noch vor der Klinik oder kurz vor dem Abbruch wegläuft. Ich sage: das erste Kind – – – warum treibt sie das erste Kind ab?, will sie den Mann nicht? Doch, sagt Rosemarie, sie will den Mann, aber sie will das Kind nicht. Aber sie könnte doch in eine Frauengemeinschaft gehen und das Kind dort austragen, sage ich, als Rosemarie sagt, die Eltern würden die Frau hinauswerfen, wenn sie von der Schwangerschaft erführen. Sie ist noch nicht so weit, sagt Rosemarie. Sie könne auch nie mehr einer Frau abraten, sagt Rosemarie, sie könne weder zuraten noch abraten. Einmal habe sie eine Frau von dem Entschluß abzutreiben abgebracht, und diese Frau habe dann ihr Kind zur Welt gebracht, und nach der Geburt sei sie mit ihrem Kind nach München gegangen, sei dort »versackt«, wollte auch das Kind nicht zur Adoption geben, das Kind ist ins Heim gekommen, und von der Mutter des Kindes habe sie, Rosemarie, wenig später einen Brief aus einer Trinkerheilanstalt bekommen – – – Rosemarie bestätigt wieder nur, daß die Bundeswehr ein »Saufhaufen« ist. Sie sagt: eine ganze Kompanie besoffen, bis zu den Feldwebeln. Saufen, schlagen, Frauen haben, das ist für viele Männer Signum der Männlichkeit, sage ich zu Mertens. Mertens sagt: das ist sozusagen die Vorstufe zur Männlichkeit. Vielleicht kommt Lenz einmal ganz da heraus, sage ich zu

Mertens. Mertens lacht: dazu muß er erst einmal die Vorstufe durchlaufen.

Lenz spielte mit den Drogen, weil er gar kein Bewußtsein hatte, welches die Folgen sind. Zwar sagte er, mit jeder Linse würden so und so viele Gehirnzellen zerstört. Aber er spielte, genau wie mit den Selbstmordphantasien, ein sehr gefährliches Spiel. Seit drei Wochen ist er nüchtern, und er schreibt, daß bei der Bundeswehr viel gesoffen wird, daß aber er nur manchmal ein Pils trinkt. Rosemarie erzählt, bei der Bundeswehr würde auch mit Haschisch gehandelt. Manche besserten damit ihren kargen Wehrsold auf.

Werden nicht all meine inneren Konflikte vor seinem Leiden klein und unwichtig? Ob ich, gehend durch den Sumpf und Schmutz der Männerliebe, einmal doch wieder auf die Frauenliebe zugehen werde – –? Oder wohin werde ich gehen? Manchmal sehne ich mich nach Sonja, daß ich glaube, mein Herz zerbirst. Und dann wieder fühle ich, die Liebe zu Lenz ist beides: Frauenliebe, Männerliebe. Und ich denke in meinem Kopf: vielleicht kann ich mich nicht in der Ehe binden, vielleicht kann ich nur, von Situation zu Situation, von Gefühl zu Gefühl, mit einem Mann oder mit einer Frau spontan Liebe machen. Ich schreibe ihm Briefe jeden Tag. Ich gehe für ihn zur Beratung beim Gewerkschaftsbund, um herauszufinden, wie er sich vielleicht, zum Beispiel zum Dreher, umschulen lassen kann. Liebe ist: praktisch für einen Menschen etwas tun. Nicht: sich in schönen Reden erschöpfen.

O diese zärtliche Liebe von Lenz, die alles ist: Sohnesliebe, Geschlechtsliebe, Frauenliebe. Und was sind das für Gedanken, die mich manchmal quälen: wie viele Menschen können mir noch begegnen? Einmal muß ich mich für einen Menschen entscheiden. Ich will dableiben können, einmal dableiben können. Zu meinen alten Großeltern will ich gehen. Ich will dieses alte Paar sehen. Ich will meine alte Sehnsucht nach einer Philemon und Baucis-Liebe wieder aufleben lassen. Das alte Paar, denke ich. O wenn das nur möglich wäre! Durch alle Fährnisse hindurch: bis daß der Tod euch scheidet.

Hälfte des Lebens – – im dreißigsten Jahr, nach langer Irrfahrt, entschließe ich mich, bei einem Menschen zu bleiben. Aber niemand weiß, ob der andere bei ihm bleiben wird. Die Angst vor dem Abschied soll mir mein Leben nicht mehr vergällen. Und die Erinnerungen an die Leiden des Abschieds und der Abtreibung sollen mich reif machen und gelassen. Und ich bin endlich nicht mehr auf der krampfhaften Suche nach der Wollust, denn die Wollust findet man nur, »wenn man nicht sucht, wenn man sich dem ursprünglich Quellenden hingibt«.

Ich sehe eine Fotografie von Lenz und mir. Wir stehen auf dem Balkon meiner Wohnung. Lenz mit seinem halblangen Haar; seine Gesichtszüge haben die Weichheit der Gesichtszüge meines Sohnes; ich sehe wie eine dreißigjährige Frau aus, er sehr jung, ich erschrecke ein bißchen. Das Foto zeigt uns nah Kopf an Kopf, Schläfe an Schläfe, Haar an Haar, ein Lächeln mit einem Anflug von Seligkeit auf unseren Gesichtern. Ich mußte an die Fotos bei der Verlobung von Johannes und mir denken, vor vielen Jahren, auf ihnen waren auch diese verschwimmend sanften, weichen, hoffnungsgesättigten Gesichter, dieses zuversichtliche, in sich gekehrte Lächeln auf den Gesichtern (und was ist dann daraus geworden aus diesem Anfang?: Trennung, Scheidung, Abschied). O wie fürchte ich meine so schnell umzupolenden Gefühle. Sie muß ich besiegen wie die Erinnerung an einen längst vergessenen Kindheitsschmerz.

Immer wieder muß man das Bild, das man sich von einem Menschen gemacht hat, vergessen, damit man immer wieder, wie im »Tango in Paris«, in einem leeren Zimmer stehen und neu beginnen kann.

Lenz kam, nach zwei Wochen, zum erstenmal wieder von der Bundeswehr, wo es, wie er sagt, wie im Knast ist. Nachts träumte ich von Johannes, er säße weißhaarig an einem Tisch, den Kopf gebeugt, die Stirn auf der Tischplatte ruhend, und ich fragte ihn, ob er weiß geworden sei in seinem 32. Lebensjahr, weil ich ihn verließ, er aber wehrte ab und sagte, es sei natürlich, in seinem Alter weiß zu werden. Ich träumte von Jochen, er saß meinen Eltern gegenüber, lächelnd und ungebrochen. Und ich versteckte mich, damit er mich nicht sähe. Ich sehe ihn fortgehen von meinen Eltern, breche mein Schweigen und schreie durchs ganze Treppenhaus: Mörder!, Mörder! Ich begegne Sonja, sie sieht mehr und mehr schlecht aus; ihr Aussehen ist Verfall, sagt jemand. Ihre Augen voller Trauer und Nichtverstehen; sie begreift nicht, daß ich sie nicht wegen eines Mannes verließ, sondern wegen eines Menschen, zu dessen Rettung ich beitragen kann.

Noch kein Mensch hat mich so oft lächeln gemacht wie Lenz seit der Zeit in Italien. Auf der Fahrt zurück zur Kaserne nahm er immerzu meine Hand, und er lächelte mich an, und ich mußte sein Lächeln erwidern. Ich, die ich kultivierte, ernste und traurige Augen zu machen. Meine Gedanken kreisen um die eine Frage: wird er fähig sein, wieder zu arbeiten, wird er wieder Arbeit finden, oder werde ich mit ihm im Strudel der Arbeitslosigkeit leben müssen?; wird er fähig sein, das Leben nüchtern zu leben?

Ich besuche ihn in der Klinik: man hat ihn aus der Bundeswehr entlassen. Der alte Mann in seinem Zimmer sagt: gut, daß Sie endlich kommen, er hat schon den ganzen Tag geweint (er meint es symbolisch). Wir gehen durch die endlos scheinenden, dunklen Krankenhausgänge, und er sucht ein Zimmer zum Lieben. Irgendwo sollen tausend Betten stehen, aber das war ein Witz seiner Kameraden. Wir sitzen auf einer Bank vor der Treppe, die zu einem dunklen Keller führt, und rauchen. Am Kellereingang in der Telefonzelle telefoniert eine alte Frau: Hier ist Omi, wie geht es Opi, ich denke an Philemon und Baucis, an das alte Paar, an die uralte Sehnsucht nach Dauer der Liebe. Wir gehen die Treppe zum Keller hinunter, es wird dunkler und dunkler. Irgendein Zugang zu einer Schutzanlage, weit entfernt hören wir jemand oben telefonieren, wir erschrecken furchtbar. Der Steinfußboden ist hart und kalt. Ich sagte ihm, in einem Krankenhaus ist alles prüde und steril, laß uns in die Leichenkammer gehen, dort stört uns niemand. Ich weiß nicht, wo die Totenkammer ist, sagte er, wie ernst. Er küßt meine Brust und legt seinen Kopf zwischen die Brüste. Der Kellerfußboden ist kalt und hart, aber ich merke die Kälte kaum, und ich sage: ich glaube, wir könnten uns auch im Schnee lieben. Seine Zähne waren scharf und er küßte meine Lippen blutig. Wir lagen einander in den Armen, ineinander verschlungen ruhten wir, und er sagte: wir müßten, wenn wir einmal sterben, so ineinander verschlungen sterben, und die Leichenwäscher müßten uns erst mühselig auseinanderziehen, jedes Glied schon steif und kalt, und auch mein Penis müßte noch in dir drin sein, und die Leichenwäscher müßten auch ihn herausziehen unter Mühen, und wir müßten ganz verknotet sein für die Leichenwäscher – – – Wir nahmen uns bei den Händen und gingen die endlos langen Flure zurück. Es schien mir, als schwebten die Gestalten von Sonja und Johannes und das verlorene Bild Jochens irgendwo hinter mir in den düstern Gängen – – –

# Inhalt